한국야담 번역총서 01

청구야담
靑邱野談

上

정환국 외 옮김

보고사
BOGOSA

이 책은 『청구야담』의 주요 이본을 대조하여 정본을 확정한 다음, 이를 역주한 것이다. 잘 알려져 있듯이 『청구야담』은 『계서야담』, 『동야휘집』과 함께 한국 3대 야담집이다. 서민성, 또는 민중성에 기반한 조선 후기 야담문학은 분명 한국문학사의 신기원이었다. 동아시아에서 그 유례를 찾아볼 수 없는 한국적인 단편 이야기 양식일 뿐만 아니라 신분제 사회에서 중하층의 욕망이 본격적으로 서사에 구축되었기 때문이다. 서구의 Novel이 시민사회의 성장과 욕망을 다뤘다고 할 때, 비슷한 시기 이에 필적할 만한 우리 서사는 단연 한문단편인 야담이었다. 이 야담이 집결한 곳이 3대 야담집이거니와 그중에서도 『청구야담』은 한반도를 지칭하는 '청구(靑邱)'라는 제명에서도 확인할 수 있듯이 가장 대표적인 저작인 셈이다. 도합 290편의 이야기가 저마다 자기 색깔을 발휘하고 있어서, 이것을 조합하면 조선 후기 사회와 인정물태가 총천연색으로 드러난다. 따라서 각 편은 모자이크의 조각에 해당한다. 요컨대 『청구야담』은 명실공히 조선시대를 대표하는 야담집이다.

이런 대표성을 지닌 『청구야담』은 그동안 관련 연구에서도 큰 주목을 받아왔다. 1970년대 조선 후기 한문단편을 정선한 『이조한문단편집』(이우성·임형택 편역. 2018년 개정판이 나옴)은 야담 연구의 선풍을 일으킨 중심 텍스트로, 그 중심에 『청구야담』이 있었다(『청구야담』 소재 작품이 60여 편이 실림). 그리고 80년대 이후로는 한국 사회의 격변기에 상응하여 민중의 기질과 저항, 부(富)에 대한 욕망, 신분제의 동요, 인간 성정의 발현

등의 의미망으로 조선 후기 변화의 면모를 반영한 저작으로 주목을 받았다. 이런 연구의 축적으로 한국 야담=『청구야담』이라는 등식이 성립되기에 이르렀다. 그러다가 2000년대 이후 『청구야담』을 바라보는 시선에 조금씩 변화가 생기기 시작했다. 다른 야담집의 발굴과 연구가 진척되면서 이 책에 수록된 개개의 이야기가 이전 텍스트에서 발견되고 있다는 점, 성립 시기의 하한이 19세기 중엽까지 늦춰질 수 있다는 주장 등이 제기되면서 『청구야담』의 창작성, 독자성 등이 의심받기 시작했다. 이 과정에서 17세기 『어우야담』을 시작으로 18세기 초 『천예록』, 18세기 중후반에서 19세기 초엽의 『동패락송』·『학산한언』·『기리총화』·『계서잡록』 같은 야담집의 작자와 새로운 이야기, 그리고 창작 경향 등이 각광을 받았다. 이런 흐름에서 『청구야담』은 이런 기존 텍스트의 우량한 전통을 집적한 자료라는 점이 어느 정도 밝혀졌다. 그렇다고 기존 이야기를 단순 전재만 한 게 아니라는 주장도 나와, 『청구야담』의 독자성이 완전히 무너진 것은 아니었다.

그런데 따지고 보면 『청구야담』을 비롯한 3대 야담집이 모두 19세기 이후에 성립되었으며, 실려있는 이야기 대부분이 앞 시기에 유전되던 것들이다. 그러니 3대 야담집은 기존 이야기를 재정리한 것에 불과할 수 있다. 수록한 작품 수가 전후 야담집에 비해 월등하다는 점만 빼면 3대 야담집이란 명칭이 민망할 정도다. 이 중에서도 『청구야담』은 또 한 가지 곤란함 점이 있었다. 『계서야담』과 『동야휘집』은 정리자가 밝혀져 있는 반면, 이 책은 지금까지 편저자가 누구인지 알 수 없다. 그에 따른 차이도 분명한데, 일단 편저자가 밝혀진 두 야담집은 비록 전대 문헌에서 이야기를 집적했음에도 정리자의 문체와 시각에서 상당 부분 변개와 조정이 이루어졌다. 특히 『계서야담』은 『계서잡록』과의 연결선 상에서 이야기의 창작성도 어느 정도 인정되고 있다. 그런 만큼 두 작품집은 일관성이 있는 편이다. 그런데 『청구야담』은 이야기마다 어떤 한 작가가 썼다고 보기 어려울 정도로 문체와 필체가 제각각이다. 분명 이 책도 알려지지 않은 누군가가 정리했을 법한데 자기 방식으로 이야기를 일관성 있게 구현했다는 인상이 적다. 오히려 전대 문헌이나 이전 야담집의 이야기 가운데 선별하되, 각각의 이야기 특성을 그대로 전재한 경우가 많다. 이 점도 따지자면 결격이라 할 수 있다.

　이처럼 『청구야담』은 몇 가지 약점이 드러나면서 이 책에 대한 이전과 다른 회의적인 시선이 자리하는 중이다. 그럼에도 단언하건대 야담사와 조선 후기 사회문화사에서 이 책만큼 중요한 대상은 없다. 비록 기존의 독자성이 의심받는다고 할지라도 더 강조되어야 하고 야담 연구에서 새롭게 주목해 봐야 할 점들이 보이기 때문이다. 다음은 그런 몇 가지 지점들이다.

　첫째, 집성된 290편은 조선 후기 사회를 응축했다고 할 만큼 편마다 높은 문제의식과 함께 당대의 리얼리즘을 성취하고 있다. 현재 가장 많은 편수와 분량을 자랑하는 버클리대 소장 10책본으로 볼 때, 『동야휘집』처럼 특별한 체재나 소재별 배치 같은 것은 확인하기 어렵다. 오히려 권마다 불균질한 이야기가 수십 편씩 나열되어 있을 뿐이다. 그렇지만 어느 한 작품도 제외할 수 없을 만큼 편마다 자기 성격이 강렬하다. 그래서 이 290편을 모두 조합하면 조선 후기 민인들의 삶과 욕망, 사회와 문화, 정치와 경제, 제도와 이념의 문제가 여실하게 드러난다. 이만큼 이 시기 사회와 인정을 반영한 결과물은 없는 셈이다. 새삼 290편을 선별하고 집적한 편집자로서의 안목이 놀라울 뿐이다. 아마도 『청구야담』을 집적한 주체는 아주 뛰어난 이야기 감별사였지 않나 싶다.

　한편 18세기-19세기 초까지의 야담집들은 구전이든 창작이든 새로운 이야기를 집성하고 있었다. 그러나 본격적인 한문단편으로 볼 만한 작품은 한정되거나, 필기류와 뒤섞여 있는 경우가 많았다. 또 『계서야담』이나 『동야휘집』 같은 경우는 편저자의 취향과 서술원리에 긴박되어 조선 후기 사회상을 전체적으로 조명하는데는 분명 한계가 있다. 이런 점에서 『청구야담』은 이전 야담의 우량한 전통을 집결시키면서 조선 후기 사회와 인물의 총체성을 구현하는 데 모자람이 없었다.

둘째, 『청구야담』은 다양한 서사 문체의 집약체이다. 앞에서 언급했듯이 이야기를 어디에서 가져왔는지에 따라 문체가 달라진다. 다만 계보가 밝혀진 이야기라 하더라도 약간의 변개가 이루어졌는데, 그게 지금 밝혀진 이전 자료를 토대로 한 것인지, 아니면 또 다른 전승 자료에서 가져온 결과인지는 불확실하다. 요컨대 『청구야담』 채록자가 자기식으로 조정, 변개하지는 않은 듯하다. 물론 약간의 조정은 불가피했을 것이다. 그러나 기존 자료의 문체까지 건들지는 않은 것 같다. 이런 정황과 관련하여 한두 가지 환기할 점이 있다. 하나는 현재 남아 있는 이본들의 존재 양태이다. 여러 이본 중에 본 번역의 교감본으로 삼은 8책본이나 10책본의 경우 어느 한 본도 전체가 동일한 필체는 거의 없다. 이들 이본은 단수가 아닌 복수의 필사자가 동원됐다는 증거다.

또 하나는 성립 시기 문제다. 대개 19세기 전반, 주로 1820~30년대를 상정하려고 하지만, 권5의 정현석(鄭顯奭, 1817~1899)의 희문(戲文) 이야기 때문에 이 성립 시기는 난처해졌다. 이 이야기는 배경이 1857년까지 잡히기 때문이다. 이 작품을 빼면 시대적 배경의 하한은 기껏 1820년대까지다. 한편 19세기를 배경으로 한 작품이 약 14편 정도 확인되는데, 이들 이야기는 모두 이전의 전승 사례가 없는 것들이다. 분명한 것은 1850년대 이후에 『청구야담』이 비로소 성립되었다고 보이진 않는다. 따라서 이 책이 본격적으로 성립된 시기는 19세기 초전반이었고, 이후 이본, 특히 화수가 많은 8책본·10책본의 경우 후대에 더 추가된 형태일 가능성이 크다. 이처럼 『청구야담』은 단번에 정리된 것이 아니라 계속 이야기가 추가되는 활물 같은 텍스트였다. 이런 과정에서 정리하는 누군가가 자기식으로 통제를 하지 않음으로써 그 자체로 한문단편의 다양한 서사체의 경연장이 되었다. 따라서 앞에서 결격이라고 봤던 이 양태가 오히려 한국 야담의 적층성과 동태성을 그대로 보여주는 사례로 주목할 만 하다. 다시 말해『청구야담』은 여러 이야기가 다종의 문체로 각축을 벌이는 한문단편의 박물관이었다.

셋째, 인물과 배경의 전국성이다. 아무래도 야담 문학은 한문으로 기록되다 보니 기본적으로는 식자층 위주로 향유된 단편 양식이었다. 그래서인지 등장 인물도 선비인 경우가 많다. 그렇긴 하나 하위층의 이야기와 소재를 적극적으로 수용한 터, 각계각층의 인물이 저마다의 개성을 발휘한다. 어떤 이야기는 실제로는 다른 누군가의 경험일 법한데 저명한 인물로 바꿔치기한 혐의가 있어 보인다. 이런 점을 상정하면 지방·무명의 선비와 여성을 포함한 중하층이 서사의 중심이라 할 만하다. 그런데 이런 인물의 전체성보다 주목할 부분이 공간적 배경이다. 대개『청구야담』이야기 서두엔 인물과 배경이 제시되는데, 인물의 됨됨이와 처지도 각양각색이지만 그 공간이 어디냐에 따라 이야기의 성격이 결정되는 경우가 많다. 이를테면 한양은 상거래와 입신출세의 권역이며, 평양은 기녀와 유흥 지대로 표상되고, 경기 일원은 치부의 공간으로 설정되곤 한다. 그런가 하면 전국의 도회지는 물론 산간벽지가 모두 이야기 공간이다. 특히 지역의 특산이나 환경이 서사의 향방과 조응한 경우도 적지 않다. 요컨대 지역의 정체성이 서사 환경으로 작동하고 있는 것이다. 조선 후기 한반도의 인문지리와 문화지도를 구현할 수 있을 만큼 다채롭다. 따라서 이런『청구야담』의 이야기의 전국성은 다른 야담집에서 보기 힘든 지점이거니와, 야담이 한양을 중심으로 한 시정사회 속에서 창작되고 향유됐다는 기존의 이해를 재고하게끔 한다. 앞으로 이 점 더 천착해 볼 사안이다.

넷째, 조선 후기 당대인의 욕망이 가장 현실적으로 드러난 예로 이만한 책도 없다. 290편은 실로 다양한 소재와 문제의식을 담고 있어서 앞으로도 새롭게 해석해 볼 여지가 많이 남아 있다. 지금까지 논의된『청구야담』

의 성격은 신분제의 동요에 따른 중하층의 부상과 저항, 치부담(致富談)과 애정담의 비상함, 역동적인 시정사회의 인정세태 등으로 요약할 수 있겠다. 이런 면모는 1980년대 이후 한국 사회의 변화 국면에 조응함으로써 그 시의성을 획득한 바 있다. 그런데 이런 지점들은『청구야담』전체를 통관하는 주제라기보다는 특정 부분이나 일부 작품에서 특화된 사례이다. 그러나 이런 면모가 작품성을 제고했음은 분명하다. 그럼에도 정작 290편 전반을 관통하는, 또는 기저에 깔린 키워드는 뭘까. 기실 조선후기 야담의 가장 핵심적인 주제는 뭐니 뭐니 해도 '출사(出仕)'와 '치부'이다. 출사는 상층 사대부, 그중에서도 궁벽한 처지에 몰린 몰락한 선비들의 욕망이고, 치부는 계급과 계층을 초월한 부에 대한 욕망으로 그 무게 중심이 좀 더 중하층으로 쏠려 있다. 이런 흐름은『동패락송』을 필두로 18세기 중후반의 야담집에서부터 활성화되기 시작해『청구야담』에서 더 다기하고 보편화된 양태로 나타난다. 이 두 층위는 당대의 계층성에 따른 욕망이지만 결과적으로 누구나 '잘 살고 싶은 바람'인 것이다. 용어만 다를 뿐이지 지금 우리 시대의 욕망과 별반 다르지 않다. 이 점『청구야담』이 지금 시대와 호흡할 수 있는 가장 중요한 지점으로, 앞으로 더 본격적인 분석과 의미부여가 필요하다.

　이렇게 여러 논란이 있음에도 풍부한 이야기로 여전한 논의 거리를 제공해주는『청구야담』은 야담문학의 정수이자 조선 후기를 조망하는 데 제일 윗자리에 놓이는 텍스트이다. 그런데 그동안의 관심과 연구에 비해 이 책의 번역은 의아할 정도로 진척이 더뎠다. 사실 한국 야담 연구는 그 시작부터 단추가 잘못 끼인 형국이었다. 무엇보다 원전 텍스트 비평이 이루어지지 않은 상태로 이루어졌기 때문이다. 하나의 야담집이라 하더라도 다수의 필사 이본이 존재하는 게 조선 후기 야담과 그 향유의 가장 큰 특징이다. 요컨대 특정 이본이나 저본을 선택할 경우, 해당 야담집에 대한 전면적인 검토는 애초에 불가능에 가깝다는 말이다. 이런 문제에 고민하여 일부 이본 연구와 텍스트 비평이 없지는 않았지만, 정작 이는 연구일 뿐이었다. 이를 교감한 정본이라든가 텍스트를 상호 비교한 결과물 같은 것은 애초에 시도되지 않았다. 그래도 현재는 조금씩 이런 결과물이 나오는 추세이기는 하다. 기실 이 작업이 난망했던 데는 현실적인 문제가 있었다. 이본 수집과 교열을 한 연구자가 감당하기에는 역부족이었기 때문이다. 이는 번역에서도 마찬가지였다. 하나의 이본을 선택하여 그것만으로 해당 야담집 전체라며 번역하기 일쑤였다. 『청구야담』의 경우도 마찬가지였다. 오히려 다른 야담집보다 심했다. 한문본은 제외하고 한글본을 가지고 이를 풀어내는 정도에서 정리된 게 초기 번역이었기 때문이다. 그 뒤로 한 두 번역이 더 나왔지만, 특정 이본(국립중앙도서관본·규장각본)만을 대상으로 한 것이었다. 한국 최고의 야담이라고 하면서 정작 텍스트 정비는 거의 이루어지지 않고 있었던 셈이다.

그런데 본 원문교감을 통한 번역은 사실 뜻밖의 상황에서 시작되었다. 필자를 포함해 본 번역진이 위의 문제점을 직시하고는 있었으나, 이에 책임감을 갖고 상응한 결과물이 내기 위해 준비한 것은 아니었다. 사정은 이렇다. 때는 2006년경으로 거슬러 올라간다. 그 당시는 『청구야담』에 대한 이본 연구가 새로 발표되기도 하고, 이야기의 수용 양상을 밝히는 연구도 있던 즈음이었다. 마침 대만에서 연구원으로 있었던 정선모 박사(현 중국 남경대학교 교수)를 통해 『청구야담』 이본을 하나 얻게 되었다. 이 본은 교토대 소장 8책본으로, 아직 한국 학계에 알려지지 않은 것이었다. 꽤 선본(善本)으로 각 권마다 필체가 다른 게 복수의 필사자가 동원된 이본이었다. 왠지 이 본에 관심이 갔고, 이듬해 대학원 수업에서 기존에 알려진 주요 이본과 교감하는 작업을 해보았다. 총 10편 정도를 교감했는데 이 본은 확실히 주요 이본 가운데 하나였다. 그럼에도 그때는 이렇게 일회성으로 한번 시연해 본 것이었다. 그런데 이 경험은 우리에게 매우 중요했다. 급기야 동국고전문학 연구팀을 만들어 『청구야담』

교감과 번역을 시작하였다. 그때가 2013년 1월이다. 우리는 버클리대 소장 10책본을 저본으로 하여 앞에서 언급한 교토대본 등 총 7종의 이본을 대조본으로 하여 한 사람이 1편씩 비교해 오고, 세미나에서는 이들 이본을 나누어 살피면서 교감을 해 나갔다. 이 교감이 끝나면 교감본을 토대로 번역을 하는 식이었다. 매주, 또는 격주 토요일 오전 10시부터 오후 5~6시까지 이어졌다.

이 원문교감·번역을 시작한 지 3년이 되는 해에 본 연구팀을 근간으로 하되 보다 전문적인 연구팀을 확대 구성하였다. 이 팀은 〈조선후기 야담집의 교감 및 정본화〉라는 타이틀로 한국학 분야 토대연구지원사업에 신청, 선정되었다. 『청구야담』을 포함한 총 21종의 조선 후기 야담집 전체의 원문을 교감하는 사업이었다. 우리는 교감 정본화 사업과 『청구야담』 번역을 병행해야 했다. 그리하여 해당 사업이 종료되는 2019년 7월경 『청구야담』 교감 번역도 1차 마무리가 됐다. 총 6년여 기간 동안 우리는 주말 토요일을 거의 이 작업에 바친 셈이다. 그 사이에 『천예록』으로 인연을 맺은 캐나다 브리티시컬럼비아대학교(UBC) 아시아학과 한국어문학 교수인 로스 킹 선생도 우리 세미나에 참여하였다. 그는 구미 지역에서 한국학을 선도하는 학자로, 한국에 들어올 때마다 같이하였다. 유일한 우리 번역팀의 옵서버로 특히 야담의 한국식 용어 등에 관심을 보여주었다. 그는 여러모로 정리하는 데 도움을 주었다. 흐뭇한 동행 가운데 하나였다. 이후 필자는 다시 1년 남짓 최종 수정과 보완을 하여 2차 번역을 완료하였다.

그런데 번역이 마무리되었을 즈음, 본 야담집 교감과 정본화 사업에 공동연구원으로 참여했던 이강옥 교수께서 『청구야담 상·하』(문학동네, 2019)를 세상에 내놨다. 우리 십여 명이 6년 동안 작업한 것을 이 교수는 오롯이 혼자서 감당한 것이다. 이 책은 버클리대본을 저본으로 하여 여러 이본을 교감하고 그 바탕 위에서 번역하였기 때문에 우리의 경우와 비슷한 과정을 거친 결과물이었다. 당연히 기존에 나온 『청구야담』 번역과는 차원이 다른 성과였다. 이 책으로 비로소 『청구야담』은 한자에 익숙하지 않은 현대 대중도 쉽게 접할 수 있게 되었다. 서로 의도한 것은 아니었지만 막상 이 책이 나오고 보니 우리로서는 김이 새는 건 어쩔 수 없었다. 그러나 한편으로는 잘 됐다는 생각도 들었다. 우리팀의 번역이 끝난 뒤 이 책을 검토해 보니, 교감한 이본도 좀 다르고, 번역과 주석 등에서 차이도 적지 않았다. 또 상당 부분은 보완되었거나 교정된 걸 확인할 수 있었다. 아무래도 여러 연구자가 힘을 합친 결과이지 않을까 싶다. 이 교수와 우리는 서로 비슷한 시기에 『청구야담』의 교감과 번역에 매달려 두 개의 결과물을 학계와 대중에게 내놓게 된 것이다. 이것으로 더욱 완정한 『청구야담』 번역이 이루어진 것 같아 다행이라 생각한다. 실제 독자 제현께서 양쪽을 읽고 비평해주기를 기대한다.

우리 책에는 오롯이 번역만 실었다. 원문을 교감한 표점 정본은 이미 『정본 한국 야담전집 07』(보고사, 2021)에 편재되어 있기 때문이다. 필요한 경우 이 책을 참고해 주기 바란다. 본 번역연구팀은 앞으로 이 전집의 교감된 정본을 가지고 다른 야담집도 계속 번역해 나갈 예정이다. 여기 공동번역자인 남궁윤, 홍진영, 곽미라, 정난영, 최진영, 한길로, 최진경, 정성인, 양승목, 이주영, 김미진, 오경양 말고도 이주현, 정민진, 유양 등 과정생들도 이 책이 나오기까지 무던히 애를 썼다. 이들의 앞날에 학운이 가득하기를 빈다.

마지막으로 야담 전집의 출판부터 번역까지 독려해 준 보고사 김홍국 사장님과 편집을 맡아준 이경민 대리님 등 편집부 선생님들께 두 손 모아 고마움을 전한다.

2023년 5월
번역진을 대표하여 정환국 씀

차례

청구야담 권2

청구야담 권3

청구야담 권4

청구야담 권5

청구야담 하권 차례

청구야담 권6

청구야담 권7

청구야담 권8

청구야담 권9

청구야담 권10

청구야담

권1

묵은 은혜를 갚고자 해마다 옷감을 보냄

교리(校理)¹ 이(李) 아무개는 약관일 때에 청주에 있는 장인의 임소(任所)로 가서 머문 적이 있었다. 화양동(華陽洞)²을 구경하고 돌아오는 길에 그의 누이를 찾아뵙고자 하였다. 그런데 누이의 집은 그곳에서 수십리 거리였다. 마침 배도 고프고 기가 빠진 상태였다. 하지만 근처에는 주막이 없어 사방을 찾아 헤매다가 한 농장의 집을 발견하게 되었다. 그 집은 앞마을과 서로 바라볼 수 있는 정도에 위치해 있었다. 잠시 쉬며 요기나 할 요량으로 그 집으로 가서 문을 두드리니 곱게 생긴 어린 주인이 나와서 맞이하였다. 자못 반가워하는 기색이었다. 섬돌을 내려와서 맞아들여서는 고개를 숙이고 절을 올리는 것이었다. 자리에 앉자 이렇게 청하였다.

"저희 집에 나이 드신 할머니께서 안방에 계시는데 손님을 뵙고자 하십니다."

이 말을 들은 이 아무개는 매우 당황스러웠으나 다시 속으로 따져보았다.

'저분은 노인이고 나는 젊은이이니 꺼릴 게 없을 듯하군. 게다가 나를 만나려고 한다는 것은 필시 평범한 일은 아니겠지.'

그리하여 마침내 소년을 따라서 들어갔다. 그 노인은 7, 80세 정도였다. 이 아무개가 마침내 절을 올리고 뵙자 노인은 기뻐하며 맞이하였다.

---

1 교리(校理): 조선시대 집현전, 홍문관, 승문원, 교서관 등 주로 서적과 문서 등 학술 관련 업무를 담당했던 정·종5품직 관직이다. 집현전과 홍문관은 정5품직, 승문원과 교서관은 종5품직이었다.

2 화양동(華陽洞): 충북 괴산군에 있는 화양계곡을 말한다. 우암(尤庵) 송시열(宋時烈, 1607~1689)이 만년에 화양동에 기거하면서 제자들을 양성하며 학문을 연마하였다. 당시 송시열은 노론의 영수였기 때문에, 후에 화양동은 노론에게 있어서 상징성을 지닌 장소가 되었다.

"손님은 저동(苧洞)³의 이 서방이 아닙니까?"

"그렇습니다."

"저희 집안은 귀댁과는 실로 잊으려야 잊기 어려운 은혜가 있답니다. 그러니 오늘의 일은 참으로 우연이 아니군요."

다시 며느리를 불러내서는 서로 인사를 시켰다. 그러면서 슬픈 표정을 지었다.

"저희는 이곳의 토반(土班)⁴으로 살고 있답니다. 아무 해에 남편이 추노(推奴)⁵의 일로 대구(大邱)에 내려가서 얻은 걸 보냈는데 의례로 그곳의 수령에게 의탁하게 되었지요. 하온대 그곳 수령이 바로 손님의 돌아가신 조부였답니다. 저희 남편은 얼마 뒤에 우연한 병을 얻어 끝내 치료할 수 없는 지경에 이르렀답니다. 혼자 객관에 있는 몸으로 사방 어디에도 친지가 없었지요. 수령께서는 몸소 염을 주관하셔서 수의와 자리 그리고 관까지 모든 수량을 마련해 주셨는데, 극히 정갈하고도 고왔답니다. 그때 사용한 명주 중에 한쪽 끝을 잘라내어 각각에 들어간 물품들을 기록하여 저희 집안사람들이 볼 수 있게 해주었답니다. 천릿길 운구에 이르기까지 온힘으로 도맡아 처리해 주셨으니 세상에 어찌 이처럼 보기 드문 은혜가 있을는지요? 친척이나 친한 벗 사이에도 감히 이와 같기를 바랄 수 없는 법인데, 하물며 평소 면식이 없는 한 시골 사람을 말이지요. 이

---

3 저동(苧洞): 중구 저동1가·충무로2가·명동1가·명동2가·을지로2가·장교동에 걸쳐 있던 마을로서, 모시와 삼베를 파는 저포전이 있었으므로 모시전골이라 하였다. 한자 명으로 저포전동·저전동으로 하였으며 줄여서 저동이라고 한 데서 마을 이름이 유래하였다.

4 토반(土班): 시골의 특정한 지역에서 붙박이로 대물림해 온 양반을 말한다. 향반이라고도 하는데, 향촌 사회에서 어느 정도 경제적 기반을 가지고 행세할 수 있었다.

5 추노(推奴): 도망 노비를 추심하는 일이다. 조선 후기 신분제상에 야기된 문제 중에 가장 심각한 것으로, 추노를 통해서 주인이 그 수확물을 얻거나 노비를 다시 잡아 오기도 하였다. 그러나 간혹 노비들에게 도리어 해를 당하는 경우가 있어서 이를 작품화한 전이나 야담, 소설류가 많다.

승과 저승이 모두 감격하고 산 사람 죽은 사람 모두 서운함이 없는 터라 그 은혜가 하늘과 같아 보답할 여지가 없었지요. 이 세상에 살면서 뼈에 새겨두고 잊지 못할 일이었답니다. 이때부터 쭉 저와 며느리는 한마음으로 몸소 누에를 쳐서 생사와 모시풀 및 면포를 만드는 대로 해마다 사람을 보내, 항상 하는 저희의 변변찮은 성의로 표했던 것입니다. 그러던 사이에 집안 아이가 죽게 되어 집을 건사할 사람이 없는 데다 소식을 전하는 길마저 끊어졌지요. 하지만 이 작은 정성은 또렷하게 마음에 남아 사그라지지 않았답니다. 해마다 의례로 보내던 것을 비록 전할 수는 없었으나 감히 스스로 그만둘 수 없어서 따로 상자 속에 넣어 두었지요. 해마다 이렇게 담아둔 것이 또한 이미 오래되었답니다. 일찍이 귀댁이 저동에 있다는 소식을 듣고 마음에 새겨 잊지 않으면서 손자가 장성하기를 기다려 곧 이 소식을 알리려 했었지요. 지난번 저희 고을 수령의 사위인 저동의 이 서방님께서 화양동에 다니러 왔다는 소식을 듣고는 마음속으로 절절해지며 진정할 수 없을 정도였지요. 아까 손님의 수레가 저희 집에 당도하기에 자연히 마음이 움직여 감히 맞아서 뵙기를 청한 것이고요. 오늘 이렇게 인사를 올리게 되는 것은 마치 황천이 하나로 합치게 해준 것과 같사옵니다."

노인은 감격한 데다 안타깝기 그지 없어 줄줄 눈물을 흘렸다. 이윽고 억지로 붙잡아 하룻밤 묵고 가게 하였다. 소를 잡고 닭을 삶아 아침저녁 이외에도 맛난 음식을 한껏 차려 거의 쉴 틈이 없었다. 다음날 돌아가겠다고 하자 몇 개의 상자를 꺼내서 그에게 주었다. 바로 해마다 상자에 담아둔 모시나 삼베붙이였다. 그 지극한 정성과 보답하고자 하는 마음이 감동을 주고도 남는지라 감히 사양하지 못하고 한 수레에 가득 싣고서 돌아왔다. 이 아무개가 이 일을 장인에게 이야기하니 장인도 그 정성을 가상하게 여겨 급기야 관리를 보내 선물을 내려주며 치하하였다. 더불어 좌수첩(座首帖)[6]을 내려주어 손자를 진출시켜 주었다. 이후에도 해마다 빠짐없이 사람을 시켜 보내기를 그 전과 한결같이 했다. 그 손자도 가끔 찾아왔다고 한다.

1-2
음사 폐단을 없애고자 비단 등속을 불태움

완남(完南)[7]의 집안은 누대로 풍요롭고 후덕하였다. 그러나 그의 맏아들은 일찍 죽은 데다 손자와 증손자는 벼슬길에 나아가 현달했음에도 모두 수를 누리지는 못했다. 그러다 보니 자손이 귀했다. 이 때문에 집안에서는 이전부터 귀신을 섬기고 푸닥거리하는 데 정성을 쏟았다. 내루(內樓)[8]를 신사(神舍)로 만들어 봄과 가을 두 계절마다 음식을 장만하여 제사를 지냈다. 또 거기에 옷을 지어 보관했는데 포나 비단, 명주 따위가 집안으로 들어오는 경우에는 반드시 그 한 폭을 잘라서 신사 앞에 걸었다. 몇 대에 걸쳐 이처럼 하면서 감히 그만두지 않았기에 재산이 점점 축나게 되었다. 집안에는 두 윗대의 늙고 홀로된 부인들만 있었다. 그때

---

6 좌수첩(座首帖): 좌수를 임명하는 발령장을 말한다. 좌수는 조선시대 지방의 자치기구인 유향소(留鄕所, 후기에는 鄕廳·鄕所로 불림)의 가장 높은 임원으로, 한 고을의 사무를 총괄하는 사람을 말한다. 정치적 관점에서는 지방 말직에 불과하지만, 학식과 덕망을 갖춘 인재가 임명되는 경우가 많았기 때문에, 일종의 명예직이라고 할 수 있다.

7 완남(完南): 즉 이후원(李厚源, 1598~1660)이다. 자는 사진(士晉)·사심(士深), 호는 우재(迂齋), 본관은 전주이며, 완남은 봉호이다. 광평대군(廣平大君)의 7세손이며, 김장생(金長生, 1548~1631)의 문인이다. 김집(金集)·조속(趙涑)·송준길(宋浚吉) 등과 교류했으며, 노론의 중추적인 역할을 담당했다. 호조참판, 대사헌, 우의정 등을 역임하였고, 인조반정 이후 정사공신(靖社功臣)으로 완남군에 봉해졌다. 1653년 도승지로 『인조실록』 편찬에 참여하였으며, 장악원에 소장된 『악학궤범』을 개간해 사고(史庫)에 나누어 보관하게 하였다.

8 내루(內樓): 안채나 사랑채에 딸린 작은 규모의 누각으로, 대개 집채의 앞쪽으로 돌출된 형태였다.

당시 손자 아이가 점점 자라 혼기가 닥쳤다. 호서지역에서 배필을 찾아 판서 권상유(權尙游)[9]의 딸을 아내로 맞았다. 신부가 시댁에 들어와 시어머니를 뵌 지 겨우 3일 만에 시어머니는 안살림의 수고로움을 덜고자 집안의 일들을 모두 신부에게 맡겨버렸다.

하루는 나이 든 여종이 들어와 권 부인에게 아뢰었다.

"아무 날은 바로 집안에서 신에게 푸닥거리하는 날이 옵니다. 거기에 쓰일 물품과 응용할 물력(物力)을 미리 지급해주시면[10] 준비하옵지오."

그러자 권 부인이 물었다.

"지금 무슨 신을 말하며 뭔 일로 빈다는 말이냐?"

"신에게 비는 일은 이미 선대부터 시작하여 봄가을 두 번에 걸쳐 물품을 마련해 온 일이랍니다. 신에게 빌면 집안이 평안해지고 그렇지 않으면 화가 계속 발생했기에 그만둘 수 없는 일이옵니다."

"그렇다면 한 번 제를 올리는 데 들어가는 제반 비용은 얼마나 되느냐?"

여종은 부인이 새로 들어와 아직 이 전례를 잘 모른다고 생각해서 들어가는 비용을 하나하나 꼽아가며 대답했다. 그랬더니 권 부인이 말했다.

"금년에는 특별히 더 넉넉하게 해서 들어가는 제반 물품을 이전에 비해 세 배로 하는 것이 좋겠구나."

급기야 그 숫자만큼 물품을 내어주자 여종은 아주 좋아하면서 물러났다. 시할머니께서 이 일을 듣고는 걱정과 안타까움을 금치 못했다.

"우리 집안이 이전부터 신을 모시느라 가세가 점점 기울었는데, 지방의 아녀자면 혹시라도 비용을 아끼고 절약할까 싶어서 호서 출신과 혼인

---

9 권상유(權尙游): 1656~1724. 자는 계문(季文)·유도(有道), 호는 구계(癯溪), 본관은 안동이다. 권상하(權尙夏)의 동생이며 송시열의 문인이다. 1694년 과거에 급제하여 한성부판윤, 호조판서, 예조판서 등을 역임하였다. 1721년 신임사화 때 탄핵당하기도 하였으며, 성리설(性理說) 등 예학에 밝았다.

10 지급해주시면: 원문은 '上下'인데 이는 이두식 표현으로, 물건이나 기타의 것을 지불한다는 의미이다.

을 맺었거늘 지금 도리어 평소보다 세 배를 더 쓴다니! 이처럼 물정이
어두우니 우리 집안이 망할 날이 머지않았구나."

모시는 날이 되자 집 안을 청소하고 제수를 진설(陳設)하였다. 음식과
옷가지를 극히 풍성하게 마련하였다. 권 부인은 목욕재계하고 의복을
정제하고서 언서(諺書)로 직접 제문(祭文)을 지었다. 서두는 인간과 귀신
이 서로 잡스럽게 뒤섞일 수 없다는 게 주된 내용이었다. 그 이하로는
자신이 새로 시댁으로 들어와 이전의 예규를 바꾸어 볼 요량으로 이바지
와 폐백을 풍성하게 마련하여 제사를 치러 송신(送神)하겠다는 취지를
고한 내용이었다.

이 제문을 남들에게 읽으라고 했으나 모두 두려워하여 감히 읽지를
못했다. 권 부인은 이에 몸소 분향하고서 무릎을 꿇고는 제문을 읽었다.
그리고 그 앞뒤로 쌓아둔 옷가지와 비단 등속을 모두 다 꺼내오게 하여
뜰 가운데에 쌓아두고 여종들에게 일렀다.

"이 물품들을 다 불태워 버리면 이는 하늘의 물건을 함부로 없애는
것이니[11] 해서는 아니 될 일이다. 이 가운데 연수가 오래지 않아 입을
만한 것이면 나부터 먼저 입을테니 그 나머지는 너희들이 다 입도록 하
여라."

마침내 하나하나 여종들에게 나누어 주었다. 가장 오래되어 썩고 좀
슬은 것은 다 태워버릴 참이어서 사람을 시켜 불을 가져오라 하였다.
그러나 다들 두려운 나머지 서로 얼굴만 쳐다볼 뿐 명을 따르는 이가
아무도 없었다. 권 부인은 어쩔 수 없이 직접 불을 가져왔다.

시할머니가 이 소식을 듣고는 소스라치게 놀라고 두려움에 떨며 급히
사람을 보내 제지하였다. 그럼에도 권 부인은 수긍하지 않고 여종을 시

---

11 하늘의 물건을 함부로 없애는 것이니: 원문은 '暴殄天物'로, 이는 물건을 마구 써버리
는 것을 경계하는 말이다. 『서경(書經)』 「무성(武成)」편의 "今商王受無道, 暴殄天物,
害虐烝民."에서 유래하였다.

켜서 돌아가 고하게 하였다.

"설령 재앙이 있다 하더라도 제가 알아서 감당할 것입니다. 시가를 위해서 이 폐단은 영원히 없애겠나이다."

여종들이 연이어 분주하게 와서 애써 만류했으나 끝내 듣지 않고 다 태워버렸다. 다 탄 재는 말끔하게 쓸어 모아 보이지 않는 곳에다 묻어버렸다. 비단 등속이 타느라 나는 노린내가 코를 찌르니 종들은 저마다 놀라 서로 바라보며,

"귀물(鬼物)이 다 타버리는군!"

라고 하며 웅성거렸다.

이로부터 집안은 편안해졌으며 또 화나 근심 따위도 없어졌다.

1-3

평안감사가 친구의 음낭에 자물쇠를 채워 놀림

예전에 두 선비가 있었다. 이들은 어릴 적부터 친한 사이였다. 그런데 한 사람은 진작 과거에 급제하여 두루 요직을 거쳤으나, 한 사람은 고단한 신세로 기회를 얻지 못하여 살림살이도 빈궁한 상황이었다. 딸의 혼삿날이 정해졌지만 혼수 비용을 마련할 수 없었다. 마침 친구가 평안도 [西藩]에서 감사(監司)로 있었다. 이에 그의 아내가 이런 건의를 하였다.

"혼삿날이 점점 다가오고 있는데 수중에는 돈 한 푼 없네요. 평안 감영(監營)으로 가서서 혼수를 마련해 오는 것이 어떻겠어요?"

선비는 이 말에 따라 친구인 평안감사를 찾아갔다. 조만간 딸의 혼삿날이 임박해 오는데 아무래도 손을 쓸 요량이 없으니 바라건대 부조해달라고 부탁하였다. 감사는 아랫사람에게 명을 내려 깨끗한 곳을 잡아 그를 머물도록 하였다. 또한 담당할 관동(官童)12을 정해 성대한 음식을 차

려 이바지하게 했고, 감사는 날이면 날마다 그가 있는 곳으로 찾아와서
는 아주 흡족한 마음으로 정담을 나누었다. 선비가,

"딸의 혼삿날이 이제 임박했으니 급히 돌아가야겠네!"

라고 하자, 감사는 그를 애써 붙잡았다. 그러면서 관동더러 그가 모르게
기녀 중 용모와 자태가 뛰어난 자를 골라 이러이러하게 하라고 일렀다.
선비는 여러 날을 하릴없이 머물러 있다 보니 정말이지 무료하였다. 하
루는 앞 창문을 열어젖히고 오고 가는 사람들을 구경하게 되었다. 그런
데 난데없이 건너 마주한 집에서 소복을 입은 젊은 여인이 빼꼼히 문을
연 채 몸을 숨기고 서 있는 모습이 눈에 들어왔다. 그녀는 얼굴을 반쯤
드러내고 고운 손을 내밀어 고양이를 부르고 있었다. 그 자태가 곱고
목소리도 간드러졌다. 선비는 그 모습을 보자마자 넋이 나가고 말았다.
관동을 불러서 묻기에 이르렀다.

"저 집은 누구의 집이냐?"

"소인의 누이 집이옵니다."

"네 누이는 언제 과부가 되었느냐?"

"작년에 과부가 되었습죠."

"내가 보자마자 혼과 넋이 날아가고 말았구나. 오늘 밤에 불러낼 수
있겠느냐?"

관동은 알겠다고 하면서 갔다. 그날 밤 과연 그 여자를 데리고 왔다.
선비는 몹시 기뻐하며 함께 자기를 요구하였다. 허나 그 여자는 백방으
로 피하려고만 하였다. 이에 곧장 강제로 겁탈하려고 하자,

"청컨대 서방님의 아랫것[下物]을 먼저 보여주셔요."

라고 하는 것이었다. 욕정이 불같이 타오른 선비는 다른 것은 돌아볼
겨를이 없었던 터라 기녀의 말에 따라 바지를 풀어서 그것을 꺼내 보여

---

12 관동(官童): 관청에 딸려 심부름하던 아이나 젊은 사내를 말한다.

주었다. 기녀는 왼손으로 그것을 만지면서 오른손으로는 선비가 모르게 가지고 있던 작은 자물쇠를 음낭에 끼워 채워버렸다. 그러고는 즉시 벌떡 일어나더니 도망쳐버렸다. 선비는 아무리 생각해봐도 이 상황을 벗어날 수도 없는 데다 이곳에 온 지 여러 날이 지나도록 혼수마저 얻지 못하였고, 오히려 감사에게 기롱을 당해 감영에 웃음거리가 된 상황이었다. 분하기도 하고 화가 나기도 하여 마음을 다잡지 못하였다. 앉아서 날이 밝기를 기다려 곧장 상경길에 올랐다. 하지만 음낭이 아픈 나머지 겨우 겨우 기어서 돌아갔다. 곧바로 안채로 들어가니 아내가 만면에 웃는 빛으로 맞았다.

"천 리 험한 길을 어떻게 다녀오셨어요?"

하지만 선비는 분한 기운이 더욱더 격해지며 답하였다.

"내가 옛날의 정을 믿고서 함부로 구걸하러 갔다가 혼수는 하나도 얻지 못하고 도리어 해괴한 병만 얻어서 왔구려."

그러면서 앓는 소리를 내며 한편으로는 감사에게 욕 퍼붓기를 마다하지 않았다.

"당신은 모르십니까? 일전에 평양 감영에서 두세 바리의 물품을 실어 보내오면서 세세하게 품목을 적었더군요. 솔이나 비녀 따위의 세세한 물품까지도 다 갖추어져 그야말로 성대한 혼수이지 뭐예요. 당신은 모른단 말이에요? 감사님의 은혜가 비할 데 없거늘 무슨 이유로 화를 참지 못하고 이처럼 욕을 하시나요?"

아내가 이렇게 말하면서 품목 장부를 꺼내 보여주었다. 이에 선비는 분에 넘치는 혼수에 매우 기뻐하며 화를 풀고 웃음기를 띠며 말하였다.

"혼수는 이렇게 이미 갖추어졌는데 다만 난처한 일이 있으니 이를 어쩐다지?"

아내가 왜 그러느냐고 묻자 선비는 아내를 데리고 곁방으로 들어가서는 그 연유를 하나하나 이야기하고 아랫것을 꺼내 보여주었다. 아내는 절로 박장대소를 하였다.

"장부에 빈 열쇠 하나가 있어서 속으로 적이 괴상하다 싶었으나 그 이유를 알 수 없었지요. 과연 이것 때문이었군요. 감사님이 마련해서 보내준 혼수만으로도 감격하지 않을 수 없는데 이 일은 더욱더 감사해야겠네요."

마침내 그 열쇠를 가져다가 자물쇠를 풀었다.

1-4
삶은 돼지를 싸서 새벽에 절친한 벗을 찾아감

옛날 어떤 사람이 아들과 한집에 살고 있었다. 그런데 그 아들은 친구 사귀기를 좋아해서 날마다 문밖에 나가 벗들과 어울렸다. 그럴 때마다 실컷 먹고 취해 돌아왔는데, 어떤 때는 밤을 지내고도 돌아오지 않거나 심지어 며칠 동안 연이어 그러기도 하였다. 더러 나가지 않을 때는 사방의 친구들을 불러 모아 저들의 신발이 눈앞에 가득 차고 질펀한 술자리가 벌어졌다. 웃고 떠드는 소리가 요란할 밖에.

하루는 아버지가 그에게 물었다.

"쟤들은 다 어떤 자들이냐?"

"모두 저의 절친한 벗들입니다."

"벗이란 세상에 지극히 어려운 바이거늘 저와 같이 많단 말이냐? 게다가 저들이 모두 너에게 진정으로 마음을 알아주는 지기(知己)란 말이냐?"

"뜻을 같이하고 의기투합하여 그 사귐이 금란(金蘭)[13]에 비긴지라, 돈과

---

13 금란(金蘭): 즉, 금란지교(金蘭之交). 이 용어는 『주역(周易)』·「계사전(繫辭傳) 상」의 "두 사람이 마음을 함께하니 그 날카로움이 쇠를 자를 수 있고, 같은 마음에서 나오는 말은 그 향기가 난초와 같다[二人同心, 其利斷金, 同心之言, 其臭如蘭]."에서 유래하였

재물을 서로 융통할 수 있고 어려움을 서로 도와줄 수 있는 벗들입니다."

"그렇단 말이지? 내 한번 시험해 보마."

그 후 어느 날, 아버지는 돼지를 잡아 삶아서는 털을 제거하여 하얗게 한 다음 거적에 말았다. 파루 종이 울리자마자[14] 아들을 시켜 짊어지게 했다. 그리고 일렀다.

"우선 네가 가장 믿고 있는 친구 집에 가자꾸나."

그 친구의 집에 당도하여 대문을 두드렸다. 한참 만에 그 친구가 문을 열고 나와서는 물었다.

"자네는 아직 밤도 깊은데 무슨 이유로 찾아왔는가?"

그러자 아들이 사정을 이야기했다.

"내가 운이 없어서 사람을 죽였다네. 상황이 매우 궁하고 다급해 지금 그 시신을 짊어지고 왔으니 나를 위해서 잘 좀 처리해 주게."

그 친구는 놀라워하는 표정과 안타까워하는 기색이 겉으로 드러났다. 그러더니,

"알았네! 들어가서 요량해보지."

라고 하였다. 그러나 그대로 한 식경이 지나도록 다시 나오지 않았다. 불러도 반응이 없는 것이 도와줄 뜻이 없는 게 분명했다. 아버지가 탄식하였다.

"너의 절친한 벗이라는 게 다 저렇단 말이냐?"

그곳을 떠나 다른 친구의 집으로 가서 다시 친구에게 사정을 알렸다.

"내가 어젯밤 사람을 죽였네. 상황이 급박해 다짜고짜 이렇게 왔으니 자네와 대책을 세워야겠네."

으며, 변함없는 우정을 의미한다.

14 파루 종이 울리자마자: 5경(更) 3점(點) 때 이 종을 쳤다. 1경은 2시간 단위이며 점은 경을 나누는 단위로 1경은 5점으로 나뉜다. 즉, 5경 3점을 지금 시간으로 추산하면 대략 4시 12분경이 된다.

그러나 그 친구는 다른 일이 있다며 거절하였다. 다시 다른 친구의 집으로 가서 전과 마찬가지로 사실을 이야기하자 이 친구는 아예 성을 냈다.

"이 일이 얼마나 큰일인데 그 화를 나에게 옮기려고 하는가? 다시 말할 것 없이 속히 가게. 지체했다간 나까지 연루되겠는걸."

이렇게 돼지를 짊어지고 서너 친구의 집을 바삐 다녔으나 받아들여 거둔 자가 없었다.

"네 벗들이 이게 다냐? 내게 친하게 지내는 한 사람이 있는데 아무 동네에 살고 있지. 만나지 못한 지 이미 십 년은 되었지만 일단 한번 가서 만나보자."

마침내 찾아가 그 친구의 대문을 두드리고서 사정 얘기를 아들이 자기 친구들에게 했던 것과 똑같이 했다. 그랬더니 그 친구는 몹시 놀라더니,

"이제 곧 날이 밝아올 참이라 사람들이 조금씩 다니게 될 게야."

라고 하면서 급히 집 안으로 끌어들였다. 그리고 직접 도끼와 삽 따위를 가져다가 침실의 온돌을 깨서 숨기려고 하면서 돌아보았다.

"자네도 나를 도와 힘을 합치게. 일이 지체되면 남들이 볼 수도 있다네."

그러자 아버지는 씩 웃었다.

"그렇게 멋모르고 놀라지 말게. 온돌도 부술 필요가 없다네."

거적에 싸인 것을 가리키며,

"돼지라네. 사람이 아닐세."

라고 하면서 이 일의 세세한 사정을 한바탕 풀었다. 그 친구도 삽을 내던지며 껄껄 웃고는 함께 손을 잡고 방으로 들어갔다. 술 여러 병을 사오고 그 돼지를 썰어서 함께 먹으며 여러 해 동안 격조했던 회포를 풀었다. 잠시 뒤 작별하며 말했다.

"어느 날 다시 자네[15]를 만날지 모르겠네만, 우리 둘 양쪽은 서로 통하는 게 저 영서(靈犀)의 일점(一點)[16]이 있을 뿐이라네."

그러고서는 아들을 데리고 집으로 돌아갔다. 그 아들은 너무 부끄럽고 후회가 되어 감히 다시는 친구들을 사귀지 않았다고 한다.

1-5

의남이 물가에서 유철을 부름

철산(鐵山)의 지인(知印)[17]인 이의남(李義男)[18]이 그곳 수령을 수행하여 그 길로 상경하게 되었다. 마침 화창한 봄철을 만난지라 강변의 경치들을 구경하며 묵은 답답함을 풀고 싶어졌다. 수령에게 아뢰고서 용산(龍山)으로 유람을 나오게 되었다. 높은 언덕에 올라가 돛단배와 위아래 경치를 즐겼다. 그러다가 갑자기 피곤해졌고 졸음이 몰려와 그 자리에서 선잠이 들었다. 꿈에 한 노인이 봉한 편지 하나를 가지고 와서는 그에게 주며 부탁하였다.

"내가 집을 떠난 지 오래되었소. 집안사람들이 내 소식을 듣지 못했을 것이니 나를 위해 이 편지를 우리 집에 전해주면 고맙겠소."

---

15 자네: 원문은 '淸範'으로, 통상 상대방에 대한 존칭어로 서신 등에서 많이 사용한다.
16 영서(靈犀)의 일점(一點): 무소의 두 뿔이 하나로 통했다는 뜻으로, 두 사람의 마음이 서로 통한다는 의미이다. 『산해경(山海經)』에 따르면 무소는 신령한 짐승으로 뿔이 모두 세 개가 있는데, 그중 정수리에 있는 뿔은 '통천서(通天犀)'로 영험한 것으로 여겨진다. 이 통천서를 갈라보면 이마를 관통하는 하얀 선이 있다고 한다. 당나라 이상은(李商隱)의 「무제(無題)」 시에 "몸엔 아름다운 봉황의 한 쌍 날개 없지만, 마음이 무소의 뿔처럼 한 점으로 통하네[身無彩鳳雙飛翼, 心有靈犀一點通]."라고 하였다.
17 지인(知印): 통인(通人)이라고도 하며 주로 지방관 밑에서 관련 사무를 맡아보던 구실아치이다.
18 이의남(李義男): 17세기에 생존했던 인물이다. 『갑신별시문무과방목(甲申別試文武科榜目)』(1644)에 의하면 1605년생이며, 자는 자첨(子瞻)이다. 황해도 배천(白川)에 살았으며 보인(保人)을 지냈다고 하는바, 이 작품의 주인공과 동일 인물일 가능성이 높다.

이에 의남이 물었다.

"어르신의 집은 어디입니까?"

"내 집은 아무 산 아래 큰 못 속에 있으니, 못가로 가서 '유철(兪鐵)'을
세 번 부르면 알아서 어떤 자가 물속에서 나올 것이오. 그러면 이 편지를
그에게 전해주시오."

의남이 알겠다고 하는 순간 깼는데, 홀연 봉해진 편지 하나가 자기
곁에 있었다. 깜짝 놀라 이상하다 싶어 마침내 주머니 속에 넣고서 돌아
왔다.

며칠이 지나지 않아 수령이 철산의 고을로 돌아가게 되었다. 그는 수
령을 모시고 돌아온 그날로 사유를 아뢰고 말미를 얻어 관아를 나왔다.
자기 집에 들르지도 않고 곧장 아무 산 아래 못가로 갔다. 유철을 세
번 부르자 갑자기 못의 물이 들끓더니 과연 어떤 자가 물속에서 밖으로
나왔다.

"당신은 누구이며 무슨 연유로 나를 부르는 것이오?"

심부름으로 온 의남이 자기가 찾아온 뜻을 알리고 봉한 편지를 건네
주었다.

그자는,

"잠깐 여기서 재가가 나기를 기다리시오."

라고 하고는 몸을 날려 물속으로 들어갔다. 잠시 뒤에 다시 나와서 말하
였다.

"용궁에서 당신을 부르니 들어가시지요."

"내가 어떻게 물에 들어간단 말이오?"

"그냥 눈을 감고 내 등에 업히시오. 그러면 염려할 게 없소."

의남이 마침내 그의 말을 따르니 물결이 저절로 갈라졌다. 몸이 물에
젖지 않았고, 두 귀에서는 바람과 물소리만이 세차게 들릴 뿐이었다.

이윽고 언덕 위에 다다르자, 그자가 의남을 등에서 내려주면서 눈을

떠보라고 하였다. 흰 모래 언덕 위에는 화려한 집채가 우뚝 서 있었다.

"여기서 잠시 기다리시오. 내가 먼저 알리리다."

하고는 다시 나와서 청했다.

"들어가시지요."

몇 개의 중문을 거쳐서 들어가니 채색 누각이 높다랗기 그지없었다. 섬돌을 오르자 아직 혼례를 치르지 않은 젊은 여인이 기쁜 낯으로 맞이하였다.

"저의 부친께서 집을 떠나신 지 오래되셨지요. 아직껏 소식을 듣지 못했는데 이렇게 편지를 전해주시니 감사하기 이를 데 없사옵니다. 그런데 부친의 편지 내용 중에 당신과 혼인하라는 가르침이 있더군요. 당신의 뜻을 모르겠습니다. 어떠신지요?"

의남이 흔쾌히 좋다고 하자 여인이 다시 말했다.

"나는 바로 용녀(龍女)랍니다. 꺼려지지 않나요?"

의남은 그녀의 미모를 보고는,

"무어 꺼릴 게 있겠소."

라고 하였다. 마침내 3일 동안 머물렀는데, 내온 음식이 저마다 진귀하지 않은 것이 없었다. 또 목욕하게 하고서 의복을 만들어 주었다. 비단의 이름은 알 수 없었지만 번쩍번쩍 찬란하기 그지없었다. 마침내 사흘간 동침하고서 나오려고 하자 여인이 말렸다.

"어째서 이리 급히 돌아가십니까?"

"그 말미의 기간이 지나서 죄를 지을까 두려우니 돌아가지 않을 수 없소."

"당신이 관가에 계실 때 맡은 자리가 무엇이어요?"

"지인이오."

"그러면 지인의 복장은 어떻지요?"

"장의(長衣)[19] 위에 쾌자(快子)[20]를 걸치오."

여인이 당장 옷상자를 열어 특별해 보이는 비단 조각을 꺼내 재봉하여 옷을 만들었다. 이 옷을 주면서 또다시 부탁하였다.

"오늘 이후로도 자주자주 들어와 주세요."

마침내 유철을 부르더니 업고 나가게 했다.

한편, 의남은 수령이 총애하던 지인이었다. 그런데 말미의 기한이 이미 지났는데도 오래도록 돌아오질 않자 그의 집에 확인해 보도록 했다. 그랬더니 상경해서 돌아왔을 때부터 집에는 들르지 않아 간 곳을 알 수 없다고 아뢰었다. 수령은 몹시 화를 내며 그 아비를 붙잡아 가두고 데려오기를 계속 재촉하였다. 그의 어미는 두려운 나머지 날마다 길가로 나가서 수소문하였다. 6일째 되던 날에 비로소 그가 아무 산 아래에서 나오기에 그의 어미가 맞으며 말하였다.

"관아의 영이 엄하고도 다급하거늘 너는 어디에 갔다가 이리도 늦었단 말이냐. 네 아비가 옥에 갇혀 있어서 이 어미가 너를 기다린 지 며칠이 되었단다. 너는 필시 무거운 죗값을 치를 테니 어서 속히 들어가 뵈어라."

이 말을 들은 의남도 매우 두려워 곧장 관아 뜰로 달려 들어가 엎드렸다. 관아의 아전이,

"이의남이 나타났습니다!"

라고 아뢰자 수령은 크게 기뻐하며 문을 열고 내려다보았다. 그랬더니 입은 옷이 몹시도 화려하고 특이한 게 결코 인간 세상에서 지은 게 아니었다. 속으로 너무 괴이쩍어 화를 내며 나무랄 겨를도 없이 동헌으로 올라와 가까이 오라 하고서 물었다.

---

19 장의(長衣): 원래 관료들이 입던 흰색의 넓은 도포이다. 참고로 여자들이 나들이할 때 온몸을 가리기 위한 복식으로 '장옷'이라고도 한다.

20 쾌자(快子): 깃이나 소매, 앞섶 등이 없고 양옆 솔기의 끝과 뒤 솔기의 허리 아래가 터진 겉옷으로, 말탈 때 입는 옷이라고 해서 마상의(馬上衣)라고도 한다. 조선 초에는 왕이나 신료가 철릭 위에 입는 옷이었으나, 뒤에는 하급 군속이 입는 군복으로, 또 검무를 출 때 입는 무복(舞服)으로 활용되었다.

"네가 말미를 얻은 이후에 바로 간 곳이 어디이며, 입은 옷은 또 어디서 나온 게냐?"

의남은 감히 숨길 수 없어서 낱낱이 이실직고하였다. 수령도 기이하여 끝내 엄벌하지 않았다.

다시 물었다.

"너의 아내가 이미 용녀라고 하니 상상하건대 필시 아름답고 고와서 볼만하겠구나. 내 한번 그 얼굴을 보고 싶은데 본관이 볼 수 있도록 해줄 수 있는가?"

"삼가 가서 의논해 보겠나이다."

이에 다시 못가로 가서 유철을 부르자 그가 나와서는 전처럼 등에 업고 들어갔다. 의남이 수령이 만나보고 싶어 한다는 말을 용녀에게 전하자, 용녀는 처음에는 몹시 곤란해하였다. 그러다가 어쩔 수 없이,

"지상의 수령께서 보려 하신다니 어찌 감히 거역하겠습니까? 바라건대 아무 날에 못가로 왕림하라 하십시오."

라고 허락하였다. 의남이 돌아와서 아뢰자 수령은 매우 기뻐하였다.

그날이 되자 못가에 장막을 대거 설치하고 의장을 성대하게 하고서 당도하였다. 고을의 사람들과 아전·장교·관노·사령 등속들이 관가에서 용녀를 구경하러 온다는 소식을 듣고 한꺼번에 고을을 비우고 나와 산과 들을 가득 메웠다. 수령이 못가에 이르러 좌정하고서는 의남을 보내 물속으로 들어가 용녀를 불러 나오도록 하였다. 의남이 물속으로 들어가 용녀에게 물 밖으로 나가기를 청하자 용녀가 물었다.

"평복으로 입을까요? 융복으로 입을까요?"

의남이 다시 나와 수령에게 그 여부를 고하자 수령은 미녀가 융복을 입으면 그 아름다운 자태가 더욱 돋보일 것으로 생각하여 융복을 입고 나오라고 분부하였다.

의남이 돌아가 수령의 뜻을 전하자 용녀는 대단히 난색을 보이며 한

참을 고민하였다. 이윽고 입을 열었다.

"성주님의 분부가 이미 이렇다니 어찌할 수 있겠어요?"

의남이 되돌아와 고하자 수령 이하로부터 마을 백성들에 이르기까지 저마다 물결 속을 뚫어지게 쳐다보며 절세의 미녀를 구경하는 것인 양 했다. 얼마 후 물결이 소용돌이치더니 머리가 확 솟아올랐는데 바로 황룡이었다. 수면 위에서 몇 자쯤 올라서는 눈을 번득이며 비늘이 날듯 움직였다. 수령은 느닷없이 이 광경에 맞닥뜨려서는 절로 놀라서 두 손으로 눈을 가린 채 엎드리고 말았다. 구경하던 사람들도 놀라지 않은 이가 없었다. 용녀가 저들의 놀라는 모습을 보고는 안타까운 나머지 곧장 수궁으로 들어가 버렸다. 관리들과 백성들도 다 열없이 돌아갔다. 그 뒤로 의남이 간간이 말미를 청하면 수령은 더 이상 이상하게 여기지 않았다.

그 후 몇 개월이 지나 때는 6월이었다. 가뭄이 날로 심해지자 수령은 누차 비가 내리기를 기도했으나 한 방울의 비도 내리지 않았다. 그래서 생각 끝에 용은 비를 내리게 할 수 있으니 용녀에게 이를 요청하면 비를 얻을 수 있겠다 싶어 의남더러 가서 부탁하게 하였다.

이에 용녀는 난처해하였다.

"비를 부리는 일이 용의 소관이기는 하나 상제의 영이 있는 뒤라야 할 수 있답니다. 하지만 지금은 상제의 영이 없으셔서 어렵습니다."

의남이 여러 번 백성들의 갈망하는 사정과 관아의 엄한 영을 들어 힘껏 요청하자,

"그러시다면 어쩔 수 없이 한번 가서 법술을 부려보지요."

라고 하면서 용녀는 융복을 갖추어 입고 작은 호리병 한 개와 버드나무 가지 하나를 들고서 나왔다.

"법술을 부리는 걸 보고 싶으니 함께 갑시다."

용녀는 다시 거절하였다.

"용은 공중으로 다닐 수가 있지만 당신은 인간의 범속한 모습일 뿐이

니 어떻게 구름을 탈 수 있겠어요?"

그래도 의남이 간절하게 부탁해 마지않자 용녀도 어쩔 수 없었는지 승낙하였다.

"그렇다면 제 겨드랑이 아래의 비늘 가운데 단단히 붙어서 비늘을 꼭 잡고 계세요. 손을 놓아서는 절대 안 됩니다."

마침내 용녀는 의남을 겨드랑이 비늘에 끼고서 공중으로 솟아오르니 구름이 일고 우레가 쳤다. 용녀는 버드나무 가지로 호리병 속의 물을 찍어 세 방울을 뿌렸다. 의남이 구름 아래를 내려다보니 바로 철산 땅이었다. 그곳의 벼와 농작물이 바싹 타들어 가고 전답이 마르고 갈라져 세 방울 물로는 턱없이 부족할 것이라고 걱정한 나머지 겨드랑이 아래로 몰래 손을 뻗어 호리병을 들고 있던 용녀의 손을 급히 잡아당겼다. 그랬더니 호리병 속의 물이 다 쏟아져버렸다. 용녀는 깜짝 놀라 의남에게 일렀다.

"어서어서 내려가세요! 큰 화가 조만간 닥칠 거예요."

의남은 어리둥절해하며 그 이유를 알 수 없었다.

"무엇 때문에 그러시오?"

"제가 처음부터 이렇게 될 걸 염려하여 당신을 따라오지 못하게 막았던 것이지요. 용궁에서 한 방울의 물은 인간 세상에서는 한 치[21] 높이의 비가 된답니다. 그러니 세 방울의 물로도 이미 충분한데 지금 호리병의 물을 전부 엎어버렸으니 그 해를 이루 다 말할 수 있겠어요? 저는 하늘에 죄를 지었으니 벌이 장차 내려질 거예요. 어서어서 내려가세요. 만약 오늘의 연정을 잊지 않으신다면 내일 백각산(白角山)[22] 아래로 가셔서 저

---

21 한 치: 이본 중에는 '一犁'로도 나와 있는 바, 이 경우는 '쟁기질 하는 깊이' 정도가 된다.

22 백각산(白角山): 현재 황해도 수안군(遂安郡)에 있는 산이다. 평안도 철산군에 동명의 산이 있는지는 미상이다. 참고로 이 수안군에 철산리라는 지명이 있는바, 공교롭게

의 머리를 거두어 묻어 주세요."

의남이 어쩔 수 없이 내려와서 산에서 나왔다. 그랬더니 눈에 들어온 광경은 아득히 끝없이 펼쳐진 모래벌판뿐이었고 고을로 들어왔을 때는 논과 밭의 형체가 하나도 남아 있지 않았다. 고을 사람들의 말에 의하면, 어젯밤 삼경에 폭우가 쏟아져 동이가 뒤엎어질 정도가 아니라 강물이 터진 듯한 상황이라 삽시간에 평지가 한 장 남짓 물에 잠겨 산과 구릉은 무너지고 언덕과 골짜기는 분간할 수 없게 되었다고 하였다. 의남은 비로소 크게 뉘우치며 괴로워하였다. 다음날 백각산 아래로 찾아가니 과연 용의 머리가 떨어져 있었다. 그 머리를 안고 돌아와서 모래와 흙을 깨끗이 씻어내고 홑적삼으로 감싸 나무상자에 넣어서 백각산 아래에 묻어 주었다. 그리고 통곡하고는 돌아왔다.

1-6

노파가 주인의 목숨을 염려하여 소실로 바침

전에 어떤 재상이 부인과 함께 해로하고 있었다. 나이 17, 8세 된 어린 계집종이 있었는데, 용모가 그리 추하지 않은데다 성품 또한 착하고 어질어 안주인이 그를 매우 아꼈다. 재상이 항상 그를 가까이 두고자 하였으나 그 아이는 순순히 따르지 않고 울면서 마님에게 이렇게 아뢰었다.

"쇤네는 장차 죽겠사옵니다. 대감마님께서 누차 쇤네와 잠자리를 함

지명이 겹치고 있다. 서두에 노인이 거론한 '아무 산'이 나오는데, 이 산을 『청구야담』 한글본에서는 철산군의 진산인 '웅골산(熊骨山)'이라 하고 있다. 그런데 이 백각산의 소재 문제와 관련해서 왜 한글본에서 웅골산으로 제시했는지는 의문이다. 아마도 작품에서는 배경을 평안북도 철산으로 하고 있으나 이의남의 출신과 활동 권역이 배천과 수안 등 황해도 일원이었던 점 사이에 괴리가 있었던 것으로 보인다.

께하려고 하시니 만약 명을 따르지 않으면 필시 대감마님의 몽둥이세례에 죽을 것이고, 그 명을 따르게 되면 쇤네는 마님의 자식처럼 길러준 은혜를 저버리는 일입니다. 어찌 차마 눈엣가시가 될 수 있겠습니까? 한 번 죽는 것밖에는 다른 방법이 없사오니 쇤네는 강물에 몸을 던져 죽겠사옵니다."

이 말을 들은 부인은 그 마음을 불쌍히 여겨 백은과 동전, 비녀와 귀고리 등을 꺼내어 주고 아울러 그가 입던 옷가지를 보자기에 싸서 내주었다.

"지금 이곳에 있어서는 안 되겠구나. 사람이 어찌 속절없이 죽는단 말이냐? 이 물건들을 가지고 네가 가고자 하는 곳으로 가서 이것으로 생계를 삼거라."

새벽 종소리가 들리자마자 몰래 대문을 열어서 계집종을 내보내 주었다. 계집종은 재상가의 안채에서만 자라온 터라 문을 나서서 길을 가본 적이 없었다. 그러니 그 보자기에 싼 걸 가지고서 어디로 가야 할지 알 수 없었다. 하는 수 없이 곧장 큰길을 따라서 남문 밖으로 나오니 나루터가 점점 가까워졌다. 때는 날이 막 밝아오고 있었다. 그때 말방울 소리가 뒤에서부터 들려왔고 한 사내와 마주쳤다. 그 사내가 그녀 앞으로 가까이 다가와서 물었다.

"너는 뉘집 아이기에 이렇듯 이른 새벽에 혼자서 어디를 가는 것이냐?"

"제가 슬프고 원통한 일이 있어서 지금 강에 빠져 죽으려 합니다."

"그러면 너는 부질없이 죽는 것이다! 나는 아직 아내를 들이지 않았으니 나와 함께 사는 게 어떻겠느냐?"

그녀가 이를 받아들이자 마침내 사내는 그녀를 말 위에 태우고 떠났다.

몇 년 뒤[23] 재상의 내외가 모두 죽고 그의 아들 또한 죽었으며 그의

---

23 몇 년 뒤: 정황상 '몇 년'이 아니라 '수십 년'이 되어야 할 듯하다. 참고로 국역본에도 '수십 년'으로 되어 있다.

손자도 벌써 장성한 상태였다. 하지만 집안 살림이 완전히 기울어 생계를 유지할 수도 없었다. 손자가 어느 순간 생각하기를 '선대의 노비로 각처에 흩어져 살고 있는 자가 많으니 추노를 다녀오면 요긴한 자금을 얻을 수 있겠다.' 싶었다. 마침내 혼자서 길을 나섰다. 먼저 아무 곳에 당도하여 해당되는 무리를 불러 모아 호적을 보여주면서 일렀다.

"너희들은 모두 우리 선대의 노비들이니라. 내 지금 곡물을 거두어들이고자 내려왔으니 너희들은 모름지기 남녀의 사람 수대로 낱낱이 갖추어서 내어놓아라."

이 말을 들은 노비들은 입으로는 알겠다고 하였으나 마음속으로는 불량한 생각을 품고 방 하나를 마련해서 거처하게 하고 저녁밥을 준비해서 대접해 주었다. 그날 밤 저들은 함께 모여 그를 죽이자고 계획을 꾸몄다. 그러나 주인은 이런 사실도 모른 채 곤하여 곯아떨어지고 말았다. 한밤중이 되자 느닷없이 사람들의 웅성거리는 소리와 발걸음 소리가 들려왔다. 속으로 이상하다 싶어 몰래 엿들어보니 지게문을 열고 먼저 들어가라고 서로 간에 떠밀고 있는 것이었다. 주인은 그제서야 사태를 파악하고 두려움에 겁이 덜컥 났다. 그래서 몸을 몰래 일으켜서는 북편 벽을 발로 차 뚫고서 뛰쳐나왔다.

그들 중에는 칼을 가진 자도 있었고 몽둥이를 든 자도 있었으며 아무개는 방 안에서, 다른 아무개는 부엌 뒤편에서 나와 그의 뒤를 쫓았다. 이 주인은 어떻게 해도 도망쳐 살 방법이 없겠다 싶어 마침내 낮은 울타리를 뛰어넘게 되었다. 그런데 갑자기 호랑이 한 마리가 달려들어서는 그를 물고 가는 것이었다. 저들은 그가 호랑이에게 물려가고 있는 것을 보고는 매우 기뻐하였다.

"우리가 손쓸 필요도 없이 제 스스로 호랑이에게 물려갔으니 어찌 천행이 아니겠는가? 이제 영원히 우리의 걱정거리가 사라지게 되었구나!"

이 호랑이가 사람을 잡아가긴 했으나, 단지 그의 옷 뒷깃을 물어서 몸을 휙 던져 등 위에 태운 상태였다. 한밤중 사이에 몇 리를 달렸을까 싶었다. 그러다가 어느 한 곳에 다다라서는 그를 낚아채서 땅에 떨어뜨렸다. 그는 살갗은 다친 데가 없었으나 정신이 혼미하고 숨이 멎은 듯했다. 조금 뒤에 놀란 정신이 조금씩 깨어나 눈을 뜨고 주변을 살펴보니 바로 큰 마을 안의 우물가 인가의 대문 앞이었다. 그 호랑이는 아직도 그 옆에 웅크리고 앉아 있었고, 날이 점점 밝아왔다. 우물가 인가의 사람이 물을 기르려고 문을 열고 나와보니 느닷없이 어떤 사람이 땅에 꼬꾸라져 있었다. 게다가 커다란 호랑이가 그 곁에서 지키고 있는 게 아닌가. 소스라치게 놀라 집으로 달려 들어와 호랑이가 있다고 연신 소리를 질러댔다. 그 집 사람들은 노소를 막론하고 일제히 작대기를 들고 나왔다. 호랑이는 여러 사람이 함께 나오는 것을 보고는 비로소 일어나 기지개를 켜더니 느릿느릿 그곳을 떠나갔다.

그제야 사람들이 엎어져 있던 사람에게 물었다.

"당신은 누구이기에 어떤 연유로 여기에 온 것이며, 저 호랑이는 무슨 까닭으로 당신을 지키면서 떠나가지 않는 것이었소?"

그가 전말을 이야기해 주자 그곳 사람들은 모두 탄성을 지르며 신기한 일이라고 하였다. 그 집에 노모도 따라 나왔다가 그의 용모를 알아보고는 자기 집 안 사랑채로 들어오시라고 청하여 이렇게 물었다.

"당신은 아이 적 이름이 모(某)씨가 아니옵니까?"

그는 몹시 놀랐다.

"내 이름이 과연 맞소. 노파께서 어떻게 그것을 안단 말이오?"

그러자 노파가 마침내 자세히 이야기하였다.

"쇤네는 아이 적부터 아무 댁의 계집종이 되어 주인마님의 은혜를 입었었지요. 오늘 이렇게 살아 있는 건 마님의 은덕 아닌 것이 없답니다. 지금 제 나이가 일흔이 되었지만, 주인마님의 은혜를 어느날인들 잊었겠습니까? 다만 서울과 이곳이 멀리 떨어져 있어서 소식을 전할 길이 없었지요. 그런데 오늘 낭군께서 뜻밖에 여기 오셨으니 이는 하늘이 쇤네더러 옛 은혜를 갚으라는 것이겠지요."

드디어 여러 자식과 손자들을 다 불러 모아놓고 이렇게 일렀다.

"이분은 나의 상전이니라. 너희들 하나하나 인사를 하도록 하여라."

다시 북편 창문을 열고서 며느리들을 다 불러 함께 인사를 드리라고 하였다. 주찬을 성대하게 차려서 올리고 새 옷을 지어 입히고는 며칠을 머물게 하였다. 이 노파의 자제들은 다 건장하고 듬직한 풍모와 용력이 있었다. 재산도 많아 이 마을에서 호령하던 참이다. 그런데 지금 느닷없이 그의 어머니가 일개 걸식하며 떠돌아다니는 사람을 '상전'이라고 일컫고 자기들이 다 저자의 노비라고 하니 분기가 탱천하였다. 게다가 이는 마을 안에서 수치스러운 일이었다. 그러나 어머니의 성품이 엄한지라 자식들은 감히 그 뜻을 어길 수 없어 억지로 그 명을 따라야만 했다.

주인은 노파에게 말했다.

"내가 집을 떠난 지 이미 오래되어 이제는 급히 돌아가야겠네. 내가 속히 돌아갈 수 있도록 해주시게."

"며칠을 좀 머문다고 해서 무슨 문제가 있겠어요?"

노파는 그날 밤이 깊은 후 자식들이 잠에 곯아떨어진 것을 보고는 그의 귀에 대고 말하였다.

"낭군께서는 저 아이들의 표정을 못 보셨어요? 저들이 지금이야 내 명을 어쩔 수 없어 겉으로는 따르고 있지만 속으로는 알 길이 없습니다. 만약 혼자 돌아간다면 필시 가는 길에 예상치 못할 화를 입게 될 것입니다. 저에게 계책이 있으니 낭군께서는 따르실는지요?"

"무슨 계책이오?"

"쇤네에게는 손녀 하나가 있는데 지금 열여섯 살이고, 제법 예쁘답니다. 아직 혼처를 정하지 못했으니 이 아이를 낭군께 바치면 어떨는지요?"

그는 졸지에 이 말을 들은 터라 멍하니 대답을 못했다. 그러자 노파가 다그쳤다.

"쇤네의 말을 따르시면 살아서 돌아가실 수 있겠지만, 그렇지 않으면 필시 비명의 화를 당하실 것입니다. 쇤네가 옛 주인의 은혜를 잊지 않아 이런 꾀를 냈음에도 낭군께서는 어찌 듣지 않는 것입니까?"

그는 이 제의를 받아들였다. 다음날 노파는 자식들을 불러서 일렀다.

"내 손녀 아무개를 저 상전께 바치려 하니 너희들은 오늘 밤 혼수를 마련하되 감히 거역하는 일이 없도록 하여라."

자식들은 한마디 대꾸도 못 하고 알았다고 하면서 물러났다. 그날 밤 한 방을 정리하여 신혼 방으로 꾸미고 상전더러 그 안으로 들어가도록 한 다음 손녀를 곱게 꾸며 들여보냈다. 이렇게 하여 마침내 혼사가 이루어졌다.

이튿날 이른 아침, 노파가 신방에 들어가서 문안을 드리고 나서 다시 자식들을 불러 모아 일렀다.

"주인마님께서 내일 본댁으로 돌아가시는데 손녀딸도 데리고 갈 것이다. 그러니 탈 말 한 필, 가마말 한 필, 짐말 두세 필을 속히 준비하여 대기시키거라. 가마도 빌려 오거라. 그리고 너희들 중 아무아무는 상전을 모시고 상경하였다가 주인마님의 서찰을 받아서 내려오도록 하여라. 내가 편안히 가셨다는 기별을 받아야겠으니 말이다."

이 말에 자식들은 분주히 명을 받아 일제히 준비를 마치고 마침내 서울로 출발하였다. 이불과 베개, 의복 등속과 약간의 돈을 함께 짐에 실었다. 이리하여 상경길에는 아무 탈 없이 편안히 도착할 수 있었다. 이 주인은 편지를 써서 돌아가는 편에 부쳤다. 그 뒤로도 해마다 심부름 꾼을 보냈는데 노파가 죽을 때까지 이어졌다.

지극정성으로 황룡꿈을 바란 끝에 한밤에 나타남

참판 이진항(李鎭恒)[24]은 어렸을 적부터 기필코 과거에 급제하고 말겠다고 별렀다. 용꿈을 꾸면 꼭 급제할 수 있다는 말을 듣고, 반 칸짜리 좁은 방을 깨끗이 치우고 그 안에 들어가 집안일은 일절 상관하지 않고 손님들과도 전혀 만나지 않았다. 용변 보는 일 외에는 종일토록 밖에 나가지 않았다. 아침저녁 밥도 창구멍을 통해서 들이고 낼 뿐, 밤낮으로 용만 생각했다. 그 몸체와 머리와 뿔, 비늘, 발톱까지 떠올려보는가 하면 용의 거처와 취향, 그 변화무쌍함에 이르기까지 마음속으로 상상하고 속으로 그려보며 한순간도 잊은 적이 없었다.

이렇게 하여 사흘째 되는 날 비로소 꿈을 꾸었다. 한 마리 큰 황룡을 잡아채 오른팔에 감는 꿈이었다. 한데 용의 몸뚱이가 큰데다가 힘도 세서 기력을 엄청 소비하고서야 간신히 휘감을 수 있었다. 그때 갑자기 깨고 보니 한바탕 꿈이었다. 꿈에서 힘을 많이 써서인지 온몸에 땀이 흥건했다. 참판은 원래 재주 있는 인물이라서 이 꿈을 꾸고는 몹시 기뻐하며 용에 관한 글로 과제(科題)에 합당할만한 것이면 경사(經史)나 잡기(雜記)류를 따지지 않고 셀 수 없이 찾아 익혔다.

그러던 중 갑자기 정시(庭試)[25]의 명이 떨어졌다. 정시가 있기 며칠 전 그는 직접 종이 파는 가게를 찾아가 그 주인에게 상등의 품질 좋은 종이를 내오라 하여 앞에 쌓아두라 하였다. 오른손은 소매 속에 넣은 채 왼손

---

24 이진항(李鎭恒): 1721~?. 자는 경백(經伯), 호는 난초(蘭樵), 본관은 전주이다. 1753년 과거에 급제하여 검열·사헌부지평·한성부우윤 등을 역임하였다. 1784년 한성부우윤 재직 때는 간부 단속을 제대로 하지 못했다고 하여 관직을 박탈당했다는 기록이 보인다. 이외의 구체적인 생애는 알려져 있지 않다.

25 정시(庭試): 과거제도 중 별시의 하나로 전정(殿庭)에서 치렀기 때문에 붙여진 용어이다. 주로 국가에 경사가 났을 때 부정기적으로 치러졌으며 토역과(討逆科), 충량과(忠良科), 탕평과(蕩平科) 등의 다양한 명목이 있었다. 1583년 이후 과거제에서 독자적인 위상을 갖게 되었다.

으로 하나하나 들춰보며 그중에 가장 품질이 좋은 것을 고르더니, 그제야 오른손으로 그 종이를 빼내었다. 다시 생각하기를 '형제는 한 몸이니 동생[26]의 시지(試紙)를 내 어찌 함께 고르지 않겠는가. 그래서 내가 과거에 합격하지 못하더라도 동생이 합격하게 된다면 내가 급제한 것과 무슨 차이가 있겠는가.' 싶었다. 이리하여 앞에 했던 방법과 마찬가지로 왼손으로 뒤적이며 오른손으로 한 장을 뽑아 두 장을 가지고서 돌아왔다.

마침내 동생과 함께 과장 안으로 들어갔다. 이윽고 성균관의 관원이 어제(御題)를 받들어 나오자 인의(引儀)[27]가 사배(四拜)[28]를 외쳤다. 과장에 가득 찬 사람들이 모두 전상을 주시하였다. 과제가 펼쳐 걸렸는데 '초룡주장(草龍珠帳)[29]'이란 글제가 나왔다. 과장에 가득 찬 응시자들은 도무지 글제를 어떻게 풀어야 할지 몰라 우왕좌왕하며 찾아 묻느라고 혼잡스럽기 그지없었다.

이 참판만은 마침 이 출처를 알고 있었다. 이에 마음을 집중하고 편안한 자세로 앉아 고부(古賦)의 형식으로 일필휘지하여 작성했다. 형제가 두 개의 시권을 차례대로 제출하였다. 방이 나오자 담당 관원이 호명하여 네 사람의 수석이 정해졌다. 두세 명이 이미 상등으로 호명이 된 즈음에도 자기 형제들의 이름자가 아직 나오지 않자 속으로 몹시 조바심이 나고 걱정이 들었다. 잠시 뒤에 먼저 동생의 이름자가 불리자, '틀렸구

---

26 동생: 즉 이진형(李鎭衡, 1723~1781). 자는 평중(平仲), 호는 남곡(南谷)이다. 예조참판, 경기도관찰사 등을 역임했다. 형인 이진항과 함께 1753년 정시에 급제하였으니, 여기서의 내용과 동일하다.

27 인의(引儀): 조선시대 조회 및 제사 등의 의전을 진행하던 종6품 관직이다. 예조 소속으로, 조정의 의식을 주관하던 통례원(通禮院)에 배속되어 있었다.

28 사배(四拜): 사배례(四拜禮)라 하여 임금이나 문묘(文廟)에 예를 갖출 때 행한 배례였다.

29 초룡주장(草龍珠帳): 포도나무가 넝쿨진 모양을 표현한 용어이다. 초룡(草龍)은 포도 넝쿨이고 주장(珠帳)은 포도송이와 잎이 해를 가린 모습을 표현한 것이다. 관련한 기록이 『유양잡조(酉陽雜俎)』에 보이며, 「운영전(雲英傳)」에는 이를 제재로 한 시가 들어있기도 하다.

나! 비록 떨어졌지만 동생이 등제했으니 무어 한스러워하랴.'라고 스스로 위로하였다. 그런데 이윽고 자신의 이름자가 이어서 호명되었다. 이번 시험에 여섯 명이 합격하였던 것이다. 이에 형과 동생이 나란히 응시하여 함께 고관의 반열[30]에 올랐다. 늘그막에 그는 후배들에게 꼭 지성으로 용꿈을 꾸라고 권하곤 하였다.

1-8

사간장을 외워 전강에서 임금을 놀라게 함

교리 유한우(俞漢寓)[31]는 젊었을 적에 호방한 성격으로 얽매임이 없었다. 장색(掌色)[32]으로 성균관에서 공부하며 일차전강(日次殿講)[33]을 보곤 하였다. 어느 날 밤, 그는 사간장(斯干章)[34]으로 과거에 합격하는 꿈을 꾸게 되었다. 꿈에서 깨어날 즈음에 동임(洞任)[35]이 와서 알리기를 내일 전

---

30 고관의 반열: 원문은 '卿月之列'인데, 이는 『서경』 「홍범(洪範)」 편의 "왕의 공과는 한 해의 변화로 살피고, 중앙관리는 달의 변화로 살피며, 각 책임자는 해의 변화로 살핀다[王省惟歲, 卿士惟月, 師尹惟日]."에서 유래하였다.

31 유한우(俞漢寓): 1764~?. 자는 자우(子宇), 본관은 기계이다. 조부는 영조 때 우의정을 지낸 유척기(俞拓基, 1691~1767)이며, 같은 항렬에 유한준(俞漢雋)이 있었다. 1789년 과거에 합격하였으며 왕조실록에 의하면 1792년 홍문관 교리에 임명된 기록이 나오는바, 이 이후에 특별한 관직을 더 지낸 것 같지는 않다.

32 장색(掌色): 장의(掌議)와 색장(色掌)으로, 성균관 생원들의 자치기구의 임원이다. 이 자치 기구를 재회(齋會)라 하는데 장의와 색장 외에도 조사(曹司)와 당장(堂長)이 있었다. 장의가 이 재회의 수장이었고, 그다음 위치가 색장이었다.

33 일차전강(日次殿講): 전강은 성균관 및 사학(四學)의 유생들을 대상으로 치렀던 시험으로 주로 경서가 시험과목이었다. 매년 짝수 달 16일마다 시험을 치렀던바, 일정한 날짜를 정해놓았기 때문에 '일차전강'이라고 불렀다.

34 사간장(斯干章): 『시경(詩經)』 「소아(小雅)」의 편명이다. 주나라 선왕(宣王)이 무너진 궁전을 다시 세우고서 낙성의 기쁨을 노래한 것으로 알려져 있다. 참고로 제1장은 다음과 같다. "秩秩斯干, 幽幽南山. 如竹苞矣, 如松茂矣. 兄及弟矣, 式相好矣, 無相猶矣."

35 동임(洞任): 원래 동장(洞長)과 같은 말로 지방의 일을 맡아보는 관원을 뜻하는데,

강의 명이 내렸다고 하였다. 유 교리가 깜짝 놀라며 기쁜 나머지 벌떡 일어나 앉아 옆에 잠자고 있는 자를 발길질로 일으키며 말했다.

"속히 큰 사랑으로 가서 사모관대를 가져오너라."

그자가,

"큰 사랑의 문이 이미 굳게 잠겼고 나리께서도 이미 잠자리에 드셨습니다."

라고 했으나 유 교리는 재촉하였다.

"그래도 청지기[廳直]³⁶를 불러서 어서어서 가져오라니까."

그자가 마지못해 사모관대를 가지고 오자, 다시 정승 댁인 큰집³⁷에 사람을 보내 어사화를 가져오라고 하였다. 모두 가져오자 예복을 입고 가는 끈으로 사모에 어사화를 묶어 착용하더니, 두 명을 옆에 끼고서 안뜰을 왔다 갔다 하며 나아가거니 물렀거니 하는 행동을 하였다. 부친³⁸이 아직 새벽잠에서 덜 깨어난 통에 느닷없이 시끄럽게 떠드는 소리를 듣고서는 겸인(傔人)을 불러 놀란 표정으로 물었다.

"아직 밤이 깊은데 지금 이 누구의 소리란 말이냐?"

이 용어가 색리(色吏) 등과 함께 거론되는 사례들로 보아 여기서는 유 교리 집이 있던 동네를 맡았던 이속으로 판단된다.

36 청지기[廳直]: 겸인(傔人)이라고도 하며, 주로 중앙에 배속되어 관련 사무를 맡아보던 구실아치이다.

37 정승 댁인 큰집: 유한우의 아버지는 유언현(兪彦鉉)이며, 형은 유언흠(兪彦欽)이다. 그러나 모두 정승 벼슬까지는 오르지 못했던바, 유한우의 큰집을 명확히 비정할 수는 없다. 다만 유척기의 종질인 유언호(兪彦鎬, 1730~1796)는 당시 규장각 직제학과 평안감사를 거쳐 우의정의 자리에 있었다.

38 부친: 즉 유언현(兪彦鉉, 1716~?). 자는 중필(仲弼)이다. 부친은 영의정과 우의정을 지낸 유척기이다. 형은 유언흠이고, 동생은 유언진(兪彦鉁)·유언수(兪彦銖)이다. 1741년 식년시에서 생원 2등 3위로 합격하였다. 1748년 어진(御眞)을 완성하고 선원전(璿源殿)에 봉안할 때, 감조관(監造官)의 소임을 수행하여 품계를 올려 받았다. 1757년 양근군수로 재직 중에 경기어사 홍경해(洪景海)를 통해 그의 선정이 보고되어 임금으로부터 치하를 받았으며, 1778년 그동안의 정치적 업적으로 품계를 올려 받았다. 1783년 양주목사로 재직하였다.

"서방님이 신은(新恩) 놀이[39]를 하고 있사옵니다."

"이놈이 또 해괴한 짓거리를 하다니!"

아들을 불러서는,

"이게 무슨 꼴이며 또 무슨 해괴한 소리더냐!"

라고 하면서 크게 꾸짖었다.

유 교리가 꿈에서 본 것과 내일 전강시가 있다는 것으로 대답하였다.

"이번 과거에서는 필시 붙을 것 같습니다. 그래서 너무 기쁜 나머지 이렇게 신은 놀이를 하며 소리를 질렀습니다."

부친은 불같이 화를 내며 꾸짖었다.

"네가 이렇게 몰지각하다니 파락호나 다름이 없구나. 평소에 서안(書案) 앞에서 한 글자도 들여다보지 않고 아무 고민도 없이 여기저기 쏘다니며 부질없이 세월만 보내고 있으면서 무슨 과거급제를 바란단 말이냐. 정 그렇다면 사간장을 한번 외워 보거라."

유 교리가 이에 낭송하는데 말장(末章)에 이르러서는 외우지 못했다. 부친은 또다시 꾸짖었다.

"이러면서 과거에 합격한다는 소리가 나오느냐. 속히 사모관대를 벗고 네 방으로 돌아가 잠이나 자거라. 내일 과거 보러 갈 생각은 하지도 말고!"

유 교리는 연신 조아리며 물러났다. 그런데 이튿날 새벽에 그는 몰래 빠져나와 과장으로 들어갔다. 꿈꾼 일을 가지고 한두 명 벗들에게 자랑까지 했다. 그러자 그들이 물었다.

"자네는 정말 잘 읽고 들어왔는가?"

---

39 신은(新恩) 놀이: '신은지희(新恩之戱)'라 하는 것이다. 과거에 합격한 이를 일러 새로 은혜를 입었다 하여 신은이라 하는데, 이미 과거에 합격한 자들이 이 신은과 벌이는 일종의 신고식이다. 대개 선진(先進)이 신은을 부르며 앞으로 나오고 뒤로 물러나게 하기를 세 번 반복하는데 이를 '삼진삼퇴(三進三退)'라 한다.

"말장은 내 아직 다 외우지 못했다네."

"왜 펼쳐놓고 한 번 읽지 않는가?"

"그 꿈이 만약 영험하지 않다면 그만이요, 영험하다면 다 외우지 않더라도 필시 저절로 깨우쳐지는 이치가 있을 터, 뭐 하러 읽는단 말인가?"

여러 벗들이 다들 읽기를 힘써 권하였지만 끝내 듣지 않았다.

강장(講章)⁴⁰이 났는데 바로 사간시의 '태인점구(太人占句)⁴¹' 장이었다. 유 교리는 혼자 기뻐하며 더욱더 자부심이 생겨 거침없이 이 구절을 외기 시작하였다. 점차 말장에 이르러 가는데 임금은 손으로 궤안을 치며 크게 칭찬하였다.

"좋구나, 좋아! 다 욀 필요가 없겠구나. 속히 찌⁴²를 거두어라."

이리하여 말장을 외지 않고도 순통(純通)⁴³의 자격으로 급제자가 되었다. 부친은 아침에 그가 과거에 응시했다는 소식을 듣고는 걱정에 한숨이 더해졌다. 그런데 갑자기 방이 났다는 소리가 들리기에 온갖 의구심이 들었다. 유 교리가 대궐에서 나와 집을 향해 돌아오는데 집안사람과 객들이 문에 나가 영접하는 것이었다. 이에 유 교리는 말 위에서 손으로 여러 사람을 가리키면서 자랑하였다.

"내 비록 사간시의 말장을 알지 못했어도 지금 이렇게 과거에 합격했지."

---

40 강장(講章): 전강에서 시험관이 시험문제로 지정한 경서의 장구, 즉 전강의 시험문제를 뜻한다.

41 태인점구(太人占句): 사간시의 제7장으로, 그 내용은 제6장에서 꿈꾼 내용에 대해 태인(太人, 곧 점술가)이 해몽한 것이다. 해당하는 6장과 7장은 다음과 같다. "下莞上簟, 乃安斯寢. 乃寢乃興, 乃占我夢. 吉夢維何, 維熊維羆, 維虺維蛇."(6장) "大人占之, 維熊維羆, 男子之祥. 維虺維蛇, 女子之祥."(7장)

42 찌: 원문은 '柱'으로 전강이나 강경(講經)을 할 때에 응제생이 뽑는 나무판이다.

43 순통(純通): 책을 외우고 그 내용에 통달함을 말한다. 강경시험에서 채점은 통(通)·약(略)·조(粗)·불(不)로 나뉘어졌는데, 특히 책을 완전히 외우고 내용에 통달했으면 순통이라 하였고, 전강의 경우 임금이 친강(親講)할 때에는 순통에게 직부전시(直赴殿試)를 하사하였다.

홍 정승이 회초리를 맞고 나서 죽음을 모면함

정승 홍우원(洪宇遠)[44]이 아직 급제하지 않았을 적에 동협(東峽)[45]에 다니러 가게 되었다. 날은 벌써 저물었는데 객점은 아직 멀어 길을 더 재촉할 수 없는 상황이었다. 역참(驛站)에 이르렀을 때 그 길가에 몇 개의 촌가가 있었다. 그는 이곳에 사정을 말하고 묵어갔으면 한다고 부탁했다. 그러자 주인이 허락하였다. 이 집에는 늙은 부부와 젊은 며느리가 있었다. 저녁밥을 물린 후에 주인 영감이 이렇게 말하는 것이었다.

"일가의 상제(祥祭)[46]에 참석하기 위해 오늘 밤 저희는 다른 곳으로 가야 합니다. 저 며늘아기만 혼자 있게 될텐데 모쪼록 잘 보살펴주시고 집도 잘 부탁합니다. 그리고 편히 주무시지요."

그러면서 며느리에게 일렀다.

"우리가 일가로 가고 나면 너만 집에 남을테니 저 손님[47]을 꼭 잘 대접하거라."

이윽고 부인을 데리고 문을 나섰다. 며느리는 알겠다고 하고서 문을 잠그고 들어왔고 마침내 한 방에 함께 묵게 되었다. 그녀는 손님을 아랫목

---

44 홍우원(洪宇遠): 1605~1687. 자는 군징(君徵), 호는 남파(南坡), 본관은 남양이다. 1645년 늦은 나이에 문과에 급제하여 대사성, 공조판서, 예조판서 등을 역임하였다. 여기에서는 강원도관찰사가 된 것으로 나오는데 실제 그의 관력에서는 확인할 수 없다. 학문이 고명하고 성품이 직절(直節)한 것으로 유명하였으며, 17세기 후반 예송과 경신대출척 등의 정쟁 때에 활약하였다. 안성의 남파서원(南坡書院) 등에 제향되었으며, 저서로는 『남파집(南坡集)』이 있다.

45 동협(東峽): 경기도 동쪽 산협지대와 강원도 일대를 일컫는 말이다. 주로 동협행은 크게 두 길로 나누어지는바, 그 하나는 포천·철원을 경유하는 금강산행이 있고 여주·가평·원주·강릉으로 이어지는 관동길이 있었다.

46 상제(祥祭): 삼년상을 마치고 탈상하는 제사로, 곧 대상(大祥)을 말한다.

47 손님: 원문은 '客主'로, 본래 상인의 물건을 위탁받아 팔아주거나 매매를 거간하며, 여러 가지 부수 기능을 담당한 중간상인을 뜻한다. 다만 여기에서는 '손님'의 뜻으로 쓰였다.

에 묵도록 양보하고 자신은 윗목에 앉아서 등불을 돋우고 실을 자았다. 홍우원이 그녀를 보니 촌가의 여자이기는 하지만 자색이 꽤 있거니와 시부모마저 없는 중에 함께 한 방에 묵게 되자 유혹하고자 하는 마음이 생겼다. 그래서 곤하게 잠에 빠지는 습관인 양 그녀의 곁에까지 굴러가 한쪽 다리를 들어 그녀의 무릎에 올려놓아 보았다. 그녀는 먼 길을 오느라 곤한 잠에 빠져 이런 것으로 알고 조심스레 두 손으로 살짝 들어서 내려놓았다. 잠시 뒤, 또 다리를 그녀의 무릎에 올려놓자 그녀 또한 이전처럼 내려놓았다. 홍우원은 그녀의 의도를 미처 알아차리지 못하고 그녀가 그렇게 심하게 거절하지 않는다 싶어 다시 다리를 올려보았다. 그녀는 비로소 그가 자신에게 다른 뜻이 있다는 걸 알아차리고 불러 깨웠다. 홍우원은 깊이 잠든 척하면서 여러 번 부른 뒤에야 기지개를 켜며 슬쩍 반응하였다. 그녀는 그더러 일어나 앉으라고 하더니 일일이 따졌다.

"글 읽는 양반은 의리를 아실 터인데 어찌 남녀가 유별하다는 걸 모른단 말입니까? 시부모님이 나가시면서 손님이 양반이시기에 믿고 의심 없이 집안을 지켜주기를 삼가 부탁한 것이잖아요. 헌데 이 깊은 밤중에 아름답지 못한 마음을 몰래 품으시다니요. 양반의 행실이 어찌 이와 같단 말입니까? 문밖에 나가셔서 회초리를 찾아오셔야겠습니다."

홍우원은 이 말을 듣고서는 부끄럽기 짝이 없어 얼굴이 온통 빨개졌다. 하는 수 없이 문을 나가 회초리를 찾아왔다. 그녀가 바지를 걷고 설 것을 요구하자 그는 또 어쩔 수 없이 그녀의 요구를 순순히 따라야 했다. 그녀는 이에 회초리로 열 대를 때리고서는 훈계하였다.

"내일 시부모님께서 돌아오시면 이번 일의 정황을 낱낱이 아뢸 것이니 다시는 헛된 생각 마시고 편히 주무시기나 하시지요."

그러면서 다시 전처럼 실을 자았다.

다음날, 늙은 부부가 돌아와서는 손님에게 잘 잤는지를 여쭈었다. 홍우원은 답할 말이 없었다. 대신 며느리가 밤사이 있었던 일을 아뢰었다.

그러자 주인이 나무랐다.

"내 너의 곧은 절개를 알기에 홀로 남겨두어 손님을 대접하라 했다마는 젊은 사내가 미색을 보고 마음이 동하는 것도 괴이한 일은 아니니라. 곡진하게 거절하며 불가한 뜻을 드러내는 것은 참으로 옳다마는 너는 어째서 감히 양반께 매질까지 했단 말이냐."

마침내 그 회초리를 가져다가 며느리를 수십 대나 때리고 홍우원을 보고 사과하였다.

"촌의 아낙이라 무지하여 양반께 욕을 보였으니 황송하기 그지없사옵니다."

홍우원은 부끄러운 나머지 핑계를 대서 떠나버렸다.

이날 그는 다시 2, 30리를 갔다. 날이 저물고 역참을 지나온 터라 다시 한 촌가를 찾아 묵고 가게 되었다. 이 집에는 부부가 살고 있었다. 저녁을 먹고 난 뒤 주인은 이렇게 아뢰었다.

"소인이 마침 긴한 일이 있어서 십 리쯤 되는 곳에 갔다가 내일 아침에야 돌아올 겁니다. 손님께서는 편안히 주무십시오."

더하여 그 아내더러 손님을 잘 대접하라고 부탁하고서는 출타하였다. 부인은 문을 닫고 방으로 들어왔는데 이 방은 위 칸 아래 칸이 있고 그사이를 가리개로 막은 상태였다. 여인은 아래 칸에 묵고 홍우원은 윗방에 묵게 되었다. 그는 어젯밤 일을 거울삼아 다시 사특한 생각을 하지 않았다. 그런데 밤이 깊어진 뒤 여자가 홍우원을 불렀다.

"위 칸은 아주 썰렁하답니다. 손님께서는 춥지 않으신지요? 누울 곳을 아래 칸으로 옮기셔서 저와 함께 묵는 것이 어떠신지요?"

홍우원은 춥지 않다고 대답했으나 그녀는 두세 차례나 들어오라고 청하였다. 그래도 그는 끝내 듣지 않았다. 그녀가 하는 것을 보니 필시 문을 열고 자기 쪽으로 올 것 같은 생각이 들었다. 그래서 그는 등을 문고리에 바짝 붙여서 꽉 힘을 주며 문을 열고 나오지 못하게 하였다. 과연 그녀는 몸을 굴려 문지방 쪽으로 접근해서는 백방으로 유혹하여 문을 밀려고 했으나 끝내 열 수 없었다. 그녀는 화를 버럭 내며 야유와 욕을 퍼부었다.

"젊은 사내가 여자와 방을 함께 쓰면서 한 점 정욕도 없다니 고자가 아닌가? 어찌 이렇게 멋이 없는지!"

그러면서 마구잡이로 거친 욕을 쉴 새 없이 해댔다.

"손님이 아니라도 내 다른 사람이 없을 줄 알고?"

마침내 발을 들어 앞 창문을 차서 밀치고 나가더니 어떤 총각 놈을 데리고 와서는 음란한 짓거리를 질펀하게 하더니 곧 서로 안고서 곯아떨어졌다.

얼마 지나지 않아 남편이 돌아와서는 곧장 그 방으로 들어가더니 한 칼로 저들 남녀를 찔러 죽이고서는 바로 밖으로 나왔다. 그는 홍우원이 자는 방 밖에 서서 낮은 소리로 그를 불렀다.

"손님께서는 주무시는지요?"

"당신은 누구요?"

"소인은 바로 이 집의 주인입니다. 문을 좀 열어주시지요."

홍우원은 그자가 흉악한 일을 저질렀기에 속으로 무척이나 두려웠다. 그러나 다시 생각해 보니 자신은 저지른 일이 없는지라 다른 우려가 있겠냐 싶어서 마침내 들어오도록 문을 열어 주었다. 그자는 수없이 절을 올리며 대단해 하며 말하였다.

"선비께서는 참으로 대인이십니다. 젊은 사람으로서 깊은 밤 밀실 안에서 젊은 여자와 벽을 사이에 두고 함께 묵는데 정욕이 동하지 않을 이가 몇이나 되겠습니까? 소인은 저 계집의 의심가는 행동을 자주 보아 왔으나 실제 증거를 잡지 못하고 있었지요. 어제 선비님의 거동과 모습이 범상치 않음을 보고는 계집이 흠모하는 듯을 둡디다. 그래서 소인이 출타하는 것처럼 핑계를 대고 몰래 창문 뒤에 숨어서 동정을 살폈던 겁

니다. 과연 저 계집이 음란한 뜻을 품고서 선비님을 유혹했으나 선비님
께서 굳은 마음으로 응하지 않더군요. 저 계집이 정욕을 주체하지 못하
고 급기야 이웃의 총각 놈을 불러들여 함께 자지뭡니까. 그래서 소인이
그 하는 짓거리에 분통이 터져 한칼로 찔러 죽였던 것입니다. 만약 선비
님이 심지가 굳지 못해 꺾여 저 계집에게 유혹을 당했다면 필시 소인의
칼을 면하지 못했을 겁니다. 제가 많이 봐왔으되 선비님과 같은 곧고
바른 대인은 없었지요. 지금 이곳에 남아서는 안 되니 날이 밝기 전에
소인과 속히 도망칩시다."

마침내 함께 문을 나섰다. 몇 걸음 채 가지도 않아서 그자가 다시,
"소인이 한 가지 깜박한 일이 있습니다. 집을 불태우고 오겠으니 바라
건대 선비님께서는 잠시만 기다려주세요."
라고 하더니 곧장 몸을 돌려 집 쪽으로 들어갔다. 홍우원은 그자를 기다
리는 것이 의미가 없다 싶어 혼자 먼저 떠났다. 1리쯤 가서 고개를 돌려
보니 저 먼 곳에서 화염이 하늘에 닿을 듯했다.

그 뒤에 홍우원은 과거에 급제하여 강원감사가 되었다. 관할 고을을
순찰하던 길에 관할 지역의 한 백성이 비를 들고 서 있는 것을 봤다.
그를 불러 앞으로 오게 한 다음 홍우원은 수레를 멈추고서 물었다.
"너는 나를 알아보는가?"
"소인이 어떻게 알아보겠사옵니까?"
"너는 아무 해 이러이러했던 일을 기억하느냐?"
그자가 비로소 기억이 나서 대답하였다.
"소인이 이제야 과연 기억이 납니다."
홍우원은 그에게 감영으로 돌아간 뒤쯤 그곳에서 대기하라 하였다.
뒤에 그를 칭찬해 마지 않으며 하사품을 많이 주어 돌려보냈다.

어사 여동식이 혼처를 바꾸어 맺어줌

참판 여동식(呂東植)[48]이 영남 우도(右道)의 어사가 되어 진주(晉州) 땅에 다다랐을 때 우연히 시종들을 잃게 되었다. 게다가 저물녘이 되었지만 투숙할 만한 곳조차 없었다. 마침 길가에 한 초가가 있어서 그 집으로 가서 문을 두드리자 어떤 이가 나와서 응대하였다. 그는 양반붙이였는데 아직 관례를 치르지 않은 상태였다. 묵어가고자 한다는 뜻을 알리자 그 젊은이는 어려워하는 기색 없이 방 안으로 맞이하였다. 성의 있게 대하면서 누이를 불러서 저녁밥을 차려 올리라고까지 하였다. 그는 밤이 되자 손님과 함께 윗목에서 잠을 잤고 누이는 아랫목에서 자게 되었다. 어사가 그 젊은이의 말씨나 행동을 보고 또 그와 이야기를 주고받아보니, 사람됨이 미쁠 뿐만 아니라 남매가 한방을 쓰면서도 안과 밖이 엄정했다. 속으로 기이하다 싶어 물었다.

"나이가 이미 찼는데 어째서 장가를 들지 않았소?"

"집이 가난한 까닭에 남들이 다 저와 혼인하기를 원치 않습니다. 앞마을에 부잣집에서도 진즉에 사위로 맞이하겠다고 논의가 있었지만 역시 가난하다는 이유로 지금에 와서 갑자기 약속을 깨버렸지요. 그쪽은 다른 부잣집과 혼인하기로 하여 내일 그 혼례를 치른다고 합니다."

"자네 누이도 혼처가 없는가?"

"역시 혼처가 정해지지 않았습니다."

---

48 여동식(呂東植): 1774~1829. 자는 우렴(友濂), 본관은 함양이다. 1795년 과거에 급제한 후 경상도 암행어사, 대사간, 이조참의 등을 역임하였다. 1829년에는 탐학상을 들어 전 통제사 이당(李溏), 의령현감 박종구(朴宗球) 등 전·현직 수령 15명에 대하여 치죄할 것과 선치수령(善治守令)으로 함양군수 남주헌(南周獻)에게 포상할 것을 청하였다. 1829년에 사은부사가 되어 청나라에 파견되었다가 돌아오는 길에 객사하였다. 이 이야기는 그가 1808년 경상우도 암행어사로 갔을 때의 내용인데, 실제 그는 경상 우도 관리들의 탐학상을 낱낱이 조사하여 밝혀낸 공적이 있었다. 이에 대한 정보가 『순조실록』 1808년 8월 1일 조에 나와 있다.

어사는 이 젊은 남매가 과년한데도 혼인하지 못한 것이 안타까웠을 뿐만 아니라 앞마을에 부자라는 자가 가난을 흠잡아 혼사를 물린 것에 분개하였다. 그래서 다음날 곧장 그자의 집으로 찾아가 먹을 걸 구걸하였다. 그자의 집 대문은 높고 컸으며 섬돌과 뜰이 아주 넓었다. 거기에 높게 차일을 치고 성대하게 진설해 놓고 채색 병풍으로 둘러쳐 놓았다. 바야흐로 신랑이 오기를 기다리던 중인지라 손님들은 대청에 가득하였고 하인들도 뜰을 가득 메웠다. 솥 따위나 반상 그리고 그릇들을 나열해 놓더니 생선과 육고기를 삶아서 성찬을 늘어놓고 차례차례 대청마루로 올리고 있었다.

이즈음 갑작스럽게 구걸하는 손님의 소리를 듣게 된 주인이라는 자는 종을 불러서 내쫓게 하였다. 어사는 잠시 떠밀려 나갔다가 바로 들어와서는 큰 소리로 외쳤다.

"이런 성대한 자리에 음식이 흘러넘치거늘 어째서 헐벗고 굶주린 이에게 배 한번 부르게 해주지 못한단 말인가!"

이렇게 연신 소리를 질러대며 섬돌 아래쪽으로 접근하자, 주인은 사태가 적이 곤혹스러웠다. 별수 없어 하인에게 일러 한 상을 대충 차려주도록 했다. 이에 종이 먹다 남은 잔에 찬술을 따르고 볼품없는 음식을 몇 개의 그릇에 담아 소반에 차려서 주었다. 그러는 사이에 어사가 순식간에 대청마루로 올라가 손님들이 있는 자리 말석으로 비집고 들어갔다. 양반을 박대했다는 취지로 적잖이 꾸짖으며 욕까지 했다. 주인은 잔뜩 화가 나서 다시 종더러 끌어내리라고 하였다. 그때 마침 한 역졸이 어사의 소재를 찾아다니다가 이 집 문 앞에 이르게 되었다. 어사가 순간 그를 보고는 눈을 깜박거려 표시하자 역졸은 마침내 고함을 질렀다.

"어사또 출두야!"

이 한마디 소리가 나오자마자 가득 찼던 자리에서 사람들이 놀라 흩어졌다. 저마다 머리를 감싸 쥐고 쥐구멍을 찾듯 도망을 가느라 문을 메웠다. 저 신랑이라는 자도 때마침 당도했다가 이 난리 꼴을 보고는 역시 말을 돌려 급히 달아나 버렸다. 어사의 시종들이 다시 차례차례 모여들게 되었다. 어사는 마침내 상좌를 차지, 제일 윗자리에 나아가서 이 집주인을 잡아들이라 하여 뜰아래에 꿇어앉혔다. 그리고서 낱낱이 죄상을 추궁했다.

"네가 한 고을의 거부로 큰 자리를 마련한 터에 한 상의 성찬이 너에게 무슨 손해가 된다고 이렇게 사람을 시켜서 쫓아내는 것이냐? 여러 번 간절하게 구걸했는데도 마지못해 여러 사람이 먹던 남은 음식으로 이렇게 엉성하게 박대하다니. 게다가 대청마루에 올랐을 때는 내몰아 끌어내리기까지 하였으니 어찌 이런 도리가 있으며 어디 이런 인심이 있단 말이냐? 네가 처음에 건넛마을 아무개 도령과 혼인하기로 했다가 그쪽이 가난하다고 흠잡아 혼삿날이 가까워졌을 때 약속을 저버렸다지? 그리고 다시 다른 사윗감을 불렀으니 이것이 어찌 영남의 돈독하고 후덕한 풍속이란 말이냐? 지금 혼례일이 정해져서 초례(醮禮)⁴⁹의 자리 또한 마련되었으니 지금 당장 신랑의 예복과 백마와 청사초롱을 준비하여 건넛마을 도령을 모셔와 초례를 거행하도록 하여라. 또 가마 하나를 보내어 그 누이 처자를 태워 오도록 하여라."

그리고 다시 주인에게 명하여 활옷⁵⁰을 준비하고 속히 아까 물러간 신랑을 불러오도록 하여 이 집에서 초례를 거행하도록 했다. 어사는 자리에 앉아서 두 쌍의 혼례가 다 끝날 때까지 지켜보고 나서야 떠나갔다. 온 마을 사람들은 이 집 주인이 욕을 본 것을 통쾌해했으며, 어사가 도령

---

49 초례(醮禮): 전통 결혼 의례에서 교배례(交拜禮)와 합근례(合卺禮)를 지칭한다. 원래 혼례에서는 처음 신랑 측에서 기러기 한쌍을 가지고 신붓집으로 가서 인사를 올리는 전안례(奠雁禮)를 치르고 난 다음, 함께 신랑집으로 가서 본격적인 혼인식을 거행하는바, 맞절(교배례)과 지금의 폐백(합근례)을 올렸다.

50 활옷: '화의(華衣)'라고 하며, 혼례 때 신부가 입는 옷이다.

의 남매들을 잘 처리해 준 것을 칭찬해 마지않았다.

용한 점쟁이를 찾아가 원통한 옥사에서 풀려남

전주 읍내에 한 과부가 살았다. 그런데 하룻밤 사이에 누군지 알 수 없는 자가 그 집에 몰래 들어가 그녀의 목을 잘라가 버렸다. 이웃 사람이 해가 뜬 지 꽤 되었는데도 과부의 집에서 움직임이 없는 것이 괴이쩍어 그 집에 들어가 보았다. 문을 열고 살펴보니 과부는 과연 죽어 있었고, 흐르는 피가 방바닥에 질펀했다. 그녀의 머리는 사라지고 없었다. 이웃 사람들이 깜짝 놀라 소장을 내어 관에 고발하였다.

이에 그곳 수령이 와서 시체를 검안했더니 과연 소장의 내용과 같았다. 잘린 머리의 행방을 찾던 중, 핏자국이 문밖으로 뚝뚝 떨어져 있었다. 그 핏자국을 따라서 계속 찾아가자 서편 담장 아래에 이르러 끝나 있었다. 이에 서편 담장 너머의 집으로 들어가서 그곳을 두루 수색했더니 그 집의 서편 담장 아래에 과부의 머리가 떨어져 있었다. 대개 이 변고가 깊은 밤중에 일어난데다 이곳이 후미진 곳이라서 그 집의 주인도 모르고 있었던 것이다.

이 집에서 머리가 발견되었기에 집주인을 결박하여 엄한 형을 가하며 캐물었다. 그 주인은 이치를 들어가며 원통하다고 하였으나 수령은 하나도 다시 들으려 하지 않고 누차 가혹한 신문을 하였다. 달이 넘도록 가두고 족친 끝에 장차 죽을 지경이 되었다. 그의 두 아들은 필시 흉악한 범인이 따로 있을 거라 생각했지만 이를 밝혀낼 길이 없었다. 그래서 함께 상의하였다.

"듣자니 봉산(鳳山)의 유운태(劉雲泰)[51]가 나라에서 쳐주는 용한 점쟁이라고 하니 가서 상의해 봐야 하지 않겠는가?"

그리하여 복채와 노자를 많이 준비하여 말 한 필에 싣고서 봉산의 점쟁이 유 씨의 집을 찾아갔다. 가서는 사정을 세세하게 이야기하고 진범을 찾아 부친의 원통함을 씻어주기를 요청하였다. 그러면서 복채를 내밀자 점쟁이가 이렇게 반응했다.

"오늘은 이미 늦었으니 내일 이른 아침에 점을 쳐 봅시다."

다음날 동틀 무렵이 되자, 점쟁이는 씻고 나서 도포를 입고 나와 대청 마루 위에 앉았다. 화로에 불을 지피고 그 앞에 서안을 하나 두더니 다시 커다란 병풍으로 주변을 둘러쳤다. 그 안에서 향을 사르고 축문으로 고하고는 점을 쳤다. 진즉에 괘를 얻고도 다시 한참을 풀어보더니 이윽고 나와서 두 사람에게 이렇게 이르는 것이었다.

"자네들은 지금 당장 고향으로 돌아가되, 집으로 들어가지 말고 곧장 서남쪽 사잇길로 향하시게. 70리쯤을 가면 왼편에 따로 작은 길이 나 있을걸세. 이 길을 따라서 가게 되면 그 아래에는 마밭 수십 무(畝)[52]가

---

51 유운태(劉雲泰): 생몰년 미상이다. 조수삼(趙秀三)의 『추재기이(秋齋紀異)』에 따르면, 유운태의 호는 봉강선생(鳳岡先生)이고, 황해도 봉산의 맹인으로 7세에 실명하였으나 부지런히 학문을 해서 십삼경서와 『주역』을 읽고 깨우쳐 복서(卜筮)에 뛰어나게 되었다고 한다. 사람들이 점을 치러 오면 효도와 공손함, 충성과 신의의 도리를 말해주어 엄군평(嚴君平)의 풍모가 있다는 평을 들었다. 성대중(成大中)의 『청성잡기(靑城雜記)』에 전하는 일화와 신광수(申光洙)의 『석북집(石北集)』에 '봉산의 점술가 유운태에게 주다[贈鳳山日者劉雲泰]'라는 제목의 시(詩) 등을 참조해 보면, 그가 당시 이름난 문사들과 교유가 있었음을 알 수 있다. 활동 지역이었던 봉산에 대해서는 이규경(李圭景)의 『오주연문장전산고(五洲衍文長箋散稿)』의 "황해도 봉산·황주(黃州) 등지에 맹인들이 많이 모여 살며 점으로 생활을 영위했는데 홍계관(洪繼寬), 유은태(劉殷泰, 본문의 유운태와 동일 인물), 함순명(咸順命), 합천(陜川)의 맹인을 그들 직업의 조상으로 생각한다."는 언급이 참조가 된다.

52 무(畝): 논밭의 면적 단위이다. 통일신라 때부터 고려 때까지 사용되었던 1무의 단위 면적은 154.3㎡였다. 그러던 것이 1436년에서 1444년까지 경묘보법(頃畝步法)이 실시된 이후 259.46㎡로 조정되었다. 현대에는 1무가 한 마지기와 동일한 의미로 사용되는데 대략 201.7평에 해당한다.

있고 다시 그 아래로 수십 걸음을 가면 초가가 나올거네. 낮에는 그 마밭에 몸을 숨기고 저물녘이 되면 초가집의 울타리 뒤편에 숨어 있어 보게. 그러면 필시 알만한 일이 있을 걸세."

두 아들은 점쟁이의 말에 따라 급히 돌아와서는 자기 집에 들어가지 않고 곧장 서남쪽 길을 향해 내달렸다. 70리쯤을 가니 길 왼편에 과연 작은 사잇길이 있었다. 이 길을 따라 더 가자 마밭이 나왔고, 이 마밭이 끝나는 지점에 과연 외딴 마을 허름한 집이 있었다. 이들은 거기서 멀리 떨어진 산 입구에 말을 매어두고서 마밭 속에 몸을 숨긴 채 기다렸다. 황혼이 진 후에 몰래 그 집의 울타리 아래로 다가가서는 사이로 안을 엿보니, 한 사내가 목로에 앉아 불을 밝힌 채 신을 삼고 있었다. 그 아내도 방 안에서 등불을 돋우고서 실을 켜고 있었으나 둘 다 아무런 말도 주고받지 않았다. 두 아들은 오로지 울타리 가에 귀를 붙인 채 정신을 집중하여 몰래 엿들었다.

한참이 지나 그자가 몸을 일으키더니 하고 있던 일을 정리하고서 불을 끄고 방으로 들어갔다. 그는 아내에게 기쁜 낯으로 이렇게 말하는 것이었다.

"이제 근심할 필요가 없겠는걸? 아무개가 여러 번 형을 받고 심문당한 끝에 지금 죽게 되었으니."

이 말을 들은 두 아들은 울타리를 젖히고 뛰어 들어가 그 사내를 끌고 나왔다. 단단히 묶은 뒤 말이 있는 곳까지 끌고 와서는 이 자를 말 등에 실었다. 말 위에서 다시 여러 번 둘둘 묶어 떨어지지 않게 하고서 급히 내달려 돌아와 관아에 호소하였다.

"소인의 원통한 아버지는 죄가 없사옵니다. 지금 흉악한 놈을 붙잡아 왔습니다."

수령은 놀라면서도 기뻐하며 즉시 그자를 잡아들이도록 명을 내리고서 형구를 단단히 갖추어 엄하게 캐물었다. 장을 한 대도 때리지 않았는데 그자는 죄다 실토하였다.

"소인은 그 이웃집에 사는 갖바치이옵니다. 과부를 좋아한 나머지 여러 차례 꾀었지만 응하지 않아 이에 부아가 치밀어 죽이고 말았습니다. 그 머리를 서편 집에 던져두어 죄를 떠넘기려 했던 것이옵니다. 지금 이미 탄로가 났으니 더 이상 변명할 여지가 없사옵니다."

이에 옥안(獄案)이 성립되었고 마침내 서편 이웃집 주인은 방면이 되었다.

1-12

사내에게 과시하며 평양의 재물을 가득 싣고 옴

예전에 한 선비가 과거를 보기 위해 반촌(泮村)[53]에 들어온 적이 있었다. 그 집의 주인이 마침 출타하여 아내만 남아 있었다. 그때 사방을 돌아봐도 인적이 없는지라 음욕이 발동하여 이 여인을 억지로 끌어 잡고서는 정을 통하자며 애써 구애하였다. 그녀는 주인과 손님의 도리 때문에 차마 소리를 내어 거절하지 못하고 어쩔 수 없이 받아들였다. 얼마 뒤 남편이 대문을 통해 들어와서는 곧장 대청마루로 올라가 문을 열고 막 들어갈 참이었다. 이에 선비는 급히 치마로 그녀의 몸을 덮어 두고 남편을 돌아보며 눈짓을 하며 손을 내저었다. 남편은 그 의미를 알아차리고 문을 닫고 물러났다.

"나는 눈치가 있는 사람인데 어찌 남의 낌새를 알아차리지 못하겠는가?"

---

53 반촌(泮村): 성균관 주변으로, 성균관에 관련된 물품이나 기타 수용 물품을 담당했던 마을이다. 주로 이곳에 거주한 사람들을 '반인(泮人)'이라 불렀으며, 이들은 주로 중하층 신분이었다. 특히 도살업에 종사한 이들이 많았다. 여기 내용처럼 따로 과거 응시자들의 숙박처로도 기능하였다.

결국 대문을 나서서 가버렸다. 이에 더 이상 꺼릴 바가 없게 되자 마음 껏 즐기고 일을 끝냈다. 이후 선비는 나가 바깥채에 묵고 그녀는 이웃집 으로 가서 머물렀다.

한참 만에 남편이 돌아와 있다가 아내가 들어오는 것을 보고 맞이하 였다.

"자네는 그새 어디에 갔다가 지금에야 집에 돌아오는가?"

"옷을 새로 지으려고 이웃 사람의 손을 빌려서 마름질하려던 참이었 어요. 하온대 그 사람이 마침 출타를 해버렸지 뭐예요. 그가 돌아오기를 좀 기다리다 보니 늦어졌네요."

남편은 이상히 여기지 않고 더 다른 말은 하지 않았다.

얼마 안 있어 이 선비는 과거에 합격하였고, 또 몇 년 뒤 평안감사가 되었다. 주인 사내가 아주 좋아하며,

"이제 평양 감영에 가서 재물을 달라 하여 실어 올 테야."

라고 하자 그녀가 씩 웃었다.

"당신이 내려가 본들 무슨 재물을 얻어올 수 있겠어요?"

사내가 화를 냈다.

"내가 얻을 수 없다면 자네가 간들 무엇을 얻을 수 있겠소?"

"제가 가면 필시 얻을 수 있지요."

그래도 사내는 그녀의 말을 듣지 않고 끝내 말을 빌려 타고 평양을 향했다. 감영에 이르러 감사를 뵈니, 감사는 그를 보고도 별다른 기색 없이 감영의 곳간에 명하여 밥을 내주라 하였다. 다음날에는 노자를 내 어주며 그더러 속히 돌아가라고만 하였다. 이에 사내는 분노가 치밀었고 또 아내 볼 낯도 없어졌다. 분통이 터진 나머지 인사도 없이 떠나버렸다.

집에 들어오자마자 사내는 큰 소리로 욕지거리를 퍼부으며 분을 못 이길 정도였다. 아내가 맞이하며,

"그래, 무슨 물건을 가져오셨소?"

라고 물었다. 사내는 냉담하기가 짝이 없고 예전에 얼굴 대하던 그 마음이 전혀 없었던 사정을 낱낱이 얘기해 주었다. 그러자 아내가 다시 웃었다.

"제가 분명 말하지 않았던가요? 당신은 백번을 내려가 본들 얻을 수 있는 게 없을 걸요? 필시 제가 내려간 뒤라야 얻어올 수 있을 거예요."

사내는 화를 내며 대답하였다.

"자네 말이 그렇다니 내일이라도 당장 내려가 보게."

그녀는 몸소 행장을 꾸려 평양 감영으로 갔다. 감영 문지기더러 들어갈 것을 통지하니 감사가 즉시 불러들였다. 그녀가 섬돌로 올라가 뵙고 절을 올리자 감사는 그녀를 보고 방으로 들라 하고, 먼 곳까지 온 그 심사를 위로하였다. 그리고 다시 관아 안채로 들라 하고 대접을 후하게 하도록 지시했다.

며칠을 머무르고 그녀가 돌아가겠다고 청하자, 감사는 옛날의 정을 잊지 못하여 안채에 머물던 그녀를 침실로 불러들여 옛정을 다시 이었다. 행하(行下)[54]를 적을 종이를 들이라 명하여 큰 글씨로 직접 돈 수천 냥과 그 외에 명주와 면포, 조기[55]와 참기름 따위를 적었다. 이것들은 모두 관서 지방의 특산품으로 물건마다 죄다 갖추어 놓은 것이다. 감영의 곳간에 명하여 이것들을 꺼내 관아에 들인 말[雇馬]을 내어 운반케 하였다. 실은 물품이 몇 바리나 되었다. 제일 앞 바리가 먼저 반촌의 앞 길에 도착하여 평양감사 댁의 반촌 주인집을 묻자, 길 가던 사람들이 그 집을 가르쳐 주었다. 곧장 그 집을 향해 들어가니 뒤따르던 다른 바리도 연이어 다 도착했다. 가장 뒤엣것은 여인을 태우고 왔다. 풀어놓은

---

54 행하(行下): 일반적으로 주인이 부리는 사람에게 주는 돈이나 보수를 말한다. 주로 집안에 경사가 있을 때나 놀이를 한 뒤에 덤으로 하사하는 유형을 뜻한다.

55 조기: 원문은 '民石魚'로, 이본에는 '民魚石魚'로 되어 있다. 이는 민어와 조기 두 가지를 지칭한다고 볼 수도 있겠다. 하지만 조기가 민어과의 여러 조기류를 총칭하기도 한바 여기서는 조기라 한 것이다.

짐이 마당에 가득 차니 이른바 '색파옥자(塞破屋子)'[56]라 할 만했다. 사내가 막 이것을 보고서는 한편으로는 깜짝 놀라고 또 한편으로는 몹시 기뻤다. 차례대로 여러 물품을 수습하여 각자 자기 자리에 정돈한 다음, 주변이 조용해지자 사내는 아내에게 물었다.

"내가 내려갔을 때는 물건 하나도 얻을 수 없었는데, 자네가 내려가서 얻은 재물이 이렇게나 많다니 이 무슨 까닭인가?"

그녀는 웃으며 대답하였다.

"당신은 아무 해에 감사님이 과거를 볼 참으로 이곳 안방에 들어왔다가 정을 통하던 일을 기억하지 못하나 봐요?"

이 말에 남편은 한참을 생각하더니 불현듯 깨달았다.

"맞아, 맞아! 다만 그때 누워 있던 자가 누구인지를 알 수 없었지."

그녀가 다시 씩 웃었다.

"바로 저예요."

사내는 다시 놀라고 느낀 바가 있어서 아쉬움에 탄식하였다.

"그때 자네가 아래에 누워 있었던 걸 알았다면 내 어찌 백번이라도 눈감아 주지 않았겠으며, 그랬다면 오늘의 이 소득이 또 이 정도에만 그쳤으랴?"

마침내 둘은 껄껄 웃었다.

---

56 색파옥자(塞破屋子): 돈 따위가 방안을 가득 채워 넘쳐서 벽이 무너질 정도라는 의미이다. 『사문유취(事文類聚)』에 '색파옥자'란 항목이 있는바, 송나라 태조와 조보(趙普)와의 대화에서 나온 말이다.

석함 속에 고기가 노니는 길지를 점지함

판서 이정운(李鼎運)[57]의 조부인 모씨(某氏)[58]가 젊은 날 산사(山寺)에서 글을 읽을 때였다. 한겨울이라 눈과 추위가 매섭기 그지없었는데 한 떠돌이 중이 나타났다. 해진 누더기에 비쩍 마른 모습으로 공양주(供養主)에게 먹을 것을 구걸하였다. 공양주는 그에게 저녁밥을 내어주고 그다음 날 쫓아낼 참이었다. 이씨 양반이 그런 그가 안쓰러워 공양주에게 부탁하였다.

"이런 엄동설한에 옷도 제대로 못 걸치고 굶주린 승려이니 필시 얼어 죽을까 염려되오. 양식이라면 내가 알아서 댈 테니 며칠을 더 머무르게 했다가 날이 조금 풀리기를 기다린 다음에 내보내는 게 좋겠소."

마침 그는 새 옷으로 갈아입은 상태라 벗어 놓았던 옷가지를 다 내어 주며 그에게 입으라고 하였다. 그러고는 추위가 조금 누그러지기를 기다렸다가 산을 내려가게 해주었다. 중은 연신 고맙다며 인사를 하고서 떠나갔다.

그 뒤 몇 년이 지나 이씨 양반은 친상을 당하게 되었다. 이제 막 상복을 입었는데 한 중이 찾아와서 조문하고자 하였다. 상주가 조문을 받기는 했으나 그가 누구인지는 몰랐다.

"상주께서는 소승을 알아보시겠습니까?"

"모르겠소."

"상주께서는 혹시 아무 해 모 사찰에서 걸식하던 중을 기억하시는지

---

57 이정운(李鼎運): 1743~?. 자는 공저(共著), 호는 오사(五沙), 본관은 연안이다. 1769년 과거에 급제하여 정언, 승지 등을 거쳐 1800년에 형조판서에 올랐다. 남인의 영수였던 채제공(蔡濟恭, 1720~1799)의 두터운 신임을 받았으며 아우 이익운(李益運)과 함께 윤필병(尹弼秉), 채홍리(蔡弘履), 이가환(李家煥) 등의 남인들과 문학적 교유를 하였으며, 정약용과도 가까이 지냈다. 참고로 『다산시문집』(권2)의 「송이공관찰호서(送李公觀察湖西)」는 이정운이 호서관찰사로 갈 때 준 송시이다.

58 모씨: 즉 이춘정(李春挺). 그의 관력은 잘 보이지 않는다.

요? 소승이 바로 그 중이옵니다. 그때 밥을 주고 옷을 내어준[59] 은혜를 입어 예상(翳桑)의 아귀[60]를 면할 수 있었답니다. 그 하늘과 같은 은혜에 감격하여 마음속에 깊이 새기고서 반드시 한 번 갚고자 하였답니다. 마침 상주께서 하늘이 무너지는 슬픔을 당했다는 소식을 접하게 되었지요. 묏자리가 아직 정해지지는 않았을 것이라 싶어 풍수를 조금 아는 소승이 아주 길한 땅을 골라드리려 합니다. 이것으로 미력하게나마 보은의 자취로 삼으면 어떨까 합니다. 상주께서 직접 가실 필요 없고 소승이 당장 서둘러 가서 길지를 정하고 올까 합니다. 이후에 소승과 함께 가셔서 확실히 정하는 것이 어떻겠습니까?"

상주가 이 말을 듣고는 멍한 가운데 그가 확 떠올랐다. 그가 이미 은혜에 감격한 터라 필시 이를 갚으려 하여 저렇게 정성을 다 바쳐 길지를 찾아주려는가 싶었다. 그리하여 그의 말대로 길지를 잡게 하였다. 며칠 뒤 중이 한 곳을 정해 가지고 와서 함께 가보자고 하였다. 상주가 중과 같이 가서 주변을 살펴보니 다름 아닌 평지에 논밭이 있는 곳으로, 형세와 위치가 합당치 않은 것 같았다. 속으로 적이 의심이 들었으나 자신은 풍수를 모르는 데다 이 중의 말을 전적으로 믿은 터라 범상한 안목으로는 판단을 할 수 없었다. 그리하여 마침내 중의 말을 한결같이 따라 장례 날짜를 정하고 이곳에 터를 닦았다.

이에 친척이나 이웃은 물론이고 아래로 일꾼까지도 다들 적절한 곳이

---

59 밥을 주고 옷을 내어준: 원문은 '推食解衣'인데 이는 『사기』(권92)·「회음후열전(淮陰侯列傳)」의 문구를 취합한 것이다. 참고로 해당 부분은 다음과 같다. "韓信謝曰: '(…) 漢王授我上將軍印, 予我數萬衆, 解衣衣我, 推食食我, 言聽計用, 故吾得以至於此. 夫人深親信我, 我倍之不祥, 雖死不易. 幸爲信謝項王!'"

60 예상(翳桑)의 아귀: 즉 '예상아인(翳桑餓人)'. 예상은 뽕나무가 우거져서 붙여진 지명이다. 춘추시대 진(晉)나라의 영첩(靈輒)이란 이가 이곳에서 굶주려 죽을 지경에 처해 있었는데 조순(趙盾)이 그를 구해준 일이 있었다. 뒤에 조순에게 위급한 상황이 닥쳤을 때 영첩이 그의 죽음을 면하게 해주고 나서 자신을 예상의 아귀라고 밝힌 것에서 유래되었다. 이 사례는 『좌전(左傳)』·「선공(宣公) 2년」조에 보인다.

아니라고 문제를 삼았다. 숲으로 가려진 거친 땅인데다 산돌이 다닥다닥 솟아있어서[61] 이런 산지는 하관(下棺)할 수 없다고들 하였다. 상주가 중의 말을 전적으로 믿기는 했으나 여러 반대 의견들이 이렇게 모이고 보니 의심이 들고 염려하는 마음이 없을 수 없었다. 급기야 중을 조용하고 후미진 곳으로 불러내 물었다.

"내가 비록 스님을 믿고 결단을 내려 여기에 묫자리를 쓰기로 했소만 사람들이 다들 문제를 제기하여 시끄러운 소리를 감당키 어렵소. 나로서는 명확하고 확실한 견해가 없기에 실로 사람들의 의논을 물리치기 어려우니 이를 어찌해야겠소?"

중은 한참을 생각하더니 말하였다.

"소승의 지극한 정성이야 어찌 혹여 소홀함이 있겠습니까마는 남들의 말이 이미 저러하니 상주께서 이런 말씀을 하는 것도 괴이할 게 없지요. 비록 그렇긴 하나 만약에 이곳이 길지라는 증거가 확실히 드러난다면 그때는 묘를 쓰시겠습니까?"

"그거 좋은 말씀이요."

이때는 하관 구덩이를 다 파고 나서 백회로 다질 참이었다. 승려는 상주와 함께 구덩이 안으로 들어가서 바람 한 점 들어오지 못하게 엄광창(掩壙窓)[62]을 굳게 닫아 차단한 다음 구덩이 바닥을 조금 팠다. 그랬더니 그 아래에 네모반듯한 석함이 있었다. 중은 손으로 그 위 덮개의 한쪽을 슬쩍 들어 올리고서 촛불을 비스듬히 비추어 살펴보았다. 석함에 맑은 물이 가득하고 금붕어 두세 마리가 노닐고 있었다. 상주는 이것을

---

61 산돌이 다닥다닥 솟아있어서: 원문은 '山石犖确'으로 이는 한유(韓愈)의 「산석(山石)」이라는 시구절에 보인다. 「산석」의 해당 구절은 다음과 같다. "山石犖确行徑微, 黃昏到寺蝙蝠飛."

62 엄광창(掩壙窓): 하관(下棺) 전까지 임시로 무덤구덩이를 덮어두는 창짝이다. 얇은 널빤지 따위를 문짝처럼 만들어서 이용했으며 자물쇠를 걸어두기도 했다.

보고 몹시 놀라 급히 덮개를 닫고 파낸 흙을 다시 전처럼 단단히 다져 놓고는 엄광창을 열고 밖으로 나왔다. 이에 저들더러 다른 말 못 하게 하고 백회를 다지게 했다. 사람들은 상주의 이와 같은 거동을 보고는 끝내 다른 말을 못했다. 이렇게 해서 하관을 마칠 수 있었다.

중이 떠날 때 상주에게 이런 말을 남겼다.

"소승이 상주님의 은덕에 감격하여 좋은 길지를 정한 것입니다. 이는 필시 상주님 자신이 발복하여 영달을 보게 하려 했던 것입니다. 하지만 불행히도 길한 기운이 조금씩 새서 40년 이후에야 이 기운이 다시 완전히 모이게 되고 그런 뒤에라야 비로소 발복을 할 수 있을 것입니다. 그때는 세 명이 급제하여 벼슬이 높고 현달하게 될 것입니다."

이후 40여 년이 지나 이씨 양반의 손자 형제들 세 사람이 모두 급제하여 승운(升運)[63]은 옥당(玉堂)[64]의 관직에 오르고 정운과 익운(益運)[65]은 정경(正卿)[66]의 자리에 올랐다.

1-14

꿈에 용이 나타나 치마폭을 가득 채움

해풍군(海豊君) 정효준(鄭孝俊)[67]이 43세 때의 일이다. 가난에 찌든데다

---

63 승운(升運): 1746~?. 자는 공둔(公遁), 호는 선암(仙巖)이다. 이정운의 동생으로, 1777년 과거에 급제하여 홍문관 벼슬을 지냈다.

64 옥당(玉堂): 즉 홍문관(弘文館). 관직으로는 홍문관의 부제학, 교리 등을 지칭하였다.

65 익운(益運): 1748~1817. 자는 계수(季受), 호는 학록(鶴麓)이다. 역시 정운의 동생으로 1774년 과거에 급제하여 대사간, 대사헌, 경기관찰사, 공조·예조 판서 등의 관직을 역임하였다. 채제공의 문인으로 알려져 있으며 형 정운과 함께 남인 문인들과의 교유가 두터운 편이었다. 그가 관직 생활 중에 기록했다고 하는 친필본 『백일록(百一錄)』이 전한다.

66 정경(正卿): 대체로 육조의 판서나 홍문관대제학 등 정2품 이상의 당상관을 통칭한다.

의지할 곳도 없는 상태로 상처를 세 번이나 하였다. 그에게는 딸만 셋이 있을 뿐 아들은 하나도 없었다. 그는 영양위(寧陽尉)[68]의 증손자로, 본가의 조상을 모시는 것 외에 노산군(魯山君)[69]과 현덕왕후(顯德王后) 권 씨(權氏)[70] 그리고 단종(端宗)의 비인 송 씨(宋氏)[71] 등 삼위의 신주까지 봉사(奉祀)해야 했다. 하지만 향불조차 마련할 수 없었다. 이러다 보니 집에 있으면 심란했기에 매일 이웃에 사는 병사(兵使) 이진경(李眞卿)[72]의 집에 놀러 다니며 도박하는 것을 소일거리로 삼았다. 이진경은 판서 이준민(李俊民)[73]의 손자로, 그는 당시 당하(堂下)의 무관(武官)[74]으로 있었다. 그런 그가 날마다 이렇게 해풍군과 도박을 했던 것이다.

---

67 정효준(鄭孝俊): 1577~1665. 자는 효우(孝于), 호는 낙만(樂晚), 본관은 해주이다. 시명이 높았으나 여러 차례 과거에 낙방했다가 1618년, 즉 그의 나이 42세에 사마시에 합격하였다. 1656년에 지돈령부사(知敦寧府事) 해풍군(海豊君)으로 습봉되었다. 그후 여기 이야기처럼 다섯 아들이 모두 과거에 급제하여 청현직에 올라 판돈령부사에 승급되었으니, 뒤 내용에서 자급을 높여주었다는 언급이 그것이다.

68 영양위(寧陽尉): 즉 정종(鄭悰, ?~1461). 문종의 딸인 경혜공주(敬惠公主)와 혼인하여 영양위에 봉해졌다. 단종 즉위 초에 형조판서로 신임을 받았으며, 이후 단종 복위 거사에 연루되어 죽임을 당하였다.

69 노산군(魯山君): 즉 단종(端宗)이다.

70 현덕왕후(顯德王后) 권 씨(權氏): 1418~1441. 문종의 비로, 화산부원군(花山府院君) 권전(權專)의 딸이다. 여기 나오는 단종의 모친이다.

71 단종(端宗)의 비인 송 씨(宋氏): 즉 정순왕후(定順王后, 1440~1521). 판돈령부사 송현수(宋玹壽)의 딸로, 1453년 간택되어 이듬해 왕비에 책봉되었다. 잘 알려져 있듯이 단종이 폐위되어 노산군으로 강등되어 영월에 유배되자 정순왕후는 동대문 밖 정업원(淨業院)에 유폐되어 단종을 그리워하며 일생을 보냈다.

72 이진경(李眞卿): 1576~1642. 자는 희안(希顏), 본관은 전의이다. 인조 때 제주목사, 양주목사를 역임하였고, 『인조실록』에 의하면 1640년에 경상우병사로 제수되었다는 기록까지 보인다.

73 이준민(李俊民): 1524~1590. 자는 자수(子修), 호는 신암(新庵)이다. 남명 조식(曺植)의 외질로 1549년 과거에 급제하여 사헌부지평, 평안도관찰사 등을 역임하였다. 선조 시기 정쟁이 심해지자 병을 핑계로 사직하였으며 강직한 성품으로 유명하였다. 시문에서 문명을 떨치지는 못했지만, 전대의 고사에 밝았다고 한다.

74 당하(堂下)의 무관(武官): 당하를 지키는 무관이다. 주로 어영청과 금위영에 속한 무관직으로 조정의 숙위를 담당하였다. 구체적으로는 기사장(騎士將) 따위를 말한다.

하루는 해풍군이 느닷없이 말을 꺼냈다.

"내게 긴밀히 할 말이 있는데 자네 한번 믿고 들어주겠나?"

이진경이 응하였다.

"자네와 내가 이처럼 친한데 무어 따르기 어려운 청이 있겠나? 이야기나 해보게."

해풍군은 한참을 어물어물하다가 이내 입을 열었다.

"내 집은 누대의 제사를 받들 뿐만 아니라 지극히 높은 신주까지 모시고 있다네. 하지만 내가 지금 이렇게 홀아비인데다 아들마저 없으니 제사가 끊어질 게 빤하다네. 이 어찌 안타까운 일이 아닌가? 자네가 아니라면 내가 어찌 입을 열겠는가? 부디 자네는 나의 사정을 안쓰럽게 보아 자네 딸과 혼인하게 해주게!"

이진경은 발끈하며 정색하였다.

"자네 말이 진담인가? 내 딸의 나이가 이제 열다섯 살인데 어떻게 쉰을 바라보는 자네의 배필이 된단 말인가? 정신 나간 말을 하는군. 절대 다신 이런 몰지각하고 되지도 않는 말을 내뱉지도 말게나."

해풍군은 부끄럽고 창피한 얼굴로 멋쩍어 물러갔다. 그 이후로 다시는 그의 집을 찾아가지 않았다.

그 뒤 십여 일이 지난 밤, 이진경이 잠자리에 들었는데 꿈을 꾸었다. 대문과 뜰이 시끄러워지면서 먼 데서부터 '물렀거라' 하는 소리가 들려왔다. 한 관복을 입은 자가 들어와서는,

"성상께서 그대 집에 행차하셨으니 당장 나와 뫼시거라!"

라고 외치는 것이었다. 이진경은 허겁지겁 계단을 내려와 뜰에 납작 엎드렸다. 이윽고 젊은 왕이 단엄한 면류관을 쓴 채 대청마루 위로 오르더니 이진경에게 앞으로 가까이 오라고 명을 내렸다.

"정 아무개가 너와 혼사를 맺고자 하는데 네 뜻은 어떠하냐?"

이진경은 일어나 절을 올리고서 임금의 말에 아뢰었다.

"성은의 하교를 어찌 감히 어기겠사옵니까? 다만 소신의 딸은 아직 관례를 치르지도 않은 나이이고 정 아무개는 이보다 서른 살이나 많은지라 어떻게 짝을 맺어줄 수 있겠사옵니까?"

왕이 다시 하교하였다.

"나이의 많고 적음을 따질 필요가 있겠느냐? 필시 혼인을 맺어주는 것이 좋겠구나."

그러고는 환궁해버렸다. 이진경은 멍한 가운데 꿈에서 깨어났다. 곧바로 일어나 안채로 들어가니 그의 아내도 촛불을 밝힌 채 앉아 있다가 물었다.

"아직 새벽도 아닌데 무슨 일로 들어오셨습니까?"

이진경이 꿈꾼 일을 이야기해 주자 그의 아내가 말하였다.

"저도 같은 꿈을 꾸었답니다. 너무도 괴이한 일이네요!"

"이는 우연한 일이 아닐 터 앞으로 어떻게 한다지?"

"꿈은 헛된 경우라 무얼 믿을 수 있겠어요……."

그후 십여 일이 지나 이진경은 또 꿈을 꾸었는데 다시 왕의 행차가 있었다. 그런데 용안이 영 즐겁지 않은 모습이었다.

"전에 짐이 하교한 것을 너는 어찌하여 아직껏 이행하지 않는단 말이냐?"

이진경은 황공해 하며 몸을 굽히고서 사죄하였다.

"삼가 헤아려 받들겠나이다."

꿈에서 깬 이진경은 그의 아내와 상의하였다.

"이번 꿈이 또 이러하니 이는 필시 하늘의 뜻인가 보오. 하늘의 뜻을 어기게 되면 큰 화가 미칠까 두려우니 장차 일을 어쩐단 말이오?"

"꿈이 비록 그러하긴 하지만 이 일은 이루어질 수 없는 법이에요. 제가 어떻게 사랑하는 딸을 저 비렁뱅이 신세인 사람의 네 번째 부인으로 줄 수 있겠어요? 이는 하늘이 정하든 사람이 정하든 그 여부와 상관없이 죽어도 따를 수 없어요."

이진경은 그 뒤로 마음이 매우 불안하고 염려가 되어 잠자고 먹는 것이 편치 못했다.

다시 십여 일이 지나 왕의 행차가 다시 꿈에 나타났다.

"지난번 너에게 하교한 것은 하늘이 정해준 인연일 뿐만이 아니니라. 그는 복이 많은 사람으로, 너에게는 해는 되지 않고 도움만을 줄 자이니라. 내가 여러 번 하교했건만 끝내 이를 거역하니 이 무슨 도리란 말이냐! 장차 큰 화가 내릴 것이다."

이진경은 황공하여 일어나 절하고서 대답하였다.

"삼가 성은의 가르침을 받들겠나이다."

"이는 네가 아니라 전적으로 네 처의 완고한 고집 때문에 명을 받들지 못하고 있는 것이니 당장 그 죄를 다스릴게야."

이에 하교하여 잡아들이라 하였다. 순식간에 형구가 착착 갖추어지더니 그의 아내를 붙잡아 들이고서 문초하였다.

"너의 가장은 짐의 명을 따르려고 하는데 너만 유독 고집을 부리면서 명을 받들지 않으니 이 무슨 도리란 말인가?"

이에 형을 집행하라고 명하여 네다섯 대의 장(杖)을 치기에 이르렀다. 이진경의 아내는 두려워하며 애걸하였다.

"어찌 감히 어기겠나이까? 삼가 하교를 받들겠나이다."

이리하여 형을 멈추고 궁으로 돌아갔다. 이진경은 놀라 꿈에서 깨어서는 안채로 들어왔다. 그랬더니 그의 아내도 꿈속의 일을 이야기하면서 무릎을 문지르며 앉아 있었다. 무릎에는 곤장을 맞은 흔적이 그대로 남아 있었다. 몹시 놀라고 두려워진 이들 부부는 의논 끝에 혼인시키기로 마음을 먹고 다음 날 해풍군을 불렀다.

"최근에는 왜 한참을 찾아오지 않소?"

이에 해풍군이 당장 찾아오자 이진경이 그를 맞이하였다.

"자네는 지난번 일로 스스로 격조해서 오지 않았던 건가? 내 최근에 생각해 보니 아무리 봐도 우리가 아니면 이 세상에서 궁한 자네를 구제할 사람이 있을까 싶네. 내 비록 딸의 평생을 망치는 한이 있더라도 무조건 자네에게 시집을 보내겠네. 내 뜻이 이미 결정되었으니 무슨 다른 논의가 필요하겠는가? 사주단자도 서로 요청할 필요 없이 이 자리에서 서약하는 게 좋겠네."

그리고서 한 폭의 서지를 주어 서약서를 쓰고 그 자리에서 책력을 펴놓고 길일을 잡았다. 서로 정성으로 약속하고 그를 보냈다.

다음 날 아침에 딸이 잠자리에서 일어나 모친에게 이런 말을 아뢰었다.

"한밤 꿈이 너무나 기이했어요. 아버님과 바둑을 두시는 친구 정생께서 느닷없이 용으로 변해서는 저를 보고, '너는 내 아들을 받아라.'라고 하지 않겠어요. 저는 치마폭을 펼쳐서 새끼 용 다섯 마리를 받았는데 치마폭 위에서 꿈틀꿈틀하지 뭐예요. 이렇게 주고받는 사이에 새끼 용 한 마리가 땅에 떨어져 목이 부러져서 죽었답니다. 이 어찌 괴이하지 않나요?"

이 말을 들은 부모는 기이해 마지않았다.

이 딸이 해풍군의 집안에 들어와 해마다 아이를 낳았으니 모두 사내아이 다섯이었다. 이들은 모두 장성하여 차례로 과거에 급제하였다. 그리하여 장남과 둘째[75]는 판서의 자리에 올랐고, 셋째[76]는 대사간(大司諫)이 되었

---

75 장남과 둘째: 즉 정식(鄭植, 1615~1662)과 정익(鄭榏, 1617~1683). 정식은 자는 자고(子固), 호는 백교(白郊)이며 1650년 대과에 급제하여 사헌부지평, 남양부사 등을 역임하였다. 그는 청렴한 성품과 덕망으로 당대에 칭송받았다. 정익은 자는 원직(元直), 호는 욱헌(旭軒)으로, 1642년 문과에 급제하여 벼슬하는 초기에는 주로 지평 등의 언관을 지냈다. 1659년에는 서장관으로 청나라에 다녀왔고 이후 숙종 초 남인 집권기에 도승지, 형조판서 등을 두루 역임하였다.

76 셋째: 즉 정석(鄭晳, 1619~1677). 자는 백야(白也), 호는 악남(岳南)이다. 1649년 문과에 급제하여, 동래부사, 병조참의, 홍문관 부제학 등을 역임하였다. 1676년에는 잘못 기술된 『명사(明史)』의 인조반정 기사를 바로잡기 위해 변무부사(辨誣副使)로 청나라에 다녀오기도 하였다. 서서로 『악남집(岳南集)』이 있다.

으며 넷째와 다섯째[77]는 옥당에 올랐다. 장손도 해풍군의 생존시에 과거에 급제하였고 사위도 과거에 급제하였다. 다섯 아들이 모두 과거에 급제하였기에 해풍군은 자급(資級)이 더해져 아경(亞卿)[78]의 지위에 올랐다. 90여 세의 수를 누렸으며 손자와 증손들이 집안을 가득 메웠으니 그 복록의 성대함은 세상에 견줄만한 이가 없었다. 그의 다섯째 아들이 서장관으로 연경(燕京)에 갔다가 돌아오는 길에 책문을 나오지 못하고 변고를 만나 관에 실려 돌아왔다. 그때 해풍군은 아직 살아 있었으니 과연 꿈속의 일이 맞아떨어졌다. 그의 부인은 해풍군보다 3년 먼저 죽었다.

해풍군이 곤궁했을 때 마침 오랜 친구의 집에서 한 관상가를 만난 일이 있었다. 모인 사람들 모두 다 자신의 앞날을 물어보았으나 해풍군만은 아무 말도 없어서 집주인이 물었다.

"저 사람은 신통하게 관상을 잘 보는데 어째서 하나도 물어보지 않는가?"

"나같이 궁한 사람이 관상을 봐서 무슨 이득이 있다고?"

관상가가 그를 한참 보더니,

"저 사람은 뉘시오? 지금은 비록 저렇게 곤궁하지만 복록은 무궁할 거요. 먼저 궁하고 뒤에 형통하니 오복(五福)을 온전히 가진 분입니다. 여기에 계신 다른 분들은 아무도 저분에게 미치지 못할 겁니다."

라고 하였다. 그 뒤에 과연 그의 말이 딱 맞아떨어졌던 것이다.

해풍군이 처음 장가를 들었을 때 혼례를 치른 날 밤 꿈을 꾸었다. 어떤 사람의 집에 들어갔더니 하나같이 혼례를 치를 자리는 마련되어 있는데

---

77 넷째와 다섯째: 즉, 정박(鄭樸, 1621~1692)과 정적(鄭積, 1635~1672). 정박은 자가 자문(子文)으로 1652년에 문과에 급제하였으며, 1668년과 1677년 서장관과 부사로 청나라에 다녀왔다. 이후 대사간, 대사헌, 형조참판 등을 역임하였다. 정적은 문과에 급제하며, 정언, 지평, 장령 등을 지냈다. 여기의 이야기에 관한 사실로는 『현종실록』 1671년 조에 다음과 같이 기록되어 있다. 1671년 11월에 청나라에 사은사를 파견하였는데 그때 정적은 사예(司藝)로 참여하였으며 이때 변고를 당한 것이었다. 이듬해인 1672년 4월에 그를 추증했다고 나와 있다.
78 아경(亞卿): 주로 차관 벼슬을 지칭하며 참판 따위가 이에 해당한다.

다만 신부가 보이질 않았기에 꿈에서 깨서는 의아해했었다. 상처를 하고 재취하던 밤, 다시 꿈을 꾸었다. 그 집에 들어갔더니 전에 꾼 꿈과 똑같았는데, 이른바 신부라고 하는 존재가 아직 포대기에 있는 상황이었다. 세 번째 장가를 들던 날 밤, 또 꿈속에서 그 집을 들어가게 되었다. 여전히 지난 꿈과 같았다. 다만 신부랍시고 포대기에 싸여있던 아이가 이제 근 10여 세로 많이 자라있었다. 또다시 상처하고 이씨 집안의 딸과 네 번째 혼인했을 때 그 신부는 바로 전날에 꿈속에서 보았던 아이였다. 모든 일이 이미 다 정해져 있었던 것이다. 병사 이진경의 꿈속에서 하교했던 임금은 바로 단종이었다.

1-15

여종이 금호에게 부탁하여 주인의 원수를 갚음

교리 금호(錦湖) 임형수(林亨秀)[79]는 어려서부터 그릇이 크고 남다른 기개로, 호탕하고 굳세서 얽매이는 일이 없었다. 이런 성격이라 말을 타고 활쏘기를 즐겼으며 독서를 좋아하고 글까지 잘 지었다.

어느 날 과거를 보기 위해 상경하느라 동접(同接) 두 사람과 함께 말을 타고 길을 나섰다. 도중에 하얀 휘장을 두른 가마가 뒤편에서 따라오는 것을 보게 되었다. 가마를 따르는 어린 계집종은 이제 18, 19세 정도였는데 제법 예뻤다. 땋은 머리가 발목까지 내려왔고, 맵시와 분위기가 하

---

79 임형수(林亨秀): 1504~1547. 자는 사수(士遂), 호는 금호(錦湖), 본관은 평택이다. 1535년 급제하여 수찬, 홍문관 부제학, 이조참판 등을 역임하였다. 1547년 을사사화의 한 사건인 양재역(良才驛) 벽서사건으로 제주도에 안치되었다가 사사(賜死)되었다. 문장에 뛰어났으며 당대의 명유인 이황(李滉), 김인후(金麟厚) 등과 학적 교류를 하였다. 저서로 『금호유고(錦湖遺稿)』가 있다.

늘하늘하였다. 그녀는 가마를 따라 부지런히 오더니 순간 이들을 앞질러 지나치면서 뒤돌아 금호를 쳐다보았다. 그러고는 한 마장(馬場)[80]쯤을 지나쳐 갔을 때 다시 한번 돌아보는 것이었다. 두 동료가 이죽거렸다.

"함께 가는 우리 셋 중에 자네의 외모가 특별히 잘난 것도 아닌데 저 여자아이가 자네에게만 꽂혀서 누차 돌아보니 뭔 일이래?"

금호는,

"나도 영문을 모르겠네."

라고 하였다. 앞에 있는 큰 마을에 당도하여 가마가 골목길 안으로 들어가고나자 금호는 두 동료에게 말했다.

"자네들은 먼저 저 앞 객점에 가서 기다리시게. 난 내일 새벽에 뒤따라가겠네."

두 사람은 웃으며 꾸짖기를,

"사대부가 과거 길에 한 여자에게 단번에 홀려서 동료를 버리고 중도에 길을 바꾸다니 이 무슨 처사란 말인가?"

금호는 웃기만 할 뿐 답하지 않고 하인을 재촉하여 말을 몰아 가마를 뒤쫓아 갔다. 구불구불 골목길을 따라서 가니 높이 솟은 커다란 집이 나타났다. 이윽고 그 대문으로 들어가 말에서 내렸다. 말을 행랑채 기둥에 매어 놓고 계단을 올라가보니 방문은 자물쇠로 채워져 있고 대청은 먼지가 가득 쌓여있었다. 그래도 우선 들어가 앉았는데 잠시 뒤에 그 어린 계집종이 한 손에는 임시로 앉을 자리를, 또 한 손에는 화롯불을 들고서 안에서 나왔다. 자리는 행랑채 방 안에 펴고 그 앞에 화롯불을 놓더니 금호더러 방 안으로 들어오라고 청하였다. 이에 금호는 웃으면서 물었다.

"너는 어찌 내가 따라올 줄 알아서 이런 것들을 마련하였느냐?"

그녀도 씩 웃고는,

80　마장(馬場): 거리의 단위로 통상 5리가 넘고 10리가 못 되는 거리를 의미한다.

"제가 세 번이나 돌아보았으니 어찌 오시지 않을 리가 있겠어요?"

그러면서 청하였다.

"우선 담배를 피우고 계시면 저녁밥을 준비해서 올 터이니 잠시만 기다리셔요. 저녁을 다 먹고 그릇들을 씻어 정돈한 뒤에 오겠습니다."

이윽고, 과연 저녁밥을 차려 상을 들고 들어왔다. 그리고 다시 얼마 뒤 정말 방으로 들어와서는 방 한쪽 모퉁이에 앉더니 느닷없이 줄줄 눈물을 흘리는 것이었다. 금호가 괴이하여 이유를 물었더니 여자는 눈물을 거두고서 이렇게 대답하였다.

"저의 상전께서는 집안 형편이 어려운 처지로 아무 해에 아무 댁 따님과 혼인하였답니다. 그런데 어느 날 마님께서 부모님을 뵈러 돌아가는 길에 갑작스러운 세찬 바람으로 가마의 휘장이 들리는 일이 있었지요. 그때 마침 한 흉악한 중이 몰래 마님의 미모를 훔쳐보고서 감히 음탕한 욕망을 품고 가마를 뒤따라와서 힘으로 마님을 욕보이고 상전마저 죽이고 말았지요. 이때부터 그놈은 제멋대로 왕래하고 있답니다. 저는 속으로 너무 슬프고 원통하여 분통이 터지오나 일개 여자로서는 해볼 만한 계책이 따로 없었지요. 하는 수 없이 몰래 힘이 있는 선비를 만나서 복수를 실행하기를 도모하고 있었답니다. 하지만 그런 분을 만날 수 없지요. 몰래 좋은 활과 강한 살을 구해놓고서 기다린 지 오래되었답니다."

"그렇다면 세 사람이 함께 가는데 무슨 연유로 나만 그렇게 돌아보았느냐?"

"선비님을 뵈니 외모가 건장하신지라 충분히 이 일을 할 수 있다는 판단이 들었지요."

"그 중놈은 지금 어디에 있느냐?"

"지금 방 안에서 마님과 희학질을 하고 있답니다."

금호는 당장 활에 화살을 재면서 계집종더러 앞장서서 알려달라고 하였다. 그녀를 따라가 안쪽 문으로 들어가서 어두운 곳에 몸을 숨긴 채 엿보니 방에는 촛불이 밝게 켜져 있고, 중은 옷을 풀어 가슴을 드러낸 채 반쯤 취한 채 벽에 기대어 앉아 있었다. 금호가 활을 잔뜩 당겨 힘을 다해 쏘자 중의 가슴을 정확히 관통하였다. 중은 큰 외마디 비명을 지르더니 풀썩 엎어졌다. 다시 옆에 있는 여자를 쏘려고 하자 계집종이 만류하였다.

"소행은 비록 이와 같지만 역시 저의 상전이니 제 손으로 죽일 순 없지요. 스스로 죽게 해야 하는 것이 마땅하니 버려두고 가시는 게 좋겠어요."

금호는 이 말에 쏘기를 멈추고 계집종과 함께 그곳을 나왔다. 계집종이 금호에게,

"소인은 선비님을 따라가기를 원하옵니다. 첩이 되건 종이 되건 선비님 명대로 따르겠어요."

라고 하자, 금호는 서둘러 행장을 챙겨 급히 문밖으로 나와 계집종과 함께 말을 타고 떠났다. 반 리(里)쯤 갔을 때 그녀가 말했다.

"제가 깜빡한 일이 있네요. 다시 집에 가서 불을 지르고 와야겠어요."

그녀가 돌아가자 금호는 말을 멈추고 기다렸다. 잠시 뒤 그 집을 보니 사방에서 불빛이 일어나더니 연기와 불꽃이 하늘로 치솟았다. 그와 동시에 그녀가 바로 돌아왔다. 마침내 이전과 마찬가지로 함께 말을 타고 서둘러 앞 객점에 도착하였다. 두 동료가 나와서 맞이하다가 금호가 여자를 데리고 온 것을 보고는 다시 저들끼리 조롱하며 흉을 봤다.

"지금 과거 보러 가는 길에 여자를 끼고 오다니! 이보다 불길한 게 있을까?"

금호는 웃기만 할 뿐 응답하지 않았다. 마침내 금호는 그녀를 데리고 상경하여 여관에 묵었다. 그리고 그녀를 안채에 있으라고 하고 과거 볼 도구들을 가지런히 챙겨 과거장으로 들어갔다. 시험을 치른 끝에 결국 장원으로 급제하였다.

삼일유가(三日遊街)[81]를 마치고 그녀를 데리고 고향으로 돌아와 부인에게 보여주었다. 부인은 전말을 듣자 크게 칭찬하고 감탄하였다. 그리고

그녀의 사람됨이 비천한 사람으로 보이지 않아 마침내 첩으로 삼을 수 있도록 허락하였다. 그녀는 온화하면서도 공손하였으며 성품도 지혜로웠다. 부인이 매우 어여뻐하여 화목하고 즐겁게 지내다가 생을 마쳤다.

1-16

평안감사가 기이한 꿈으로 전생을 알게 됨

예전에 한 고관이 있었다. 그는 어릴 적부터 생일날이면 밤마다 평소 모르는 곳의 어떤 집에 가는 꿈을 꾸었다. 그 집에서는 백발의 노부부가 머리를 감고 몸을 씻은 후 고운 새 옷으로 갈아입고 풍성하고 정갈한 여러 음식을 상 위에 차려 놓고 있었다. 그 곁에는 교의(交椅)[82]가 놓여 있는데 마치 제사를 지내는 대청 같은 모습이었다. 그때마다 자신은 교의 위에 앉아 여러 제수들을 실컷 먹었고 노인 부부는 상 아래에서 밤새도록 통곡을 하는 것이었다. 매년 이와 같았기에 꿈속에서 경험한 일이기는 하나 다녀 본 지가 이미 오래되어 마을의 구석구석과 집의 크기 및 담장의 둘레와 나무들의 모습에서부터 문짝의 배치, 대청의 너비, 섬돌의 굴곡에 이르기까지 그 낱낱이 눈에 선하였다. 비록 한 번도 남에게 이 일을 이야기한 적은 없으나 마음속으로는 항상 괴이쩍어하였다.

후에 평안감사가 되어 부임하는 길에 아직 감영에 조금 못 미쳤을 즈음, 우연히 관내의 한 마을을 보게 되었다. 눈에 아주 익숙한 것이 매년

---

81 삼일유가(三日遊街): 과거 합격자는 어사화를 꽂고 사흘 동안 거리를 돌며 어른들에게 인사를 다니는 등의 행사를 말한다. 기녀·광대들을 불러 잔치를 벌이는 것이 관습으로 되어 있었다.

82 교의(交椅): '교상(交牀)'이라고도 하며, 신주(神主)를 모시는 다리가 긴 의자이다. '교상(交牀)'이라고도 한다.

꿈에서 갔었던 곳과 한 치의 차이도 없었다. 감사는 이에 기이하다는 생각이 들어 관속과 교유서(敎諭書)[83], 절월(節鉞)[84] 등속을 길가에 머물러 있도록 하고 혼자서 말을 몰아 그 마을로 들어갔다. 과연 꿈속에서 보았던 것과 딱 들어맞는 집 한 채가 있었다. 그 집에 들어가서 공방(工房)[85]에서 가져온 자리를 대청 위에 쫙 펼치자, 마을 사람들이 모두 놀라서 흩어졌다. 그 집의 노부부는 연유를 알 수 없어 도망가 숨을 겨를도 없었다. 감사는 대청에 앉아 주인 노부부를 불러내니 노부부는 황송해 마지않으며 뜰아래에 엎드렸다. 감사가 그들더러 대청에 올라 얼굴을 들어보라 하였다. 과연 꿈속에서 통곡하던 이들이었다. 마침내 물었다.

"나이가 어떻게 되며 자손은 있소?"

"아들이 하나 있었는데 요절한 지 오래되었습죠."

"몇 살에 요절하였소?"

"열다섯 살에 죽었습죠. 그 아이가 태어났을 때 영특하고 총명하여 또래 아이들보다 한참 뛰어났습죠. 하나 상놈의 일이나 하는 형편이라 실로 애석하였지요. 그래서 글방에 보내 학업을 하도록 했더니 한 번 보면 죄다 외워 문리가 날마다 트이는지라 온 마을에서 모두 칭찬하지 않는 이가 없었지요. 어느 날 평안감사께서 부임하시는 행차를 보더니 깊은 탄식을 하면서, '대장부라면 마땅히 평안감사는 되어야지!'라고 하더니 그날로 병을 얻어 누워 끙끙 앓더이다. 점점 상태가 위중해지더니

---

83 교유서(敎諭書): 왕이 내리는 교서와 유서이다. 여기서는 유서를 말하는데, 유서는 왕이 각 지방으로 파견하는 관찰사나 방어사 등에게 내리는 명령조서이다.

84 절월(節鉞): '절부월(節斧鉞)'이라고 하며 지방의 관찰사나 유수 등이 부임할 때 왕이 내려주던 신표(信標)이다. 절은 수기(手旗)로 지휘봉 같은 것이며, 부월은 도끼 모양으로 만든 또 다른 신표였다. 이것으로 왕이 형 집행 권한을 위임하였다.

85 공방(工房): 공조에서 살림이나 영선(營繕) 등에 관한 정무를 맡았던 부서로, 이에 소속된 관사로 선공감(繕工監)·조지서(造紙署) 따위가 있었다. 중앙에서는 승정원 산하였으며 지방에서는 서리들이 이곳에서 사무를 보았다.

아무 해 아무 달 아무 일에 세상을 뜨고 말았습죠. 소인이 못내 애달프고 안타까워 이날이면 대략이나마 소찬을 갖추어 제사를 지내곤 했답니다."

감사가 이 말을 듣고 보니 그 아이의 죽은 해와 날짜가 자신이 태어난 해와 날이었다. 더욱 기이하여 노인 부부에게 일렀다.

"부임한 뒤에 자네를 부를 터이니 반드시 오기 바라오."

그러고서 감영에 당도하였다. 사흘 뒤 노부부를 불러들여 후하게 대접하고 꿈속의 일을 일러주었다. 그러고는 감영 근처의 한 집을 매입하여 노부부가 거처하게 하고 논도 사서 대주었다. 더불어 노부부가 자식이 없다 하여 한 구역을 제수답(祭需畓)으로 마련, 본부의 작청(作廳)[86]에 딸려 주었다. 노부부가 죽은 뒤에 지낼 제사의 비용으로 삼도록 한 것이다. 이를 다 작청에서 거두어 시행케 하였다. 감사는 이 이후로 다시는 그런 꿈을 꾸지 않았다.

1-17

삼베옷 노인의 선견지명으로 왜구의 침입을 예언함

첨지 김윤신(金潤身)[87]은 역술가인 남사고(南師古)[88]와 친했다. 매번 그

---

86 작청(作廳): '연청(椽廳)' 또는 '길청'이라고도 부르는 지방 관아의 아전 집무소이다.
87 김윤신(金潤身): 생몰년 미상. 그에 관련한 생평은 알 수 없는데 다만 실록에 1604년 사복시첨정으로 임명되었다는 기사가 등장하는바, 그일 가능성이 크다. 참고로 신흠(申欽)의 『상촌집(象村集)』에 남사고에 관련된 일화가 실려 있는데, 남사고가 조정의 분당과 임진왜란, 그리고 태릉에 문정왕후(文定王后)를 모셔야 한다는 예언을 곁에 있던 김윤신이 들었다는 것이 내용의 대개이다.
88 남사고(南師古): 1509~1571. 호는 격암(格庵), 본관은 영양이다. 점술과 풍수지리에 뛰어나 16세기의 대표적인 도술가로 일컬어진다. 문집으로 『격암일고(格庵逸稿)』가 있으며, 『남사고비결(南師古祕訣)』 등 비서가 따로 전한다. 그에 관한 일화가 다른

의 집에 갈 때면 삼베옷을 입은 노인이 자리를 같이하고서 남사고와 점술을 얘기하곤 하였다. 그 노인이,

"푸른 옷과 나막신으로 나랏일을 알 수 있을 거외다."

라고 하자 남사고는 한참 생각하더니,

"그렇지요."

라고 하였다. 노인이 다시 말하였다.

"얼마 후 필시 병란의 화가 있을 터, 임금님의 가마가 궁을 떠나야 하는 곤경이 닥칠 거요. 서쪽 변방에까지 간 뒤라야 바야흐로 옛 도읍을 회복하겠지요."

남사고가 또 한참을 생각하더니,

"그렇겠지요."

라고 하였다. 마지막으로 노인이,

"그래도 두 번 한강을 건너올 일은 없겠지."

라고 하자 남사고가 골똘히 생각하더니 얼마 지나서,

"과연 그렇겠지!"

라고 하였다. 김 첨정(僉正)[89]이 옆에서 이들의 얘기를 들었으나 그 뜻을 이해할 수 없었다.

얼마 지나지 않아 푸른 옷을 입고 나막신을 신는 풍속이 세상에 유행하게 되었다. 대개 우리나라는 예로부터 나막신이 없었으나 임진년 (1592) 전에 이르러서야 비로소 나막신이 나와[90] 위아래 할 것 없이 신게

자료에 전해지는데, 『상촌집』에는 조정의 분당과 임진왜란 등을 예언한 일화가, 허균의 『성소부부고(惺所覆瓿藁)』에는 출신과 과거 이력, 그리고 자기 죽음을 예언한 일화가 실려 있다.

89 첨정(僉正): 시(寺)·원(院)·감(監) 등의 관아에 속한 종4품직으로, 김윤신이 이때 사복시 첨정을 지낸바 있어서 이렇게 부른 것이다. 그는 뒤에 첨지 즉, 정3품 당상관인 첨지중추부사가 되었기에 앞에서는 '첨지'라 하였다.

90 비로소 나막신이 나와: 나막신의 유래에 대해서는 정확히 알 수 없으나 임진왜란

되었다. 그리고 기자(箕子)가 흰옷을 입고 동쪽으로 온 이후부터 우리나라는 모두 흰 옷을 입었는데, 임진년 전에 이르러 흰옷을 금지하고[91] 모두 푸른 옷을 입게 했다. 임진년 여름이 되어 왜구가 우리나라 깊숙이 쳐들어와서 선조 임금이 결국 한양을 버리고 파천 길에 올라[92] 의주에 가서 머무르게 되었다. 난이 평정된 후에 옛 도읍지(즉 개성)로 돌아오게 되었으니 삼베옷 입은 노인의 말이 과연 다 들어맞았던 것이다.

다시 정유년(1597)이 되어 왜병이 재차 출병하여 북을 울리며 북상하였다. 한양은 크게 뒤흔들렸다. 그때 경리(經理) 양호(楊鎬)[93]가 우리나라에 와있었다. 선조 임금은 양호와 남대문 누상에 납시어 조정의 신료들과 적을 막을 방책을 논의하게 되었다. 김 첨정은 그때 음직의 미관말직으로 어가를 수행하는 말석에 있었다. 몸이 고단하여 선잠을 자느라 비몽사몽간에 갑자기 큰 소리를 질렀다.

"다시 한강을 건너지는 못하지!"

이 소리에 조정 신료들은 모두 놀라며 괴이쩍어하였고, 임금도 움찔하며 하문하였다.

당시 의병 활동을 한 조경남(趙慶男)의 『난중잡록(亂中雜錄)』 경자년(1600)조에 "나막신이 처음으로 나왔다[木鞋始出]."라는 기록이 참고가 된다.

91 흰옷을 금지하고: 흰옷 착용의 금지는 오행설에 따라 흰색은 서방, 청색은 동방으로 구분되는바 우리의 경우 청색을 숭상해야 한다는 논리에 따른 조치였다. 하지만 이에 대한 논란이 계속 있었다. 이와 관련된 논의가 『성호사설(星湖僿說)』이나 『동사강목(東史綱目)』 등에 보인다.

92 한양을 버리고 파천 길에 올라: 원문은 '去邠之行'으로, 여기서의 빈(邠)은 중국 주(周)나라 문왕의 조부인 태왕(太王)의 땅이었다. 북적(北狄)의 침입을 받아 태왕은 이 빈 땅을 버리고 기산(岐山)으로 옮겨갔던바 여기서 유래한 용어이다.

93 양호(楊鎬): ?~1629. 명나라 하남(河南) 출신으로, 1580년에 과거에 급제하여 어사·우첨도어사(右僉都御史) 등을 지냈다. 1597년 정유재란 때 경략조선군무사(經略朝鮮軍務使)라는 명군의 총사령관으로 참전하였다. 한때 패전과 승전을 거듭하며 결과적으로 정유재란을 종식시키는 데 기여하였다. 그를 위해 이덕형(李德馨) 등 조선의 대신들이 송덕시를 지어줬던바, 『경리어사양선생송덕시고(經理御史楊先生頌德詩稿)』로 전한다.

"이 무슨 소리인고?"

그러면서 소리 지른 자를 불러오도록 명하였다. 어탑 앞에 가까이 오자 그에게 하문하였다.

"조금 전에 '다시 한강을 건너지 못한다'고 소리쳤는데 그게 무슨 소리더냐?"

김 첨정은 이에 전에 삼베옷 입은 노인에게 들은 얘기를 하나하나 자세하게 진달하고 이렇게 말하였다.

"노인의 말을 이미 벌어진 일로 살펴보건대 조금도 틀림이 없었사옵니다. 허니 지금 한강을 다시 건너지 못한다는 예언도 반드시 맞을 것이옵니다."

임금은 이 말을 듣고는 좋은 소식이라 하여 곧바로 품계를 건너뛰어 첨지에 제수하였다. 이윽고 양호가 파견한 장군 마귀(麻貴)[94]가 충청도 직산(稷山)의 소사평(素沙坪)에서 왜적을 맞아 철기로 돌격하여 쳐부수고 영남의 해변까지 추격해 갔다.[95] 그리하여 다시 한강을 건너지 못할 거란 예언도 과연 맞아떨어지게 된 것이다.

---

94 마귀(麻貴): 정유재란 때 참전한 명나라 장수이다. 그는 왜군이 다시 내륙으로 침입해 오자 부장 해생(解生)에게 직산을 지키게 하는 한편, 주로 충청도 일대에서 왜군을 막아 큰 전과를 올렸다. 이곳 직산의 소사평 전투도 이때 올린 전과였다.

95 직산(稷山)의 소사평(素沙坪)에서 …… 추격해 갔다: 정유재란 중요한 전투 중 하나인 직산 소사평 전투이다. 1597년 9월 북상하는 왜군을 막기 위해 조선은 한강에 방어선을 구축하였고, 명군은 남하하던 중 직산 일대(지금 천안 지역)에서 왜군과 조우하여 전투가 벌어지게 되었다. 이후 여섯 차례 전투를 통해 명군이 승리하였고 왜군은 후퇴하게 된다. 이 전투로 전세가 바뀌게 되었다.

호남 무인이 시신 세 구를 수습하고 음덕을 입음

영남의 한 무인[96]이 젊은 나이에 무과에 급제하였다. 그는 집안에 재산이 어느 정도 있었기에 첫 벼슬은 쉽게 얻을 수 있겠다 싶어 매년 한양을 드나들었다. 날랜 옷에 살찐 말을 몰아 상경하는데 그때마다 꼭 짐바리를 가득 채워 싣고 올라왔다. 귀족들과 얼굴을 익히고 권세 있는 집안과 사귀는 구실로 삼으려 했으나 간사한 사기꾼들에게 속고 떠도는 무리들의 꾐에 넘어가 헛짓만 했을 뿐 실제 효과가 있었다고 할 만한 것이 없었다. 1~2년 사이에 가산은 점점 기울어 농장 땅을 헐값으로 팔았으며 4, 5년 뒤에는 폭삭 망해서 고향으로 돌아와야 했다. 그는 이제 벼슬자리에 대한 생각을 완전히 끊고 농사일에만 전념하려고 하였다.

하지만 집안 식구들은 볼멘소리하고 마을 사람들 역시 나무랐다. 공연히 천금의 재산만 날리고 벼슬자리 하나 얻지 못했다는 비웃음과 조롱이 귀가 따갑도록 들려왔다. 그는 한편으로는 부끄럽기 짝이 없고, 또 한편으로는 분통이 터졌다. 이제 벼슬자리를 구할 요량으로 남은 전답을 죄다 팔아 수백 꾸러미의 돈을 만들어서 다시 싣고 한양으로 올라갔다. 벼슬자리를 얻지 못하면 차라리 여관에서 늙을지언정 영원히 집으로는 돌아가지 않으리라고 속으로 맹세까지 하였다.

상경 중 충청도 경계에 이르렀을 때 날은 이미 저물고 객점도 아직 요원하였다. 그런데 어디선가 한 덩이 먹구름이 생겨나 순식간에 하늘을 뒤덮더니 폭우가 쏟아지고 천둥과 번개가 연이어 내리쳤다. 그야말로 어찌할 줄을 모를 때, 멀리 시골집 한 채가 나무 사이로 보일 듯 말 듯 하였다. 마침내 말을 몰아 길을 따라 그 집을 찾아갔다. 곧장 사랑채로

---

96 영남의 한 무인: 이 무인은 작품 안에서는 호남 출신 무인으로 상정된바, 여기의 영남이라는 표현은 오류로 판단된다.

들어가서 주인과 이야기를 나누고는 묵어가기를 청하였다. 주인이 허락하자 그는 옷가지를 말리고 행장을 정리하였다.

저녁밥을 먹고 난 뒤 주인과 이런저런 이야기를 나누느라 밤이 깊은 줄 몰랐다. 별안간 먼 곳에서 아녀자의 곡하는 소리가 들려는데, 그 소리가 매우 처절하였다. 그는 흠칫 놀라 주인에게 물었다.

"이 웬 곡소리요?"

"여기서 한 마장 떨어진 곳에 몇 년 전에 한 양반이 와서 살았답니다. 그 집에는 늙은 부부와 결혼하지 않은 아들과 딸이 있었지요. 집안이 너무 가난하여 남의 고용살이를 하며 겨우 목숨만 부지하다가 며칠 전 갑자기 늙은 부부가 다 죽고 그 아들마저 세상을 떠났답니다. 딸아이 하나만 남았는데 친척도 없는 데다가 꾸릴 생계마저 없어서 세 구의 시신에 염도 못하고 있었지요. 이 소리는 필시 그 딸애의 곡소리일 겁니다."

무인이 그 말을 듣고 안타깝기 그지없어 날이 밝기를 기다렸다가 그 집을 찾아가 보았다. 인적이 없고 고요했다. 다만 한 여자아이가 방 안에서,

"이런 궁벽한 곳에 어느 분이 찾아오셨는지요?"

라고 응하며 나와서 맞이하였다. 무인이 이 애를 보니 굶주려 야위었고 슬픔이 더해 헝클어진 머리에 때 낀 얼굴이었다. 옷은 몸을 제대로 가리지도 못했다. 하지만 타고난 자태가 아름답고 단아한 모습은 가릴 수가 없었다. 이에 사정을 낱낱이 묻고는 자기의 행장 속에서 돈 몇 냥을 꺼내서는 집안 종을 시켜 베와 무명 그리고 관과 덧널을 사 오게 하였다. 그렇게 염(殮)과 습(襲)[97]을 해서 그 집의 후원에 깊이 묻어 주었다. 다시 여자아이에게 물었다.

"동성이든 아니든 혹시라도 어디엔가 사는 친척이 있느냐?"

---

[97] 염(殮)과 습(襲): 즉 염습(殮襲). 모두 염하는 절차로 염은 시신을 향물로 닦는 과정이고, 습은 그 후에 수의를 입히는 과정을 말한다.

"저의 외가 친척으로 아무 성에 아무 이름자를 가진 분이 어느 고장의 아무 마을에 살고 계시나 여자 혼자인 저로서는 찾아가 볼 수가 없었답니다. 지금 다행히 어른의 은덕을 입어 부모님의 유체를 묻을 수 있게 되었으니, 이 막막한 한은 끝났습니다. 다시 무엇을 바라겠어요? 이제 한 번 죽는 것 외에 다른 길은 없을 겁니다."

"그렇지 않다. 내 마땅히 가마와 말을 빌려서 그분 집에 갈 수 있도록 해줄 터이니 심려치 말거라."

이리하여 아까 그 하인을 시켜서 가마를 사고 말 한 필을 빌려 떠날 채비를 하였다. 이윽고 여자아이를 가마 안에 태우고 자신이 직접 수행하여 그 고장 아무 마을의 누구 집을 찾아갔다. 거기서 지금까지의 사정을 하나하나 설명하고 여자아이를 부탁하였다.

그러고 나서 노자를 확인해보니 단지 십여 꾸러미만이 남아 있었다. 이에 말을 팔아 5, 60냥을 마련하여 걸어서 산을 넘고 물을 건너 어렵사리 상경하였다. 여관에 머물며 지난날 친하게 지냈던 사람을 찾아갔으나 찌들고 궁핍한 모양새를 보고 저마다 정 없이 차갑게 대할 뿐 누구 하나 힘써 주선해 주려 하지 않았다. 매번 도목정사(都目政事)[98] 때에는 활 쏘는 재주가 부족했으며 취재(取才)[99]는 따질 것이 못 되었다. 게다가 굽은 나무가 다듬어질 기회[100]마저도 없는지라 검의(檢擬)[101]도 바랄 수 없었다.

---

98 도목정사(都目政事): 고려 및 조선시대에 관원들의 근무실적을 평가하여 승진시키거나 면직하던 절차 또는 그 일을 말한다. 매년 6월과 12월에 실시하였으며 이조와 병조에서 실시하였다.

99 취재(取才): 조선시대에 하급 관리를 뽑던 제도이다. 주로 실무와 관계되는 기술직 및 기예직을 선발하였으며 이조에서는 역어(譯語) 등, 예조에서는 의학(醫學)이나 화원(畵員)·악공(樂工) 등, 병조에서는 기사(騎射)·격구(擊毬) 등이 있었다.

100 굽은 나무가 다듬어질 기회: 원문은 '蟠木之容'으로, 굽은 나무도 다듬어지면 재목으로 쓸 수 있다는 의미로, 포의로 있던 사람도 주변의 추천을 받으면 관리로 나갈 수 있다는 취지가 들어 있다. 이는 『사기(史記)』·「추양열전(鄒陽列傳)」의 다음과 같은 언급에서 유래하였다. "蟠木根柢, 輪囷離詭, 而爲萬乘器者, 何則? 以左右先爲之容也."

그저 사람들을 따라다니며 명함을 내밀면서 병조판서에게 한번 진정하고 돌아갈 판이었다.

그해도 이렇고 다음해도 이렇다 보니 잠깐 사이에 이러구러 5, 6년이 지나가 버렸다. 약간의 노자도 벌써 완전히 바닥이 나 버렸다. 먹는 것은 여러 해 동안에 머문 주인과 손님의 의리로 우선 외상으로 해결할 수는 있었으나 옷가지는 새로 입을 수 있는 게 없었다. 고향에 내려가자니 면목도 없을 뿐 아니라 돌아갈 비용도 실로 마련하기 어려운 터라 정말이지 다락에 올랐으나 사다리가 없는 꼴이었다. 진퇴유곡이라 도대체 어떻게 해야 할지 막막했다. 다시 한번 병조판서를 찾아가 이 원통한 심정을 확실히 알리고자 했다. 그러나 마침 병조판서가 다른 일이 있어서 명함도 넣어볼 수 없었다. 찾아온 이들은 뵐 길이 없었던 것이다.

그즈음 들으니 병조판서의 부친 동지공(同知公)[102]은 나이가 팔순이 넘었으나 아직도 기력이 왕성한 분으로, 뒤 사랑채에 있다는 것이었다. 무인은 처지가 궁해 돌아갈 데도 없는 처지인지라 이 노인과 안면을 터야겠다는 계획을 세웠다. 하지만 대문 감시가 엄중한데다 노인의 종적마저도 알 수 없어 종일토록 서성일 뿐 어찌할 수 없었다. 마침내 날이 저물 때까지 기다린 뒤에 대문과 뜰이 어느 정도 조용해져 사람이 없는 틈을 보아 순식간에 대문 안으로 들어가 빈 행랑 안에 몸을 숨겼다. 동지공이 거처하는 사랑은 더욱 깊은 곳이어서 그곳으로 가는 길과 대문도 정확히 알기가 어려웠다. 다시 사람이 없는 틈을 엿보아 살펴보니 새로 쌓은 담 하나가 있는데 그리 높지 않았다. 활에 화살을 얹은 상태라 쏘지 않을

---

101 검의(檢擬): 인재를 관직의 후보자로 추천하는 일이다. 주로 문관은 의정부의 검상(檢詳) 등이 이에 해당되었으며, 무관의 경우는 취재의 합격 여부 또는 선전관 등의 추천 여부를 확인하여 상신하였다.

102 동지공(同知公): 동지 즉, 동지중추부사(同知中樞府事)를 지낸 인물이기 때문에 동지공이라 하였다. 또는 따로 품계를 받지 않은 노인을 지칭하기도 한다.

수 없는 상황이라 생각하고 그는 마침내 몸을 날려 담을 넘어 들어갔다.

어두운 곳에서 엿보니 바로 그 사랑채로, 방 안에는 촛불이 밝게 비추고 있었으나 고요하니 소리라곤 들리지 않았다. 이윽고 방문이 조금 열리면서 인기척이 있는 듯했다. 때는 삼경(三更)으로 달빛이 뜰을 반쯤 비추고 있었다. 무인은 어두운 곳에 몸을 숨기고 엎드려 눈을 부릅뜨고 살펴보았다. 백발의 한 노인이 지팡이를 짚고 내려와서는 뜰과 섬돌 사이를 왔다 갔다 하였다. 그는 저 사람이 분명히 동지공일 것으로 생각하였다. 그래서 순간 튀어나와 뜰에 엎드렸다. 노인은 뜻밖에 그와 맞부딪쳤기에 한순간 잔뜩 놀라 물었다.

"너는 누구이고 무엇 때문에 여기에 왔느냐? 필시 도둑질하는 놈이 아니더냐?"

무인은 모르는 체하며 하소연하였다.

"소인은 바로 전라도 아무 고을에 사는 출신(出身)[103] 아무개라 하옵니다. 과거에 오른 지 몇 년이 되었으나 한 자리의 녹봉도 받지 못해 한양과 지방을 떠돌아다니느라 가산은 거덜 났고, 양친을 모시고 자식을 키우는 것마저도 여의치 않사옵니다. 부모님을 떠나 고향을 버린 지 지금 몇 년이 되었기에 고향으로 돌아가고 싶은 마음이 간절하나 돌아갈 비용을 마련할 길도 없사옵니다. 여관에서 걸식하다 보니 고초가 이만저만 아니옵니다. 적이 듣자 온대 대감께서 벼슬에 나가신 이래로 공도를 크게 펼치시어 억울하고 길이 막힌 이들의 사정을 다 구제해 주셨다지요? 소인은 한번만이라도 실정을 하소연하고자 했으나 대문에서 너무 엄히 막아서서 통지할 길이 없었사옵니다. 해서 명함만 지닌 채 서성이기를 벌써 몇 날 며칠이 되었사옵니다. 사정이 이렇게 어렵다 보니 만 번 죽을 요량으로 감히 담을 넘는 짓을 하여 어른을 뵙게 되었사옵니다. 정말

---

103 출신(出身): 과거에 급제하고 아직 벼슬에 들지 못한 자를 일컫는다.

죽을죄를 졌사옵니다. 소인을 죽이고 살리는 것은 오직 대감님의 명에 달려있사옵니다."

노인은 아연해하다가 웃으며 말했다.

"자네는 내 아이를 보러 온 모양이군. 하지만 지금은 밤이 깊어 나갈 수 없으니 나를 따라 올라오게."

다시 방으로 들어가자 무인도 따라 들어갔다. 노인은 이전부터 잠이 없어 밤을 지새우는 데 매우 힘들어했다. 남들은 모두 잠이 들었으나 혼자 앉아 무료한 즈음에 뜻밖에 이 무인을 만났던 것이다. 그래서 그의 내력과 문벌을 물으며 한바탕 이야기를 나누고서 술과 안주를 대접하였다. 날이 장차 밝아올 즈음 그는 인사하고 물러나면서 다시 아뢰었다.

"종종 와서 모시고 싶은 마음은 간절하나 들고나기가 너무 어려워 장차 저의 성심대로는 못 하겠습니다."

그러자 노인이 이렇게 제의하였다.

"하필 나갈 필요가 있겠는가? 내가 이 후미진 뒤 사랑채에 있다 보니 종일 사람이 없어 적막하기 짝이 없다네. 쪽방이 있으니 자네는 여기서 며칠이라도 더 머물러 있게. 이것으로 소일거리로 삼는 게 어떻겠는가?"

무인은 속으로는 매우 좋았으나 짐짓 불안하고 불편한 기색을 내보였다. 그랬더니 노인은 간곡하게 붙잡았다. 이때부터 무인은 이곳에서 자고 먹으며 쌍륙놀이를 하기도 하고 바둑을 두기도 하였다. 병조판서가 문안을 올리러 올 때면 그를 쪽방에 숨게 하였으며 밤낮으로 모시고 앉아 고담(古談)[104]을 들려주기도 하였다. 그러던 어느 날 노인이 물었다.

"자네는 서울과 지방을 분주하게 다녀보았으니 필시 많은 경험을 했을 테고 또한 눈으로 보고 귀로 들은 것도 많을 테지. 내 한번 듣고 싶네."

---

104 고담(古談): 옛 이야기라는 뜻으로 주로 조선 후기에 소설류를 지칭하는 용어로 많이 쓰였다. 요컨대 소설을 고담이라고 했다.

무인은 마침내 자기가 과거에 합격한 이후 논밭을 팔아 벼슬을 구하던 일을 하나하나 낱낱이 이야기하였다. 또 그러던 중에 세 시신을 묻어주고 처녀를 살린 일에 대해서도 처음부터 끝까지 쭉 마저 들려주었다. 노인이 듣더니 매우 흥미로워하며 퍽 기특해하는 눈치였다. 이로부터 아침저녁으로 나오는 식사가 이전보다 훨씬 좋아졌다. 그다음 날 병조판서가 문안을 드리러오자 노인이 무인을 불러내 인사를 하고 뵙도록 하였다. 병조판서는 시신을 묻어 준 일에 대해 자세히 따져 묻고는 다시 무인에게 말했다.

"최근 몸이 조금 좋지 않은 관계로 접대하기가 자못 어려웠소. 그래서 명함을 들이지 않았던 것이고, 그러다 보니 많은 무인들을 문밖에서 기다리게 하였소. 품고 있는 생각을 펼치지도 못하게 했으니 매우 불편했을 거요. 그대는 한 번 봤지만 친구 같다고 할 만하니 지금부터는 평복으로 와서 나를 만나도록 하시오."

이 말에 무인은 절로 "황송하여 감히 그럴 수 없나이다."라고 할 뿐이었다. 그 며칠 뒤 노인이 무인더러,

"그냥 나를 따라오기만 하게!"

라고 하였다. 행랑을 지나 계단을 올라가 다시 복도를 따라 몇 차례 빙 돌자 마침내 방 하나가 나타났다. 자리에 앉은 무인은 당황하여 어찌할 줄 모르고 있었다. 그때 여종이 문을 열더니,

"부인 마님[105]께서 오셨습니다."

라고 하는 것이었다. 무인은 더욱 놀라고 의아한 마음을 누를 길이 없어 허둥지둥 몸을 일으켜서는 머뭇머뭇 물러나고자 하였다.

"놀라지 말고 우선 편안히 앉아 있게."

---

[105] 부인 마님: 마님은 원문의 '抹樓主'를 번역한 것이다. 말루는 '말루하(抹樓下)'라고도 하며, 이것은 뒤에 '마노라' 또는 '마누라' 따위로 정착했다. 본래 말루는 우리식 한자어로 부인이나 노인을 높여 부르는 극존칭 용어이다.

라며 노인이 말했으나 무인은 더욱 경황이 없어 도망을 치려고 하였으나 여의치 못해 손을 모으고 머리를 숙인 채 어쩔 줄 몰라 하며 불안하게 앉아 있었다.

부인이 곱게 단장을 하고 문 안으로 들어와서는 무인을 향해 절을 올렸다. 무인은 정말 황공하기 짝이 없었다. 아무 경황없이 급히 일어나 답배를 하고 조심스레 '예예'할 뿐 감히 눈을 돌려 쳐다보지 못하였다. 부인이 여쭈었다.

"대인께서는 소녀를 알지 못하시는지요? 아무 해 아무 고을에서 있었던 그 일을 기억하지 못하시나요? 그때 대인의 은덕을 입어 부모님의 유체를 편히 모실 수 있었고, 소녀의 몸도 좋은 곳에 둘 수 있게 되었지요. 그 은혜, 다시 태어나게 해주신 것 같이 깊사와 이를 마음에 새기고 잊지 않았습니다. 하지만 그때는 나이가 어리고 경황이 없어 생각이 다 미치지 못해 대인의 사는 곳과 이름자를 기억해두지 못하였지요. 은혜를 갚고자 하는 일념은 자나 깨나 한결같았으나 이미 성함과 거주지를 알 수 없어 갚을 길이 없었답니다. 은혜를 저버린 허물이 실로 컸지요. 하온 대 무슨 행운으로 천신이 함께 도와 일의 실마리가 하나씩 풀리다 보니 이런 기이한 만남이 있게 되었네요. 이제 보답하고자 하는 바람을 이룰 수 있게 되었으니 이제 죽어도 눈을 감을 수 있게 되었네요."

무인이 이 말을 듣고는 비로소 부인이 아무 고을의 그 처녀였음을 알게 되었다.

병조판서가 상처하고 이듬해에 충청도 고을에서 재취를 얻었으니 바로 이 처녀였던 것이다. 그녀가 시집을 간 뒤에 항상 집안 사람들에게 이 일을 이야기하였으나, 그가 누구인지 알 수 없어 보답하고자 해도 길이 없었다. 그래서 말을 할 때마다 안타까워하던 참이었다. 동지공과 병조판서가 이 말을 익히 들었던 터라 그의 높은 의리에 탄복하던 즈음 무인의 말을 듣고 보니 부절(符節)처럼 딱 들어맞았던 것이다. 이윽고 이 일을 부인에게 전하고 나와서 인사를 올리고 은인으로 대접하도록 한 것이다.

이때부터 대접한 식사와 의복이 극히 풍성하였으며 담장을 사이에 둔 곳에 집 한 채를 산 다음 무인의 가족을 호남에서 데리고 오도록 하여 함께 거처하게 해주었다. 또 가산 및 사내종, 여종까지 사서 마련해 주었으며, 마침내 선전관으로 제수해주기까지 했다. 병조판서도 만나는 사람마다 이 이야기를 들려주어 온 조정의 재상들이 감탄하지 않는 이가 없었다. 이렇게 서로서로 밀어주어 차차 승진한 끝에 무인은 부장(副將)의 자리에까지 올랐다고 한다.

1-19

묘석을 세운 석공이 효부에게 감동함

윤씨(尹氏) 부인은 모 관직을 지낸 아무개의 딸로, 참판 유한소(俞漢蕭)[106]의 손부이다. 처음 유씨 집안에 시집을 와서 얼마 지나지 않아 과부가 되었으니, 그때 나이 겨우 열여덟이었다. 다른 형제나 사촌들도 없이 다만 자기 혼자뿐이었다. 어느 날 문득 이런 생각이 들었다.

'시댁의 양대에 걸친 여러 선산에 비석과 상석(床石)이 제대로 갖추어져 있지 않은데도 집안일을 주관하는 사람이 없구나. 내가 만일 하루아침에 죽게 된다면 일을 부탁할 곳이 없겠지. 정말이지 살아 있을 때 이 일을 처리하지 못한다면 죽어서도 눈을 감지 못할 거야.'

---

106 유한소(俞漢蕭): 1718~1769. 자는 여인(汝人), 호는 아재(雅齋), 본관은 기계이다. 1740년 과거에 급제하여 사헌부지평, 홍문관부수찬, 대사간, 대사헌을 거쳐 예조참판을 역임하였다. 18세기 저명한 문인 유한준(俞漢雋)과는 사촌 간이었으며, 유언호(俞彦鎬) 이후 기계 유씨 집안의 일원이었다. 그는 1769년 함경도관찰사로 부임해 있던 중 사망하였다. 다만 이 이야기에서는 수하의 병을 직접 치료하다가 전염되어 죽은 것으로 설정되었는데, 그 실제 여부는 불분명하다.

하지만 집안 살림이 형편없어서 재물을 마련할 길이 없었다. 그리하여 결국 바느질과 길쌈 등의 고용살이를 하기로 단단히 마음먹었다. 성실하게 일하기를 한마음으로 게을리하지 않았다. 이렇게 40년이 되자 동전이 쌓여서 꾸러미가 되었고, 이 꾸러미가 쌓여 한 궤짝[107]을 이뤘다. 지금은 거의 천금이 되었으나 문제는 이를 건사해줄 사람이 없는 것이었다.

하루는 고종사촌 오라버니인 아무 관직의 김(金) 아무개가 찾아왔다. 부인이 이 일을 얘기하자,

"비문(碑文)과 써놓은 글씨가 있는가?"

라고 물었다. 부인이 대답하였다.

"있지요. 글은 아무 당(黨)[108]의 아무 어른이 찬정한 것이고, 글씨는 친척인 한 당숙께서 써준 거예요. 친척 아무개 어르신께서 지으셨고, 글씨는 친척 아무개 아재께서 쓰셨고. 이 글씨를 받아놓고 기다린 지 꽤 세월이 흘렀어요. 나는 자식이 없는 데다 양자로 들인 손자는 나이가 어려 아직 일처리를 못하고요, 일개 아녀자로 바깥에 부탁할 만한 사람도 없는지라 이렇게 한을 삭히고 있어요. 오라버니의 집안에는 필시 부탁할 만한 사람이 있을 터이니, 저를 위해 이 일을 처리해 줄 수 있는지요?"

김 아무개는 그녀의 정성에 감동하고 말았다.

"누이의 효성이 사람을 감격하게 하니 힘써 돕지 않을 수 있겠는가? 내 집에 한 사람이 있으니 주부(主簿)[109] 아무개라고 하는 자로, 평소에 이런 일에 익숙할 뿐만 아니라 그 사람됨이 근실하니 이 일을 맡길 만하네 만약 이 사람에게 일을 맡긴다면 내가 직접 하는거나 진배없을 걸세."

---

107 궤짝: 원문은 '陌'으로, 한 꾸러미가 백 전이고, 백 전이 한 냥인데 이것의 백 배인 백 냥을 지칭한다. 여기서는 이것을 부피로 따져 궤짝이라고 표현한 것이다.

108 아무 당(黨): 명확하지는 않으나 자기 집안과 뜻을 같이하는 같은 당색이라는 뜻으로 판단된다.

109 주부(主簿): 조선시대 종6품의 낭관직으로 각 행정 부서에서 문서를 담당하였다.

"그렇다면 아주 좋지요. 제발 나를 위해 잘 부탁해 보세요."

김 아무개가 집으로 돌아와 당장 그를 불러오게 하여 술 몇 잔을 마시고는 자세한 이야기를 꺼냈다.

"나에게 간절한 일이 있네. 자네에게 번거로운 일을 맡기고자 하는데 기꺼이 따라 주겠는가?"

"제가 들어드릴 수 있는 것이라면 어찌 감히 핑계를 댈 수 있겠습니까?"

"나에게는 청상과부인 이종 누이가 있는데, 바로 참판 유 아무개 어른의 손부라네. 시댁이 너무 가난하여 선산 여러 곳에 상석과 묘비 따위를 미처 세우지 못했다 하네. 게다가 이를 주관할 자손도 없는 처지이지. 부인은 이 일을 더없이 한스러워하여 바느질 따위로 품삯을 모아 이 큰일을 벌이려고 하지만, 이를 맡길 사람이 없어서 애를 태우고 있다네. 나에게 이것을 얘기하기에 그 효성에 감격하고 말았네. 이렇게 자네에게 부탁하니 자네는 내 일이라고 생각하여 착실히 맡아 아름다운 덕을 이루어줄 수 있겠는가?"

그는 말을 다 듣더니 두세 번 흐느끼는가 싶더니 눈물을 주르륵 흘렸다. 김 아무개가 괴이하여 왜 그러냐고 물으니 그는 바로 눈물을 닦고서 이렇게 대답하는 것이었다.

"저희 집안은 유 참판 댁에 잊을 수 없는 은혜를 입었지요. 유 참판께서 함경도관찰사로 계실 때, 저희 선친께서 이분의 막료로 계시다가 갑자기 전염병을 앓아 그대로 다시는 일어나지 못하셨지요. 처음 병이 났을 때부터 유 참판께서는 꺼리는 전염병을 아랑곳하지 않고 자주 살펴보시고 약물 조절까지도 직접 살피셨지요. 구제할 수 없는 지경에 이르자 수의와 염습은 물론 입관에 이르기까지 몸소 주재하시매 성의를 다하지 않음이 없었답니다. 결국 참판께서도 병에 전염되어 운명하시게 되었으니 세상에 어찌 이런 은인이 있겠습니까? 유명이 서로 감격하여 가슴속에 새겨져 있는지라 매번 이 집안을 위해 힘을 다해 만에 하나라도 갚고자 하였지요.

그 집안의 자손들이 영락하여 어느 곳에 살고 있는지조차 알 수 없었답니다. 지금 이 말을 듣고 보니 슬픈 감정이 되살아나 저도 모르게 눈물을 흘렸네요. 제가 이 집안의 일이라면 정말이지 물불을 가리지 않을진대, 하물며 이런 작은 일이야 어찌 힘을 다하지 않겠습니까?"

"이 일이 이렇게 들어맞는 것은 참으로 우연이 아니네. 이제 내 누이는 평생의 바람을 이룰 수 있게 되었고, 자네도 보은의 길을 찾았으니 이야말로 하늘이 시킨 것이 아니겠는가? 모름지기 그 집을 찾아가 안채에 내 말을 전하고, 선대에 있었던 일도 상세하게 이야기하여 온 힘을 다해 점검하여 일을 성사시켜주게나."

그 사람은,

"잘 알겠습니다."

라고 하고 당장 그 집을 찾아갔다. 이어 집안의 손자를 만나 잊을 수 없는 은혜를 입었던 사정을 이야기하고 김 아무개의 얘기도 전해주었다. 부인도 이 이야기를 듣고는 기뻐하였다.

"일이 참으로 기이하니 하늘이 정한 것이 아니겠어요?"

마침내 비석 세우는 일을 그에게 도맡겼다. 그는 한편으로는 보은의 중요성을 생각하고 또 한편으로는 효성의 간절함에 감격하여 자기 일처럼 받아들여 말을 빌리거나 치르는 비용 등을 모두 자신이 마련하였다. 오고 가기도 하고 한참을 머물기도 하면서 정성과 힘을 모두 쏟았다. 처음부터 끝까지 지극한 성의로 직접 감독하였으며, 게다가 석공들에게 부인이 맨몸으로 집안을 건사한 정성을 얘기해주기까지 해주었다.

"이와 같은 효부는 전에도 본 적이 거의 없소. 참으로 이 말을 듣고 누군들 감동하지 않으리오? 자네들도 헤아리는 마음이 있을 터, 어찌 격발되는 마음이 없겠는가? 이건 평범한 일이 아니니 마땅히 부조하는 뜻으로 제반 경비를 일체 반으로 깎는 것이 좋겠네."

석공들도 감탄하지 않을 수 없었다.

"말씀하신 것이 정말 이렇다면 소인들이 효부의 집안일에 어찌 가격에 많고 적음을 따질 게 있겠습니까? 모두 반 가격만 받겠습니다."

라며 탄복하였다. 그리고 마침내 두 묘에 표석을 세우고, 세 묘에 상석을 세웠다. 부인은 이에

"오십 년 동안 품은 바람을 지금에야 비로소 이루었구나. 이제 죽어도 눈을 감을 수 있게 되었구나."

라고 하였다.

그로부터 몇 년이 지나 손자가 점점 장성하여 소년등과를 하였는데, 그가 유진오(俞鎭五)¹¹⁰였다. 부인은 그때까지 무탈하여 과거 급제의 영화를 볼 수 있었다. 이는 부인의 효성이 하늘을 감동시켜 이런 경사를 이루게 한 것이다.

1-20

지관이 우매한 사내종의 말을 들어 산소를 정함

예전에 한 선비가 있었다. 그에게는 풍수를 잘 아는 친척 한 사람이 있었다. 이 사람은 집이 너무 가난하여 선비에게 생계를 의지한 지 여러 해였다. 그러던 어느 날 선비가 병으로 죽을 지경이 되자 자제들에게 이렇게 일렀다.

"내가 죽고 나면 아무개를 찾아가서 산소를 얻어 달라고 청하거라. 필시 나를 위해 길지를 택해줄 것이니라."

---

110 유진오(俞鎭五): 1808~1873. 자는 경중(景中), 호는 사천재(史泉齋)이다. 1829년에 과거에 급제하여 승정원주서, 이조참의 등을 거쳐 이조참판, 예조판서 등을 역임하였다. 조부는 유계환(俞繼煥)으로 여기에 등장하는 윤씨 부인의 남편이다. 따라서 유한소의 손자가 유계환이며, 유계환의 손자가 유진오이다.

이 말을 마치고 죽었다. 상복을 입은 날, 형제 세 사람이 의논하였다.

"부친께서 이렇게 유언하셨으니 가서 산소를 구해달라고 하지 않으랴?"

맏상제는 마침내 말과 안장을 준비해서 아무개를 만나러 갔다. 그에게 부친의 유언을 전달하며 같이 가서 산소를 택해줄 것을 청하였다. 그랬더니 친척 아무개는 평소에 남달랐던 사이였음을 늘어놓더니 이렇게 언급하였다.

"굳이 와서 청하지 않았다 하더라도 이미 자네 부친의 상을 들은 이상 내 어찌 가서 산소를 정해주지 않겠는가? 그렇지만 오늘은 내 다른 사정이 있어서 몸을 일으킬 처지가 되지 못하니 내일 내 알아서 가겠네."

맏상제는 이 말을 믿고 돌아갔다. 다음 날 아침부터 잔뜩 기다렸지만 저물녘이 되도록 오지를 않았다. 그다음 날에 다시 동생을 시켜 말을 준비하여 찾아갔으나 아무개는 전날과 같이 내일 응당 가겠노라고 만 할 뿐이었다. 동생은 부득이 빈 말로 돌아왔다. 다음날 그를 기다렸으나 또 전날처럼 오지를 않는 것이었다. 그래서 그다음 날 다시 막내아우를 시켜 가서 청해오도록 했는데 아무개는 여전히 전날과 같은 말만 할 뿐 끝내 오지 않았다. 이에 세 형제는 분통이 터져 사정없이 욕을 하였다.

"그자의 뼈는 제 아비에게서 받았겠지만 그자의 살은 우리 집안에서 붙여준 것인데 세상에 어찌 저런 의리 없고 막돼먹은 인간이 있단 말인가? 이제 다시 청할 것도 없고 따로 지관을 구하는 것밖에는 달리 수가 없겠구나."

이렇게 이야기를 주고받던 때였다. 이 집에는 어린 사내종이 하나 있었다. 열대여섯 살이 되었으나 어리석기 짝이 없는 데다가 게으르기까지 하여 당최 일을 맡길 수 없었다. 그러다 보니 아침저녁도 주인이 남긴 밥으로 때워야 했으며 옷도 제철마다 갈아입지 못하였다. 밤이 되어도 방에 들지 않았기에 매번 부뚜막에 가서 자야 했다. 남루한데다 생김새도 험상궂어 사람으로 취급받지 못하였다. 그 종이 마침 툇마루 아래에 있다가 주인 형제들이 분통을 터트리며 지관을 욕하는 말을 듣고는 자청하였다.

"소인이 가서 모셔 오겠어요."

주인이 화를 내며 크게 꾸짖었다.

"우리 세 사람이 연이어 가서 청했는데도 오지 않았거늘 네가 어찌 청해온단 말이냐?"

그러면서 다른 종을 시켜 내쫓도록 하였다.

"그래도 소인이 가면 꼭 모셔 올 수 있어요."

사내종이 누차 간청하자 막내아우가 나섰다.

"만약 저놈을 보내서 요청하게 되면 그자도 욕을 보게 되는 셈이니 그냥 보내서 두고 보는 것도 무슨 문제가 되겠어요?"

이에 맏형이 허락하였다. 사내종은 평소 작은 쇳조각을 갈아서 예리하게 만든 칼이 하나 있었다. 이것을 주머니 속에 숨긴 채 말 채비를 한 다음 끌고 찾아갔다. 아무개의 문 앞에 말을 매어 두고 문에 들어서면서 소리쳤다.

"생원 나리 계십니까?"

아무개가 물었다.

"너는 어디서 왔느냐?"

"아무 댁에서 왔습니다."

그의 말을 듣고 얼굴을 살펴보니 전에 선비의 집에서 익히 보아왔던 사내종이었다. 그래서 이유를 물었다.

"무엇 하러 왔느냐?"

"생원 나리를 모시러 왔어요."

아무개가 버럭 화를 냈다.

"네 주인이 오지 않고 네가 와서 나를 모신단 말이냐? 나는 갈 수 없다!"

사내종은 섬돌로 올라가서 청하였다.

"가시지요!"

아무개는 큰소리로 꾸짖더니 이윽고 상주를 비난하며 욕을 해댔다. 그래도 사내종은 못 들은 척하며 다시 툇마루까지 올라갔다.

"생원 나리 가십시다!"

아무개는 다시 욕을 더 해댔고 사내종은 재차 가자고 또 청하더니 순간 방 안으로 들어가서는 여러차례 더 청하였다. 아무개는 그래도 끝내 요지부동이었다. 사내종이 돌연 앞으로 나아가더니 아무개를 발로 차 넘어뜨리고 가슴팍에 올라앉아 왼손으로는 아무개의 목을 죄고 오른손으로는 주머니 속의 칼을 뽑아 들어 찌를 기세로 잔뜩 욕을 퍼부었다.

"너의 거죽과 뼈는 네 부모에게서 나온 것이지만 너의 살은 우리 주인댁이 붙여준 것이거늘 어찌 은혜를 이처럼 저버린단 말이냐? 너 같은 놈을 죽인들 무엇이 아깝겠는가?"

아무개가 일어나려고 했으나 태산같이 무거워 그를 움직이는 것 자체가 불가능했다. 크게 두려움을 느낀 나머지 억지로 웃음을 지었다.

"네 정성이 이와 같으니 내 어찌 가지 않으랴? 가자꾸나, 가자고."

사내종이 비로소 일어나 칼을 주머니에 넣고는 말을 끌고 들어와서 속히 가자고 하였다. 아무개는 부득이하여 말을 타고서 오는데 길옆에서 장사를 지내는 사람이 있었다. 사내종이 아무개에게,

"저기 장사 지내는 산지는 어떻습니까?"

라고 묻자,

"쓸만하지."

라고 대답하였다.

"생원께서는 아는 게 뭐가 있습니까? 저곳의 산지는 좋지만 지금 도장(倒葬)[111]을 한 상태이니 이보다 더 흉한 일이 없지요. 가셔서 살펴보시고

---

111 도장(倒葬): 본래는 자손의 무덤을 조상의 무덤 윗자리에 쓰는 것을 말한다. 그러나

이야기해 주어야 하지 않겠어요?"

"자네는 어떻게 그것을 아는가?"

"그저 가셔서 살펴보시면 알 겁니다. 이거야 한 집안의 대사이니 속히 가셔서 도와주신다면 이 또한 좋은 일이 아니겠습니까?"

그러더니 말을 몰아 산지를 향했다. 아무개는 이미 사내종에게 두려움을 느낀 터라 부득이 따라 올라가서 상주에게 조의를 표하였으나 차마 도장했다는 이야기는 하지 못하였다. 사내종이 옆에 있다가 연신 말을 하라고 재촉하였다. 그때는 이미 백회를 뿌려 반 이상 다진 상황이었다. 아무개가 어쩔 수 없이 말을 꺼내자 상주가 크게 놀라며 반신반의하였다. 아무개가 힘써 주장하자 마침내 함께 다지는 곳에 가서 백회를 걷어내고 널조각을 열어 살펴보니 과연 위쪽과 아래쪽이 뒤집힌 상태였다. 당장 금정틀[112] 하나를 내리라 하여 새로 널을 파서 장사를 지냈다. 상주는 이들의 덕에 크게 감격하여 애써 붙잡았는데 아무개는,

"내가 가는 길이 매우 바빠 머물 수 없소이다."

라고 하면서 산지를 내려갔다. 집에 도착하기 십 리쯤 전에 사내종이 물었다.

"장지를 어느 곳에 정하려 합니까?"

"자네 주인댁의 뒤쪽이 쓸만하지."

"안 됩니다, 안 돼! 집 앞에 큰 못이 있고 그 안에 작은 섬이 있으니 그곳으로 정하십시오."

"못의 물은 어쩌려고?"

"그래도 꼭 그곳으로 정하셔야 합니다."

여기서는 이야기의 전개상, 묘의 위치 또는 관의 위치가 뒤바뀌어 있는 상태를 뜻하는 것으로 판단된다.

112 금정틀: 뫼 구덩이를 파는 데 사용하는 도구로 이것을 놓고서 뫼 구덩이를 규격에 맞게 팠다. 그 모양이 우물 정(井)의 모양이었기 때문에 금정(金井)이라 하였다.

아무개는 마침내 그 집에 들어가 조문과 곡을 하고 나서는 사내종의 말에 따라 연못 안의 작은 섬을 장지로 정해주었다. 상주들이 깜짝 놀라자 아무개는 속으로 몹시 두려운 마음이 들었다. 이에 사내종을 눈에 띄지 않는 곳으로 데리고 가서 물었다.

"네 말을 따라서 못 안으로 정하기는 했지만, 못에 물이 저렇게 있는데 어떻게 안장을 한단 말이냐?"

"염려 마세요, 염려 마!"

결국 길일을 정하여 장사를 지내기로 하였다. 장사 지내는 날이 닥치자, 아무개는 한밤중 혼자 몰래 나와 못을 살펴보니 어느새 물이 다 말라 한 점의 물기도 남아 있지 않았다. 몹시 놀란 그가 기이해하며 못 둔덕을 깎아서 메워 평지로 만들고 보니 그 형세가 과연 좋았다. 마침내 이곳에 하관하였다. 그날 밤 사내종이 아무개에게 부탁했다.

"주인집에서 필시 후한 사례를 할 터인데 일절 받지 마시고 꼭 저를 데리고 가겠다고 해주시면 좋겠네요."

다음날, 주인이 과연 후한 사례를 하였으나 다 받지 않고 오직,

"대신 저 아이를 주게."

라고만 하였다. 주인은 애초 저 아이가 하는 일이 없어 처분에 난처해하던 차라 좋아라하며 데려가라고 해주었다. 이리하여 아무개는 그 사내종을 데리고 떠나갔다. 사내종이 아무개에게 말하였다.

"이제부터 다른 사람의 산소를 구해줄 때는 꼭 저와 함께 가셔서 제가 말을 멈추고 채찍을 내려놓는 그 아래로 혈을 정하도록 하시지요."

이 말에 따라 이르는 곳마다 반드시 그의 말처럼 산소를 정해주니 오래지 않아 다들 크게 발복하여 얻은 바가 매우 많았다. 이렇게 한 지 10년 만에 큰 부를 이루었다. 어느 날 사내종이 느닷없이 떠나가겠다고 하자 아무개가 깜짝 놀랐다.

"네가 우리 집에 온 지 십 년이다. 그동안에 정과 의리가 매우 돈독해

졌거늘 지금 갑자기 이렇게 난데없이 떠나간다니 왜 그러느냐?"

"이제 갈 곳이 생겨 더 이상 머물 수 없습니다. 생원 나리께서 임종할 때면 제가 알아서 찾아와 산지를 정해 올리지요."

그러고는 곧장 떠났다. 그리고 몇 년이 지나 홀연 그가 다시 찾아왔다.

"이제 생원 나리께서는 죽을 날이 머지않았습니다. 그래서 생원 나리가 죽은 뒤 묻힐 땅을 택해드리고자 왔습니다."

사내종은 아무개와 함께 멀지 않은 한 곳으로 가서는 사방의 산을 가리켰다.

"저곳은 청룡(靑龍)이고, 저곳은 백호(白虎)이며 이곳은 안산(案山)[113]이 되겠군요. 아무 방향으로 좌향(坐向)을 삼고……."

"여기에 묘를 쓰면 어떻게 되는가?"

"아들 셋을 낳아 필시 크게 귀해질 것입니다."

또 앞산의 한 곳을 점지하여 부인의 장지로 삼으라 하였다.

"이곳에 쓰면 남이 주는 재물이 많아 이것으로 생활을 꾸리게 될 겁니다."

그러고는 떠나갔다.

아무개의 집에는 어린 계집종이 있었는데 그녀는 어미가 죽자 권조(權厝)[114]만 해두었다. 몇 년 동안 재물을 모았으며 이 사내종이 찾아오기를 기다렸다가 길지를 얻을 참이었다. 바야흐로 아무개와 사내종이 함께 산소를 보러 갈 때면 나물 광주리를 끼고 몰래 따라가 수풀 속에 몸을 숨긴 채 사내종이 가리키는 곳을 하나하나 자세히 알아두었다. 그러고 나서 다른 곳에 살고 있는 친척 두세 명을 불러와 준비한 돈 50냥을 내어주며 급히 백회를 사고 양식을 마련하게 한 뒤 모친의 시신을 파내어 사내종이 점지한 곳에다 이장하고 그대로 도망쳐 버렸다.

---

113 안산(案山): 집터나 묏자리에서 맞은편에 마주하고 있는 산을 지칭한다. 여기 청룡(靑龍), 백호(白虎) 및 주산(主山)과 함께 풍수상의 네 가지 지형 중 하나이다.

114 권조(權厝) : 좋은 묏자리를 정할 때까지 임시로 매장, 장례를 지냄.

여종은 자신이 남의 종이 되고 나면 귀한 자식을 낳을 수 없을 것으로 생각하여 반드시 양반으로 배필을 정하고자 하였다. 마침내 그녀는 아무 곳으로 가서 고용살이했다. 나이가 이미 차자 주인이 그녀를 시집보내려 하였다.

"제가 지금 비록 빈천하지만 본래는 양반붙이옵니다. 상놈과는 결혼할 수 없으니 바라건대 양반과 혼인했으면 하옵니다."

라며 그녀가 말했다. 마침 이웃에 향반(鄕班)인 홍 총각이 있었는데 그는 서른이 되었어도 아직 장가를 가지 못한 처지였다. 그래서 그에게 의향을 물었다.

"자네는 아내를 얻고자 하는가? 나에게 수양딸이 있다네."

이리하여 홍 총각은 그녀와 짝을 맺어 사내아이 셋을 낳았으니, 그녀는 홍가에게 사정하여 서울에 올라가 살자고 하였다.

"아무 기반도 없는 서울에서 어떻게 산단 말이오?"

"그렇다 하더라도 하늘은 녹(祿)이 없는 사람을 내지 않는 법이니 어찌 살 방도가 없겠어요?"

이리하여 마침내 집을 정리하여 서울로 올라가 온갖 애를 써서 생활을 꾸렸다.

어언 수십 년이 흘러 세 아들이 차례로 과거에 급제하여 집안은 아주 부유해졌다. 어느 날 밤이 깊자 어미는 종들을 모두 물리치고 세 아들을 불러서는 그간 집안의 내력을 상세하게 이야기하였다.

"나는 본시 아무 곳의 아무 양반의 종이었느니라. 너희들이 비록 귀하게 되었지만 옛 주인의 은혜를 저버려서는 아니 된단다."

그날 밤 도둑이 집 안에 들어와 주인이 잠들기를 기다리며 창문 밖에서 귀를 대고 있다가 마침 이 말을 듣게 되었다.

'사소한 물건을 훔쳐 가느니 차라리 저 옛 주인의 집에 가서 이 사실을 알리고, 추노하게 하여 이득을 반으로 나눠 먹는 것이 좋겠군.'

이렇게 생각한 도둑은 급기야 아무 곳의 아무 양반의 집으로 찾아가 하나하나 낱낱이 이야기해 주고는 덧붙여 말했다.

"곧장 추노를 하게 되면 필시 죽임을 당할 것이니 지금은 종과 주인에 관한 이야기를 바로 꺼내지 말고 우선 친척의 정의로 찾아왔노라고 하여 그 동정을 본 다음에 이야기하시지요."

이에 주인은 그 말을 따라 종의 집으로 찾아가 친척간의 친분임을 알리고서 주인의 모친을 만나보고자 하였다. 그녀는 한눈에 당장 그가 옛 주인의 아들이라는 것을 알 수 있었다. 기뻐하는 척하며 곧장 불렀다.

"우리 오라버니가 어디에 계시다가 이렇게 찾아오셨단 말입니까?"

잔뜩 대접하고 아들들을 불러서 절을 올리고 뵙도록 하였다. 며칠을 묵게 하고는 선물을 왕창 주어 보냈다.

애당초 아무개가 죽었을 때 그 자식들이 사내종이 점지해준 곳에다가 장사를 치르려 했는데 누군가가 먼저 그곳에 묘를 써버려 봉분이 봉긋하게 올라와 있었다. 그래서 어쩔 수 없이 앞산의 점지해 준 곳에다가 장사를 치렀다. 그 후에 이 자식은 부귀해진 여종의 집에 의지하여 평생을 살았다고 한다.

1-21

떼도적을 의리로 타일러서 양민으로 만듦

영남의 한 진사는 문장과 지략이 온 도내에 자자하여 다들 도원수(都元帥)가 될 재목으로 지목하곤 하였다. 어느 날 초저녁, 진사는 마침 혼자 앉아 있었다. 그런데 어떤 사람이 준마를 타고 건장한 하인을 대동하고서 찾아왔다. 그는 주인과 얘기를 나누면서 이런 말을 했다.

"나는 만 리 밖 바다의 섬에서 살고 있소. 우리 무리가 수천 명이나 되지만 타고난 품성이 불행하여 남이 경영한 물건이나 빼앗고 남의 쌓인 재물을 내 것인 양 쓴다오. 먹고 입는 걸 죄다 남의 물건에 기대고 있지요. 우리를 지휘하고 통솔하던 이는 대원수 한 분뿐이었는데 이번에 돌아가시는 변고가 생겼소. 초상을 막 치렀으나 푸른 장막이 갑자기 비고 보니[115] 용을 잃고 범이 떠난 것과 진배없다오. 우리 삼천의 무리는 기강이 흐트러지고 무너져 농사꾼도 장사치도 아닌 터, 살아갈 길이 막막하오. 듣자 하니 주인장은 평소 불세출의 지략을 품고 경세제민의 재주를 지녔다 하니 오늘 내가 여기에 온 것은 다름 아니라 선생을 모셔다가 우리들의 대원수 자리에 앉히려는 것이오. 선생은 의향은 어떠하오? 혹시라도 주저하거나 선선히 응하지 않는다면 멸구(滅口)[116]하는 것이야 이 손바닥 뒤집는 사이에 있을 거요."

그러면서 장검을 뽑아 들고 바짝 다가와 위협하였다. 진사는 속으로 생각하였다. '내가 사족의 청류로서 도적의 괴수 자리에 투신하는 것은 수치스럽고 욕된 일이 아닐 수 없잖은가. 그러나 저 사내의 칼날에 목숨을 빼앗기느니 잠깐 몸과 명예를 굽혀 목전의 화를 면하고 한편으로 흉악한 저들의 습성을 감화시키는 게 낫겠군. 이 또한 권도(權道)로 중도(中道)를 얻는 게 아니겠는가?'

마침내 진사는 흔쾌히 그리하겠다고 하였다. 이에 찾아온 이는 당장 자신을 '소인'이라고 부르며, 창밖에 와서 대기하고 있던 부하에게 분부하였다.

"밖에 매어 둔 말을 대령하여라!"

---

115 푸른 장막이 갑자기 비고 보니: 원문의 '靑油'는 '청유막(靑油幕)'이라고 하여, 검푸른 기름을 바른 장막으로 장수의 막사를 지칭한다. 이 장막이 비었다는 것은 장수가 죽었음을 뜻한다.

116 멸구(滅口): 입막음한다는 뜻으로, 비밀이 새는 것을 막기 위해 대상자를 멀리 추방하거나 죽여 없앤다는 의미이다.

말 두 필을 끌고 와 한 마리는 밖에 매어 둔 것이었다. 그자가 말에 오르라 청하여 말고삐를 나란히 한 채 출발하였다. 말은 휘몰아치는 바람처럼 빨라 어느새 바다 어귀에 당도하였다. 거기에는 화려하게 칠한 큰 배 한 척이 대기하고 있었다. 말에서 내려 배에 오르자 쏜살같이 내달려 어떤 섬에 접안하였다. 배에서 내려 뭍에 오르니 성곽이며 누각이 일반 감영이나 병영을 방불케 했다. 여기서부터는 진사를 가마에 태우고 앞뒤로 호위하여 대문 안으로 들어갔다. 대청의 높은 자리에 좌정하자 수천의 무리가 차례로 알현하였다. 예식이 끝나자 큰 상 가득 다담[다과]이 나왔다.

다음날 장수들이 문안하고 난 뒤 처음에 찾아왔던 이가 행수군관(行首軍官)[117]으로서 조용히 무릎을 꿇고 품하였다.

"작금에 저희 재물은 바닥이 나고 말았나이다. 어떻게 처분을 내릴는지요?"

대장이 된 진사는 이윽고 이리이리하라고 분부하였다.

그 당시 전라도에 만석꾼 부자 한 사람이 있었다. 그의 집안 선영이 30리 밖에 있었는데, 묘역을 지키고 남이 가축을 치는 걸 못 하게 하기를 재상 가문이 하는 것과 다르지 않았다. 그런 어느 날, 한 상주가 이곳에 나타나 산지기 집으로 들어왔다. 상주의 뒤로는 복을 입은 이 두 명과 지관(地官) 두 명이 따랐다. 안장한 말과 노복까지 매우 호사스럽고 건장한 것이 대갓집에서 장지를 찾으러 나온 행차임이 분명해 보였다. 산지기가 어디서 오셨냐며 여쭈자, 한양 사는 아무 댁 행차로 상주는 이미 교리(校理)를 하신 분이고, 복을 입은 이도 다 이름 있는 선비라고 했다.

---

117 행수군관(行首軍官): 군관의 우두머리로, 여기서는 제2인자임을 상징한다. '행수'는 원래 고려시대에 낮은 하급 무관의 직책이었는데 후대에 동일한 무리의 우두머리를 통칭하게 되었다. 따라서 조선 후기에는 장사꾼, 한량, 녹림객 등의 우두머리를 많이 쓰였다.

잠깐 쉬고 난 일행은 함께 만석꾼의 산소 뒤로 올라가 제일 위 봉분의 머리 뒤 한 혈에 지남철을 놓더니 손가락으로 점을 찍으며 뭔가를 의논하였다. 이윽고 치표(置標)[118]를 하고 내려왔다. 좌정한 뒤 행장에서 큰 종이 네댓 장을 꺼내 붓을 휘갈겨 편지를 쓰더니 그 자리에서 하인 한 명에게 명하여 아무 고을과 아무 고을, 그리고 감영에 전하여 일일이 답장을 받아 오라고 하였다. 산지기를 불러서 말했다.

"대감댁의 새 친산(親山)을 방금 치표한 자리에 쓰기로 했느니라. 저 무덤이 아무 댁 산소이고, 네가 그 댁 묘지기인 줄 모르는 바 아니다. 묘를 쓰고 못 쓰고는 피차 힘이 강하고 약한 데 달렸으니 네가 알 바 아니니라. 장삿날은 아무 날로 정해졌으니 술과 밥을 미리 준비해야 하느니라. 우선 30냥을 줄 터이니 이것으로 쌀을 사들여 술을 빚어 대기하도록 하여라."

그러고는 곧장 말을 달려 떠나갔다. 산지기는 저들의 요구를 거절하고 싶었으나 어쩔 도리가 없어 바로 산주(山主) 댁에 달려가 연유를 아뢰었다. 만석꾼 산주는 웃어넘겼다.

"저쪽이 권세가라 해도 내가 막는다면 어찌 감히 묘를 쓰겠느냐? 저들이 장사치른다는 날에 모름지기 어찌저찌할 테니 너희들은 다른 데 가지 말고 대기하고 있거라."

그날이 되자 아침 일찍 산주는 집안 장정 7백여 명을 대동하였다. 이들은 사방 십 리 안에서 소작하는 장정들이었다. 또 저마다 소문을 듣고 모여든 이들도 5, 6백 명이나 되었다. 각자 새끼줄 한 바람, 몽둥이 하나씩을 들고 산소로 모여드는데, 산과 들을 가득 메운 게 일단의 백의군(白衣軍)이 행군하는 것 같았다. 이들을 산 위로 인솔한 뒤 권세가에서 빚어

---

118 치표(置標): 원래는 묏자리를 미리 잡아 표적을 묻어서 무덤의 모양과 같이 만들어 두는 것을 말한다. 여기서는 경계 표시를 한 정도로 이해된다.

놓은 술을 마시게 하고는 진을 치고 기다렸다. 그런데 하루가 다 되도록 저들은 보이지 않았다.

삼경이 끝나갈 무렵 멀찍이서 만여 개의 횃불이 넓은 들을 따라 끝없이 이어진 채 다가오고 있었다. 상엿소리가 밤하늘에 울리는 게 만군의 군사가 몰려오는 기세 같았다. 서로를 알아볼 수는 있으나 뚜렷이 보이지 않는 곳에 다다른 저들은 상여를 멈추었다. 산 위의 장정들은 모두 짚신을 묶고 몽둥이를 어깨에 둘러메고 용기백배하여 팔을 휘두르며 기다렸다. 한 식경이 지나자 저들의 요란하던 소리가 점차 잦아들고 불빛도 꺼지더니 이윽고 아무도 없는 듯 고요했다. 산 위의 장정들은 몹시 의아하여 급히 사람을 보내 염탐해 보니 역시 그곳엔 사람이라곤 한 명도 없고 횃불은 한 가지에 네다섯 개가 붙여진 것이었다. 급히 이 상황을 보고하자 산주는 대오각성하였다.

"우리 집 재물과 곡식은 이제 다 털리고 말겠구나!"

장정들을 데리고 급히 달려 돌아와 보니, 다행히 집안사람 중에 다친 이는 없었으나 재물은 몽땅 털려 남은 것이 없었다. 이는 바로 새 대장의 성동격서(聲東擊西)[119] 계략이었다.

대장은 재물을 약탈해 온 다음 날 술을 빚고 소를 잡아 군도(群盜)에게 실컷 먹게 했다. 그리고 이번에 빼앗아 온 것과 창고에 있는 재물을 모두 앞마당에 쌓아 놓고 장부를 맡은 자에게 그 수를 헤아려 보게 했다. 이를 삼천 명에게 나누어주니, 각각 이름이 불릴 때마다 백여 냥쯤이 돌아갔다. 이에 대장은 한 장의 전령(傳令)을 만들어 돌아가며 이렇게 깨우쳐 주었다.

"사람이 금수와 다른 것은 오륜과 사단(四端)이 있기 때문이다. 너희들

---

119 성동격서(聲東擊西): 많이 알려진 전법(戰法)으로, 동쪽에서 함성을 지르고 서쪽을 친다는 뜻이다. 당나라 두우(杜佑, 735~812)의 『통전(通典)』에 이를 두고 "聲言擊東, 其實擊西."라고 하였다.

은 임금의 덕화를 받지 못한 거친 백성으로, 바다 섬으로 숨어들어 부모와 처자를 저버리고 나라를 떠나 먹고 입는 일에 손을 놓고 약탈해서 살아가는 도적질이 업이 되었다. 무리를 불러 모아 작당을 하니 그 수 몇 천인지 모르겠고, 재앙을 얽고 쌓은 게 또 몇 년인지 모르겠다. 내가 여기에 온 것은 너희들의 패악한 짓을 도우려 함이 아니고 너희들을 순화시켜 선한 사람으로 만들기 위함이다. 사람이 비록 잘못을 저지르더라도 고치는 것이 귀한 법, 지금부터 낯빛과 마음을 고쳐먹고 동서남북 각자 고향으로 돌아가 부모를 봉양하고 조상의 무덤을 지키며 살아가거라. 성인의 교화를 입어 일반 백성들이 사는 곳으로 돌아가야지 바다 위의 명화적(明火賊)[120]이 돼서야 어찌하겠느냐? 더구나 지금 나눈 재물로도 충분히 한 집의 생계 자금이 될 만하니, 이것으로 농사를 짓든 장사를 하든 어찌 밑천이 없다고 근심하겠느냐?"

이에 무리들은 일시에 머리를 조아리고 감격해했다.

"성심껏 분부대로……."

그런데 그중 한두 놈이 영을 따르려고 하지 않았다. 대장은 즉시 군령으로 참수하고, 그곳의 성곽과 집채를 불태워버리고 삼천의 무리를 거느리고 바다를 건너 육지로 나왔다. 각자의 고향으로 보내고 자신은 조용히 자기 집으로 돌아왔다. 집을 떠난 지 꽤 오래되어 달포 남짓이었다. 인근의 사람들이 어디 갔다 왔냐고 물어오면 그사이 서울을 다녀왔다고 대답하곤 했다.

---

120 명화적(明火賊): '화적(火賊)'이라고도 하며, 조선 중기 이후 지방을 중심으로 출몰하던 도적의 무리를 지칭한다. 주로 불을 지르거나 포를 쏘아 약탈했기 때문에 붙여진 이름이다. 다만 여기서는 해상에서 섬을 근거로 약탈을 일삼는 해적이 상정되었다.

도적이 성쇠의 이치를 말하여 부호를 설득함

영남의 한 사족은 대대로 부유하여 백만금의 재물을 소유하고 있었다. 살고 있는 터전은 삼면이 모두 석벽으로 둘러싸였고 앞쪽으론 큰 강이 동구 밖을 가로지르고 있었다. 거느리고 있는 호저[121]도 2백여 집이나 되었다. 그는 백만금의 재물을 쌓아두었지만 여러 대에 걸쳐 시골구석에서 살다 보니 혼인을 맺은 인척들이 모두 향반이었고 서울에는 애초 일면식 있는 친척 하나 없었다. 그러다 보니 권세 있는 집안과 연을 맺고 싶었으나 실로 길이 없었다.

그때 마침 이웃 마을에 사는 울산(蔚山) 원님이 상을 당해서 그 생질인 박(朴) 교리라는 이가 고을 치소로 내려와 장례의 제반 절차를 직접 주관하였다. 이날 강 건너 모래사장에 준마를 타고 건장한 종을 대동한 한 행차가 나타나 배를 불러 강을 건너왔다. 다 건너 배를 대고 뭍에 오르는 모습이 가뿐하고 빨라 별안간에 벌써 대문 밖에 이르렀다. 행차가 말에서 내려 대청으로 오르자, 주인은 의관을 정제하고 나와서 영접하며 물었다.

"존함은 뉘시며 무슨 일로 왕림하셨는지?"

행차가 대답하였다.

"나는 울산 원님의 생질로, 지금 초상을 당해 발인이 모레입니다. 그 사이 묵을 곳을 찾아봐도 여기 말고는 없군요. 하인 집 두세 곳을 빌려 상여 일행이 하룻밤 묵어갈 수 있도록 해준다면 다행이겠소. 어떻소?"

주인은 오래 전부터 세력가 집안과 결탁하여 급할 때 도와주는 교분을 맺고자 했던 터였다. 지금 마침 재력을 쓸 일도 없이 이런 기회가

---

121 호저: 원문은 '廊下'로, 조선시대에 지주에 딸려 그 주변으로 늘어선 노비들의 집을 지칭한다. '호지집'이라고도 한다.

생겼으니 어찌 고대하던 바가 아닌가? 마침내 흔쾌히 승낙하였다. 행차
는 재삼 감사해하며 날을 기약하여 인사하고 떠나갔다. 그날이 되자 주
인은 수노(首奴)에게 분부하여 서너 채 큰 집을 비워 뜰과 거처를 말끔히
치우고 창과 지게문도 새로 도배하라고 하였다. 상여꾼이 쉴 곳과 양반
이 거처할 곳은 물론 병풍이나 가리개 같은 집기나 접대할 음식까지 하
나도 빠짐없이 갖추었다. 그리고 여러 자질과 함께 의관을 정돈한 채
기다렸다.

초저녁이 되자 과연 장례 행렬이 당도하였다. 방상시(方相氏)[122]가 앞을
인도하고 운구를 따르는 행차는 태반이 인근 고을 수령들이었다. 감영과
병영에서 호상(護喪)하느라 비장(裨將)들이 사립에 푸른 철릭[天翼][123]을
입고 백마를 탄 채 좌우로 늘어섰다. 옹위하는 인부들과 빽빽하게 에워
싼 안장말이 강가 이십 리를 꽉 메우고 있었다. 십여 척의 큰 배를 묶어
목도(木道)를 만들더니 곧장 강을 건너와 관을 묻을 곳에 상여가 멈추었
다. 뒤이어 땅이 흔들릴 정도로 곡하는 소리가 들려왔다. 잠시 뒤 박 교
리란 이가 대여섯 명의 종자를 데리고 말을 달려 주인집으로 들어와 정
중하게 읍을 하였다.

"여러모로 성대한 은혜를 입어 수월하게 상여를 모시게 되었소. 겹겹
한 구름 같은 의기에 무엇으로 보답해야 할지요?"

"돈도 들지 않은 일을 가지고 수고라고 할 게 뭐 있겠습니까?"

이렇게 말을 주고받는 사이에 안에서 '생원님 들어오시라'는 급한 전

---

122 방상시(方相氏): 나례(儺禮)에서 악귀를 쫓는 역할을 하는 주체이다. 원래 하(夏)나라
　　때 역귀(疫鬼)를 쫓아내는 관직으로, 곰 가죽을 쓰고 황금 눈을 하였으며, 검은 옷옷에
　　붉은 치마를 입고서 창과 방패를 들었다고 한다. 고려시대 나례에 자주 등장하며,
　　후대에는 여기처럼 상여가 나갈 때 길을 인도하기도 하였다.
123 철릭[天翼]: 무관의 공복의 한 가지로, 직령(直領)이며 허리에 주름이 잡히고 소매가
　　큰 게 특징이다. 당상관은 남색, 당하관은 홍색으로 구분하였다. 우리 고유어로, 고려
　　가요 「정석가(鄭石歌)」에서 '텰릭'이라고 하였으며, 시대와 자료에 따라 '첩리(帖裏)',
　　'천익(天益)', '천익(千翼)', '철익(綴翼)' 등 다양하게 불렸다.

갈이 왔다. 주인 생원이 집 안으로 들어가니 안주인이 발을 동동 구르며 말했다.

"큰일 났어요! 종들 얘길 들으니 저들이 말한 상여엔 애초 관이 실려 있지 않고 온통 병기들이라고 하네요. 이 일을 장차 어떻게 한답니까?"

주인은 이 말에 정신이 번쩍 들며 사태를 파악했으나 이미 이 지경에 이른 터라 아무래도 어쩔 도리가 없었다. 마지못해 아내를 달래 위로하고 사랑으로 나오자 박 교리가 물었다.

"주인장 안색을 보니 근심과 두려운 빛이 잔뜩 끼어 있소. 혹여 무슨 우환거리가 생긴 거요?"

라고 박 교리가 묻자, 주인은

"어린 애가 급탈이 났는데 다행히 곧 차도가 있답니다."

라고 하였다. 그러자 박 교리는 옅은 미소를 지었다.

"주인장, 품이 좁소 그려! 내가 지금 원하는 것은 간편한 재물에 불과하오. 땅이나 전답, 식솔이나 가축, 가옥이나 양식 따위는 그대로이니 지금 잃는 게 적진 않지만 몇 년 안에 알아서 다시 차게 될 것인데 뭘 그리 걱정이 많소? 게다가 재물이란 천하의 공기(公器)인지라 이것을 쌓아 두는 자가 있으면 반드시 쓰는 사람도 있고, 지키는 자가 있는가 하면 또한 가져가는 사람도 있는 법이오. 그대가 쌓아두고 지키는 사람이라면 나와 같은 자는 쓰고 가져가는 사람이라 할 것이오. 늘어나고 줄어드는 이치와 차고 비는 변화는 곧 조화의 상도(常道)이니 주인옹도 이 조화에 붙어사는 사람이 아니겠소. 어찌 늘어나기만 하고 줄어들지 않으며 차기만 하고 비지 않기를 바랄 수 있겠소? 일이 벌써 이렇게 발각되고 말았으니 밤중에 시끄럽게 소란을 일으켜 사람이 다치고 목숨까지 해칠 필요가 있겠소. 바라건대 주인장은 먼저 안채로 들어가 부녀자들을 한 방에 모이도록 하시오."

주인은 이미 어찌할 도리가 없음을 알고 그가 지시하는 대로 부녀자들을 모아 놓고 나와 알렸다.

"영대로 하였소!"

교리가 다시 주인에게 일렀다.

"주인장께선 평소 특별히 아끼는 물건이 있겠지요. 그 물건을 미리 얘기해주셔서 함께 쓸려가 잃어버리지 않게 하시구려."

이에 주인은 7백 냥으로 새로 산 청노새라고 하였다. 그러는 사이 어느새 수령이며 비장, 상제, 복인(服人), 행자(行者), 곡비(哭婢)와 상여 담꾼, 마부들이 모두 소매가 좁은 군복으로 갈아입고 병장기를 든 채 바깥마당에 빼곡히 늘어섰다. 저들은 몇 천이나 될지 모르는 사내들인 데다 개개의 신수가 건장하고 저마다 기력이 날래고 용감무쌍했다. 교리가 마침내 영을 내렸다.

"너희는 안채로 들어가거든 각 방에 있는 물건은 돈이나 옷가지, 그릇이나 가체, 비녀·팔찌나 패옥·비단 따위를 막론하고 모조리 실어 내오되 부녀자들이 모여 있는 방에는 아무리 억만금 재물이 있다고 하더라도 절대 접근하지 말거라. 재물이 중하다 하지만 명분도 엄중한 법, 만약 영을 어긴 자가 있으면 필시 군율에 처해질 것이다!"

또 주인의 청노새도 손대지 말라는 취지로 경계를 시키고 다시 주인에게 부탁하였다.

"이자들을 데리고 들어가 안내하여 어지럽게 뒤지는 일이 없게 해주시오."

이리하여 결국 주인은 군도를 안으로 안내하게 되었다. 먼저 안주인이 거처하는 방으로 안내한 다음, 그 나머지 큰며느리 방, 중간며느리방, 막내며느리 방, 손부 방, 소실 방, 제수 방, 측실 방, 큰딸 방, 작은딸방, 긴 골방, 짧은 골방, 큰 벽장, 작은 벽장, 동편 다락, 서편 다락, 앞곳간, 뒤 곳간 등 방방마다 있는 물건들을 낱낱이 뒤져 바깥마당에 쌓아놓았다. 또 바깥사랑으로 나와서 큰사랑, 중간사랑, 아랫사랑, 뒷사랑,

안 별당, 뒷별당에 있는 물건들도 하나 남김없이 쓸어 모았다. 무려 억만 금이나 되는 재물을 삼백 필의 건마에 싣고서 일시에 나는 듯이 강을 건너 달아났다.

두령은 남아서 주인과 자리를 마주하고 앉아 새옹지마(塞翁之馬)를 들 먹이며 위로하고, 도주공(陶朱公)[124]이 재산을 모았다가 흩었던 일로 빗대 었다. 이어 한참 동안 읍을 하고 작별하였다.

"나 같은 길손은 한 번 본 것만으로도 이미 더없는 불행이거니와 다시 만나는 거야 전혀 바라는 바가 아닐 거요. 이제 한번 헤어지면 다시 만날 기약이 없구려. 오직 주인장은 무쪼록 사리를 깨닫고 마음을 잘 따라 진중하고 다복하길 바라오. 그리고 다신 서울의 사족들과 결교할 생각일 랑 갖지 마시오. 이번에 이른바 박 교리란 자가 무슨 덕이 있었소?"

이윽고 말에 오르더니 다시 주인을 돌아보며 재삼 신신당부하였다.

"물건을 잃어버린 사람은 으레 뒤를 쫓는 짓을 하곤 하는데 하나도 이득이 없다오. 주인장은 행여 그런 속투를 따랐다가 뒤에 낭패 보는 일이 없도록 하시오."

"예예! 감히 감히요."

마침내 강을 건너 나는 듯이 말을 몰아 사라져 간 곳을 알 수 없었다. 잠시 뒤 수백 호의 노복들이 모두 모여 씩씩거리며 위로를 건네고 혀를 차며 분에 겨워 했다. 이들에게서 과연 뒤를 쫓자는 의견이 일었으니 왁자지껄 서로 의견을 나누고는 번갈아 주인을 뵙고 진언하였다.

"저들은 필시 바다의 도적들이라 육로를 따라갈 이치가 없습니다. 여 기서 아무 바다 어귀까지는 몇 리이고 아무 어귀까지는 또 몇 리 되는 거리이니 급히 달려 추적하면 따라붙지 못할 리 없습니다. 저희 6백여

---

124 도주공(陶朱公): 곧 범려(范蠡)이다. 춘추시대 월왕 구천(句踐)의 신하로 재물을 증식하 는, 즉 화식(貨殖)에 뛰어난 것으로 유명하여, 사마천은 『사기』·「화식열전」에 그를 입전한 바 있다. 동시대 의돈(猗頓)과 함께 후대에 부호의 상징적인 인물로 병칭되었다.

명이 좌우로 대오를 나누어 쫓으면 아무 포구와 아무 해변에 당장 다다를 수 있습니다. 하물며 아무 대처 마을이 아무 바다 어귀에 있고 아무 대처 마을이 아무 포구 가에 있으니, 저놈들 무리가 수천이라 하더라도 저희가 패하여 돌아올 리가 있겠습니까?"

하지만 주인 상전은 절대 하지 못하게 하였다. 그러자 그들 중 우두머리로 일처리를 도맡은 10여 명이 돌아가며 주인에게 아뢰었다.

"도적 우두머리가 뒤를 쫓지 말라고 신신당부한 것은 한갓 협박하는 말에 지나지 않습니다. 쇤네들 6백 장정이 있는데도 실없이 억만금 재물을 잃고 말았으니 어찌 분통이 터지지 않겠습니까? 애초에 대응하지 못했던 것은 뜻밖에 닥친 일이어서 그랬습니다만 지금 추격하는 거야 이미 준비가 되어 있으니 뭐가 두렵겠습니까? 더구나 포구가 멀지 않고 포구의 마을도 대촌이니 한번 쫓기만 한다면 분명 못 잡을 이유가 없습니다. 만에 하나 저들을 잡지 못하더라도 결코 패하는 일은 없을 것입니다. 제발 생원님, 쇤네들이 처리하도록 한번 맡겨주심이 어떠한지요?"

여러 논의가 벌떼처럼 일어나자 상전으로서도 막을 방도가 없었다. 그 순간 집 뒤편 소나무 숲 대숲 사이에서 느닷없이 천여 명의 장부들이 함성을 내지르며 뛰쳐나왔다. 이들은 사랑채 뜰로 날듯이 모여들더니 발로 차고 밀어뜨리고 밟아대고 때리며, 상투를 잡아 태기를 치기도 하고 머리통을 가격하기도 하였다. 순식간에 6백 하인 장정들을 박살내 쓸모없는 개와 닭으로 만들고[125] 낚아 채 생쥐 병아리를 만들어 버렸다. 그야말로 폭풍우가 일시에 뒤집어 버린 형세요 빠르기가 벼락이 내리친 격이라, 순식간에 온통 쑥대밭을 만들어 버린 후 저들은 한시에 강을

---

125 쓸모없는 개와 닭으로 만들고: 원문은 '土犬瓦鷄'로, 흙과 기와로 빚은 개와 닭이란 뜻이다. 원래 '도견와계(陶犬瓦鷄)'라 하여 질그릇과 기와로 만든 개와 닭이라 아무 짝에 쓸모없는 물건을 지칭하는 용어였다. 여기서는 가축이지만 쓸모없는 개와 닭처럼 하인들이 무용지물이 됐다는 중의적인 의미로 차용하였다.

건너가 간 곳을 알 수 없었다.

천 명에 가까운 노복들을 살펴보니 하나같이 땅에 엎어진 채 널브러져 있었다. 눈이 빠진 놈, 팔이 부러진 놈, 코피가 터진 놈, 머리통이 깨진 놈, 갈비뼈가 부러진 놈, 이빨이 빠진 놈, 귀가 떨어진 놈, 뺨이 부은 놈, 이마가 깨진 놈, 발을 저는 놈, 뼈가 뒤틀린 놈, 살갗이 터진 놈, 숨을 헐떡이는 놈, 기절한 놈, 눈만 멀뚱멀뚱 넋이 나간 놈, 엎어져서 일어나지도 못하는 놈 등 제각각으로 한 놈도 다치지 않는 자가 없었다. 하지만 이런 중에도 한 명도 죽는 불상사는 없었다.

이튿날 놀란 마음을 수습하여 잃어버린 물건을 죄다 따져보니 남아 있는 것이라곤 한 개도 없었고, 마구간의 청노새마저도 보이지 않았다. 그런데 이틀 뒤 새벽 홀연 노새의 울음소리가 강 건너 나룻가에서 들려왔다. 익히 귀에 익은 소리였다. 주인은 깜짝 놀라 급히 사람을 보내 살펴보게 했더니 바로 잃어버렸던 청노새였다. 은 안장에 청실 굴레를 하고 오뚝 강 머리에 홀로 서 있었다. 피가 뚝뚝 떨어지는 머리통 하나가 큰 망태에 담겨 은 안장 앞 왼편에 걸려 있었다. 굴레 오른쪽엔 한 통 편지가 비스듬히 걸려 있는데, 겉봉에 '너그러운 은혜를 베푼 강벽리 집사[126][江壁里 普施案執事]'와 '월출도 안부편지[月出島 候狀]'라 하였다. 내용은 이러했다.

일전에 두 차례 찾아뵌 일은 오랫동안 계획한 끝에 나온 것이지요. 형편이 심히 바쁘고 절박했기에 편안히 대화를 나누지 못했소. 삼가 기거를 살필 겨를이 없었는데, 불시에 닥친 환난에 몸을 상하지는 않았는지요? 재물이나 패물 따위를 잃은 것이야 집사의 넓은 도량으로

---

126 집사(執事): 자신보다 높은 이에게 보내는 편지에서 상대방을 지칭하는 용어이다. 편지 겉봉의 택호(宅號) 밑에 쓴다.

의당 개의치 않을 줄로 여겨집니다. 다만 작별할 적에 당부한 말을 무시하여 끝내 노속들이 다치는 결과가 초래됐군요. 허랑하게 자초한 일이라 누구를 탓하고 누구를 원망하겠소? 명심하여 새겨야 할 것이오. 집사의 3백 바리 재물은 다 옮겨와 해도(海島) 안의 1년 치 양식으로 쓸 터이니 감사하고 감사하오. 청노새는 온전히 반송하니 안장에 달린 물건은 명령을 어긴 자라, 다행히 살피심이 어떨는지요? 다 갖추지 못합니다.

모년 모월 모일 녹림객(綠林客)[127] 배(拜)

주인은 편지를 다 읽고는 재물을 잃어버린 분이 얼음과 눈이 녹듯 풀려 가슴 속에 맺힌 게 남아있지 않았다. 간혹 누가 위로의 말을 건네면 한 번도 도적을 만났다고 답하지 않고 걸핏하면,

"나는 지금 세상의 호걸남자를 만났지. 강산 같은 그 모습을 다시 만날 수가 없네."

라고 하면서 항상 마음에 연연해하며 몹시 아쉬워했다고 한다.

1-23

남한산에 갔다가 오랑캐의 병란을 미루어 헤아림

선전관 박진헌(朴震憲)[128]은 평구촌(平邱村)[129]에 살았다. 젊어서부터 글

---

127 녹림객(綠林客): '녹림호객(綠林豪客)'의 준말로, 한(漢)나라 때 녹림이라는 곳에 도둑의 집단이 있었다는 데서 유래한 말이다. 앞의 명화적과 함께 도적을 지칭하는 중요한 용어이자 조선 후기 사회적 현상을 집약하고 있다.

128 박진헌(朴震憲): 광해군 대의 점술가일 가능성이 있으나, 구체적인 사항은 미상이다. 참고로 천리대본 『동패락송(東稗洛誦)』에 박진헌에 대한 이야기가 실려 있다. 이 이야기에서 박진헌은 사냥을 나갔다가 우연히 상수서(象數書)를 얻은 뒤부터 천문을

을 잘 지었으며 무예도 뛰어났다. 어려운 집안 형편에 모친을 모시느라 아침마다 활과 화살을 가지고 나가서는 꼭 꿩을 잡아서 돌아와 모친의 찬으로 올렸다. 그러던 어느 날 꿩을 보고는 활을 쏘았는데 화살을 맞은 꿩이 파닥거리며 날다가 수풀 사이로 떨어져 버렸다. 박진헌이 그곳으로 가서 살펴보니 꿩은 보이지 않고 한 질의 책 위에 화살이 꽂혀 있었다. 이상하기 짝이 없어 책을 펼쳐보니 바로 하도낙서(河圖洛書)[130]의 법수를 자세히 논한 것이었다. 마침내 가지고 집으로 돌아와 그 이치를 궁리하여 이때부터 사람들의 곤궁과 영달, 일의 길함과 흉함 따위를 미리 아는 것이 마치 부절이 합쳐지듯 하였다.

광해군 시절이 되었는데 흉인(凶人) 이이첨(李爾瞻)[131]은 바로 박진헌의 이종오촌 당숙이었다. 그는 권력을 휘둘러 일을 독단하니 그 기세의 불길이 하늘까지 치솟을 정도였다. 매번 박진헌을 불러서는 자신의 아들들과 함께 과거 공부를 하라고 시켰는데 그때마다 그는 웃음으로만 응낙하고 물러나서는 끝내 가지 않았다. 남들이 간혹 그 이유를 물으면 그는

보고 미래를 예언하는 일에도 익숙하게 되었으며, 특히 이이첨(李爾瞻)의 몰락을 예언하는 등 점술가의 면모로 그려져 있다. 그와 관련해서는 권8 제13화 '이인을 만난 이야기'에 다시 나온다.

129 평구촌(平邱村): 경기도 양주군에 속했던 마을로 지금의 남양주시 삼패동 일대에 과거 평구역(平邱驛)이 있었다. 과거 이곳은 한양에서 관동으로 가는 북쪽 경로였기에 역사(驛舍)가 발달했다. 정철(鄭澈)의 「관동별곡」에서는 한양을 떠나 금강산으로 가는 풍경을 "평구역 말을 가라, 흑슈로 도라 드니."라고 표현한 바 있다.

130 하도낙서(河圖洛書): 황하와 낙수에서 나왔다고 하는 전설상의 도서(圖書)이다. '하도' 는 옛날 복희씨 때 황하에서 나온 그림으로 이것이 『주역(周易)』의 괘(卦)가 되었다고 하며, '낙서'는 우(禹)임금 때 낙수(洛水)에서 나온 갑골문으로 천하를 다스리는 법도 인 홍범구주(洪範九疇)의 토대가 되었다. 이 도서들은 예언서로도 원용된다.

131 이이첨(李爾瞻): 1560~1623. 자는 득여(得輿), 호는 관송(觀松), 본관은 광주(廣州)이 다. 1582년 과거에 합격하여 예조판서, 대제학 등을 역임하였다. 선조·광해군 연간에 대북(大北)의 영수로서 권력을 장악, 광창부원군(廣昌府院君)에 봉해졌다. 뒤에 서인 (西人)이 집권하게 되면서 그는 역적이 되었으며, 이후 문학 작품 등에서 타자화된 인물로 상정되곤 하였다.

이렇게 대답하였다.

"이이첨은 간흉으로 얼마 있지 않아 필시 엄청난 참화에 빠질 것입니다. 만약에 그의 문하에 출입하게 되면 저에게도 큰 화가 미칠까 싶네요."

그 후로도 이이첨은 누차 그를 끌어들이려 하였다.

"네가 과거에 급제만 하게 된다면 대제학이나 판서가 바로 너에게 떨어질 자리일 텐데!"

그러면서도 화복의 말로 으르고 어르기까지 하였다. 박진헌은 화가 두려워 끝내 유업을 버리고 무과에 등제하였으니 이는 이이첨의 아들들과는 함께 공부하고 싶지 않았기 때문이다. 그는 관직이 선전관에 이르렀을 뿐 뜻을 펴 현달하지 못했다.

승지 이지무(李枝茂)[132]가 과거에 급제하지 않았을 때 참봉 윤(尹) 아무개와 광릉(光陵)[133] 재실에서 책문 공부를 하고 있었다. 어느 날 박진헌이 이지무의 재실로 찾아왔다. 이지무는 바로 박진헌의 조카였다. 그가 온 것을 보고 급히 자리에서 일어나 계단을 내려오며 맞이하였다.

"선전 숙부님께서 오셨어요?"

문에서 맞아들여 재실로 올라갔는데 윤 아무개는 박진헌을 무인이랍시고 얕잡아 보아 누워서 일어나지도 않았다. 박진헌은 이지무를 어린애 취급하며 물었다.

"너는 책문을 몇 편이나 지었느냐?"

"이제 겨우 대여섯 편 정도입니다."

그러면서 지은 것을 꺼내 보여주자 그가 다 보고 나서는,

---

132 이지무(李枝茂): 1604~1678. 자는 무백(茂伯), 호는 수암(壽菴), 본관은 전의이다. 병조판서를 지낸 이준민(李俊民)의 증손으로, 1635년 과거에 급제하여 이 이야기의 언급대로 승지를 지냈다. 1655년 서장관(書狀官)으로 청나라에 다녀오기도 하였다.

133 광릉(光陵): 세조와 그의 비인 정희왕후(貞熹王后) 윤 씨(尹氏)의 능이다. 지금 남양주시 진접읍에 소재하며 광릉수목원 일대로 많이 알려져 있다.

"이것이 네가 첫 번째 지은 것이고 저것은 네가 두 번째 지은 것이로군."
하면서 그 나머지 세 번째, 네 번째, 다섯 번째, 여섯 번째 것까지 낱낱이
구별하여 언급하였다. 그리고 이지무의 운수를 계산해 보더니,

"너는 필시 금번 가을 증광시에 합격할 게야!"
라고 하였다.

"우리 숙부님의 재주로 대장의 임무를 맡게 된다면 필시 큰 공훈을
세우실 텐데요."

"가당찮다. 내 운수는 아주 기구하여 큰 임무를 감당할 수 없느니라.
만약 좋은 장수를 만나 나더러 그의 막료로서 전술을 돕게 한다면야 공
업을 이룰 수도 있겠지."

이 대화를 듣던 윤 아무개가 비로소 눈이 번쩍 뜨이며 크게 놀라서는
자리에서 일어나 예의를 표하였다. 그리고 앞선 무례함을 사죄하고 자신
의 책문도 꺼내 보여주자 박진헌이 말하였다.

"참으로 재주꾼이군. 우리 조카가 이만 못하지."
그러더니 그의 명수를 헤아리고서는,

"과거 급제는 조카보다 조금 늦겠군!"
하는 것이었다. 그해 가을 과연 윤 아무개는 낙방을 하고 이지무는 등제
하였는데 그로부터 3년 뒤에 윤 아무개도 등제하였다.

그 뒤, 갑술 을해(1634~1635) 연간에 다른 사람과 함께 남한산(南漢山)
에 올랐다가 소스라치게 놀랐다.

"이곳은 항복할 성이로군. 조만간 나라에 엄청난 병란이 있을 테고,
임금님의 수레가 필시 이곳으로 오시겠지."

이에 포위를 당해 성을 빠져나오는 일이 아주 분명할 것이라는 점을
언급하면서 이렇게 말하는 것이었다.

"그때에 나에게 도원수 자리를 맡긴다면 적을 막아줄 수 있을 터이나
나는 그전에 반드시 죽게 될 것이며 설사 죽지 않더라도 세상에서 나를

알아줄 이는 없을게야."

그렇게 한참을 한탄해 마지않았다. 병자년(1636) 겨울이 되자 그 말이 과연 징험되었고, 박진헌은 그보다 몇 개월 앞서 죽었다고 한다.

1-24

나주목사가 된 박 공이 김가를 때려죽임

연산군(燕山君)의 폐첩(嬖妾)[134] 오라비인 김가는 호남 땅 나주(羅州)에 살고 있었다. 그는 누이의 권세를 믿고 상벌의 권한을 멋대로 휘둘렀다. 남의 전답을 갈취하고 남의 종들도 멋대로 빼앗는가 하면 심지어 돈과 곡식, 소와 말까지도 자신의 물건인 양 사용하였다. 여기에 순응하는 자는 살려주고 거역하는 자는 죽여 도내가 벌벌 떨었다. 그럼에도 누구도 감히 뭐라고 따지지 못했다. 도내에 수령으로 새로 부임하는 자는 먼 곳이면 20일 이내에 찾아와서 뵈어야 했고 그보다 덜한 곳에서는 보름, 또 그보다 덜한 곳은 열흘 내지 닷새 안에 찾아뵈어야 했다. 가까운 고을이면 사흘 내에, 본 읍이면 당일에 와서 뵈어야 했다. 연명(延命)[135]은 혹 지체되더라도 김가에게 인사를 올리는 기한은 감히 어길 수 없었다. 김가는 나는 듯 잘 걷는 세 명의 하인을 거느렸는데 이들은 하루 반이면 서울까지 올라갈 수 있는 자들이었다. 그래서 수령 중에 자신의 마음에

---

134 폐첩(嬖妾): 즉, 연산군의 애첩인 김숙화(金淑華, ?~1506). 나주의 관노 김의(金依)의 딸이며 원래 기녀 출신으로 기명(妓名)은 백견(白犬) 또는 의춘도(倚春桃)라 했다. 뒤에 연산군의 총애를 받아 권세를 부리다가 중종반정 때 죽임을 당하였다. 여기에서는 오라비 김 씨가 권세를 부린 것으로 되어있는데, 대개 그녀의 부친인 김의가 이러한 행세를 한 것으로 알려져 있다.

135 연명(延命): 지방관이 되어 임지에 가서 감사에게 공식적인 보고를 하는 것을 말한다. 따로 감사나 수령이 부임하여 조정에 보고하는 것을 뜻하기도 한다.

차지 않는 자가 있으면 당장 누이에게 보고하여 죄를 주거나 혹은 파직
시켜버렸다.

눌재(訥齋) 박상(朴祥)[136]이 이를 분통해 마지않았다. 그는 나주목사를
자천(自薦)하여 부임하였다. 5일이 지나도 김가를 찾아가지 않자, 김가의
발피(潑皮)[137]가 관속[138]과 좌수를 붙잡아 들였다. 박 공이 이 소식을 듣고
는 당장 장교(將校), 형리(刑吏), 관노, 사령 및 읍내의 건장한 사내 등 도합
백여 명을 동원하여 그자의 집을 에워싸게 하였다.

"만약 저 김가 놈을 붙잡아 오지 못하면 죽어 마땅하리라!"

이렇게 분부를 내렸다. 한참 뒤에 이들은 김가를 포박해 왔다. 박 공은
감영에 보고하는 한편, 큰 장(杖)으로 무릎을 후려치니 열대를 맞기도
전에 즉사해 버려 곧 그 시신을 떠메어 밖으로 냈다.

전라감사가 이 보고를 받고는 기겁하여 황급히 도사(都事)[139]를 시켜
가서 구하게 했다. 그러나 도사가 이르렀을 때는 이미 수습할 수 없는
상황이었다. 한편 박 공은 인끈을 벗어놓고 급히 말을 타고 길에 올랐다.
노령(蘆嶺)[140]을 넘어서 천원(川院)[141]에 이르렀다가 갑자기 마음이 바뀌어

---

136 눌재(訥齋) 박상(朴祥): 1474~1530. 자는 창세(昌世), 눌재는 그의 호, 본관은 충주이
   다. 1501년 과거에 급제하여 시강원사서, 병조좌랑, 전라도사 등을 역임하였다. 여기
   이야기와는 달리 중종 초년에도 사간원헌납, 1527년에는 나주목사를 지낸 바 있다.
   당대에 문명이 높았으며 특히 호남시단의 종장으로 지목되었다. 시는 16세기 당시풍
   (唐詩風)을 진작시키는 데 선도적인 역할을 한 것으로 평가받는다. 저서로는 『눌재집
   (訥齋集)』이 있다.

137 발피(潑皮): '발피(撥皮)'로도 쓰며, 일정한 직업이 없이 떠돌아 다니며 못된 짓
   을 하는 부랑아나 무뢰한을 말한다. 간혹 세속에서 호협한 자를 일컫기도 한다.
   아마도 김가 아래에서 일처리를 하는 건달이 있었던 모양이다.

138 관속: 원문은 '三公兄'으로, 이는 지방 고을의 호장(戶長), 이방(吏房), 수형리(首刑吏)
   등 세 관속을 지칭한다.

139 도사(都事): 주로 중앙에서 감찰을 맡아보는 종5품직을 일컫는데 지방 관리로도 감사
   밑에 배속되어 지방 감찰을 맡아보았다.

140 노령(蘆嶺): 전라북도 정읍시와 장성군 사이에 있는 고개로, '갈재[葛峙]'라고도 부른

큰길을 포기하고 마침내 왼편 길로 접어들어 곧장 흥덕(興德)¹⁴²으로 향해 갔다.

당초 박 공이 김가를 붙잡아 들이자 김가의 종으로 날래게 걷는 종 하나가 하루 반 만에 서울로 올라와 누이에게 보고하였다. 폐첩 누이는 이를 당장 연산군에게 통지하였고 연산군은 격노하여 즉시 의금부도사 (都事)를 파견, 사약을 가져가 사사케 하였다. 그때 서울에 있던 박공의 조카가 이 영이 내렸다는 것을 듣고 서둘러 염(斂)에 필요한 것들을 사서 는 말을 달려 남쪽으로 내려갔다. 의금부 도사의 일행보다 먼저 천원에 도착하여 그곳에서 나주의 하인을 만나 박공이 흥덕 길로 접어들었다는 사실을 알고 바로 뒤쫓아 갔다.

고부(古阜) 읍내에서 만나게 되었는데 차마 사약 내린 일을 직접 말할 수 없어 이렇게 속였다.

"숙부께서 김가 놈을 모질게 다스려 그 화가 장차 예측할 수 없는 상 황이라는 소식을 들었기에 이렇게 와서 도우려는 것일 뿐입니다."

박 공은 그가 이렇게 빨리 소식을 들은 것이 괴이하여 자세히 물었더 니 그가 들은 날짜가 과연 김가가 죽은 지 하루 반이 지난 때였다.

이리하여 함께 상경 길에 올랐다. 조카는 중도에 먼저 말을 돌려 성안 으로 들어와 공의 친구들을 뵙고 그 사연을 자세히 일러주었다. 친구들 은 다투어 술을 가지고서 한강 가로 나와 맞이하였다. 그러고는 몰래 공을 한강의 촌사에 머물러 있게 하면서 날마다 술자리를 즐기며 공이 정신을 잃을 정도로 취하게 하였다.

다. 예로부터 노령산맥을 가로질러 호남평야와 전남평야를 잇는 주요 교통로였다. 실제 이곳을 이용하는 사람들이 많아 관련 설화와 시문이 많이 남아 있다. 노령산맥 (蘆嶺山脈)의 한 지맥인바 노령산맥의 '노령'은 여기에서 유래하였다.

141 천원(川院): 정읍에 딸린 지명으로 현재 정읍시 입암면에 천원역이 있다.

142 흥덕(興德): 지금의 전라북도 고창군 일대이다.

한편, 나주로 달려간 의금부 도사는 박 공이 이미 상경했다는 소식을 들고 말을 달려 계(啓)를 올리는 한편 급히 말을 돌려 추격하였으나 미칠 수 없었다. 서울에 이르렀을 때는 여러 중흥의 공신들이 벌써 의(義)를 들어 반정(즉 중종반정)을 모의한 뒤였다. 곧 박 공을 부제학으로 제수하였는데, 공은 숙취에서 깨어나지 못해 이미 반정이 일어난 줄도 몰랐다. 이에 성안으로 들어와 새 임금을 알현하였다. 인견(引見)하는 자리에서 공이 우러러 뵈더니,

"용안이 전에 뵈었을 때와 다르십니다."

라고 하였다. 주변에서 반정한 일을 알려주자 공은 대궐문을 나와서는 그날 그길로 돌아가 버렸다고 한다.

1-25

가난한 선비가 꾀를 써서 벼슬을 얻음

예전에 한 양반붙이가 있었다. 그는 글도 못 하고 글씨도 쓸 줄 모른 데다 집은 또 가난했다. 간간이 과거에 응시했지만 한 번도 접(接)[143]을 배설해 보지 못했고, 기껏 친한 벗 뒤를 따라 남은 글과 남은 글씨를 얻어 시험지를 제출하곤 하였다. 그러다가 요행으로 한 번 감해(監解)[144]를 하게 되었는데 이제 회시(會試)가 점점 다가와 코앞이었다. 하지만 이

---

143 접(接): 과거시험을 치를 때 응시자를 도와주는 일군의 조직을 말한다. 여기에는 글을 대신 지어주는 거벽(巨擘)을 비롯해 글씨를 대신 써주는 사수(寫手), 시험장의 좋은 자리를 잡는 선접꾼 등이 포함되어 있었다. 김홍도의 〈공원춘효도(貢院春曉圖)〉를 보면, 시험장 인근에 장막을 설치하고 이들이 합숙하고 있음을 확인할 수 있다. 이는 응시자의 세를 과시하는 동시에 조선 후기 과거제도 폐단의 한 사례이기도 했다. 따로 보부상의 무리나 동학(東學)의 조직과 집회소를 지칭하기도 한다.

144 감해(監解): 즉 감시해액(監試解額)으로, 감시(주로 초시)에 합격한 인원에 들었다는 뜻이다. 그리고 이제 회시, 즉 소과 시험이 닥친 상황이다.

미 글과 글씨가 형편없었기에 관광(觀光)[145]해 볼 수도 없었다.

그러나 그만두기도 어려워 이내 시지(試紙) 한 장을 들고 혼자서 과거장에 입장하였다. 주위에 아는 이라곤 전무한지라 대신 지어주고 써 줄 이도 아예 없었다. 그저 서성일 뿐이었는데 홀연 나라 안에서 이름이 자자한 평안도 출신의 거벽(巨擘)[146]을 만나게 되었다. 그는 누구의 과문을 대신 지어주기 위해 과장에 사칭하고 들어온 자였다. 마침 이 양반은 그와 전에 다른 자리에서 안면을 튼 적이 있었다. 양반은 당장 그쪽 접으로 가서 인사를 나눈 다음 을렀다.

"막중한 이 과장에 별 어려움이 없이 사칭해 들어오다니. 내 한마디면 무슨 일이 생길지 모를 텐데 말이오."

이 말에 거벽과 주인은 얼굴이 화끈 달아오르며 당황하고 두려운 기색이 역력하였다. 이에 양반은,

"과시 한 수를 성의를 다해 잘 지어 먼저 넘겨주면 내 딴 얘기 않으리다." 라고 하였다. 거벽은 바로 종이를 펼치고 붓을 휘갈겨 잠깐 사이에 한 수를 지어 넘겨주었다. 이렇게 하여 글은 다행히 잔꾀로 얻어 냈으나 다시 이를 베껴 제출할 일이 난감했다. 바야흐로 이 시권을 쥐고 두리번거릴 즈음, 마침 글씨는 잘 쓰지만 글이 짧은 자가 있었다. 그도 누군가와 서로 글과 글씨를 맞바꾸기로 약조를 하였는데, 정작 과거 보는 날 일이 틀어져서 낭패한 상황이라 붓만 잡은 채 시를 짓지 못하고 괴로워하고 있었다.

---

145 관광(觀光): 원래 나라의 성덕(盛德)과 그 문명을 본다는 뜻으로, 황제나 임금이 있는 도읍을 유람하여 시각을 키운다는 의미로 오래 전에는 '북학(北學)'의 뜻과도 통했다. 『주역』·「관괘(觀卦)」의 "觀國之光, 利用賓于王."에서 유래하였다. 다만 우리의 경우 후대에 특별히 과거를 보러 서울로 올라오는 의미로 따로 쓰였다.

146 거벽(巨擘): 본래 문장에 뛰어난 대학자를 일컫는 말이나 조선 후기에 와서 과거 시험을 대신 치러주거나 그에 상응한 행위를 하며 생계를 유지하는 부류를 지칭하게 되었다. 이옥(李鈺)의 「류광억전(柳光億傳)」의 류광억이 대표적인 거벽의 사례이며, 여기에 등장하는 서생도 당대의 유명한 거벽이었던 것으로 판단된다.

양반은 또 그가 있는 자리로 다가가 먼저 이전까지 한 번도 면식이 없었다며 말을 붙였다. 이어 동접에게 낭패를 본 일을 위로하면서 자신의 처지를 얘기하였다. 곧 글은 있으나 사수(寫手)가 없으니 서로 역할을 교환하자고 요청한 것이다. 그러면서 자기가 가지고 있는 시를 보여주었다. 글씨를 잘 쓰는 이는 비록 글을 잘 짓지는 못했으나 과문의 격식은 잘 알고 있었기에 건네준 시를 살펴보니 과연 잘 지은 것이었다. 어찌할지 참으로 곤란한 상황에서 그나마 이 시를 얻은 것만도 다행이란 생각에 마침내 그러자고 했다. 선비는 바로 시지를 펼쳐 놓고 먹을 갈아 이 시를 일필휘지하였다. 동시에 자주 양반을 돌아보며 다짐해 두었다.

"내 성의를 다해 정서하고 있으니 그 사이에 형씨도 전력을 다해 시 한 수를 지어 놓고 기다리시오."

"알았소."

이렇게 답한 양반은 초지(草紙)를 꺼내 글을 짓는 시늉을 하였다. 쓱쓱 써가며 글자엔 검게 동그라미를 만들어 남이 내용을 알아보지 못하도록 했다. 선비가 시지에 다 옮기기를 기다렸다가 즉시 시권을 말아 챙기고는 자신이 검게 칠한 초고 한 장을 그에게 내던지며 말하였다.

"내 시권을 제출하고 곧장 돌아올 테니 잠시 기다리고 있게."

그러고는 시권을 안고 곧장 감독하는 누대로 올라가더니 일부러 출입을 금하는 그물망 안으로 뛰어 들어갔다. 시관(試官)과 군졸들이 이를 보고 법을 어겼다며 어서 빨리 붙잡아 끌어내라 하였다. 그때 양반은 군졸에게 돈을 찔러 주면서 부탁하였다.

"내가 접으로 돌아가야 한다고 사정을 할 것인데 절대 들어주지 말고 그저 내쫓아 밖으로 끌어내 한시도 장내에 붙어있지 못하게 하게."

그 군졸은 이미 뇌물을 받은 데다 시관의 분부도 지엄하므로 어찌 잠시라도 지체할까? 앞에서 잡아끌고 뒤에서 붙들어 서둘러 몰아 밖으로 내쳤다. 양반은 일부러 군졸에게 애걸하는 시늉을 하였다.

"내게 정말 긴급한 일이 있으니 잠깐만이라도 내가 우리 접으로 돌아갈 수 있게 해 주면 좋겠네!"

군졸들이 어찌 이 말을 따라 주겠는가? 네 번 다섯 번이고 무수히 간청했지만 한결같이 받아들이지 않고 거절하였다. 어쩔 수 없이 동접이 있는 곳을 지나 끌려나오는 즈음, 먼발치서 글 잘 쓰는 선비에게 외쳤다.

"일이 이렇게 되고 말았으니 어쩔 도리가 없구려, 없어!"

그러면서 과장으로 밖으로 떠밀려 나왔다. 이윽고 방이 나붙었는데 과연 아무개 양반이 수석으로 합격하였다. 그는 이렇게 소과(小科)에 합격한 뒤 다시 벼슬에 욕심이 생겼다. 그러나 세력도 없고 끌어줄 사람도 없어 어찌할 도리가 없었다. 그런데 때마침 이조판서가 서른이 다 된 외아들이 죽어 막 상을 치른 터라 실성한 듯 미친 듯 벼슬길에 뜻을 잃은 채 억지로 공무를 처리하고 있었다. 진사 양반은 속으로 한 계책이 떠올라 이조판서의 아들을 자세히 탐문하였다. 그랬더니 나이와 성품, 재주와 문식은 물론 평소 교유하는 이는 누구누구이며 어디서 공부를 하였고 어느 곳을 유람했는지 등등 낱낱이 알게 되었다. 그리고 그는 남산 아래에 사는 글 잘하는 선비를 찾아가 제문(祭文) 한 통을 지어 줄 것을 간곡하게 요청하였다. 내용은 매우 애통한 뜻을 담되 아무 곳에서 서로 알게 되었으며, 아무개 집에서 함께 글을 짓고 아무 산사에서 함께 글을 읽었다는 것과 나이로는 몇 년 터울이며 교분은 너무 깊어 아교 칠 같다는 내용이 들어가게 했다. 아울러 대대로 정의가 도탑다며 자기 집안 대대의 공덕을 빠짐없이 써서 이 편지를 보는 이라면 단번에 나이는 몇이고 누구의 자손인지 알 수 있도록 했다.

마침내 닭을 잡고 술을 걸러 제수(祭需)를 갖춘 다음 이조판서가 관청에 나간 틈을 엿보아 직접 그 집을 찾아갔다. 그 집 하인들을 시켜 궤연(几筵)[147]을 열게 한 다음 제수를 차리고 술을 따랐다. 이어 꿇어앉아 제문을 읽는데 목이 매여 소리가 제대로 나오지 않았다. 이윽고 목을 놓아 통곡을 하더니 한참 슬퍼하며 침통해 하더니 돌아갔다.

그날 저녁 이판대감이 관청에서 퇴근하여 안채로 들어오자 부인이 말하였다.

"아까 한 선비가 아무 동네 아무개 진사라고 하면서 죽은 우리 애의 절친한 벗이었다며 제수를 갖추어 제문을 올리고 반 식경 동안 곡을 하고 갔답니다."

이판은 적이 이상하여 그가 놓고 간 제문을 가져다가 읽어보았다. 여러 폭에 연이어지는 내용이 거의 수백 행이 넘었고, 글이며 글씨가 더없이 아름다웠다.

"내 아들에게 이런 절친하고 준수한 선비가 있었다니! 내가 왜 모르고 있었던가? 문벌을 보면 여러 대 동안 사족이었군. 그의 나이도 마흔 줄이니 당연히 벼슬할 나이고, 게다가 재상이 집에 없는 틈을 보아 자식의 영전에 제를 올리고 갔으니 그 지조가 더욱 가상하군."

이렇게 감탄한 이판은 도목정사에서 여러 의견을 물리치고 그를 천거하였다. 마침내 그는 벼슬을 얻었다고 한다.

1-26

여 정승이 핑계를 대었다가 장원의 자리에 오름

정승 여성제(呂聖齊)[148]는 경서를 공부하여 급제하였다. 회시의 강(講)

---

147 궤연(几筵): '영좌(靈座)'라고도 하며, 죽은 이의 혼백이나 신주를 모셔 두는 곳이다. 궤(几)는 제물을 담는 그릇을, 연(筵)은 제물을 진설하는 자리를 뜻한다.

148 여성제(呂聖齊): 1625~1691. 자는 희천(希天), 호는 운포(雲浦), 본관은 함양이다. 1654년 과거에 급제하여 예조·병조·이조의 판서를 거쳐 영의정을 지냈다. 그는 서인으로서 숙종 연간에 일어난 정치적 파장 속에서 남인과 대립하였으며, 특히 인현왕후 폐위를 반대하는 상소를 올리기도 하였다. 저서로 『운포유고(雲浦遺稿)』가 있다.

하는 날이 되어 성균관에 들어가 강석에 자리했는데 강지(講紙)가 휘장 안에서 제출되어 나오고 보니 칠대문(七大文)[149]이 쓰여 있었다. 그는 『주역』에서부터 『중용』에 이르기까지 죄다 순통(純通)[150]하여 14분(分)[151]을 얻었다. 그 다음은 『대학』의 차례였는데 『대학』의 경우 대부분 조(粗)를 받는 터라 14분 반이 되면 곧 급제할 수 있었다. 그러나 여 정승은 대부분의 사람들처럼 조를 받지 않고 반드시 16분으로 순통하고자 했다. 하지만 막상 강장(講章)을 보고 바야흐로 생각을 두루 펼치려 했으나 까마득히 기억나지 않았다. 시관이 여러 번 재촉했음에도 끝내 입이 열리지 않았다.

부득이 속으로 한 계책을 내어 뒤가 급하다고 둘러댔다. 시관이 감시하는 군졸 한 명을 붙여 함께 가게 하였다. 이는 시험의 부정을 막기 위한 조치였다. 여 정승은 뒷간에 올라앉아 억지로 변을 보는 시늉을 한 채 수없이 생각했으나 끝내 떠오르지 않았다. 그래서 함께 간 군졸과 마냥 한담을 나누다가 물었다.

"너는 어느 고을 출신의 군졸이며 언제 서울에 올라왔느냐?"

"소인은 아무 고을 사람으로 아무 달에 상번(上番)[152]하였답니다."

---

149 칠대문(七大文): 사서삼경(四書三經), 즉 7경(經)의 각 한 장을 뽑아 놓은 글을 말한다. 일종의 과거용 비방(秘方)으로 통했다. 이에 대한 폐단도 많았던바, 실제 『연산군일기』 (1622년 1월 25일 조)에는 이 칠대문이 비방이 되어 과거에 속임수가 난무하다며 이를 개혁하라는 취지의 내용이 나와 있기도 하다. 권4 제15화 '이씨 선비 이야기'에 구체적인 칠대문이 나오기도 한다.

150 순통(純通): 과거를 보거나 글을 외웠을 때의 최상위 등급이다. 이 성적을 평가하는 등급은 통상 5등급으로 '순(純)·통(通)·약(略)·조(粗)·불(不)'로 구분한다. 또 4등급으로도 나누기도 하는데, 이때는 '순통·순조·순략·불통'으로 나눈다. 여기서는 후자에 해당한다.

151 분(分): 위의 등급에 따른 점수이다. 차례로 3.5분과 2분, 1분, 0.5분의 점수가 부여되었다. '不'은 불합격으로 처리되었다. 다만 여기서 14분이라 했는데 12분으로 하는 것이 옳을 듯하나 실제로 점수를 어떻게 부여했는지는 불분명하다.

152 상번(上番): 지방의 군인이 서울로 올라와 임무를 수행하는 일이다. 주로 도성에서 필요한 군사를 동원할 일이 있을 때 임시적으로 차출하는 방식으로 이루어졌다.

이에 여 정승은 기뻐하며 물었다.

"그 고을에 아무개 기녀가 있는데 너는 알고 있느냐?"

"소인이 알고 있습죠! 소인이 서울에 올라올 때 이 기녀가 편지를 써서 부탁하기를, '자네가 상경하게 되면 꼭 여 생원 댁을 찾아가 이 편지를 전해주게.'라고 했답니다. 이렇게 신신당부를 했으나 소인은 그 댁이 어느 동에 있는지 몰라 아직까지 전해주지를 못하고 있었답니다. 서방님께서는 혹시 여 서방님 댁을 아십니까?"

여 정승은 다시 기쁜 낯으로 물었다.

"그 편지 어디에 있느냐? 내가 바로 여 서방이니라."

"아직 소인의 주머니 속에 있사옵니다."

라고 하면서 주머니를 뒤져 드렸다.

사정은 이랬다. 여 정승의 부친이 그 고을의 수령으로 있을 때 그는 수령의 자제로 한 기녀와 눈이 맞았는데, 해가 한참이 지난 후에도 아직껏 그 마음을 잊지 않고 있었던 것이다. 반가워 편지를 받아보니 과연 기녀의 편지였다. 봉투를 뜯어 펴 보자 종이에 가득 쓴 장편의 편지로 정다운 이야기가 절절하지 않음이 없었다. 이에 강장을 생각하던 것은 한쪽으로 제쳐둔 채, 마침내 기녀의 편지를 가지고 하나하나 뜯어보며 음미하느라 거의 반나절이 지나고 있었다. 시관은 그가 너무 더딘 게 이상하여 다시 다른 군졸을 보내 상황을 살펴보게 했다. 군졸은 여 정승이 종이에 가득 세세하게 쓰인 글을 가지고서 일어날 뜻이 없는 것을 보고는 곧장 이 정황을 시관에게 보고하였다. 시관은 의심이 더 커져서 연이어 사람을 보내 돌아오기를 재촉하였다. 여 정승이 어쩔 수 없이 다시 강석으로 들어갔더니 시관이 버럭 화를 내며 꾸짖었다.

"용변이 급하다는 핑계로 나가서는 몰래 주머니 속에 기록한 걸 살펴 다니! 과장은 지극히 엄정하거늘 선비로서 이런 극히 해괴한 짓을 하다니. 앞에 낸 강장은 이제 쓸 수 없으니 다른 강장을 내어야겠구나!"

서리(書吏)를 시켜서 다시 강지를 들이라 하였다. 여 정승은 짐짓 안타깝고 절박한 모습을 하고서 수없이 애걸하였다.

"어렵게 생각을 짜내어 겨우겨우 기억을 해 지금 강장에 임하려는데 갑자기 이렇게 강장을 바꾸시다니요. 시관께서는 어찌 이리도 차마 해서는 안 될 영을 내리신단 말입니까?"

그러나 시관은 연이어 화를 내고 꾸짖더니 강장을 바꿔 내고는 계속 강송을 하라고 연거푸 재촉하였다. 여 정승은 이때부터 씩씩하게 강송을 하였다. 아까 한 장은 우연히 기억이 나지 않았을 뿐, 그 나머지 장이야 어찌 통하지 못할 이치가 있었겠는가? 드디어 단숨에 입을 열더니 큰 소리로 거침없이 외우자 모두가 잘한다고 칭찬하였다. 마침내 그는 순통을 하여 수석으로 붙었다. 그 후에 그는 영의정에까지 이르렀다.

청구야담

권2

양 승선이 북관에서 기이한 짝을 만남

승지 양(楊) 아무개[1]는 유람하는 벽(癖)이 있었으니, 말 한 필에 시동 한 명을 데리고 멀리 북관(北關, 함경도)을 유람하였다. 백두산을 올랐다가 돌아오는 길에 안변(安邊)[2]을 들르게 되었다. 점심 무렵이라 객점에서 말을 먹이려는데 집집마다 모두 문이 닫혀 있었다. 어쩌지 못하고 두리번거리는데 길가 수십 보쯤 떨어진 암반 계곡의 조용한 곳에 작은 농장 한 채가 자리하고 있었다. 닭이 울고 개도 짖었다. 마침내 이 농장 앞에 이르니 어린 처자가 나왔다. 이제 열대여섯 정도 돼 보였다. 문 앞에서 응대하며,

"손님께서는 어디에서 오셨습니까?"
라고 물었다.

"먼 길 가는 사람으로 객점의 문들이 모두 닫혔기에 여기서 말이나 먹이고 갈까 한다. 네 집 주인은 어디 갔느냐?"

"객점 주인들과 모두 뒷골 계회(契會)[3]에 갔나이다."

그러면서 부엌으로 들어가서는 말죽 한 통을 꺼내 말에게 먹여주었다. 양 공은 날씨가 점점 더워져 나무 아래에서 윗옷을 벗었더니, 처자가 대자리를 나무 아래에 깔아 주었다. 그리고 다시 부엌으로 들어가더니

---

1   양(楊) 아무개: 즉 양희수(楊希洙). 양사언의 부친으로 조선 성종 연간에 돈녕부 주부 등의 관직을 역임하였다. 나머지 생력에 대해서는 미상이다. 제목의 '승선'은 고려시대 관직명으로 조선시대의 승지와 같은 명칭이다. 다만 그가 승지를 지냈는지는 확인되지 않는다.

2   안변(安邊): 함경남도 남부에 위치한 군으로, 강원도 통천군과 원산시의 경계였다. 금강산을 넘어 북관으로 가는 길목이며, 철령(鐵嶺)이 있어서 그 북쪽과의 경계 역할을 했다. 나중에 양사언이 안변부사가 되는바 부친의 행력과 연결된다.

3   계회(契會): 즉 계모임이다. 조선시대에 계모임은 일종의 지방 자치 조직으로 마을의 상호 부조를 도모하였다. 다양한 모임들이 있어서 동계(洞契), 대동계(大洞契), 이중계(里中契), 촌계(村契) 등으로 불리었다.

잠시 뒤 밥상을 준비해 왔다. 산나물과 채소 음식이 매우 정갈하고 깔끔했다. 양 공은 그녀가 자신을 맞이하는 것이 아주 빈틈없으면서도 빠르고, 행동거지도 미쁘고 단아하여 속으로 매우 기특해하였다. 게다가 난데없이 손님을 접대하는데도 저마다 조리가 있는지라 묻지 않을 수 없었다.

"나는 다만 말 먹이기를 청했을 뿐인데, 내게도 먹을 것을 대접하니 이유가 있느냐?"

"말도 이미 지쳤거늘 사람이 어찌 주리지 않겠어요? 어떻게 사람을 천시하고 가축을 더 귀하게 대하겠습니까?"

그녀의 나이를 물었더니 열여섯 살이라 하고, 부모는 어떤 사람이냐고 물으니 촌사람이라고 하였다.

출발하면서 양 공은 밥값⁴을 줄 참이었는데, 그녀는 극구 사양하고 받지 않았다.

"손님을 접대하는 것은 사람이 사는 집이라면 응당 해야 하는 일입니다. 그런데 값을 받게 되면 풍속에 아름답지 못할 뿐만 아니라, 부모님의 엄한 꾸중을 면치 못할 것입니다. 그러니 감히 받지 못하겠네요."

양 공은 마지못해 결국 선두향(扇頭香)⁵ 하나를 주었다. 처자는 무릎을 꿇고서 받으면서,

"이것은 어른께서 내려주신 것이니 어찌 감히 사양하겠나이까?"
라고 하였다. 양공은 더욱 감탄할 따름이었다.

"먼 후미진 땅 촌가에서 어떤 노구이기에 이런 아이⁶를 낳았단 말인가?"
이에 집으로 돌아갔다.

---

4 밥값: 원문은 '烟價'로, 불 값이라고 풀이되는바 밥을 지어준 값이라는 의미에서 본문과 같이 풀이했다.

5 선두향(扇頭香): 부채 끝에 장식용으로 매달았던 향주머니이다.

6 이런 아이: 원문은 '寧馨兒'로, 착하고 어여쁜 아이를 부르는 속어이다. 귀염둥이라는 뜻으로도 쓰인다.

몇 년 뒤, 어떤 이가 찾아와 섬돌 아래에서 절을 올렸다.

"소인은 안변 아무 마을 사람이옵니다. 아무 해 아무 때에 영감(令監)[7] 께서 우연히 저희 누추한 집에 들르셔서 제 딸에게 향주머니를 주신 일이 있으신지요?"

양 공이 한참을 생각하더니 말했다.

"과연 그런 일이 있었지!"

"소인의 딸이 바로 그때부터 다른 데로 시집가려 하지 않고 영감님 댁에 찾아와 허드렛일을 하며 삶을 마치려고 한답니다. 그러면서 '여자의 본분으로 이미 그분에게 증물을 받았으니 어찌 다른 데로 갈 수 있겠습니까?'라고까지 합니다. 그래서 소인이 천 리를 멀다 하지 않고 와서 뵙는 것입니다."

양 공이 웃었다.

"나는 이미 이렇게 늙었거늘 어찌 젊은 처자에게 마음이 있어서 그랬겠는가? 다만 그 아이가 고운데다 일 처리가 남다른 것이 사랑스러웠고, 밥값도 받지 않기에 따로 줄 물건이 없어 향을 떼어 준 것이니라. 설사 우리 집에 시집온다 하더라도 나는 오늘내일하는 처지와 같거늘 젊은 처자의 꽃다운 나이가 어찌 안타깝지 않겠느냐? 자네는 돌아가 내 뜻으로 달래고 혼처를 정해 시집을 가도록 하고 다시는 헛된 생각을 말게 하게."

그자는 인사를 올리고 돌아가더니 다시 찾아와 뵙는 것이었다.

"백방으로 깨우치고 달래었으나 제 아이는 죽음으로 맹세를 할 뿐이랍니다. 그래서 어쩔 수 없이 지금 데리고 왔으니 영감마님께서 잘 처리해 주십시오."

---

7   영감(令監): 영공이라고도 하며, 정3품과 종2품의 관원을 높여 부르는 말이다. 종2품 이상의 관원은 대감(大監)이라고 불렀다.

양 공은 굳이 사양했으나 되지 않자 웃으면서 그 아이를 받아들였다.

양 공은 군자다운 인물로 홀로 산 지 수십 년 동안 여색을 가까이하지 않았다. 거문고와 서적으로 즐기며 산수 유람에만 흠뻑 빠져 있었다. 이번에 소실을 들인 뒤로도 처음 그녀가 멀리서 온 정성을 위로했을 뿐 도타운 정을 표시하는 기색이 없었다. 어느 날 새벽, 가묘(家廟)를 배알하고 안채로 들어와 보니 문과 뜰, 방과 문지방마다 깔끔하게 치워져 있고 음식과 그릇도 가지런히 정리되어 있었다. 며느리에게 물었다.

"이전 우리 집은 아침이나 저녁이나 텅 비기 일쑤여서 집 안의 온갖 집기가 어수선하고 제멋대로인 채 정리가 되지 않았었다. 그런데 근자에는 모든 것이 갑자기 옛 모습과는 달라졌구나. 게다가 내 밥상에 맛난 음식이 제법 풍성하니 어찌 된 일이냐?"

며느리가 대답하였다.

"안변의 소실께서 들어온 뒤로 바느질과 길쌈은 외려 여사(餘事)요 집 안을 정리하고 가재를 마련하는 데 힘쓰니 결코 보통 분이 아니옵니다. 닭이 울면 일어나 종일토록 부지런하시니 요사이 집안 형편이 조금 나아진 것은 참으로 이 때문이옵니다. 더구나 성품과 행실이 순하고 근실하여 여사(女士)의 풍모가 있사오니, 입으로는 다 칭송하기 어렵사옵니다."

양 공은 이 말에 감동하여 그날 저녁 소실을 불러서 이야기를 주고받았다. 그랬더니 조용하면서도 정숙한 태도는 일반 아녀자보다 한참 뛰어났으며, 현숙하고 명민한 재주는 옛사람에게도 부끄럽지 않았다. 이때부터 양 공은 그녀를 매우 사랑하고 아끼어서 연이어 두 아들을 낳았다. 아들들은 모습이 단정하고 일찍부터 영리하여 진작 학업을 이루었다. 두 아들의 나이가 8, 9세쯤 되었을 때, 소실은 갑자기 집을 지어 따로 살 수 있게 해달라고 하면서 자하동(紫霞洞)[8] 길가에 높고 큰 대문이 걸린

---

8 자하동(紫霞洞): 현재 종로구 청운동 일대로 창의문(彰義門) 아래에 백악산 기슭에

집을 마련해 주십사 하였다.

어느 날 성종 임금이 자하동에 납시어 꽃구경을 하고 돌아가는 길에 폭우를 만났다. 빗줄기가 베 짜듯 하는지라 한 집으로 피해 들어갔다. 그 집은 뜰과 건물이 깔끔하게 치워져 있고 꽃향기가 퍼져 나왔다. 임금이 누구의 집이냐고 하문하니, 따르던 관리들이 누구의 집인지를 아뢰었다. 잠시 뒤 두 어린아이가 고운 의관을 차려입고 나왔는데 용모가 귀엽고 빼어났다. 어전으로 나와 절을 올리고 임금께서 하문하였더니 바로 양 아무개의 소실 자식들라 답했다. 임금은 한번 보고도 신선의 풍모와 자태가 있다고 칭찬하면서 학문에 대해 물었더니 옛 신동에도 부끄럽지 않을 정도였다. 글씨 쓰기가 물 흐르듯하여 다 격조가 있었으며, 운을 불러 시를 지음에도 부르는 족족 응대를 하였다. 임금은 크게 기뻐하였다. 얼마 뒤 따르던 관리들이 모두 바깥 처마 아래에서 비를 피하고 있다가 서로를 돌아보며 웅성거렸다. 임금이,

"무슨 일로 그러느냐?"

라고 하문하자,

"이 집 주인이 진지를 올리려 하나 감히 말씀을 못 드리고 있사옵니다."

라고 대답하였다. 임금이 내어오라고 명하자, 진수성찬이 더없이 정갈하게 갖추어져 있었다. 아울러 따르던 관리들에게도 접대하였다. 임금은 그렇게 느닷없는 가운데도 이를 마련한 것에 매우 의아해하며 상을 두둑하게 내려주었다. 그리고 두 아이를 데리고 궁으로 돌아와 흡족해하며 동궁에게 일렀다.

"과인이 오늘 행차에서 두 신동을 얻었노라. 너를 보필하는 신하로 삼겠노라."

자리했던 동네이다. 예로부터 이곳은 경치가 아름다워 상춘의 공간으로 시인, 문객들이 많이 찾았다. 정선의 그림 〈자하동(紫霞洞)〉이 유명하다.

이리하여 춘방(春坊)[9]에 가함(假啣) 자리를 내려서 직을 수행케 하고 오래도록 궐 안에 머물게 하였다. 대개 이들이 동궁의 나이와 같았으니 은총을 입음이 비할 데가 없었다. 그 후에 소실은 자하동 집을 처분하고 다시 본가로 들어와 늙어 생을 마쳤다. 맏아들은 양사언(楊士彦)[10]으로 호가 봉래(蓬萊)이고, 안변부사를 지냈다. 둘째는 양사준(楊士俊)[11]이다.

2-2

이 정승이 보름날 밤에 좋은 인연을 맺음

동악(東岳) 이안눌(李安訥)[12]이 막 장가를 들고 나서 정월대보름 밤에

---

9 춘방(春坊): 조선시대 세자시강원의 별칭이다. 이곳에서는 세자에게 경사(經史)를 가르치고, 도의(道義)를 계도하는 일을 수행했다. 관원으로는 찬선(贊善)·보덕(輔德)·진선(進善)·필선(弼善) 등의 직위가 있었던바, 여기서 임시 직함을 제수했다고 하는 것은 이런 직책을 임시로 주었다는 뜻이다.

10 양사언(楊士彦): 1517~1584. 자는 응빙(應聘), 호는 봉래(蓬萊)·창해(滄海) 등이고, 본관은 청주이다. 1546년 과거에 급제한 후 평창군수, 강릉부사, 안변부사 등 지방관을 역임하였다. 시와 글씨에 모두 뛰어났으며 특히 초서(草書)와 대서(大書)를 잘 써서 조선 전기의 4대 서예가로 불린다. 그는 따로 금강산 등 산수를 유람한 것으로 많이 알려져 있는바, 그의 시에 이런 유람의 흥취가 잘 드러나 있다. 특히 만폭동 바위에 새겼다고 하는 '봉래풍악 원화동천(蓬萊楓嶽 元化洞天)' 여덟 자는 금강산 유람객들의 기록에 항상 등장하며, 현재도 남아 있는 명필이다. 저서로『봉래시집(蓬萊詩集)』이 있다.

11 양사준(楊士俊): 자는 응거(應擧), 호는 풍고(楓皐)이다. 1546년 과거에 합격하였으며 첨정(僉正)을 지냈다. 다른 형제 양사기(楊士奇)와 함께 이들 삼 형제는 시문에 뛰어나 조선의 '미산삼소(眉山三蘇)'로 일컬어졌다. 그가 남긴 1555년에 일어난 을묘왜변을 배경으로 한 「남정가(南征歌)」는 전쟁가사의 효시로 알려져 있다.

12 이안눌(李安訥): 1571~1637. 자는 자민(子敏), 동악은 그의 호, 본관은 덕수이다. 어려서부터 문재가 뛰어났으며, 1599년에 과거에 급제하여 예조정랑을 거쳐 예조판서를 지냈다. 특히 서장관으로 사행했을때 시재로 인정을 받았다. 그의 부인은 여산 송씨(礪山宋氏)로, 뒤에 소실을 두었는데 이 소실에게서 세 아들을 두었다. 그런데 위 이야기처럼 여산 송씨와 혼인하자마자 소실을 두었는지는 알 수 없다. 그는 당대의 권필(權韠), 이호민(李好閔), 윤근수(尹根壽) 등과 함께 동악시단(東岳詩壇)을 이끌었으며

운종가(雲從街)[13]로 종소리[14]를 들으러 갔다가 취하게 되었다. 입동(笠洞)[15]의 앞길을 지날 무렵 길가에 드러누워 잠이 들고 말았다. 얼마 뒤 종들이 와서는 웅성거렸다.

"새 서방님이 취해서 여기에 쓰러져 계시다니!"

그러면서 그 집의 신방으로 부축해 모셨으나, 이 공은 그야말로 인사불성이었다. 화촉을 밝힌 신방에서 신부와 함께 잠이 들었다가 다음 날 새벽 깨어보니 다른 사람의 방이고 처가댁 신방이 아니었다. 이 공이 이 신부에게 물었다.

"여기는 누구 댁이며 나는 어떻게 여기에 온 것이오?"

이 신부는 의심이 들어 되받아 따지다가 서로 소스라치게 놀라게 되었다. 사정은 이러했다. 이 집은 새로 혼례를 올린 지 3일이 되었고, 신랑도 종소리를 들으러 밤놀이 갔다가 돌아오지 않은 상황이었다. 그리고 이 공은 이 집에 잘못 들어왔는데, 종들이 이 집 신랑으로 착각하고 부축해 모시고 들어왔던 것이다. 이 공이 신부에게 대책을 물었다.

"어떻게 처리하면 좋겠소?"

"저도 이 상황과 딱 들어맞는 꿈을 꾸었으니, 이 또한 인연인가 봅니다. 아녀자의 도리로 말하자면 죽는 것이 마땅하겠지요. 하지만 저는 대대로

권필 등과 17세기 조선의 시단을 주도했다는 평가를 받는다. 문집으로 『동악집(東岳集)』이 있다.

13 운종가(雲從街): 지금의 종로 거리이다. 잘 알려져 있듯이 구름같이 사람이 많이 모이는 곳이라 하여 붙여진 거리 이름이다.

14 종소리: 다리 밟기[踏橋]와 함께 정월대보름에 행하던 세시풍속의 하나이다. 관련 시들에 의하면 달이 뜨는 저녁 종루에서 28번 종을 쳐서 통행금지 해제를 알려 밤새도록 종로 거리에서 행락하게 하였다. 이안눌도 여기에 참여했다가 취했다고 했는데, 이런 풍경은 영재(泠齋) 유득공(柳得恭, 1748~1807)의 「상원야음탑서(上元夜飮塔西)」(『영재집』 권1)에 잘 묘사되어 있다.

15 입동(笠洞): 현재 서울 중구 입정동(笠井洞)으로, 이곳에 갓방 즉 갓을 만드는 우물이 있어서 붙여진 동명으로 '갓방우물골'이라 하였다. 과거 수표교(水標橋)가 있던 지역으로 운종가에 맞닿아 있었다.

역관 집안의 무남독녀랍니다. 제가 죽으면 연로하신 부모님은 의지할 데가 없게 되는지라 어쩔 수 없이 권도를 쫓아 낭군을 섬겨야 할 처지가 되었습니다. 바라건대 저는 낭군님의 소실이 되고 또 늙은 부모님을 봉양하면서 여생을 마치고자 하는데 어떠신지요?"

"나도 고의로 자네를 범한 게 아니고, 자네도 음행을 저지른 게 아니기에 상황을 쫓는 것도 나쁠 게 없겠소. 다만 나도 늙으신 부모님이 계시고 가정의 가르침 또한 몹시 엄하다오. 아직 약관이 되지 않았고, 과거도 급제하지 못한 채 초립(草笠)[16]의 서생으로 소실을 두는 게 어렵지 않겠소?"

"어려운 일이 아닙니다. 낭군님의 이모님 댁이나 고모님 댁 중에 혹시 제가 있을 만한 곳이 있는지요?"

"있소!"

"그러면 지금 속히 일어나셔서 저와 함께 가시지요. 저를 그 집에 있게 하되 양가에서는 알지 못하게 하세요. 낭군께서는 머지않아 필시 과거에 합격할 테니, 합격하기 전에는 서로 보지 말기로 맹세해요. 합격한 뒤에야 양가 부모님께 사실을 아뢰어 단란하게 살 수 있는 여지를 만드는 것이 어떠실는지요?"

이 공이 그녀의 말대로 과부인 이모님 댁에 몰래 있도록 해주었다. 그녀는 바느질 따위를 도우며 서로 의지했는데 꼭 모녀 사이 같았다.

신부의 집에서는 다음 날 아침이 되어 확인해보니 신랑과 신부가 사라져 간 곳을 알 수 없었다. 깜짝 놀라고 이상하여 신랑집으로 가서 확인하고 나서야 가짜 신랑과 함께 도망쳤다는 사실을 알게 되었다. 급기야 이 사실을 숨기고 신부가 갑자기 병이 들어 끝내 일어나지 못하게 되었다고 둘러대고 거짓 염과 장례까지 치렀다.

---

16 초립(草笠): 풀로 엮은 갓의 한 가지이다. 조선시대에 이 초립을 어린 사내가 관례나 혼례 때 쓰는 관습이 있었다. 여기서는 새신랑이 쓴 풀갓을 말한다.

한편 이 공은 그녀를 몰래 숨겨둔 뒤로 다시 만나지 않고 밤낮으로 열심히 공부하여 글이 크게 늘었다. 몇 년이 되지 않아 과거에 우등으로 급제하게 되었다. 이리하여 비로소 부모님께 사실을 고하고 소실을 데려왔다. 또 소실의 집에도 통지하려고 했는데 소실은,

"필시 믿지 않으실 거예요."

라고 하고서 신혼 때의 붉은 비단 이불잇을 내어 주었다.

"이것이면 믿으실 거예요. 이 비단은 옛날 먼 선조께서 연경에 갔을 때 황제께서 하사한 것이랍니다. 세상에 둘도 없는 진귀한 비단으로 저희 집안에서만 가지고 있다가 신혼 때에 이불잇으로 만들었던 거예요. 이걸 보시면 틀림없이 믿을 거예요."

이 공은 소실의 말대로 하였다. 늙은 부모가 딸을 찾아와 보고 희비가 교차하였다. 또 이 공을 보니 재상이 될 그릇이었다. 자초지종을 자세히 묻고는 탄복하였다.

"운명이로구나! 이제 우리 늙은 부부는 뒷일을 부탁할 수 있게 되었구나."

다른 자녀가 없었기 때문에 재산과 노비는 물론 전택(田宅)까지 다 주어, 이 공은 장안의 갑부가 되었다. 소실은 어질고 지혜로워 가산을 건사하고 남편을 받드는 일에 모두 아녀자의 도리가 있었다. 이 공의 집은 지금에까지 부자로 알려졌는데, 그 입동의 집이 바로 취해서 잘못 들어간 곳이었다. 소실의 자손들도 크게 번성했다고 한다.

2-3

가야산의 고운 선생이 손자며느리를 맞이함

고령(高靈)의 김생(金生)은 평소 식구나 살림살이를 돌보지 않았다. 같은 마을에 살면서도 남들과 교유한 적이 없었고, 사방을 들고나며 떠돌

아다니기를 좋아하여 가지 않은 곳이 없었다. 그러다가 집에 돌아와서는 문득 집안 식솔과 자제들에게 이렇게 말하곤 하였다.

"어제는 남추(南趎)[17] 노인과 지리산에서 만났고, 오늘은 고운(孤雲) 선생[18]과 가야산(伽倻山)에서 도타운 정을 나누었지."

자제들이라도 이것이 다 허황한 말이라고 여겨 믿지를 않았다.

그러던 어느 날 김생이 느닷없이 일렀다.

"모레, 고운 선생이 손부를 맞이할 터, 나를 혼인 잔치에 부를게야. 이 모임에 가지 않을 수 없지."

"고운 선생이 아직 세상에 있는지 도무지 알 수 없거니와 그 손자가 누구인지도 모르겠고 누구 집의 신부를 맞이한단 말입니까?"

"그 신부는 바로 성주(星州)의 진사 이(李) 아무개의 손녀로 올해 열여섯 살이 된 아이란다."

이에 아들은 마음속으로 더더욱 의구심이 들었다. 이른바 이 진사는 지식과 학행으로 도내의 사람들에게 잘 알려져 있었다. 아들도 친한 사이였다. 황당하기 짝이 없어 그 진위를 시험해 보고 싶었다. 다음날 처리할 일이 있다고 둘러대고 이 진사의 집으로 찾아가 하루를 묵으면서 초례를 치르는지 볼 참이었다.

그날이 되었으나 이 진사의 집에서는 아무 움직임이 없이 고요할 뿐

---

17 남추(南趎): 생몰년 미상. 자는 계응(季應), 호는 서계(西溪)·선은(仙隱), 본관은 고성이다. 1514년 과거에 급제하여 성균관전적을 지낸 관력이 보인다. 1519년 기묘사화 때 조광조 일파로 몰려 정계에서 물러났고 이후의 행력은 불분명하다. 다만 그 이후 다른 자료에 의하면 신선적 자취를 남긴 것으로 보이는데, 그 내용은 『송남잡지(松南雜識)』·「선불류(仙佛類)」 등에 나온다.

18 고운(孤雲) 선생: 즉 최치원(崔致遠, 857~?)으로, 고운은 그의 호이다. 잘 알려져 있듯이 그는 빈공과 급제 후 중국에서 율수현위를 지내고 고병(高駢) 막하에 있을 때 「토황소격문(討黃巢檄文)」이라는 명문을 남겼다. 귀국 후 진성여왕에게 시무 10조를 올리는 등 신라의 운명을 부여잡으려 했으나 끝내 받아들여지지 않았다. 이후 세상과의 인연을 끊고 이곳 합천 가야산으로 들어와 종적을 감추었다. 이 시기 유명한 시가 「가야산독서당기(伽倻山讀書堂記)」이다.

이었다. 그런데 식전에 주인과 김가가 대청에 앉아 이야기를 나누고 있던 중에 갑자기 여종이 화급히 나와 이 진사의 아들을 보고 아뢨다.

"서방님, 급히 들어가 보시어요!"

"무슨 일이 있느냐?"

"작은 아씨가 잠깐 앉아서 길쌈을 하다가 풀썩 혼절하여 쓰러졌나이다."

이 진사와 아들은 깜짝 놀라 급히 일어나 안으로 들어갔다. 김가가 밖에서 살펴보니 안채의 동정이 극히 경황없어 보였다. 잠시 뒤 이 진사가 나와서는 물었다.

"김 군, 자네 혹시 기가 막히는 증상에 대해서 아는가?"

"제가 아직 어려 경험이 없어 감히 알 수는 없습니다만 청심환(淸心丸)이라도 급히 사용해 보시면 좋을 듯싶습니다."

이 진사가 잠깐 들어갔다가 바로 나와서는 또 물었다.

"자네가 한번 들어가 기색을 살펴보게. 혹시라도 소생할 방도가 있을지! 지금 사경을 헤매는데 남녀의 유별을 무어 따질 것이 있겠는가?"

김생의 아들이 곧장 들어가 병세를 살펴보니 이미 늦은 상황이었다. 생김새가 어떤지 자세히 살피고 나서는 바로 밖으로 나왔다. 주인집은 슬픔에 젖어 허둥지둥하는지라 더는 잠시라도 머무를 수 없는 상황이었다. 바로 돌아올 수밖에 없었다.

그날 저물녘, 부친이 과연 나갔다가 들어오기에 아들은 인사를 여쭈었다.

"오늘 고운 선생의 혼인 잔치에는 평안히 다녀오셨는지요?"

"그럼, 잔치에 가서 실컷 먹고 왔단다."

"그 신부는 어떠셨는지요?"

"고운은 더없이 기쁜 낯으로 손님들에게 허풍을 떨더구나. '우리 손자 며느리가 바둑을 잘 두어서 내가 소일하는 데 그만이지 뭐야⋯⋯.'라고 말이지."

"혹시 신부의 얼굴은 보셨습니까?"

"가마에 주렴이 반쯤 걷혀 있어 문에 들어올 때 잠깐 보았느니라. 얼굴에는 흉터 자국이 나 있고 눈썹 사이로 검은 사마귀가 있더구나."

아들이 듣고 보니 과연 이 진사의 딸과 딱 맞아떨어졌다. 그러니 더더욱 의아하고 이상했다.

이 밖에도 김생은 허랑한 일들을 많이 저질러 고을 안에서는 미친놈[狂客]으로 취급하였다. 그가 병으로 죽게 되어 으레껏 입관을 하였다. 그런데 장례 때 운구하는데 어린아이를 넣은 관처럼 가벼웠다. 집안사람들은 무척 이상하고 걱정이 되어 관을 열어보았다. 염한 수의만이 남아 있고 몸뚱이는 간 곳을 알 수 없었다.[19] 마침내 평상시 입었던 옷가지로 염을 다시 하여 헛장사를 지냈다고 한다.

2-4

거인이 사는 섬에서 상인이 도망쳐 목숨을 보전함

청주(淸州)의 한 상인이 미역 무역을 위해 제주에 입도하였다. 그런데 어떤 사람이 땅에 달라붙은 채로 뒹굴뒹굴 굴러오는 것이었다. 배에 닿자 손으로 뱃머리를 잡고 뛰어오르더니 절뚝이며 선내로 들어왔다. 백발이지만 젊은 얼굴에 두 다리가 없는 남자였다. 이를 본 상인이 물었다.

"옹은 어찌하여 두 다리가 없소?"

"내 젊은 날 표류했을 때 두 다리를 물고기에게 물어뜯겨 그러하오."

---

19 장례 때 …… 알 수 없었다: 이 부분은 남추의 죽음에 관련한 기록과 매우 흡사한바 『열하일기(熱河日記)』·「피서록(避暑錄)」의 한 부분을 옮겨 둔다. "及趍卒, 年三十. 擧柩甚輕, 家人啓視之, 空棺也. 題其內云: '滄海難尋舟去跡, 靑山不見鶴飛痕.' 村前耘田者, 聞空裏樂聲, 仰見, 南趍騎馬, 冉冉在白雲中矣."

"좀 자세하게 얘기해 주오."

이에 그는 그때의 일을 들려주었다.

"표류를 하다가 한 섬에 닿게 되었소. 해안가에 대문이 높게 걸린 큰 집이 있습디다. 배 안에 있던 스무 명 남짓은 여러 날 표류한 나머지 배가 곯고 목이 말랐던 참이라 일제히 배에서 내려 그 집으로 들어갔소. 그런데 그 집 안에는 키가 수십 장(丈)이 넘고 허리둘레는 열 아름 남짓인데다 얼굴은 거무튀튀하고 깊은 고리눈을 한 거인이 있지 뭐요. 말소리는 꼭 나귀 새끼 같아 알아들을 수가 없었소. 우리가 입을 가리키며 마실 것을 좀 달라고 했지만, 그자는 아무 말도 하지 않고 곧바로 대문 쪽으로 가더니 문을 굳게 잠가 버렸소. 그러고는 뒤뜰로 들어가 땔나무 한 다발을 가지고 와 마당 가운데 쌓고 불을 지피지 않겠소.

불이 바야흐로 타오르자 느닷없이 우리가 모여 있는 속으로 돌진하여 그중 가장 큰 총각 한 명을 붙잡아서는 곧장 불 속에 던져서 구워서 먹지 뭐요. 이를 본 우리는 너무 기겁한 나머지 혼비백산하고 모골이 송연해지더이다. 서로 얼굴만 마주 보며 죽을 차례나 기다릴 뿐이었소. 그자는 다 먹고 나서 다시 마루로 올라가더니 항아리를 열어 벌컥벌컥 마시는데 필시 술이었소. 다 마시고는 한껏 소리를 지르더니 이윽고 거무튀튀한 얼굴이 붉게 달아오르며 술에 취한 채 마루 위에 엎어져서는 우레같이 코를 골며 곯아떨어졌소. 우리는 그곳을 도망쳐 빠져나갈 요량으로 대문을 열어보려고 했소. 허나 대문 한 짝만도 거의 세 칸 집 크기인 데다 높기도 하고 무겁고 두꺼워 온 힘을 합쳐 열어도 꿈쩍하지 않더이다. 담장도 높이가 삼십 길이나 되어 뛰어넘을 수도 없었소. 그때의 우리는 솥 안에 든 물고기요 도마 위에 놓인 고기였소. 서로 붙잡고 통곡할 밖에 달리 길이 없었고 그러던 중 어떤 이가 순간 꾀를 냈소.

'우리 일행에겐 칼이 있으니 저자가 저렇게 취해 널브러진 틈을 타서 두 눈을 찌르고 뒤에서 목구멍을 따버리는 게 어떻겠소?'

우리는,

'좋아! 죽기는 매한가지이니 실패하더라도 뭔들 못하겠어?'

라고 하며, 일제히 마루로 올라가서 그자의 두 눈부터 찔렀소. 그러자 그자는 비명을 크게 지르며 일어나더니 팔을 휘두르며 우리를 잡으려 하였소. 하지만 이미 실명한 그자는 우리들이 동편으로 달아나고 서편으로 피하자 잡질 못하지 뭐요. 우리들은 모두 흩어져 뒤뜰로 들어갔는데 한 우리에 양과 돼지 오륙십 마리가 있었소. 우리들은 이 양과 돼지를 다 우리에서 쫓아내 집 안 여기저기로 흩어지게 했소. 그자가 마당에서 뒤뜰로 내려와서는 손을 휘저으며 사면을 뒤졌으나 끝내 우리들 중에 붙잡힌 이는 아무도 없었소. 그때 우리들은 양 돼지와 한데 뒤섞여 있었기에 그자가 잡은 것이라곤 양 아니면 돼지였던 거요. 급기야 그자는 대문으로 가서 문을 열어 놓고 양과 돼지를 내보내기 시작하더이다. 그 참에 우리도 양과 돼지 한 마리씩을 짊어지고 나왔소. 그자가 손으로 만져 양이거나 돼지면 예외 없이 내보냈기에 그 틈에 우리들도 모두 빠져 나올 수 있었소.

서둘러 배에 오르자 잠시 뒤 그자가 해안가에 서서 어느 순간 고래고래 소리를 치더이다. 이에 거인 세 놈이 한 어귀에서 나타났소. 한 걸음이 거의 오륙 칸이어서 깜짝할 새에 뱃머리로 다가와 서서 뱃고물을 붙잡았소. 우리는 도끼로 온 힘을 다해 저들의 손을 찍고는 황급히 노를 저어 바다 가운데로 나왔소. 하지만 결국 험한 바람을 만나 배가 암초에 부딪혀 다 부서지고 말았다오. 배 안에 있던 이들은 모두 바다에 빠져 죽었고 오직 나 한 사람만 요행히 배 조각을 붙잡아 돌아올 수 있었소. 헤엄을 쳐 오는 동안 다시 악어(惡魚)[20]에게 물어 뜯겨 이렇게 두 다리를

---

20 악어(惡魚): 악어(鰐魚)가 아니라 상어 따위를 통칭하는 용어이다. 표류담에서 바다의 위협 요소로 많이 등장하는바 대개 이 용어는 상징성을 띤다.

잃고 말았소. 그래도 다행히 내 집으로 돌아올 수 있었다오. 그때의 상황
은 지금 생각해도 오싹함이 남아 이가 시리고 뼈가 떨린다오. 이 모두
흉악한 팔자 탓 아니겠소."

그러면서 장탄식을 하는 것이었다.[21]

북창 정렴이 기운을 보고 변고를 없앰

북창(北窓) 정렴(鄭磏)[22]이 동생인 고옥(古玉) 정작(鄭碏)[23]과 함께 어디를
다니러 갔다가 어떤 집에 이르렀다. 그 집의 기운을 보고는 북창이,

"애석하구나. 저 집은 참!"

이라고 하자, 고옥이 맞받았다.

"형님께서는 어찌 그리 경솔히 말씀하십니까? 잠자코 지나가면 될 일

---

21 이 이야기는 표류담 중 '거인담'에 해당한다. 『어우야담』에 처음 등장하며, 후대 야담
집에서 버전을 약간 달리하며 전승되는 서사이다. 특히 이 이야기의 탈출 장면은
호메로스의 『오디세이아』에 나오는 오디세우스가 외눈박이 거인 폴리페모스에게 붙
잡혔다가 탈출하는 장면과 흡사하다. 해양 지대에서의 이야기 전승 문제가 상정되는
지점이다.

22 정렴(鄭磏): 1505~1549. 자는 사결(士潔), 북창(北窓)은 그의 호, 본관은 온양이다.
1537년 잡과로 합격하여 포천현감 등을 지냈다. 천문, 지리 등 잡술에 능통하였으며
특히 약의 이치에 밝아 명종을 입진(入診)하기도 하였다. 당대에 토정(土亭) 이지함(李
之菡)과 함께 도술에 능통한 인물로 알려져 있으며, 여러 야사에 그 일화들이 전해진
다. 『정북창방(鄭北窓方)』이라는 의학책을 편찬했으며(현재는 일실됨), 비결서인 『정
감록(鄭鑑錄)』 안에 『정북창비결(鄭北窓秘訣)』이 따로 실려 전해진다.

23 정작(鄭碏): 1533~1603. 자는 군경(君敬), 고옥(古玉)은 그의 호이다. 벼슬은 이조좌
랑, 사평(司平)에 이르렀으며 평소 술을 좋아하여 주선(酒仙)이라는 별명을 얻기도
하였다. 그도 도가, 의술에 뛰어나 『동의보감(東醫寶鑑)』 편찬에 참여하였으며, 저서
로 『고옥집(古玉集)』이 전한다. 따로 『북창고옥시집(北窓古玉詩集)』이 전하는데 여기
에는 형인 정렴의 시가 다수 실려 있다.

인데 지금 이미 말을 뱉었으니 차마 그냥 지나칠 수 있겠습니까?"

"자네 말이 맞네."

이리하여 마침내 동생과 함께 그 집에 들어갔다. 하룻밤을 묵은 후 북창은 집 주인에게 말을 걸었다.

"우리가 여기에 들어온 것은 주인장이 당할 화를 없애주기 위해서요. 주인장은 내 말을 따르시겠소?"

그러자 주인이 대답하였다.

"영대로 무조건 따르지요."

"백탄(白炭, 참숯) 쉰 부대를 오늘 내로 마련해 오시오."

주인이 지시대로 하자 북창은 백탄을 뜰에 쌓게 하고서는 불을 질렀다. 그리고 그 가운데에 큰 나무 궤짝 하나를 두었다. 이때 온 집안 식구들은 동네 사람들과 함께 모여 있었다. 이제 열 살 남짓한 주인의 아들도 사람들 속에서 구경하고 있었다. 북창이 당장 아이를 붙잡아서는 나무 궤짝 속에 던져 넣고 덮개를 닫아 버렸다. 순간 주인집의 온 가족들은 놀라고 당황하며 소리 지르고 통곡하니 그 광경이 참혹하기가 짝이 없었다. 하지만 북창은 조금도 흔들리는 기색 없이 사내종을 몹시 다그치며 빨리빨리 다 태워버리라고 하였다. 주인은 어떻게 손쓸 바를 몰라 이미 구할 수 없는 상황이 되자 애통해할 뿐이었다.

백탄 무더기가 다 타버리고나자 북창은 궤짝을 열게 하였다. 그곳을 살펴보니 한 마리 큰 구렁이가 다 타서 형체만 남아 있었다. 북창은 직접 그 잔해를 부서뜨려 몇 마디 되는 쇠 낫 조각 하나를 수습하였다. 이것을 주인에게 보여주면서,

"이 물건을 아시오?"

라고 묻자, 주인이 대답하였다.

"알 듯합니다. 제가 10년 전에 연못을 파서 물고기를 길렀지요. 한데 자라던 물고기가 점점 없어지기에 괴이하여 살펴보았더니 한 마리 큰

구렁이가 물어 삼키더군요. 제가 이것이 분한 나머지 큰 낫을 만들어
휘둘러 이 구렁이를 없애고자 했지요. 휘두르는 중에 갑자기 구렁이에
꽂혀 그 끝이 부러졌고 구렁이도 죽었답니다. 이 쇠는 그 쇠 낫이 아닌가
싶습니다.”

그러고나서 사내종을 불러 창고 안에 있는 낫을 가지고 오라 하여
맞추어 보니 조금도 어긋남이 없었다. 북창이 이 사정을 알려 주었다.

“주인장의 아들은 바로 저 구렁이의 독이 서린 것으로, 원한을 갚고자
했던 것이오. 이대로 몇 개월이 지나갔다면 주인장의 집은 엄청난 변고를
만났을 것이오. 악한 기운이 먼저 나타났기에 우리가 차마 그냥 지나칠
수 없었던 거요. 이런 조처를 했으니 이 뒤로는 염려할 것이 없소.”

그러면서 작별하고 떠나갔다.

2-6

김 공생이 자식을 모아 생업을 잇게 함

임피(臨陂)²⁴ 사람 김(金) 아무개는 해당 고을 공생(貢生)²⁵이었다. 일찍
이 구실아치 일을 그만두고 물화를 교역하는 장사치가 되어 인근 마을
장터를 훑고 다녔다. 그는 나이가 젊은 데다 풍류도 넘쳐 가는 곳마다

---

24 임피(臨陂): 즉 임피현. 현재 전라북도 군산시 동부 지역에 해당한다. 금강과 만경강
  사이에 위치하여 과거 조세를 운반하는 교통의 요지 가운데 하나였다. 삼국, 고려시
  대에는 ‘피산(陂山)’, ‘취성(鷲城)’, ‘소도(所島)’ 등으로 불리다가 조선시대에 현이 되
  었으며, 1914년 행정구역 개편 때 옥구군에 편입되었다.
25 공생(貢生): 조선시대 지방 향교에서 사역을 맡은 이로, 따로 ‘교생(校生)’이라고도
  한다. 원래는 당대(唐代) 이후 과거제도에서 부주현(府州縣)의 학생으로서 학행으로
  추천받아 경사의 태학에 들어간 인원을 지칭하여, ‘부공(副貢)’, ‘발공(拔貢)’, ‘우공(優
  貢)’, ‘세공(歲貢)’, ‘은공(恩貢)’ 등 여러 명칭이 있었다. 따라서 지방 향교의 학생을
  지칭하기도 했다.

여자를 범했고 그때마다 임신을 시켰다. 그리고 낳으면 꼭 사내아이였다. 이 때문에 비록 한때 잠깐 범한 여자라도 반드시 관아에 입지(立旨)[26]를 올려놓으니, 전후로 낳은 아들을 헤아려 보면 도합 83명이나 되었다.

그 후 20여 년이 지나 이들 중에는 장성한 자도 있고 아직 성인이 안 된 자들도 있었다. 장성한 아들들도 그 아비에게 도움을 받은 적이 없이 태반이 모친 손에서 자랐다. 더러는 자신이 직접 혼수를 마련하여 장가를 간 이도 있었다.

갑을(甲乙)[27] 두 해에 걸쳐 기근이 들었다. 김가는 여전히 파락호 신세인 데다 나이도 늙고 쇠했다. 그러던 어느 날 그는 자기가 낳은 아들들을 모두 불러 모았다. 온 자도 있고 오지 않은 자도 있었으나 모이고 보니 70여 명이었다. 다 회합한 뒤 김가는 이들을 데리고 김제(金堤)와 만경(萬頃) 두 고을 사이의 너른 들녘으로 이주하였다. 그곳에 긴 행랑채 모양으로 백여 칸 집을 짓고 매 칸마다 칸막이를 하여 70여 아들들이 다 거처하도록 했다. 이들은 각자 장기를 살려 밭을 갈아 농사를 짓거나 자리를 짜거나 신을 삼기도 하고 질그릇을 굽고 대장간을 열어 어느 것 하나 빠진 게 없었다. 이리하여 김가는 아내들과 편히 앉아 음식을 제공받았다.

그곳 너른 벌판은 본래 어영청(御營廳)의 둔전(屯田)[28]으로 여러 해 묵은

---

26 입지(立旨): 조선시대 개인이 관청에 제출하는 서장 끝에 부기하는 공증하는 문서이다. 청원인이 소지(所志), 즉 청원서를 관부에 올리면 관부에서 이 사실 여부를 따져 틀림이 없으면 소지 하단에 입지를 써서 발급해 주었다. 비슷한 종류로 입안(立案)이 있는데, 이는 아예 별지에 써주는 단독 문서로, 입지에 비해 공신력이 컸다.

27 갑을(甲乙): 갑술년(1814)과 을해년(1815)으로, 이 시기에 전국적으로 기근이 들어 백성들이 도탄에 빠진 정황이 실록 등에 많이 언급되어 있다. 이 시기 대기근을 기사년, 즉 1809년부터 시작된 것으로 보기도 하는바 오랜 기간 기근에 허덕였음을 알 수 있다.

28 둔전(屯田): 변경이나 군사적 요충지에 설치해 군량을 충당한 토지이다. 원래 농사도 짓고 전쟁도 수행한다는 취지에서 해당 지역 부근에 버려진 땅을 확보하여 양식을 현지 조달하고자 한 것이다. 그러다가 후대에 해당 지역의 관청 경비를 충당하는 역할도 병행한바, 전자를 '국둔전(國屯田)', 후자를 '관둔전(官屯田)'이라 구별하였다.

황무지였다. 이른 봄철 김가는 아들들을 데리고 부지런히 개간하여 먼저 메밀을 파종해서 여름에 육칠백 석을 수확하였다. 이듬해는 보리나 콩과 팥을 심어 가을에 거의 천 석을 수확하였다. 또 이듬해에는 수답(水畓)을 하여 벼를 심었다. 그리하여 가을걷이가 이전보다 갑절이 넘었다. 이렇게 3년이 지나자 재산이 점점 풍요로워졌다.

이에 김가는 직접 어영청을 찾아가 묵은 밭을 개간한 일을 어영대장(御營大將)에게 아뢰고, 헐값에 도지(賭地)[29]로 삼아 영구히 마름이 된다는 입지를 받아냈다. 김가 일가는 지금도 이곳을 경작하고 있다.

10여 년이 지난 뒤 아들들이 자식과 손자들을 낳아 일가가 점점 늘어 김가 마을은 수백 호의 대촌을 이루었으며, 앞으로 얼마나 더 번창할지 예상할 수 없을 정도라고 한다.

2-7

동교를 지나던 스님이 그 아비를 알아봄

서울의 한 서생이 아무 점술가에게 운수를 점쳤다. 자식 운에 있어서는, '해가 저문 동문에서 산승이 뒤를 따르네[日暮東門, 山僧隨後]……'라고 써주었다. 서생이 이를 풀어달라고 꼬치꼬치 물었으나 점술가는,

"점괘가 이와 같은데 나도 그 의미를 잘 모르겠소."

라고 하였다.

한번은 서생이 볼일이 있어 동교(東郊)[30]에 갔다가 돌아오는 길이었다.

---

29 도지(賭地): 일정한 세금을 물고 빌려 쓰는 논밭이나 집터로, 조선 후기에 만연한 일종의 정액제 소작 형태였다. 도지세는 대개 수확물의 25% 내외였다고 한다.

30 동교(東郊): 일반적으로 동대문 밖 동편을 가리키며, 지금의 뚝섬 일대를 특정하기도 한다.

아직 흥인문(興仁門, 동대문)에 이르지 못했을 즈음 폭우가 쏟아져 길가 어느 집으로 피해 들어갔다. 대문가에 혼자서 있는데 비는 그치질 않고 날도 또한 저물어 두리번거릴 뿐 어찌할 바를 모르고 있는데 느닷없이 안에서 이런 말이 들려왔다.

"어떤 분이 오셨기에 문밖에서 그리 오래 계신단 말이어요? 빗줄기가 이렇게 거세니 남정네가 없는 집이기는 하나 하룻밤이라도 잠시 묵어가 시어도 무방하답니다. 개의치 마시고 들어오세요."

서생은 사정이 이미 궁한 처지라 마침내 그 집 안으로 들어갔다. 안에는 한 젊은 여인만 있었다. 이리하여 한 방에 묵게 되었다. 물어보니 바로 훈련도감(訓練都監) 포수[31]의 아내로 남편은 숙직을 들어가 아직 돌아오지 않았다고 하는 것이었다.

서생이 아침에 일어나 손톱을 깎다가 그만 칼에 베이고 말았다. 피 닦을 것을 달라고 하자, 그녀는 해진 버선 한 짝을 주었다. 서생이 이것으로 피를 닦은 뒤 처마 사이에 꽂아두고 돌아갔다.

그 후 15, 6년 만에 서생은 친구 두세 명과 함께 동교로 꽃놀이를 갔다가 돌아오는 길에 십수 년 전에 묵었던 집을 지나치게 되었다. 서생이 그 집을 가리키며 그때 여인을 만나 하룻밤을 즐겼던 일을 이야기하고는 서로 한바탕 낄낄대며 웃다가 지나왔다. 그런데 그 뒤에 있던 한 사미승이 따라오다 이 말을 듣고는 곧장 서생 앞으로 와서 급히 인사를 올렸다.

"나리, 잠시만 머물러 주십시오."

그러면서 옷자락을 붙잡아 집으로 데리고 들어가는 것이었다. 동행했던 친구들은 어찌 된 영문인지 모른 채 다들 먼저 돌아갔다. 서생은 이

---

31 훈련도감(訓練都監) 포수: 훈련도감은 지금 광화문 사거리에 있었던 관청으로, 조선 시대 한양의 수비를 담당하였다. 따로 병사를 조련하던 훈련원(訓練院)은 지금의 동 대문과 광희문 사이 즉 현재의 동대문역사문화공원 위치에 있었다. 참고로 훈련도감 에서는 포수(砲手)·살수(殺手)·사수(射手)의 삼수군(三手軍)을 양성하였다.

사미승에게 끌려오게 되어 함께 집으로 들어갔더니 툇마루를 내려와 맞이하는 여자는 바로 옛날에 만났던 그 여인이었다. 소식이 끊긴 지 오래된 나머지, 이렇게 불현듯 만나고 보니 절로 뛸 듯이 기뻤다. 그녀가 서생을 맞이하여 툇마루에 올라서는 사미승에게 일렀다.

"이 양반 나리를 만났으니 어찌 하늘의 뜻이 아니겠느냐? 정성스러운 마음에 감동한 바이니 마침내 천륜을 얻었구나."

서생은 괴이하여 물었다.

"주인의 말은 도대체 무슨 이야기란 말이오?"

"지난번 서방님께서 하룻밤 주무시고 간 뒤에 임신하여 사내아이를 낳았답니다. 저는 속으로 이 아이가 서방님의 아이인 줄 알고 있었으나 저 아이는 포수의 아들이라고 알고 있었습니다. 열 살이 되었을 때 제가 아이의 머리를 빗겨줄 때 어쩌다가 정수리를 어루만지며, '양반붙이라 다른 애와는 다르네.'라고 했었답니다. 그랬더니 아이가 고개를 돌리며 묻더군요. '제가 지금 아비의 자식이 아니고 양반의 자식이란 말입니까? 낳아준 아비를 가르쳐주세요.' 저는 쓸데없는 이야기였다며 달랬지만 아이는 울면서 밥도 먹지 않은 채 말의 진의를 따지고 들었답니다. 몰린 저는 어쩔 수 없이 옛날의 일을 상세히 알려주었지요. 아이는 그 말을 듣고는 머리를 깎고 중이 되어 출가해서는 생부를 찾아다녔답니다. 지금 이렇게 만나게 되었으니 어찌 천륜을 피하겠으며, 정성스러운 마음을 느끼게 되는 것이 아니겠어요?"

그녀는 또 물었다.

"서방님께서는 저번에 오셨을 때 손톱을 깎은 일을 기억하고 계시는지요?"

"알지. 내 그때 해진 버선으로 피를 닦아 처마 사이에 꽂아두었었지. 그것이 지금도 있는가?"

그러고서 일어나 처마를 뒤져 찾아냈다. 이제 더욱 의심할 여지가 없었다. 마침내 함께 돌아갔다. 사미승은 머리를 길러 환속하고 일가를 이루게 되었다.

이것으로 살펴보건대 점술가의 말도 믿지 않을 수 없겠다. 서생은 자식이 없었는데 자식이 생겼고, 사미승은 아비가 없었는데 아비를 얻었으니, 이는 그사이에 이미 하늘이 정해줌이 있었던 것이다.

2-8

소나기 소리를 들은 약주릅이 아들을 얻음

장동(壯洞)[32]의 한 약주릅은 늙은 홀아비로 자식도 집도 없었다. 여러 약국을 전전하며 끼니를 해결하고 기숙하였다. 마침 영조(英祖) 임금이 육상궁(毓祥宮)[33]에 거둥할 참이었다. 그때는 4월로, 마침 소나기가 퍼부어 개천물이 불어나 넘쳐흘렀다. 구경나왔던 사람들이 약국으로 비를 피하느라 약국 안채와 문밖 처마 밑에 빽빽하게 발 디딜 틈 없이 서 있었다. 마침 약주릅 노인이 방 안에 있다가 느닷없이 이런 말을 꺼냈다.

"오늘 내리는 비가 내 소싯적 새재[鳥嶺]를 넘을 때 비 같군!"

그러자 곁에 있던 사람이,

"아니 비에도 옛것과 지금 것이 있다는 거요?"

라고 의아해했다.

---

32 장동(壯洞): 현재 종로구 통의동, 효자동, 창성동 일대에 걸쳐있던 조선시대 동명이다. 원래 이곳에 창의문(彰義門)이 있어서 창의동으로 했다가 나중에 장의동이 되었으며, 이를 줄여 장동이 되었다. 이곳에 김상헌(金尙憲), 김상용(金尙容) 형제의 후손들이 세거하여 이 집안을 따로 '장동 김씨(壯洞金氏)'라고 불렀다. 잘 알려져 있듯이 19세기 이후 김좌근(金左根, 1797~1869) 등이 중심이 된 세도정치의 주요 가문이기도 했다.

33 육상궁(毓祥宮): 조선시대 역대 군주의 사친(私親)을 모신 사당으로 경복궁 옆 지금의 궁정동에 있었다. 이 시기 영조는 자기 생모인 숙빈(淑嬪) 최씨의 신주를 여기에 모시고 있었다.

"그때 내게 웃을 만한 일이 있어서 지금껏 잊질 못하오."

"한번 들어볼 수 있겠소?"

약주릅이 꺼낸 얘기는 이러했다.

"어느 해 여름으로, 그때 왜황련(倭黃連)[34]이 동나서 나는 동래부(東萊府)에서 구해올 참으로 급히 내려가는 길이었소. 한낮에 새재를 넘어 막 아무도 없는 진점(鎭店)[35]을 지날 즈음 소나기가 퍼부어 지척을 분간할 수 없을 지경이었소. 허둥지둥 비 피할 곳을 찾다가 산기슭에 있는 한 초막이 눈에 들어왔소. 급히 거기로 들어가니 어떤 노처녀가 있습디다. 우선 젖은 옷을 벗어 말리는데 처녀는 곁에 있으면서 피하지도 않더이다. 홀연 마음이 동해 그 자리에서 안아버렸소. 그 처녀도 별로 싫어하는 기색이 없었다오. 이윽고 비가 그치기에 그녀가 어디에 사는지도 묻지 않고 곧장 나와 버렸지 뭐요. 오늘 이 비가 꼭 그날의 비 같아서 우연히 생각난 것이오."

말이 끝나고 얼마 지나지 않아 처마 밑에 있던 한 평두건을 쓴 소년이 곧장 마루로 올라오더니 물었다.

"방금 새재에서 비 맞은 얘기를 한 분이 뉘신지요?"

곁에 있던 사람이 약주릅을 가리키자, 소년은 넙죽 절을 올렸다.

"오늘 비로소 부친을 뵙게 되니 천행이옵니다."

라고 하는 것이었다. 주변의 많은 사람들이 이를 보고 모두 괴이쩍어 어안이 벙벙하였으며, 약주릅도 이상하여 물었다.

---

34 왜황련(倭黃連): 일본산 황련으로, 황련은 깽깽이풀이라고 하며 그 뿌리가 한약재로 널리 쓰인다. 뿌리가 노란색이며 연이어져 있어서 붙여진 이름이다. 중국 원산의 일반 황련과 일본산 왜황련으로 나뉜다. 주로 위통이나 설사, 식중독 등에 특히 효험이 있다고 한다.

35 진점(鎭店): 미상이다. 의미상 진(鎭)의 객점일 텐데, 새재가 영남 지역에서 한양쪽으로 넘어오거나 넘어가는 길목으로 그 자체가 하나의 진영(鎭營) 역할을 했을 가능성이 큰 만큼 여기에 딸린 객점으로 보면 될 듯하다.

"이 무슨 말인가?"

소년은,

"듣기로 제 부친께서는 몸에 표식이 있다고 합니다. 잠시 옷을 벗어볼 수 있는지요."

라고 하였다. 약주릅이 이에 옷을 벗자 소년은 허리 아래를 보고는 더욱 의심의 여지가 없다며 답하였다.

"틀림없이 제 부친이십니다!"

좌중의 사람들이,

"그 까닭을 좀 들어보세."

라고 하자, 소년이 내막을 이렇게 말했다.

"저의 모친이 처녀 적에 초막을 지키시다 비 내리던 중에 행인을 한 번 만났답니다. 그때 임신하여 저를 낳았고요. 소자가 자라서 말을 배웠을 때쯤 이웃의 아이들은 부를 아비가 있는데 저만 부를 아비가 안 계신 게 이상하여 모친께 꼬치꼬치 여쭈었지요. 그랬더니 모친 말씀이 아까 부친께서 한 말씀과 똑같았습니다. 그리고 그때 얼핏 보니 왼편 볼기에 검은 사마귀가 하나 있었다고 들려주었답니다. 소자는 모친의 이 말씀을 듣고 열두 살 때부터 집을 떠나 부친을 찾으러 팔도를 떠돌았고 한양도 세 차례 들렀습니다. 지금껏 여섯 해가 되었는데 다행히 여기서 부친을 뵙게 되었습니다. 하늘이 시킨 것이니 어찌 천만 행운이 아니겠습니까?"

그러면서 부친께 아뢰었다.

"아버지, 여기 한양에 오래도록 머물러 있을 게 아니라 소자와 같이 내려가시지요. 소자가 힘껏 농사지어 모실게요. 어머니께선 여태껏 수절하고 계시고 외갓집도 가난하지 않으니 조석의 걱정은 하지 않으셔도 될 듯합니다."

일시에 이를 본 사람들은 죄다 기특한 일이라며 탄성을 내질렀다. 약국 주인도 마침 안에 있다가 듣고 밖으로 나왔다.

"아무가 아들을 얻었다고? 세상에 이런 희한하고 경사스러운 일이 있다니? 잘 아는 사이의 우리 마음도 이렇게 뛸 듯이 기쁜데 당사자의 마음이야 오죽할까!"

그도 아들과 함께 내려가라고 권하였다. 약주릅은 기쁜 일이긴 했으나 서울에서 오래 살았기에 졸지에 떠나자니 아쉽고 서운한 마음이 없지 않았고 노자도 걱정이었다.

"걱정하지 마세요! 제 수중에 약간의 돈이 있어요."

라며 아들이 달랬다. 사람들도 모두 따라가라고 재차 권하며 저마다 주머니를 털어서 보태니 그 돈이 5, 6냥 정도 되었다. 주인도 10여 냥을 내놓았다.

이윽고 비가 개자 약주릅은 사람들과 작별하고 아들과 함께 길을 나섰다. 그리하여 그는 집과 아내도 생기고 자식과 양식도 생겨 여생을 편안하게 보냈다고 한다.

2-9

유 의원이 길거리에서 들은 말로 명성을 얻음

지사(知事) 유상(柳瑺)[36]은 젊었을 때부터 의술로 세상에 이름이 났다. 재주가 어지간했으나 그런데도 아직 신묘한 경지에 들지는 못했다. 마침 경상감사의 책실(冊室)[37]이 되어 감사를 따라 영남에 내려오게 되었다.

---

36 유상(柳瑺): 생몰년 미상으로 숙종 대의 명의였다. 당시 창궐하던 천연두와 홍진을 잘 치료해 어의(御醫)에 올랐다. 특히 1699년과 1711년 당시 세자였던 경종과 영조의 천연두를 치료한 사적은 유명하다. 그의 치료 비법은 영조 때의 어의이자 『마과회통(麻科會通)』을 저술한 이헌길(李獻吉)에 전수되었다고 한다. 유재건의 『이향견문록』에 그의 사적이 실려 있다.

37 책실(冊室): '책객(冊客)', '책방(冊房)'이라고도 하며, 조선시대 감영이나 고을 관아에

하지만 여러 달 체류하는 동안 일이 없어 무료하기 짝이 없었다. 급기야 감사에게 돌아가겠다고 청하자, 감사가 그러라며 자신이 타던 노새와 경마잡이까지 붙여주었다.

유상이 금호강(琴湖江)[38]을 건너 아직 우암창(牛嵒倉)[39]에 당도하지 못했을 때였다. 경마잡이 하인이 소변을 보고 오겠다며 그에게 고삐를 넘기면서 말하였다.

"이놈이 놀라 날뛰기를 잘하니 꼭 조심해서 단단히 잡고 앉아계십쇼."

유상이 엉겁결에 채찍을 들어서 노새를 한번 갈기자, 과연 노새가 깜짝 놀라 내달리기 시작했다. 산을 치오르고 계곡을 건너뛰며 도저히 멈출 기세가 아니었다. 그는 정신을 바짝 차리고 안장을 꽉 붙들고 있어서 다행히 땅에 떨어지지는 않았다. 하지만 노새는 잠시도 멈추지 않고 온종일 줄곧 험한 산과 계곡 길을 맹렬하게 내달렸다. 그러다가 날이 저물 무렵 문득 한 고개를 넘어 어느 집 마당 앞에 멈춰 섰다. 집 안에 있던 노인이 아들을 불러,

"길손이 노새를 타고 찾아오셨구나. 노새는 끌고 들어가 좋은 여물을 먹이고 손님 저녁밥을 준비하여라."

라고 하는 것이었다. 유상은 종일 멍하고 어지러웠던 끝에 다행히 노새가 멈추었던 터라 겨우 정신을 수습할 수 있었다. 노새에서 내려 마루로 올라와 주인과 인사를 나누고 나서 노새가 치달린 정황을 이야기했다.

서 감사나 군수가 사적으로 채용하는 지금의 비서직을 말한다. 주로 문서나 서적을 담당하였다. 집안 자제나 친분이 있는 이에게 맡겼다. 뒤에 다른 이야기에도 많이 나온다.

38　금호강(琴湖江): 경상북도 포항에서 발원하여 대구 일대를 거쳐 달성 부근에서 낙동강과 합류하는 강이다. 이 강에 바람이 불면 강변의 갈대밭에서 비파소리가 나고, 호수처럼 물이 맑고 잔잔하다는 뜻에서 '금호(琴湖)'라 하였다. 당시 경상 감영이 대구에 있었기 때문에 유상은 대구에서 출발한 상황이다.

39　우암창(牛嵒倉): 지금의 경상북도 칠곡(漆谷) 지방에 있었던 창(倉)으로, 주변에 우암산이 있다. 금호강을 통한 이 일대 물류 집산지로 중요했으며, 강의 북편에 위치해 있었다.

잠시 뒤 저녁상이 나와 요기하고 나자 이내 피곤이 몰려와 드러누워 잠을 청했다. 주인은 문지방 안에 앉고 자신은 문지방 밖에 누웠는데, 훤한 등잔불 아래 주인과 손님이 마주한 채 침묵만이 흘렀다. 이윽고 밖에서 발걸음 소리가 들리자 주인은 창문을 열어젖히며,

"왔는가?"

라고 물으니,

"왔네!"

하는 대답이 왔다. 주인은 장검을 들고 나가면서 일렀다.

"주인이 없다고 하여 어른의 서책을 함부로 꺼내 보진 마오."

하고는 잠깐 새 나가버렸다. 유상은 내심 퍽 의아하였다. 그래서 다시 아랫방을 살펴보니 벽 가까이 친 휘장이 바람에 나부껴 저절로 들춰졌다. 그 안에 뭔가 볼 만한 것이 보일락 말락 했다. 주인이 남긴 말이 무척 근엄했지만 한 번 훑어보는 거야 안 될까 싶었다. 마침내 일어나 휘장을 젖혔더니 서가에 책 상자가 가득 차 있는데 모두 의서(醫書)였다. 걸리는 대로 뽑아서 펼쳐볼 즈음 밖에서 사람 발소리가 들렸다. 유상은 얼른 책을 제자리에 꽂아 넣고 물러나 제자리에 앉았다.

이윽고 주인이 방문으로 들어와 그를 둘러보고는 나무랐다.

"젊은이가 이리도 무례하다니! 어른의 서적을 멋대로 들춰 본단 말인가?"

"잘못했습니다, 잘못했어요!"

유상은 그러면서 장검을 쥐고 나갔다가 돌아온 일을 물었다.

"마침 강릉(江陵)에 있는 친구가 찾아와 원한을 갚아달라고 하여 잠시 나갔다 온 것이네."

이내 함께 잠자리에 들었다. 새벽닭이 울자 주인은 자기 아들을 불렀다.

"노새에게 여물을 먹였느냐?"

유상도 일어나 앉았다. 곧 아침밥이 나와 다 먹고 나자 주인이 말했다.

"얼른 떠나시게. 지체해서는 안 되네."

유상이 몸을 일으켜 노새를 탔고, 주인 아들이 또 채찍질하자 어제처럼 산골짜기를 날뛰며 내달리는 것이었다. 정오가 될 즈음 광주(廣州)의 판교(板橋)⁴⁰에 당도하게 되었다. 액정서(掖庭署)⁴¹ 휘하의 10여 명이 길목에서 유상이 온 것을 알고 부르며 소리쳤다.

"유 서방께서 오셨군!"

유상은 이때 연일 노새 위에 엎혀 종횡으로 내달린 데다 간밤에 눈도 제대로 붙이지 못했던 터다. 정신이 혼미하여 취한 듯 얼빠진 듯 노새 등에 탄 일개 진흙으로 빚은 인형이나 다름없었다. 한 붉은 옷을 입은 이⁴²가 노새 앞으로 다가와 물었다.

"행차가 유상 서방님 아니시오?"

"무슨 이유로 묻는 거요?"

"상감마마의 환후가 몹시 위중하여 유 서방님을 입궐시켜 진맥하라 하심에 그 소인들에게 영이 내려 한강을 건너와 기다리고 있었나이다."

마침 주상전하가 환후 중에 한 신인이 꿈에 나타나, '의원 유상이라는 이가 곧 영남에서 노새를 타고 상경할 것이니 급히 강변으로 사람을 보내 불러들이면 성상의 환후는 전혀 근심할 게 없다'고 알려주었기 때문에 이런 것이었다.

---

40 판교(板橋): 현재 성남시 운중동 일대로 판교신도시가 들어서 있다. 조선시대에 이곳은 광주목(廣州牧)에 소속되어 있었다. 과거 운중천의 강물이 범람하는 일이 잦아 이 지역 주민들이 널빤지로 다리를 만들어 통행하곤 하여 '널다리', '너더리' 등으로 불리다가 이를 한자로 옮겨 판교가 된 것이다.

41 액정서(掖庭署): 왕명의 전달이나 왕이 쓰는 물품 등을 관장했던 관서로, 왕의 각종 의례를 시행할 때도 이를 담당하였다. 액문(掖門), 즉 궁궐의 정문 옆에 있는 곁문에서 일을 처리한다는 뜻에서 붙여졌다.

42 붉은 옷을 입은 이: 원문은 '紅衣'로, 각 전(殿)의 별감(別監)이나 묘사(廟社)나 궁전, 능원(陵園) 등의 수복(守僕)들이 입던 옷을 말한다. 여기서는 액정서의 휘하로 온 책임자 정도로 보인다.

유상이 대답하였다.

"내가 바로 유상이오."

붉은 옷의 무리는 아주 기뻐하며 그를 호위하여 인솔하였다. 유상이 노새 위에서 임금의 환후를 캐묻자,

"상감마마께서는 마마를 앓고 계신데 현재 곪은 데에 흑함(黑陷)[43]이 생기고 있답니다."

라고 하였다. 유상은 먼저 집으로 돌아가서 공복으로 갈아입고 입궐하였다. 가는 길에 구리개[銅峴][44]를 지나게 되었는데, 어떤 할멈이 막 마마를 앓은 아이를 등에 업고 길가에 서 있었다. 옆에 있던 누군가가 이 아이를 보고 할멈에게 물었다.

"듣자 하니 이 아이의 마마 증세가 아주 위중했다고 하던데 어떻게 탈 없이 나을 수 있었소?"

"애가 흑함으로 일곱 구멍이 죄다 달라붙어 호흡이 통하지 않아 속수무책으로 기다릴 뿐이었소. 천만다행으로 지나는 스님을 만나 시체탕(枾蒂湯)[45]을 썼더니 일곱 구멍이 모두 통해 지금 이렇게 쾌차하게 됐다오. 어제 마마신을 보내드렸지 뭐요."

유상은 말을 멈추고 시체탕이 어쩌고 했다는 저들의 말을 듣고 보니 어젯밤에 산속에서 노인의 책에서도 이런 언급이 있었다. 이윽고 입시하

---

43 흑함(黑陷): 천연두가 생겨 곪은 자리에 피가 나 검게 되면서 괴사하는 증세이다. 앓고 난 뒤에도 이 자리에 자국이 생기곤 했는데, 이를 일명 '곰보'라 했다.

44 구리개[銅峴]: 현재 을지로 1가와 2가 사이에 있었던 나지막한 고개로, '구름재'라고도 불렀다. 이곳의 흙이 황톳빛인 데다 몹시 질어서 먼 곳에서 보면 구리가 햇빛을 받아 반짝이는 것 같다고 해서 붙여졌다. 이를 한자음화 하여 '동현', '운현(雲峴)' 등으로 썼다.

45 시체탕(枾蒂湯): 감꼭지를 말려 이를 약재로 써서 지은 탕약이다. 주로 가슴이 답답하거나 딸꾹질이 계속 날 때 효과가 있는 것으로 알려져 있을 뿐 여기서 마마에 효과가 있다고 함은 정확한 정보는 아니다. 다만 다른 이야기에도 과거 민간요법으로 만병통치약처럼 활용되는 사례가 보인다.

여 임금을 진맥해 보니 아까 노파가 업고 있던 아이의 마마 증세와 똑같았다. 그래서 그는 마침내 시체탕 처방을 내렸다. 문제는 그때는 사월이라 비록 내의원이라 하더라도 감꼭지를 구하기는 어려운 상황이었다. 그런데 당시 남촌에 사는 어떤 선비가 한 칸짜리 방을 따로 지어 '무기당(無棄堂)'이라는 현판을 걸고서 천하의 무용지물들, 심지어 닳아빠진 빗자루나 쪼개진 바가지까지 가리지 않고 모두 수집해 두고 있었다. 감꼭지 한 말도 이 무기당에서 구해 올 수 있었다. 곧바로 한 첩을 지어 올리자 효과가 나타나 임금의 환후는 원래대로 회복할 수 있었다. 이로 인해 유상은 마침내 명의로 이름을 날리게 되었다.

이 이야기로 보건대, 산중의 노인이나 구리개의 노파는 모두 이인의 부류일 터, 노새가 내달린 일과 신인이 현몽한 일은 모두 하늘이 그렇게 시킨 것이 아닌가. 기이하고 기이하다!

2-10

두억신을 설득하여 이생이 덕을 쌓음

서산(瑞山)의 동암 이씨(銅巖李氏)[46]는 유명한 무인 집안이다. 그 윗대 선조 중에 덕망 있는 군자의 면모를 지닌 한 사람이 있었다. 가을날 대청 마루 위에 앉아서 벼 타작을 지켜보고 있는데, 일산(日傘)을 펼친 한 호기

---

46 동암 이씨(銅巖李氏): 동암은 서산 동남쪽에 위치하는 고을 이름으로, 현재는 서산시 해미면 동암리 일대이다. 여기서 가까운 곳에 해미읍성이 있다. 동암 이씨는 전주 이씨의 분파로 정종(定宗)의 후손인 변성군 이계연(李繼連)이 입향조이다. 이 집안은 유명한 무인들을 많이 배출했는데, 경상병마절도사 이이수(李頤壽), 길주목사 이란수(李鸞壽), 임진왜란 때 선전관으로 활약한 이유직(李惟直) 등이다. 이 이야기 말미에 천좌(川左)와 천우(川右) 두 파로 나뉘었다고 했는데, 이는 동암천을 기준으로 나누어 살았기에 붙여진 것으로 보인다.

등등한 관원이 대문 쪽으로 오고 있었다. 그를 보니 다름아닌 평소의 친구로 이미 작고한 이였다. 들어와 자리에 앉자 서로 인사를 나누고 나서 이생이 물었다.

"존형은 아무 해에 이미 구천의 사람이 되었거늘, 오늘 이렇게 성대한 위엄을 갖추고 오다니 그렇다면 존형은 아직도 인간 세상에 있는 것인가?"

그 관리가 대답하였다.

"난 이미 인간 세상과 이별한 지 오래되었네. 죽은 뒤에 저승에서 벼슬살이하여 지금 서신차사(西神差使)⁴⁷로 호남으로 가는 길에 마침 내포(內浦)⁴⁸길로 들어섰다오. 그런데도 자네를 보지 않고 가버린다면 이는 평소의 정의를 생각할 때 있을 수 없는 일일세. 해서 잠시 들렀다네."

"자네가 마마를 관장하는 관원이 되다니. 자네의 평소 너그럽고 후덕한 성품으로 볼 때 이런 잗달은 일은 맞지 않을 듯 싶은데 말이야. 인가의 귀중한 자식이거나 홀어미의 자식이거나 똑똑한 자식으로 앞으로 큰 기대가 있는 아이라면, 풀어주기 어려운 이유가 있더라도 곡진하게 살펴서 덕을 심는 자리로 삼아주시게. 그렇다면 지극히 옳고 좋을 것이네."

몇 마디 말을 마치자 휙 떠나가면서 이런 말을 남겼다.

"돌아오는 길에 다시 들르겠네."

그런데 마당 가득 타작하던 이들은 아무도 그를 보지 못했고, 오직 이생만이 보고 서로 얘기를 나눴던 것이었다.

한겨울이 되었을 때 친구 두억신[痘神]이 과연 다시 찾아왔다. 신고

---

47 서신차사(西神差使): 서신은 홍역이나 마마를 관장하는 귀신으로, 우리말로 호귀마마 등으로 불리었다. 주로 중국이나 우리 쪽에서 마마 같은 괴질이 이역에서 들어와 퍼진 것으로 인식해서 이런 용어가 생긴 것이다. 차사는 차사원(差使員)이라고 하며, 중요한 임무를 맡은 특임직이다. 여기서 관원인 친구는 저승에서 벼슬살이하다가 특별히 서신차사가 되어 온 것이다.

48 내포(內浦): 서산을 비롯하여 예산, 당진, 홍성 등에 걸친 지역이다. 바다와 접해 있으면서 내륙으로 물길이 길게 조성되어 있어 물류와 교통의 주요 요지였다.

온 무거운 짐바리가 꽤 많았다. 이생이 그와 주절주절 얘기를 나누는데, 따라온 자가 눈에 띄었다. 이제 12, 3세 정도 되는 사내아이로, 체격과 용모가 자못 귀한 집안의 아이 같았고 생김새도 크게 될 상이었다. 하지만 등에 짊어진 짐바리가 무거워 힘에 부쳐 지친 기색이 역력했다.

"저 아이는 누구 집 자식이기에 저렇게 힘들어 보이는가?"

하고 이생이 묻자, 두억신이 이렇게 대답하였다.

"저 아이는 바로 호남 아무 읍의 김씨 집안의 아이라네. 사정이 매우 안쓰럽고 딱하기는 하지만 일 처리상 어떻게 해결해줄 방도가 없네. 해서 어쩔 수 없이 잡아가는 것이네."

"그 이유를 듣고 싶네."

"저 아이는 다른 형제가 없이 자기 혼자인 삼대 과부 집안의 자식이라네. 집은 가난하지 않다네. 내 또한 이 아이를 딱하게 여겨 일상적인 방법을 따라서 시통(始痛)[49]에서 낙가(落痂)[50]까지 특별한 잡탈이 없이 잘 낫게 했다네. 송신(送神)[51]에 바친 물건이 풍성하여 저승의 예에 따라 모두 다 실어 오지 않을 수 없었다네. 그런데 이번 걸음에 다른 빈 말도 없거니와 짊어지고 갈 자도 따로 없었기에 부득이 저 아이를 짐바리 꾼으로 삼아 붙잡아 왔네."

"안타깝군! 자네는 어찌 차마 해서는 안 될 일을 했단 말인가? 저 아이가 이미 마마에 걸렸다가 탈 없이 낫게 되자, 이를 갚고자 하는 마음으로 바친 물건이 이리 많지 않은가. 이미 물건을 받고서 다시 이 아이를 붙잡아오다니 어찌 이렇게 어질지 못하단 말인가? 우리 집에 말 한 필이 있

---

49 시통(始痛): 마마를 처음 앓을 때 좁쌀만 한 종기가 돋기 시작하는데, 그 직전에 일어나는 통증이다.

50 낙가(落痂): 마마의 딱지가 떨어지는 것으로, 즉 마마가 나았다는 뜻이다.

51 송신(送神): 마마를 앓고 나서 하는 의례의 일종이다. 통상 마마가 나은 지 12일 정도에 짚 따위로 말 모양의 마마신을 만들어 중국 남방이나 서방에 해당하는 강남으로 보내는 무속 행위였다.

으니 지금 이 말을 내어주겠네. 저 아이가 짊어진 짐을 말에 옮겨 싣고 아이는 본가에 보내 주는 게 좋지 않겠는가?"

"알았네. 그거야 뭐가 어렵겠는가?"

이리하여 이생이 마구간에 있는 말 한 필을 끌고 나왔다. 잠시 뒤 이 말은 죽었다. 두억신은 이 아이가 짊어지고 있던 물건을 말에 옮겨 싣고 나서 아이를 돌려보내 주고 나서는 곧장 인사를 나누고 떠나갔다. 그리고 어느 순간 보이지 않았다.

몇 개월이 지났다. 이생이 마침 한가하게 앉아 있었는데, 갑자기 한 아녀자를 실은 가마가 대문으로 들이닥쳤다. 깜짝 놀라 괴이쩍어 누구냐고 물었더니,

"전라도 아무 고을에 사는 김생 집안 아녀자라고 합니다."

라는 전갈이 왔다. 이생이 찾아온 이유를 물었더니, 이렇게 답하였다.

"집안의 아이가 주인댁의 은덕으로 다행히 다시 살아났답니다. 저희 몸을 본 댁에 의탁하여 함께 살고자 하여 저렇게 데리고 왔다고 합니다."

"이러한 사정을 어떻게 잘 안다더냐?"

"집의 아이가 탈 없이 마마를 앓고 나서, 송신(送神)한 뒤에 갑자기 기절하여 죽었답니다. 초빈(草殯)[52]을 한 상태에서 며칠이 지나 초빈한 곳에서 연기 같은 기운이 올라오기에 가서 파고 염을 모두 풀었더니, 아이가 벌떡 일어나 앉았답니다. 살아난 아이가 두억신이 서산의 동암 이 생원 집에 들러서 이야기를 주고받은 일과, 말 한 필로 아이의 짐을 옮겨 싣게 해주었던 일 등을 낱낱이 자세하게 이야기해 주었답니다. 그의 모친과 조모께서 이공 나리의 은덕을 깊이 느껴 마음에 새기고 잊을 수 없었기에 이 아이의 전 가족을 데리고 거처를 옮겨 이곳을 의지처로

---

52 초빈(草殯): 임시로 만든 시신을 묻어두는 것이다. 묏자리를 따로 정하는 것이 아니라 일정한 곳에 임시로 관을 넣고 이엉 따위로 그 위를 가려놓은 상태를 말한다.

삼고자 한답니다."

이 말을 들은 이생은 자신이 주관하여 아이의 집 식구들을 냇가 너머 한 집에 편히 안착할 수 있도록 해주었다. 이 아이는 '이(李)'자로 성을 삼았다. 그 후손들이 번성하여 지금은 대족(大族)이 되었다. 이 때문에 동암 이씨는 강의 천좌(川左)와 천우(川右) 두 파(派)가 있게 되었다고 한다.

2-11

구 명창이 권도를 써서 사나운 도적을 사로잡음

남양(南陽) 구담(具紞)[53]은 젊었을 때부터 남보다 날래고 용감한 데다 담력과 지략도 있었다. 또한 노래도 잘하고 술을 즐겨하는 그야말로 풍채가 준수한 미남자였다. 그는 처음 무과에 합격하여 상의원(尙衣院)[54] 주부(主簿)가 되었다가 당시 재상의 미움을 사서 벼슬길이 막히고 말았다. 그렇게 십여 년 동안 신산한 신세로 보내며 뜻을 펼치지 못해 답답해하였다.

---

53 구담(具紞): 정조 시기의 무인으로, 남양부사를 지냈기 때문에 남양이라 한 것이다. 본관은 능성이다. 『정조실록』과 『일성록』에 의하면, 1785년경에 단천부사, 1790년대에는 장흥부사, 남양부사, 선전관 등을 역임한 것으로 나온다. 단천부사로 있을 때 그 지역에서 흉계를 꾸미고 있었던 거사(居士) 4명을 체포하여 상부에 보고한 일이 있는데, 이 사실과 1782년 이경래가 역모 죄로 처단된 사건이 조합되어 이 이야기가 구성되지 않았나 싶다. 한편 그는 남양부사로 있을 때는 환곡을 착복한 일로 유배를 가기도 하였다.

54 상의원(尙衣院): 왕의 의복 및 대궐 안의 재물 등을 맡아 보던 관아로 도제는 정3품직이었다. 처음 조선 개국 때는 내부사를 두어 궁궐의 재물과 의복을 통합 관리했으나 임금의 의복을 특별 관리하기 위해 1393년 경 상의원을 따로 신설했다고 한다. 주부(主簿)는 여러 관서에 배속되어 해당 관서의 문서 등을 관장하던 종6품직으로 상의원에도 1명을 두었다.

정조 때 양양(襄陽)의 사나운 도적 이경래(李景來)[55]가 있었다. 그는 힘이 엄청난 장사로 담력과 지략도 출중하였다. 무리를 불러 모아 동에 번쩍 서에 번쩍하여 관군이 체포할 수 없었으니, 마치 해서(海西) 지방의 임꺽정 난리가 난 것 같았다. 주상은 구담이 용맹한 장사라는 얘기를 듣고 즉시 선전관으로 임명하여 밀지를 내려주며 양양으로 가서 도적을 붙잡아 오게 하였다. 출발할 즈음 임금은 그에게 이렇게 신칙(申飭)하였다.

"그대에게 금오랑(金吾郎)[56]으로 암행어사를 겸하게 하니 도적을 잡을 때는 편의대로 일을 처리하도록 하라. 파견 비용은 군문(軍門)에 밀지를 내려 많고 적음을 불문하고 다 지원하도록 했으니 그리 알라. 만약 붙잡아 오지 못한다면 마땅히 군율로 다스릴 것이니라!"

구담은 명을 받들어 물러갔다. 집에는 팔순 노모가 계신 터라 사정은 아득하기만 했다. 이윽고 탄식하면서,

"남아로 세상에 태어나 어찌 영영 파묻힌 채로만 있을 것인가? 올해 안에 저 도적을 잡아 되[斗]만한 금인(金印)[57]을 갖고야 말리라."

라고 하고는 마침내 포교 변시진(卞時鎭)을 찾아가서 동행하기로 하였다. 변시진은 탐문과 체포에 일가견이 있던 포교였다. 또 장안의 파락호인 총각 임완석(林完石)도 포섭하였다. 그는 하루에 3, 4백 리를 가는 것으로 유명하여 신행태보(神行太保)[58]로 불리는 자였다.

---

55 이경래(李景來): ?~1783. 양양 출신으로 실록에는 '李京來'로 나온다. 1782년 문인방 (文仁邦) 등과 함께 거사를 모의한 혐의로 체포되어 능지처참당했다. 이들은 당시 이조판서로 있다가 흉역소를 올린 혐의로 실각한 송덕상(宋德相, ?~1783)과 뜻을 같이하여 실제 거사를 도모한 혐의를 받았다. 특히 이경래는 이인적 면모로 이 거사 의 주모자이자 도원수의 직책을 맡은 것으로 알려져 있다.

56 금오랑(金吾郎): 의금부에 딸린 도사(都事)로, 감사의 보좌관 격이었다. 주로 감사와 함께 도내의 순시를 맡았으며, 죄인을 압송하는 임무를 맡기도 했다. 다만 조선 후기 에는 지방관의 임무가 감사에게 집중되면서 그 지위가 낮아졌다.

57 금인(金印): '금인계주(金印繫肘)'라 하여 금으로 만든 관인을 팔뚝에 맨다는 의미로 많이 쓰인다. 특별한 공을 세워 관직이 순식간에 높아짐을 뜻한다.

이들은 아무도 모르게 길을 나섰다. 모두 광대 복장을 하고서 화려한 옷과 진귀한 물건을 전대 속에 넣어 임완석더러 짊어지게 하고 탈 것 없이 걸어서 양양의 경내로 들어섰다. 이때 구담의 숙부인 구세적(具世勣)[59]이 양양현감이 되어 뒤따라 내려왔는데, 이는 임금의 특지에 따른 것이었다. 구담은 숙부와 은밀히 상의하여 본색을 숨기고 책객을 자처하며 산속 정자로 들어가 거처하였다. 그곳에서 날마다 이속(吏屬)이나 향임(鄕任)들과 활쏘기를 하고 술과 고기를 맘껏 즐기는 등 돈을 물 쓰듯 했다. 이렇게 저들의 환심을 산 다음 그들 주변의 동정을 살폈다.

그중에 별감(別監) 한 명이 있었는데 그는 풍채가 좋고 언변이 뛰어난 데다 제법 수완을 갖추어 지역에서 권세를 부리는 향임이었다. 구담은 이 자와 친분을 맺어 심복의 관계를 만들었다. 그러던 어느 날 단둘이 술을 마시게 되었다. 깊은 밤 술이 거나해졌을 즈음 구담은 느닷없이 왼손으로 별감의 소매를 잡아 쥐고, 오른손으로 칼을 빼 들어 가슴을 찌르려고 하였다. 깜짝 놀란 별감은 어쩔 줄 모르고 흙빛이 된 얼굴로 물었다.

"이 무슨 일입니까? 왜 이러십니까?"

"나는 다른 사람이 아니라 어명을 받들어 자취를 숨기고 왔느니라. 이경래 적당을 찾아 체포하려는 것이다. 네가 바로 이경래가 아니더냐! 너는 여러 말 말고 내 칼을 받아라!"

그러자 별감은 아니라고 하였다.

"소인은 결코 이경래가 아니올시다. 진짜 이경래는 이 근방에 있으니

---

58 신행태보(神行太保): 『수호전(水滸傳)』의 주요 인물로, 도술을 써서 하루에 8백 리를 간다는 대종(戴宗)의 별호이다. 신행법을 써서 큰 걸음으로 간다는 뜻이다.

59 구세적(具世勣): 조선 후기 무관가로 유명한 능성 구씨의 일원으로, 정조 시기에 무관으로 활약하였다. 여기 소재처럼 그는 1784년 전후 양양현감으로 있었다. 이후 같은 해 12월 전라좌도수군절도사, 이듬해 홍충도(洪忠道)병마절도사, 1795년에 경기수군절도사 등 수사(水使)를 두루 역임하였다.

그놈 있는 곳을 가르쳐드리겠나이다. 제발 무고한 목숨을 살려주소서!"

"그럼 도적은 어디 있느냐?"

"일전까지 우리 경내에 머물고 있었는데 듣자 하니 신관 사또가 내려온다는 소식을 듣고는 낌새를 채고 도주하여 금강산 속에 몸을 숨겼다고 합니다. 그가 그곳으로 간 것이 분명하고요."

"어찌 그리 분명하게 알고 있느냐? 너도 함께 모의한 자가 아니더냐?"

"소인을 한통속이라 하니 참으로 억울합니다. 다만 익히 알고 지낸 터라 그의 종적을 정확히 아는 정도랍니다."

이에 구담은 그에게 이런 제안을 하였다.

"그럼 잘 들어보아라. 그놈이 용력이 있다고 한들 어찌 잡히지 않고 견디겠느냐? 그런데도 네가 저 적당을 뒤따른다면 일족까지 몰살당할 것이다. 그러니 나를 따라 그놈을 체포하여 큰 공을 세우는 사람이 되지 않겠느냐?"

순리와 역리로 어르고 달래자 별감은 '예예' 하며 영을 따르겠다고 다짐하였다. 구담이 다시 말했다.

"이제 너를 놓아줄 테다. 그러나 네가 만약 이 기밀을 누설한다면 너부터 먼저 잡아갈 것이야."

별감이 재차 '예예'라고 하자, 특별히 놓아주었다.

이튿날 구담은 포교 변시진, 총각 임완석과 함께 행색을 숨긴 채 금강산으로 들어갔다. 그는 자신을 장안의 광대 '구명창(具名唱)'이라 하고 변시진을 고수(鼓手)로 삼아서 가는 곳마다 「영산회상곡(靈山會上曲)」[60]을 불렀다. 의복을 화려하게 차려입고 진귀한 물품들을 내놓아 여러 절의 중이

---

60 「영산회상곡(靈山會上曲)」: 석가여래가 영산회(靈山會)에서 설법할 때 불보살을 노래한 악곡이다. 이 곡은 원래 고려시대부터 내려오는 속악(俗樂)의 하나였는데, 세종 때 지어진 새로운 곡조로 재탄생하였다. 이후 풍류방에서 선비들이 애용하여 조선후기에는 많은 변주곡과 파생곡이 만들어졌다.

나 유람객들에게 주곤 하였다. 이 때문에 그의 명성이 산속에서 자자했다. 이에 구명창의 노래를 듣겠다고 사람들이 구름처럼 몰려들었다. 구담은 이들을 낱낱이 살폈으나 끝내 이경래의 모습은 보이지 않았다. 이미 별감을 통해서 이경래의 용모파기(容貌疤記)를 자세히 알아 두었던 터였다. 하지만 내금강·외금강을 가리지 않고 죄다 찾아다니며 모여든 사람들을 몰래 살폈으나 아무래도 찾을 수 없었다. 구담은 비로봉에 올라가서 하늘에 축원하다가 통곡까지 하고 내려와 장안사(長安寺)[61]에 묵었다.

밤이 깊어지자 달빛이 창틈으로 들어왔다. 구담은 말똥말똥 잠을 못 이루다가 신선루(神仙樓)로 걸어 나왔다. 거기서 멀리 산 밑에 있는 초막을 내려다보니 등불이 희미하게 비치고 있었다. 순간 뭔가 끌려 그곳으로 내려갔다. 어떤 중이 혼자 가부좌하고 있다가 구담이 들어오는 것을 보고는 어떤 물건을 급히 무릎 밑으로 감추었다. 구담은 안으로 들어가 앉아 인사를 나누었다. 그때 그가 물었다.

"어떻게 그런 명창이 되셨소?"

구담은 무릎 아래 감춘 물건을 보고자 하여 손으로 중을 밀치면서 되물었다.

"스님은 내가 명창인 줄 어떻게 아시오?"

그 와중에 중이 벌렁 나자빠졌고 반쯤 삼은 큰 짚신 하나가 드러났다. 구담은 이 중을 당장 결박하였다.

"이 신은 바로 이경래의 신이렷다! 너는 경래가 있는 곳을 알 테니 이실직고하거라."

이미 별감에게서 이경래의 발이 대단히 크다는 말을 들었기 때문에

---

61 장안사(長安寺): 내금강에 있는 6세기에 창건된 금강산의 대표적인 사찰로, 주변의 표훈사(表訓寺)와 함께 금강산 유람에서 시인 묵객들의 숙소이자 완상의 장소로 많이 거론되어 왔다. 참고로 아래의 신선루(神仙樓)는 금강산도(金剛山圖) 등을 참고해 보면 서북쪽 뒤편에 범종루(泛鐘樓)와 함께 자리하고 있었다.

이리 물은 것이다. 중은 놀라며 자복하였다. 구담은 다시 말했다.

"네가 나를 도와 경래를 잡으면 큰 상이 내려질 것이나 숨기려 든다면 너는 칼끝의 외로운 혼이 되고 말 것이다. 둘 중 어느 걸 택할 건가?"

"예예, 명대로 따릅죠!"

"나는 임금의 영을 받들어 왔느니라. 어떻게 하면 저 도적을 잡을 수 있겠느냐?"

중의 답변은 이랬다.

"오늘 밤 소승을 만난 건 하늘이 계시한 것입니다. 당장 도적을 잡을 계책을 아룁니다. 경래가 진작부터 명창의 소리를 듣고자 하여 모레 이 초막으로 오기로 약속이 잡혔답니다. 그러면서 짚신을 삼아 달라고 요청하기에 소승이 이걸 삼는 중인데 미처 다 삼지 못한 상황이고요. 경래가 만약 나타나면 소승이 명창을 청해 오겠습니다. 게다가 경래는 평소 술을 무척 즐기는 자이니 연신 술을 권해 곯아떨어지기를 기다렸다가 그 뒤에 체포하면 틀림없이 일이 성사될 것입니다."

이리하여 중의 결박을 풀어주고 심복으로 삼았다. 또한 그 밤 즉시 총각 임완석을 양양으로 보내 밤새 날래고 사나운 교졸 4, 50명을 선발하도록 하였다. 그 다음다음 날 이들을 각자 변복시켜 장안사의 주요 길목을 잡아 지키도록 하였다. 그리고 오는 길에 맛이 좋은 소주 두 병을 가져오라 하였다. 이를 임완석이 초가에서 팔게끔 하였다.

다음다음 날이 되자 과연 이경래가 초막으로 찾아왔다. 중은 구명창을 초청하여 노래를 들었다. 구담은 첫 노래로 「권주가(勸酒歌)」와 「장진주사(將進酒辭)」[62]를 불렀다. 이경래는 요란한 추임새를 넣으며 감탄을 연

---

62 「권주가(勸酒歌)」와 「장진주사(將進酒辭)」: 대표적인 권주가이다. 「권주가」는 작자·연대 모두 미상의 가사로 12가사의 하나이다. 「장진주사」는 송강 정철이 지은 가사로 16구의 짧은 형식이다. 통상 이백의 「장진주(將進酒)」를 이어받은 작품으로 알려져 있으며, 연행에서는 시조창과 가곡창이 모두 있었다. 두 작품 모두 『청구영언』에

발하였다. 구담은 임완석이 파는 술을 사서는 한편으로 노래를 부르고 다른 한편으로 그 술을 권하였다. 이경래는 노랫소리에 빠져 한 잔 한 잔 또 한잔으로 그만 흠뻑 취해 눈은 벌써 게슴츠레해졌다. 그럼에도 권할 때마다 사양하지 않고 계속 받아 마셨다. 이윽고 그는 만취해 나가 떨어지려 했다. 이 틈을 타 구담은 소매 속에 숨겨두었던 철퇴로 그를 힘껏 내리쳤다. 하지만 이경래는 워낙 출중한 힘을 가진 자라 취중에도 초막 밖으로 뛰쳐나와 이리저리 도망쳤다. 이때 곳곳의 길목을 지키던 교졸들이 소리치며 함께 좁혀오자 경래는 정신이 아득하여 어디로 뛰어야 할지 몰랐다. 구담은 즉시 옷을 갈아입고 구경꾼 속에 끼어 있다가 경래가 달아나는 곳을 뒤쫓아가 몸을 숨긴 채 철퇴로 일격을 가해 다리를 부러뜨렸다.

마침내 경래가 오랏줄에 묶이게 되자 구담은 지키던 교졸들을 불렀다. 일제히 그곳으로 와서 포박하는데 오랏줄이 자주 끊어졌다. 구담이 다시 철퇴로 경래의 두 팔을 내리친 다음에야 비로소 완전히 포박할 수 있었다. 많은 관군을 징발해 함거(檻車)로 장안으로 압송시켰다. 결국 경래는 참형을 당하였고, 초막의 중과 양양의 별감에게는 상이 내려졌다.

구담이 복명(復命)하자 그날로 당상선전관(堂上宣傳官)에 제수되었으며, 영을 잘 이행하여 오랫동안 선전관의 자리를 지키다가 여러 고을 수령으로 나가기도 했다. 임금은 그를 앞으로 더 크게 중용할 참이었다. 그런데 경신년(1800)에 정조 대왕이 그만 승하하게 되었다. 구담은 밤낮으로 통곡하며 슬퍼하다가 병을 얻어 죽고 말았다.

전하고 있다.

해학을 잘한 오물음이 인색한 종실을 풍자함

장안에 오(吳)씨 성을 가진 자가 있었다. 그는 고담(古談)을 잘하는 것
으로 세상에 이름이 나 여러 정승 집안과 안면을 트고 있었다. 익힌 오이
로 만든 나물을 즐겨했기에 사람들은 그를 '오물음(吳物音)'[63]이라고 불렀
다. '무름[物音]'이란 익힌 것에 대한 방언이며 '오(吳)'는 과(瓜)를 우리식
발음으로 할 때 그 음이 같기 때문이다.

그 당시 나이 많은 종실 중에 네 자식을 둔 이가 있었다. 그는 재물을
모아 부자가 되었으나 인색하기 짝이 없는 성품이라 털끝 하나라도 남에
게 주는 일이 없었고, 자기 자식들에게도 분재(分財)해주지 않았다. 가까
운 벗 한 사람이 그러지 말라고 하자,

"나도 다 생각이 있다네."

라고 답할 뿐이었다. 이러구러 세월이 갔으나 여전히 인색할 뿐 남에게
주는 일이 없었다.

그러던 어느 날 오물음을 불러 고담을 하게 했다. 오물음은 속으로
한 꾀를 내어 고담 한 편을 지어냈다. 그 이야기는 이러하다.

장안의 갑부인 이동지라는 이는, 수(壽)와 부귀를 누리고 자식 복도
많아 사람들은 그를 일러 좋은 팔자라고 합니다. 다만 젊어서 가난에
응어리가 있어 재산을 모아 부자 늙은이가 되었어도 인색함이 심성에
맺힌지라 자식이나 형제라도 물건 하나 주는 일이 없었답니다. 그는

---

63 오물음(吳物音): 조선 후기 이야기꾼으로 유명했던 인물이다. 그에 관한 이야기는 여
기 외에도 유병문(柳炳文, 1776~1826)의 『소은집(素隱集)』에도 실려 있는데, 이 『소
은집』의 내용은 『이향견문록』에 수록되었다. 여기에 의하면 김중진이라는 인물로
나와 있다. 이 김중진이 이가 빠져 음식을 오물오물 먹었다고 하여 붙여진 이름이라
한다. 따라서 여기의 내용과는 다르다. 그러나 현재 이 김중진과 오물음이 확실하게
동일 인물인지는 미정이다.

죽을 때가 되자 세상만사가 죄다 부질없었으나 그래도 재물[貨], 이 하나만은 끝까지 연연하여 버리지 못하고 있었답니다. 병중에 이마저도 어쩔 수 없다는 것을 생각하고는 자식들을 불러서 유언을 남겼지요.

"갖은 어려움 속에서 재물을 모아 이렇게 갑부가 되었으나 지금 황천길을 떠나야 하는 마당이다. 아무리 생각해 보아도 이 길엔 이 중 하나라도 가져갈 방도가 없구나. 내가 전에 재물에 인색했던 일은 지금 후회해도 소용없구나. 생각해 보니 명정이 한 번 출발하니 만가(輓歌) 소리 처량하고 빈 산에 낙엽 지고 거친 들에 밤비 내릴 터인데[64], 비록 엽전 하나 쓰려 한들 쓸 수 있겠느냐? 내가 죽은 후 염할 때 두 손에 악수(握手)[65]를 하지 말거라. 대신 관의 양쪽에 구멍 하나씩을 뚫어 두 손을 그 구멍으로 끄집어내 길가에 사람들에게 보이거라. 내가 산처럼 많은 재산이 있으면서도 빈손으로 돌아간다는 것을 알 수 있도록 말이야."

그러더니 조용히 숨을 거두었답니다. 죽은 뒤에 자식들은 그 가르침을 어길 수 없어 유언대로 하였답니다. 소인이 우연히 길가에서 이 갑부의 발인하는 행렬과 마주치게 되었는데, 양손이 관 밖으로 나와 있더군요. 괴이하여 물었더니 바로 이동지의 유언이라고 하였습니다. 이야말로 '사람이 죽을 때가 되면 그 말이 선하다.'[66]는 언급과 가깝다고 하겠지요.

---

64 명정이 한 번 …… 내릴 터인데: 앞 두 구절은 상여가 나가는 모습을, 뒤 두 구절은 산에 묘를 쓴 분위기를 시적으로 표현한 부분이다.

65 악수(握手): 염을 하는 의식 가운데 하나로, 수의를 입힐 때 양손을 교차시킨 상태에서 싸는 것을 말한다.

66 사람이 죽을 때가 되면 그 말이 선하다: 원문은 '人之將死, 其言也善'으로, 『논어』·「태백(泰伯)」 편에서 공자의 제자인 증자(曾子)가 한 말이다. 그는 임종을 앞두고 자신을 찾아 온 맹경자(孟敬子)에게, '새가 죽으려 할 때는 울음소리가 애처롭고[鳥之將死, 其鳴也哀], 사람이 죽으려 할 때는 그 말이 착하다.'고 하였다.

종실의 늙은이가 이 이야기를 듣고 보니 은연중에 꼭 자기를 직접적으로 겨냥한 듯하면서 조롱하는 취지가 담겨 있었다. 하지만 그 말은 이치에 어긋남이 없는지라 그 자리에서 번득 깨닫고 오물음에게 후한 상을 내렸다. 다음 날 아침 자식들에게 분재하고, 남은 보화를 종친과 벗들에게 모두 나누어 주고는 산정으로 들어가 버렸다. 그곳에서 거문고와 술로 즐기며 종신토록 재물과 이곳에 대해서는 입에 담지 않았다고 한다. 대개 노인이 한마디 말에 번쩍 깨닫게 된 것은 결코 쉬운 일이 아니니, 오물음이야말로 골계가류이다. 그를 순우곤(淳于髡)이나 우맹(優孟)[67]의 시대에 나게 했다면 어찌 그들만 못했겠는가!

2-13

나무꾼을 가엾게 여긴 김생이 중매를 자처함

안동(安東)의 권(權) 아무개는 학문과 덕행으로 도천(道薦)[68]을 받아 휘릉(徽陵)[69] 참봉(參奉)으로 처음 벼슬살이하게 되었다. 이때 나이가 육십이었다. 집은 부유했으나 막 부인의 상을 당한 터에 안으로는 문을 지키는 자녀가 없고 밖으로는 기공(碁功)[70]을 함께할 친척도 없었다.

---

67 순우곤(淳于髡)이나 우맹(優孟): 『사기』·「골계열전(滑稽列傳)」에 등장하는 대표적인 골계가이다. 순우곤은 왕의 전횡을 비판하였으며, 우맹은 말의 장례를 화려하게 지내는 왕을 풍자하여 이를 바로 잡았다. 그 풍자가 은미하여 골계적인 효과를 거두었기에 후대에 골계의 상징으로 꼽힌다.

68 도천(道薦): 원문은 '道剡'으로, 도천과 같은 용어이다. 감사가 자기 도내에서 학덕이 있는 인물을 뽑아 임금에게 직접 추천하는 것을 말한다.

69 휘릉(徽陵): 인조(仁祖)의 비인 장렬왕후(莊烈王后) 조 씨의 능으로, 동구릉(東九陵)의 하나이다. 인조가 승하한 뒤 26세 나이로 대비가 된 조 씨는 이후 효종, 현종, 숙종 시기에 왕실의 어른으로 권력을 행사했으며, 숙종 시기의 이른바 예송논쟁의 한복판에 있기도 했다.

당시 나중에 정승이 된 김우항(金宇杭)[71]이 휘릉의 별검(別檢)[72]으로 있었다. 마침 휘릉을 보수할 일이 있어서 권 참봉과 함께 재실에서 숙직하게 되었다. 하루는 능군(陵軍)이 능을 침범한 나무꾼을 붙잡아 들였다. 권 참봉은 이치를 따져 나무라고 매질하려 하였다. 이 나무꾼은 노총각으로 눈물을 줄줄 흘리며 아무 말도 못 하는 것이었다. 권 공이 그의 면모를 살펴보니 결코 상놈은 아니었다. 그래서 물었다.

"너는 어떤 놈이냐?"

노총각은,

"여쭙기 부끄럽습니다. 소생은 사대부가의 후손으로, 일찍이 홀로되신 모친이 올해 일흔이십니다. 누이가 계신데 서른다섯 살이 되도록 아직 출가하지 못했으며, 소생도 나이 서른이나 처를 얻지 못했습니다. 저희 남매가 나무하고 물을 길어 모친을 봉양하고 있답니다. 저희 집이 능화소(火巢)[73] 가까이에 있는데, 지금 같은 혹한에 멀리 나무하러 가지 못해 그만 능을 넘어와 나무하는 죄를 저질렀습니다. 그 죄를 알다마다요."

라고 하면서 다시 울먹였다. 권 공은 그가 우는 것을 보고 갑자기 측은한 마음이 들었다. 그래서 김 공을 돌아보며 말했다.

---

70 기공(朞功): 상례에서의 상복으로 기년복(朞年服)과 공복(功服)을 말한다. 기년복은 한 해 동안 입는 복이며, 공복은 9개월간의 대공(大功)과 5개월 동안의 초공(初功)으로 나뉜다. 또한 이 복을 함께하는 오복(五服) 이내의 종친을 일컫는바, 이를 '유복지친(有服之親)'이라고 한다.

71 김우항(金宇杭): 1649~1723. 자는 제중(濟仲), 호는 갑봉(甲峰), 본관은 김해이다. 1681년 과거에 급제하여 전적, 지평을 거쳐 우의정, 영중추부사 등을 역임하였다. 숙종 연간 남인과 노론 사이의 정쟁 속에서 부침하였으나 평생을 청빈하게 살아 '장자(長子)' 또는 '완인(完人)'이라는 칭송을 들었다. 저서로 『갑봉집(甲峰集)』이 있다.

72 별검(別檢): 녹봉이 없는 관직으로 조정의 예식에 장막 등을 공급하고 설치하던 관서인 전설사(典設司)의 종8품직이었다. 따로 빙고(氷庫)와 사포서(司圃署) 등에도 별검 직을 두었다.

73 화소(火巢): 우리식 한자어로, 능원이나 묘 등 산불을 막기 위하여 경계 밖에 있는 초목을 불살라 비게 만든 곳이다.

"사정이 딱하오. 특별히 풀어주는 게 어떻겠소?"

김 공도 웃으며 대답했다.

"무방합니다."

이에 권 공은 노총각에게,

"듣자니 네 형편이 딱하여 특별히 풀어줄 테니 다시는 이런 죄를 범하지 말거라."

라고 하고는 쌀 한 말과 닭 한 마리를 내주었다.

"이것으로 돌아가 노모를 봉양하여라."

총각은 감사해하며 돌아갔다. 그런데 며칠 뒤 또 그가 나무를 하다가 붙잡혀 왔다. 권 공은 크게 나무랐다. 이번에도 총각은 대성통곡을 하였다.

"도타운 은덕을 저버리고서 두 번에 걸쳐 능을 범한 죄를 모를 리 없으나, 노친께서 이 추위에 떠심을 차마 볼 수 없었습니다. 눈이 쌓여 나무하러 갈 길도 막혔답니다. 이젠 들 낯이 없습니다."

이 말에 권 공은 다시 측은한 마음이 들었다. 한참 미간을 찌푸리며 차마 매질하지 못했다. 옆에 있던 김 공이 미소를 띠며 웃었다.

"닭 한 마리와 쌀 한 말로 감화를 못 시켰군요. 저에게 좋은 방법이 있긴 한데, 제 말을 따라 보실는지?"

"무슨 얘기인지 들어봅시다."

"노장께서 상처한데다 아들도 없으니 저 총각의 누이를 후처로 삼으면 좋을 것 같은데 어떠신지?"

그러자 권 공은 자신의 흰 수염을 세우며 말했다.

"내 비록 늙었어도 근력이야 아직 해볼 만하지."

김 공은 저의를 알아차리고 급기야 총각을 불러 가까이 오라고 했다.

"저 권 참봉은 신실하고 후덕한 군자이시다. 집안 형편도 넉넉한 데다 현재 상배하고 자식도 없단다. 너의 자씨가 과년토록 출가를 못 하였다니 범절이 어떠할지는 모르겠지만 저분과 짝을 맺어준다면 너의 집도 한동안 의지할 데가 있게 될 터이니 좋지 않겠느냐?"

이에 총각이 답하였다.

"집에 노모가 계시니 감히 제 맘대로 허락할 일이 아닙니다. 가서 상의해 보겠습니다."

그리고 갔다가 다시 돌아왔다.

"가서 모친께 여쭈었더니 말씀이 '우리 집이 대대로 문벌 가문이었으나 지금 이렇게 극도로 쇠락하였구나. 선대엔 있을 수 없는 일이나 인륜을 폐하는 것보다는 낫지 않겠느냐'고 하시며 우시면서 허락하시었습니다."

김 공은 기뻐하며 권 공에게 힘껏 권하였다. 이윽고 길일을 잡고 혼수를 마련하는 등 양가에 힘을 쏟아 서둘러 혼례를 치렀다. 과연 신부는 명가의 후손다운 여자 중에서도 현숙한 부인이었다.

그 뒤 어느 날 권 공이 김 공을 찾아와 만났다.

"그대가 힘껏 밀어준 덕분에 이런 좋은 짝을 얻었구려. 내 나이 이미 육십인데 더 무엇을 구하겠소? 영영 고향으로 돌아가려 하오. 해서 작별하러 들렀소."

김 공이 물었다.

"부인이야 데려가시겠지만 남은 식솔들은 어찌 변통하려 합니까?"

"함께 데려가려오."

"아주 잘하셨습니다!"

이리하여 서로 술잔을 나누고 작별하였다.

그로부터 25년이 지났다. 김 공은 비로소 비단옷을 입고 옥관자를 달고[74] 안동 수령으로 나가게 되었다. 부임한 이튿날 한 백성이 명함을 올리며 뵙기를 청하였다. 그는 바로 전 참봉 권 아무개였다. 김 공은 한참

---

74 비단옷을 입고 옥관자를 달고: 원문은 '緋玉'으로, 당상관의 관복을 지칭하는바 당상관이 되었다는 뜻이다.

만에야 휘릉에서 함께 동료로 일했던 일을 기억해내고 그의 나이를 따져
보니 85세였다. 급히 맞아들여 보니 동안의 백발 노옹이 지팡이도 짚지
않고 부축도 받지 않은 채 가뿐하게 들어와 앉았다. 그를 바라보자니
마치 신선계에 있는 사람 같았다. 손을 붙잡고 그동안 만나지 못했던
정회를 풀고 주찬을 차려 살뜰히 대접하였다. 먹고 마시는 것도 여전했
다. 권 공이 말했다.

"제가 오늘 성주를 뵈옵게 되니 이는 하늘이 도운 것입니다. 저는 성
주께서 혼인을 권해주신 덕분에 만년에 어진 배필을 얻어 연달아 아들
둘을 낳았지요. 지금까지 해로하고 있고 두 아들은 약간의 시문을 익혀
남성(南省)⁷⁵에서 기예를 겨뤄 나란히 사마시(司馬試)에 합격하였답니다.
내일이 바로 집에 내려오는 날입니다. 성주께서 때마침 우리 고을에 부
임하셨는데 왕림해 주셔야 하지 않겠습니까? 제가 이렇게 급히 뵙기를
청한 건 이 때문이지요."

김 공은 경하해 마지않으면서 흔쾌히 그러겠다고 하자, 권 공은 감사
해하며 돌아갔다. 다음날 김 공은 기녀와 악공을 대동하고 주찬을 마련
하여 아침부터 찾아갔다. 권 공의 집은 산수가 수려하고 화초와 대숲이
울창한 가운데 그 사이로 정자가 은은히 드러나 보이는, 그야말로 산림
처사의 거처였다. 주인이 뜰로 내려와서 영접하는 중에 원근 사방에서
이 소식을 듣고 빈객들이 구름처럼 모여들었다.

이윽고 신은(新恩) 형제가 도착하였다. 복두(幞頭)에 앵삼(鶯衫)⁷⁶을 한

---

75 남성(南省): '남부(南府)'라고도 하며, 예조(禮曹)의 별칭이다. 중국에서는 상서성의
    별칭으로 궁정의 남쪽에 위치한 데서 유래하였다. 고려시대부터 여기서 과거시험을
    관장하여 국자감시(國子監試)를 남성시(南省試)라고도 하였다.
76 복두(幞頭)에 앵삼(鶯衫): 복두는 과거 합격자가 쓰는 관으로, 사모처럼 두 단으로
    되어 있고, 뒤쪽으로 날개가 둘 달렸다. 앵삼은 생원시나 진사시에 합격하거나 신래,
    즉 과거에 급제한 이가 착용하던 예복이다. 색상이 녹색일 때도 있었고 황색일 때도
    있어서 과거 합격자를 묘사한 그림 등에는 혼용된 사례가 보인다. 조선시대 과거
    합격자의 복장은 시대마다 차이가 있었는데, 복두에 앵삼(또는 襴衫)을 착용한 것은

풍채가 보는 이들을 놀라게 했다. 앞뒤로 한 쌍의 백패(白牌)[77]를 세우고 쌍젓대 소리가 맑게 울려 퍼졌다. 담처럼 둘러싼 구경꾼들은 너나 할 것 없이 권 공의 복력에 감탄하였다. 김 공이 신래를 연이어 불러 나이를 물으니 형은 스물넷이고 아우는 스물셋이었다. 권 공이 재취한 이듬해와 그 이듬해에 연달아 귀한 아들을 얻은 것이었다. 이들 형제와 말을 나누어보니 용모는 난곡(鸞鵠)[78]이요 문장은 주옥이라, 난형난제라 할 만하였다. 김 공이 부러워하며 칭찬하기를 마지않으니 권 공의 기뻐하는 모습은 눈에 잡히고도 남았다. 좌정하는 사이 권 공은 옆에 있는 한 노인을 가리키며 말했다.

"성주께선 저 사람을 알아보겠습니까? 바로 예전 휘릉에서 나무하다 들켰던 나무꾼 처남입니다."

나이를 따져보니 55세였다. 마침내 풍악을 울리며 즐겼다. 주인은 김 공더러 하룻밤 묵고 가기를 청하였다.

"오늘의 경사는 모두 성주께서 내리신 것이요, 성주께서 마침 누추한 이곳에 왕림하신 것도 하늘이 내린 것이지요. 사람의 힘으로 되는 게 아닌가 싶습니다."

이리하여 김 공은 그 집에 묵으며 담소를 나누었다. 다음 날 아침 주인은 주안상을 올리고 자리에 앉아서는 말을 꺼내려다 머뭇머뭇 감히 떼지를 못하는 것이었다.

"무슨 하실 말씀이 있습니까?"

라고 묻자, 주인은 이내 말을 꺼냈다.

영조 시대에 보편화된 것이라고 한다.

77 백패(白牌): 소과 합격자인 생원·진사에게 주던 합격증이다. 문과(文科) 급제의 경우는 홍색인 데(즉 紅牌) 대하여 소과는 백색이었다.

78 난곡(鸞鵠): 군자의 빼어난 자태를 일컫는 말로, 새 가운데 일품인 난새와 고니 같은 풍모를 지녔다는 의미이다. 따로 현사(賢士)가 자기 자리에 있는 것을 '난곡정치(鸞鵠停峙)'라 한다.

"제 늙은 아내가 평소 성주께 결초보은하는 게 소원이었답니다. 다행히 이렇게 누추한 집에 왕림하셨으니 한번 존안을 뵌다면 지극한 소원이 이루어지는 것입니다. 여자로서 체면을 생각지 않고 은혜에 감사하는 마음만 있을 뿐이니, 받아들이는 것도 괴이치 않을까 합니다. 바라건대 성주께서 잠깐 내당으로 걸음하여 절을 받는 게 어떠실지 모르겠습니다. 게다가 늙은 아내에게 성주는 천지와 같은 덕이시고 부모와 같은 은혜이시니 무슨 혐의가 되겠습니까?"

김 공이 부득이 내실로 따라 들어가니 대청마루 위의 자리로 안내하였다. 노부인이 나와 그 앞에서 절을 올렸다. 너무 감격한 나머지 눈물이 줄줄 흘러내렸다. 두 젊은 부인이 곱게 단장하고 뒤를 따라 나와 역시 절을 올리니 바로 며느리들이었다. 세 부인은 모두 묵묵히 모시고 앉았는데 공대하는 기색이 얼굴에 넘쳐났다. 이윽고 진수성찬이 가득 차려 나왔다. 주인은 다시 김 공을 협방으로 청했다. 거기에는 6, 7세가량의 어린아이로 보이는 이가 까맣고 덥수룩한 머리를 한 채 문지방을 잡고 서 있었다. 빠끔한 눈으로 어릿어릿 사람을 바라보는데 정신이 있는 듯도 하고 없는 듯도 했다. 주인은 그를 가리키며,

"성주께선 이 사람을 아실는지? 바로 저 나무하다 들킨 처남의 자당이십니다. 금년 나이가 아흔다섯입니다. 입에서 중얼거리는 소리가 있으니 성주께서 한 번 귀 기울여 들어보시지요."

라고 하였다. 김 공이 들어보니 다른 소리가 아니고, '김우항을 정승이 되게 하소서. 김우항을 정승이 되게 하소서!'였다. 25년 동안 이 축원을 매일같이 하여 아직도 입에서 소리가 끊이지 않고 있었던 것이다. 이런 지성이면 어찌 하늘을 감동시키지 않겠는가? 김 공은 이를 듣고 밝게 미소를 지으며 사람들과 작별하고 관아로 돌아왔다. 그 뒤 김 공은 정승 자리에 올랐다.

김 공이 숙종 임금 때에 약원(藥院)의 도제조(都提調)로서 명을 받들어

연잉군(延仍君) 환후를 살피러 간 일이 있었다. 연잉군은 영조(英祖)가 왕자로 있을 때의 봉호이다. 그가 자신이 평생 벼슬하던 경력을 연잉군에게 얘기하던 중에 권 참봉의 일도 그 전말을 아뢰게 되었다. 연잉군도 이를 듣고 매우 기이하게 여겼다. 등극한 뒤 식년시 창방일(唱榜日)[79]에 우연히 방목(榜目) 중에 안동 진사 권 아무개란 이름을 보게 되었다. 이는 바로 권 참봉의 손자였다. 임금은 즉시 특지를 내렸다.

"고(故) 정승 김우항에게 권 아무개의 일을 듣고 몹시 희귀한 일인 줄 알았노라. 지금 그의 손자가 또 진사가 되었으니 우연한 일이 아니로다. 특별히 능참봉(陵參奉)을 제수하여 그 조부의 뒤를 잇게 하노라."

영남 사람들은 이 일을 영예롭게 여겼다. 대개 권 공, 김 공은 어질고 후덕하여 이런 결과가 있었던 것이다.

2-14

허생이 보물의 기운을 알아채서 오동화로를 얻음

허생은 방외인(方外人)이다. 집이 가난한데다 그 자신 고단한 처지임에도 글 읽기만 좋아할 뿐 집안 살림을 건사하지 않았다. 책상 가엔 오직 『주역(周易)』 한 부만이 놓여 있었고, 끼니를 자주 걸러도 개의치 않았다. 아내가 실을 뽑고 짜는 길쌈하는 일로 그를 챙겨야 했다. 그러던 어느 날, 집에 들어와 보니 아내가 머리카락을 다 자른 머리를 수건으로 싼 채 앉아 밥상 차릴 준비를 하고 있었다. 이 모습을 본 허생은 한숨을 쉬며 장탄식하였다.

---

79 창방일(唱榜日): 과거에 급제한 사람들에게 증서를 하사하던 날이다. 이때 대과 급제자에게는 홍패(紅牌)를 주고, 소과 합격자에게는 백패(白牌)를 주었으며 이 증서를 내리면서 벌이는 잔치를 '창방연(唱榜宴)'이라 한다.

"내 십 년간 『주역』을 읽는 건 장차 뜻한 바를 이루기 위함이거늘 지금 머리 깎은 아내를 차마 보게 될 줄이야!"

마침내 아내와 약조하였다.

"내 밖에 나가 일 년 뒤에 돌아올 테니 당신은 어떻게든 목숨을 부지하고 머리도 기르시게."

그러고는 갓끈을 털며 나갔다. 그는 개성의 갑부 백 씨(白氏)를 찾아가 만나서 대뜸 천 냥을 빌려 달라고 요청하였다. 백 부자는 한눈에 그가 범상치 않은 인물이라는 걸 알아차리고 내주었다. 허생은 천 냥을 싣고 평양으로 유람을 떠났다. 그곳의 명기인 초운(楚雲)의 집을 찾아가 날마다 술과 고기로 판을 벌이고 젊은 한량패와 진탕 노는 게 일이었다. 돈을 다 탕진하자 다시 백 씨를 만나러 갔다.

"내게 큰 장삿거리가 생겼는데 삼천 냥을 더 꾸어주시오."

백 씨는 또 빌려주었다. 허생은 다시 초운의 집으로 가서 이번에는 비단 창문에 단청한 다락, 구슬발과 비단 방석 등으로 집을 화려하게 단장해주고 날마다 술과 노래로 즐겼다. 돈이 다 떨어지자 또다시 백 씨를 찾아갔다.

"한 번 더 삼천 냥을 대주겠소?"

이번에도 백 씨는 내주었다. 허생은 또 초운의 집으로 가 연시(燕市)[80]에서 파는 명주와 패물, 각색 비단을 죄다 사서 초운의 마음을 샀다. 남은 돈이 다하자 다시 백 씨를 찾았다.

"이제 삼천 냥만 있으면 일이 성사될 터인데 당신이 믿어줄까 걱정이오."

"오, 이 무슨 말씀이오? 만금을 더 댄다 해도 내 아까워하지 않을 참이오."

---

80 연시(燕市): 북경(北京)의 시장을 가리킨다. 원래 전국시대 연(燕)나라의 수도에 있던 저잣거리로, 『사기』·「형가열전(荊軻列傳)」에 형가가 진시황을 처단하러 떠나기 전 이 연시에서 고점리(高漸離)와 함께 술을 마신 것으로 유명하다. 이 시기에 조선 사람들에게는 진귀한 물품이 거래되는 상징적인 공간으로 인식되었다.

그러면서 또 내주었다. 다시 초운의 집으로 갔다. 이번에는 좋은 망아지 한 마리를 사서 마구간에 매어놓고 전대 하나를 마련하여 벽에 걸어두었다. 급기야 기녀들을 많이 모아 질탕한 연회를 벌였다. 저마다 화대로 돈을 뿌려 초운의 의중에 맞춰 주었다. 돈이 바닥나자 허생은 일부러[81] 허탈하고 처량한 표정을 지어가며 초운을 떠보았다. 초운은 물 같은 성격[82]이라 이미 허생에게 염증을 느껴서 매일 젊은것들과 어울리며 허생을 밀어낼 궁리를 하고 있었다. 허생은 이런 그녀의 의도를 눈치채고 하루는 그녀에게 말했다.

"내가 여기에 온 까닭은 장사하기 위함이었네. 허나 이제 만금을 다 쓰고 말았으니 빈주먹만 펼 수 있을 뿐이네. 그만 돌아가야겠는데 자네는 아쉬운 마음이 없는가?"

"오이가 익으면 꼭지가 떨어지고, 꽃이 시들면 나비도 오지 않는 법, 뭐가 그리 연연한 마음이 있겠어요?"

"나의 재물을 소금항(銷金巷)[83]에 다 털어버리고, 지금 영영 이별하는 마당에 너는 무슨 물건으로 보내는 정을 대신할 테냐?"

"그저 당신이 원하는 대로 드리지요."

이에 허생은 자리 위에 놓여 있는 오동화로(烏銅火爐)[84]를 가리키며,

"저걸 갖고 싶네."

---

81 일부러: 이 부분이 저본에는 '又'로 되어 있으나 다른 이본에는 '故'로 나와 있어서, 후자 쪽을 택해 번역하였다.

82 물 같은 성격: 원문은 '水性'으로, 한 곳에 집착하지 않고 물처럼 흘러 흘러 어디든 가려는 성향을 말한다. 대개 기녀처럼 돈이나 권세에 따라 대상을 옮겨간다는 부정적인 의미로 쓰인다.

83 소금항(銷金巷): 금을 녹이는 거리로, '소금와(消金窩)', 또는 '소금와(消金鍋)'라고도 한다. 돈을 물 쓰듯 하는 공간을 지칭한다.

84 오동화로(烏銅火爐): 오동으로 만든 화로이다. 오동은 구리와 금의 합금으로 검은빛이 도는 붉은 구리[赤銅]라 한다. 광택이 있어 병풍이나 기타 고급 장식품으로 많이 쓰였다. 따로 자줏빛과 붉은빛이 도는 '자동(紫銅)'과 '홍동(紅銅)'도 희귀한 것이었다.

라고 하자 초운이 씩 웃었다.

"저게 뭐라고 아끼겠어요?"

허생은 마침내 그 자리에서 오동화로를 조각조각 깨뜨려 전대에 담았다. 그러더니 매 둔 망아지를 타고 하루 만에 개성으로 내달려 돌아왔다. 백 씨를 보고는,

"드디어 일이 성사됐소!"

라고 하면서 전대 속의 물건을 꺼내 보였다. 백 씨는 머리를 끄덕였다.

허생은 이 전대를 싣고 망아지를 다시 타고 회령(會寧)의 개시(開市)[85]로 내달렸다. 그곳에 가게를 열어 놓고 기다리자 어떤 서역 장사치가 부서진 화로 조각을 유심히 살피더니 혀를 내둘렀다.

"바로 이거야 이거!"

그러면서 값을 흥정하자며 말했다.

"이건 값어치를 따질 수 없는 보배라 십만 냥도 적긴 하나 바라건대 이 값으로 살 수 있길 바라오."

허생은 한참 그를 흘겨보다가 받아들였다. 오동화로를 팔고 돌아와 백 씨를 만나 10만 냥을 갚았다. 백 씨가 깜짝 놀라 어찌 된 영문인지 묻자 답이 이랬다.

"저번의 부서진 구리 조각은 그냥 구리가 아니라 바로 오금(烏金)이라 하는 것이오. 옛날 진시황이 서불(徐市)[86]을 시켜 동해로 불사약을 캐러 갈 때 내탕고(內帑庫)에서 오금화로를 내주어 전별한 일이 있었지요. 이

---

85 회령(會寧)의 개시(開市): 회령의 대외 교역 시장이다. 개시는 원래 중국에서 변경의 소수 민족 지구에 시장을 열어 대외 교역을 허용한 데서 유래하였다. 자연히 조선의 경우도 변경 지역에 중국과 일본 등과의 교역을 위해 개시를 설치했던바 의주와 회령, 동래 등지가 주요 개시 지역이었다. 이 중 회령개시는 함경도 두만강 권역을 담당하였다.

86 서불(徐市): 진시황 때의 유명한 방사(方士)로, 그는 진시황의 명을 받고 동해로 불사약을 찾으러 갔다고 전해진다. 그 행로가 제주와 일본에까지 전해지고 있는데, 특히 제주의 서귀포(西歸浦)는 그가 왔다가 돌아갔다는 의미에서 붙여진 지명이기도 하다.

화로에다 약을 달이면 모든 병에 특효가 있답니다. 훗날 서불이 해상에서 잃어버린 이 화로를 왜놈들이 습득하여 저들 국보로 삼았다지 뭡니까. 그러다 임진란 때 왜장 평행장(平行長)[87]이 이걸 가지고 와 군중에 두고 있었다지요. 그가 평양을 점령했다가 패해 밤중에 도망칠 적에 혼란한 속에서 잃어버린 것이지요. 이 물건이 어쩌다가 명기 초운의 집에 흘러와 있었던 것이고. 그런 터라 내가 초운 집의 기운을 보고 찾아가 만금으로 바꾼 거지요. 저 호상(胡商)은 서역 사람인데, 그것이 값을 매길 수 없는 보물이라는 게 실로 정확한 평이지요."

이에 백 씨가 물었다.

"그 화로 하나를 얻는 건 만 냥을 들이지 않더라도 쉬웠을 텐데, 뭐 그리 두 번 세 번 수고를 마다하지 않았소?"

"이것은 천하에 비할 데 없는 보물인지라 신령의 도움이 있어야 하는 법이오. 많은 값을 치르지 않으면 얻을 수 없기 때문이지요."

이 말을 들은 백 씨는,

"선생은 신령 같은 사람이시구려!"

라고 하며 10만 냥을 전부 돌려주었다. 허생은 껄껄 웃었다.

"어찌 나를 잗다랗게 보셨소. 내 집이 비록 매달린 경쇠인 양 텅 빈 신세지만 오롯이 책 읽는 데 뜻을 두고 있소. 이번 일은 특별히 한 번 작은 시험을 해본 것에 지나지 않소."

마침내 허생은 인사를 나누고 가버렸다. 백 씨는 놀랍고 신기하여 뒤를 밟아보도록 하니, 그의 집은 자각봉(紫閣峰)[88] 아래에 있는 한 초막이

---

87 평행장(平行長): 임진왜란 때 평양으로 진군했던 고니시 유키나가(小西行長)이다. 임진란 때 가토 기요마사(加藤淸正)와 함께 일본군의 수장으로서 책략가적인 면모를 보였다. 그는 몇 차례에 걸쳐 평양성 전투를 치렀는데, 마지막엔 조명연합군에게 패하면서 전세가 전환되기에 이르렀다.

88 자각봉(紫閣峰): 서울의 남산을 가리킨다. 중국 서안(西安)에 남산인 종남산(終南山) 봉우리를 자각봉이라고 했던바, 이 전통을 따라 부른 명칭이다. 남산 기슭의 동네를

었다. 방 안에서는 낭랑하게 글 읽는 소리가 들릴 뿐이었다. 백 씨는 그의 비상함을 알게 되고부터는 매달 초하루 새벽이면 쌀 포대와 돈꿰미를 문 안에 들여놓아 이것으로 한 달 생활비용은 근근이 이을 수 있게 하였다. 허생은 이 양식과 돈을 웃으며 받았다.

이완(李浣)[89] 정승이 그때 대장이 되어 임금의 중한 임무를 받고 북벌(北伐)할 계획으로 두루 인재를 찾고 있었다. 허생이 훌륭하다는 말을 듣고 어느 날 저녁 사복을 입고 찾아가 그를 만났다. 세상사를 논하던 중에 좋은 가르침을 달라고 하자 허생이 말했다.

"분명 공께서 찾아올 줄 알았소이다. 공께서 대사를 도모하려 하신다면 나의 세 가지 계책을 써 보시겠소?"

"아무렴 그 말을 듣고 말고가 있겠소."

허생이 우선 물었다.

"지금 조정은 당인(黨人)[90]이 정사를 독단하여 모든 일에 견제를 받고 있소이다. 공께서 돌아가 어전에 아뢰어 당론을 혁파하여 인재를 등용할 수 있겠소?"

"그렇게는 못 하오."

"군정(軍丁)으로 뽑힌 이들에게 또 군포(軍布)까지 걷어 들여 온 나라 인민들이 고통을 겪고 있소. 공께선 곧장 호포법(戶布法)[91]을 시행하여

'자각동(紫閣洞)'이라고 부르기도 하였다. 자각동은 현재 충무로에서 명동 일대에 걸쳐 있었던 동네로 파악된다.

89 이완(李浣): 1602~1674. 자는 징지(澄之), 호는 매죽헌(梅竹軒), 본관은 경주이다. 1624년 무과에 급제하여 훈련대장을 지냈으며, 병조판서·형조판서와 우의정을 역임하였다. 특히 효종 대에 북벌론과 깊이 연관된 인물로, 여러 자료에 이와 관련된 이야기가 전해진다. 가장 대표적인 사례가 박지원(朴趾源)의 「허생전(許生傳)」 등 허생고사와 관련한 것들이다. 이 책에도 그에 관한 이야기는 다양하게 수록되어 있다.

90 당인(黨人): 붕당을 만들어 사리를 꾀하는 무리를 지칭한다. 이 용어는 한나라 때 '당고(黨錮)의 난' 때부터 쓰이기 시작하여, 당나라의 '우이당쟁(牛李黨爭)'과 송나라의 왕안석과 사마광의 신구 논쟁 등을 거치며 당파 싸움에 골몰하는 부류를 지칭하게 되었다. 여기서는 영정조 시기 집권당이었던 노론 일파를 상정하고 있다.

지체 높은 벼슬아치 자제라도 이를 벗어나려고 하는 걸 못 하게 할 수 있소이까?"

"이 일도 어렵소."

"우리나라가 바다를 끼고 있지만 생선이나 소금 따위의 이익이 있어도 이를 축적하여 그 이익을 펴지도 못하는 데다, 곡식으론 한 해를 지탱하기 어렵고 땅도 사방 삼천 리에 불과합니다. 그런데도 예법에 얽매어 겉치레만 일삼고 있소이다. 이런 온 나라 사람들에게 오랑캐 옷을 입게 할 수 있겠소이까?"

"그 역시 어렵다네!"

그러자 허생은 버럭 소리를 질렀다.

"당신은 시의(時宜)도 알지 못하면서 망령스레 대사를 떠벌리니 도대체 무엇을 하겠다는 거요? 여기서 즉시 물러가시오!"

이완 대장은 땀이 흘러 등이 축축해졌다. 다시 오겠다는 말을 남기고 무색하여 물러 나왔다. 이튿날 아침 다시 찾아갔으나 집이 텅 비어 황량할 뿐이었다.[92]

2-15

오위장 김대갑이 정성을 다하여 옛 주인을 도움

위장(衛將)[93]을 지낸 김대갑(金大甲)은 여산(礪山)[94] 사람이다. 불과 열 살

---

91 호포법(戶布法): 신분의 귀천을 가리지 않고 매 호당 일률적으로 면포(綿布)나 저포(紵布)를 세금으로 징수하는 제도이다. 조선시대 이 제도에 대한 논의와 일부 시행 등을 하였으나 완전히 실현된 예는 없었다.

92 이 이야기는 이른바 '허생전'의 다른 버전이며, 따로 권10 제21화 '묵적골 허생 이야기'와 비교된다.

93 위장(衛將): 즉 오위장(五衛將)으로, 오위 즉 의흥위(義興衛)·용양위(龍驤衛)·호분위

때 부모가 다 돌아가시고 집안에 고변(蠱變)[95]이 생겨 일문이 망하는 지
경이 되었다. 대갑은 이 화를 피해 도망하여 도성으로 올라왔다. 하지만
고단한 신세로 의지할 데 없이 저잣거리를 돌며 밥을 빌어먹어야 했다.
그는 혼잣말로,

"대갓집에 들어가 일신을 맡겨야 하겠는걸."

하고는 안국동(安國洞)의 민백상(閔百祥)[96] 어른 댁을 찾아갔다. 그는 민
정승에게 자신의 곤궁하고 외로운 신세를 아뢰고 거두어 주기를 청하였
다. 민 공은 그가 겉모습은 비록 초췌했지만, 말씨가 자못 또박또박하고
야무진 것을 보고 안쓰러워하며 허락하였다. 대갑은 온갖 잡역을 마다하
지 않아 쓸고 물 뿌리는 일에도 근실하였다. 민 공 댁 자질들의 글공부를
시종할 때면 그때마다 꼭 귀동냥하여 한번 보면 곧 기억하여 외우곤 하
였다. 또한 글씨를 익혀 그 묘법을 터득할 수 있었다. 민 공은 그의 재주
를 기특해하여 문객을 시켜 가르치게 했더니, 아직 어린 나이에도 영리
한데다 조숙하여 사항마다 척척 맞아떨어졌다.

언젠가 어떤 관상쟁이[97]가 그를 보고는 몹시 놀라며 민 공에게 쫓아

(虎賁衛)·충좌위(忠佐衛)·충무위(忠武衛)의 조직을 지휘하는 직위이다. 그러나 실제
로는 편제와 무관한 왕의 직속 무관으로, 오위 소속의 군사를 통솔하여 궁궐의 행사
나 임금의 출입시에 호위하는 역할을 하였다.

94 여산(礪山): 전라북도 익산군에 있던 현명으로, 조선 초 여량(礪良)과 낭산(朗山)이라
는 두 지역을 합쳐 현을 삼았다. 전라도로 내려가는 길목에 위치하여 17세기 이후에
는 이곳에 전라도 후영(後營)을 두어 주변 지역을 관할하기도 하였다.

95 고변(蠱變): 독약이나 약물 등을 써서 사람을 죽이거나 해치는 사건을 말한다. 일종의
독살 사건이다.

96 민백상(閔百祥): 1711~1761. 자는 이지(履之), 본관은 여흥이다. 1740년 과거에 급제
하여 경상도·평안도관찰사, 이조·호조판서, 우의정 등을 역임하였다. 1745년 서장관
으로 중국에 다녀왔으며, 1757년 평안도관찰사로 나가 중국과의 밀무역의 폐단을
상소하여 개혁에 앞장서기도 하였다. 사도세자의 평양 원유(遠遊) 사건을 책임지고
자결한 것으로 알려져 있다.

97 관상쟁이: 원문은 '唐擧'로, 당거는 '당거(唐莒)'라고도 하며, 전국시대(戰國時代) 양
(梁) 땅의 유명한 관상가였다. 이후 관상가의 대명사가 되었다.

내보낼 것을 요청하였다. 민 공이,

"무슨 말인가?"

라고 묻자, 그자의 답이 이랬다.

"저자는 이미 독물에 중독되어 머지않아 불길한 조짐이 생길 터, 나리 댁에도 해가 미칠 것입니다."

"저 애가 딱한 처지로 내게 의탁했거늘 어찌 차마 내쫓는단 말인가?"

그 뒤 관상쟁이가 다시 와서 애써 쫓아내라며 권하였지만 민 공은 끝내 듣지 않았다.

"나리의 큰 덕은 재앙을 덜어내 남을 살릴 수 있겠군요. 한 번 저의 술수를 써 보시지요. 황촉 서른 쌍과 백지 열 묶음, 향 서른 자루, 백미 열 말을 마련한 다음 저 아이더러 깊은 산중의 외진 절로 가서 향을 사르고 게(偈)를 외우게 하세요. 이렇게 서른 밤을 빈 다음에야 영영 후환이 없을 것입니다."

민 공은 이 계책을 따라 대갑을 산속으로 보내 30일 동안 눈도 붙이지 않고 정좌해 있도록 하였다. 대갑이 기도를 마치고 돌아와 민 공을 뵈니, 민 공은 다시 관상쟁이를 불러 그를 보게 하였다. 관상쟁이는 그를 보고는,

"이젠 염려하실 것 없습니다."

라고 하고는 그대로 민 공 댁에 머물게 하였다. 함께 20년을 지냈고, 그 사이 민 공이 평양감사가 되자 그를 막료로 데리고 갔다. 임기를 마치고 돌아갈 때 감영의 창고에는 남는 돈이 만여 냥이나 있었다. 대갑이 이 돈을 어떻게 처분할지 아뢰자 민 공의 답이 이랬다.

"내 돌아갈 때 행랑이 씻은 듯 말끔함은 네가 아는 바 아니더냐. 어찌 이 물건으로 허물 되게 하겠느냐? 네가 알아서 처리하여라."

대갑은 한사코 아니라고 했으나 받아들여지지 않아 물러나서 혼자 생각했다.

"내 머리부터 발뒤꿈치까지 터럭 하나도 모두 나리가 주신 것이거늘,

지금 또 큰 재물을 주시다니. 내 이 돈으로 해볼 일이 생겼구나."

민 공이 길을 나서는데 대갑은 대동강 머리에서 병이 들었다고 둘러대고 하직 인사를 올렸다. 그를 본 민 공은 고개를 끄덕일 뿐이었다. 대갑은 바로 연시(燕市)에서 거래된 물화를 무역하여 배에 가득 실었다. 곧장 바닷길로 남쪽으로 내려가 강경장(江景場)98에서 물건들을 모두 팔아 수만금을 벌었다. 드디어 석천(石泉)99의 옛집을 찾아가니 보이는 건 쑥대뿐이었다. 그는 무너진 집을 수리하고 나무를 심고 우물을 팠다. 그리고 집 앞 들판에 좋은 밭 수천 이랑을 사서 도주(陶朱)와 의돈(猗頓)의 기술100로 농사를 지어 천 석을 채운 다음 더 이상 늘리지는 않았다. 이 때문에 사람들은 그를 천석꾼으로 불렀다. 이내 그는 장탄식하였다.

"고단하고 위급한 처지에서 화의 덫을 벗어나 다시 옛집에 살게 되었고 천석꾼까지 되었구나. 누가 내린 은덕이란 말인가?"

이윽고 대갑은 서쪽으로 한양에 올라가 민 공을 찾아보았다. 하지만 그의 집은 이미 몰락한 상태였다. 대갑은 애통해하며 민 공 댁의 혼례나 상례에 드는 물품이나 귀양 간 배소(配所)에서의 비용 일체는 물론 집안의 크고 작은 쓰임까지 모두 제공해주었다. 그는 85세까지 살았으며, 죽을 때까지 이를 그만두지 않았다. 민 공의 남을 알아보는 식견과 김대

---

98 강경장(江景場): 즉 강경 포구에 들어선 장시(場市). 현재 충청남도 논산시 강경읍으로, 예전에는 강경포(江景浦)로 불렸다. 금강을 끼고 있어서 17세기 이후 전라도와 충청도의 물산이 집산하는 지역으로 장시가 번성했다. 특히 어물 집산지로 원산, 마산과 함께 조선 3대 시장으로 불렸다. 지금 김대갑이 북경 시장에서 물화를 구입하여 서해를 통해 강경포로 들어와 장사하는 여정이 그려졌는데, 현실적인 상황은 아니겠으나 서해상의 무역 루트를 상정한 셈이다.

99 석천(石泉): 현재 익산시 낭산면 석천리로, 당시 여산현에 속해 있었다.

100 도주(陶朱)와 의돈(猗頓)의 기술: 도주, 즉 도주공으로 권1 제22화 '영남 도적 이야기' 참조. 의돈은 춘추시대 노(魯)나라 출신으로, 처음에 몹시 가난했으나 도주공 범려가 부자라는 소식을 듣고 직접 찾아가 그 방법을 물어 마침내 부자가 되었다고 한다. 특별히 그는 소금 판매로 국부가 되었다고 한다. 이들의 기술이란 치부하는 방법을 말한다.

갑의 국량은 그야말로 '그만한 공(公)에게 그만한 객(客)이 있다.[有是公有 是客]'고 할 만하다.

2-16

박 동지가 통제사를 위하여 재물을 흩음

동지(同知) 박민행(朴敏行)[101]은 어려서 고아가 되어 의지할 곳이 없었다. 구리개[銅峴] 한 약국에 거두어져 그곳에서 열심히 일하였다. 그때 나이가 15세였다. 어느 날, 발 사이로 밖을 엿보니 한 젊은이가 나귀를 타고 지나가고 있었다. 민행은 그를 뒤따라 집에까지 가게 되었다. 그는 다름 아닌 이장오공(李章吾公)[102]이었다. 자신을 따르겠다고 하자, 이 공은 단번에 허락하고 그의 내력은 묻지도 않았다. 이때부터 모든 일 처리를 그에게 다 맡겼다. 나아가 그를 부잣집에 장가들게 해 주었는데, 아내는 바로이 부잣집에서 애지중지하던 외동딸이었다. 가져온 살림살이와 혼수가 더없이 많고 비싼 것이었다. 이에 민행은 졸지에 부자가 되었다. 그러나 그는 이를 대단한 것으로 생각하지 않아 티끌인 양 하찮게 보았다.

한편 민행은 장가를 든 뒤로 날마다 노름판에 들락거리며 호걸 사내들과 사귀는가 하면 바다나 산을 두루 유람하며 방탕하기 이를 데 없었다. 이에 이 공의 집안사람들이 벌떼처럼 일어나 그를 비방하였다. 그러나

---

101 박민행(朴敏行): 영정조 시기의 인물로 자세한 행적은 미상이다. 다만 『정조실록』에 "돈을 주조하여 농간을 부린 감속(監屬) 박민행 등을 정배(定配)한" 기록이 나오는바 (1779년 1월 14일조), 그 행적이 일정 부분 여기서 묘사된 모습과 겹친다.

102 이장오공(李章吾公): 1714~1781. 영정조 때 금위대장과 훈련대장을 지낸 무관으로, 자는 자명(子明), 호는 연계(蓮溪)이다. 병서에 정통했으며, 활 솜씨가 특출하여 날아가는 고니를 떨어뜨린 것으로 유명하다. 다만 1776년 훈련대장으로 있을 때 민가를 약탈한 혐의로 진도에 위리안치되는 등 논란도 적지 않았던 인물이다.

이 공은 불문에 부치고 처음처럼 그를 대하였다. 집안사람들은 아무래도 이상하다며 괴이쩍어하였다. 얼마 지나지 않아 이 공은 별천(別薦)으로 금군별장(禁軍別將)[103]에 특진하게 되었다. 이때가 영조(英祖) 을해년(1755)[104]이었다. 국문하는 과정에서 현임 통제사(統制使)의 이름이 나왔다. 임금은 그 자리에서 이 공을 통제사로 임명, 부임 당일 즉시 전임 통제사를 체포해 올리도록 하였다. 이 공은 한양을 떠나면서 집에 알렸다.

"민행을 불러 속히 행장을 꾸려 나를 따라오라고 해라."

그러자 구름처럼 모여 있던 이 공의 빈객들이 다들 혀를 찼다.

"지금 공이 위급한 이때 명을 받고 예측할 수 없는 곳에 부임하면서 저 파락호 한 사람만 함께 가신다니! 어찌 저리 물정을 모르신지?"

그래도 이 공은 이런 의견을 일절 듣지 않고 끝내 그자만 데리고 통영으로 부임하여 전 통제사를 칼에 씌어 압송하였다. 이때 통영 진중에서는 인심이 흉흉하여 사람들은 아침저녁 사이에도 목숨을 부지할 수 없을까 두려움에 떨었다. 게다가 문서는 산적해 있었고 처리할 주요 일도 복잡하기 이를 데 없었다. 하지만 민행은 안에서는 은밀한 계책을 내고, 밖에서는 제반 사무를 잘 처리하였다. 전임 통제사의 장부를 조사하여 이를 낱낱이 엮으니 4, 5만 금이나 되었다. 이를 이 공에게 들어와 보고하였다.

"이 장물을 어떻게 처리하실는지요?"

"네 마음대로 처분하여라."

---

103 금군별장(禁軍別將): 조선 후기 왕을 호위하는 친병 부대인 금군삼청(禁軍三廳)에 소속된 종2품 무관직을 말한다. 삼청은 겸사복(兼司僕)·내금위(內禁衛)·우림위(羽林衛)로, 모두 대장을 두었으나 정작 그 직을 타관이 겸직하는 형태여서 각각 별장을 두어 통솔하게 했다. 1755년 이 금군청을 용호영(龍虎營)으로 고치고 금군별장으로 전체를 통솔하게 함으로써 그 권한이 막중해졌다.

104 을해년: 이해는 영조 31년으로 나주역 벽서사건이 일어났으며, 이 사건으로 소론 일파가 궤멸되었다. 이 옥사를 '을해옥사'라 한다. 여기서는 이장오와 박민행이 노론 편에 서서 이 사건에서 공을 세운 주체로 상정한 것이다.

민행은 '예예' 하고 물러났다. 즉시 그날 밤 세병관(洗兵館)[105]에서 큰 연회 자리를 열고 소를 잡아 병사들을 배불리 먹이는 것으로 그 돈을 모두 써 버렸다. 또 각 관청과 개별 마을에 묵은 포흠(逋欠)과 오래된 적폐를 조사하여 전부 바로잡아 혁파하되 결손을 보상해 주었다. 그러면서,

"이는 사또께서 지시하여 내린 일이다."

라고 하였다. 수영의 군사와 지역의 백성들은 서로 기뻐하며 우레 같은 환성을 질렀다. 이렇게 인심이 그날로 안정되었다. 민행이 수영에 들어가 사실을 아뢰자 이 공은 턱을 끄덕일 뿐이었다. 마침내 위기를 잘 넘기고 안정을 되찾아 통제사의 위엄이 삼도(三道)에 떨치게 되었다. 임기를 마치고 돌아옴에 박민행은 유능한 막료로 세상에 소문이 났다. 이 공의 사람을 알아보는 식견과 박민행의 품은 재주는 그야말로 '둘의 미덕이 좋은 짝을 이루었다[兩美匹合]'고 할 만하다.

2-17

절부 이씨가 차분히 의를 실천함

이(李) 절부는 충무공의 후손으로 시집을 가 민병사(閔兵使)의 손부가 되었다. 겨우 초례를 지냈을 뿐인데, 신랑은 본가로 돌아간 뒤 죽고 말았다. 그때 절부의 나이는 막 머리를 올린[106] 정도였는지라 조모에게 의지

---

105 세병관(洗兵館): 조선시대 삼도수군통제사가 주재하던 관영으로, 1603년 이순신의 전공을 기리기 위해 세웠다. 여수의 또 다른 삼도수군통제영의 객사인 진남관(鎭南館)과 함께 그 규모가 압도적인 수영(水營)으로, 현재 국보 305호로 지정돼 있다.

106 머리를 올린: 여성의 경우 통상 15~16세에 머리를 올리는바, 여기서 절부의 나이가 15~16세가 되었다는 의미이다.

하여 온양(溫陽)[107]에 있었고, 남편 집은 청주(淸州)였다. 부음이 오자 그녀는 곡을 하며 마실 것조차 입에 대지도 않았다. 부모는 이를 가엾게 여겨 위로하였다. 주변에서도 그녀 곁을 엄중히 지켰다. 어느 날 절부는 부모에게 이렇게 청하였다.

"제가 남의 부인이 되어 이렇게 남편을 잃은 슬픔을 만났으니 사는 게 죽느니만 못한지라 스스로 죽으리라 맹세했어요. 하지만 다시 생각해 보니 시댁에는 시조부모님과 시부모님이 계시는데 따로 봉양해 줄 사람이 없답니다. 저는 아직 신행(新行)[108]을 못 한 상태이고 남편도 불행히 요절하여 장례와 제사를 주관할 사람도 없네요. 제가 한낱 죽게 된다면 이는 남의 아내 된 도리가 아니겠지요. 그러니 제가 장차 분곡(奔哭)과 치상(治喪)을 한 뒤에 친척 집에다 양자를 요청하여 시댁이 대가 끊어지는 아픔이 없도록 해야겠습니다. 저의 책임과 도리는 여기에 있지 않겠습니까? 속히 행장을 꾸리겠어요."

이 말을 들은 부모는 나이가 어린데도 말이 바르고 이치가 맞는지라 그녀의 뜻을 따르려 했다. 그러면서도 스스로 목을 매지 않을까 염려한 나머지 미적거리며 한참 동안 결단을 못 내리고 있었다. 그녀는,

"의심하지 마셔요. 저는 이미 마음이 한가지로 정해졌으니까요."
라며 울기도 하고 하소연하기도 했다. 부모는 그의 정성스러운 마음을 가상히 여겨 마침내 행장을 꾸려주어 청주에 가게 해주었다.

어리고 연약한 이 며느리가 시댁에 들어가서는 시부모님을 효로써 섬기고 제사를 정성으로 받들었다. 생업을 꾸리고 종들을 부리는 데 조리

---

107 온양(溫陽): 잘 알려져 있듯이 온양은 이순신의 모친인 초계 변씨(草溪卞氏)의 고향으로, 이순신에게는 외가가 있는 곳이다. 그래서 이 절부의 거처가 이곳으로 비정된 것이다.

108 신행(新行): 원문은 '新禮'인데, 여기서는 혼행의 의미이다. 전통 혼례에서 초례는 신랑이 신부 집에 와서 치루는 의식이며 혼행은 이후 신부가 시댁으로 가는 의식을 포함하는 용어이다. 여기서 신행은 신부가 신랑의 집으로 가서 올리는 의식을 가리킨다.

가 있고도 남았다. 이웃과 친척들은 저마다 현부(賢婦)라고 칭찬하였다. 이렇게 3년이 지났다. 그녀는 친척 집에 후사를 부탁하느라 직접 가서 거적을 깔고 애걸한 끝에 비로소 양자를 얻어 데려올 수 있었다. 이 양자에게 스승을 모셔놓고 부지런히 가르쳤으며, 며느리를 얻어 집안에 들이기까지 하였다. 그로부터 10여 년 뒤에 시조부모님과 시부모님들은 모두 천수를 누리고 돌아가셨다. 그녀는 예로써 장례를 지내는데 그 슬픔과 몸을 상한 정도가 일반 상례를 넘는 것이었다. 또 집의 후원에 있던 3대의 선산을 정비하고 석물까지 갖추었다. 그리고 어느 날 그녀는 새 옷을 만들어 입고 아들 내외와 함께 선산에 올라가 성묘하고, 집으로 다시 돌아와 사당에 절을 올렸다. 집 안을 깨끗이 치우고 돌아와 방 안에 앉아서는 아들 내외를 불러 집안일을 전수해 주었다.

"너희들 내외는 이미 장성한 나이가 되었으니 제사를 받들고 손님을 맞을 수 있을 것이다. 나는 이렇게 늙었으니 너희들은 사양치 말고 비용을 아끼고 검소하게 집안일을 처리하는 데 힘써야 하느니라."

밤이 깊어 아들과 며느리가 물러갔다. 부인은 분곡할 때 가지고 온 독약이 든 작은 병을 꺼내서 몇 종발을 마시고는 이윽고 기절하였다. 이 소식이 아들과 며느리에게 급히 보고되었고 정신없이 들어와 보니, 곁에는 독약이 든 작은 병이 있었다. 그 약물이 흘러나와 흥건한 상황이었다. 절부는 이부자리를 펴 놓고 옷을 단정히 입고서 누워있었다. 이미 손 쓸 수 없는 상태였던 것이다.

아들 내외가 가슴을 치며 발을 동동 구르는 즈음, 이부자리 앞에 큰 종이 축이 보였다. 이것을 펼쳐보니 유언이었다. 제일 먼저 일찍 남편을 잃은 흥측한 아픔을 토로하였고, 그다음에는 가법과 옛 자취를 썼으며, 그다음으로는 집안을 다스리는 법규를 기술하였고, 마지막으로 노비와 전답의 문권 소재를 밝혔다. 저마다 자세하고 하나도 빠짐이 없었다. 끝에는 이런 말까지 남겨놓았다.

'내가 부음이 도착한 날 죽지 않았던 것은 민씨 집안의 후사가 끊어지는 걸 차마 볼 수 없었고, 의지할 데 없는 시부모님을 걱정해서였단다. 이제 내 책임을 다했고 뒤를 부탁할 사람도 얻었으니 어찌 한시라도 구차하게 실낱같은 목숨을 이어가겠느냐? 이제 돌아가 지하에서나 지아비를 만나야겠구나.'

아들은 상을 치러 선군의 묘에 합장하였다. 또 남긴 가르침을 받들어 집안 법도를 잘 받드니 원근의 사람들이 문건을 작성하여 올려 정려를 부인에게 내리게 하였다.

아! 열녀가 절개를 지켜 죽는 것은 예로부터 어찌 한정이 있겠는가마는 그 부도를 다하고 시부모에게 효도하며 끊어진 후사를 이어 집안을 보존하였으니, 이처럼 열렬한 예는 있지 않았다. 게다가 집안일을 잘 처리하고 조용히 죽음에 나아갔으니 진정한 절부로다!

2-18

남해 박공이 비분강개하여 공을 세움

남해(南海) 박경태(朴慶泰)[109]는 갑산(甲山)[110] 사람이다. 총각 때부터 말타기와 활쏘기를 잘했으며 쓰는 힘이 남보다 월등하였다. 협기를 좋아하

---

109 박경태(朴慶泰): 1679~1760?. 자는 운경(雲卿), 남해는 그의 호, 본관은 함양이다. 1715년 37세로 무과에 합격하였으며, 여기 이야기대로 무신역변, 즉 이인좌(李麟佐)의 난 때 큰 공을 세운 것으로 알려져 있다. 그런데 무과에 급제한 후 바로 아오지만호(阿吾地萬戸)에 제수된 것으로 설정되어 있는바, 이 사이에 약간의 착오가 있는 것으로 보인다.

110 갑산(甲山): 원문은 '夷城'인데, 이는 갑산을 달리 부르는 용어인 '이산(夷山)'에서 유래하였다. 이민족과의 접경 지역인 북방 변경에 있었던 갑산의 지리적 위치 때문에 붙여진 명칭이다. 참고로 조선시대에 '이산', '이성' 등은 주로 일본 혹은 일본과 관련한 접경 지역을 뜻하는 용어로도 사용되었다.

여 작은 범절에 얽매이지도 않았다. 그래서 남의 어려운 처지를 보면 꼭 도와주었으며, 불의를 보면 기필코 응징하며 욕을 주고야 말았다. 그런 그를 마을에서는 주가(朱家)와 곽해(郭解)[111]라며 추켜세웠다. 다 크자 풍채가 당당하고 기걸하였다. 게다가 술 마시기를 좋아하고 따지며 이야기하는 것을 좋아하였다. 글을 읽을 줄 알아 큰 의리에 통한지라 자신의 충정을 자부하여 고을의 포수들을 모아놓고 이렇게 일렀다.

"그대들은 하늘이라는 것을 아는가?"

"압니다."

"그럼 하늘이 내려줬다는 것도 아느냐?"

"하늘이 아니면 어찌 살 수 있단 말입니까?"

"임금이란 분은 하늘을 대신한 하늘이시니 임금이 없으면 어찌 살 수 있겠는가? 사람이 금수와 다른 까닭은 충과 효를 안다는 것에 있으니 사람이 이를 알지 못한다면 어떻게 사람이라 할 수 있겠는가? 지금 우리 북관(北關)은 밖으로 전란의 고통을 잊고 있으며 안으로는 세금 내는 고충이 없어서 부모 자식과 형제들이 이렇게 밥을 먹고 물을 마실 수 있는 것도 다 임금이 내려주신 은택이니라. 그런데 지금 저 오랑캐는 강물 하나를 사이에 두고 있다. 만약 하루아침에 뜻하지 않은 변란을 일으킨다면 그대들은 나라를 위해 충성을 바쳐 죽을 수 있겠는가?"

여러 포수가 이 대의에 북받쳐 올라 몸을 들썩들썩하며,

"명만 내리시면 따르겠나이다!"

라고 하였다. 이에 몰래 백 사람이 뜻하지 않은 변란이 닥치면 응당 한 가지로 도모할 것을 서약하였다. 이는 대개 그의 천성이 그랬던 것이다.

---

111 주가(朱家)와 곽해(郭解): 모두 한(漢)나라 때의 협사로 『사기(史記)』·「유협열전(游俠 列傳)」에 나오는 인물이다. 주가는 전한 때 노(魯) 땅 출신으로 초(楚) 땅의 유협인 계포(季布)와 절친하였으며, 한때 그를 구해주기도 하였다. 곽해도 비슷한 시기에 망 명객 및 당대 호걸들과 교유한 것으로 유명하다.

무과에 급제한 후 아오지만호(阿吾地萬戶)[112]에 제수되어 임지로 가게 되자 사람들은 다들 금의환향이라고 하였다. 그런데 그때 마침 무신역변(戊申逆變)[113]이 일어나 청주(淸州) 적도에 관한 보고가 거리에 쫙 퍼졌다. 영남(嶺南)과 관서(關西) 지역[114]에서도 적병이 출몰하여 위아래 가릴 것 없이 사람들이 달아나고 숨는 등, 이 난리에 놀라 허둥대며 갈 곳을 알지 못하는 상황이었다. 박 공은 임지로 가던 도중 양주(楊州)에 이르러 이 소식을 듣고는 곧장 달려 서울로 돌아와서 토벌대에 참가하려 했으나 다 받아주지 않았다. 그때 마침 순무사(巡撫使)인 오명항(吳命恒)[115]이 출병하게 되었다. 그는 즉시 크게 고함을 지르며 오명항의 말 앞으로 뛰어들어갔다. 거기서 변방의 장수 직을 해임해 주기를 청하면서 선봉에 서서 한 부대를 맡게 해 달라고 애원하였다. 그가 눈물을 흘리며 말하다가 펄쩍펄쩍 뛰며 발분한 모습까지 보이자, 빙 둘러보던 장수와 사졸들이 저마다 어깨를 곧추세웠다. 순무사가 그를 장하다고 하며 허락하여 초병(哨兵) 한 부대를 내어주어 선봉군에 배치시켰다.

그 부대가 안성(安城)에 이르렀을 때 적과 대치하게 되었다. 박 공은

---

112 아오지만호(阿吾地萬戶): 아오지는 함경북도 경흥군에 속한 지역이다. 이곳은 성참(城站) 및 보(堡)가 있었던 변방의 주요 거점으로 우리에게는 아오지탄광으로 잘 알려져 있다. 만호는 이 보를 관장하는 무관이다.

113 무신역변(戊申逆變): 일명 이인좌(李麟佐)의 난이다. 1728년에 일어난 변란으로 당시 정권에서 밀려난 소론의 일부 인사가 왕권 교체라는 풍문을 듣고 일으킨 사건이었다. 이때 청주를 거점으로 이인좌가 도원수가 되어 한양으로 진격하게 되었는데, 조정에서는 오명항(吳命恒)을 사도도순무사(四道都巡撫使)로 임명하여 이를 진압하였다.

114 영남(嶺南)과 관서(關西) 지역: 무신역변 당시 충청도에서는 이인좌가 영남에서는 정희량(鄭希亮)이, 호남에서는 박필현(朴弼顯) 등이 함께 거사를 도모하였다. 그런데 여기서 관서가 들어간 것은 당시 평안병사였던 이사성(李思晟)이 이에 호응했기 때문이다. 하지만 평안도에서 실제 난을 함께 일으키지는 않은 것으로 알려져 있다.

115 오명항(吳命恒): 1673~1728. 자는 사상(士常), 호는 모암(慕菴)·영모당(永慕堂), 본관은 해주이다. 1705년에 과거에 급제하여 경상도관찰사, 우의정 등을 역임하였다. 1728년 무신역변 때 사도도순무사로 난을 평정하여 해은부원군(海恩府院君)에 봉해졌다.

말을 채찍질해 가서는 적군이 아직 정비되지 않은 것을 보고 에워싸며
기습하였다. 중군도 이어서 들이닥쳐 적은 크게 궤멸하여 죽산(竹山)으로
달아나기에 이르렀다. 마침내 승세를 타서 추격하며 격퇴하니 박 공이
전후로 벤 자만 해도 수백 명이었다. 피가 갑옷에 뿌려지고 말은 더 이상
전진할 수 없었으나 그의 기세는 더욱더 높아갈 뿐이었다. 이인좌(李麟
佐)[116]는 형세가 완전히 꺾여 사로잡히고 말았다. 그를 도성으로 압송해
가려는데 이를 담당할 적임자를 찾기가 어려웠다. 군중에서는 모두,

"박 공이 아니면 할 만한 사람이 없다!"

라고 하면서 '만 사내라도 당해낼 수 없는 용사[萬夫不當之勇]'라는 칭호를
붙였다.

포로를 압송하여 도성에 다다르자 임금이 인정문(仁政門)에서 친견하
고는 전교하였다.

"너는 북쪽의 천한 무변으로서 임금을 향한 정성을 아는 자로구나.
그 충성과 용기가 가상하도다."

이에 내관에게 명하여 술과 찬을 내리게 하였으니 특별한 예우였다.
난이 평정되자 원종일등공신(原從一等功臣)에 참록(參錄)되었고, 갈파(乫
坡)·동관(潼關)·장기(長鬐)[117]의 수령을 역임하였다.

---

116 이인좌(李麟佐): 1695~1728. 본명은 현좌(玄佐)로, 청주 송면(松面) 출신이다. 원래
　　남인 계열이었으나 소론 쪽과도 교류하였다. 영조가 즉위한 이후 소론이 실각하자
　　그는 이른바 '이인좌의 난'을 일으켰다. 이 사건은 정희량(鄭希亮) 등 다른 지역 인사
　　들과 공모하여 무력으로 정권쟁탈을 시도한 것으로, 1728년 3월 15일에 이 이야기와
　　같이 무기를 싣고 청주성에 진입하여 1차 근거지를 삼았다. 이후 각처에 격문을 돌려
　　호응하는 세력을 모아 한양을 향해 북진하였다. 죽산(竹山)에 이르러 이 난을 진압하
　　기 위해 파견된 도순무사 오명항(吳命恒)의 관군에게 패하여 처형당했다. 이때 오명
　　항은 소론으로서 소론계가 일으킨 난리를 제압한 처지였다. 이 사건은 조선 정치사에
　　서 이른바 '이이제이(以夷制夷)'의 사례로 꼽는다. 이 책에 그와 관련된 소재가 여기
　　말고도 뒤에 계속 등장하는데, 권7 제19화 '충장공 남연년 이야기' 등이 대표적이다.
117 갈파(乫坡)·동관(潼關)·장기(長鬐): 실제 박경태는 갈파지첨사(乫坡知僉使), 동관진
　　첨사(潼關鎮僉使), 장기현감 등을 제수받았다. 그러나 실제 부임했는지는 불분명하다.

박 공이 관직에 있을 때 맑은 성품과 근신한 태도로 백성을 사랑하여 유학을 예로 삼고 무도를 닦게 하였다. 또 충직한 이를 표창하고 효도한 이를 정려하니 경내가 숙연해졌다. 임기를 마치고 고향 집으로 돌아가서는 그 당호를 '불고당(不顧堂)'이라고 편액하였다. 이는 자신의 지닌 뜻을 표현한 것이었다. 마침내 세상에서의 종적을 끊고 아득히 강호에 노닐 생각을 품어 이것으로 생을 마치려 하였다. 뒤에 암행어사가 그를 포상하는 계(啓)를 올려 가선대부(嘉善大夫)의 품계를 내렸으며 3대가 그 영광을 누리게 하였다. 81세로 생을 마쳤으며 자손 중에 그의 업을 이은 자가 많고 성대하여 북관의 대족(大族)이 되었다고 한다.

2-19

충직한 종이 탄금대에서 주인의 시신을 거둠

김여물(金汝岉)[118]은 승평군(昇平君) 김류(金瑬)[119]의 부친이다. 그의 집에 있는 한 사내종은 먹는 양이 굉장하였다. 나머지 종들이 한 번에 7홉의 쌀을 받는 데 반해 이 종은 특별히 한 되를 받았다. 그러다 보니 종들의

참고로 갈파(乫坡)는 갈파지(乫坡知)로 함경북도 삼수군에 속한 진보(鎮堡)이며, 동관(潼關)은 그 접경에 있는 종성군에 속한 진보이다.

118 김여물(金汝岉): 1548~1592. 자는 사수(士秀), 호는 외암(畏菴), 본관은 순천이다. 1577년 과거에 급제하여 담양부사, 의주목사 등을 역임하였다. 여기 내용처럼 임진왜란이 일어나자 신립의 종사관으로 탄금대 전투에서 장렬한 최후를 맞았다.

119 승평군(昇平君) 김류(金瑬): 1571~1648. 자는 관옥(冠玉), 호는 북저(北渚), 승평군은 그의 봉호이다. 1596년 과거에 급제하여 도체찰사, 이조판서, 영의정 등을 두루 역임하였다. 특히 1623년 광해군의 북인 정권을 몰아내고 인조를 옹립시킨 이른바 인조반정의 주역으로, 인조반정 이후 임금의 신임 속에 정국을 주도하였다. 병자호란 때는 영의정으로서 남한산성에 임금을 호종하기도 하였다. 이때 그의 아들 김경징(金慶徵)은 강화도 검찰사로 강화수비에 책임을 맡았으나 강화가 함락되면서 많은 비판을 받기도 하였다. 저서로 『북저집(北渚集)』이 있다.

원성이 자자하였다. 김 공이 의주(義州)의 임소에서 체포되어[120] 의금부
에 투옥되었다. 그러다가 임진왜란이 발발하자 특명으로 백의 종사하여
그 공으로 속죄케 되었다. 순변사 신립(申砬)[121]의 종사관(從事官)이 되어
행장을 꾸려서 출발할 즈음 종들을 불러 뜰아래 세워놓고는 물었다.

"누가 나를 따라 전장으로 가겠느냐?"

한 되의 쌀을 받는 종이 자청해서 따르겠다고 하였다.

"소인이 평소에 내려주신 쌀을 한 되씩이나 먹으면서 난리를 만난 이
때 어찌 남의 뒤에만 있을 수 있겠사옵니까?"

나머지 종들은 다들 도련님의 피난길을 따라가고자 하였으니 그때 승
평군이 소성(小成)[122]이기 때문이었다. 이리하여 마침내 말을 몰아 내달
려가기를 마치 낙토(樂土)로 가는 듯했다. 탄금대(彈琴臺) 아래 배수진에
당도해 보니 왜병들이 개미가 둔덕을 친 듯 조수가 밀려오는 듯하였고,
저들은 다 짧은 막대기를 들고 있었다. 거기서 푸른 연기가 터지자마자
그 자리에서 죽지 않는 이가 없었다. 관군들은 비로소 저것이 조총(鳥銃)
이라는 것을 알게 되었다.

순변사는 옛날 북관(즉 함경도)에서 이탕개(尼蕩介)를 토벌할 때[123]에 무

---

120 의주 임소에서 체포되어: 실제 김여물은 1591년에는 의주목사로 있었으나, 서인 정철
(鄭澈)의 당으로 몰려 파직, 의금부에 투옥되었다.

121 신립(申砬): 1546~1592. 자는 입지(立之), 본관은 평산이다. 1567년 무과에 급제하여
선전관, 도총관, 진주판관 등을 역임하였다. 임진왜란이 일어나자 삼도순변사가 되어
탄금대에서 배수진을 쳤으나 왜군에게 패하여 전군이 몰사하고 자신은 투신하여 순
절하였다. 이 탄금대 전투와 패배는 대개 신립의 군사적 오판의 책임으로 많이 회자
되어 윤계선(尹繼善, 1577~1604)의 「달천몽유록(達川夢遊錄)」 등의 작품에서 소재화
되었다.

122 소성(小成): 자의적인 의미로는 젊어서 학문적 기반을 닦았거나, 또는 소과 등의 과거
에 급제한 경우를 의미한다. 여기서는 장래가 촉망되는 자라는 의미 정도로 판단된다.

123 이탕개(尼蕩介)를 토벌할 때: 이탕개는 선조 초에 귀화한 여진인으로, 육진(六鎭)에서
조선인으로 행세했던 인물이다. 그가 1583년 이 지역 주변에 오랑캐들이 난을 일으키
자 이에 호응하였다. 이때 신립은 온성부사로 있다가 그들의 난을 진압하여 그 일당
을 소탕하였다.

장한 기병으로 저들을 치고 짓밟아 썩은 나무를 꺾고 부러뜨리듯이 했었다. 하지만 지금 느닷없는 조총의 출현에 영웅도 무략을 쓸 여지가 없는지라 마침내 손쓸 겨를도 없이 패하고 말았다. 당시 김 공은 군복을 입고 왼팔에는 결습(決拾)[124]과 각궁(角弓, 뿔활)을 걸치고 검을 차고 활 통을 지고 있었다. 그리고 오른손으로 장계(狀啓)를 쓰는데, 초안도 없이 그 자리에서 써 내려갔다. 붓 가는 소리가 쓱쓱 지나가는 바람 소리 같았다. 그런데도 조어와 문리가 다 아름다웠던 것이다. 그 자리에서 봉하여 올리고 다시 아들 승평군에게 서신을 부쳤는데 그 내용은 이러하다.

3도의 병사들을 징발했으나 한 사람도 오질 않았으니 우리는 오직 죽음만이 있을 뿐이구나. 남아가 나라를 위해 죽음은 진실로 마땅한 일이지만 다만 나라의 은혜를 아직 갚지 못한 마당에 이 씩씩한 마음이 재로 돼 버릴 거라 하늘을 우러러 한숨을 내쉴 뿐이구나. 집안일은 오직 너에게 달렸으니 내 더 말하지 않으마.

편지를 다 쓰고서는 말을 내달리고 칼을 휘두르다가 마침내 어지러운 진중에서 죽었다. 따라간 종은 김 공이 간 곳을 몰라 달천(㺚川)[125] 가로 퇴각하였다가 탄금대 밑을 돌아보니 많은 탄환이 비 오듯 하였다.
"내가 죽는 것을 아까워하여 공의 은혜를 저버린다면 이는 장부가 아니지!"

---

124 결습(決拾): 활을 쏠 때 양손에 끼는 도구이다. 결(決)은 시위를 잡아당기는 오른손 엄지손가락에 끼는 깍지이고, 습(拾)은 시위가 스치는 왼팔을 보호하기 위하여 착용하는 팔찌이다.
125 달천(㺚川): '달천(達川)'으로도 쓴다. 충북 보은과 괴산을 거쳐 충주시를 지나 남한강으로 합류하는 강이다. 탄금대는 바로 이 달천과 남한강이 합류하는 지점에 있으며, 여기 이야기처럼 임진왜란 때 '탄금대 전투'로 유명하다. 이 달천은 여기 말고도 이후 이야기에 배경으로 자주 등장한다.

라고 탄식하고는 짧은 창을 들고서 진 안으로 헤치고 들어갔다. 왜병의 추격을 받아 세 번에 걸쳐 퇴각과 전진을 반복했는데 그 와중에 몸은 수십 군데의 창상을 입게 되었다. 그럼에도 마침내 탄금대 아래에서 공의 시신을 수습하여 짊어지고 나왔다. 주변의 후미진 산에 수습해 두었다가 끝내는 선영에 반장(返葬)[126]하였다.

아! 주인과 종간의 의리가 어찌 한정이 있겠냐만 이 종과 같이 충직하고 용맹한 경우가 또 있으랴? 사내는 자기를 알아주는 사람을 위해서 죽고, 여자는 자기를 사랑해주는 사람을 위해 꾸미는 법이다.[127] 이 종은 죽음 보기를 평소처럼 했으니 어찌 이것이 한 되의 쌀을 위해서였겠는가? 의기에 격발이 되었기 때문이다. 무릇 종을 다스리는 도는 의로써 맺고 은혜로 감동을 주는 법이니, 평소에 사력을 다한 뒤라야 급할 때도 믿을 수 있는 것이다. 김 공은 그 도를 얻은 이였다. 조정에서 선비를 양성한 지 100년이 되었으나 나라가 뒤집힌 때[128]를 당해서는 충심을 떨쳐 적을 물리치려는 마음을 가진 자가 아무도 없었으니 김 공의 종에게 부끄럽지 않겠는가?

---

126 반장(返葬): 외지에 나갔다가 비명횡사한 이를 모셔 와 장례를 치르는 것을 말한다. 물력이 없거나 인적 동원이 어려운 경우 자식이나 배우자가 직접 가서 시신을 운구해야 했으므로 그 고초가 이만저만 한 것이 아니었다. 이 때문에 이 소재가 주로 여성들의 현실적인 고통의 소재로 조선 후기 문학에 등장하곤 했다.

127 사내는 자기를 …… 꾸미는 법이다: 원문은 "士爲知己者死, 女爲悅己者容"인데, 이는 『사기』·「자객열전」의 예양(豫讓) 조에 나온다. 예양이 원수인 조양자(趙襄子)를 죽이러 가면서 한 말이다.

128 나라가 뒤집힐 때: 원문은 '板蕩之時'인데, 판탕은 『시경(詩經)』·「대아(大雅)」의 「판(板)」과 「탕(蕩)」 두 편을 함께 지칭한 것이다. 모두 어지러운 정사를 읊은 데서 연유하여 정치를 잘못해 어지러워진 나라의 형편을 이르는 말이다.

연광정에서 금남이 변고를 처리함

금남(錦南) 정충신(鄭忠信)[129]이 처음 선사포(宣沙浦)[130] 첨사(僉使)로 임명이 되자 정승들을 찾아뵈며 인사를 다녔다. 그중 한 노정승이 그를 정중하게 반기며 말했다.

"내 자네가 큰 그릇인 줄 아네. 출셋길이 한량이 없을진대 자네는 아직 부인이 없지 않은가. 내 측실 소생의 딸을 자네의 소실로 삼아 뒷바라지하게 하는 것이 어떻겠나?"

금남은 그 마음에 감동하여 이를 받아들였다. 이에 노정승이 일렀다.

"그러면 남의 이목을 요란하게 할 필요 없이 자네가 떠나는 날 홍제교(弘濟橋)[131] 어귀에서 기다림세."

금남은 부임할 채비가 갖추어져 홍제교 어귀에 이르게 되었다. 그곳에 떠날 채비가 분명해 보이는 한 가마가 가뿐히 이르더니 선사포 첨사의 행차인지를 물었다. 금남이 거기에 탄 부인을 맞이하고 보니 몸집이 아주 큰 데다 하는 말도 재미가 없었다. 금남은 자신이 속은 것에 탄식할 뿐이었다. 하지만 이를 다시 물리기도 어려운지라 억지로 마지못해 함께 포진(浦鎭)으로 가게 되었다. 그곳에 가서는 음식을 책임지게 했을 뿐 전

---

129 정충신(鄭忠信): 1576~1636. 자는 가행(可行), 호는 만운(晚雲), 본관은 하동이다. 원래 그는 권율(權慄) 장군의 통인 출신으로 백사(白沙) 이항복(李恒福)에게 발탁되어 임진왜란 때 큰 활약을 하였다. 실제 행적에는 1621년에 만포첨사(滿浦僉使)로 제수되었던바, 이 이야기의 소재가 이 시점을 배경으로 하고 있다. 뒤에 경상도병마절도사, 형조판서 등을 역임하였으며 이괄(李适)의 난 때 공을 세워 금남군(錦南君)에 봉해졌다. 저서로『만운집(晚雲集)』과 따로『백사북천일록(白沙北遷日錄)』등을 남겼다.
130 선사포(宣沙浦): 평안북도 철산군에 있던 포진이다. 의주 남쪽의 해안가에 위치한 수군의 요충지였으며, 중국으로 가는 조공선의 출발지이기도 하였다.
131 홍제교(弘濟橋): 서대문구 홍제동의 홍제천 위에 놓여 있던 다리이다. 이 지역에 사신의 역사였던 홍제원(弘濟院)이 있었던 것에서 유래된 지명이며, 서울에서 의주로 가는 데 중요한 길목이었다. 1865년 경복궁 중건 때 이 다리를 해체하여 그 원형이 사라졌다고 한다.

혀 그녀를 살펴주려는 생각이 없었다.

어느 날 저녁 평양 감영에서 비밀문서가 도착하여 뜯어보았더니,

'군사 문제로 상의할 일이 있으니 쏜살같이 달려오라……'

라는 내용이 들어있었다. 금남은 급히 밥을 먹고 나서 안으로 들어가 소실과 작별하였다.

"영감(令監)¹³²께서는 지금 무슨 일로 가시는 줄 압니까?"

"모르네."

"이런 어지러운 세상을 만난 대장부가 나아가고 물러나는 사이에 있어서 일의 기미를 미리 헤아리지 못한다면 어찌 일을 해결하리라 기필할 수 있겠어요?"

금남은 그 말이 기특하여 더 따져 물었다.

"필시 어떤 일이 있을 터이니 이 변고에 대응하는 절차는 이러이러해야 할 거예요."

그러면서 붉은 비단으로 만든 철릭을 꺼내서 입혀 주었다. 품과 맵시가 딱 맞아 금남은 몹시 놀라지 않을 수 없었다. 말을 달려 감영에 도착하니 평안병사가 주변 사람들을 물리치고서 말하였다.

"지금 명나라 사신이 돌아가는 길에 우리 성에 머무르면서 백은 만 냥을 요구하고 있네. 만약 이 요구를 들어주지 않으면 감사의 머리를 베겠다고 하는군. 일이 수습할 수 없는 지경인데다 백은도 다 마련하기 어려운 실정이네. 백번 생각해 보아도 자네가 아니면 이 변고에 대응할 사람이 없기에 이렇게 오라고 한 것이네."

이에 금남이 나와서 연광정(練光亭)¹³³에 앉아 감영의 군교 중 영리한

---

132 영감(令監): 영공(令公)이라고도 하며 주로 정3품과 종2품의 관원을 높여 부르는 말이다. 첨사(僉使)가 종3품인데 아마도 함께 불렸던 것으로 보인다.

133 연광정(練光亭): 평양 대동강 가에 위치한 정자로 부벽루(浮碧樓)와 함께 쌍벽을 이루는 평양의 명승이다. 조선 중종 때 허굉(許硡)이 석축을 쌓아 건립한 것이라 한다.

자를 불러 귀에 대고 한참을 속삭였다. 곧바로 감영의 기녀 중에 똑똑하고 예쁜 아이 4~5명을 선발하여 저들의 수청을 들도록 하였다. 노래를 부르기도 하고 거문고를 뜯기도 하면서 술자리가 낭자해지니 다시 군교를 불러서 귀에 대고 일렀다.

"지금 저들에게 백은을 내주지 않으면 감사가 죽임을 당하고 온 성안이 도륙될 것이며 너희들도 죽음이 있을 뿐이다. 너는 성안으로 들어가 집집마다 화약을 꽂아 두게 하거라. 그리고 연광정 위에서 포를 세 발 쏘면 그 화약에 불을 붙이도록 하여라."

군교가 명령을 받들고 물러났다가 들어와 알렸다.

"집집마다 다 꽂았사옵니다."

얼마 뒤 포 쏘는 소리가 한 번 났다. 저들 곁에 있던 기녀들이 이 소리를 듣고 두려움에 벌벌 떨며 소피를 본다는 거짓 핑계를 대고서 차차 밖으로 나와 집마다 전갈하였다. 그런 뒤에 온 성에 이 사실이 알려져 '어머니', '아버지'를 불러대는가 하면, 처와 자식을 끌고서 물밀듯이 앞다퉈 성 밖으로 뛰쳐나왔다. 지르는 소리가 땅을 울렸다. 명나라 사신이 처음 포 소리만 듣고도 매우 의아했는데 지금 저렇게 지르는 소리를 듣게 되자 깜짝 놀랐다. 바로 일어나 어찌 된 일인지를 캐묻자, 군교 한 명이 이렇게 대답하였다.

"선사포첨사가 이런 일을 벌이고 있나이다. 만약 다시 포를 쏘게 되면 온 성은 이제 다 잿더미가 되고 말 것이옵니다."

이 말을 들은 명나라 사신은 얼이 빠져 정신없이 신발도 채 신지 못하고 연광정으로 달려갔다. 금남의 손을 붙잡으며 목숨을 살려달라고 비는 것이었다. 금남이 이치를 들어 따졌다.

이 누대엔 '제일강산(第一江山)', '제일누대(第一樓臺)'라는 칭호가 붙여질 만큼 유명했으며, 관서 팔경의 하나였다. 과거 중국의 사신 접대나 평양 감사의 연회는 으레 여기서 열어, 관련 화답시나 문학 작품이 많다.

"상국(上國)은 부모의 나라와 다를 바 없고 사신은 천자의 조서를 가지고 와 여기에 펴는 것이오. 사신이 지나는 길의 배신(陪臣)들이 삼가 정성으로 접대하는데도 이렇게 전례 없는 백은을 내라고 요구하는 것은 참으로 해서는 안 될 처사요. 성안 사람들이 죽으면 죽을 뿐 차라리 잿더미 속에서 함께 죽는 게 낫지 않겠소?"

그러자 명나라 사신이 애걸하였다.

"나의 목숨은 첨사 나리의 손에 달려 있소. 저 섬돌 아래 세워둔 말에 당장 올라 곧장 떠나겠소. 밤도 없이 빨리 달려가면 3일 안에 압록강을 건널 수 있을 거요. 제발 나머지 포 한 발은 멈춰 주시오."

"사신께서 무례하니 내 이를 믿지 못하겠소."

그러면서 연신 포수를 불러댔다. 그러자 사신이 금남의 허리를 안고서 애걸복걸 울부짖으며 따라다녔다. 금남은 어쩔 수 없어 하며 마침내 허락해주고 저들더러 급히 말 채비를 하여 속히 떠나도록 하였다. 사신 일행은 한정 없이 고맙다는 말을 하고 일제히 말에 올라 바람처럼 번개처럼 내달려 도망갔다. 과연 3일 안에 압록강을 건넜던 것이다. 평안병사는 크게 기뻐 잔치를 열어 사례하였다. 이로부터 금남의 이름이 세상에 떨치게 되었다. 병사에게 하직하고 본진으로 돌아온 금남은 무슨 일이 있든 그때마다 소실에게 자문하며 그녀를 신령한 스승으로 모셨다.

2-21

현명한 며느리가 남다른 예견으로 난리를 피함

영남 아무 고을에 사는 한 선비는 나이가 사십 남짓이었다. 외아들만 두었는데 그 아들이 죽고 말았다. 그래서 완전히 정신이 나가서 멍한 듯 미친 듯하여 그야말로 실성한 사람이 되어있었다. 어느 날 그가 툇마루에 앉아 있다가 지나가던 어떤 길손이 들어와 함께 이야기를 나누게 되었다. 주인의 기운과 안색이 형편없었으며 하는 행동이 정상적이지 못한 것을 본 길손이 그 이유를 물었더니 하는 말이 이러했다.

"내가 전 달에 외아들을 잃었소. 그 슬픔이야 짝이 없으니 무어 정신을 두고 있겠소?"

이 말에 길손이 물었다.

"당신의 선산은 어디에 있소?"

"집 뒤편에 있지요."

"내가 묏자리를 조금 볼 줄 아니 한번 가봅시다."

이리하여 주인과 함께 선산에 가서 살펴보고 난 길손은,

"아들을 잃은 것은 이 산의 해인가 보오!"

라고 하였다.

"그렇다면 길지를 어디에서 얻는단 말이요? 비록 새로 얻는다 해도 이는 소 잃고 외양간 고치는 식이니 죽은 아들에게 무슨 도움이 되겠소?"

"동구에 들어올 때 봐둔 곳이 하나 있는데 부합할 만하니 어서 속히 이장하면 아들을 낳을 수 있을 거요."

"우리 부부는 이제 쉰 줄에 가까운데다 단산(斷産)한지도 이미 오래되었소. 지금 묘를 옮긴다 한들 어찌 후사를 이을 가망이 있겠소?"

그래도 길손은 두세 번이나 애써 권하였고, 주인도 그의 말에 마음이 움직여 마침내 이장하게 되었다.

몇 개월이 지나 이 선비는 부인마저 잃게 되었다. 아들을 잃고 이장을 한 뒤에 다시 또 부인을 잃게 되니 그 슬픔과 고통은 전보다 몇 곱절이나 되었다. 홀아비로 자식마저 없는 데다 집안은 가사를 처리할 사람도 없어 부인의 장례를 치르고 난 뒤 곧바로 재취를 해야 했다. 얼마 뒤 그 길손이 다시 찾아와 물었다.

"그사이 부인을 잃으셨으니 재취는 하셨소?"

"그렇소. 저번에 당신 말을 듣고 경솔하게 이장하는 큰일을 치르고 다시 이렇게 아내마저 잃었으니 낭패 가운데 이런 낭패가 어디 있겠소? 그런데 무슨 낯으로 찾아왔단 말이요?"

길손이 웃으며 말했다.

"지난번 이장을 한 것은 순전히 아들을 낳기 위한 것이었소. 그에 앞서 아내를 잃은 슬픔이 없지 않고서야 어찌 훗날 자식을 얻는 기쁨[134]이 있을 수 있겠소?"

다시 며칠을 더 머물렀다가 주인에게 말하였다.

"아무 날 밤 후처와 잠자리하면 필시 사내아이를 낳을 거요."

떠나려고 하면서 기약하였다.

"아무 날에 사내아이를 낳을 터인데 그때 내 다시 와서 보리다."

주인이 그의 말대로 하였더니 과연 사내아이를 얻을 수 있었다. 길손이 그때를 맞춰 다시 찾아왔다.

"주인께선 아들을 낳았소?"

"그렇소."

자리에 앉자 제일 먼저 새로 낳은 아이의 사주를 보았다.

"이 아이는 분명 무병장수할 거요. 아이의 혼처를 내가 알아서 주선하겠소."

주인은 그가 위로 삼아 하는 말이라고 간주하여 믿지는 않았다.

이 아이가 점점 자라 14, 5세가 되었다. 길손은 그해가 되도록 오지를 않다가 갑자기 다시 찾아왔다.

"자제는 잘 자라고 있소?"

주인이 당장 아들을 불러 뵙게 했다.

---

134 자식을 얻는 기쁨: 원문은 '弄璋之慶'으로, 『시경』·소아(小雅)의 「사간(斯干)」편에서 유래하였다. 사내아이를 낳으면 손에 구슬을 쥐어준다는 의미이다. 해당 부분의 원문은 이러하다. '乃生男子, 載寢之牀. 載衣之裳, 載弄之璋.'

"혼처는 정해졌소?"

"아직 정해지지 않았소."

다시 가려 하면서 사주단자를 달라고 하였다.

"접때 내가 혼처를 주선하기로 한 약속을 아직도 기억하고 계시오?"

주인은 길손의 말이 그동안 여러 번 맞아떨어졌던 터라 마침내 사주단자를 써서 주었다. 오래 지나지 않아 길손은 다시 길일을 정한 단자를 전해주었다. 주인은 이 길손이 처음부터 끝까지 신실하다는 걸 믿었기에 조금도 의심하지 않았다. 그래서 신부 쪽 집안이 어떤지 규수가 어떤지는 묻지도 않고 마침내 혼구를 갖추어 길손과 동행하였다. 그런데 하룻길을 가서는 점점 깊은 산골로 들어가는 것이었다. 주인이 길손을 돌아보았다.

"당신은 왜 이리 속이는 게 심하오?"

"자네에게 내가 무슨 미움과 원한이 있어서 속이겠는가?"

이리하여 마침내 어느 집에 도착했다. 그 집은 산길을 돌고 돌아 높은 봉우리에 있는 몇 칸짜리 띳집이었다. 그날이 바로 혼렛날로 마당 가운데에는 자리가 펼쳐져 있었다. 한 노인이 밖으로 나와 접대하니 바로 사돈이라는 자였다. 주인은 속으로 매우 불쾌하여 여기에 온 것을 후회했으나 길손은 자리에 그대로 앉아 노인과 얘기를 주고받으며 전혀 께름칙해 하는 기색이 없었다. 주인은 어쩔 수 없이 납폐와 초례를 치른 뒤신부의 외양을 보게 되었다. 얼굴과 생김새가 하나같이 못생긴 데다 촌티가 흘러 하나라도 볼만한 데가 없었다. 얼마 지나지 않아 사돈 노인과 길손이 신랑 아버지에게 말하였다.

"대사가 다행히 잘 치러졌고 여식도 이미 출가하였으니 친정에 있을 필요가 없겠지요. 게다가 우리 집은 가난하여 실로 먼 길을 꾸려 보낼 형편이 못 됩니다. 사돈께서 오늘 데리고 가시지요."

신랑 아버지는 이를 거절할 방도가 없는지라 객이 타고 왔던 말에 신부를 싣고 돌아오게 되었다. 집안 식구들 모두 신부의 외양을 보고는 놀라 한탄하지 않은 이가 없었다. 저마다 얕보고 박대하는 눈치였다. 그래도 신부는 조금도 얼굴색이 변하지 않은 채 한 방에 거처하며 집안일에 간여하지 않고 있었다. 그런데도 자기 친정의 소식에 대해서는 앉아서도 훤히 아는 것이었다. 시부모는 이것을 이상하게 여겼다. 그러던 어느 날 시부모는 이런 상의를 하였다.

"우리가 이제 늙었으니 쌀이나 곡식의 들고남이나 전답을 경작하는 일 등은 몸소 관리하고 감독할 수 없지 않소? 그러니 아들 내외에게 전부 맡깁시다. 그리고 우리 내외는 앉아서 대접받으면서 남은 생을 마치는 것이 좋지 않겠소?"

이리하여 집안을 꾸리는 모든 절차를 아들 내외에게 다 맡겼다. 신부는 조금도 사양하지 않고 이를 받았다. 그녀는 직접 대청 아래로 내려가지 않고도 사내종이 밭 갈고 계집종이 길쌈하는 것들을 지휘 감독하는데 그 법도가 딱딱 맞아떨어졌다. 날이 흐리고 맑은지 비바람이 부는지 이런 것들도 미리 다 알았으며, 한 되의 쌀이나 한 자의 베라도 감히 숨기고 속이는 일을 못 하게 했다. 이리하여 2~3년 사이에 재산이 점점 늘어나게 되었다. 이에 그 집안사람들과 이웃들까지 그녀를 경탄해 하지 않는 이가 없었다. 이제야 그가 현부라는 것을 알게 되어 시부모도 그녀를 애지중지했다. 그리고 비로소 그 객이 범상한 사람이 아니라는 것도 알게 되었다.

하루는 신부가 시아버지에게 여쭈었다.

"이제 칠순이 되셨으니 무료하게 가만 계실 필요 없어요. 마을 친구분들과 모여 즐기세요. 그날의 술자리 비용은 저희가 다 마련할 거예요."

그러자 시아버지가,

"내 그렇게 하기를 바란 지 오래되었단다. 지금 며늘아기가 이렇게 말해주니 얼마나 좋은지 모르겠다."

라고 하고는 그때부터 매일 이웃의 노인들과 자리를 마련하였다. 그 모임에 신발이 서로 뒤섞이고 장난하고 웃는 소리가 여기저기 요란했으며 술과 안주가 푸짐하고 음식이 흘러넘치는 것 같았다. 이렇게 하루 이틀 하다 보니 어언 4년이나 지속되어 집에는 땅 한쪽 남아있지 않아 가산은 탕진하고 말았다. 이에 신부가 시부모에게 아뢰었다.

"지금 집안 살림이 거덜 나 다른 방도가 없게 되었어요. 여기서는 오래 살 수 없으니 저희 친정 동네로 옮기셨으면 해요. 그러면 제가 풍족하게 해드릴게요."

시아버지는 신부를 전적으로 믿어 대소사를 가리지 않고 한결같이 따랐던 터라,

"나는 지금 이미 늙어 집안일을 다 너에게 맡겼느니라. 좋은 방법이 있다면야 네가 하고 싶은 대로 하거라."
라고 답하였다. 이에 신부는 살림과 약간의 거친 밭이 딸린 전장을 모두 팔아 가족들과 종들을 모두 데리고서 친정 동네로 이사를 하였다. 거기에는 지난번 주선해 주었던 길손이 이미 와서 기다리고 있었다. 신부는 이때부터 다시 살림살이를 꾸려 재산이 점점 늘어나게 되었다. 하지만 시부모는 산속에 오래 살다 보니 고향을 그리는 마음으로 울적하기 짝이 없었다. 이를 본 신부는 시부모더러 함께 산에 오르자고 하였다. 오르고 보니 산 밖 멀리서 북과 수레의 소리가 들려왔다. 시부모는 깜짝 놀랐다.

"저것이 무슨 소리이냐?"

"세상에 전란이 일어나 왜적이 팔도에 가득 찼답니다. 지금 아무 고을에서 전투를 벌이느라 저런 소리가 나는 것입니다."

"우리 동네는 어찌 되었느냐?"

"저희가 살던 집은 이미 불타버렸고 같은 동네 사람들은 도망가거나 죽임을 당했답니다. 주변도 거의 다 쑥대밭이 되었지요."

"그렇다면 너는 이런 난리가 있을 것이라는 기미를 먼저 알아차려서

이 산속으로 들어왔던 것이냐?"

"미물이라도 다 하늘의 기미를 알아차려 비바람을 피하는데 사람이 되가지고 이를 알아차리지 못한다면 되겠어요?"

"기이하구나, 내 며느리. 기특하구나, 내 며느리!"

이후로는 다시는 고향을 그리는 마음을 품지 않았다. 이들은 산으로 들어간 지 8, 9년이 지나서 가족을 이끌고 밖으로 나와 신부는 살림과 농사를 잘 꾸려 다시 한번 집안을 일으켰다. 사내를 낳아 며느리까지 얻어 그 뒤의 자손들이 지금 영남에 많다고 한다.

2-22

어진 아내의 밝은 감식으로 녹훈에 이름이 오름

광해조 말에 평양에 한 기녀가 있었다. 16, 7세로 몸가짐을 곧고 순결하게 하여 저잣거리에서 몸을 파는 짓이나 몰래 남정네와 정을 통하는 일이 없었다. 그 자신은, 비록 내가 기적(妓籍)에 오른 천한 자이지만 마땅히 한 지아비를 평생토록 섬기리라고 다짐한 터였다. 감영의 본부에 있는 비장(裨將)과 책객(册客) 등이 그녀의 자태에 반해서 매번 가까이해 보려고 하였으나 만에 한 번도 따른 적이 없었다. 하다못해 주리를 틀고 곤장을 치고 그의 부모를 칼 씌워 가두기까지 했지만 끝내 마음을 바꿀 수 없었다. 이리하여 평양에서는 그녀를 '괴물(怪物)'로 일컫지 않는 자가 없었다. 그녀의 부모가 매번 남편감을 구하려고 할 때면,

"남편은 백년손님이니 제가 알아서 고를 거예요."

라고 하였다. 이 말이 평양 전역에 한 번 퍼지자 풍문을 듣고 찾아온 자들이 다 미남자에 풍신이 좋고 부유한 류였다. 그들이 날이면 날마다 문에 가득 찼으나 그녀는 일절 이들을 받아들이지 않았다.

그러던 어느 날, 그녀가 대동문(大同門)[135]의 문루에 앉아 있다가 문밖에 땔감을 지고 있는 나이 든 총각을 발견하고는 아버지를 불러 요청하였다.

"꼭 저분을 우리 집으로 맞이해 주세요."

아버지가 그를 보니 절로 한심스러워 그녀를 나무랐다.

"너의 의중이 이상도 하구나. 너 정도의 인물이면 누군들 좋아하며 연모하지 않을 수 없을 게다. 위로는 사또나 원님의 별실이 될 것이고 다음으로는 호비장(戶裨將)이나 책객들의 수청자리도 될 것이며, 못하더라도 아무 집의 사내, 또 아무 집 사내의 짝은 될 것이다. 그런데도 일절 받아들이지 않고 저렇게 천하에 흉악한 비렁뱅이 놈을 원하니 이 무슨 속이란 말이냐?"

하지만 딸의 품은 마음을 이미 알고 있었기에 아버지의 위엄으로도 또한 어찌할 수 없었다. 그래서 이 총각을 맞이하여 남편으로 삼아주었다. 그 뒤 그녀가 남편에게 이런 제안을 하였다.

"우리가 이곳에서 오래 살 수는 없어요. 당신과 함께 한양으로 올라가서 살림을 꾸려보자고요."

이리하여 마침내 한양으로 올라와 서소문(西小門)[136] 밖에 술집을 차렸다. 술과 여자를 파는 집으로 장안의 최고가 되어 한양성 안팎의 지체 높은 한량배가 너나없이 밀려들었다. 그때 그중에 대여섯의 술꾼이 있었다. 이들은 오가며 술을 마셨으나 그녀는 술값을 치르는지 여부를 따지

---

135 대동문(大同門): 평양성 내성(內城)의 동문으로 대동강에 임하여 있다. 그 옆으로 명승인 연광정이 있다. 대동강을 건너 남쪽으로 가는 길목이며, 남쪽에서 평양성으로 들어가는 입구이기도 하다. 참고로 평양성은 제일 동편으로는 내성, 서편으로는 외성(外城)이 그 사이로 중성(中城)이 있으며 따로 북성(北城)이 있었다.

136 서소문(西小門): 정식 명칭은 소의문(昭義門)이다. 현재 서울 중구 서소문동의 서울시립미술관 주변에 세워진 조선시대 사소문(四小門)의 하나이다. 광희문과 함께 도성 안의 시신을 성 밖으로 내는 용도로 사용하였다.

지 않고 그들이 요구하는 대로 무조건 술상을 차려주었다. 당연히 술값이 쌓였으나 한 번도 갚은 일이 없었다. 이들이 간혹 염치가 없다는 말을 건네면 그녀는,

"훗날 많이 갚아주시면 좋지요. 지금 하필 그럴 필요가 있겠어요?"
라고 하였다. 이 술꾼들은 바로 묵동(墨洞)의 정언(正言) 김 아무개와 좌랑(佐郎) 이 아무개들이었다. 그녀는 조용한 틈을 타서 김 아무개에게 말하였다.

"이 동네는 많이 낯설답니다. 조만간 남촌(南村)으로 옮겨서 살고 싶으니 바라건대 나리께서 주인이 되어 주십시오."

"좋지! 우리가 이렇게 멀리 와서 술을 마시는 것도 또한 고역이지. 자네가 만약 가까이 온다면 우리도 필시 좋은 주인이 될 걸세."

이리하여 그녀는 묵동으로 거처를 옮기게 되었다.

하루는 김 아무개를 뵙고 부탁하였다.

"저희 남편은 고무래를 두고 '정(丁)' 자인지도 모르며 언문도 깨우치지 못하였나이다. 그러니 술값을 기록하는 일도 매번 제대로 적질 못하지요. 나리께서 이 무지몽매한 사람을 가르쳐주신다면 마땅히 선생으로 모셔 하루에 술 한 병씩을 올리겠나이다."

"좋지! 당장 내일 식전에 책을 챙겨 보내게."

그녀는 남편더러 『통감(通鑑)』 제 몇 권을 사 오게 하여 그사이에 찌를 붙이고서 말하였다.

"당신은 이 책을 가지고 김 정언 댁으로 가셔서 가르침을 받으세요. 가시면 선생께서는 필시 첫 장부터 가르치려고 하실 터인데 당신은 꼭 이 찌가 붙은 장을 가르쳐 달라고 하며 그 말씀은 따르지 마셔요."

남편은 그녀의 말에 따라 다음 날 아침 책을 끼고 가서 가르쳐 주기를 청하였다.

"『천자문(千字文)』인가? 『유합(類合)』[137]인가?"

"『통감』 제4권이옵니다."

"이것은 자네에게 적당하지 않으니 아무래도 『천자문』을 가지고 와야겠네."

"이미 이렇게 가지고 왔으니 이 책으로 배우고자 합니다."

"그래, 이것도 글이니 무어 문제가 되겠는가?"

이렇게 해서 첫 장부터 가르치니 남편은 손으로 찌를 붙인 장을 펼쳐 놓고는,

"이 찌가 있는 곳을 배우고 싶습니다."

라고 하였다.

"꼭 첫 장부터 가르쳐야 한다네."

하지만 그녀의 남편이 끝내 듣지 않고 찌가 붙은 장을 고집하자, 김 아무개가 화를 참지 못하고 책을 던져 버렸다.

"세상에 이런 자가 있다니! 당최 제 부인의 말만 듣는군."

이 말에 남편은 잔뜩 원망하며 돌아와서는 아내에게 일렀다.

"이제부터는 김 정언에게 술을 주지 마라! 음식을 내주기는커녕 쪽박마저 깨버리는 꼴이지 않은가."

그래도 아내는 빙그레 웃을 뿐이었다.

"당신이라는 사람이 잘났더라면 이런 욕을 당했겠어요?"

얼마 뒤 김 아무개가 찾아와서는 그녀의 손을 붙잡더니,

"자네는 사람인가 귀신인가?"

라고 물었다.

"저희 같은 부류가 때를 만나 양반이 되는 것도 가능하지 않겠어요?"

---

137 『유합(類合)』: 조선시대 한자 입문서이다. 주로 기본 한자를 수량이나 방위 등의 유형으로 구별하여 새기고 독음을 붙였다. 조선 초에 간행되어(서거정이 편찬했다는 설이 있음) 16세기에 들어와 유희춘(柳希春, 1513~1577)이 증보, 수정하여 책명으로 『신증유합(新增類合)』이 간행되기도 하였다. 처음 한문을 배울 때 『천자문(千字文)』과 함께 읽은 필독서인데, 『천자문』이 중국에서 유입된 것이라면 이 책은 조선에서 독자적으로 만든 교습서였다.

"기다려 보게."

그러더니 그 남편을 불러 대작하였다.

대개『통감』에 찌를 붙였던 장은 바로 곽광(霍光)이 창읍왕(昌邑王)을 출송한 사실[138]에 대한 내용이었고, 여기 이른바 김 아무개는 승평부원군(昇平府院君)[139]이며, 좌랑 이 아무개는 연양군(延陽君)[140]이었다. 그녀는 반정의 모의가 조만간 성사될 줄을 예측했기에 일부러『통감』제4권을 가지고 먼저 그의 뜻을 시험해 본 것이었다. 승평도 저 부인이 벌써 자기가 도모하던 일을 파악하고 있었다는 점을 알았던 것이다.

며칠 뒤 승평 등 여러 공들이 과연 반정을 일으켰다. 그 공을 논의할 때 제일 먼저 평양의 기녀에게 진 술 채무가 언급되었는데, 다들 이에 동의하지 않은 이가 없었다. 그래서 그의 남편의 이름을 물었으나 아무도 아는 자가 없었다.

"내 듣자 하니 그자는 기축생(己丑生, 1589)이라 하네. 육십갑자로 이름을 지어주는 것은 우아하지 않으니 '기(起)'자와 '축(築)'자로 이름을 지어주는 것[141]이 어떤가?"

---

138 곽광(霍光)이 창읍왕(昌邑王)을 출송한 사실: 이 사실은『통감』제16권 한소제(漢昭帝) 조에 나온다. 곽광은 상홍양(桑弘羊)과 함께 전한시대 무제(武帝)의 유지를 받들어 소제를 보필한 현신(賢臣)이다. 소제가 죽자 창읍왕 유하(劉賀)를 옹립했는데, 그가 음란하였기에 곧장 폐위시키고 선제(宣帝)를 옹립하였다. 말하자면 곽광이 창읍왕을 폐위시킨 사실은 광해군을 폐위시키고 인조를 옹립한 반정의 내용과 흡사하다.

139 승평부원군(昇平府院君): 즉, 김류(金瑬, 1571~1648). 그에 관해서는 권2 제19화 '충직한 종 이야기' 참조.

140 연양군(延陽君): 즉 이시백(李時白, 1581~1660)이다. 자는 돈시(敦詩), 호는 조암(釣巖), 본관은 연안이다. 부친인 이귀(李貴)와 함께 인조반정 때 공을 세워 연양군(延陽君)에 봉해졌다. 이후 병조판서·공조판서·영의정 등을 두루 역임하였다. 병자호란 때 왕을 호종하며 동분서주하였으며 그 이후에도 조정의 요직을 맡아 난리를 수습하는 데 매진하였다. 호란을 배경으로 하고 있는『박씨전』의 박 씨의 남편이 이시백으로 설정된바 있다.

141 '기(起)'자와 '축(築)'자로 이름을 지어주는 것: 즉, 이기축(李起築, 1589~1645)을 말한다. 자는 희열(希說), 본관은 전주이다. 효령대군의 8대손으로 무과에 급제한 후

라고 승평이 제안하자 다들,

"좋습니다."

라고 하였다. 이리하여 삼등(三等)에 훈록(勳錄)을 하고 당장 한성좌윤(漢城左尹)으로 임명하였다. 그리고 마침내 병조참판까지 이르렀다고 한다.

2-23
선혜청 서리가 어진 아내의 말을 따라 명예를 지킴

한 재상의 집에 청지기가 있었다. 수십 년 동안 부지런히 일한 끝에 선혜청(宣惠廳)[142] 서리(胥吏)가 되었는데, 이 자리는 급료가 많은 자리였다. 서리의 아내는 남편에게 이런 약속을 하였다.

"여러 해 동안 굶주리고 추위에 떨며 한 고생은 바로 이날을 위한 힘이 되었네요. 만약 검소한 생활을 하지 않아 재산을 탕진하게 된다면 우리에게는 다시 남은 희망이 없어질 거예요. 옷가지와 음식 따위의 일상으로 쓰는 비용을 일체 절약하여 살림살이를 늘리는 것이 좋겠어요!"

남편은,

"그러세."

라고 하며 받은 봉급을 모두 그의 아내에게 맡겨버렸다.

이렇게 7, 8년 동안을 너절한 옷을 입고 거친 음식을 먹으며 지냈으나

인조반정에 참여하여 정사공신(靖社功臣) 3등(나중에 2등으로 승품됨)으로 녹훈되었으며, 병자호란 등의 전란 시기에 어영별장(御營別將) 등으로 활약하였다. 「심생전(沈生傳)」의 작자 문무자(文無子) 이옥(李鈺)의 고조이기도 하다. 그에 관련한 야사가 다른 야담집에도 많이 소개되어 있는데, 대개 여기처럼 천출로 설정된 경우가 많다.

142 선혜청(宣惠廳): 1608년 대동법의 시행과 함께 미포(米布)의 출납을 관리하기 위해 설치한 관아이다. 종래의 진휼청(賑恤廳)을 통합한 형태였으며, 경기도를 시작으로 각 도에 지청을 두었다. 소속은 호조판서 예하였다. 청사 자리는 현재 서울시 중구 남창동이었다.

살림살이는 끝내 확 나아지지는 않았다. 그가 다른 서리들을 보니 먹는 것도 달고 입는 것도 아름다웠으며, 화려한 집 안에 기녀까지 두면서 날마다 즐겁게 노는 걸 일삼았다. 그런데도 저들의 가계는 날로 부유해 져만 갔다. 서리는 아내가 집안 살림살이에 소홀하다며 탓을 해봐도 그 아내는 아무 대답이 없었다. 이러다 보니 가계가 날이 갈수록 어려워졌 다. 하루는 이를 심각하게 걱정하다가 아내를 닦달하였다.

"나는 봉급이 후한 자리에 있으면서도 언제나 구차하고 가난한 삶을 이어가며 감히 흥청망청하지 않았네. 어떡하면 치부할까 싶었으나 도리 어 이렇게 빚에 쪼들리니 이게 누구의 잘못인가?"

그러자 아내가 물었다.

"빚이 얼마인데요?"

"수천 금은 돼야 다 갚지."

"염려 말아요. 내가 조만간 세간과 패물 따위를 다 팔아서 갚지요. 아 예 오늘 서리직은 그만두세요."

"이 자리에서 물러나고 나면 앞으로 어떻게 생활을 한단 말인가?"

"그것도 염려 말아요. 나에게 묘한 수가 있어요."

남편은 그녀의 말에 따라 서리 자리에서 스스로 물러났다. 그 후 어느 날 아내는 남편을 시켜 인부를 모집해 오라고 하였다. 그리고 방에서 나와 대청마루에 앉아서는 마루 밑을 가리키며 확인케 하였다. 그랬더니 그곳에 수만의 돈이 여기저기 흩어져 있는 게 아닌가.

"이 돈은 제가 7, 8년 동안 애써 모아둔 것이랍니다."

이에 이 돈들을 꿰미로 만들어 차곡차곡 쌓아 두고 남편더러는 동쪽 성곽 밖에 있는 전장을 사들이게 했다. 그곳은 비옥한 논과 밭으로 배산 임수(背山臨水)의 자리였다. 뒤편에는 과수원이 자리하고 앞엔 일굴만한 채마밭도 있었다. 이는 그야말로 「낙지론(樂志論)」[143] 한 편이 배치된 듯 하였다. 이 모두 아내의 지시에 따른 것이었다. 남편은 곡식을 심고 아내는 길쌈을 하니 이보다 더한 즐거움은 따로 없었다. 그러면서 아내는 남편더러 다시는 도성 안 저자에는 발을 들이지 말라고 하였다.

몇 년 뒤 선혜청의 서리 10여 명이 나랏돈을 횡령하였는데, 당상관들이 입회한 자리에서 이 사실이 보고되었다. 저들에게 형장의 율이 내려져 가산을 몰수하였으니 다 전에 화려한 집에서 행락을 일삼던 자들이었다.

아! 선혜청 서리의 아내는 일개 여자인데도 지혜로 가업을 일구었고, 검소로 덕을 높여 그 남편이 끝까지 명예를 잃지 않게 하였다. 설령 그가 사대부 남자로 태어났더라도 급류(急流)와 용퇴(勇退)에 있어서 족히 부족함이 없었을 것이다. 이에 비해 벼슬자리에 있는 이들은 절약하여 백성을 사랑하는 도리를 생각지 않고 오로지 사치하고 탐학을 부리는 풍조를 쫓는다. 인정 종이 울리고 파루가 다할 때까지 즐기다가 끝내 자기 몸을 망치고 패가하더라도 그칠 줄 모른다. 그러니 지혜롭고 어리석은 차이가 어찌 30리[144]뿐이겠는가?

2-24

가난한 선비가 어진 아내를 얻어 가업을 이룸

집이 가난한 데다 상처를 한 어떤 선비가 학동 10여 명을 모아 가르치

---

143 「낙지론(樂志論)」: 후한(後漢) 때의 중장통(仲長統)이 지은 일종의 전원생활 예찬론이다. 『고문진보(古文眞寶)』 권1에 전한다. 여기의 내용이 작품의 전반부에 해당하는바 그 내용은 다음과 같다. "使居有良田廣, 背山臨流, 溝池環匝, 竹木周布, 場圃築前, 果園樹後……."

144 30리: 재주의 차이를 일컫는다. 조조(曹操)가 양수(楊脩)에게 한 말에서 유래하였다. 한번은 조아비(曹娥碑) 아래를 지나가다가 비의 뒤편에 새겨진 여덟 글자를 보고 양수는 바로 그 뜻을 알았으나, 조조는 당장 몰라 30리를 걸어간 뒤에야 그 뜻을 풀 수 있었다. 그래서 조조가 자신의 재주가 양수에게 미치지 못함이 30리 길이었다고 말한 고사에서 유래하였다. 이 고사는 『세설신어(世說新語)』 권11 「첩오(捷悟)」 편에 나온다.

고 있었다. 그는 얼마 뒤 먼 시골에서 새 부인을 얻게 되었다. 신부가 그의 집에 와 보니 두른 담장은 무너졌고 한 뒷박 양식도 없었다. 가장은 주림을 참아가며 책을 읽을 뿐 도무지 생계는 돌보지 않고 있었다.

그때 남편의 당숙으로 장수 자리에 있는 분이 있었다. 신부는 남편더러 이 당숙에게 천 냥을 빌려 집안을 일으키는 방도로 써보자고 권하였다. 하지만 가장은 엷은 웃음만 지었다.

"행여나 빌려줄까? 나도 평생 이런 일로 남에게 부탁해 본 적도 없다네."

어쩔 수 없이 신부는 직접 시당숙에게 편지를 써서 천 냥을 빌려주시면 1년 기한으로 갚겠노라고 청하였다. 당숙 집안의 며느리나 질부들은 저마다,

"시집온 지 며칠도 되지 않은 신부가 가까운 친척에게 천 냥을 꾸어달라고 하다니 정말 몰지각한 일이야. 분수를 모르다니."

라고 하면서 꾸짖는 말이 분분했다. 그래도 당숙은,

"그렇지 않다. 내 지난번 이 신부를 보니 녹록한 여자가 아니더구나. 게다가 편지 한 통에 천 냥을 쉽게 얘기하는 걸 보면 저의 생각도 짐작할 만하다."

라며 결국 흔쾌히 그러라며 답장을 보냈다. 신부는 당숙에게 돈을 받아 다락 속에 숨겨두었다. 가장은 이를 보고 괴이쩍었으나 우선 맡겨 두고 그녀가 어떻게 하는지 보기로 하였다. 신부는 집에 부릴 만한 어린 동자나 여종 하나도 없어 마지못해 학동들을 불러 모았다. 이들에게 떡이나 사탕 따위를 주면서 돈을 쥐어주며 선전[立廛]¹⁴⁵에 가서 비단 등속을 떼

---

145 선전[立廛]: '선전(線廛)', '선전(縇廛)'이라고도 하며, 조선시대 종로에 있었던 비단 가게이다. 개국 이후 여러 상품을 팔거나 납품하는 백각전(百各廛)을 두었는데, 이 가운데 가장 먼저 생긴 상점이었다. 이후 면포, 비단 등 여섯 개 품목을 전매하는 육주비전(六注比廛)으로 특화하였는데(이른바 육의전), 선전은 여기서도 가장 으뜸이었다.

오게 했다. 이 비단으로 주머니를 재봉하여 학동들에게 각자 차고 다니게 했다. 이에 학동들은 모두 감복하여 심부름시키는 일이 있으면 종과 다름없이 잘 따랐다.

신부는 이윽고 학동들에게 몇 냥씩 돈을 내주면서 성 안팎의 약포와 여러 역관의 집으로 나누어 보내 감초를 사서 오게 했다. 이렇게 2, 3개월을 계속하자, 장안의 감초가 모두 동나 값이 다섯 배로 뛰게 되었다. 곧 다시 이를 흩어 팔고 보니 3, 4천 냥을 얻을 수 있었다. 이 돈으로 집을 사고 솥붙이를 장만하고 종들을 거느리게 되니 하루아침에 풍족한 집이 되었다.

신부는 다시 시당숙에게 편지를 써 천 냥을 상환했다. 그 집에서는 깜짝 놀랐다. 1년 정한 기간이 아직 반도 차지 않았기 때문이기도 했다. 그리고 앞서 꾸짖고 비웃던 사람들이 이제는 다들 현부라며 칭찬하였다. 당숙은 그녀가 몹시 기특하여 새집을 찾아와 보고는 천 냥을 되돌려주며 치부(致富)의 밑천으로 삼게 해주고 싶다고 했다. 하지만 신부는 사양하였다.

"사람이 세상에 태어나 먹고 입으면 그런대로 만족하고, 마을 사람들과 친척들에게 착한 사람 소리를 들으면 그것으로 충분합니다. 부자가 돼서 무엇 하겠습니까? 더구나 부자는 뭇사람들이 꺼리기 마련이니 결코 이는 제가 바라는 게 아닙니다."

기어이 거절하며 받지 않았다. 이 부인은 바느질 솜씨가 좋고 집안 살림에도 근실하였다. 부부는 해로하고 자손들도 영달하여 이후로는 궁핍한 적이 없었다고 한다.

임 장군이 산중에서 녹림객을 만남

장군 임경업(林慶業)¹⁴⁶은 어릴 적부터 달천(㺜川)¹⁴⁷에 살았는데, 그의
일과는 말을 타며 사냥하는 것이었다. 그러던 어느 날, 월악산(月岳山)
기슭에서 사슴을 쫓아 손에 칼을 쥐고 달렸다. 이렇게 쫓다보니 태백산
(太白山)¹⁴⁸까지 이르게 되었다. 하지만 날은 저물어가고 길도 막힌 상황
이었다. 우거진 초목들은 빽빽하고 깎아지른 바위 절벽이라 걱정이 이만
저만이 아니었다. 그러다가 난데없이 나무꾼 한 사람을 만났다. 그에게
길을 물었더니, 고개 너머를 가리키며 그 아래에 인가가 있다고 알려주
었다.

임 공은 그의 말에 따라 고개를 넘어가서 내려다보았더니 과연 큰
기와집 한 채가 있었다. 그리고 그 주변에 다른 인가는 없었다. 이에 임공
은 곧장 대문으로 들어갔다. 이제 날은 이미 어두워 깜깜해졌다. 이 집은
사람의 소리도 아예 없는 그야말로 빈집이었다. 임 공은 온종일 산행하여
기운이 거의 소진되었던 터, 다행히 한 칸 방을 얻게 되자 이곳을 숙소로

---

146 임경업(林慶業): 1594~1646. 자는 영백(英伯), 호는 고송(孤松), 본관은 평택이다. 충
주 달천에서 태어나 1618년 무과에 급제하여 절충장군, 안주목사 등을 역임하였다.
호란 때 특히 명성을 떨쳤다. 그는 조선 안에서 배청(背淸)의 의지가 실현되지 못하자
명군(明軍)과 합세하여 끝까지 저항했던바, 후대에 친명배청(親明背淸)의 상징적인
인물로 추앙되었다. 그는 끝내 주화(主和)에 반대하여 중국 절강(浙江)으로 망명하여
명나라 회복을 위해 분골쇄신하였다. 그 뒤 심기원(沈器遠)의 역모에 연루되어 죽임
을 당하였다. 조정에서는 그의 충절을 기려 1791년『임충민공실기(林忠愍公實記)』를
간행하기도 하였으며, 그를 소재로 한 소설류인『임경업전(林慶業傳)』이 널리 유통되
었다.
147 달천(㺜川): 속리산에서 발원하여 충주시를 통과하는 남한강의 한 지류로 탄금대(彈
琴臺)가 여기에 있다. 지금은 '달천(達川)'이라 한다. 임진왜란 때 신립(申砬)이 이곳에
배수진을 치고 왜적을 막으려다가 실패한 곳으로 유명하다. 이를 소재로 한 윤계선(尹
繼善)의「달천몽유록(達川夢遊錄)」 등과 같은 작품의 무대이기도 하다.
148 태백산(太白山): 실제로는 소백산을 가리킨다. 과거에는 지금의 소백산 일대도 대개
태백산으로 불렀으며, 소백산 자체가 태백산의 줄기에 해당한다.

정하고 옷을 벗고는 덩그러니 누웠다. 그런데 갑자기 창밖에 불빛이 비치기에 매우 괴이쩍은 생각이 들었다. 도깨비가 아니면 필시 나무 요괴일 거란 짐작 때문이었다. 조금 뒤 어떤 자가 문을 열고 물었다.

"당신은 이 방에서 묵을 거요? 요기는 했소?"

임 공이 불빛 아래로 쳐다보니 바로 아까 보았던 나무꾼이었다.

"아직이오."

라고 하자, 나무꾼이 방으로 들어오더니 벽장을 열어 술과 고기를 내주었다.

"꼭 다 드시오."

임 공은 배가 몹시 고팠던 터라 잔뜩 먹고 나서 이 나무꾼과 몇 마디를 나누려던 차였다. 대화가 다 끝나기도 전에 나무꾼은 벌떡 일어나더니 다시 벽장을 열고는 장검 한 자루를 꺼냈다.

"이게 웬 물건이요? 나에게 써보려는 거요?"

나무꾼이 웃었다.

"아니오. 오늘 밤 구경거리가 있는데 그대는 두려워하지 않을 자신이 있소?"

"두려울 것이 무어 있겠소? 한번 구경해봅시다."

때는 아직 자정이 넘지 않은 즈음이었다. 나무꾼이 검을 가지고 임 공과 함께 안쪽으로 들어가니 겹겹의 중문과 층층 누각이 나왔다. 그 사이를 이리저리 지나쳐 가는 순간, 등의 불빛이 연못을 비추었다. 연못 안에 한 높다란 누각이 보였고, 이 등의 불빛은 바로 누각 안에서 비춘 것이다. 누각 위에서는 웃음소리가 퍼져 나왔고 빛이 창에 밝게 비추어 두 사람이 마주 앉은 모습이 드러났다. 나무꾼은 연못가의 우뚝한 큰 나무를 가리키며 말하였다.

"그대는 꼭 이 나무에 올라가 걸터앉아 있으시오. 두른 띠와 허리띠로 나뭇가지에 몸을 단단히 묶은 채 소리를 내지 말아야 하오."

임 공은 그 나무로 올라가서 일러준 대로 몸을 묶은 채 걸터앉았다. 나무꾼이 몸을 날려 한 번 뛰어오르더니 그 길로 누각 안으로 뛰어 들었다. 세 사람이 함께 앉아 술을 마시기도 하고 이야기를 나누기도 하였다. 잠시 뒤 나무꾼이 어떤 사내에게 일렀다.

"오늘 이미 약속한 대로 자웅을 겨뤄보는 것이 어떠하냐?"

그러자 그가 대답하였다.

"좋소."

이들은 함께 일어나더니 누각 문을 밀치고 나와 연못 위로 솟구쳐 올랐다. 이윽고 그들은 보이지 않았다. 공중에서는 칼날이 번쩍번쩍하고 고리가 부딪히는 소리만 들릴 뿐이었다. 이러하기를 한참, 나무 위에 있던 임 공은 오싹한 기운이 뼛속까지 스미고 온몸의 털이 바싹 곤두서 가만히 눌러앉아 있을 수가 없을 지경이었다. 그러다가 홀연 어떤 물건이 땅에 떨어지는 소리가 나고 말소리가 들리는데, 바로 나무꾼의 소리였다. 이때가 되자 임 공은 떨리던 몸이 조금 안정되었고 정신도 차차 돌아와 나무에서 내려왔다. 나무꾼은 바로 임 공을 옆구리에 끼고서 누각 안으로 날아올랐다. 그 안에는 구름머리를 한 곱고 어여쁜 여인이 있었다. 그녀는 아까는 장난치며 웃음 짓던 모습이었는데 지금은 처량하기 짝이 없어 보였다. 나무꾼이 그녀에게 호통을 쳤다.

"너는 별 볼 일 없는 여자로 이 세상에 크게 쓰일 재목을 해쳤으니 그 죄를 너도 알겠느냐?"

또 임 공에게 말했다.

"그대는 여간한 담력과 용기로 세상에 나갈 필요는 없을 거요. 내 이제 그대에게 저런 미녀와 이와 같은 집을 줄 테니, 산속의 한가하고 고요한 이곳에서 일체 공명을 버리고 남은 생을 보내는 것이 어떻겠소?"

"주인의 오늘 밤 일은 도무지 이해를 못하겠소. 자세히 들은 뒤에야 당신의 말을 따르든지 하겠소."

"나는 일반 사람이 아니라 바로 녹림호객(綠林豪客)이라오. 여러 해 동안 겁주고 약탈하여 많은 재산을 모았다오. 온 골짜기에 이런 집채를 둔 곳이 각 도마다 있으며 각각의 집에는 꼭 미녀 한 사람씩을 두었소. 이렇게 팔도를 두루 돌아다니며 이런 집들에 올 때마다 즐겼다오. 그런데 뜻하지 않게 저 아이가 틈을 보아 아까 죽였던 사내와 몰래 간통하고서 도리어 나를 해치려고 한 게 한두 번이 아니었소. 그래서 내 부득이 방금처럼 손을 쓴 것이오. 비록 저 사내를 죽였지만, 어찌 또 저 아이까지 죽일 수 있겠소? 이 골짜기와 저 아이를 그대에게 넘겨주려고 하는 것은 참으로 이런 이유라오."

"저 사내는 이름 석 자가 어떻게 되며 어디에 사는 자요?"

"저자도 양국(兩局)¹⁴⁹의 대장감으로 남대문 안에 사는 절초장(折草匠)¹⁵⁰이오. 저물녘이면 왔다가 새벽이 되면 가는 걸 내 안 지 이미 오래되었으나 사내가 꽃을 탐하고 여인이 담을 넘는 것을 하나하나 따질 필요가 없는지라 그동안 피해 왔었소. 하지만 저자가 요망한 미색에 홀려 기필코 나를 죽이고야 말려고 하니 오늘 밤 이리 처단한 거요. 이게 어찌 나의 본심이었겠소?"

그러면서 한바탕 통곡하더니,

"애석하도다. 쓸 만한 사내를 내 손으로 직접 죽이다니!"
라고 하였다. 다시 임 공에게 말하였다.

"그대도 생각해보시게. 그대 같은 담략과 용기라면 이 또한 쓸 만한 재목이라고 할 만하나 한번 출셋길에 나가게 되면 반 정도 오르다가 곧 떨어지고 말 것이오. 이는 천운이 관여하는 바라 결코 마음먹은 대로 될 수 없고 헛되이 고생만 할 뿐 드러나는 공도 없을 거요. 모름지기

---

149 양국(兩局): 즉 훈련도감(訓練都監)과 어영청(御營廳)을 말한다.

150 절초장(折草匠): 개별 관아에 소속되어 땔감이나 나부 등을 관장하는 전문 업자이다.

한번 내 말을 따른다면 이 골짜기를 통째로 차지하여 평생을 지낼 수 있을 거요."

그러나 임 공은 단번에 고개를 저었다. 이에 나무꾼은,

"틀렸구나, 틀렸군! 그대가 이 제의를 받지 않으니 저 요망한 계집을 두어봤자 무슨 쓸모가 있겠소?"

라고 하더니 당장 칼을 휘둘러 계집의 목을 잘랐다. 그러고는 그 몸체까지 함께 연못 속에 던져 넣어버렸다. 이어서 곧장 누각을 내려와서 마당에서 죽어 있는 사내의 시신을 짚자리로 수습하여 역시 연못 속으로 던졌다. 그다음 날 다시 임 공에게 제의하였다.

"그대는 이미 공명에 뜻을 두고 있으니 더 이상 붙잡을 수 없겠구려. 하지만 사내가 세상에 나갔을 때 검술을 몰라서는 아니 되니 이곳에 며칠을 더 머무르면서 거칠게나마 그 대략이라도 배워서 가시오."

임 공이 마침내 6일을 더 머무르며 검을 사용하는 법은 대강 터득했으나 신묘한 변화의 기술까지는 완전히 터득하지 못했다고 한다.

2-26

이 서생이 서학현의 풍수가를 찾아감

풍수가 이의신(李懿信)[151]이 산의 맥을 찾느라 북관(北關)에서부터 용혈(龍穴)[152]을 쫓아 양주(楊州)의 송산(松山)[153]까지 돌아다녔다. 이 산맥은 이

---

151 이의신(李懿信): 16세기 후반에서 17세기 초에 걸쳐 활동했던 유명한 풍수가이다. 전라도 해남(海南) 출신으로 해남 윤씨 가문과 혼인한 기록이 보인다. 그에 관한 중요한 일화로는 1612년에 여러 변고를 보고 한양을 교하(交河)로 천도할 것을 왕에게 요청한 것이다. 실제 조정에서 이에 대한 논의가 있었으며, 그 전후로 풍수가로서의 행적이 적지 않았다.
152 용혈(龍穴): 풍수지리상의 용어로 묏자리를 쓰기에 좋은 산의 기맥이 맺힌 곳을 말한다.

곳에 와서 끝나는데 기가 모이고 빙 둘러 알을 품은 형세인지라, 명당의 대지라 할 만하였다. 이가는 종일토록 산을 다녀 매우 주린 상태였다. 산 아래에 띳집이 있기에 그 집 문을 두드려 요기할 만한 것을 청하였다. 그랬더니 이제 막 거상(居喪) 중에 있는 사람이 문을 나와 흰죽 한 사발을 내어주었다. 그 성의에 감격한 이가가 물었다.

"주인께서는 언제 상을 당하셨으며 장례는 이미 치르셨소?"

"이제 막 성복(成服)을 했을 뿐 장례 치르는 일은 미처 엄두도 내지 못한 중이오."

그 말이 슬프고도 곡진한지라 이가는 순간 측은한 마음이 들었다.

"그렇다면 상주께서는 필시 형편이 가난하여 묏자리 쓸 산을 마음대로 구하지 못하는가 보오. 나는 묏자리를 보는 눈이 조금 있소. 지금 한 곳을 알려줄 터이니 상주께서 그곳을 사용해 보시겠소?"

"이보다 더 큰 다행이 어디 있겠소. 감히 가르침을 따르지 않겠소!"

그리하여 이가는 상주와 함께 조금 전에 봐두었던 곳을 찾아가 점혈(占穴)과 좌향(坐向)을 알려주면서 일렀다.

"이 산에 묘를 쓰고 나면 상주 집안의 모든 사정이 조금씩 나아질 것이고 십 년이 지나면 필시 이장(移葬)의 논의가 있게 될 거요. 그때가 되면 꼭 나를 한양성 안으로 찾아오셔야 하오. 성안 서학현(西學峴)[154]의 이 서방이 바로 나요."

상주가 그의 말에 따라 묘를 다 쓴 뒤부터 하나같이 이가의 말처럼 맞아떨어져 집안이 점점 부유해졌다. 기와를 크게 올리고 묏자리를 단장

---

153 송산(松山): 현재 의정부에 속한 마을로 고려 말, 송산 조견(趙狷, 1351~1425)의 거주지였다. 실제 이 지역은 여기서 언급한바, 풍수지리상 명당 지역으로 알려져 있다. 이 일대에 조선 초 명신 신숙주(申叔舟, 1417~1475)와 이곳 출신이자 임진왜란 때 의병장으로 활약했던 정문부(鄭文孚, 1565~1624)의 묘가 있다.

154 서학현(西學峴): 지금 덕수궁 북편에 있던 고개로, 이곳에 사부학당(四部學堂)의 하나인 서학(西學)이 있어서 붙여진 명칭이다.

하고 석물을 세우는 등의 규모가 향반(鄕班)의 모양새와 다름이 없었다.[155]

그로부터 10년이 지났다. 한 지나는 길손이 그의 집으로 들어와 인사를 하고 나서 먼저 물었다.

"시내에 있는 저 산소가 과연 당신네의 새 산소요?"

"그렇소."

"이 산소는 그야말로 명당자리이지만 이제 10년이 되어 기운이 다했는데 어찌 이장하지 않는 거요? 더 늦어지면 필시 화가 미칠 거요."

주인이 이 말을 듣고 나자 예전에 이가가 해준 말이 떠올랐다. 길손을 집에 붙들어 놓았다가 그다음 날 곧장 서울로 올라갔다. 곧바로 서학현으로 가서 이 서방을 찾았더니 이가가 과연 그곳에 살고 있었다. 주인이 찾아온 이유를 알리자 이가는,

"나는 이미 다 알고 있었소."

라고 하면서 함께 송산으로 와서 그 길손과 묏자리에 올랐다. 이가가 먼저 물었다.

"무슨 이유로 이장을 해야 하오?"

길손이 대답하였다.

"이곳은 복치형(伏雉形)[156]이오. 꿩은 오래도록 엎드려 있을 수 없는 법, 십 년 세월이 지나게 되면 조만간 날아가 버릴 형세이지요. 그래서 그렇게 얘기한 것이었소."

이가가 웃었다.

---

155 다름이 없었다: 원문은 '有非'라 하여 향반의 모양새와 달랐다는, 즉 향반의 규모보다 더 컸다는 의미로 되어 있으나 이본에 '一如'라는 표현도 있어 이를 반영하여 이와 같이 번역하였다.

156 복치형(伏雉形): 풍수지리상 꿩이 숲에 엎드린 모양의 지세를 이른다. 이 형세는 꿩이 매나 기타 맹금류를 피해 숨어 있는 형태여서 긴장이 조성되는바, 지기(地氣)가 일정 기간 동안 응집되는 효과가 있다고 한다. 따라서 일정 기간에 발복을 할 수 있는 지형을 뜻한다.

"그대의 견해도 범상치는 않구려. 하지만 그건 다만 하나만 알 뿐 둘은 모르는 것이오."

그러면서 앞 봉우리를 가리켰다.

"저곳은 개고개[狗峴][157]요."

다시 뒤 봉우리를 가리켰다.

"저곳은 응사봉(鷹師峰)이요."

또 앞을 흐르는 시내를 가리켰다.

"이곳은 고양이내[猫川]요. 땅의 형세가 이처럼 서로 조응하고 있으니 꿩이 날아가려 해도 가능하겠소?"

길손은 이에 아무 말도 하지 못하고 물러났다.

"당신의 높은 안목은 과연 내가 미칠 바가 못 되는구려……."

그 뒤 송산의 이씨[158]가 크게 번창하게 되었다.

2-27

권 사문이 비를 피하다가 기이한 인연을 맺음

남대문 밖 도저동(桃渚洞)[159]에 사는 사문(斯文) 권(權) 아무개는 성균관에

---

157 개고개[狗峴]: 정확한 의미는 미상이나, 풍수상에서 개 모양을 한 언덕을 가리키는 것으로 보인다. 송산 일대에 구현이라는 고유 지명이 있었는지는 확인되지 않는다. 아래 응사봉(鷹師峰)과 고양이내[猫川]도 같은 맥락으로 판단되나 역시 불명확하다.

158 송산의 이씨: 곧 송산 이씨(松山李氏)는 19세기 해남 고산 윤선도 종가에서 필사한 종합보(綜合譜)인 『만가보(萬家譜)』에 남성 한 명이 등재되어 있는데, 그가 이세인(李世仁)이다. 그는 이조참판(吏曹參判)을 지낸 것으로 나오는데, 성종과 연산군 연간 때 주로 활동한 인물인 이세인(李世仁, 1452~1516)과 동일인인 것으로 판단된다. 이세인은 통상 성주 이씨(星州李氏) 혹은 성산 이씨(星山李氏)로 알려져 있는데 『만가보』에 어떻게 송산 이씨로 올라 있는지는 불분명하다. 또한 여기서 나오는 송산 이씨와의 관련 사항도 현재 확인할 수 없다.

159 도저동(桃渚洞): 지금의 용산구 동자동 일대에 있던 동네로 남산의 서편 자락이다.

드나들곤 했다. 하루는 승보시(升補試)[160]를 보러 가는 길이었다. 꼭두새벽에 반촌(泮村) 안으로 들어섰는데 길에서 소나기를 만나고 말았다. 마른 신에 모자도 쓰지 않아 위아래가 다 젖은 채 길가 초가집 처마 아래에서 비를 피했다. 그러나 비가 오래도록 그치질 않아 진퇴양난이었다.

"불이라도 있으면 담배나 피우련만."

라며 혼자 중얼거렸다. 잠시 뒤에 머리 위에서 창문을 밀치는 소리가 들리기에 올려다봤더니 한 젊은 부인이 있었다. 그녀가 불가지 하나를 내밀며,

"어떤 양반이시기에 담뱃불을 걱정하시는지요? 지금 불가지를 내드리니 이것으로 담배를 피우시면 좋겠네요."

라고 하는 것이었다. 권생은 그 불가지를 받아서 담배를 피웠다. 얼마 있지 않아 다시 창문 안에서 부인이 말을 걸었다.

"빗줄기가 이렇게 그칠 기세가 없으니 차고 축축한 곳에 한동안 서 있을 필요가 있겠어요? 서먹해 하지 마시고 잠시 들어와 계시어요."

마침 어찌해야 할지를 몰라 무척 심란해하고 있었던 권생도 무방하겠다 싶어 문을 열고 들어갔다. 그 부인을 보니 이제 24, 5세쯤으로 옷매무새가 정결하고 용모가 단정한데다 말씨와 행동거지가 우아하면서도 야무져 보였다. 그녀는 이야기를 나누는데 조금도 껄끄러워하는 기색이 없었다. 이윽고 비가 그쳐 권생이 몸을 일으켰다. 그러자 그녀가 이런 제안을 했다.

"지금 과장에 다녀오시면 필시 날이 저물어 성문이 닫힐 터이니 댁으로 돌아가실 수 없을 겁니다. 과장에서 오시는 길에 다시 들르시면 어떠

───────────

복숭아나무 등이 많아 이러한 이름으로 불리게 되었다.

160 승보시(升補試): 초시(初試)에 해당하는 시험이다. 사학(四學)의 유생들이 이 시험에 응시하였으며 합격한 사람에게는 생원·진사과에 응시할 자격이 주어졌다. 거의 달마다 치러졌으니, 과거 시험 중 가장 빈번하게 열리는 시험이기도 했다.

실는지요?"

"좋소."

시험을 치르고 난 뒤 곧장 그녀의 집으로 들어갔더니 과연 저녁 찬을 준비해 기다리고 있었다. 그는 다 먹고 나서 그대로 묵기로 했다. 권생은 젊은이로, 한밤에 젊고 아름다운 여인을 만난 데다 또 주변엔 아무도 없는지라 일어난 욕정을 어찌 그냥 누를 수 있겠는가? 그래서 함께 관계를 맺었다. 그런데 그녀는 기뻐하는 기색은 전혀 없고 다만 흐느끼며 슬퍼할 뿐이었다. 권생이 왜 그러느냐고 물었지만, 그녀는 끝내 속을 털어놓지 않았다.

이렇게 왕래한 지 몇 개월이 되어가는 참이었다. 어느 날 다시 그 집으로 들어가려고 하는데 금관자(金貫子)에 학창의(鶴氅衣)[161]를 입은 어떤 노인이 대문턱에 걸터앉아 있었다. 권생은 속으로 몹시 의아해하며 머뭇머뭇 들어갈 수가 없었다. 그 노인이 권생을 보더니 몸을 굽혀 인사를 올렸다.

"행차께선 도저동 권 서방님이 아닌지요? 왜 망설이며 들어오지 않으십니까?"

마침내 함께 들어갔다.

"저는 서방님께서 저희 집에 왕래하는 걸 알았습니다. 하나 가게에서 일하느라 한평생을 골몰하다 보니 집에 있을 수가 없었지요. 그래서 지금에야 문안을 드리게 되니 실례가 많았습니다."

"그렇다면 저 부인은 당신과 어떤 사이요?"

"제 며느리랍니다. 제 자식이 열다섯에 저 며느리를 얻었는데 첫날밤도 치르지 못하고 죽었답니다. 며느리는 올해 스물넷으로 비록 혼인은 했지만, 아직 음양의 이치를 알지 못하는 터라 항상 불쌍하고 안쓰러워

---

[161] 금관자(金貫子)에 학창의(鶴氅衣): 금관자는 금으로 만든 망건의 관자이며, 학창의는 소매가 넓고 검은 헝겊을 덧댄 웃옷이다. 이 두 가지는 주로 고급 관원이 착용하는 것인데 여기서는 상인으로서 부유함을 상징적으로 표현한 것이다.

하는 마음이 떠나질 않았답니다. 무릇 천지 사이에 태어나면 미물이라도 다 그 이치를 알게 되거늘 저 아이만 그것을 알지 못한 까닭에 매번 개가할 것을 권하였지요. 하지만 그럴 때마다 저 아이는, 자신이 다른 곳으로 시집을 가면 늙은 저의 신세가 의지할 데가 없을 거라 하며 끝내 따르지 않더군요. 지금 8~9년이 되었는데도 저렇게 한결같이 수절하고 있답니다. 서방님께서 이전부터 왕래하고 있었던 일을 저 아이가 이미 말했습지요. 저도 또한 소원을 이룬 걸 기뻐하여 한번 뵙고자 한 지가 오래되었습니다. 오늘에야 이렇게 뵙게 되니 많이 늦었습니다.”

이때부터 권생은 아무 거리낌 없이 이 집을 왕래할 수 있었다. 그러던 어느 날 권생이 상처를 하였다. 하지만 장례를 치르는 모든 물품을 각각의 가게에서 다 외상으로 쓰고 그 값을 치르지 못했다. 한참 뒤에 돈을 준비하여 직접 각 가게로 가 계산해서 값을 치르려고 했더니 그곳 가게 주인들이 한결같이,

“일전에 아무 동네에 사는 아무 동지(同知)가 돈을 가지고 와서는 댁의 외상을 다 갚아주고 갔어요…….”

라고 하였다. 그 뒤 3년이 지나 아무개 동지가 병으로 죽게 되자 염(殮)과 습(襲) 따위의 장례 절차를 직접 치러 성문 밖에 묻어주었다. 졸곡(卒哭)[162]을 겨우 마쳤을 즈음 그녀는 갑자기 낯빛이 구슬프고 참혹해졌다. 권생은 속으로 퍽 이상하여 조용히 캐물었더니 그녀의 말이 이러했다.

“저는 세상에 태어났어도 음양의 이치를 알지 못하고 있었지요. 시아버님께서도 일찍이 이를 알고 개가를 권하기까지 하셨기에 지난번 서방님을 맞은 것도 이 때문이었답니다. 이제 음양의 이치를 알게 되었으니 당장에 죽어 없어지더라도 전혀 여한이 없습니다. 다만 생각해보니 시아

---

162 졸곡(卒哭): 삼우제(三虞祭) 이후에 지내는 제사이다. 통상 사람이 죽은 지 석 달이 지난 이후에 정일(丁日)이나 해일(亥日)을 맞아서 지냈다.

버님께서는 다른 자식은 없고 일개 여자인 저에게만 의지하고 있는데, 만약 제가 한 번 죽고 나면 시아버님의 신세가 불쌍하기 짝이 없었지요. 그래서 몰래 참고 여기까지 온 것입니다. 이제 시아버지께서 수를 누리시고 하세(下世)하여 장례와 매장까지 마쳤으니 제가 다시 무엇을 바라 이 세상에 오래 머물러 있단 말입니까! 여기서 서방님과 영결하렵니다."

권생은 너무 놀라 백방으로 타이르고 설득했으나, 끝내 마음을 돌리지 않았다. 결국 권생이 자리에 없는 사이에 스스로 목을 매어 죽었다고 한다.

2-28

동고 이 정승이 겸인에게 훌륭한 사위를 선택해 줌

동고(東皐) 이(李) 정승[163]의 겸인으로 피(皮)가가 있었다. 그는 여러 해 동안 일을 맡아 처리하는 데 항상 삼가고 신중하였기에 이 정승도 그를 매우 아꼈다. 피가에게는 다른 자식은 없고 딸아이 하나만 있었다. 그는 매번 동고에게 이렇게 아뢰곤 하였다.

"소인은 여식 하나만 있사옵니다. 이제 데릴사위를 얻어서 늘그막에 의지하여 살고자 하옵니다. 신랑감은 오로지 대감마님의 분부에 달려

---

163 동고(東皐) 이(李) 정승: 즉 이준경(李浚慶, 1499~1572). 자는 원길(原吉), 동고는 그의 호이며, 따로 남당(南堂)·홍련거사(紅蓮居士)라는 호도 있다. 본관은 광주(廣州)이다. 1504년 갑자사화 때 형 윤경(潤慶)과 함께 유배되었다가 1506년 중종반정으로 풀려났다. 이연경(李延慶) 문하에 들어가 성리학을 배웠다. 1531년 과거에 급제하여 대사헌, 한성부윤, 병조판서를 거쳐 삼정승을 두루 역임하였다. 특히 그는 예지력이 뛰어나 임종 때는 향후 붕당의 폐해가 있을 것임을 예견하였다. 이 때문에 신진사류들의 규탄을 받기도 했으나, 그의 예언대로 과연 동서분당이 일어났다. 아마도 이런 연유로 위와 같은 이야기들이 생겨난 것으로 보인다. 저서로는 『동고유고(東皐遺稿)』가 있다.

있사옵니다."

이에 동고는 알았다며 고개를 끄덕였다. 그런데 이 딸아이가 16세가 되었어도 여태껏 신랑감을 가려서 내려주겠다는 말이 전혀 없었다. 그러던 어느 날 퇴궐하여 집에 돌아와서는 당장 피가를 불렀다.

"오늘 아침에 비로소 신랑감을 얻었네. 내 속히 불러오게 하마."

그러고 나서 바로 하인을 불렀다.

"너는 지금 육조거리 한성부(漢城府)¹⁶⁴ 앞으로 가거라. 거기에 빈 가마니를 뒤집어쓴 채 앉아있는 한 총각이 있을 게다. 꼭 그자를 불러오너라."

하인이 즉시 그곳으로 가서 이 정승 대감의 분부라 하며 데려가려고 하였다.

"정승 대감께서 무슨 일로 나를 부른단 말이오?"

라며 총각은 한사코 거절하며 가지 않았다. 하인이 위협을 하기도 하고 공갈도 쳤지만 끝내 꼼짝도 하지 않았다. 하인이 부득이하여 이 상황을 돌아가 고하자 대감은,

"내 필시 그러할 줄 알았느니라."

라고 하면서 다시 기수(旗手)¹⁶⁵ 몇 명을 보내 끌고 오다시피 데려왔다. 동고가 분부하였다.

"너는 아내를 얻고 싶지 않으냐?"

"소인은 아내를 얻을 생각이 없사옵니다."

동고가 재삼 권하자 총각은 비로소 그래 보겠다고 하였다. 피가가 곁

---

164 육조거리 한성부(漢城府): 육조거리는 지금 광화문 앞 세종로길로, 이곳에 육조의 각 기관이 자리하고 있었다. 이 거리 안에 한성부가 있었는데, 이조청(吏曹廳)과 호조청(戶曹廳) 사이에 있었다고 한다. 한성부는 한성의 행정과 치안을 담당하는 관서로 지금의 서울시청에 해당한다.

165 기수(旗手): 명확하지 않으나 상관의 명령을 전달하거나 호위를 맡은 군사 가운데 깃발 든 군사를 지칭하는 것으로 판단된다. 이를 '순령수(巡令手)'라고도 한다. 아마 하인으로 데려오기 어렵게 되자 이런 기수를 보낸 것으로 판단된다.

에서 그를 살펴보니 차림새가 남루한데다 생김새도 꾀죄죄한 것이 걸인에 진배없었다. 놀라움을 감출 수 없었으나 대감이 이미 분부한 터라 어쩔 수 없이 그 자리에서 그를 맞이했다. 사랑채로 데리고 가 그의 몸을 씻어주고 옷을 갈아입혔다. 대감이 피가에게 분부를 내렸다.

"길일을 잡지 말고 내일 바로 혼례를 치르거라. 며칠이라도 늦췄다가는 필시 저자를 잃게 될 것이야."

피가는 대감을 전적으로 믿었기에 그의 말을 한결같이 따라 다음날 초례를 치러 혼인시켰다. 온 집안에서는 입을 가리고 비웃지 않는 이가 없었으며, 모욕을 주기도 하고 침을 뱉기도 하는 등 몸 둘 여지를 주지 않았다. 그럼에도 이 총각은 조금도 부끄러워하지 않았다. 그는 한 번 장가를 든 뒤로는 두건도 쓰지 않고 버선도 신지 않으며 문밖으로는 한 발짝도 나가지 않은 채 밤낮으로 잠을 자는 것이 일과였다. 그래서 사람들은 다 그를 게으른 놈, 쓸모없는 인간이라고 지목하였다. 이렇게 3년이 흘렀다.

그러던 어느 날, 피가의 사위가 갑자기 일어나더니 대얏물에 얼굴을 씻더니 망건을 쓰고 의관을 정제하고서 앉는 것이었다. 온 집안 식구들이 놀라며 희한한 일이라 하였다.

"오늘 어째서 저렇게 빗질하고 씻는다지?"

"오늘 대감께서 필시 왕림하셔서 나를 찾을 거요."

그러자 다들 비웃지 않는 이가 없었다. 그런데 잠시 뒤, 문밖에서 느닷없이 물리치는 소리가 들려왔고 대감이 과연 문 안으로 들어왔다.

"너의 사위는 어디에 있느냐?"

라고 물으면서 곧장 방으로 들어가더니 사위의 손을 부여잡았다.

"장차 어찌한단 말인가? 어찌해? 이제 너만 믿을 뿐이다!"

"천운이니 어찌하겠사옵니까?"

"그렇다면 너는 필시 너의 아내와 집안 식구들은 구할 수 있겠지. 그때 우리 식구들도 꼭 함께 구해주어야 하느니라."

"보아하니 닥쳐올 세태가 어떨지는 단정해서 말할 수는 없습니다."

이렇게 몇 번 이야기를 주고받은 뒤에 대감은 곧장 떠나갔다. 이때부터 집안사람들이 이를 두고 이상해하지 않는 이가 없었고 대감이 그를 이렇게 대접했으니 그가 필시 보통 사람은 아닐 것이란 생각이 들었다. 그래서 그 뒤로는 그에 대한 대접이 이전보다는 조금 나아졌다.

어느 날 밤, 피가가 대감 댁에서 돌아와 막 대문으로 들어서는데 사위가 급히 불러서 여쭈었다.

"장인께서는 옷을 벗지 마시고 당장 대감 댁으로 가셔서 대감이 운명하시는 것을 지키셔야 합니다."

"내 지금 대감마님의 이부자리를 다 깔아드리고 오는 길이네. 저녁 진지를 드신 뒤에 담배를 피며 앉으셔서 손님들과 이야기를 나누고 있거늘 이 무슨 말인가?"

"여러 말 마시고 급히 가셔야 합니다. 급히요! 잠시라도 지체했다가는 임종을 지키지 못하게 될 것입니다."

피가는 의심스럽고 괴이하기 짝이 없었으나 곧장 돌아갔다. 대감의 침실로 들어갔더니 대감의 가래 끓는 소리가 나는 것이 아닌가. 대감은 피가가 들어온 것을 보고는 눈을 뜨고 쳐다보며 겨우 소리를 내었다.

"너는 어떻게 알았기에 갔다가 다시 돌아왔느냐?"

"소인의 사위가 이야기해 주었습니다만, 짐짓 믿지 않고 왔사옵니다. 대감마님의 병환이 무슨 연고인지는 모르오나 잠깐 사이에 이렇게 갑자기 위중해지셨단 말입니까?"

대감이 고개를 끄덕이더니 다시 일렀다.

"너의 사위는 이인(異人)이니라. 그가 하는 말이면 너는 모두 무조건 따르며 어기지 말도록 하여라."

이 말을 남기더니 바로 세상을 떠났다. 이리하여 피가는 마침내 자기 사위가 세상 밖에 있으며 재주를 감추고 있는 부류임을 알게 되었다. 그래서 그를 따라 믿는 것이 전보다 갑절이었다.

동고가 죽은 뒤 10여 년이 지나 사위가 갑자기 장인에게 이렇게 청하였다.

"제가 장인 댁에 들어온 뒤로 한 일이 아무것도 없습니다. 바라건대 장인어른께서 수천 금을 마련해주신다면 그 돈으로 장사를 해 볼까 합니다."

"좋네."

장인이 수천 금을 마련하여 내어주자 사위는 그 돈을 가지고 가서는 6, 7개월이 지나 빈손으로 돌아왔다.

"일이 잘 풀리지 않아서 지금 낭패를 보고 말았습니다. 만약 다시 오륙천 금을 마련해주신다면 마땅히 장사를 잘해보겠습니다."

이리하여 피가가 다시 돈을 마련해 주었지만 1년이 지난 뒤에 또 빈손으로 돌아왔다.

"지금 또 낭패를 보아 장인어른 뵐 면목이 없습니다. 하지만 집과 전답, 살림살이를 다 팔아서 저에게 주신다면 이번에는 장사를 더 크게 벌여 이전에 잃었던 것까지 보충해 보겠습니다."

피가는 이 제의가 허랑하기 짝이 없었으나 이미 대감이 임종할 때의 부탁이 있는 터라 집안사람들이 돌아가며 헐뜯고 남들이 비웃는 것까지도 일절 돌아보지 않았다. 하나같이 그의 말을 따라 가산과 시골 전장까지 다 팔아 내어주고는 자신은 남의 집을 빌려 살게 되었다. 1년쯤 지났을 때 사위는 다시 빈손으로 돌아왔다.

"장인께서 마련해주신 돈을 또다시 낭패를 보아 잃고 말았습니다. 저에게 대감 댁의 서방님을 뵙도록 해주신다면 거기서 돈을 얻어 다시 장사해볼까 합니다."

피가는 결국 사위와 함께 대감 댁으로 가서 서방님을 뵙고 또다시 오륙천 냥의 돈을 달라고 하였다. 동고의 아들은 그 말을 듣고 즉시 좋다며 돈을 마련해 주었으나 사위는 여전히 빈손으로 돌아왔다. 다시 장인에게 요청하기를 그 댁의 가장(家庄)과 시골의 전장 모두를 헐값에라도 팔아서 빌려달라는 말을 해달라고 했다. 이 요청을 들은 아들도 선친의 유지를 생각하여 한 마디 난색도 표하지 않고 그렇게 하라고 허락하여 이것들을 다 팔아 돈을 마련해 주었다. 그 뒤 7, 8개월 만에 돌아왔는데 애초에 돈을 가져간 때부터 그 햇수를 헤아려보면 거의 7, 8년 정도 되었다.

그 후 어느 날, 사위가 피가와 동고의 아들을 불러 모시고 건의하였다.

"두 집안의 재산이 모두 저의 손에 의해 완전히 거덜 나고 말았군요. 이제 무어라 아뢸 말도 없습니다. 하지만 일이 이미 이렇게 되었으니 어쩌겠습니까. 두 집안의 식구들이 저와 함께 시골로 내려가 생계를 꾸릴 수 있다면 아주 다행이겠는데 어떨는지요?"

다들,

"그러세."

라고 하여 마침내 날을 정해 두 집안 식구들은 일제히 노정에 올랐다. 소와 말을 준비하여 짐을 싣고 사람을 태워 동문(東門, 즉 동대문)을 통해 나갔다. 며칠을 간 끝에 어떤 산골짜기로 들어섰다. 그곳은 바위가 우뚝 우뚝하고 나무들은 울창하여 길은 끊어지고 산으로 막혀 있었다. 천 길 높이의 깎아지른 듯 서 있는 높은 봉우리를 맞닥뜨리자 이제 더 이상 발을 딛고 갈 곳이 없었다. 일행은 여기에서 타고 온 말과 소를 풀어주어야 했다. 이들 식구는 내려와 산 아래에 주저앉아 서로 돌아보며 눈물을 흘리는 수밖에 다른 도리가 없었다. 그런데 잠시 뒤, 석벽(石壁) 위에서부터 흰 베 수백 가닥이 내려오는 것이었다. 사위가 이에 두 집안의 식구들을 독려하여 다들 저 흰 베 가닥들을 붙잡고 이를 몸에 감아 올라가게 하였다. 위로 올라갔더니 그 산 맞은편 아래로는 평지인 넓은 들이 끝도 없이 펼쳐져 있었다. 그 위에 기와집 몇 채와 초가집 수백 칸이 있었으며 닭 울고 개 짖는 소리가 여기저기서 들려왔다. 그야말로 번듯한 하나의 작은 마을을 이루고 있었다. 두 집안 식구들은 두 곳의 기와집에 각자 나누어 거처하였다. 거기엔 곡식과 면포, 가마솥과 그릇 따위의 온갖 일 용품들이 제대로 갖추어져 있었다. 이제야 저 사위가 지난날 돈을 가져 간 게 바로 이 별처를 조성하기 위한 것이었음을 알게 되었다.

두 집안 식구들은 봄에는 밭 갈고 가을에는 수확하며 남자는 쟁기질 하고 여자는 베 짜며 세상 밖의 소식은 듣지 않은 채 그곳에서 산중의 재미를 누렸다. 그렇지만 동고의 두 아들은 원래 서울 재상집 자제들로 하루아침에 외딴 시골에서 문을 열어도 갈 데가 없는 신세가 된지라, 매번 서울을 그리워하는 생각에 울적하고 실의에 빠진 표정이 역력했다. 그래서 사위는 그들을 데리고 높은 봉우리로 올라가서는 손으로 한 곳을 가리키며 말하였다.

"서방님들, 저기 저 개미 같은 것들이 보이지 않습니까? 저것들은 다 왜놈들이랍니다. 세상 밖은 지금 난리가 났습니다. 올해 4월[166]에 왜구가 대대적으로 우리나라에 쳐들어와 백성들이 다 어육이 되었습니다. 저들 이 한양에까지 침범하여 전하께서는 지금 의주(義州)로 몽진(蒙塵)하셨답 니다. 이런 때에 집이 한양에 있었더라면 몸을 보전이라도 할 수 있었겠 습니까? 소인은 본래 세상에 나오려고 하지 않았으나 우연히 한 번 나왔 다가 마침 대감을 뵙게 되었고 대감께서는 직접 저의 혼인을 주선하셨답 니다. 그래서 소인은 벗어날 길이 없어 마침내 혼인하여 아내를 얻게 되었던 것이지요. 대감께서는 또 직접 저의 누추한 곳에 왕림하셔서 나 라의 운명을 걱정하시면서 집안 식구들을 소인에게 부탁하였답니다. 그 래서 몇 년 동안 경영을 한 끝에 여기에 한 무릉도원을 조성할 수 있었던 것이지요.[167]"

---

166 올해 4월: 즉, 1592년 4월. 이해 4월 14일에 임진왜란이 발발하였다.
167 이본 중에는 이어서 "제가 이렇게 한 이유는 대감께서 저를 알아봐 주신 은혜에 보답 하기 위함이었답니다."라는 내용이 더 들어있다.

동고의 아들들과 피가가 이 말을 듣고는 화들짝 놀라며 크게 깨달았다. 이로써 대감의 안목과 식견이 크고 영험했음을 더 잘 알게 되었다.

편안히 지낸 지 8, 9년이 되었을 때 사위가 동고의 아들에게 말했다.

"서방님께서는 이 땅에서 계속 사시려 합니까?"

"이곳에 살면서 세월을 보내고 싶소."

"안 됩니다. 서방님이 이 안에서 계속 계시게 되면 뒤에 자손들은 필시 평범한 백성 아니면 촌구석의 우매한 이들밖에 안 될 겁니다. 그러면 대감께서 조정에 나아가 벌인 사업들이 끝내 자취가 없어지고 말 것입니다. 이 어찌 한탄할 일이 아니겠습니까? 이제 왜놈들이 모두 달아나 나라 안이 말끔해졌으니 다시 세상에 나가셔야 합니다."

피가의 경우 '나야 다른 자식은 없고 다만 자네 내외만 있을 뿐인데다 이제 늙었기도 하니 이 안에서 여생을 마칠까 싶다.'라는 뜻을 밝히자 사위는,

"장인 같은 경우는 그렇게 하시지요."

라고 하였다. 드디어 동고 집안의 사람들을 데리고 곧장 산을 나와 충주 읍내의 남산(南山)[168] 자락에 도착하였다.

"이 터가 아주 좋군요. 후세에 필시 양식이 쌓이고 자손들도 번성하여 잇달아 과거로 벼슬을 하게 될 것입니다. 영원히 이곳을 터전으로 삼으시고 다른 곳으로 옮기지는 마세요."

그러고는 바로 인사를 하고 떠나갔다. 그 뒤로 그의 종적이 어떻게 되었는지는 알 수 없다고 한다.

---

168 남산(南山): '금봉산(金鳳山)'이라고도 하며 계명산(鷄鳴山)과 마주하고 있다. 이 산의 모양이 봉황과 닮았다고 하여 붙여진 이름인데, 고래로 마고할미의 전설이 있는 등 일종의 길지(吉地)로 알려져 있었던 듯하다.

음덕을 베푼 남생이 수명을 연장함

남(南) 아무개[169]의 맏아들인 아무개는 어영청의 군관이 되어 여러 해 동안 성실히 근무한 끝에 봉산군(鳳山郡)[170]의 둔전(屯田)[171] 감독관으로 나가게 되었다. 한번은 벼를 타작하는 마당에서 한 총각을 보게 되었다. 비록 그는 농사를 짓고 있었지만, 용모와 행동거지가 영락없는 양반붙이였다. 속으로 매우 불쌍해하며 그에게 출신 내력을 물었더니, 본래 양반 집안으로 신 씨(申氏)의 자식이었다. 연안군(延安郡)에 살고 있다가 작년에 큰 흉년을 만나 온 집안사람들은 뿔뿔이 사방으로 흩어졌고 저 한 몸만 지금 이곳에 있게 된 것이라고 하였다. 남생은 그의 말을 듣고 무척이나 가엽고 안타까워 3년 동안 감독관으로 있으면서 유독 그를 끔찍이 보살펴 주었다. 그리고 혼인까지 주선하여 양반집에서 아내를 얻도록 해주었다. 또 제일 높은 등급의 전답을 골라서 그에게 주어 이를 농작하여 가정을 이루고 생계를 꾸릴 수 있도록 하였다. 이로부터 신가는 조금씩 모양새를 갖추게 되었다. 그 뒤, 그는 가을이면 세목(細木) 한 필과 무명실 몇 근을 가지고 왔고 남생도 그 보답을 후히 하여 보내곤 하였다.

어느 날 남생은 느닷없이 돌림병에 걸려 땀이 나기 시작하였다. 젊은 사람이 갑작스러운 고열에 시달리는 상황이라 그 증세가 매우 위중한

---

169 남(南) 아무개: 이본 중에는 '南允默'으로 되어 있기도 하고, 이 이야기가 실려 있는 『계서야담(溪西野談)』, 『기문총화(記聞叢話)』 등에도 남윤묵으로 명시되어 있다. 남윤묵에 대해서는 미상인데, 참고로 『순조실록』에 '남윤묵의 아들이 비장(裨將)이 되었다.'는 언급이 나오는바, 동일인으로 짐작된다.

170 봉산군(鳳山郡): 황해도 서북부에 위치한 군으로 잘 알려져 있듯이 서도 탈춤 문화의 거점이었다. 참고로, 신 씨가 살았던 연안군(延安郡)은 황해도 서남부 해안을 끼고 있는데 흉년으로 식구들이 내륙 쪽으로 흘러 들어간 정황을 확인할 수 있다.

171 둔전(屯田): 권2 제6화 '공생 김 아무개 이야기' 참조. 정조(正祖)가 화성(華城)을 축조한 시기를 전후하여 이곳 봉산군에 둔전을 있었음을 기록되어 있는바, 18세기 말경에 실제로 이곳에 둔전이 설치되었음을 알 수 있다.

상태였다. 그래서 온 집안 식구들이 그의 숨을 이어가기 위해 여러 손을 썼다. 그런 그가 혼절한 지 반나절 만에 홀연 길게 숨을 내쉬더니 몸을 트는 것이었다.

"이상도 하지!"

식구들이 신기해하며 옆에서 물었다.

"어째서 이상하다고 하는건지?"

남생은 미음을 달라고 하여 몇 모금 들이키고 나서 일어나 앉았다. 그리고 그 이상하다는 내용을 이야기하는 것이었다.

"내가 두 귀졸에게 붙들려 갔는데 순간 훤한 관부에 이르렀지. 그곳은 누대가 크고 화려하며 사령들이 매우 많은 게 인간 세상에서는 볼 수 없는 곳이었어. 이 두 귀졸이 나를 문밖에 서 있으라 하고는 안으로 들어가더니 잠시 뒤에 관원 차림을 한 듯한 사람이 그곳에서 나오더군.

'그대는 서울에 사는 남 아무개가 아니오?'라고 묻기에, 나는 '그렇다'고 하였더니 그가 이러더군.

'나는 봉산군 아무 마을에 사는 신가 아무개의 할아비요. 어두운 이 속에서도 그대가 우리 손자 아이에게 은혜를 베풀어 주고 혼인시켜 집안을 일구게까지 해준 것에 대해서 감격하고 있다오. 그러나 유명의 길이 달라 이를 갚을 길이 없었소. 지금 그대의 연한(年限)이 다 차서 명부에서 사자를 보내 붙잡아 오게 하였으니 이제 곧 내가 죽어[172] 그대에게 결초보은할 때요. 아까 관부에서 이미 변통하여 곧 인간세계로 다시 돌아가게 되었으니 그대는 꼭 조심해서 이곳을 나가시오.'

그러고는 문지기를 불러서 잘 모셔 보내라고 분부하였지. 그 사람은 명부의 관원인 것 같았고……. 지금 내가 살아 돌아온 것은 신가 아무개

---

172 죽어: 원문은 '含珠'로, '함옥(含玉)'이라고도 하며, 옛날 장례 때 죽은 사람의 입에 구슬을 넣어주는 것을 말한다. 곧 죽음을 의미한다.

조부의 덕인 게지."

그리고 여전히 땀을 흘리면서 아무 일 없다는 듯 뜰로 나갔다. 그 뒤로
도 그는 신가에게 더욱 정성을 더해 후하게 대접하였다.

2-30

노비 박언립이 충심을 다해 가업을 이룸

첨지(僉知) 박언립(朴彦立)은 연양(延陽) 이 공(李公)[173] 처가의 종이었다.
그는 생김새가 우락부락한데다 사나웠으며 힘도 당할 자가 없었다. 한
끼에 한 되로도 항상 부족할까 걱정일 정도였다. 처음에는 저 먼 시골에
서 올라와 시킨 일은 그럭저럭 처리했으나 매번 배가 고프다고 툴툴거렸
고 게으름을 피워 나서서 일하는 법이 없었다. 그러다가도 한 번이라도
잘 먹게 되면 그 즉시 나가 땔감을 구해왔다. 나무를 뿌리째 뽑아서 산처
럼 짊어지고 왔다. 가난한 주인집에서는 식량이 모자라 그의 배를 채워
줄 수 없었고 또 험상궂은 그의 모습이 두렵기도 하여 내보내려고 하였
다. 하지만 언립은 나가려 하지 않고 이러는 것이었다.

"마님 댁의 심부름꾼이 부족하거늘 소인이 어찌 떠날 수 있겠습니까?"

그로부터 얼마 지나지 않아 바깥주인이 전염병에 걸려 끝내 일어나지
못하게 되었다. 과부와 어린 딸만이 가슴을 치며 통곡할 뿐이었다. 언립
도 통곡한 뒤에 안주인께 아뢰었다.

"마님께선 망극하시겠지만 이미 믿고 의지할 식구가 없는 지금 장례의
처음과 끝은 한시가 급하옵니다. 어찌 이렇게 통곡만 하시겠습니까? 집안

---

173 연양(延陽) 이공(李公): 즉 이시백(李時白). 그에 대해서는 권2 제22화 '어진 아내 이야기'
　　참조.

의 가재도구로 급히 처분할 만한 것이 있으면 소인에게 주십시오. 그러면 이것으로 장례를 치르는 데 있어 때를 맞출 수 있을까 싶습니다."

이에 안주인이 의복과 그릇 따위를 모두 내어 언립에게 주었다. 언립은 이 중에 돈이 될 만한 것들을 추려 저자로 달려가 돈을 마련하였다. 이 돈으로 염습할 물품들과 바꾸고 또 질 좋은 널빤지를 사서 함께 다 짊어지고 오는 길에 널을 짜는 장인을 불렀다. 장인은 널빤지를 진 것을 보고는 몹시 두려워 당장 뒤따라와서는 성의를 다해 관을 짰다. 또 여러 이웃 부녀자들을 써서 장례에 소용되는 물품들을 재봉질하게 하여 하나하나 정갈하게 마련한 후 곧 입관과 성복을 하였다. 그리고 다시 이름난 지사를 찾아가 상을 당한 집안의 슬프고 고단한 안타까운 사정을 알리면서 큰 가재도구 하나를 내어주며 가까운 곳에 묏자리를 봐달라고 청하였다. 지사가 그러겠다고 하자 언립은 말 한 필을 내어 자신이 직접 몰아 한 곳에 이르렀다. 지사가 그곳이 묏자리로 좋다고 하자, 언립은 산세를 가리키며 안대(案對)와 사수(砂水)[174]에 흠이 있어 적당하지 않다고 하였다. 그 말이 확실했으므로 지사는 몹시 놀라면서 부끄러워하였다. 게다가 그의 용모가 사나워 욕을 당하지나 않을까 염려한 나머지 다시 한 곳으로 갔다. 이곳이 자신이 평소 봐두었던 숨은 자리라며 알려주었다. 언립은 그곳을 한참 훑어보고 나서,

"이곳이라면 그나마 쓸 만하겠군."

라고 하더니 돌아가 안주인에게 이 사실을 알렸다. 날을 정해 하관하는 데 상여 나가는 일과 묘 쓰는 비용을 그가 다 도맡아 조금도 서운함이 없게 해주었다. 안주인은 이때부터 집안의 대소사를 모두 언립의 말에 따랐다. 장례가 끝나자 언립은 안주인에게 다시 고하였다.

---

174 안대(案對)와 사수(砂水): 모두 풍수상의 용어로, 안대는 자리 잡은 곳의 앞산인 안산(案山)이 병풍처럼 띠를 두르고 있는 형태이며, 사수는 용혈(龍穴) 주변에 배치되어 감싸고 있는 산과 물의 상태를 지칭한다.

"집안이 상을 치르느라 몹시 어려워져 계속 서울에 살기는 어렵습니다. 시골에 밭뙈기 있는 데로 가 몇 년간 농사를 지어 조금 살림이 넉넉해질 때가 되면 다시 돌아올 수 있을 것입니다."

안주인은 그렇겠다 싶어 세간을 옮겨 시골로 내려갔다.

언립은 농사에 밝은데다 힘이 좋았다. 특히 밭에 거름 내는 일과 토질을 바꾸는 법에 있어서 근면 성실하였다. 그 결과 일반 농토와 비교할 수 없을 정도여서 이 밭에서 나는 소출이 남의 열 배는 되었다. 그러니 이웃들은 그를 두려워하면서도 좋아하지 않을 수 없었다. 그리하여 옆에서 거들며 농사일에 매진하는데 그에게 미치지 못할까 여간 신경 쓴 게 아니었다. 이렇게 하여 5, 6년 사이에 가계가 점차 넉넉해졌다. 언립은 안주인께 고하였다.

"아기씨의 나이가 바야흐로 비녀 꽂을 때가 되었으니 이제 혼처를 구해야겠습니다. 하지만 이런 시골 안에는 합당한 혼처가 없으니 아무래도 서울 안에서 구해야 할 듯싶습니다. 아무 동네의 아무 댁은 마님 댁의 척숙(戚叔) 집안으로 소인도 전에 몇 차례 뵌 적이 있습니다. 마님께서 편지 한 통을 쓰셔서 혼처를 구하는 취지를 언급해주시면 소인이 당장 가서 전해드리겠습니다."

안주인이 그의 말에 따라 편지를 써서 주고 그에 상당한 선물을 넉넉히 보내었다. 언립이 상경하여 그 댁을 찾아가 온 이유를 아뢰고서 신랑감을 구하였다. 집 주인은 지금 조정의 높은 벼슬아치로, 넉넉하게 보내온 후의에 감동하여 진심으로 신랑감을 구해주겠노라고 허락하였다. 하지만 아직 합당한 혼처를 찾을 수 없었다. 그래서 언립은 향리(香梨) 한 짐을 사들여 자신이 배 장수로 행세하며 성 안팎의 사대부 집을 두루 돌아다니며 남몰래 신랑감을 물색하였다.

서소문(西小門) 밖에 있는 한 집에 이르렀는데 문과 담장이 망가지고 무너져 있어 가난한 형편임을 알 만하였다. 그곳의 한 총각 수재(秀才)가

칼을 뽑아서는 배 껍질을 깎아 연이어 몇 개를 먹더니 다시 열 개 남짓을 가져다가 자신의 소매 속에 넣는 것이었다.

"배 맛은 좋네. 내 지금 치를 돈이 없으니 뒤에 다시 오게나."

언립이 그의 외모를 보니 기개가 높아 범상치 않았다. 기쁜 마음을 감추지 못하고 수재에게 물었다.

"여기는 어느 분의 집입니까?"

"이평산(李平山)175 댁으로 이평산 어른은 나의 아버지이시네."

이 말을 듣고 언립은 높은 벼슬아치 댁으로 가서 어른에게 아뢰었다.

"서소문 밖에 있는 이평산 댁의 신랑감이 제일 낫사옵니다. 소개시켜 청혼할 수 있으면 매우 좋겠나이다."

"이평산은 바로 내 친구라네. 그 집 자식이 이미 장성했지만, 함부로 돌아다니며 학문을 하지 않아 남들이 다 미워하지. 이 때문에 아직 혼처도 못 정하고 있는데 어찌 그 애로 한단 말인가?"

언립이 굳이 청하자 벼슬아치는 어쩔 수 없이 이평산에게 통지하고 또 그 집안이 자못 풍족하며 규수도 매우 현숙하다는 사실을 이야기해 주었다. 이평산은 아들의 혼처를 정하지 못해 근심하던 차라, 이 말을 듣고 몹시 기뻐하며 그 즉시 혼인날을 정하였다. 이어 언립은 서울 안에 머물 집 하나를 정해놓고 바로 다시 시골로 내려갔다. 안주인께 혼처를 정해 혼롓날을 잡은 경위를 아뢰고 다시 식솔을 다 데리고 서울로 올라

---

175 이평산(李平山): 연평부원군(延平府院君) 이귀(李貴, 1557~1633)이다. 이 글 후반부에
는 연평이라고 나오는데 여기서 평산이라고 한 것은 그가 이 시기에 평산부사(平山府
使)를 지냈기 때문이다. 자는 옥여(玉汝), 호는 묵재(默齋), 본관은 연안이다. 1603년
에 과거에 급제하여 대사헌, 병조판서, 이조판서 등을 역임하였다. 그는 이이(李珥),
성혼(成渾)의 문하로 서인이며, 1623년 인조반정 때 여기 거론된 승평부원군 김류(金
瑬) 등과 주동이 되어 거사를 이끌었다. 그는 이 공으로 연평부원군에 봉해졌으며,
그의 두 아들 시백(時白)·시방(時昉) 등도 함께 참여하였다. 뒤에 호란이 일어나자
최명길(崔鳴吉)과 함께 화의를 주장한 주화파(主和派)로서 활약하기도 하였다. 저서
로는 『묵재일기(默齋日記)』가 있다.

갈 것을 청하였다. 안주인은 그의 말에 따라 서울로 올라가 딸의 혼례절차를 치렀다.

신랑인 연양(延陽)은 젊은 나이에 빼어난 준재였다. 다만 그 행실이 방탕 무례하여 사람들은 대부분 받아들이지 않았으나 언립만은 기특하게 여겨 자랑질이 입에서 떠나지 않았다. 혼조(昏朝, 즉 광해군) 계해년 (1623)이 되자 연평(延平) 이 공은 승평(昇平) 김 공(金公, 김류) 등 여러 사람과 바야흐로 반정을 모의하게 되었다. 그때 언립이 비록 천류(賤流)이기는 하지만 아주 뛰어난 재목이라는 소식을 듣고 연양더러 조용한 방으로 끌어들여 함께 일을 도모하게 하였다. 이어서 그에게 거사의 성패가 어떻게 될 것인가 물었더니 언립의 말이 이러했다.

"신하로서 임금을 치는 일을 권한다는 것은 참으로 어렵습니다. 그러나 인륜이 이미 무너져 나라가 장차 망하게 될 지경인데도 이를 권하지 않는다면 이 또한 어려운 것입니다. 다만 일을 함께할 여러분들의 사람됨이 어떠한지를 알지 못하겠군요."

이에 연양은 언립을 집에 머물게 하여 일을 함께할 사람들을 모아 만나게 하였다. 언립이 저들을 일일이 살펴보고 나서 연양에게 말하였다.

"저분들 모두 장상(將相)이 될 자질이 있으니 이 거사는 아마도 이루어질 겁니다. 그러니 소인은 이 거사에 참여치 않고자 합니다."

그러고는 인사를 올리고 떠나버렸다.

그가 떠난 뒤 한 달 남짓이 지났으나 간 곳을 알 수 없었다. 연양은 도무지 짐작이 가지 않아 심히 염려스러웠다. 그러던 어느 날, 연양을 그가 찾아와 뵙고 하는 말이 이러했다.

"소인이 이곳을 떠난 건 만일의 위급한 사태를 염려해서였습니다. 급히 바다로 들어가 세상을 피할 만한 한 섬을 찾았답니다. 이 섬은 토지 및 생선, 소금 따위가 풍족하여 세상을 피해 살 만하옵니다. 거사가 만약 잘못되면 소인이 모시는 상전 식구들이 들어가 살 수 있습니다. 지금

강가에 배 한 척을 마련해 두었으니 거사가 만약 위태로워지면 공과 소인의 상전께선 함께 강가로 나오심이 어떠실는지요?"

연양은 그렇게 하기로 하였다.

반정(反正)으로 새 임금이 등극하게 되자, 연평군의 세 부자(父子)는 일시에 반정공신으로 책봉되어 그 부귀가 혁혁하였다. 이때 언립이 갑자기 돌아와서 아뢰었다.

"소인은 상전댁에 이미 진 빚을 다 갚았답니다. 지금은 늙었으니 이제 아예 돌아가려 합니다. 오직 바라는 바는 대감마님께서 처가댁을 친부모님처럼 살펴주십사 하는 것입니다. 상전댁은 달리 제사를 받들 자식이 없으니 외손이 제사를 받드는 의례에 따라 향불을 끊이지 않게 해주신다면 천만다행이고 다행이겠습니다."

연양이 놀라서 물었다.

"너는 지금 어디로 돌아가려는 것이냐?"

"소인이 비록 비천하오나 제가 몸 둘 곳은 마련해 두었으니 세상에 더 오래 머물 수 없습니다. 하지만 소인에게 혈육 하나가 남아있으니 대감마님께서 잘 보살펴 주시어 꼭 제 상전댁 선영의 묘지기로 맡겨주신다면 어떠하겠습니까? 소인이 바라는 바는 이것뿐입니다."

그러면서 곧장 하직하고 물러갔다. 그 뒤로 그의 종적을 알 수 없었다.

2-31

기녀 추월이 늘그막에 옛일을 이야기함

추월(秋月)[176]은 공주의 기녀이다. 노래와 춤을 잘하고 맵시도 좋아 상

---

176 추월(秋月): 여기 이야기처럼 당대의 명기로 유명했다. 소설 「이춘풍전」에서 그녀는

방(尙方)[177]에 뽑혀 들어왔다. 소문이나 평판이 아주 높아 풍류남아들이 다투어 그녀를 선망했다. 어느덧 장안 화류계에서 주름잡은 지 벌써 수십 년은 되었다. 그녀는 늘그막에 매번 자기 평생에 세 가지 우스운 일이 있었다며 말한 적이 있다.

그 첫 번째다. 이(李) 판서 댁에서 피리와 노랫소리가 요란하게 울리던 때였다. 잡가(雜歌)를 부르자 줄 소리도 바뀌어 매우 급해졌다. 이때 마침 어떤 대감이 들어왔다. 풍모가 단정해 보이고 곁눈질도 하지 않았다. 올곧은 군자임을 알 수 있었다. 이 판서 주인 대감과 인사를 나누고는 이어 노래를 부르라 시키더니 실컷 즐겁게 놀다가 자리를 마쳤다. 그 자리에는 금객(琴客) 김철석(金哲石)과 가객(歌客) 이세춘(李世春),[178] 그리고 기생 계섬(桂蟾)[179]과 매월(梅月) 등이 함께했다. 며칠 뒤 한 하인이 찾아와 이들에게 알렸다.

"아무 대감께서 보자고 부르니 당신들은 서둘러 가서 대기하시오!"

평양의 명기로 설정되어 있으며, 이춘풍의 장삿돈을 다 탕진시키는 간교한 인물로 그려져 있다.

177 상방(尙方): 상의원(尙衣院)의 별칭으로, 왕의 의복이나 궐내의 물품을 맡아 보던 관청이다. 주로 의복을 관장했으므로 침선비 같은 궁녀들이 소속되어 있었다.

178 금객(琴客) 김철석(金哲石)과 가객(歌客) 이세춘(李世春): 김철석은 당대 거문고 명인으로 그의 생력은 미상이다. 현재 유득공(柳得恭)의 「유우춘전(柳遇春傳)」에 등장하는 '철(鐵)의 거문고'를 그로 추정하고 있다. 이세춘은 자가 자원(子元)으로, 영조 때의 유명한 가객이다. 그는 특히 오래전부터 전래되어 오던 시조에 장단을 배열하여 이를 가곡창으로 성립시킨 인물로 알려져 있다. 이들과 일부 기녀들은 조선 후기 음악 분야의 새로운 경향인 '줄풍류' 유행의 중심에 있었던 것으로 짐작된다. 권8 제19화 '평양에서의 풍류 이야기'에서 풍유랑 심용(沈鏞)이 똑같이 이들과 연회 자리를 함께 한 것으로 나온다.

179 계섬(桂蟾): 1736~1797. 심노숭(沈魯崇, 1762~1837)이 그녀의 전인 「계섬전(桂蟾傳)」을 남긴 바, 기녀로서는 드물게 구체적인 생애를 확인할 수 있다. 이 전에 의하면, 황해도 송화현(松禾縣)의 아전 집안 출신으로 문인 원의손(元義孫)·이정보(李鼎輔), 부상(富商) 한상찬(韓尙贊) 등이 가까이했으나 지조를 지켰으며, 나중에는 홍국영(洪國榮)의 노비가 되었다가 실각하자 기적(妓籍)을 면했다고 한다. 이후 심용(沈鏞)의 지원 아래 이세춘, 김철석 등과 활동하였다.

가객과 금객 및 기녀들은 이 부름에 응하여 따라가 보니, 바로 며칠 전 이 판서 댁을 찾아왔던 대감이었다. 대감은 자리를 벌여놓고 단정히 앉아있었다. 이들 일행이 문안을 올리고 나자 대감은 대청으로 올라오라 하더니 앉으라는 예의는 아예 없이 대뜸 하는 말이,

"노래를 부르거라!"

라고 하는 것이 아닌가. 이들은 흥이 일지 않았으나 마지못해 노래를 불렀다. 초장(初章)과 다음 장으로 넘어가 곡이 다 끝나지 않았는데, 대감은 몹시 성난 기색으로 아래로 다 끌어내리라고 하였다.

"너희들, 일전에 이 판서 댁 연회에선 노래며 거문고며 소리가 시원하게 울려 퍼져 들을 만하더니 지금은 소리도 낮고 가는데다 늘어지지 않느냐. 분명 싫은 기색이 역력한 게 하나도 흥취가 없구나. 내가 음률을 모른다 싶어 이러는 게냐?"

추월은 영리한데다 약삭빨라 벌써 대감의 의중을 알아채고 사죄하였다.

"연회가 막 시작된 참이라서 소리가 우연히 낮고 가늘어 죄송하고 송구하옵니다. 다시 한번 기회를 주시면 들보를 울리고 구름을 뚫는 소리가 순식간에 나올 것이옵니다."

대감은 특별히 화를 누그러뜨리고 용서하겠다며 다시 부르도록 했다. 기녀와 악사들은 서로 눈짓하며 자리로 돌아가 곧장 우조(羽調)[180]로 잡가를 불렀다. 고음으로 크게 소리쳐 부르니 매우 시끄럽고 어지러워 도무지 곡조라 할 수 없었다. 그런데도 대감은 몹시 흥겨워하며 부채로 서안을 두드리며,

"좋다, 좋아! 노래라면 으레 이래야 하지 않겠느냐?"

라고 하는 것이었다. 이윽고 노랫소리가 잠시 주춤해졌다. 잠깐 숨을 돌

---

180 우조(羽調): 산조나 여기처럼 잡가 곡창, 그리고 판소리 등에서 쓰이는 악조로, 장중하고 굳센 멜로디이다. 주로 진양조의 느린 장단에 맞춰 불린다. 슬프고 애타는 가락인 계면조(界面調)와 대비된다.

리고 있자니 주안상을 내라 하여 권하였는데, 맛없는 술과 말라비틀어진 육포가 전부였다. 요기하고 나자 대감은 바로,

"물러가거라!"

라고 하였다. 이들은 하직하고 돌아갔다.

그 두 번째이다. 한 하인이 찾아와 알렸다.

"우리 댁 나리께서 불러오라 하셨소."

이렇게 누차 소리를 질러대 결국 악사, 가객과 함께 뒤따라 나섰다. 그곳은 동대문 밖 연미동(燕尾洞)[181]의 한 초가집이었다. 사립문으로 들어가니 단칸방에 바깥 마루도 없이 흙 계단만이 덩그러니 있었다. 계단 위로는 멍석 하나가 깔려 있었다. 이들더러 그 자리에 앉아 줄을 고르고 노래를 부르라고 하는 것이었다. 주인은 찢어진 갓에 해진 도포를 입고, 가증스러운 얼굴을 하고 있었다. 그는 탕건만 쓴 채 시골 손님 몇 사람과 방 안에 마주 앉아있었다. 다 음관들이었다. 노래 몇 곡이 끝나자 주인은 손을 내저으며 그치라 하였다.

"이들은 들을 만한 게 없군!"

탁주 한잔을 돌리더니 다 마시자,

"물러가거라."

라 하였다. 결국 인사를 하고 돌아왔다.

그 세 번째이다. 여름철 세검정(洗劍亭)에서 열린 자리에 참석했다. 풍류 재사와 명사들이 운집해 있고 맑은 물 매끈한 바위 사이에 술상이 차려 있었다. 노래와 춤이 어우러진 잔치에 구경꾼들이 담처럼 둘러쳤다. 그때 깔끔하지 않은 옷차림에 외모도 초췌한 한 촌사람이 있었다. 그는 영락없는 거지 행색으로 멀찍이 연융대(鍊戎臺)[182] 아래에 자리하고

---

181 연미동(燕尾洞): 동대문 밖 동묘 부근 동망봉(東望峰) 아래 있던 마을로, 현재의 성북구 보문동과 종로구 숭인동 일대이다. 이곳에 연미정이란 정자가 있어서 붙여진 동명으로, 연미정동(燕尾亭洞)이라고도 불렸다.

서 추월을 뚫어져라 쳐다보았다. 추월은 이상하다 싶었는데 그가 다시 손짓으로 부르는 것이었다. 추월이 일단 다가가 만났더니 하는 말이 이랬다.

"나는 창원(昌原)의 납리(納吏)[183]라네. 자네의 고운 이름을 익히 들었거늘 오늘 다행히 이렇게 만나게 되었구려. 이름이 허투루 얻은 게 아닐세그려."

그러더니 허리춤을 더듬어 돈 한 꿰미를 꺼내 각별히 내밀었다. 하지만 추월은 속으로 비웃었다.

"천하의 바보 같은 사내가 네로구나!"

그녀는 부드러운 낯빛으로 거절하였다.

"명분 없는 물건을 어찌 받겠어요? 특별히 주시는 뜻은 감사하고 감사하나 받지 않아도 받은 것처럼 하리이다."

그래도 그는 굳이 주겠다고 하였으나 한사코 받지 않자 결국 입을 가린 채 가버렸다.

대감의 몰풍치와 음관의 의취 없음과 향리의 심한 어리석음, 이는 추월이 평생 잊을 수 없는 일이라고 하였다.

---

182 연융대(鍊戎臺): 도성과 북한산성 사이에 있던 군사훈련시설로, 북한산 아래 홍지문 뒤쪽 세검정 동편에 위치해 있었다. 이곳과 세검정은 현재 종로구 신영동 일대에 해당한다. 인조 때 이괄(李适)의 난 직후 도성 방비를 위해 이곳에 총융청(摠戎廳)이 설치되기도 했다.

183 납리(納吏): 상납리(上納吏)라고도 하며, 지방에서 납세하는 물품을 관리하며 이를 서울로 운송하는 일까지 맡았던 구실아치이다. 아마도 이 향리도 상납을 위해 창원에서 서울로 올라와 있었던 모양이다.

봉변에 직면한 절부가 높은 의기를 보임

절부(節婦) 이씨(李氏)는 이성(夷城)[184]의 양갓집 여자이다. 나이 열여섯에 같은 마을의 황일청(黃一靑)이라는 자에게 시집을 갔으나, 다음 해 열일곱의 나이에 과부가 되고 말았다. 시부모는 그녀가 젊은 나이에 자식도 없는 신세를 안타까워하여 다른 곳에 시집을 보내려 하였다. 하지만 그때마다 죽기로 수절을 맹세하였다. 그래서 이웃 마을에서까지 그녀를 일색으로 칭찬하였다. 이성의 풍속은 부녀자가 명분과 절개를 숭상하지 않았다. 또 행실이 고약한 악소배들이 많았다. 저들은 재주가 있고 용모가 뛰어난 과부가 있다는 소식을 들으면 반드시 무리를 이루어 그녀를 겁탈하였다. 여자들도 이것을 문제 삼지 않아 종종 일상이 되곤 하였다. 그러나 유독 이 씨만은 그 절개와 의리가 높아 저들이 감히 그럴 마음을 먹지 못했다.

한편 마을에 한필욱(韓必彧)이라는 홀아비가 있었는데, 그는 평소 이씨의 재색을 선망하여 매번 문밖에서 기웃거리는 등 주위를 맴돌며 뜨지 못하기 일쑤였다. 어느 날 필욱은 수십 명의 무뢰한과 밤에 이웃집에서 술을 마셨다. 얼큰해지자 필욱이 일어났다.

"오늘 밤에 황가네 과부를 취하는 것이 어떠냐?"

다들 손사래를 치고 고개를 저었다.

"그이는 절부야. 괜히 욕만 당할 뿐 아무것도 이루지 못할 게 뻔해."

"그렇지 않아. 오늘은 황가네 식구들이 다 밖으로 나가서 집에는 늙은이들만이 지키고 있을 게야. 우리가 맹수가 토끼를 잡아채듯이 겁탈하면 어찌 그 절개가 소용이 있겠는가?"

---

184 이성(夷城): 권2 제18화 '남해 박경태 이야기'에는 갑산(甲山)으로 나온다. 확정할 수는 없으나 여기에 거론된 풍속 따위로 짐작해보건대 아무래도 북쪽 변방인 갑산 일대를 가리키는 것으로 판단된다.

그래도 다들 따르지 않자 필욱은 버럭 화를 내었다.

"내 뜻을 거스르면 그자부터 반드시 두들겨 패주마!"

이리하여 다들 그를 따르게 되었다.

그날 밤 삼경이 되자 그녀의 집을 에워싸고서 대문을 부수고 들어갔다. 이 씨가 침실에 있는 것을 보고 겁탈하려고 하자, 이 씨는 빠져나갈 수 없음을 알고서 낯빛을 밝게 하고서 씩 웃었다.

"내 뜻은 이미 정해졌소. 다만 좋은 일은 서서히 해야 하거늘 하필 이렇게 급박하게 들이닥쳐서야 하겠소?"

이 말에 필욱은 몹시 기뻐하며 밖으로 나와 외쳤다.

"일이 다 처리되었으니 소란을 피우지 마라."

그러고서는 곧장 돌아들어 가니 이 씨는 보이지 않고 등불도 꺼져있었다. 불을 켜서 밝히니 이 씨는 거기에 있었으나, 이미 비단으로 목을 맨 상태였다. 필욱 등은 기겁하여 허둥지둥 겹겹의 담을 넘어 도망을 쳤다.

부모가 새벽녘에 집에 돌아와 보니 목을 맨 이 씨를 발견하고 경악하며 비통해했다. 이는 필시 한가 놈의 짓일 줄로 간주하고 관문에 나아가 통곡하며 이 사실을 아뢰었다. 놀란 태수도 안타까워하며 약을 내려주었으나 이미 늦은 뒤였다. 이리하여 한필욱과 함께한 패거리들을 붙잡아 와서 필욱은 감영에 보고하고 때려죽였으며, 그 나머지는 죄의 경중에 따라 뿔뿔이 귀양을 보냈다. 이 사실을 조정에 보고하자 그녀를 위해 정려가 내려졌다고 한다.

청구야담

권3

전 통제사가 미천한 때 재상 될 사람을 알아봄

통제사 전동흘(田東屹)¹은 전주(全州) 읍내 사람이다. 풍모가 빼어나고 골격이 기걸하며 지략도 깊고 뛰어난데다 감식안도 지녔다. 당시 훗날 정승이 되는 이상진(李尙眞)²이 그 이웃에 살고 있었다. 그는 홀로 편모를 모시며 외톨이인 채 고단한 신세였다. 방 안은 텅텅 비었고 가을에도 한 섬 거둘 쌀 한 톨조차 없었다. 이렇게 찢어지게 가난하다 보니 숙수(菽水)³를 잇기도 어려웠다. 그러나 언변이나 풍모가 눈이 갈 정도로 빼어났으며, 공부에도 근실하여 밤낮으로 궁구하며 책을 놓는 일이 없었다. 동흘은 나이는 그보다 적었으나 항상 이 공의 됨됨이를 높이 보아 자기 몸을 낮춰 사귀자고 하여 마침내 생사를 같이하는 벗이 되었다. 그는 항상 재물과 곡식을 나누어 주어 이 공의 어려움을 도왔으며, 이 공도 깊이 감격했다.

그러던 초겨울 말경, 느닷없이 동흘이 이 공에게 이런 제의를 했다.

"공은 외모로 보아 끝내는 부귀를 누릴 것이나 시운이 아직 이르지

---

1 전동흘(田東屹): ?~1705. '全東屹'이라 해야 맞다. 자는 사탁(士卓), 호는 가재(佳齋), 본관은 천안이다. 1651년 무과에 급제하여 효종의 신임을 받았으며, 숙종 연간에 포도대장, 철산부사 등을 지냈다. 1673년 함경도남병사가 되었고 이후 전라도 경상도 함경도 병사와 절도사 등을 역임했다. 그래서 여기서 통제사라 한 것이다. 특히 철산부사로 있을 때 장화(薔花)와 홍련(紅蓮)의 원한을 풀어 준 사적이 있는바, 이를 극화한 작품이 『장화홍련전』이다. 참고로 여기처럼 '全'을 '田'으로 표기한 사례가 있는 반면 '田禹治'를 '全禹治'로 잘못 표기한 경우도 있다.

2 이상진(李尙眞): 1614~1690. 자는 천득(天得), 호는 만암(晩菴), 본관은 전의이다. 1645년 과거에 급제하여 이조참판, 경상도관찰사, 이조판서, 우의정 등을 두루 역임하였다. 그는 숙종 연간 당쟁의 소용돌이 속에서 부침이 적지 않아 1689년 인현왕후 폐위 사건 때 그 부당함을 간언했다가 숙종의 진노를 사 종성(鍾城) 등지로 귀양을 가기도 했다. 1695년에 청백리에 추증되었다. 저서로 『만암유고(晩菴遺稿)』가 있다.

3 숙수(菽水): 콩과 물로 변변치 못한 음식을 뜻한다. 따로 '숙수지환(菽水之歡)'이라 하여 가난한 처지에서도 효를 다하여 어버이를 기쁘게 한다는 뜻도 있는바, 모친을 봉양한다는 의미도 있다.

않아 이렇게 형편이 어려운 모양이오. 위로 모친을 봉양하고 아래로 식솔을 거느리자면 여기서 구제될 길이 없을 게요. 내게 한 계책이 있으니 공은 내 말대로 따르기만 하오."

그러더니 집으로 돌아가서 다섯 말의 쌀과 누룩 몇 덩이를 가져와서 이 공에게 건네주었다.

"이것으로 술을 빚고 술이 익으면 즉시 내게 알려주오."

이 공은 그 말대로 하여 술이 다 익자 그에게 알렸다. 이에 동흘은 인근의 사람들을 죄다 불러놓고 통지하였다.

"이 선비님은 지금은 가난하여 형편이 어렵지만 필시 훗날 정승이 될 분이네. 편모를 모시는데 하루 끼니도 자주 잇지 못 할 정도로 살기 어려운 형편이라네. 이번에 농사를 지어 생계를 도모해 볼 참이네. 필요한 게 버드나무·가죽나무 말뚝이라네. 자네들은 이 술을 마시고 꼭 매일 길이 한 자 반쯤 되는 버드나무나 가죽나무 말뚝 쉰 개씩을 가져다가 도와주었으면 좋겠네."

인근 사람들은 왜 말뚝이 필요한지 알 수 없었으나 평소 동흘을 신뢰하고 있던 데다 이 공을 존경하던 터라 모두 한 소리로 잘 알겠다고 하였다. 동흘은 술을 내다 2백여 명을 대접했다. 며칠 뒤 버드나무 가죽나무 말뚝을 부탁한 개수대로 해왔다. 모두 수만여 개가 되었다. 동흘은 마소를 내어 이 말뚝을 전부 싣고 이 공과 함께 건지산(乾芝山)[4] 아래 땔나무 시장으로 갔다. 이 장이 서는 곳은 바로 동흘이 소유한 땅이었다. 이곳의 풀을 베어 주변을 깨끗이 쳐 내고 동흘과 이 공, 하인들까지 합세하여 곳곳에 말뚝을 박았다. 말뚝 깊이는 한 자 몇 치 정도였다. 일이 끝나자

---

4 건지산(乾芝山): 전주시 동편 덕진동에 위치한 산으로, '乾止山'으로 많이 쓰였다. '큰 둑을 쌓아 새어나가는 기운을 멈췄다.'는 의미로 전주의 땅 기운이 새 나가는 것을 방비하기 위한 목적이 있었다고 한다. 한편 연꽃이 많았던 덕진지(德津池, 현 덕진공원)와 연결하여 연꽃 모양을 하였다고 하여 붙여진 것으로 알려져 있다.

동흘은 이 공에게 말하였다.

"내년 봄에는 조를 심을 수 있을 거요."

이듬해 봄, 얼음이 풀리고 난 뒤 동흘은 조생종 좁씨 몇 말을 가지고 이공과 함께 건지산 아래로 내려갔다. 박아놓은 말뚝을 뽑아내고 그 구멍마다 좁씨 예닐곱 낱알을 넣고 새 흙을 가져다가 구멍을 대강 채우고 덮어두었다. 여름이 되자 조 싹이 구멍 안에서 솟아 나오는데 썩 크고 무성하였다. 그 가운데 가는 싹은 솎아내고 구멍마다 서너 줄기만 남겨두고 잡풀이 자라면 뽑아 주변을 말끔하게 가꾸었다. 조가 맺혔을 때 고개 숙인 좁쌀의 크기가 몽둥이만 했다. 이것을 타작하니 50여 섬이 나왔다. 이 공은 너무 기뻤으며 졸지에 부자가 되었다.

이 모두 버드나무나 가죽나무의 진액이 본래 기름진 데다 이것을 한 자 남짓 땅속에 꽂았기에 온전한 땅 기운에 다시 새 진액이 섞였던 결과였다. 게다가 겨울을 나면서 내린 눈비가 구멍 속에 스며들어 말뚝의 진액과 합쳐져 땅속 깊이 적셔졌기에 조가 이렇게 무성하게 자랄 수 있었던 것이다. 땅속 깊이 심으면 항상 윤기를 띠어 바람 걱정이 없는 데다 추위에도 끄떡없게 된다. 또 종자가 풀뿌리 밑으로 들어갔을 때 그 풀뿌리를 제거해 주면 풀이 지력을 나누어 가질 수 없게 되므로 좁쌀의 결실이 커질 수밖에 없다. 이는 당연한 이치로 동흘은 농사 이치를 깊이 깨달은 사람이라고 할 만하다.

이 공은 집안 살림살이가 점차 피고 노모를 봉양하는 걱정이 없어졌다며 기뻐하였다. 그런데 어느 날 갑자기 부엌 아궁이에서 불이 나 집 전체에 번지게 되었다. 마침 큰바람까지 불어 불 길이 맹렬한 바람에 치솟아 걷잡을 수가 없었다. 쌓아둔 조섬도 이 화마 더미에 휩쓸려 하나도 남은 게 없었다. 이 공은 '이렇게도 운명이 기박하단 말인가! 하늘의 도움을 받지 못하니 조조차 먹을 복이 없군.'이라며 탄식하였다. 모자는 서로 붙들고 일장통곡할 수밖에 없었다. 동흘도 자책하였다.

"천도(天道)는 아득하기만 하여 아직 헤아릴 수 없구나. 이 선비는 기상과 모습으로 봐서 결코 궁하게 죽을 사람이 아니거늘, 이번에도 재앙이 이리 잔혹하여 곡식 한 낱알도 남지 않았구나. 이 무슨 까닭이란 말인가? 혹시 내가 눈은 있어도 동자가 없는 것일까?"

이렇게 속으로 탄식하며 슬퍼하였다. 그때 마침 나라에 경사가 있어 특별히 과거가 열렸다. 동흘은 이 공에게 과거 보기를 권하였다.

"이번에 상경하여 과거에 응시해 보시오. 종과 말은 물론 양식까지 내가 마련할 테니 전혀 걱정하지 마시고."

이 공은 이윽고 동흘이 대준 자금으로 상경하였다. 마침 이 공의 집안 숙부가 유명한 벼슬아치로 있었다. 그가 숙부를 찾아가 뵈니 후하게 대접하며 가지고 있는 과문(科文)을 내보이라 하더니 확인하고는 기뻐하였다.

"글의 체제가 정결하고 자구도 참신하거늘 아직 한 번도 초시에 들지 못하였다니 늦긴 늦었구나. 이번 과거에는 모름지기 힘을 쏟아 보도록 하여라."

그러면서 시험 도구를 지원해 주었다. 이 공은 과장에 들어가서 직접 지은 글을 자필로 써서 일찌감치 시권을 제출하고 나왔다. 과연 단번에 장원으로 뽑혔다. 숙부는 이에 응방(應榜)[5]을 할 제반 비용까지 대주었다. 마침내 그는 조정에서 이름을 날려 당장 청직에 들었으며, 예문관·홍문관 등을 거쳐 명성이 자자해졌다. 이어 노모를 서울로 모셔 와 비로소 집안의 모양을 갖출 수 있었다.

이 무렵 전동흘도 이미 무과에 급제한 상황이었다. 이 공은 동흘을 초청하여 자기 사랑채에 머물게 했다. 이렇게 함께 지내면서 동흘에게 이런 말을 하기도 했다.

---

5 응방(應榜): 과거에 급제한 자의 명단을 발표한 다음 임금이 급제자에게 어사화 등을 하사하고, 급제자는 광대를 불러 풍악을 울리며 유가(遊街)를 하는데, 이 모든 절차를 일컫는다.

"자네와 나는 신교(神交)를 맺었네. 가문이나 서열은 애초 따지지도 않았거니와 문무 사이의 체면이나 예법도 따져 무엇 하겠는가? 비록 여러 사람과 너른 자리에서 같이 있더라도 공대하지 말고 평상시 대하듯 하여 피차 사이가 없도록 하세."

얼마 뒤 홍문관의 신료 몇 사람이 이 공을 찾아와 이야기를 나누게 되었다. 그때 동흘이 일어나 자리를 피하려고 하자, 이 공은 그의 소매를 붙잡아 앉혔다. 할 수 없이 동흘은 저들과 인사를 나누고 동석하게 되었다. 이 공은 동료들에게 동흘을 소개하였다.

"이 사람은 나의 둘도 없는 지기일세. 지략과 재주가 또래에서 발군이라 지금 세상의 사람이 아닐세. 훗날 나라에서 필시 저이의 힘을 빌리게 될 것이니 장차 크게 쓰일 사람이라네. 형씨들은 절대 평범한 무관으로 보지 말고 깊은 교분을 맺었으면 하네."

동료들도 동흘을 보니 신수가 훤하고 외모가 당당하였다. 서로를 돌아보며 기대와 칭찬을 아끼지 않으며 앞다투어 자신을 찾아오라고 하였다. 이에 동흘이 두루 찾아가 인사를 드렸다. 뛰어난 판단력과 똑똑한 언변으로 저마다 놀라게 하니, 사람들이 다투어 그를 발탁할 것을 청원하여 조정에서 이름을 드날렸다. 드디어 무반의 실직 서열에 들어, 선전관을 거쳐 여러 곳의 진장(鎭將)을 역임하였다. 백성을 근실하게 다스리고 군무에도 매우 능숙하여 그 명성이 자자했으며, 온 조정의 칭찬을 한 몸에 받았다. 그는 병사, 수사를 거쳐 통제사까지 지냈다. 팔순이 넘는 수를 누렸으며, 자손들도 많아 그중에는 연이어 무과에 급제하기도 하였다. 이리하여 마침내 우리나라 무반의 혁혁한 가문이 되었다.

이 절도사가 곤궁한 상황에서 가인을 만남

인조 때 황해도 봉산(鳳山) 땅에 이씨(李氏) 성을 가진 한 무관이 있었다. 그는 재산이 풍족했으며 성격도 꽤 활달하여 남에게 베풀기를 좋아했다. 사람을 믿어 의심하지 않고 급한 사정을 얘기하면 아낌없이 재물을 내주었다. 이 때문에 가산이 기울어 생활을 유지하기 어려운 지경에 이르렀다. 그런데도 풍골이 당당하고 빼어나 그를 본 사람이면 누구나 할 것 없이 영달하리라 기대하였다.

벼슬하여 선전관이 되었을 때다. 어떤 일에 연루되어 직을 잃고 고향으로 내려와 몇 년이 지났으나 병조(兵曹)에서는 한참이 지나도 그를 다시 벼슬에 추천하지 않았다. 그러던 어느 날, 이가는 아내에게 말하였다.

"무변이 시골에 파묻혀 있으니 벼슬자리가 절로 올 법이 있겠는가. 집안 형편도 이리 어려우니 이러다가 정말 하루아침에 구렁에 떨어지는 게 아닐까 두렵네. 탄식할 만하지 않은가? 남은 집터와 전답을 팔면 4백여 냥은 될 테니, 이것으로 상경하여 벼슬자리를 구해 보겠네. 얻으면 살고 못 얻으면 죽기밖에 더 하겠는가. 내 계획은 이미 정해졌네."

아내도 그러자고 했다. 이리하여 전답 따위를 전부 팔아 과연 4백 냥을 쥐었다. 이 중 1백 냥은 남겨 아내에게 주며 생계를 도모케 하고 3백 냥을 가지고 서울로 올라왔다. 이 걸음에 건장한 종이 따르고 준마를 타고 왔기에 제법 사람의 눈길을 끌었다. 벽제관(碧蹄館)[6]에 도착하여 하루 묵게 되었다. 하인이 말에게 여물을 주려는 즈음, 느닷없이 벙거지를 쓰고 옷을 산뜻하게 차려입은 자가 나타났다. 그자는 처음엔 엿보는가 싶더니 잠시 뒤 안으로 들어와 하인배와 말을 섞는데 제법 은근하면서도

---

6 벽제관(碧蹄館): 경기도 고양시 벽제역에 있었던 조선시대 관사로, 한양으로 오가는 길목이자 관서로(또는 의주로)에 설치되어 있었던 역관 10개 가운데 첫 번째이기도 했다. 특히 중국 사절이 한양으로 들어오기 전에 머물던 곳으로 유명하다.

친밀한 마음이 묻어났다. 하인들도 그를 반기며 어디서 오는지 물었다.

"병판 댁(兵判宅)에서 사환일 하는 몸이우."

이가가 슬쩍 그의 말을 듣고는 급히 불러 물으니 대답이 여전했다. 이가는 몹시 기뻐하며,

"나는 지금 벼슬을 구하러 상경하는 길이네. 원하는 쪽이 병조이니, 자네가 정말 병판 댁에서 믿고 맡기는 하인이면 나를 위해 중간에서 주선해 줄 수 있겠는가? 그런데 지금 여기에 온 것은 무슨 일로인가?" 라고 물었다. 그자의 대답이 이랬다.

"소인은 병판 댁 수노(首奴)이옵니다. 상전댁의 종들이 평안도에 많이 살고 있어서 지금 바야흐로 명을 받자와 공물을 걷으려 오늘 출발한 것입지요."

이가는 이 말을 듣고 아쉬워하였다.

"자네 같은 사람을 만나기가 쉽지 않은데 지금까지 못 만나고 있었군. 어찌하면 주선하는 묘책이 생기겠는가?"

"이거야 어렵지 않습지요. 소인과 함께 한양으로 들어가시지요. 대감 나리의 영을 받아 하직하고 나온 지가 벌써 여러 날이오나 좋은 날을 가려 출발하려다 보니 이제 막 길을 나선 참입죠. 상전께서는 이 사실을 필시 알지 못할 것이옵니다. 허니 다시 돌아가 나리를 위해 주선한 뒤에 출발해도 늦지 않을 거고요. 근데 행랑에 가져온 돈은 얼마나 되시온지?"

"삼백 냥일세."

"겨우 충당할 만하군요."

마침내 그를 따라 도성으로 들어갔다. 그자는 이가가 묵을 집 하나를 잡아 주었는데 바로 근처가 병판댁이었다. 집주인에게 잘 대접해 드리라고 당부까지 해두었다. 이가는 주인이 이자를 평소 잘 아는 사이로 알고 더욱 믿게 되었다. 그런데 이자가 자기 집으로 돌아간 지 며칠이 지났으나 나타나지 않는 것이었다. 이가는 속았다 싶어 걱정이 이만저만 아닐

즈음 이자가 다시 나타났다. 이가는 한나라 유방(劉邦)이 도망간 소하(蕭何)를 다시 얻은[7] 만큼 반갑기 그지없었다.

"며칠간 무슨 일로 오지 않았더냐?"

"나리를 위해 벼슬자리를 알아보는 게 하루아침에 다 되겠어요? 한 군데 요처가 있긴 한데 몹시 긴박하니 백 냥은 써야겠어요."

이가가 어떤 자리냐고 급히 묻자 그자의 말이다.

"병판 나리의 누님이 계신데, 지금 혼자 되어 아무 동네에 살고 있답니다. 대감께서 이분을 극진히 생각해 소청이 있으면 기필코 들어주시지요. 소인이 나리의 일을 그 댁에 아뢰었더니 마님께서 백 냥을 주면 좋은 자리를 당장 얻게 해주겠다고 하네요. 나리께선 이 돈을 아끼지 않으시겠지요?"

"돈이야 오로지 이 일을 위해 쓰려고 하는 것이니 다시 물어볼 게 뭐 있겠느냐?"

이가는 당장 전대에서 돈을 꺼내 1백 냥을 맞춰 이자에게 내주었다. 따라온 하인들은,

"나리께서 직접 가보지 않고 저자에게 다 맡기시다니요. 속이지 않을 줄 어찌 아옵니까?"

라며 의심을 거두지 않았으나 이가는 막무가내였다.

"저놈이 병판댁 하인이 분명하거늘 어찌 이리 사람을 불신하느냐?"

이튿날 그자가 돌아왔다.

"마님께서 돈을 받으시곤 몹시 기뻐하며 곧장 대감께 사람을 보내 산

---

7 한나라 유방(劉邦)이 …… 다시 얻은: '토사구팽(兎死狗烹)' 고사로 유명한 한신(韓信)이 처음 한나라 유방(劉邦)에게 귀의했다가 인정받지 못하자 도망친 일이 있었다. 유방은 후에 한나라 건국의 일등 공신이 되는 소하(蕭何)를 보내 그를 붙잡아 오게 하였는데, 한참 돌아오지 않았다. 이에 그가 한신과 함께 도망친 줄 알고 걱정이 이만저만이 아니었으나 뒤에 소하가 한신을 데리고 돌아오자 몹시 기뻐했다고 한다. 이 사실은 『사기』·「회음후열전(淮陰侯列傳)」에 전한다.

정(散政)[8]에 적당한 자리가 생기면 꼭 수망(首望)에 넣어 달라고 하면서 소홀하지 말도록 당부까지 하였답니다. 대감 어른도 그러시겠다고 했고요. 한데 필시 말에 신뢰가 가는 분이 옆에서 도와준 뒤에야 일이 더 확실해질 겁니다. 아무 동네의 아무 관리가 계신데 평소 대감나리와 친분이 두터우니 그분의 말이면 반드시 따를 거고요. 쉰 냥만 더 던지면 그분은 좋아하며 큰 힘을 보태고말고요."

이가는 분명 그렇겠다 싶어 그자더러 주선해 보라고 하였다. 이윽고 희색이 도는 얼굴로 돌아온 그는,

"과연 좋아하십디다."

라고 하였다. 이가는 다시 50냥을 내주었다. 그자가 또 돌아와서 하는 말이 이랬다.

"대감 나리의 별실이 있사온데 외모가 국색이라 세상에 둘도 없이 아껴 사내아이를 낳았답니다. 이 도련님이 퍽 영특하였지요. 이제 돌이 머지않아 잔치할 자리를 성대하게 차리고 싶으나 별실에겐 개인적으로 쌓아둔 재물이 없어 무척 걱정하는 중이고요. 만약 쉰 냥을 또 쓰시면 이 일은 더없이 완전무결해지겠지요."

이리하여 이가는 또 50냥을 꺼내 주었다. 이자는 이 돈을 가지고 가더니 곧 돌아왔다.

"별실이 과연 몹시 기뻐하며 힘껏 도와주겠다고 하네요. 이제 나리께서 좋은 자리를 얻는 것은 아침 아니면 저녁일 테니 앉아서 기다리기만 하면 되겠어요. 한데 무관이 벼슬자리에 나갈 때 관복을 정갈히 준비해 둬야 합니다. 쉰 냥이면 좋은 관복을 마련할 수 있을 거구요."

"그렇지! 그건 당연히 준비해야지."

이가는 이자에게 남은 돈으로 관복을 사서 준비해 달라고 부탁하였다.

---

8 산정(散政): 정식 도목(都目) 이외에 임시로 관직을 발령하거나 교체하는 정무를 말한다.

그로부터 얼마 지나지 않아 털벙거지와 철릭[天翼]에 넓은 허리띠[廣帶], 검은색 가죽신[烏靴], 황금 띠고리 등속을 한시에 들여왔다. 모두 번쩍번쩍하고 고운 것들이었다. 그는 자신이 제갈량을 얻은 듯 몹시 뿌듯했다. 처음 저자를 의심하던 하인들도 이젠 다 믿어 의심치 않고 필시 좋은 벼슬자리가 떨어질 거라며 목을 빼며 반겼다.

옷가지를 다 차려입은 이가는 곧장 명함을 품에 넣고 병판 댁으로 찾아가 판서를 뵈었다. 그는 판서에게 자기 경력과 현재 상황을 낱낱이 아뢰고 하소연하듯 잘 봐달라고 애원하였다. 그런데 병판은 턱만 끄덕일 뿐이었다. 그것도 억지로 해준 것이었고, 끝내 애틋해하는 한마디 말도 없었다. 이가는 병판이 으레 그러는 것이거니 생각했다. 그 뒤 다시 찾아가 뵈었으나 역시 여러 무변과 줄지어 문안 올리는 정도를 면치 못했다. 반기는 얼굴로 관대하게 대해줄 의향이 전혀 없었다. 도목정사가 있다는 소식을 들으면 그때마다 힘들게 찾아가 살펴보아도 자기 이름자와 비슷하다고 할 만한 명단은 아예 보이지 않았다. 이가는 마음이 몹시 초조하여 그자의 환심을 사려고 애를 썼다. 그가 오기만 하면 돈주머니를 꺼내 살진 고기와 큰 술상으로 맘껏 먹고 취하도록 했다. 이러다 보니 남아있던 50냥도 거의 다 떨어졌다. 애를 태우던 이가가 그자를 붙잡고 물었다.

"네 말이 여태껏 효과가 없으니 어찌 된 게냐?"

그자는 이가를 달랬다.

"대감께서 언제고 나리를 잊고 있겠습니까마는 아마도 바치는 자들이 나리보다 더하다 보니 그쪽이 더 우선인가 봅니다. 그러니 나리께서 바로 벼슬을 얻을 수 있겠어요? 허나 저들 중에 자리를 얻은 자들이 이미 많다고 하네요. 들으니 후일 산정이 있으니 대감께서 나리를 아무 직책의 후보로 올리겠다고 합니다. 이 벼슬이야말로 아주 좋은 자리이니 기다려 보십시다요."

그러나 이 산정의 정목(政目)에도 역시 그의 이름자는 들리지 않았다.

그자가 와서 하는 말이 이랬다.

"아무 관직에 있는 분이 부인 마님과 함께 대감께 힘껏 청했기에 이번에는 반드시 될 줄 알았답니다. 헌데 느닷없이 한 대신께서 아무 사람을 부탁하여 이를 받아들이지 않을 수 없었답니다. 그쪽에 자리를 뺏기게 되었으니 어찌합니까? 하지만 유월의 도목정사가 머지않았으니, 아무 관서의 자리는 재물을 제법 거둬들일 수 있답니다. 소인이 이미 그분과 마님에다 별실에까지 아뢰어, 이분들이 합심하여 대감 어른께 청해 흔쾌히 허락받아 냈답니다. 이번 일은 결단코 어긋나지 않을 테니 일단 기다려 보시기 바랍니다."

이가는 반신반의하면서도 감히 잘 대접하지 않을 수 없다 보니 가진 돈은 이미 바닥이 나고 말았다. 대정일(大政日)[9]이 되자, 이가와 하인들은 꼭두새벽부터 일어나서 소식을 기다리는데 눈이 뚫어질 지경이었다. 어느덧 해는 높이 떠 정오가 되고, 정오도 지나 포시(晡時)[10]가 되어갔다. 이조와 병조에서 내리는 임금의 비답까지 이미 끝났으나 이가의 이름자는 고요하니 들려오지 않았다. 그자도 아무 소식이 없었다. 이가는 실망하여 이만저만 괴로운 게 아니었다. 하인들이 비토하며 한탄하는 소란도 견딜 수 없을 지경이었다. 아무 소리도 내지 못하고 그자가 다시 오기만을 기다릴밖에. 하지만 전에는 날마다 들르던 자가 이번에는 사흘이 지나도록 나타나지 않았다. 이가는 이제야 의심이 크게 들어 당장 객관 주인을 불러 물었다.

"병판 댁 수노가 요즈음 통 오질 않으니 웬일이냐? 네가 그자의 사정을 잘 알고 있을 텐데 불러오지 않겠느냐?"

---

9 대정일(大政日): 12월에 거행하는 도목정사의 날이다. 일반적으로 도목정사는 6월과 12월 두 차례 행하였는데, 12월에 실시하는 도목정사가 규모가 가장 컸다.
10 포시(晡時): 보통 신시(申時)인 오후 3시에서 5시 사이를 지칭하나 해질녘, 또는 이른 저녁때를 가리키기도 한다.

그런데 주인은 모른다고 하는 것이었다.

"그자는 평소 잘 모르는 사람입니다. 병판 댁 수노인 줄은 나리께서 잘 아는 게 아닙니까? 소인이야 정말 잘 모릅니다. 다만 그자가 스스로 병판 댁의 종이라 했고, 나리께서도 병판 댁 하인이라 하기에 소인도 그걸로 병판 댁 종이라 믿었지 실제야 제가 어떻게 압니까?"

"어쨌든 네가 이미 친숙한 사이가 됐으니 그자의 집은 알게 아니냐?"

"모르지요! 나리께서 먼저 잘 아는 처지인데 진작 그의 집도 몰랐다니요?"

"어쩌다 보니 거기까진 생각하지 못하고 있었다."

그 뒤 그자는 종적을 감추고 다신 오지 않았다. 이가는,

'재산을 다 쓸어 모아 도적 한 놈에게 몽땅 털렸으니 누대의 집안 제사와 많은 식구를 다 구덩이에 처박고 말았구나. 친지와 이웃은 물론 처자식과 종들의 원망과 책망을 무슨 말로 푼단 말인가?'

라는 생각이 절로 났다. 다시 이런 생각이 들었다.

'평생 굽히지 않는 오만한 성격으로 어찌 비렁뱅이로 구차한 삶을 살랴? 백번 생각해도 오직 단번에 죽는 것밖에. 그래야 내 마음이 홀가분하겠어.'

마침내 목숨을 버려야겠다고 작정하였다. 이튿날 일찍 일어난 그는 곧장 한강으로 달려갔다. 옷과 갓을 벗고 몇 마디 고함을 내뱉고는 물속으로 뛰어들었다. 그런데 등과 배가 물에 잠기자마자 오싹하니 떨려 자기도 모르게 몸을 굽혀 뒤로 물러났다. 우두커니 서서 이가는 가만 생각하였다.

"스스로 죽기란 실로 어려운 일이군. 남에게 얻어맞아 죽는 게 낫겠어."

다음 날 아침, 술을 잔뜩 마셔 만취한 채로 철릭과 검은 가죽신에 황금 띠고리를 허리에 걸치고 팔척장신이 버젓이 큰 걸음으로 종로 거리로 직행하였다. 그를 본 사람마다 깜짝 놀라며 신령이 나타났다고 하였다.

한편 이가는 무리 속에 몸집이 크고 인상도 험악하여 힘 좀 쓸 듯한 자를 고른 다음 곧장 다가가 낚아채서는 발을 날려 힘껏 찼다. 그 사람이 외마디 비명을 지르고 나가떨어지더니 급히 일어나 도망쳐 내달렸다. 이가가 그를 뒤쫓았으나 따라잡지 못했다. 개탄스럽지 못해 한스러워진 이가는 다시 사람들 가운데 자신을 이길 만한 자가 있는지 쭉 둘러보더니 그만한 자에게 달려들어 우두커니 서서 눈을 부라렸다. 그 모습이 마치 미친 놈 같았다. 이리하여 그의 눈을 마주치기만 해도 누구 할 것 없이 둑이 무너지듯 달아나지 않은 이가 없어 거리는 텅 비어 얼씬거리는 사람 하나 없었다. 남의 손에 맞아 죽고 싶었으나 외려 사람들은 이가에게 맞아 죽을까 겁내는 판이니 죽는 것이 가당키나 한 짓인가? 날은 이미 저물고 있었다. 그는 깊은 슬픔에 젖어 돌아와야 했다. 밤에 누웠으나 잠이 오지 않았다. 아무래도 죽고 싶은 것 외에는 다른 마음이 들지 않았다. 그래서 또 생각했다.

"남의 집 안채로 들어가 그 집 처나 첩을 겁탈하는 수밖에! 그러면 분명 맞아 죽을 수 있겠군."

다음 날 아침, 또 술을 마시고 옷을 입은 후 큰 거리를 쏘다니기 시작했다. 여기저기 지나다니던 중 새로 곱게 단장한 어떤 집을 발견하였다. 곧장 그 집으로 들어가 중문까지 다다랐는데 그사이 그를 막는 자는 없었다. 급기야 안마루로 돌진하였다. 거기엔 한 젊은 부인만이 있었다. 스무 살 남짓으로 꽃 같은 얼굴에 달 같은 자태로 구름 같은 머리를 빗질하고 있었다. 그녀는 이가를 보고는 별로 놀라는 표정도 없이 물었다.

"누군데 남의 집 내실로 들어왔나요? 실성한 양반이 아니고서야?"

이가는 대답도 하지 않고 당장 마루로 올라가서 그녀의 손을 붙잡더니 머리를 당겨 입을 맞추었다. 여자는 그리 완강하게 거부하지는 않았고, 또한 주변에는 이를 나무라며 막는 사람 하나도 없었다. 순간 이가는 몹시 해괴하다 싶었다.

"네 지아비는 어디 있느냐?"

라고 묻자 여자는,

"남의 지아비를 물어 무엇 하려고요? 세상에 어찌 이런 일이 있는지? 취했는지 미쳤는지 따질 건 못 되고 나라에 법사(法司)[11]가 있으니 얼른 나가시오!"

라고 하였다. 그래도 이가는,

"네 지아비가 어디에 있는지만 말하거라. 나는 진짜 취해서 이러는 게 아니고 말 못 할 사정이 있어서 부득이 이러는 게다."

라고 하였다.

"그 사정이란 게 도대체 무슨 일인가요?"

"나는 원래 전에 선전관이었다. 한데 도둑놈에게 사기를 당해 재산을 모두 잃고 죽기로 단단히 맘먹었으나 스스로 죽는 것도 뜻대로 되지 않아 남의 손에 맞아 죽으려 했지. 그래서 누차 이런 일을 벌였으나 끝내 손을 쓰는 사람을 만나지 못했지 뭔가. 지금도 자네 지아비가 없는 모양이니 죽기도 정말 이렇게 어렵게 되었네. 이를 어찌한단 말인가?"

그러며 이가는 혀를 끌끌 찰 뿐이었다. 이 말에 여자는 큰 웃음을 쳤다.

"정말로 미쳤군요! 세상에 이리 애써 죽기를 바라는 이가 있다니요? 당신이 분명 그런 무반의 좋은 자리를 지냈다면, 이런 풍채를 가지고 헛되이 죽으려 하다니요? 나도 역시 부득이한 사정이 있는 몸이라 다른 누구에게 의지할까 하던 중이었답니다. 뜻하지 않게 당신을 만났으니 이거야말로 하늘이 맺어준 게 아니겠어요?"

어떤 사정이 있냐고 묻자, 그녀의 말이 이랬다.

"첩의 지아비는 역관(譯官)이랍니다. 본처가 집에 있는 데도 제가 미모

---

11 법사(法司): 법을 집행하는 기관으로, 조선시대에는 형조와 사헌부, 의금부, 한성부(漢城府)를 통칭하는 개념이었다.

가 있다는 소식을 듣고 재취하여 계실로 삼았지요. 지금 4년이 되었고요. 처음에는 저를 데려다가 한 집 안에 두었더랍니다. 하지만 본처가 사납고 투기가 워낙 심했지요. 남편은 이미 늙어 쇠한 몸이라 분란을 견디지 못하고 이 집을 사서 저더러 거처를 옮기게 했답니다. 남편은 처음에는 이곳을 오가며 자고 먹고 하며 아끼며 돌봐주는 마음이 없지 않았으나 본처의 투기가 두려워 얼마 지나지 않아서는 발길마저 아예 끊길 정도가 되었지요. 오직 종년 몇과 빈집이나 지키자니 과부나 다름없었지요. 작년에 남편이 수역(首譯, 수석 역관)으로 수행하여 북경에 가게 됐다는데 하필 일이 지체되어 그곳에 체류한 지 벌써 일 년이 되었으나 아직 돌아오지 못하고 있답니다. 소식도 끊겨 언제 돌아올지 알 수 없고요. 독수공방하자니 몸과 그림자가 서로 조문할 지경이네요. 먹고 입는 거야 떨어지진 않았으나 세상 살 마음이 싹 가셨지요. 봄바람 가을 달에 이는 슬픔을 스스로 애달파할 뿐이네요. 현재는 종년들도 단속할 사람이 없어 연달아 달아나 버렸고 늙은 몸종만이 남아 같이 지내고 있는데 이마저도 항상 집에 있지는 않고요. 사정이 이처럼 신산하답니다. 인생이 얼마나 길다고 늙어빠지고 돌봐주지도 않는 사람을 기다리며 사나운 본처의 시기와 질투를 혹독하게 받아야 한단 말인가요? 뜨거운 여름 낮, 기나긴 겨울밤 빈방에서 홀로 눈물을 뿌리는 이 신세가 도둑놈에게 속아 재물을 뺏기고 죽고자 해도 죽지 못하는 당신의 사정과 뭐가 다른 건지? 가만 생각해 보면 이 천한 몸은 사족(士族)과는 다르기에 무람없이 말라죽을 순 없지 않겠어요. 하여 다른 계책을 하려던 참에 뜻하지 않게 이런 기이한 만남이 있게 되었으니, 이는 분명 하늘이 우리 두 사람을 불쌍히 여긴 탓이겠지요. 이제 저는 정말 당신을 따를 터이니 당신도 아까처럼 과도하게 상심할 게 뭐예요?"

이가는 이 말을 듣던 중 처음에는 측은한 마음이 들었으나 뒤이어 자신도 모르게 기분이 좋아져 차분히 말하였다.

"자네 말도 좋네! 허나 여전히 돌아갈 곳이 없는 이 몸은 죽는 거밖에 없네."

"대장부가 못 되는군요. 그래도 이 만남이 우연이 아니니 어찌 이로운 길이 없겠어요? 제발 자신을 아껴 일생을 그르치지 마셔요."

여자는 이윽고 일어나 안으로 들어가더니 술상을 내와 손수 술을 따라 권하였다. 이가는 이미 그녀에게 반한 터에 이 말에 감동하여 권하는 족족 받아 마셔 취하게 되었다. 술기운이 제법 거나해지자 그녀를 데리고 방으로 들어갔다. 방 안은 그림 병풍에 비단 이불, 화문석과 수를 놓은 베개가 놓여 있었다. 벌과 나비가 꽃을 탐하듯 사랑의 정이 솟구쳐, 마른 풀에 비가 적시고 다 탄 재가 다시 불붙은 격이었다. 서로의 기쁨이야 묻지 않아도 알 만했다. 이때부터 이가는 여자의 집에 살다시피 하며 살고 죽는 걸 완전히 하늘에 맡겨 버렸다. 여자도 지아비의 집과 연을 끊으려던 참이라 더는 두려워하거나 꺼리지 않았다. 그저 좋은 옷과 맛난 음식을 차려 이가를 받들었다. 그 덕에 야위었던 이가의 얼굴은 점차 살이 붙고 고와졌다. 이렇게 밤이면 와서 자고 낮이면 나가 돌아다닌 지 어느덧 한 달이 흘렀다. 이제 죽고 싶던 마음은 아예 사라지고 사는 즐거움에 점점 빠져들었다. 그러나 여자에 대한 소문은 저절로 감춰지기 어려운 법이다.

얼마 뒤 역관이 귀국하게 되었고, 이를 알리는 서신이 먼저 당도했다. 여자는 도망쳤으면 좋겠다고 했으나 이가는 수치스러워 감히 돌아가지 못하고 미적거리며 결단을 내리지 못하고 있었다. 역관은 이미 고양(高陽) 객점에 도착해 집안 식솔들이 채비를 갖춰 마중을 나갔다. 역관이 아내에게 물었다.

"소실이 안 보이니 무슨 일이오?"

"그 애에겐 딴 남자가 생겼소. 이제 당신과 무슨 상관이라고?"

역관이 놀라서 사정을 묻자 아내는 소문을 낱낱이 들려주었다. 그는 화가 치밀어 술잔을 던지고 상을 밀치고는 급히 준마를 준비시켰다. 겨드랑에 예리한 칼을 찬 채 말을 달려 여자의 집으로 들어가 한칼에 둘을 다 벨 참이었다. 발로 대문을 차 열고는 좌충우돌하며 직진하여 고래고래 소리를 쳤다.

"도적놈이 어떤 자이기에 내 집에 들어와 내 아내를 훔쳤단 말이냐? 속히 나와 칼을 받거라!"

그 순간 한 사람이 창문을 열고 방문 앞에 섰다. 옷가지와 갓이 화려하여 빛이 났고 외모도 신선 같았다. 그는 옷깃을 풀어 젖히고 가슴을 내밀며 환한 낯빛으로 웃으면서 말하였다.

"내 오늘 정말로 죽을 곳을 얻었구나. 너는 내 가슴을 찌르거라!"

그의 마음과 기색이 편안하고 여유로워 조금도 흔들리는 모습이 아니었다. 역관이 막 얼굴을 들어 그를 보자마자 자신도 모르게 겁이 덜컥 났다. 마치 후경(侯景)이 양무제(梁武帝)를 바라보듯[12] 움츠러들어 기가 질리고 어안이 벙벙하여 바보가 된 양 뒤로 물러섰다. 한마디도 꺼내지 못하고 그저 몇 번 혀를 찼다. 그러더니 홀연 칼을 내던지고 그에게,

"여기 집이랑 소실과 재물은 그대 마음대로 하시오."

라고 하고는 망연자실한 채 뒤도 돌아보지 않고 떠나갔다. 여자는 이때 벽장 속에 숨어 있다가 이 상황을 엿보았다. 그러고는 나와서 이가에게 말하였다.

"저런 못난 인간이 무얼 하겠어요? 그렇지만 여길 속히 떠나야겠어요."

다락으로 다급히 올라가 궤짝 하나를 꺼내왔다. 그 안에는 천은(天銀)[13]

---

12 후경(侯景)이 양무제(梁武帝)를 바라보듯: 후경(?~552)은 육조시대 남조(南朝) 양(梁)나라 출신으로, 자는 만경(萬景)이다. 그는 처음에 무제(武帝)의 신하였으나 뒤에 반란을 일으켜 왕성을 함락시키고 '한제(漢帝)'라 참칭하였다. 왕성을 함락했을 때 무제와 대면하게 되자, 그 위엄에 얼굴을 똑바로 보지 못하고 식은땀이 흘렀다고 한다. 어쨌든 이 반란으로 무제는 죽고 그도 장수 왕승변(王僧辯)에게 패하고 죽고 말았다.

13 천은(天銀): 순도가 매우 높은 은으로, 최고 품질을 자랑한다. 한편 금은의 순도를

3백 냥이 들어있었다.

"우리 아버지도 부자였어요. 이것은 시집올 때 아버지가 제게 혼수로 주신 것인데 깊이 숨겨두었기에 아무도 있는 줄 몰랐지요. 아버지가 돌아가신 지 이미 오래고 살길을 도모할 만한 이도 없었다가 이제 다행히도 주인을 만났네요. 이것으로 밑천을 삼을 만하겠지요."

여자는 또 농짝 하나를 끌어내 속을 보여주었다. 그 안에는 금과 옥은 물론 진주와 꾸미개를 비롯해 온갖 패물과 비단 옷가지가 들어 있었다.

"이것도 수백 냥은 되니 잘 굴리면 부자가 못 된다고 근심할 게 있겠어요? 속히 말몰이에게 실으라고 하세요."

다음 날 새벽, 이가는 마침내 두 하인과 두 필 말에 짐을 가득 싣고 그녀를 위에 태우고 자신은 뒤를 따라 봉산으로 치달려 돌아왔다. 한편 역관은 감히 뒤쫓지 못하였고 그 처는 그녀가 떠난 걸 다행스러워했다. 오직 남편이 저들의 죄상을 밝히려 할까 걱정되어 잡아오려 치면 막아서며 말리었다.

이가는 그녀가 준 자본으로 전에 팔았던 토지를 모두 사들였다. 그리고 그곳에 경작 따위를 잘하여 경영한 지 몇 년 안에 부잣집이 되었다. 이후 다시 벼슬자리를 얻고자 상경하였다. 전날의 과오를 깊이 거울삼아 주도면밀하게 힘을 쏟은 덕에 오랜만에 관직을 얻어[14] 출륙(出六)[15]을 하고, 차례차례 승진을 거듭하여 여러 차례 요처의 진장을 거쳐 절도사에 이르렀다. 그리고 그녀와 함께 살며 누린 복록이 매우 성대했다.

10등분으로 나누었는데, 천은은 최고의 등분이었던바 '십성은(十成銀)'이라고도 한다.
14 오랜만에 관직을 얻어: 원문은 '甄復'으로, 벼슬에서 물러난 지 오래되었거나 이미 퇴직한 사람에게 다시 관직을 내려준다는 뜻이다. 따로 '견서(甄敍)', '견차(甄差)'라고도 한다.
15 출륙(出六): 7품직 이하 관원이 6품직 이상으로 승급하는 것을 말한다. 지금도 비슷하게니와 예전에도 관료사회에서 중요한 고비였다.

거사가 묏자리를 점지하여 고운 아내를 얻게 해줌

성거사(星居士)는 가산(嘉山)[16] 사람이다. 속가에서의 성은 장씨(張氏)이고 법명은 취성(就星)으로, 일찍 부모를 여의고 15세에 출가하였다. 강릉 오대산의 월정사(月靜寺)[17]에서 삭발하고 법승인 운대사(雲大師)의 제자가 되었다. 그는 똘똘하고 영민하여 여러 제자 가운데 특출하였다. 그러니 대사는 그를 매우 아껴서 항상 이렇게 말하곤 하였다.

"내 의발(衣鉢)을 취성에게 전하리라!"

그는 3년 동안 여러 경문을 죄다 가르쳤으나 오직 3권의 책만은 상자 안에 깊이 감춰두고 남들이 보지 못하게 했다. 그러던 어느 날, 대사가 금강산 유점사(榆岾寺)[18]의 가사회(袈裟會)[19]에 가려 하면서 취성에게 일렀다.

"내가 돌아오는 것이 채 일 년이 되지 않을 것이다. 너는 모름지기 착실히 공부하되 저 상자 속에 넣어둔 세 권의 책은 절대 꺼내 보아서는 안 되느니라."

마침내 석장을 날리며 떠나갔다. 취성은 제자들과 함께 산문에서 대사에게 절을 올리고 돌아왔다. 하지만 속으로 의아하기 짝이 없었다.

---

16 가산(嘉山): 평안북도의 군명으로, 현재 박천군 가산면이다. 1811년 홍경래의 난이 일어났을 때 그 근거지가 된 곳으로, 이듬해 이 때문에 현으로 강등되었다. 과거 정주 (定州), 박천으로 이어지는 중국으로 가는 길목 중의 하나였다.

17 월정사(月靜寺): 현재 강원도 평창군 진부면에 소재한 사찰이다. 633년에 자장율사(慈藏律師)가 창건한 것으로 알려져 있으며, 이 경내에 상원사와 적멸보궁에 동종(銅鐘)과 진신사리가 봉안되어 있다.

18 유점사(榆岾寺): 강원도 고성군 서면, 즉 금강산 내에 있는 사찰로 서기 4년(즉 유리왕 23)에 창건되었다고 전하나 실제로는 신라시대에 창건되었다. 이 연기 설화가 민지(閔漬)가 1297년에 편한 『금강산유점사사적기(金剛山榆岾寺事蹟記)』에 들어 있는데, 이 기록에 의하면 석가모니 입적 뒤 인도에서 부처님의 모습을 구현하기 위해 53구의 불상을 조성하였고, 이 불상이 바다를 건너 금강산에 이르러 큰 느티나무가 있는 이곳에 봉안하게 되었다고 한다. 내금강의 장안사, 표훈사 등과 함께 금강산을 대표하는 사찰이다.

19 가사회(袈裟會): 미상이나 승려들의 법회 따위 또는 결제(結制) 따위를 일컫는다.

'사부께서 숨겨둔 그 세 권의 책은 무슨 기이한 글이기에 제자들더러 한 번도 못 보게 한단 말인가?'

틈을 보아 상자 속을 더듬어 이 책을 꺼내서는 펼쳐보니 불경이 아니라 바로 지리서였다. 위로는 하도낙서(河圖洛書)[20]로부터 아래로는 천문(天文)과 역법(曆法)에 이르기까지 망라되어 음양오행의 수와 구궁팔괘(九宮八卦)[21]의 법이 그 현묘한 이치를 구비하고 있었다. 길흉이 다 드러나니 이야말로 천고에 전해지기 어렵다는 비결이었다.

취성은 이 책을 보고는 점점 홀린 듯이 빠져들어 불경은 아예 그만두고 이 책들 읽기에만 매달렸다. 그리하여 반년이 채 지나지 않아 그 묘리에 정통하게 되었다. 온종일 산을 다니며 혈의 기세와 풍수의 배치를 손바닥 들여다보듯 환히 꿰뚫으니 그 지세가 눈앞에 훤히 드러났다. 그는 이제 자기가 전해지지 않던 이 어려운 신술을 이미 터득해 인간 세상의 부귀는 손에 침을 뱉듯 쉬운 일이라고 여기고서는 마침내 환속할 마음이 생겼다.

그 후 어느 날 갑자기 이렇게 깨달았다.

'석가의 가르침을 배우는 것은 마음을 바로 하는 게 우선이지. 내 출가한 지 십 년이지만 지금까지 반점의 잡념도 없었거늘 지금 사악한 마음이 느닷없이 생겨났구나. 스승의 가르침을 따르지 않아 석가의 교리를 제쳐놓고 풍수지리의 방술에만 푹 빠져버렸으니, 이 어찌 수행에 방해가 되지 않겠는가? 게다가 사부께서 이 사실을 알게 되면 큰 견책을 면하기 어려울 거야.'[22]

---

20 하도낙서(河圖洛書): 즉 하도(河圖)와 낙서(洛書)로, 권1 제23화 '박진헌 이야기' 참조.
21 구궁팔괘(九宮八卦): 『주역(周易)』에서 말하는 방위이다. 팔괘는 즉 이(離, ☲), 간(艮, ☶), 태(兌, ☱), 건(乾, ☰), 곤(坤, ☷), 감(坎, ☵), 진(震, ☳), 손(巽, ☴)의 8개의 방위이고, 구궁은 여기에 중앙을 포함하는 개념이다. 참고로 진괘는 동쪽, 태괘는 서쪽, 감괘는 북쪽, 이괘는 남쪽을 가리키며 곤괘는 서남방, 건괘는 서북방, 손괘는 동남방, 간괘는 동북방에 대응된다.

이리하여 마침내 단향(檀香)을 피우고 방석에 가부좌를 한 채 손으로는 염주를 돌리고 입으로는 게를 염송했다. 그 뒤 얼마 지나지 않아 대사가 다시 돌아와서는 취성을 불렀다.

"네가 네 죄를 아느냐?"

취성은 섬돌 아래로 내려와 무릎을 꿇은 채 대답하였다.

"제가 사부님을 모신 지 이미 십 년이 지났습니다. 실로 터럭만큼도 불손한 일이 없었거니와 정말이지 어리석은 저로서는 무슨 죄를 지었는지 알지 못하겠사옵니다."

그러자 대사가 크게 꾸짖었다.

"수행하는 공부에는 세 가지 조목이 있느니라. 그것은 몸과 마음과 뜻이니라. 그런데 너는 옛 가르침을 저버린 채 잡된 방술에 집착하여 불가의 적멸을 싫어하고 세속의 부귀만을 쫓느라 십 년의 공부가 하루아침에 무너져버렸다. 너의 죄가 커서 잠시라도 이곳에 머물게 할 수 없구나. 속히 산에서 내려가도록 하여라."

마침내 심하게 매질하여 쫓아내 버렸다. 취성은 자신이 불문에 용납될 수 없다는 걸 깨닫고는 고향으로 돌아가기로 하였다. 강릉에서 출발하여 경성을 향해 가는데 그 지나온 산천 중에 풍수상 좋은 길지가 손으로 다 꼽을 수 없을 정도였다. 그래서 용절(龍節)과 좌향(坐向), 소사(消砂)와 납수(納水)[23] 따위를 세세하게 기록하여 주머니에 넣어두었다. 곧장 도성 문 안으로 들어와 그가 찍어놓은 명당을 팔려고 도성 저잣거리를 두루 다니며 만나는 사람마다 거래를 붙였으나 이 말을 들은 이들은 다

---

22 석가의 가르침을 …… 면하기 어려울 거야: 여기 내용은 『구운몽(九雲夢)』의 일부를 차용했을 정도로 성진의 언설과 유사한 부분이 많다.

23 소사(消砂)와 납수(納水): 모두 풍수 이론에서 나온 말로, '소사'는 숙도오행소사법(宿度五行消砂法)을 말하는 듯하다. 이는 산이 위치한 방향이 건물이나 묘택에 주는 영향을 판단하는 것이다. '납수'는 지관이 땅을 관찰할 때, 땅속 물줄기의 방향에 따라서 땅의 좋고 나쁨을 아는 것을 말한다.

거짓말이라고 치부하여 아무도 사려 하지 않았다. 취성은 속으로 적이 한스럽고 안타까워 마침내 고향인 가산으로 향했다.

가는 도중 평산(平山)[24]에 이르렀는데 신고 있던 미투리가 다 해지고 말았다. 그는 발의 크기가 한 자 남짓이라 길가에서 파는 신발은 하나도 맞는 게 없었다. 이미 발이 부르튼 상태로 근근이 앞으로 나아가 겨우 몇 리쯤을 갔을 때 한 마을에 이르게 되었다. 그곳에 있던 한 상주(喪主)가 취성이 신발도 신지 않은 채 발이 부르튼 걸 보고는 큰 신발 하나를 내주었다. 성거사는 마음속으로 깊이 감격하여 물었다.

"주인께서는 부모상이 있으신 모양인데 안장은 하셨습니까?"

"묏자리가 아직 정해지지 않아 이러구러 반년이 되도록 아직 안장은 하지 못하였소."

"내가 풍수에 대해 조금 알고 있으니 상주께서 내 말대로 하겠다면 묘 구덩이 하나를 잡아드려 신을 주신 그 후의에 보답하고자 합니다."

상주는 이 말을 듣고 매우 기뻐하며 당장 중당(中堂)[25]으로 맞아들여 살뜰하게 대접했다. 성거사는 이윽고 상주와 함께 나가서는 십 리쯤을 채 못 가서 묏자리 하나를 점지해 주었다.

"이 자리는 참으로 명당자리요. 대대손손 언제라도 음복을 입을 것이요. 지금 상주께서 가난하지만 해를 넘기지 않아 큰 부자가 될 것이며, 삼년상을 다 치르고 난 뒤에는 과거에서 장원을 차지하게 되오."

이렇게 일러 주고는 마침내 인사를 나누고 떠났다. 여기 이 상주는

---

24 평산(平山): 황해도 중동부 지역에 위치한 군으로, 평산 이씨의 본향이기도 하다. 동쪽은 금천군과 신계군, 서쪽은 벽성군과 재령군, 남쪽은 연백군, 북쪽은 봉산군과 접해 있었다. 군내에 있는 자모산성(慈母山城)은 임꺽정이 웅거하던 곳으로 유명하며, 「김영철전(金英哲傳)」의 작품 말미에 주인공 김영철이 노년에 자식을 대신해 군역을 지고 들어간 곳도 이곳이다.

25 중당(中堂): 일반적으로는 집 중앙에 위치한 대청마루를 지칭하기도 하나, 특별히 상이 나거나 제사가 있을 때 신주를 모시던 장소를 말한다.

바로 평산 이씨(平山李氏)의 조상[26]이다. 이곳에 안장한 뒤 성거사의 말처럼 하나하나 그렇게 되었다.

성거사가 가산으로 돌아와 갈산(葛山) 아래에 몇 칸짜리 초가집을 지었다. 이 집 뒤 산벽에 작은 구멍이 하나가 있었다. 거사는 매일 아침 진언(眞言, 곧 주문)을 외면서 손으로 그 구멍 속을 더듬으면 두 되의 쌀이 안에서 나왔다. 이것으로 아침저녁 밥을 해 먹었다고 한다.

숙천군(肅川郡) 백운산(白雲山)[27]에 안씨(安) 성을 가진 한 형제가 있었다. 이들은 일찍 부모를 여의고 고아가 되어 나이 서른이 넘도록 장가도 들지 못하고 있었다. 생활하기가 너무 어려워 다 남의 집 고용살이를 해야 했다. 성거사가 이 백운산 아래를 지나가고 있었는데 때는 마침 6월이었다. 길에서 갑자기 비를 만나 서둘러 민가로 피하였는데 그곳은 안가들이 고용살이하고 있던 집이었다. 성거사가 이 집 문 앞에서 한참을 서서는 비가 개기를 기다렸으나 산의 해가 다 저물도록 빗줄기는 잦아들지 않았다. 성거사가 그 집 주인에게 하룻밤 묵어가기를 청했으나 주인은 욕을 해대며 받아주질 않았다. 마침 안가가 소 꼴을 먹이고 나오다가 거사를 보게 되었다.

"이 집 뒤편 조그마한 방이 바로 내 집이요. 허름하고 누추한 걸 탓하

---

26 평산 이씨(平山李氏)의 조상: 여기서는 평산 이씨의 중시조를 지칭하는 것으로 판단된다. 참고로 현재 평산 이씨의 시조는 이부명(李敷明)으로 당(唐)나라 설인귀(薛仁貴)의 제자로 알려져 있다. 그런데 그 뒤 세계(世系)가 실전되어 고려 때 밀직부사를 지낸 이자용(李子庸)이 기세조(起世祖)가 되었다. 이빈(李彬)은 이자용의 아들로 찬성사를 지냈으며, 그의 아들인 이수헌은 조선에 이르러 부사를 지냈다. 이수헌의 큰아들 이천위는 우찬성을, 둘째 아들 이천경은 관찰사를 지냈으며, 이지하는 판서를 역임하여 씨족의 기틀을 튼튼히 하였다. 이 밖에도 참의를 지낸 이원열, 동지중추부사를 지낸 이석곤, 돈령부사를 지낸 이창식 등이 씨족을 빛낸 대표적인 인물들이다.

27 숙천군(肅川郡) 백운산(白雲山): 숙천군은 평안남도 서북쪽에 위치한 고을로, 본래 평원군(平原郡)이었는데 조선시대로 들어와 숙주(肅州)라고 하였다. 군사적 요충지여서 도호부(都護部)로 승격된바 있다. 백운산은 본군 백암리(과거 백운리라 불렸음)의 남쪽에 있다.

지 않는다면 저와 함께 가는 것이 어떨는지요?"

"깊은 골짜기인 데다 비까지 내리는 중에 호랑이와 표범이 득실대는 이 밤에 만약 밖에서 자게 된다면 죽기 밖에요. 다행히 어진 수재님을 만나 함께 묵을 수 있도록 허락해 주시니 이야말로 사람을 살리는 부처님이시군요."

안가는 자기 거처로 데려가서는 청소를 한 후 앉게 했다. 그러고는 동생을 불러서,

"우리 저녁밥을 이곳으로 가져오거라."

라고 하였다. 동생은 즉시 주인집으로 가서 두 밥상을 가지고 와 한 상은 거사에게 드리고 남은 한 상으로 둘이 같이 먹었다. 다음날에도 여전히 비가 내려서 성거사는 떠날 수 없었다. 이렇게 3~4일이 지나도록 비는 끝내 그치지 않았다. 그래도 안가는 그를 대접하기를 전날처럼 조금도 흐트러짐 없이 하면서 힘든 기색 한 번 내비치지 않았다. 5일째 되던 날, 비가 비로소 그쳐 성거사는 떠나게 되었다. 그때 이렇게 물었다.

"부모님의 산소가 어디에 있소? 한번 봤으면 하오."

"거사께선 풍수를 잘 알고 계십니까?"

"뭐 대충 흉내 내는 정도이지요."

안가는 곧 성거사와 함께 선영을 찾아갔다. 거사는 먼저 주산(主山)으로 올라가 지세와 물길을 조망하고 이어서 묏자리로 올라가 입수(入首)[28] 와 명당(明堂)을 살펴보고는 말하였다.

"형세가 매우 좋소. 이야말로 길지인데 다만 묘 구덩이를 이렇게 잘못 썼으니 어찌 가난한 지경을 벗어나겠소? 이 묏자리는 매우 넓고 확 트였으나 이는 바로 모조리 쓸어버리는 토체(土體)[29]라오. 이와 같은 묏자리는

---

28 입수(入首): 지맥의 줄기가 묏자리와 연결되는 지점으로, 통상 묘의 뒤쪽 방향을 가리킨다.

29 모조리 쓸어버리는 토체(土體): 모조리 쓸어버린다는 의미는 '소탕(掃蕩)'으로, 풍수

가운데에 써서는 안 되니 가운데에 하관하게 되면 움푹 빠지게 되오. 흙이 텅 비면 빠지게 되는 것은 당연하지요. 무릇 토체는 각(角)을 이용해야 하는 것이니 각은 화(火)의 상징이오.[30] 경문(經文)에도 '불[火]이 흙[土]을 생한다' 하지 않았소?"

이에 다시 한 각의 머리 부분을 찍어주고 좌향을 정했다. 길일을 잡아 묘 구덩이를 열었을 때였다. 거사가,

"수재께서는 가장 먼저 원하는 것이 무엇이오?"

라고 물었다.

"우리가 자식 된 몸으로 후사가 끊기는 인륜을 저버리는 지경에 이르렀으니 불효가 막심합니다. 배필을 얻는 게 가장 급하답니다."

성거사는 마침내 상생법(相生法)으로 묏자리를 조정해 주었다. 안장한 후에 안가에게 일렀다.

"8월 아무 날이면 한 미인이 천금을 가지고서 찾아올 터이니 그녀와 짝을 맺게 되면 가난을 벗어날 수 있을 것이며 십 년이 되지 않아 자손이 번성할 거요."

"음복이 이렇게 빨리 이루어진단 말입니까?"

"지맥의 기운이 멀지 않기 때문이라오. 내가 십 년 뒤에 다시 올 테니 그사이에 수백 풍수꾼들이 훼방을 놓더라도 절대 이 묏자리를 함부로 옮기지 마오."

그러면서 떠나갔다.

에서 소탕혈(掃蕩穴)이라고 하여 형세상 좋지 않은 묏자리를 지칭한다. 또한 토체는 사다리꼴의 평평한 지형을 가진 산으로 풍수에서 산 모양을 다섯 가지로 나눈 것 중에 하나이다. 참고로 수체(水體)는 봉우리들이 물결처럼 흘러가는 모양의 산을, 화체(火體)는 불꽃처럼 뾰족뾰족하게 솟아 있는 지형을, 목체(木體)는 붓의 끝처럼 삼각형 모양을 한 지형을 금체(金體)는 바가지 모양을 한 산을 말한다.

30 무릇 토체는……화(火)의 상징이지요: 여기서 각(角)은 토체의 사방 모서리 부분을 지칭하는 것으로 판단되며, 토체에서는 중앙에 묘를 쓰지 않고 양쪽 귀퉁이에 써야 좋다고 한다. 그래서 이야기의 뒷부분에 좌각(左角)으로 이장했다는 언급이 보인다.

그가 말한 8월 아무 날이 되었다. 안가 형제가 모두 집에 있었는데 정오 무렵에 어떤 사람이 등에 보자기를 짊어지고서 마을 안에 들어와 안가의 문으로 들어오는 것이었다.

"이곳이 안 수재댁입니까?"

"그렇소."

"형제분들이 살고 있다는데 형님의 이름은 누구이고 동생의 이름은 누구로 아직 짝을 얻지 못했다지요?"

"그렇소. 왜 묻소?"

그러자 그 사람이 방 안으로 들어오더니 짊어지고 있던 보자기를 풀어 헤치면서 안가를 보며 이렇게 이야기하는 것이었다.

"저는 이 고을의 좌수인 곽(郭) 아무개의 딸이랍니다. 이제 나이 스물이 되어 부모님께서는 이웃 마을에 사는 오가(吳家)와 혼약을 맺어 내일이면 혼례를 치러야 한답니다. 그런데 6월 아무 날 꿈을 꾸었지요. 그 꿈에 한 신령이 나타나 저에게 말하였습니다.

'나는 바로 백운산의 신령이니라. 너의 천생연분은 백운산 아래에 사는 아무개이다. 지금 형제가 함께 살고 있는데 아직껏 짝을 못 찾았지. 네가 안가(安家)로 가서 부부가 된다면 평생토록 편안하고 화목하게 잘 살겠지만, 오가와 혼인을 맺게 되면 필시 너는 팔자를 망치게 될 것이니라……'

꿈을 꾸고 나서 속으로 적이 의아했는데 그다음 날 밤에도 같은 꿈을 꾸었지요. 이때부터 하루도 거르지 않고 꿈에 신령이 나타났답니다. 하지만 저는 규방의 처자로 한 발짝도 문밖을 나간 적이 없었기에 또한 꿈 일을 가지고 부모에게 고하기도 어려워 지금껏 주저하고 있었답니다. 내일이면 이제 혼례를 치러야 할 판인데 신령한 꿈이 이처럼 간곡하니 결코 그냥 앉아 날만 기다릴 수가 없었답니다. 백방으로 생각한 끝에 마침내 한 꾀를 내어 남장을 하고서 새벽을 틈타 문을 나섰지요. 수없이

넘어지고 엎어진 끝에 난관을 헤치고 여기까지 온 것이랍니다. 삼생(三
生)의 인연은 막중하고 한때의 혐의는 그리 중요치 않기에 정도를 버리
고 권도를 좇아 부끄러움을 참고서 빙물(聘物)도 없이 직접 찾아왔으니
거의 순분(鶉奔)[31]에 비길 만하군요. 소첩은 남자가 아니라 바로 여자랍
니다. 오직 당신의 처분만이 있을 뿐입니다."

안가는 이 말을 듣고 기이해하며 마음속으로 감탄했다.

"거사는 참으로 신인이시구나!"

이에 곽 처자와 혼례를 치르고자 하였다. 먼저 형이 동생에게 양보하
였다.

"나는 이미 나이가 지났으니 네가 짝을 삼도록 하거라."

그러자 동생이 거절하였다.

"형님은 연세가 아직 마흔이 되지 않은 데다가 동생이 먼저 가고 형님
이 뒤에 간다면 이야말로 크게 잘못된 것입니다."

형이 부득이 그녀를 아내로 맞아 날을 잡고 혼례를 치렀으니 그 기쁨
이야 충분히 알 만했다. 사흘이 지나 곽 씨는 가져온 패물들을 풀어 차례
대로 내다 파니 족히 수천 금은 되었다. 이제 가산이 풍족해진 것이다.
동생은 혼처도 따로 구하지 않았으나 알아서 찾아왔다. 이리하여 형과
동생은 다 장가를 가게 되어 자녀들을 많이 낳았다. 이를 본 이웃 사람들
은 모두 축하해 마지않았다.

10년 뒤, 과연 성거사가 그 집에 찾아왔다. 안가 형제는 뒤질세라 뛰어
나와 맞이해서는 신명(神明)을 대하듯 하였다. 다시 성거사는 일렀다.

"자네들이 이미 혼인도 하고 부자가 되었으며 자녀들도 무릎을 에워

---

31 순분(鶉奔): 『시경』・「용풍(鄘風)」의 '순지분분(鶉之奔奔)'에서 유래한 것으로, 사람이
  야합하는 것을 메추라기가 여기저기 날아다니는 모습으로 비유한 말이다. 참고로
  이 시의 원문은 다음과 같다. "鶉之奔奔, 鵲之彊彊. 人之無良, 我以爲兄. 鵲之彊彊, 鶉之
  奔奔. 人之無良, 我以爲君."

쌓았으니 큰 복을 얻은 것이네. 다만 사람이 풍족하더라도 글을 하지 않으면 천하게 된다네. 이제 다시 묏 구덩이를 옮겨서 문장가가 나오도록 해야겠네."

이 말에 따라 마침내 이전 묘 구덩이의 좌각(左角)에 한 구덩이를 잡아 예를 갖추어 이장하였다.

"이 산의 자손들은 대대로 고을의 갑족이 될 것이네. 뛰어난 문장가가 끊이지 않을 뿐만 아니라 과거 급제자가 연이어 나와 고관대작들이 이어질 것이라네."

그 뒤에 성거사의 예언은 마치 부절이 합쳐지듯 딱 맞아떨어졌다고 한다.

3-4

지혜로운 여자가 지아비를 택해 귀한 보물을 얻음

오(吳) 아무개는 양산(梁山) 사람이다. 됨됨이가 못나고 어리숙하여 짚신을 삼아서 생계를 이었으나 만든 짚신도 영 볼품이 없었다. 마침 서울 사는 젊은이가 그가 삼은 짚신을 보게 되었다.

"이 짚신이 한양에 있었으면 값어치가 백 푼은 가겠는걸."

라고 하며 장난삼아 얘기하였다. 오가는 이 말이 진짜인 줄 알고 일곱 죽[竹]³²을 삼아서 짊어지고 서울로 올라갔다. 길가에 벌여 놓고 팔려고 하여 누가 값을 물으면,

"한 냥입죠."

---

32 죽[竹]: 수량의 단위로, 통상 그릇이나 옷 따위를 10개를 한 묶음으로 하여 1죽이라 한다. 그러니 여기서는 대략 짚신 70켤레에 해당한다.

라고 하였다. 다들 비웃고 갈 뿐이었다. 며칠을 저잣거리에 앉아 있었으나 한 짝도 팔 수 없었다.

그때 어느 재상집의 계집종이 있었다. 그녀는 용모가 아름다웠고 성품이 민첩하고 영리했다. 방년 16세로, 무턱대고 아무와 혼인하려 하지 않았다. 그러면서 일찍부터 '나 스스로 사람을 택해 그의 배필이 되겠노라.'며 말해왔다. 그러던 어느 날 우연히 오가가 짚신을 벌여 놓은 곳을 지나게 되었다. 그가 값을 터무니없이 불러 아무도 짚신을 사지 않은 걸 보고 속으로 퍽 이상하다 싶었다. 2, 3일 연달아 가서 봐도 한결같았다. 그래서 오가에게 말을 걸었다.

"제가 이 짚신을 다 살 테니 값이 얼마예요?"

"일곱 죽이니 70냥을 내야 해!"

"그럼 저와 함께 가서 값을 받아 가면 어때요?"

오가는 그러자고 하여 마침내 짚신을 지고 뒤를 따랐다. 한곳에 도착하니 저택이 나왔다. 크고 화려했으며 대문도 높다랬다. 계집종은 그를 자신이 거처하는 행랑으로 데리고 들어갔다. 자리에 앉자 오가는 짚신값을 독촉했다.

"내일 아침에 드릴 테니 우선 하룻밤 여기서 묵으세요."

여종은 그러면서 좋은 술과 맛난 안주를 내왔다. 잠시 뒤 또 저녁밥을 차려왔다. 그릇이 정결하고 찬도 진수성찬이었다. 먼 시골에서 채반만 먹던 오가는 평생 처음 보는 성찬을 젓가락질 몇 번에 다 비워버렸다. 이윽고 날이 저물자 여종이,

"손님이 이왕 여기에 오셨으니 오늘 밤 저와 같이 자면 어떨지요?"라고 물었다. 오가는 두렵고 당황스러웠다.

"말은 좋네만 어찌 감히 바라겠나?"

여종은 끝내 불을 끄고 옷을 벗은 다음 한바탕 운우지락을 누리고야 말았다. 이튿날 오가가 미명에 일어나자, 그녀는 옷상자를 열어 새 옷을

꺼내 놓고 목욕시킨 다음 갈아입혔다. 그러자 그의 모습도 사뭇 위풍당당해졌다. 이윽고 계집종이 청하였다.

"저는 바로 이 댁 사환비(使喚婢)예요. 이제 당신은 제 지아비가 되었으니 대감 나리를 뵈어야겠어요. 그래도 절대 뜰아래서 절을 올리진 마셔요."

"좋네."

그녀는 즉시 들어가 아뢰었다.

"쇤네가 간밤에 지아비를 얻었사오니 나리께 알현하라 하겠나이다."

그러자 재상이,

"그랬더냐? 그럼 속히 들여보내거라!"

라고 하였다. 오가는 곧장 대청으로 올라와 절을 올렸다. 주변에서 모시던 자가 끌어내리려 했으나 오가는 꿈쩍 않고 곧추서서 말했다.

"나는 바로 향족이오. 비록 비부쟁이³³가 되었으나 그렇다고 뜰아래서 절을 올릴 수야. 결코 그럴 수 없소."

이 말에 재상은 웃었다.

"옳거니 아무 계집종이 고를 만했구나!"

이리하여 마침내 밖 행랑채에서 살도록 해주었다. 하루는 그녀가 오가를 독려하였다.

"당신은 참 슬기롭지 못하군요. 돈을 쓰면 보는 안목이 절로 커지고 가슴도 필시 트일 거예요."

이내 돈 한 꿰미를 내주었다.

"이 돈을 가지고 나가서 다 쓰고 들어와요."

저녁때가 되자 오가가 돌아왔다.

"배가 고프지 않으니 술이건 떡이건 꼭 사 먹을 필요가 있어야지. 온종일 쏘다녀도 돈 쓸데가 달리 없지 않은가. 한 푼도 못 쓰고 그냥 왔네."

---

33 비부쟁이: 여종의 남편, 즉 비부(婢夫)를 낮춰 부르는 용어이다.

"아니 그러면 길거리에 널린 게 거지인데 그들에게게라도 주지 않고요?"

"그건 미처 생각하지 못했네."

이튿날 오가는 다시 돈 한 꿰미를 차고 나갔다. 거지들을 죄다 모아놓고 돈을 땅에 흩어 던지자 저들이 다투어 줍는데 이 모습이 가관이었다. 이후 그는 날마다 이것이 일상이 되었다. 그러다가 곰곰이 따져보니 이 많은 돈[34]을 그저 거지들에게 줘버리는 건 영 정당하지 못하다는 생각이 들었다. 이에 활터로 가서 한량과 사귀는 게 낫겠다 싶어 술과 고기를 사서 매일 나눠 먹었다. 그러다 어느덧 저들과 막역한 사이가 되었다. 그는 이어 가난한 집에서 독서하는 곤궁한 선비들과 왕래하며 사귀었다. 더러 아침저녁으로 양식을 대주기도 하고, 가끔 붓과 먹 따위 문방구 비용을 대주기도 하였다. 이러다 보니 사람들은,

"오 아무개는 참으로 지금 세상의 사람이 아니야!"

라고들 하였다. 한편 여자는 남편에게 『사략(史略)』·『삼략(三略)』·『손무자(孫武子)』[35] 같은 책을 가서 배우도록 하니 그 대요에 대해서는 대강이나마 이해할 수 있었다. 이러는 사이에 어느새 수만의 돈이 들어갔다. 여자는 이제 새로 당부하였다.

"당신은 아무래도 활쏘기를 익혀 출세하는 길을 찾아야겠어요."

오가는 본래 건장한 사내였고, 또 한량들과 친해진 터라 저들은 다투

---

34 돈: 원문은 '靑蚨'이다. 청부는 물벌레의 일종으로 어미와 새끼를 잡아다 이것의 피를 돈에 바르면 돈이 모인다고 하여 뒤에 돈의 의미를 지칭하게 되었다. 그 출전은 『수신기(搜神記)』로 관련 내용은 다음과 같다. "靑蚨蟲如蟬, 殺其母子, 各塗八十一錢, 凡市物, 或先用子, 先用母, 皆飛歸, 循環無已, 故淮南子名錢曰靑蚨."(『搜神記』 권13)

35 『사략(史略)』·『삼략(三略)』·『손무자(孫武子)』: 모두 사서와 병서들이다. 『사략』은 '십팔사략(十八史略)'으로 원대(元代)에 증선지(曾先之)가 그때까지의 중국 18왕조의 역사를 개괄한 것으로, 조선 초에 들어와 『통감(通鑑)』과 함께 역사 입문서 역할을 하였다. 『삼략』은 고대 황석공(黃石公)이 지은 병서로 알려져 있으며, 태공망(太公望)이 지은 『육도(六韜)』와 함께 흔히 '육도삼략'으로 불린다. 그리고 『손무자』는 즉 손자(孫子)의 『손자병법』을 가리킨다.

어 활 쏘는 법을 가르쳐주었다. 이에 오가는 쇠 화살이나 아기살 할 것 없이 다 멀리 쏠 수 있었다. 그리고 무경칠서(武經七書)[36]에도 능통하게 되었다. 무과에 응시하여 급제하게 되자 홍패(紅牌)를 받아 왔다. 여자는 이 홍패를 몰래 감추어 두고 집안사람도 이 사실을 모르게 했다. 오가에 게는 다른 제의를 했다.

"제가 모아둔 돈이 십만 전에 불과했는데, 당신이 지금까지 쓴 돈이 거의 칠만 전이라 지금 남은 건 삼만 전이랍니다. 이제 당신은 행상을 해 보세요."

이에 오가는 어려워하였다.

"내가 어떤 물건이 장사가 되는지 어찌 알겠는가?"

"보니 올해 대추 농사가 큰 흉작이라고 해요. 오직 충청도 어느 고을 만 대추나무에 대추가 실하게 열렸다네요. 당신은 모름지기 그걸 전부 사들여 오세요."

오가는 그녀의 말에 따라 아무 고을로 가게 되었다. 가을걷이가 너무 흉작이라 들판엔 낫을 걸어 둘 데가 없었고 굶어 죽는 사람들이 많았다. 오가는 이 광경을 보고 불쌍하기 짝이 없어 손 가는 대로 가져간 돈을 다 나누어주고 돌아왔다. 이를 본 여자가 말했다.

"적선은 정말 큰일이죠. 다만 우리 돈이 곧 떨어질 텐데 앞으로 어떻 게 살지요?"

다시 1만 꿰미 돈을 내주었다.

"면화 농사는 팔도가 다 흉년이라네요. 유독 황해도 몇 개 고을만 조 금 풍년이 들었대요. 얼른 그곳에 가서 면화를 사 오세요."

오가는 또 황해도로 갔으나 저번 충청도에 갔을 때처럼 빈손으로 돌

---

36 무경칠서(武經七書): 중요한 일곱 가지 병서로, 『육도(六韜)』·『손자(孫子)』·『오자(吳 子)』·『사마법(司馬法)』·『삼략(三略)』·『울요자(尉繚子)』·『이위공문대(李衛公問對)』 를 가리킨다.

아왔다.

"남은 돈은 이제 만 전뿐이에요. 지금 다 털어 드릴 테니, 이 돈으로 헌 옷가지 따위를 다 사들여 북도(北道, 함경도)로 들어가 삼베나 인삼, 가죽 등속과 바꿔오세요. 이번엔 제발 저번처럼 허튼데 쓰지 말고요."

이 말을 따라 오가는 저자로 가서 헌 옷을 무역하여 수십 바리를 싣고 함경도로 들어섰다. 함경도는 본래 면화가 토질에 맞지 않아서 금처럼 귀했다. 그곳 사람들은 이 때문에 옷을 해 입지 못해 겨울철이면 따뜻할 때도 추위에 떨었다. 오가는 이전에 돈을 물 쓰듯 써왔기에 손이 몹시 커진 터라 안변(安邊)에서부터 육진(六鎭)[37]까지 옷을 못 입고 있는 이들에게 죄다 줘버렸다. 남은 건 홀랑 치마와 바지 한 벌뿐이었다. 이윽고 탄식하는 말을 내뱉었다.

"내가 남의 돈 십만 전을 다 써버렸구나. 가득 담아 와서는 빈손으로 돌아가게 되었으니 무슨 낯으로 집사람을 다시 본단 말인가? 차라리 이 몸뚱이를 호랑이나 표범의 배 속에 넣어버려야지."

한밤이 되자 그는 혼자 산속으로 들어갔다. 벼랑을 뛰어넘고 돌길을 타고 점점 깊은 곳으로 들어갔다. 순간 빽빽한 나무숲 속에서 등불이 반짝이는 게 보였다. 오가는 그 집을 찾아가 문을 두드리며 묵어가기를 청했다. 그러자 한 노파가 문을 열고 나왔다.

"이런 야심한 때, 이 깊은 산골에는 어인 일로 오셨소?"

그러고는 맞아들였다. 곧 찬을 내와 주는 등 대접이 은근하였다. 오가는 가지고 있던 마지막 바지와 치마를 꺼내주자, 노파는 기뻐 어쩔 줄 모르며 그 자리에서 갈아입고 연신 감사하였다. 오가가 찬으로 내온 나물을 살펴보니 바로 인삼이었다.

---

37 육진(六鎭): 함경북도의 변경인 두만강 가에 있는 여섯 진(鎭)으로, 경원(慶原)·경흥 (慶興)·부령(富寧)·온성(穩城)·종성(鍾城)·회령(會寧) 등지이다.

"이 나물을 어디서 캐왔소?"

"이 근처에 도라지 밭이 있어서 아무 때건 캐 와서 나물로 먹는데요."

"더 캐다 둔 게 있소?"

노파는 수십 뿌리를 꺼내와 보였다. 모두 다 인삼이었다. 잔 것은 손가락만 하고 굵은 것은 발목만 했다. 얼마 뒤 문밖에서 짐을 부리는 소리가 들렸다. 이 소리에 노파가 입을 열었다.

"우리 애가 왔네요. 애가 처음 태어났을 때부터 양 겨드랑이 옆에 조그만 날갯죽지가 자라나서 가끔 날아 벽 위에 붙곤 했지요. 제 애비가 쇠를 달궈 날갯죽지를 지지기도 했으나 다시 자라납디다. 자라서는 힘이 장사이지 뭐요. 애비는 지금 같이 평온한 시절엔 저 애가 화를 당하기 쉽다고 여겨 이 깊은 산골로 끌고 들어온 거랍니다. 사냥하며 먹고 살았는데, 애비는 이미 죽어 나 혼자 애와 함께 남았네요."

이어 밖의 아이에게 일렀다.

"귀한 손님이 마침 오셨으니 들어와 절을 올리거라. 손님께서 이 어미에게 치마와 바지를 주어 몸을 가릴 수 있게 되었구나. 정말이지 은인이시다."

아이가 들어와 절을 드렸다. 다음 날 아침 오가가 노파에게 물었다.

"도라지 밭을 한번 가볼 수 있소?"

노파는 그와 함께 길을 나서 고개를 하나 넘어 그곳에 도착했다. 가리킨 곳을 보니 산 전체에 인삼이 널려 있었다. 그리하여 종일 인삼을 캤다. 크기는 비록 달랐으나 그중엔 동자삼(童子蔘)[38]이 많았다. 다 모으니 대여섯 바리는 충분했다.

"이 산속엔 말도 없으니 이걸 어떻게 운반하지?"

---

38 동자삼(童子蔘): 외형이 어린아이처럼 생긴 삼으로 통상 산삼을 가리키며 귀한 것으로 친다.

오가가 이를 걱정하자 노파의 아들이 말했다.

"제가 지어다가 원산(圓山)[39]까지 가져다드릴 테니 원산 이후로는 직접 실어 가세요."

이 말에 따라 오가는 말을 빌려 싣고 내려와 집으로 돌아왔다. 아내에게 자초지종을 하나하나 얘기해 주자 그녀는 기뻐하였다.

"당신이 적선을 많이 한 덕에 하늘이 이런 보물을 내려주셨네요. 오늘 집에 돌아온 것도 우연이 아닌 게 내일이 바로 대감 나리의 회갑이랍니다. 조정의 높은 어른들이 모두 연회에 참석할 테니 당신이 여러 대감께 인사를 올리는 자리에 참석할 수 있다면야 그 연줄로 벼슬 한자리 얻는 데 뭐가 어렵겠어요?"

이튿날 아침 제법 굵은 인삼 다섯 뿌리를 골라서 안으로 들어가 대감께 바쳤다.

"쇤네의 지아비가 행상하러 갔다가 마침 이걸 얻어왔기에 대감마님께 바치옵니다."

대감은 기쁘기 그지없어 오가를 불러들이도록 했다. 여자는 미리 비단 벙거지와 철릭을 준비해둔 터라, 오가더러 착용하고 들어가 뵙게 했다.

"이게 무슨 복장이더냐?"

대감이 그 복장을 보고 묻자,

"소인이 연전에 무과를 했었나이다. 장사로 먹고사느라 홍패를 숨겨 두고 여태 대감마님께 아뢰지 못한 것이옵니다."

라고 대답하였다.

"신수가 좋고 씩씩하구나!"

이윽고 여러 벼슬아치가 차례차례 당도하였다. 저들은 인삼을 보고는 물었다.

---

39 원산(圓山): 저본과 이본 모두 이렇게 표기되어 있으나, '원산(元山)'이 되어야 맞다.

"이런 희귀한 물건을 대감 혼자만 맛보시다니요? 저희에게 한 뿌리라도 나누어주지 않으시고요?"

"얻은 게 이것뿐이라 어찌 당신들에게까지 드릴 게 있겠소?"

이때 옆에 모시고 있던 오가가 나섰다.

"소인이 가져온 행랑에 인삼이 좀 남아있으니 여러 나리께 나눠드려 미력한 정성을 조금이나마 표할까 하나이다."

곧 행랑방으로 나가 남은 인삼을 가져와서 세 뿌리씩 그들에게 바쳤다. 그들은 아주 좋아하며 대감에게 물었다.

"저이는 누구랍니까?"

"저 친구는 내가 아끼는 계집종의 지아비라네. 향족 처지네만 그래도 무과로 출신(出身)하였다네."

그러자 다들 나섰다.

"대감 댁 계집종의 지아비로 이만한 무변이 아직 첫 벼슬 한자리도 차지하지 못했다니, 어찌 대감의 허물이 아니겠습니까?"

"저이가 무과를 출신한 것은 나도 지금 막 안 사실이오."

해가 이미 기울자 벼슬아치들은 전부 취해 각자 돌아갔다. 오가는 인삼을 싼값에 팔아 수십만 돈을 벌었다. 그리고 벼슬아치들이 서로 끌어주고 밀어주어 오가는 얼마 지나지 않아 무겸선전관(武兼宣傳官)[40]에 올랐고, 차차 승진하여 수군절도사가 되었다. 아내도 속량(贖良)[41]시켜 부부는 해로하다가 생을 마쳤다고 한다.

---

40 무겸선전관(武兼宣傳官): 임금을 호위하거나 왕명의 전달 등을 맡은 무관직이다. 무관으로서는 요직이었다. 따로 문신이 맡은 문겸선전관도 있었다.

41 속량(贖良): 천민이 몸값을 치르고 양민이 되는 것을 말한다. 모두 조선 후기 신분 변동과 관련하여 상징적인 의미를 갖는다.

정승 김공이 궁한 상황에서 의로운 기녀를 만남

숙종 임금 때에 정승 김우항(金宇杭)[42]은 48세가 되었는데도 여전히 포의(布衣)로 지내고 있었다. 집안에 법도는 다 떨어져 휑한 가옥은 달팽이집 같고, 생계는 거미줄 친 듯하여 조석의 끼니를 잇기도 어려웠으며 변변한 갈옷 하나 없었다.

다섯 딸을 두었으나 모두 머리를 올릴 나이가 되었어도 아무도 시집가지 못하였다. 마침 어떤 선비가 자기 자식을 위해 공의 딸과 혼사를 의논하여 이미 약조를 받아놓은 상태였다. 하지만 공은 이런 생각이 들었다.

'이 몸 외에는 실로 쓸 만한 물건 하나 없고 친척마저도 없으니, 붙잡고 하소연해 볼 데도 없구나. 그러니 어떻게 혼수품을 마련해 보낸다지?'

매일 한밤중이면 이렇게 한탄하며 자고 먹지 못한 지가 거의 십여 일이 되었다. 그러던 중 홀연 먼 친척으로 현재 단천(端川)[43]의 수령으로 있는 한 무관이 떠올랐다. 자기보다 조금 위이기는 하나 그를 찾아가서 돈이나 재물을 좀 얻어 본다면 이 혼례를 치를 수 있을까 싶었다. 너무 부끄러운 일인 줄 알면서도 또한 다른 방도가 없었다.

이에 남들에게 두루 간청하여 어렵사리 이자까지 붙여 돈을 빌려서 노자를 마련하였다. 또 조랑말 한 필을 빌려 사내종더러 끌게 하였다. 천여 리를 풍찬노숙(風餐露宿)한 끝에 단천군에 도달할 수 있었다. 관문에 나아가 원님 뵙기를 청했으나 문지기에게 제지당했다. 그 이유는 이미

---

42 김우항(金宇杭): 권2 제13화 '안동 권 아무개 이야기' 참조. 참고로 여기서 그는 48세에도 포의로 있었던 것으로 설정되어 있으나 실제 이때는 그가 전라도관찰사를 역임하던 시기인바 행적에 차이가 보인다.

43 단천(端川): 즉 단천군으로, 함경북도 동단부에 위치한 고을로 서쪽으로 북청군, 북쪽으로 갑산군·길주군과 접경이었다. 북쪽의 이민족의 침입과 임진왜란 등의 전란 때 군사적으로 요충지 중에 하나여서 전통적으로 단천부사는 무관이 주로 맡았다.

사람이 함부로 들어오는 걸 금하는 관령이 내렸기에 감히 바로 들일 수 없다는 것이었다. 공은 어르고 꾸짖기도 했으나 끝내 받아지지 않아 서로 한참을 버티다 보니 날은 이미 저물고 말았다. 되돌아와 객사를 빌려 잠을 자고 다음 날 아침 다시 가서 두드렸으나 역시 들어갈 수가 없었다. 공은 분을 이기지 못해 그냥 되돌아가려 했으나 이미 쏘아진 화살이라 중간에 멈출 수도 없었다. 그래서 밤에는 여관에서 자고 낮이면 관문에 나아가 들여보내 달라고 하기를 반복할 뿐이었다.

이렇게 보름이 지나갔는데도 여전히 틈을 찾을 수 없었고 노자도 다 바닥이 났다. 이리하여 머무는 여관의 주인에게 돈을 많이 빌려야 했다. 여관 주인은 공이 타고 온 말로 저당을 잡았다. 공은 불안과 걱정으로 가슴을 찢은 듯했으나 이러지도 저러지도 못하고 있었다. 주인이 그의 상황을 알아채고는 일러주었다.

"내일 원님께서 사창(社倉)에 출타하시어 몸소 내어줄 쌀을 검사할 게요. 그 길이 이 여관 앞으로 나 있다오. 길가에서 기다렸다가 한번 만나 보지 않을거요?"

공이 그렇겠다 싶어 다음 날 아침 그의 말대로 해 보았더니, 과연 원님이 가마를 타고 나왔다. 나졸들이 벽제하는 중에 공은 급히 외쳤다.

"내가 여기에 머문 지 오래되었소!"

원님은 고개를 끄덕이며,

"무슨 이유인가?"

라고 묻자, 공이 하나하나 그 이유를 댔다. 말을 다 마치지도 않았는데 원님이 말을 가로막았다.

"내 공무가 있어 자네와 얘기할 겨를이 없네. 우선 기다리게."

그러면서 한 시종에게 일렀다.

"너는 이분을 동각(東閣)[44]으로 데리고 가서 내가 돌아올 때까지 기다리게 하거라."

이에 공은 그를 따라 동원으로 들어갔다. 앉아서 기다리자니 해가 다 기울었고 그동안 밥도 나오지 않아 배고픔을 참기 힘들었다. 저녁에서야 원님이 돌아와 자리에 앉았다.

"제가 온종일 먹지 못해 정신이 흐릿하고 멍하답니다. 밥이든 죽이든 내주시어 제 주린 배를 달래게 해주시오."

"그럼 술과 안주를 내오거라!"

잠시 뒤 술상을 맡은 관기가 주둥이가 깨진 한 작은 술 단지를 내어왔고, 거기에 안줏거리로 미역 한 줄기가 나왔다. 종일 굶었던 공은 처음엔 필시 좋은 술과 고기를 제공하여 크게 한 상으로 주린 입을 채울 수 있겠다 싶었다. 그런데 내 온 것을 보니 화가 치밀었다. 당장 일어나 내온 술상을 발로 차서 땅에 엎고는 원님에게 말하였다.

"사람을 이렇게 부당하게 대하시다니!"

이에 원님도 화를 냈다.

"내가 자네보다 높은 항렬이거늘 내가 내준 상을 감히 이렇게 하다니?"

급히 관의 시종들에게 명하여 공을 역문 밖으로 쫓아내도록 하고 다시 이방을 보고 외쳤다.

"너는 모름지기 경내에 영을 전해 저런 밥을 빌어먹는 해괴한 자가 있으면 당장 혹독한 벌을 받게 될 것이라고 이르거라!"

공은 분을 삭이며 머물렀던 여관으로 되돌아왔다. 하지만 그곳 주인도 문을 닫고 들이지 않았으며 조랑말도 이미 저당 잡히고 말았다. 공은 어찌할 수 없어 단신으로 사내종과 함께 다른 여관으로 갔으나 그곳에서도 이전과 같았으며 백여 곳을 가 봐도 다 그러했다.

날은 이미 깜깜해졌으며 비도 퍼붓는 듯하였다. 마침내 마을이 끝나

---

44 동각(東閣): 동쪽 곁채의 방이나 누각을 말한다. 일반적으로 정승이나 수령이 빈객을 초청하여 접대하던 곳을 가리킨다. '동합(東閤)'이라고도 한다.

는 곳에 당도하여 수풀 사이에서나마 잠시 쉬어볼 요량이었다. 그런데 그 옆에 거적문이 달린 토굴이 있었다. 그곳은 바로 갖바치가 사는 곳이었다. 공이 갖바치에게,

"날은 저물고 길이 머니 하룻밤 묵도록 해주게."

라고 하니, 거절하지 않았다. 이 토굴은 일반 집들과 달라 관의 호령이 미치지 못했기 때문이다. 공이 잠시 앉았으나 비는 여전히 그치지 않았다. 이경(二更)이 가까워서야 구름이 걷히고 달빛이 밝아졌다. 말끔한 빛이 사람에게 비치는데 그 빛이 거적문 사이로 새니 터럭 끝도 볼 수 있을 정도였다. 공은 굶주림으로 속이 텅 빈 데다 정신이 흐트러지고 낙담한지라 분하고 원통하여 눈을 붙일 수가 없었다. 그러던 중 갑자기 발걸음소리가 들려왔다. 점점 가까워지더니 거적문 앞에 이르러 멎어섰다. 공은 목을 빼 살펴보니 바로 한 여인이었다. 얼굴이 비할 수 없이 예뻤고 눈매가 맑고 고왔다. 문을 두드리며,

"이 토굴 안에 한양 손님이 계신지요?"

라고 물었다. 공은 태수가 보낸 이겠거니 의심하여 갖바치를 불러 내가 없는 것으로 하라고 시켰다. 그런데도 이 여인은,

"어찌 저를 속입니까?"

라고 하면서 곧장 문을 밀치고 들어왔다. 공은 피할 데가 따로 없었다. 여인은 공을 가리키며 말했다.

"맞아요. 염려 마세요!"

공이 그 까닭을 물었더니 여인의 말이 이랬다.

"소첩은 이 고을의 술을 담당하는 기녀랍니다. 원님께서 매번 보리술과 미역 줄기만으로 손님을 대접하는 걸 볼 때마다 소첩은 인색하고 사람을 홀대함을 경멸했었지요. 그런데도 이 상을 받는 이들은 저마다 달게 받아 곧잘 마시더군요. 소첩은 모두 천한 이들이 장부가 되었기 때문에 그다지 기특하고 걸출한 기상이 없는 것이라고 간주했답니다. 그런데 지금 상공

께서는 비록 배고프고 목마른 즈음에도 이를 거부하고 일어나 술상을 차 버리셨으니 범상한 선비가 아닌 줄 알았답니다. 이러한 의지와 기상이라면 부귀하지 못함을 걱정할 필요가 무어 있겠습니까?"

공은 두세 번이나 아니라며 손사래를 쳤지만, 다시 어린 계집종이 옻칠한 찬합을 이고 왔다. 기녀는 이것을 공 앞에 놓았다. 밥과 국, 고기와 젓갈 따위가 특별히 정갈하였다. 공은 수저를 집자마자 허겁지겁 먹어 순식간에 상을 비웠다. 입에 맞지 않는 게 없었다. 입이 닳도록 고맙다고 하면서 이 은혜는 절대 잊지 않겠다고 하였다.

"이미 이렇게 모시며 이야기를 나누었으니 바라건대 잠시라도 소첩의 집에 왕림하시어 진정한 속마음을 펴보시지요."

공이 그녀의 제안에 따라 집에 당도해 보니 외형은 비단 창과 붉은 대문, 산초 바른 벽과 분칠한 담장이었다. 당률(唐律)이 쓰여 있는 주련에 마당에는 골동품이 가득하였다. 청동화로에는 용유(龍乳)⁴⁵를 피워 그 향이 사람을 사로잡았다. 등잔불은 환하고 수놓은 비단은 찬란하기 그지없었다. 기녀는 공더러 그림 융단 자리에 앉게 하더니 본마음을 하나씩 털어놓기 시작했다. 그러면서 물었다.

"이 천 리 먼 곳에 오신 것은 무슨 일 때문이신가요?"

공이 그 사연을 이야기해 주자, 기녀는 이맛살을 찌푸리며 안타까워하는 기색이었다. 밤이 장차 깊어지자 기녀는 공을 끌어 함께 이부자리에 들었다. 운우(雲雨)에 머문 정이 베갯머리에 넘쳐났다. 새벽이 되어 기녀가 먼저 일어나서는 비단 상자 안에서 말끔한 옷 한 벌을 내어서 공에게 주었다. 공은 이를 거절할 수 없어서 입어보니 몸에 잘 맞았다. 이리하여 공이 기녀를 사랑하여 그 마음을 놓을 수 없었다. 그러다 보니 거의 몇 달을 눌러앉아 있었다. 기녀가 에둘러 물었다.

---

45 용유(龍乳): 남방의 향료인 용연향(龍涎香)인 듯싶다.

"상공께서는 여기에 이렇게 오랫동안 계시다니요?"

"처자식은 추위와 굶주림에 떨고 있고 종들은 누렇게 뜨고 비쩍 마른 채 오지 않는 나를 기다리느라 눈이 빠지다 못해 얼어붙을 지경을 내가 왜 모르겠소. 그래서 나도 이렇게 고민 중이고. 하지만 빈손으로 돌아갈 수도 없을뿐더러 돌아가더라도 식구들 볼 면목이 없다네. 이제 행랑도 텅 비어 돈 한 푼 없으니 어떻게 천 리 밖으로 이 몸을 움직이겠는가? 이야말로 그만두고 싶어도 그만둘 수 없는[欲罷不得]⁴⁶ 지경이니 이것이 내가 결정을 바로 짓지 못하고 주저하며 머뭇머뭇 세월을 보내는 이유라네."

"대장부라면 마땅히 세상에 힘을 써야 하거늘 어찌 재야에 묻혀 세월을 허송한단 말입니까? 옛사람들은 뽕나무 아래에서 일을 도모했다⁴⁷고 하니 소첩이 여자이기는 하지만 어찌 지식이 없겠습니까? 이야기하신 노잣돈이라면 소첩이 이미 맞춰놓았답니다."

공은 넘치는 후의에 너무 기뻤다. 다음 날 아침 두 필의 말이 밖에서 울기에 공이 물었더니,

"상공을 위해 마련한 것입니다."

라고 하는 것이었다. 공은 감히 받을 수 없다고 사양하였으나 기녀는 아랑곳하지 않았다.

"한 필은 상공께서 직접 타시고 또 한 필은 소첩이 옷으로 전별 선물

---

46 그만두고 싶어도 그만둘 수 없는[欲罷不得]: 이 문구는 『논어(論語)』·「자한(子罕)」 편의 "부자께서 차근차근 사람을 잘 이끌어 문으로 나의 지식을 넓혀주시고, 예로서 나의 행실을 요약해 주시니, 그만두고자 해도 그만둘 수 없어 이미 나의 재주를 다하니, 마치 도가 우뚝 서 있는 듯 하다.[夫子循循然善誘之, 博我以文, 約我以禮. 欲罷不能, 旣竭吾才, 如有所立卓爾.]"에서 유래하였다.

47 옛사람들은 뽕나무 아래에서 일을 도모했다: 곧 천하를 경영한다는 뜻으로, 『좌전(左傳)』 희공(僖公) 23년 조에, 진(晉)나라 공자 중이(重耳)가 제(齊)나라에 갔을 때, 환공(桓公)이 그를 환대하자, 따르는 이들이 그래서는 안 된다고 하면서 뽕나무 아래에서 상의하여 제나라를 떠났다는 데서 유래하였다. 참고로 해당 원문을 소개하면 이러하다. "及齊, 齊桓公妻之, 有馬二十乘, 公子安之. 從者以爲不可, 將行, 謀於桑下."라는 구절에서 유래하였다. 즉 이는 천하를 경영한다는 의미이다.

을 조금 마련하여 짐수레를 붙인 것이랍니다."

그러고는 두 개의 그림이 그려진 고리짝에 고운 베, 모피, 덧머리 그리고 은화를 채워 싣고서는 공의 길을 재촉하였다. 공은 눈물을 뿌리며 이별하였다. 그 의리에 감복하고 그 마음에 감격하여 길을 떠나면서도 북쪽을 바라보며 마냥 그리워하였다.

집에 돌아와서는 당장 가져온 물건으로 혼수를 장만하여 딸의 혼사를 치렀다. 그리고 그해 가을 과거에서 갑과에 올랐다. 이어 급제출신(及第出身)[48]의 명이 내려졌고, 얼마 있지 않아 옥당(玉堂)에 제수받아 그곳에서 관직 생활을 시작했다. 그때 숙종이 숙직하던 유신(儒臣)을 급히 불렀는데 공이 이 명에 따라 입대하였다.

"지금 북도(北道)는 흉년으로 홍수와 가뭄이 이어지고 있다. 그런데다 지역이 멀리 떨어져 있어서 조정의 영이 행해지지 않고 수령은 탐학하여 백성들은 살이 벗겨지고 골수가 터지는 지경이 되었구나. 네가 말을 타고 가서 직접 살피고, 몰래 고을과 마을을 잠행하여 그 선정 여부를 글로 열거하여라. 내 명을 어김없이 행하거라."

공은 감복하고 두려운 마음으로 명을 받들어 누더기 적삼 옷을 입고서 몰래 북관으로 들어가 촌가에서 빌어먹으며 그곳 정상을 탐문하였다.

하루는 저물녘에 단천에 당도하였다. 옛날 베풀어준 기녀가 생각나 그녀를 먼저 찾아보고자 했다. 그러면서도 그녀를 먼저 속여 그 품은 마음을 보고자 하였다. 그래서 문 앞에 다가가서는 소리쳤다.

"밥 한 그릇만 내주오. 밥이 없으면 나에게 한 푼이라도 주든지."

재차 이렇게 하자, 기녀가 창틈으로 이 소리를 듣고는 저도 모르게 놀라고 기뻐서 머리도 빗지 못한 채 급히 툇마루를 내려와 밖으로 나왔

---

48 급제출신(及第出身): 과거에 급제하여 곧바로 직책을 받아 관직에 진출한 경우를 말한다. 급제를 해도 이런저런 사정으로 곧장 관직이 제수되지 않은 경우가 적지 않았다.

다. 그녀는 신도 신지 않고 공을 보자마자 모시고 들어갔다.

"어째 이리되셨습니까?"

공이 길게 탄식하였다.

"말로 하자면 끝이 없다네. 자네를 잃고 떠난 뒤에 길에서 도적놈을 만나 여비와 두 말 모두 빼앗기고 말았다네. 처자식 보기가 부끄러워 집에 돌아갈 수도 없는 몸, 길을 정처 없이 떠돌며 걸식하여 겨우 숨만 쉬었다네. 의지할 데 없이 아득한 이 세상에서 오직 기대할 곳이라고는 자네밖에 없더군. 그래서 다시 와 누를 끼치려 하나 바로 들어올 수는 없기에 이렇게 소리친 것이네."

"정처 없고 정신없이 다니시느라 배고픔이 오죽하겠어요. 무엇으로 요기를 한다지? 마침 제가 저녁밥을 차리던 참이니 우선 한술이라도 같이 뜨시지요."

그러면서 공을 모시고서 같은 상에서 밥을 먹었다. 식사를 마치자 기녀는 다시 새 옷 한 벌을 내와 입게 하였다.

"제가 상공께 드리려고 이 옷을 지어 인편에 부치려고 한 지가 오래랍니다. 하지만 마땅한 인편이 없어서[49] 아직 보내지 못하고 있었지요. 뜻하지 않게 오늘에서야 저의 작은 정성을 조금이나마 이루게 되었네요."

해진 옷을 벗어서는 윗목에 정돈해 두었다.

"솜도 죽고 베도 낡아 뜯어지고 해져 다시 입을 수 없거늘 무엇에 쓰시려고요?"

라고 하면서 그녀는 창문을 열고 이 해진 옷을 밖으로 던져 버렸다. 공은 급히 툇마루를 내려가 가져오는데 혹시라도 잃어버릴까 싶었다. 기녀가 다시 낚아채 던져 버리자 공은 곧장 따라 나가 가져왔다. 이렇게 3번을

---

49 인편이 없어서: 원문은 '雁飛魚沈'으로 기러기와 물고기는 소식을 전하는 개체들인데, 이들이 날아가 버리고 물속으로 잠겨버렸다는 의미인바 이렇게 번역하였다.

반복하였다. 기녀는 공을 한참 쳐다보더니 발끈하며 낯빛을 고쳤다.

"소첩이 오직 정성으로 남편처럼 모셨거늘 당신은 도리어 거짓으로 꾸며 이렇게 속이니 왜 이러시는지요?"

이 말에 공이 깜짝 놀랐다.

"왜 그런 말을 하는가?"

"상공께서 새 옷을 입고서도 이렇게 마음을 태우면서까지 정성을 다해서 해진 옷을 버리지 않으니 장차 쓰려고 하는 바가 있어서겠지요. 이야말로 수의(繡衣, 어사)가 아니겠어요?"

그러면서 소맷자락을 떨치고 일어나자 공이 웃으면서 붙잡았다.

"내 과연 급제하여 외람되게도 어사직을 제수받았다네. 자네를 만나는데 어떻게 지 자랑삼아 '내 어사라네!'라고 하겠는가?"

그 말을 들은 기녀는 당장 얼굴을 풀고서 다시 물었다.

"우리 고을 원님을 어찌하실 거예요?"

"이는 내가 어찌해야 할지 난감한 일이라네. 이곳 수령이 탐학하여 백성을 괴롭힌 짓은 종이를 다 써도 기록하기 어려울 것이네. 내가 만약 그의 죄악을 적발하여 지목한다면 이는 화목한 가풍이 아닐 터이고, 그 죄를 숨기고 보호하여 알고도 말하지 않는다면 이는 국사를 돌보지 않는 처사이니 어찌해야 좋단 말인가?"

"이들을 조정에 상주하여 마침내 법으로 처리한다면 사람들은 필시 공께서 사적으로 쌓은 원분(怨憤)을 드러낸 거로 생각할 테지요. 그렇지 않고 그대로 놔둔다면 이는 사사로운 것으로 공사를 망가뜨리는 일이라 이 모두 결단코 행해서는 안 되지요. 상공께서 몰래 원님을 만나 그의 죄와 포학을 낱낱이 들어 그를 깨우쳐 떠나가게 한다면 이는 그 중도를 다 얻는 것이니 어떠신지요?"

"자네가 나보다 훨씬 낫군."

기녀는 공을 불러 붓을 잡게 하고 수령이 저지른 불법을 낱낱이 들었다. 창고의 곡식을 거덜 내고 백성들의 재물을 긁어낸 따위의 정황들을 공더러 적게 하였다. 밤이 되자 기녀는 공을 데리고 몰래 동각으로 들어 갔다. 자리에 앉아 있던 수령이 공을 보고서는 깜짝 놀랐다. 공이 이미 과거에 급제하여 어사가 된 것을 알았던 것이다. 바로 일어나서는 벌벌 떨었다.

"귀하신 행차가 어떻게 여기에?"

"제가 명을 받들어 북관으로 나와 귀부(貴府)에 이르러 몰래 이렇게 뵙는지라 그간 무탈하셨는지 모르겠습니다."

수령은 두려워 잔뜩 움츠리고 절을 하는데 팔다리를 어디다 놓을지 몰라 했다. 공이 물었다.

"이 고을 경내에 이르러 정상을 탐문해 봤더니 원망과 비방의 소리가 길에 깔려 귀를 막아도 들리더군요. 우리들의 불행은 더 따질 게 없거니 와 도대체 무슨 패덕한 정사를 하셨기에 이 지경에 이르렀단 말입니까?"

수령은 말을 더듬거렸다.

"소관의 죄상을 여쭈옵니다."

이에 공이 기록한 것을 하나하나 보여주었다.

"명백한 증거가 여기에 있으니 변명거리가 없습니다. 바라건대 어사 께서 특별히 형제의 의리를 생각하시어 대죄를 면하게 해주심이 어떠 실지요?"

"제가 어찌 입으로 죄를 열거하여 족형을 폐고(廢錮)의 구렁으로 빠뜨 리겠소? 하지만 나는 안찰의 중임을 받은 몸이라 한 고을의 백성이라도 저의 사사로운 정의 때문에 고초를 받게 할 수는 없지요. 바라건대 내일 안으로 사직의 단자를 세 번 올리고[50] 그 즉시 태수 자리를 그만두고

---

50 사직의 단자를 세 번 올리고: 원문은 '三呈辭單'으로, 임금에게 사직(辭職)을 청하는 문서를 세 번 올렸다는 것이다. 이 문서는 공식문서로써 형식과 격식을 엄격히 지켜 서 올려야 했다.

돌아가시오. 그렇지 않으면 봉고파직(封庫罷職)하고 조정에 아뢸 것이요."

수령이 사례하였다.

"어사님의 포용하는 덕과 도량은 썩은 풀도 새봄을 잇게 하고 마른 뼈에 다시 살이 붙게 하는 지경이니 감히 그 명을 따르지 않을 수 있겠습니까?"

공은 밖으로 나왔다. 다음 날 아침 수령은 과연 병을 핑계로 고향으로 돌아가 버렸다.

공은 장차 떠나려 하며 기녀에게 일렀다.

"내가 너를 데리고 돌아가 다시 금옥(金玉)의 인연을 잇고자 하나 옥당의 이 한 자리는 그 맑기가 물과 같단다. 난간의 목숙(苜蓿)이요 충분치 못한 여현(藜莧) 격[51]이지. 만약 네가 슬프고 굶주리는 탄식이 있게 된다면 이는 나의 탓이니라. 그러니 차차 관직이 높아지고 봉록이 늘어나 내 능력이 좀 더 생길 때까지 기다리면 마땅히 다시 합칠 날이 있을 게다."

"소첩이 어찌 상공께 누끼치기를 바라겠나이까? 높은 뜻을 한가지로 따르겠나이다."

공은 공무를 마치고 돌아갔다.

어느 날 공이 다시 숙직하고 있었다. 이때는 숙종의 보령이 높아 눈에 백태가 끼어 여의치가 않았다. 그래서 매일 밤 궁궐에 숙직하는 신하들을 모조리 불러 모아 편히 한담을 주고받으며 고금의 일을 따져보곤 하였다. 또 여항의 속된 말까지 하면서 소일거리로 삼았다. 이에 신료들이 각자 견문한 이야기를 왕에게 아뢰고 나자 공의 차례가 되었다. 그러나

---

51 난간의 목숙(苜蓿)이요 충분치 못한 여현(藜莧) 격: '목숙'은 거여목이라고도 하며, 주로 소나 말의 먹이가 되는 풀이다. 당나라 설영지(薛令之)가 「자도(自悼)」라는 시에 "아침 해가 둥글게 떠올라, 선생의 쟁반을 비추네. 그 쟁반 안엔 무엇이 있는가 목숙만이 난간에 무성하네.[朝日上團圓, 照見先生盤. 盤中何所有, 苜蓿長闌干.]"라고 하여 빈궁한 삶을 노래한 바 있다. 또 '여현'은 명아주와 비름나물로, 이 역시 변변치 못한 푸성귀라는 의미로 쓰였다.

공은 아뢸만한 거리가 없다고 고하였다. 그래도 임금은 강권하였다.

"네가 이미 북방을 순찰했으니 필시 여러 곳을 다녔을 터인데 어찌 말이 없을 수 있겠느냐?"

공이 엎드려 아뢰었다.

"너무 비루하고 잗다래서 감히 아뢸만한 것이 없사옵니다."

"임금과 신하 사이는 집안에서 아버지와 아들 사이와 같거늘 어째서 말을 하지 않는가?"

이에 공은 바로 단천에서의 일을 조목조목 아뢰었다. 토굴에서 기녀를 만나서 밥을 올렸던 일에 이르자, 임금은 죽통에 있는 작은 부채를 꺼내 들어 연신 어탑을 두드렸다. 이어서 말을 준비해 집으로 돌아가게 해주었던 대목에서는 치는 박자가 꽤 빨라졌다. 다시 해진 옷을 거두며 이미 어사가 된 줄 아는 대목에 이르자, 부채는 다 부서지는 지경이 되었다. 마지막으로 한밤에 태수를 만나 타일러 고향으로 돌려보내고 또 기녀에게 훗날의 기약을 약속한 데 이르자, 임금은 급히 승지를 불러오게 하여 전지를 내려 함경도관찰사에게 효유하였다.

'단천부의 술을 담당하는 기녀 아무개를 당장 유신 김우항의 집으로 챙겨서 보내도록 하여라. 그리고 즉시 계문(啓聞)하도록 하라……'

함경도관찰사는 과연 임금의 교지대로 돈과 비단을 잔뜩 내려 기녀를 공의 집으로 보내었다. 기녀는 공과 부인을 마치 엄친 모시듯 하였으며, 종들을 하나같이 은혜와 믿음으로 부렸다. 또 집안의 살림살이를 꾸려 전혀 부족함 없이 하였다. 공이 조정에 나아가 명성을 펼치는 데 있어서 이 기녀의 도움이 자못 많았다고 한다.

풍원군 조현명이 사립문에서 옛 벗을 만남

풍원부원군(豊原府院君) 조현명(趙顯命)[52] 정승이 어렸을 적의 일이다. 창의동(彰義洞)[53]에 살고 있었는데, 이웃에 김시신(金時愼)[54]이 살았다. 그는 본관이 안동으로 문벌 집안이었다. 공과 나이가 엇비슷하여 둘은 아침저녁으로 서로 함께했다. 그런데 어린아이 하나가 간혹 시신을 따라와서 같이 놀기도 했다. 그의 말이 시신의 일가라고 했다. 얼마 지나지 않아 공의 집은 세 번 이사한 끝에 자각봉(紫閣峯)[55]으로 옮겼고, 여기저기 전전하느라[56] 새벽 별 떨어지듯 외톨이가 되고 말았다.

하지만 시신은 그때에도 찾아왔고, 관례를 치르고 과거에 급제할 때까지 오랜 우정이 변하지 않았다. 공이 딸을 낳게 되었을 때는 자기 아들과 짝을 맺기로 약조하기까지 했다. 그런데 집안끼리 혼사를 치르기 전에 시신은 갑자기 죽고 말았다. 그래도 공은 나이가 차기를 기다렸다가 폐백을 받고서 혼례[57]를 치러주었다.

---

52 조현명(趙顯命): 1690~1752. 자는 치회(稚晦), 호는 귀록(歸鹿)·녹옹(鹿翁), 본관은 풍양이다. 1719년 과거에 급제하여 부제학, 경상도관찰사, 이조판서, 우의정, 좌의정 등을 역임하였다. 그는 당시 호조판서였던 박문수(朴文秀)와 함께 호전법(戶錢法) 등을 실시하여 양역(良役)의 개혁을 도모했으며, 영조의 탕평책을 지지하여 적극 협조하기도 하였다. 1728년 이인좌의 난 때 공을 세워 풍원부원군에 봉해졌다. 당대 문명이 높았던 동계(東谿) 조귀명(趙龜命)의 사촌 형으로, 『동계집(東谿集)』의 간행을 주관하기도 했다. 저서로 『귀록집(歸鹿集)』이 있다.

53 창의동(彰義洞): 장동(壯洞)으로, 권2 제8화 '장동 약주릅 이야기' 참조. 이 이야기 끝에는 '장동의 김씨들'이 나온다.

54 김시신(金時愼): 생애는 알려지지 않는데, 왕조실록에 영조대에 낭천현감과 진산군수를 지낸 학자 김시민(金時敏, 1681~1747)의 아우로 나온다. 참고로 김시민은 자가 사수(士修), 호가 동포(東圃), 본관이 안동으로, 성리학에 밝았으며 당시 사천(槎川) 이병연(李秉淵, 1671~1751)과 함께 시명(詩名)을 떨쳤다.

55 자각봉(紫閣峯): 권2 제14화 '허생의 오동화로 이야기' 참조.

56 여기저기 전전하느라: 원문은 '南涯北角'으로 남쪽, 북쪽의 후미진 지역이라는 의미로 쓰였다. 이것이 자각봉과 함께 남애와 북각이라 하여 고유지명처럼 오독되기도 하였던바 여기서 바로잡는다.

이러구러 세월이 흘러 공은 백발이 성성해졌고 지위는 정승이 되었다. 어느 날, 사위가 부친의 묘를 이장하느라 운삽(雲翣)[58]과 상여가 한강 어귀[59]를 지나게 되었다. 공은 교외로 나와서 제수를 올리고 제문을 지어 그 슬픔을 다하였다. 그런 중에 옛날 함께 놀던 때가 생각났다. 이렇게 늙어빠진 채 혼자만 남은지라 슬픔이 북받쳐 눈물을 떨구었다. 이전 일들을 하나하나 따져보다가 시신의 일가 아이가 어렴풋이 떠올랐다. 그러나 여전히 잘 기억이 나지 않아 사위에게 그에 대해서 꼬치꼬치 물었다. 사위가 한참을 골똘히 생각하더니 갑자기 확 떠올랐다.

"그분이군요! 성함은 '만행(晩行)'이라고 하는데 지금 처지가 어려워 집안을 건사하지도 못한 채 백악산(白岳山) 아래의 띠집에서 생계를 유지하고 있답니다."

공이 너무 기뻐 즉시 사위더러 그 집을 자세히 일러달라고 하고는 자신이 직접 나서서 찾아갔다. 달팽이 같은 집에서 한가롭게 앉아 있던 만행은 느닷없이 길잡이들이 '물렀거라!'라고 외치는 소리를 듣게 되었다. 사립문 앞에까지 들어오자 놀란 만행은 이들에게 물었다.

"여기에 왕림하시는 분이 어떤 자리에 계시기에 이러는가?"

"판부사(判府事) 조 대감이십니다."

"그렇다면 너희들은 잘못 찾아왔구나. 돌아가야 마땅하겠다."

"생원님 성함이 김 아무개가 아니십니까?"

---

57 혼례: 원문은 '瓜葛'로 오이와 칡이 모두 넝쿨이라 두 집안이 이것처럼 서로 연결된다는 의미이다. 위(魏)나라 조예(曹叡)의 『종과편(種瓜篇)』에 "與君新爲婚, 瓜葛相結連." 이라는 사례가 보인다.

58 운삽(雲翣): 상여가 나갈 때 그 앞에 줄지어 들고 가는 널판이다. 여기에 구름무늬를 그렸기에 붙여진 이름이다. 따로 그린 모양에 따라 보삽(黼翣), 불삽(黻翣) 등이 있다.

59 한강 어귀: 원문은 '洛汭'로, 원래 낙수(洛水)가 황하로 흘러 들어가는 지점을 뜻한다. 여기서는 한강으로 합류되는 어느 지점을 의미하는 것으로 판단된다. 참고로 『청구야담』 국역본에서는 이곳을 '노량(鷺梁)'으로 명시하였다.

"맞기는 맞다만, 나는 본래부터 너희 대감마님과는 알고 지내는 사이가 아니거니와 귀천이 이리 다르거늘 어찌 이렇게 어렵게 찾아오신단 말이냐?"

이 말이 끝나기도 전에 길잡이들이 짝하여 서고 시종들이 쭉 모신 가운데 가마 하나가 문으로 들어왔다. 만행은 섬돌로 내려가 맞이하였고 공은 수레에서 내려 그의 손을 붙잡았다.

"자네 나를 기억하는가?"

"모르겠나이다."

이에 손을 붙잡아 마루로 올라가서 다시 말을 하였다.

"오십 년 전을 생각해 보게. 나와 그대는 풀피리를 불고 대나무 말을 타며 한껏 같이 뛰어놀지 않았는가? 그로부터 세월이 많이 바뀌어 친구들은 거의 귀신 명부에 올랐고 우리 두 늙은이만이 덩그러니 마주했으니, 이야말로 천고의 기이한 만남이지 않은가."

만행이 비로소 공이 찾아온 이유를 분명히 알게 되었다. 둘은 서로 살아온 과정을 나누어 빙서(氷犀)[60]가 서로 환하게 비추고 아교와 옻칠이 다시 합쳐진 듯하였다. 공이 일렀다.

"이 만남에는 술이 없을 수가 없으니 한 병 내왔으면 좋겠네."

이 말에 만행은 여종을 시켜 외상술을 사 오게 했다. 그 가까운 술집에서는 높은 어른이 방문한 걸 본 터라 인색하게 굴지 않고 외상으로 술을 내주었다. 함께 술을 한잔하다가 처마에 '수백(垂白)'이라는 편액이 달려 있고, 섬돌 위에 어여쁘게 핀 국화를 보고서는 붓을 적셔 벽에 이렇게 썼다.

---

60 빙서(氷犀): 무소의 뿔이 속이 환히 비치는 상황을 표현한 용어이다. 서로의 마음이 잘 드러난 것을 비유하는 말이다. 아교와 옻칠도 사귀는 사이가 아주 친밀하여 서로 떨어지지 못함을 비유한다.

수백당 앞엔 누런 국화 피었고

사립문 앞엔 옛 벗이 찾아왔네.

강가에서 사형(士衡)[61]의 널을 곡하며 보내고

오늘 그대를 만나 술 한 잔을 나누네.

垂白堂前黃菊開

柴門前導故人來

江干哭送士衡柩

今日逢君酒一盃

다 쓰고 나서는 종이를 달라고 하여 10섬의 쌀과 백금의 돈을 쭉 쓰더니 이를 체지[帖紙][62]로 만들어 그에게 주었다.

"애오라지 이것으로 자네에게 진 술값[63]을 갚으려 하네."

이렇게 한껏 즐긴 다음에 돌아가 당장 전랑(銓郎)을 불렀다.

"내게 한 동창 친구가 있는데 백수(白首)가 되도록 빈털터리 신세다. 하지만 이 친구는 몸가짐을 바로 하고 행실도 빼어나니 장작감(將作監)[64]에 결원이 생기게 되면 반드시 물망에 올리거라."

전랑이 그의 말대로 하였다. 만행은 이렇게 한번 관직에 오른 이래 금오랑(金吾郎)이 되기에 이르렀다. 지금 장동(壯洞)의 김씨들은 이 일을 많이 이야기하며 공을 '풍류재상(風流宰相)'으로 일컫고 있다.

---

61 사형(士衡): 김시신의 자(字)라는 원주가 있다. 참고로 형인 김시민의 자가 사수(士修)였다.

62 체지[帖紙]: 원래는 관아에서 이속(吏屬)을 고용할 때 그 내용을 써서 당사자에게 주던 문서를 말한다. 다만 여기서는 돈이나 물건을 준다는 증서 따위로 보인다.

63 술값: 원문은 '杖頭'인데 '장두전', '장두채'라 하여 여행객이 가지고 다니는 약소한 돈이나 유랑 예인들이 공연하기에 앞서 간단하게 대접받는 비용 따위를 뜻한다.

64 장작감(將作監): 즉, 선공감(繕工監)이다. 나라와 조정의 토목 및 축사(築事)를 담당했던 관청이다. 원래 장작감은 고려시대에 설치된 관명이며, 조선시대에 와서는 그 명칭이 선공감으로 바뀌었다.

송씨 양반이 막다른 길에서 옛 하인을 만남

예전에 대대로 벼슬을 지낸 송씨(宋氏) 집안이 있었다. 오랫동안 벼슬길이 끊긴 데다 종가 붙이들도 거의 다 몰락하여 청상과부와 고아가 된 자식만이 남아 의지처 없이 외로이 살아가고 있었다. 막동(莫同)이란 젊은 사내종 하나가 집안일을 도맡아 처리하여 호주를 대신하다시피 했다. 그러던 어느 날, 그마저도 느닷없이 도망쳐 버렸다. 온 집안은 탄식하고 안타까워할 뿐 이놈의 종적을 찾아볼 수도 없었다.

이로부터 3, 40년이 흘렀다. 고아는 장성했으나 가난하고 힘든 삶은 더 심해져 이젠 목숨을 부지하기도 힘든 상황이었다. 잘 아는 강원도의 어느 고을 수령에게 의탁해 볼까 하여 고성군(高城郡)으로 길을 나섰다. 날은 저물고 주막도 멀어 인가를 찾아 산마루를 넘었다. 그런데 그 산 아래에는 우물을 함께 쓰는 집들이 천을 헤아릴 정도였다. 푸른 기와가 물결치듯 하고 산수가 수려하였으며 정자도 여기저기 들어서 있었다. 이내 접근하여 물어보니, 마을의 최고는 승선 최씨(崔氏)라고 하였다. 송생이 최 승선 댁을 찾아가 뵙기를 청하자, 한 젊은 수재가 정중하게 맞이하여 사랑채에 묵게 했다. 그런데 송생이 들어가 자리에 앉기도 전에 종 하나가 승선의 말을 전갈하는 것이었다.

"주인 나리께서 적막하여 심회를 풀 수 없던 참이라 손님을 안으로 모시랍니다. 묵어가라고 하시면서요."

송생은 이 호의대로 종을 따라 들어갔다. 거기엔 웬 노인이 있었다. 턱이 두툼하고 이마가 넓었으며 두 눈은 번쩍번쩍 빛이 났다. 송생을 보고 예의를 표하는 얼굴과 태도가 단정하고 품위가 있었다. 촛농을 갈라가며 이야기를 나누다 보니 삼경이 가까웠다. 승선은 주변 사람들을 물리고 문을 단단히 잠그더니 바로 갓을 벗고 송생 면전에 엎드려서는 소리 내 울먹이며 죄를 청하는 것이었다. 송생은 그 이유를 도대체 알 수 없어 적이 놀라며 물었다.

"영감께선 무슨 연유로 이리 해괴한 행동을 하십니까?"

승선은 죄를 아뢰었다.

"소인은 바로 귀댁의 종이었던 막동입니다. 상전의 큰 은혜를 입고도 몰래 도망쳤으니 그 죄가 하나입니다. 마님이 홀로 집안을 지키며 소인을 수족처럼 대하셨는데 성의를 받들지 않고 돌아가실 때까지 차마 저버렸으니 그 죄가 둘입니다. 주인의 성씨를 사칭하여 세상을 속여 외람되게 벼슬을 하였으니 그 죄가 셋입니다. 제 몸 이미 영달했는데도 상전댁과 소식을 통하지 않았으니 그 죄가 넷입니다. 서방님이 여기까지 왕림했는데도 소인과 필적하는 사람으로 대했으니 그 죄가 다섯입니다. 다섯 가지 죄를 지고서 어떻게 세상에 얼굴을 들겠습니까? 서방님이 소인을 꾸중하시고 매질해 주시면 쌓인 죄를 만에 하나라도 씻을 수 있을까 합니다."

송생은 송구하여 몸 둘 바를 몰라 했다. 승선이 이어서,

"주인과 종의 의리는 부자나 군신의 관계와 조금도 차이가 없습니다. 지금 저는 은정을 저버렸으니 체면이 아무래도 서지 않습니다. 당장 죽어 이 한스러움을 갚고자 하나이다."

라고 하자, 송생이 달랬다.

"설령 영감 말씀대로일지라도 지금은 시간도 많이 흘러 지난 일이 돼버렸소. 물은 흘러갔고 구름이 흩어진 셈인 걸 구태여 그걸 끄집어내 주인과 손님 모두 곤란하게 하려 합니까? 편안히 앉아 한담이나 나눕시다."

최 승선은 먼저 송씨 종중의 대소 친지들은 별고 없는지 등을 물었다. 그러면서 옛날을 이야기하다 보니 감회가 새로워 서로 느껍기도 하고 탄식도 내뱉었다. 이윽고 송생이 물었다.

"영감께선 어릴 적부터 분명 국량이 있었던 것 같소만 견디기 어려운 필부의 몸으로 어떻게 이런 가문을 일으켰소?"

승선의 답은 이랬다.

"이야말로 정말이지 시중드는 종을 번갈아들여도 다 말씀드리기 어렵답니다. 소인이 소싯적부터 종노릇을 하면서 몰래 살펴보니 상전댁의 운수가 다 막혀 다시 일어날 기약이 없더군요. 그렇다면 저는 일생을 추위와 굶주림에서 벗어나지 못하겠구나 싶었지요. 하여 날마다 계획을 짜 대충 가사를 처리하다가 어느 날 갑자기 도망을 쳤습니다. 딴에 포부가 컸고 담도 제법이어서 심부름하는 천한 신세로 늙어 죽지 않겠다고 맹세했지요. 마침내 현달했으나 자손이 끊긴 최씨 집안 출신으로 행세하게 되었답니다. 처음에는 경화세족이 사는 한양에 살면서 몰래 재산을 불려 몇 해 사이에 몇천 냥을 모았답니다. 이내 영평(永平)⁶⁵으로 거처를 옮겨 두문불출한 채 글을 읽었지요. 몸가짐을 삼가고 근실하게 하여 그곳 고을에선 사대부 행실을 잘하는 이로 알려졌지요. 게다가 재물을 풀어 어려운 사람들의 환심을 사는 한편, 후하게 접대하여 부호들의 입을 틀어막았지요. 아울러 한양 성안의 협객들을 동원해서 말을 화려하게 꾸며 유명한 분들의 이름자를 사칭해 끊임없이 찾아오게 했지요. 그러다 보니 고을 사람들은 저를 더욱더 믿게 되었답니다. 이렇게 4, 5년이 지나 이번에는 철원(鐵原)으로 이사를 하여 예전처럼 행실을 닦았지요. 그러니 철원 사람들도 고을의 사족으로 대접해 주더군요.

그때서야 비로소 한 무변의 딸을 아내로 맞았는데 재취였지요. 아들과 딸을 낳아 키우다가 일이 발각될까 걱정이 되어 다시 회양(淮陽)으로 이사를 했다가 얼마 뒤에 마침내 이곳 고성으로 거처를 옮겼답니다. 회

---

65 영평(永平): 현재 경기도 포천의 옛 지명으로, 처음에는 양골현(梁骨縣)으로 불렸다. 이는 '산골', 즉 산속의 고을이란 의미였다고 한다. 이후 고려 때 영흥현(永興縣)이 되었다가 조선시대에 영평현으로 바뀌었다. 1618년에 이곳에 경기 감영이 설치되어 서울 동북 방면의 주요한 길목 역할을 하였다. 임진왜란 등 피란할 때와 금강산 유람 길에는 항상 경유하는 곳이기도 하였는데, 여기에서도 최 승선이 철원, 회양 등지로 옮아가는 것을 보면 이 루트를 따라가고 있다.

양 사람들은 철원 사람들에게 묻고, 고성 사람들은 회양 사람들에게 물어 분주하게 전해지다 보니 저를 추켜세운 바람에 마침내 갑족이 되었지요. 저는 이후 명경과에 요행으로 붙어 괴원(槐院)⁶⁶에 분속되었다가 정언(正言), 지평(持平)을 거쳤답니다. 곧 대홍려(大鴻臚)⁶⁷로서 통정대부에 발탁이 되었으며, 병조참지(兵曹參知)와 동부승지(同副承旨)⁶⁸에까지 올랐지요. 그런데 어느 날 문득 사람의 욕심은 절제하기 어렵고, 둥글고 찬 달도 쉬이 기울어지기 마련이라는 생각이 들더군요. 만약 더 이렇게 사실을 감춘 채 승진을 계속하다 보면 귀신도 화내고 사람도 시기하여 일이 틀어질까 두려워졌습니다. 그래서 작정하고 용퇴하리라 마음먹고 다시는 홍진(紅塵) 세상에 한 발짝도 내딛지 않고서 전원에서 노닐며 성은을 노래하고 지내게 됐답니다.

이젠 다섯 아들과 두 딸도 모두 대갓집과 혼인을 하였고, 제집 전후좌우가 다 인척들로 모여 있답니다. 맏아들은 문과에 급제하여 지금 은율(殷栗)⁶⁹의 임소에 있고 둘째는 학행으로 감사가 추천하여 침랑(寢郞)⁷⁰에 제수되었으나 벼슬길에 나가지 않았으며, 셋째는 성균관에 들어가 있답

---

66 괴원(槐院): 조선시대 사대교린과 관련하여 외교문서를 담당하던 승문원(承文院)의 별칭이다.

67 대홍려(大鴻臚): 예조(禮曹)의 관원을 말한다. 원래 대홍려는 구경(九卿)의 하나로, 조정에서 사신이나 손님을 접대하는 사무를 관장하였다. 특히 한대(漢代)에 각 지역의 제후와 변방 이민족, 외국의 군왕과 사신을 접대하는 역할로 중요한 관직이 되었다. 조선시대에는 이런 일을 예조에서 관장했다.

68 병조참지(兵曹參知)와 동부승지(同副承旨): 병조의 참지(參知)는 정3품직으로 국방과 직결된 일을 맡은 요직이었으며, 동부승지는 승정원의 정3품직 당상관이었다. 역시 승정원 안에서도 형조의 사무를 관장하는 요직이었다.

69 은율(殷栗): 즉 은율군이다. 황해도 서북부에 대동강 하구에 위치하며 주변에 안악군, 송화군, 신천군과 접해 있었다. 처음 '율구(栗口)', '율천(栗川)' 등으로 불리다가 조선시대 은율현이 되었다. 지리적으로 연안 지역이라 경기도 평안도는 물론 중국과의 교역이 활발했던 곳이다.

70 침랑(寢郞): 종묘나 능침, 원의 벼슬자리를 통칭하며, 주로 능참봉(陵參奉) 따위를 지칭한다.

니다. 소인은 이제 나이가 칠순이 넘었고 자손이 만당하고 해마다 세수가 만 섬이라 하루 천 냥을 쓰고 있지요. 제 분수와 역량을 따져봤을 때 어찌 만족하지 못하겠습니까마는 상전의 은혜를 갚지 못한 걸 생각하면 자나 깨나 뭔가에 매여 있는 것 같았지요. 매양 달려가 뵙고자 했으나 탄로가 날까 두려웠고, 어려운 처지를 도와드리고 싶어도 길이 없어 안타까웠답니다. 이 때문에 남몰래 절로 가슴이 아파 와 멍하니 혼잣말만 늘어놓고 있었던 것입니다. 그런데 지금 하늘이 그 편의를 봐줘 서방님께서 찾아오셨으니 소인은 이제 죽어도 눈을 감을 수 있게 되었네요. 서방님이 몇 달간 여기 머무시면 하찮은 정성이나마 감히 다하고 싶습니다. 다만 평범한 길손이 갑자기 후한 대접을 받게 되면 주위의 의심을 사기 마련입니다. 황공하오나 낮에는 인척간으로 행세하여 제 집안을 빛내 주시고 밤에는 주인과 종 사이로 명분을 바로 했으면 하는데 너그러이 들어줄는지요?"

송생은 그러자고 했다. 이야기가 끝나자 날은 밝아오고 있었다. 자제와 문생들이 돌아가며 문안을 드리러 왔기에 승선이 말했다.

"간밤에 기이한 일이 있었단다. 우연히 꾸벅꾸벅 졸던 결에 송생에게 집안 내력을 얘기해 보라 했더니, 바로 내 재종질이 아니겠느냐. 계파가 분명하니 정말로 속인 게 아니더구나. 내가 예전 한양에 살 적에 저의 아비와 함께 놀고 공부도 같이하여 정이 형제와 다름없었느니라. 4, 50년 사이 불행히도 누군 살고 누군 세상을 떠났으니 감회가 이는구나. 허나 길도 멀고 소식마저 끊어져서 저 외로운 자식이 어디에 있는 줄 알지 못했었느니라. 지금 이렇게 만나고 보니 슬픈 마음이 갑절로 더 절절하구나."

자제들도 몹시 반가워하여 형님 동생으로 부르게 되었다. 승선은 산정자와 물가 누대, 나무숲과 대밭 사이로 송생을 데리고 다니며 음악으로 날을 보내고 시주(詩酒)로 일과를 삼았다. 이렇게 한 달 남짓 지나

송생이 돌아가겠다고 하자 승선이 말했다.

"삼가 만 냥으로 축수합니다. 이 돈으로 전답과 주택을 마련하고, 가까운 일가와 생활비로 나누어 쓰시기 바랍니다."

송생은 너무 좋아했다. 수레와 말에 재물을 잔뜩 싣고 떠나니 장도에 빛이 났다. 그는 귀가하자마자 논밭을 사고 집을 장만하여 졸지에 남부럽지 않은 생활을 누리게 되었다. 송생의 사정을 아는 이들은 이상해 마지않았다.

송생에게 사촌 동생이 하나 있었다. 그는 발피(潑皮)로 자처하며 음흉하고 표독하기가 이만한 자도 없었다. 그는 송생에게 집이 이렇게 윤택해진 연유를 끈덕지게 캐물었다. 송생은,

"아무 고을의 원님이 돌봐준 덕이네."

라고 했으나 발피는 믿지 않았다. 다른 날 다시 묻자 송생은 마지못해,

"우연히 길가에서 은 단지를 주었다네."

라고 하였다. 이 역시 발피가 믿으려 하겠는가? 그는 술을 빚어놓고 송생을 오라 하여 함께 마셨다. 진창으로 술에 취하자 발피는 느닷없이 대성통곡을 하였다. 송생이 괴이쩍어 왜 그러느냐고 나무라자 발피가 입을 열었다.

"내가 일찍 부모를 여의고 형제도 없이 형님만 의지하였잖소. 한데 형님은 나를 길가 사람처럼 대하니 어찌 슬프지 않겠소?"

"내가 너에게 뭔 박대를 했다고?"

"내 진실한 마음이 통하지 않으니 이게 박대가 아니겠소? 재물이 생긴 연유를 끝내 숨기고 제대로 대지 않으려 하니 왜 그러는 거요?"

"내가 재물이 생긴 연유를 네가 모른다고 하여 원망하는 상황에 이르렀으니 사실을 얘기할 밖에 없겠구나."

송생은 결국 그 사정을 자세하게 들려주었다. 발피는 불끈 화를 냈다.

"형님은 그런 치욕을 받으면서도 반노(叛奴)의 후한 뇌물을 받았단 말

이군! 형이니 아재니 하면서 강상을 어지럽히다니 엄청난 수치가 아니고 뭐요? 내 당장 고성으로 달려가서 이 종놈의 패악상을 낱낱이 폭로하여 형님이 당한 모욕을 씻고 쇠락한 세상의 기강을 붙잡아야겠소."

그는 말을 마치자 신발을 신고 내달려 곧장 동대문 밖으로 향했다. 다급해진 송생은 급히 발이 빠른 자를 사서 그편에 승선에게 편지를 보냈다. 사정을 상세히 말하고 또 자신이 실언한 허물을 덧붙였다. 전갈하는 자가 일정을 당겨 고성에 도착하니 최 승선은 마침 여러 동네 어른들과 술잔을 벌여 놓고 바둑을 두고 있었다. 편지를 올리자 뜯어 본 승선은 조금도 두려워하는 기색이 없이 큰소리로 웃으며 일어났다.

"참 소싯적에 하찮은 기술을 익혀 둔 게 후회가 되다니!"

이 말에 사람들이 뭔 일이냐고 묻자 대답이 이랬다.

"저번에 조카가 찾아왔을 때 사람을 치료하는 법을 얘기하다가 우연히 내가 침술을 좀 한다고 했더니, 조카가 몹시 반기며 '제게 미쳐 날뛰는 정신 나간 동생이 있는데 당장 보내 치료받도록 해야겠어요.'라고 하지 않겠나. 난 그저 장난삼아 한 말이었는데 지금 그자를 진짜 보내 금명간 여기에 도착할 참이네. 여러분들은 각자 집으로 돌아가시되 조용히 문을 닫아걸고 계시게들. 그 미친 자가 멋대로 행패를 부리게 해서는 안 되기에 말이네."

그들은 식겁하고 흩어져 각자 집으로 돌아가 동네 전체가 인적이 뚝 끊겼다.

"승선 댁에 미치광이가 온다는군!"

얼마 지나지 않아 도착한 발피는 열화와 같은 화를 내면서 고함을 질러댔다.

"아무개는 우리 집 종놈이야, 아무개는 우리 집 종놈이라고!"

동네 사람들은 실소를 금치 못했다.

"정말 미친놈이 나타났군!"

한편 승선은 동요 없이 편히 앉아 건장한 하인 수십 명에게 명하여
일제히 그를 에워싸 결박한 다음 집 뒤편 곳간에 가두었다. 침을 놓기
편리하게 한 조처였다. 이윽고 마을 사람들을 자기 집으로 모이도록 했
다. 승선은 미간을 찌푸리며 말했다.

"이 조카가 이런 병에 걸렸다니! 거의 고질이 되었군."

사람들도 거들었다.

"안쓰럽군! 명가의 젊은이가 이런 마음병을 앓다니. 우리가 미친 사람
을 많이 보았지만 이렇게 심한 인간은 없었는데……."

밤이 깊어지자 자리했던 이들이 모두 떠났다. 승선은 대침(大針) 하나
를 들고 혼자 발피를 가둔 곳간으로 들어갔다. 발피는 입을 놀려 마구
욕설을 퍼 부었으나 승선은 아예 들은 척도 않고 마구 침을 찔러대기
시작했다. 그 통에 발피의 살은 다 터져 고통을 견딜 수 없었다. 그저
넘어가는 목숨을 살려달라고 애원할 뿐이었다. 그런데도 승선은 아랑곳
하지 않고 더 깊이 찔렀고 발피는 애걸복걸하였다. 이내 정색하고 꾸짖
었다.

"네 형은 내가 본분을 지켜 그동안의 내력을 밝혔더니 진정 좋은 말로
대해주었단다. 그런데 지금 네가 나의 허물을 드러내고자 하니 나를 파
멸시키고야 말겠다는 의도이더냐? 맨바닥에서 일군 내가 너 같은 어리
석고 못난 놈에게 낭패를 당할 만큼 생각이 없는 사람이겠느냐? 애초
칼 쓰는 사람을 보내 네가 오는 길에 쳐 죽이려 했었다. 그러나 특별히
선세의 은혜를 생각해서 당장은 목숨만은 살려주마. 네가 만약 마음을
고쳐먹고 계획을 바꾼다면 부자가 될 수 있도록 하겠지만, 아까처럼 여
전히 망녕되이 고집을 부린다면 나는 기껏 실수해서 사람을 죽인 서투른
의원밖에 더 되겠느냐? 오직 네가 판단할 일이다."

발피는 이 후의에 느낌이 있었던 데다 자신에게 이로울지 해로울지
따져보니 답은 명확해졌다.

"제가 개전하지 않으면 그야말로 개자식[狗子]이고말고요."

이에 승선이 요구하였다.

"그럼 아침 동이 트기 전부터는 반드시 나를 아재로 불러야 할 것이고, 다른 사람들이 묻는 게 있으면 넌 이리이리 답을 해야 할 게야."

"감히 영을 따르지 않을리가요. 아버지라 부르래도 감지덕지한걸요."

승선은 이내 밖으로 나가 자제들을 불러 일렀다.

"조카의 병마가 다행히 고질이 되진 않은 모양이다. 심혈을 기울여 침을 놓았더니 큰 효험이 있었단다. 너희들은 모름지기 기름지고 맛난 음식을 준비하여 허한 기운을 보충해 주거라."

이튿날 아침 승선은 자제와 종들을 대동하고 들어가 보니 발피는 웃는 낯으로 절을 하는 것이었다.

"숙부님이 치료해 준 뒤 마음과 기운이 맑고 온전해져 병의 뿌리가 싹 제거된 것 같아요. 며칠 더 조용한 방에 편히 누워 조섭하면 좋겠어요."

승선은 눈물을 흘렸다.

"하늘이 송씨 집안의 귀신을 굶어 죽게 하진 않으려는가 보다. 내가 어젯밤 차마 해서는 안 될 일을 하고 말았구나. 네 살을 마구 찔렀으니 말이다. 이야말로 골육상잔이 아닌가."

그러고는 새 옷을 갈아입혀 사랑채로 데리고 나와 머물게 하고 정성을 다해 돌보고 먹여주었다. 며칠 뒤 마을 사람들을 모이게 하여 발피더러 한 사람 한 사람 다 인사를 드리도록 했다. 발피는 허리를 푹 숙여 죄송해했다.

"제가 어제 병이 발작하여 무슨 짓을 했는지 살피지 못했나이다. 여러 어른께 행패를 부리지 않았는지요?"

이때부터 발피는 예의를 차리는 태도가 퍽 공손해졌다. 5, 6개월 편히 지내다가 돌아가니 승선은 돈 3천 꿰미를 쥐어주었다. 발피는 이후 종신토록 감격하여 감히 이 일을 발설하지 않았다고 한다.

남을 잘 도와준 김가가 뒷날 보답을 받음

청주의 선비 김세항(金世恒)은 맨손으로 집안을 일으키고 그 자신은 천금의 부자가 되었다. 그가 한번은 출타하여 청주성(淸州城) 북문 밖을 지나가다가 성 밑에서 구걸하는 한 거지를 만났다. 거적때기 곁에서 통곡하며 자주 들춰보고 말을 하다가 울다가 하는 것이었다. 김가가 말을 세워두고 그 까닭을 물었더니 대답이 이랬다.

"모친과 함께 여기저기 구걸하다가 성내에 있는 남의 집 쪽방에서 붙어살았답니다. 그런데 모친께서 갑자기 역병에 걸리셨는데 집주인이 저희를 쫓아냈습니다. 결국 이곳에서 돌아가셨으나 맨몸인 시신을 염하여 묻을 처지가 못 되니 어찌해야 할지, 어찌해야 할지! 이렇게 통곡하며 동동 구를 밖에요."

김가는 이 말을 듣고 안타까운 나머지 성안으로 들어가 돈 열다섯 꿰미를 빌린 다음 종을 시켜서 전해주게 하였다. 집에 돌아와서 며칠 뒤에 어떤 상복을 입은 자가 마을 입구에서 이렇게 축원하였다.

"하늘이여 저 집에는 자손이 만당하고 영화(榮華)가 대대로 빛나게 하소서……."

김가는 그가 떠드는 소리를 듣고는 종을 시켜서 내쫓았다. 그 뒤 거지아이는 성안의 서리 집에서 고용살이하여 재산을 모아 부자가 되기에 이르렀다. 김가가 죽은 뒤에 그의 자손들이 비석을 세우려고 하자, 그는 자청하여 석물을 마련하고 은혜에 보답하는 뜻을 밝혔다고 한다.

김가가 또 한번은 집에 있을 때였다. 겨울이라 몹시 추웠는데 한 상(喪)을 당한 사람이 얇은 옷을 걸친 채 추위에 떨며 들어왔다. 김가가 찾아온 이유를 묻자 그가 이렇게 말하였다.

"저는 본래 이천(利川) 사람인데 문의(文義)[71]에서 부친상을 당하였지요. 객지를 떠도는 형편이라 시신을 거두어 반장(返葬)할 방법이 아무래도 없어 이렇게 돌아다니며 돈을 구걸하고 있답니다."

김가는 측은한 마음이 들었다.

"이런 매서운 추위에 다니다간 필시 얼어 죽고 말 거요. 구하려는 돈이 얼마요?"

그러면서 돈 30꿰미를 내주며 돌아가 상을 치르도록 하였다. 그는 이게 진짜인가 싶어 놀라서 말을 잊은 채 한참을 쳐다보기만 하였다.

"그렇게 급하지 않다면 하룻밤 묵었다 가는 건 어떻소?"

"부모상을 당해 아직 염도 못 한 처지이니 어찌 한시가 급하지 않겠습니까?"

그러면서 그는 머리를 연신 조아리며 서둘러 떠나갔다.

김가는 애초 이 일을 자식들에게 말하지 않았었기에 집 식구들은 아무도 사실을 아는 자가 없었다. 김가가 죽은 뒤에 그의 아들이 정시(庭試)를 보려고 거벽(巨擘)을 데리고 도성으로 들어왔다. 그런데 이 거벽을 세도가 있는 집안에 뺏기고 말았다. 김생은 분통한 마음을 다잡지 못해 곧장 고향으로 돌아와야 했다. 저물녘에 죽산(竹山)의 백암(白巖)[72]에 있는 점방에 당도했다. 거기에는 몰골이 핼쑥한 어떤 유생이 먼저 들어와 있었다. 그 유생은 김생을 보더니 이렇게 물었다.

"당신의 행장을 보니 필시 과거를 보러 가는 길이군요. 한데 과것날이 멀지 않았거늘 무슨 일로 내려오는 거요?"

"향시를 보려고요."

이번에는 유생이 어디에 사느냐고 묻자,

"청주에 살고 있소."

라고 하였다.

---

71 문의(文義): 현재의 충청북도 청원군 문의면이다. 청주와 접경으로 고려 때 문의현이
     었다가 한때 조선시대에는 문의군이었다. 1914년 행정 개편 때 청주에 편입되었다.
72 백암(白巖): 현재 용인시 백암면 일대로, 과거에 이 지역은 죽산군에 속해 있었다.

"청주에 살면 모산촌(毛山村)[73]의 김 아무개라고 하는 생원님을 혹시 알고 계시오?"

"바로 저의 선친이십니다."

이 말을 들은 유생은 깜짝 놀라는 한편 기뻐하였다.

"어느 해에 돌아가시었소?"

"이미 3년이 지났지요."

유생은 눈물을 뚝뚝 떨구며 지난날에 은혜를 입었던 일을 하나하나 들려주었다.

"반장한 뒤에 청주까지 가는 길이 좀 먼데다 우환이 연이어 생기는 바람에 다시 귀댁에 들르지 못했소. 하지만 꼭 보답하려는 마음만은 가슴에 새겨두었다오. 이번 가을 과거에 분명코 귀문 안에서 응시할 사람이 있으리라는 생각이 들어 속으로 이를 좇아 은혜를 보답할 계획을 세우게 되었소. 그런데 청주로 가던 도중에 병이 들어 한 달 남짓을 앓았지 뭐요. 이제야 겨우 조금 회복이 되어 가서 그 연유를 알리고자, 말을 세게 몰아 달려가던 길이요. 어렵게 여기에 도착했는데 다행히 귀하를 만났구려. 이 역시 하늘이 그 편의를 보아준 것이요."

김생이 듣고는 저 사람이 은혜를 갚을 요량으로 먼 길을 마다하지 않고 찾아왔으니 필시 거유(巨儒)일 거로 생각했다. 그래서 과거 보러 가는 길에 낭패를 당한 사정을 자세하게 말하였다.

"그렇다면 이 일은 우연이 아니오."

유생은 즉시 말을 빌려 밤새 달려 올라갔다. 날이 밝지 않을 무렵 과장에 도착했다. 대부분 입장한 상태였으나 문이 아직 닫히지 않은 상태였다. 두 사람은 과장의 말석에 앉아 이틀간 시험에 응시하여 짓고 쓰고

---

73 모산촌(毛山村): 현재 청원군 오송읍의 정중리에 해당한다. 과거에는 청주 관할의 마을이었던 것으로 판단된다.

하였다. 그리하여 초장(初場)[74]에서 장원을 차지했고 종장(終場)에서도 장원이 되었다. 이 유생은 바로 서생(徐生)이었다. 이리하여 김생은 서생과 함께 집으로 돌아와 수십 일을 함께 머물면서 새 옷 한 벌을 만들어 주었다. 서생은 굳이 받지 않겠다고 하였으나 억지로 입혔다. 서생이 자기 집으로 돌아갈 때 여장을 꾸려주면서 몰래 돈 100꿰미를 행장 속에 싸 보내었다. 서생이 집으로 돌아온 뒤에야 이 사실을 알고는 즉시 돈 100꿰미와 노잣돈 나머지까지를 모두 되돌려 보내주면서 말하였다.

"내가 이런 사례를 받는다면 나의 은혜를 보답한다는 뜻이 과연 어디에 있겠소?"

회시(會試)가 열리자 서생은 다시 김생과 함께 과장으로 들어갔다. 결국 김생이 급제자 중에 장원의 자리에 오르게 하였다. 김생의 다른 형제들도 집안의 가르침을 잘 따라 곤궁하고 가난한 사람들을 두루 도와주어 자손이 번성하고 연이어 과거급제자가 나왔다고 한다.

3-9

황해도 사또가 시신을 숨겨 은혜를 갚음

충청도의 선비 유생(柳生)이 일찍이 과거를 보러 상경한 적이 있었다. 그는 낙방을 하여 하릴없던 중에 개성에 승경과 유적이 많다는 얘기를 들었다. 당장 개성으로 내려가 이곳저곳을 유람하였다. 하루는 성안을 한가롭게 걷던 중 갑자기 쏟아지는 소나기를 만났다. 유생은 길가 어느 집 문에서 비를 피했으나 비는 끝내 그치지 않고 날은 이미 저물어갔다.

---

74 초장(初場): 정시의 첫 번째 과장(科場)이다. 대개 과거 시험은 3번에 걸쳐 치르는데 이를 초장, 중장, 종장으로 구분하고 그에 따른 시험과목과 응시 자격이 구별되었다.

정말 걱정하던 차에 갑자기 한 어린 여종이 안에서 나왔다.

"어디에서 온 손님이신지 모르오나 빗줄기가 여전하니 안으로 들어와 좀 쉬시랍니다."

유생이 물었다.

"이 댁은 누구의 집이며, 어째 남자분은 안 계시냐?"

"주인님은 행상을 나가서 외지에 계신 지 여러 해랍니다."

"그렇다면 외간 길손이 어떻게 안으로 들어가겠느냐?"

"이미 들어오시라는 분부가 있었으니 꺼릴 필요가 없답니다."

이에 유생은 곧바로 여종을 따라 안으로 들어갔다. 안에는 한 스무 살 남짓 돼 보이는 미인이 있었다. 자색이 더없이 아름다워 심혼이 온통 아찔하고 쿵쾅거렸다. 그녀가 유생을 모셔 안으로 들라 했다.

"귀객께서 비를 피해 오래 서 계신 걸 보고 마음이 몹시 불안하여 감히 이렇게 들어오시라 청한 것입니다."

유생은 겸손해하며 사례하였다.

"애초 알지도 못하는 사람을 이렇게 친절하게 대해주니 이 얼마나 감사한 일이오?"

이윽고 저녁상이 나왔다. 밥을 먹고 난 뒤 촛불을 밝히고 마주 앉아 한참 담소를 나누었다. 곧 서로 정분이 싹트게 되었다. 어깨를 대고 무릎을 붙이더니 급기야 맘껏 서로 희롱하다가 잠자리에 들어 사랑을 나누었다. 이튿날에도 유생은 그대로 머물렀다. 이렇게 하루 이틀이 지나 열흘이 돼 갔다.

한편 주인 상인은 행상으로 나갈 때 이웃에 사는 한 친구에게 자기 집안일을 잘 챙겨달라고 부탁해 놓았다. 그래서 친구는 매일 찾아와서 안부를 묻곤 하였다. 유생이 그 집에 오래 머문 터라 이 사실이 자연 탄로가 나고 말았다. 친구는 이런 기미를 알아채고 사람을 시켜 사달이 났으니 집으로 돌아오라고 통지하였다. 상인은 이 기별을 받고 밤을 마다하지 않고 내달려 돌아왔다. 개성에 도착해 보니 이미 삼경이 지난 때였다. 곧바로 자기 집으로 가서 담을 넘어 들어갔다. 창구멍으로 안을 엿보니 자기 아내와 한 젊은이가 촛불을 밝히고 마주 앉아 아무렇지도 않게 농치며 웃고 있었다. 상인이 급히 창을 밀치고 들어갔다. 이 불시에 일어난 사태에 여자는 얼굴이 하얗게 질렸으며, 유생은 황겁하여 넋이 나가고 말았다.

"너는 웬 놈이기에 감히 남의 집에 쳐들어와 내 처와 마주 앉아 있느냐?"

상인의 말에 유생은 한참 만에 정신을 수습하고 대강 사연을 들려주었다. 여자는 옆에서 머리를 푹 숙인 채 아무 소리도 못 했다. 이에 상인은 아내에게 소리쳤다.

"네년이 저놈과 죽을죄를 저질렀으니 당장 죽여야 하나, 내가 멀리서 오느라 목이 몹시 탄다. 속히 가서 술과 고기를 사 오너라!"

곧 주머니를 뒤져 동전을 꺼내주었다. 아내는 거역하지 못하고 돈을 받아서 나가 술과 고기를 사서 돌아왔다. 상인은 자기 아내에게 술을 따르라 하여 마시다가 한 잔을 유생에게 건넸다.

"너는 곧 죽을 놈이지만 이 술이나 한잔 마시거라."

그러고는 차고 있던 칼을 꺼내 들고 고기를 베어 씹어 먹었다. 또 칼끝에 고기 한 조각을 꽂아 건넸다. 유생은 한 잔을 받아 마시고 입을 내밀어 고기도 먹었다. 상인은 술 석 잔을 들이켜고는 소리쳤다.

"내 이 칼로 당장 네놈 모가지를 잘라야 하나 네 목숨이 불쌍해 특별히 용서해 주기로 하마. 당장 여기서 꺼지고 근처에 얼씬도 하지 말거라."

유생은 백배사죄한 다음 머리를 싸매고 쥐구멍 찾듯 달아나 곧장 한양으로 돌아갔다. 상인은 아내를 보고는,

"네년이 이제 죄를 알겠느냐?"

라고 하자, 여자는 땅에 엎드려서 눈물을 흘리며 살려달라고 애걸복걸하였다.

"당장 네년을 죽여 그 죄를 다스려야 하나 사람 목숨이 불쌍한지라

우선은 네 머리를 남겨 둘 것이야. 만약 다시 이런 일이 생겼다가는 갈기 갈기 찢어 죽이고 말 테니 그리 알아!"

아내는 머리를 바닥에 대고 사죄하며 감사해했다. 상인은 그런 아내에게 촛불을 끄고 편히 잠자리에 들라고 이른 다음, 곧바로 친구 집을 찾아갔다. 친구에게 사람을 보낸 사연을 묻자 답이 이랬다.

"자네 집에 외간 남자가 드나드는 흔적이 있는 거 같아서 말이지. 해서 과연 내가 기별을 한 것이네."

"그자가 아직 있겠지?"

"필시 가지 않았을 걸세."

이리하여 친구와 자기 집으로 갔다. 아직 동이 트지 않을 때라 대문과 방문은 잠겨있었다. 문밖에서 문을 열라 하여 내당으로 들어가니 처만 있고 다른 사람은 없었다. 집 안을 샅샅이 뒤졌으나 고요할 뿐 흔적이 보이지 않았다. 그 친구는 잘못 듣고 경솔히 말했나 싶어 후회하며 멍한 표정으로 민망해했다. 그러자 상인이 말했다.

"자네가 잘못 들은 듯싶은데 그렇다고 이상한 일은 아닐세. 이게 다 자네와 내가 우정이 돈독하기에 이리 통지해 준 게 아닌가. 그런 일이 있으면 조치하고 그렇지 않으면 놔두는 것도 문제 될 게 없다네. 뭣 하러 그리 자책까지 할 필요가 있겠나? 다만 젊은 아내를 혼자 두다 보니 항상 신경이 쓰이네. 앞으로도 잘못 안 걸 염려하지 말고 이전처럼 잘 살펴 주었으면 하네. 정말 그렇게 해 주게."

친구는 진정이 들어있는 이 말에 감격하여 외려 고맙다며 사례하였다. 상인은 바로 친구를 돌려보내고 날이 새기를 기다렸다가 다시 길을 나서면서 아내에게 신신당부하였다. 아내는 남편이 위협도 하고 용서도 한 터라 다시는 감히 간통 같은 짓을 하지 못했다.

한편 유생은 이듬해 봄에 과거에 급제하고 몇 년 지나서 황해도 한 고을의 수령이 되었다. 돌연 한 촌민이 찾아와서 자기 아비가 송상(松商)

아무개와 다투다가 맞아 죽었다고 아뢰는 것이었다. 송상의 이름을 물었더니 바로 자신의 목숨을 살려주었던 이였다. 그 마을은 읍내와 거리가 불과 10리 정도였다. 유생은 곧 검시를 위해 길을 나서려 했다. 그런데 삼취(三吹)[75]가 끝날 무렵 갑자기,

"내 마침 두통이 나서 어지러워 행차를 못 하겠다. 날도 곧 어두워질 테니 내일 아침에 가기로 하마."

라고 하며 길을 멈추었다. 그날 밤 유생은 통인(通引) 중에 심복 하나를 은밀히 불러서 일렀다.

"내가 너를 대해줌이 과연 어떠하더냐? 하니 넌 나를 위해 힘을 다해 대단히 난처한 일이라도 처리할 수 있겠느냐?"

"사또께옵서 소인을 집안 식구처럼 대해주시니 그 은혜 예사로운 게 아니옵니다. 물불인들 어찌 피하리까?"

"그럼 오늘 아무 마을에서 살인사건이 난 걸 들었느냐?"

"예, 들었사옵니다."

"하면 너는 오늘 밤 몰래 그 마을로 가서 시신을 빼내 돌에 매달아서 마을 뒤편 방죽에다 던져버릴 수 있겠느냐?"

"명대로 하옵지요."

"갈 때 읍내 큰 개 한 마리를 잡아 짊어지고 가서 송장을 안치한 데 대신 두고 이불로 덮어 시체 모양으로 해 두거라. 날이 밝기 전에 돌아와서 여부를 고하거라. 절대 입 밖에 내지 말아야 하느니라."

통인이 명을 받고 물러났다. 과연 새벽녘에 돌아와서 영하신 대로 처리했다고 보고하였다. 유생은 통인더러 물러가 대기하라 하고는 그 길로 즉시 일어나 채비를 서두르게 하였다. 그리고 화급히 말을 달려 이 마을

---

75 삼취(三吹): 군대가 출정하거나 관원이 행차할 때 나팔을 세 번 불어 그 출발을 알리는 것을 말한다.

에 도착했다. 원고와 피고를 불러들여 심문한 뒤, 형리에게 검시를 명하였다. 들어갔던 형리가 금방 나와서는 아뢰었다.

"이런 괴상한 일이 다 있답니까? 시체는 온데간데없고 죽은 개 한 마리가 이불에 덮여 있나이다."

유생은 깜짝 놀라는 척했다.

"어찌 그럴 리가 있겠느냐?"

그러고는 자신이 직접 들어가 살펴보았다. 과연 형리의 말대로였다. 이에 원고를 불러 다시 캐물었다.

"네 아비의 시신을 어디에 감추었느냐? 죽은 개를 대신 놔두었으니 이는 또 무슨 연유란 말인가?"

원고는 두 눈을 부릅뜬 채 정신이 혼미해져 말을 하지 못하였다. 한참 뒤에야 공술하였다.

"부친의 시신을 분명 방 안에 모셨는데 관청에서 검안하지 않아 이불만 덮어두고 옆에서 지키진 않고 바깥 대청에서 밤을 새웠을 뿐이옵니다. 이런 변괴가 생긴 연유를 당최 모르겠나이다."

이에 유생이 처결하였다.

"네가 필시 네 아비의 시체를 다른 곳에 숨겨놓고 죽임을 당했다고 무고하여 옥사를 일으킨 것이렷다. 독촉하는 빚을 떼먹으려는 수작이지 않느냐."

엄한 심문을 가하려고 하자, 그자는 억울하다며 부르짖었다. 이에 유생은,

"네 아무리 억울하다고 하지만 시체가 없는데 무엇을 증거로 하여 이 사건을 심리하겠느냐? 네가 시체를 찾아낼 때까지 기다릴 테니 그때 가서 검시할 것이니라."

라고 하고는 이 사정을 감영에 보고하였다. 통인에게는 후한 상을 내리고 친자식처럼 아꼈다. 한편 원고는 부친의 시신을 찾지 못해 다시 관아

에 고발하지 못하게 되었고, 그 덕에 송상은 죽음을 면하고 옥에서 풀려났다. 다만 그는 풀려난 이유를 몰라 속으로 몹시 의아할 따름이었다. 유생도 송상을 불러보지 않아 서로의 소식은 예전처럼 막혀 있었다.

그로부터 6, 7년이 지나 유생은 또 아무 고을 수령으로 부임하게 되었다. 그곳은 송상이 사는 마을과 이웃해 있었다. 유생은 부임한 다음에 송상의 집에 사람을 보내 조용히 그를 불렀다. 자신의 지난날 일들을 들려주자 상인은 처음엔 그를 알아보지 못했다. 그러다가 아무 해에 자기 목숨을 살려 준 일을 말하자, 송상은 비로소 깜짝 놀라며 알아차렸다. 이어서 시체를 은닉하여 옥사를 면하게 해준 일을 언급하자 상인은 크게 감격하여 울먹였다.

"소인이 일찍이 사또님의 생명을 살려준 건 이미 지나간 일인데 이번에 이렇게 소인의 목숨을 살려주셨으니 이 은덕은 백골난망이옵니다."

이후로도 이들은 서신을 왕래하며 늙을 때까지 소식을 끊지 않았다고 한다.

3-10

지사가 은덕에 보답고자 좋은 묏자리를 잡아줌

이 공(李公) 아무개가 아무 고을[76]의 수령이 되었을 때이다. 이 고을에 도착하니 이씨(李氏) 성을 가진 양반이 있었다. 그 집 가장은 외지에 나가 3년이 되도록 돌아오지 않은 상황이었다. 아내와 자식들만이 있었는데, 그때는 마침 흉년이라 끼니를 거르기가 다반사여서 굶어 죽을 지경이었

---

[76] 아무 고을: 광교산이 언급되는 것으로 보아 아마도 용인 일대가 아닌가 싶다. 예로부터 용인 일대는 길지로 알려져 "살아선 진천이요, 죽어서는 용인이라[生居鎭川, 死居龍仁]"라는 말이 전해져 온다.

다. 이 공이 이를 안타까워하여 여러 번 구휼해 주어 목숨을 부지할 수 있었다. 그 후, 임기를 마치고 돌아가 부모의 상을 당해 묏자리를 얻어 하관하려던 참이었다. 그런 어느 날 한 선비가 찾아와 조문하였다.

"저는 아무 고을의 아무개랍니다. 외지에서 잡술을 일삼느라 오래도록 집에 돌아가지 못했었지요. 그런데 어른께서 어질게 베풀어 주신 데 힘입어 저희 집안 식구들이 살 수 있었습니다. 그 은덕을 가슴 깊이 느껴 한번은 보답하려고 했었답니다. 지금 어른께서 상을 당하시어 아직 하관하지 못한 상태라지요. 미리 정해둔 묏자리가 없으시다면 제가 풍수를 조금 알고 있는 터, 한 곳을 점지해서 올리고자 합니다."

다음 날 마침내 이 공과 함께 집 뒤에 있는 광교산(光敎山)[77] 자락으로 올라갔다. 지맥을 쫓아 산 끝에까지 내달려 와서는 너울너울 손춤을 추는 것이었다. 이 공이 괴이쩍어 이유를 물었더니 선비는 이랬다.

"이곳은 길지로 먼 데서 구할 필요가 없겠습니다. 이곳에 묘를 쓰시면 두 아들은 아경(亞卿)의 자리에 오를 것이고 후손들도 번창하게 될 것입니다."

이 공은 그의 말에 따라서 이곳에 장사를 지냈다. 그 뒤에 두 아들은 모두 참판(參判)이 되었고 지금껏 자손들이 번성하여 고관대작들이 끊이지 않았다. 이 선비는 바로 이의신(李懿信)[78]이라 한다.

또 한 지사(地師)가 있었다. 그는 풍수에 정통하였다. 한번은 시골에 내려가게 되어 어떤 집에 묵게 되었다. 그 집 주인은 지금 상을 당한 상주였는데 초면인데도 잘 대접하여 아침저녁으로 정성스레 찬을 내주

---

77 광교산(光敎山): 현재 경기도 용인시와 수원시에 걸쳐 있는 산이다. 산 명칭의 유래는, 왕건(王建)이 이곳에 이르렀을 때 산 정상에서 광채가 나오는 것을 보고 '부처가 가르침을 내리는 산'이라 하여 붙여졌다 한다. 예로부터 풍수상 한강 인접 남쪽 산 중에 가장 길한 지역으로 알려져 있다.

78 이의신(李懿信): 앞의 권2 제26화 '풍수가 이의신 이야기'에서 이미 나온바 있다.

었다. 지사는 그의 후의에 감격하여 그에게 작은 은덕이나마 보답하고자 하였다. 그래서 장사를 치렀는지를 묻자,

"묏자리를 찾고 있으나 아직 정하지 못하였소."

라고 대답하였다.

"제가 풍수에 조금 밝거니와 장지를 정해드리려 하는데 어떻습니까?"

"불감청고소원(不敢請固所願)이지요. 다만 우리 집이 어느 정도 풍족하여 달리 더 바랄 것은 없소만 내 나이 오십이 넘도록 아직껏 자식 하나가 없소이다. 만약 후사를 얻을 수 있는 자리를 점지해 주어 제사가 끊어지는 지경에 이르지 않게 해준다면야 얼마나 좋겠소."

이에 지사는 마을 뒤편의 한 곳에 이르러 묏자리를 점지해 주었다.

"이곳은 바로 세 아들을 연이어 낳을 수 있는 길지요. 당신은 이곳을 잡아 흙을 파서 뫼 구덩이를 만드시오."

때마침 그곳을 지나가던 노승(老僧)이 지사를 조용한 곳으로 불러내어 물었다.

"어째서 삼우(三虞)[79] 전에 다시 상이 있을 곳에다 사람을 묻는단 말이오?"

"이것은 당신이 알 바가 못 되오."

그대로 장사를 지낸 뒤에 주인에게 약속하였다.

"분명 10년 뒤에 다시 올 테요. 그사이에 필시 세 아들을 낳을 것이오."

마침내 떠나갔다. 신주를 모시고 돌아오는 중에 그 아내가 갑작스레 학질을 앓더니 죽고 말았다. 3년이 지난 뒤에 그는 젊은 아내를 새로 얻었으며 연이어 사내아이 셋을 두게 되었다. 그로부터 10년이 지나 지사가 과연 다시 찾아왔다. 주인이 아내를 잃었다며 탓하자 지사가 씩 웃었다.

---

79 삼우(三虞): 즉 삼우제. 장사를 지낸 지 사흘째 되는 날 지내는 제사이다. 이때는 통상 산소에 올라가서 제를 올린다.

"당신 내외가 해로하게 되면 회임할 길이 없었소. 그러니 부부의 인연을 끊지 않고서야 어찌 아들을 얻겠소? 이것이 내가 저 자리를 골라서 잡아 준 이유라오."

3-11
가난한 선비를 동정하여 신인이 은 궤짝을 빌려줌

경성 모화관(慕華館)[80] 뒤에 한 양가(良家) 소년이 살았다. 스무 살 가까운 나이에 편모를 모시고 있었다. 하지만 집이 가난하여 엿을 팔아 생계를 이어갔다. 마침 무과 시험 치르는 날이 되어 소년은 흰 엿을 엿목판에 잔뜩 담아서 시험장에 갔다. 아직 시간이 너무 일러 엿판을 과녁 뒤에 받친 채로 누워있다가 얼핏 잠이 들고 말았다. 그런데 꿈에 한 노인이 찾아와 소년에게 일렀다.

"이 과녁 몇 번째 뒤에 은 삼천 냥이 묻혀 있느니라. 임자는 남산골 이씨(李氏) 양반이란다. 그 집 대문 밖에 앵두꽃이 활짝 피어 있을 게다. 그 집을 찾아가서 은자 전량을 돌려주고 차용 수표(手標)를 받아다가 다시 그곳에 묻어주어라. 허면 너도 가난을 벗어날 방도가 있게 된단다. 여기서 시간 지체하지 말고 속히 가서 파보아라!"

깨보니 꿈이었다. 소년은 멍하니 뭔가 싶어 반신반의하며 주저하고 있다가 다시 잠이 들었다. 그런데 노인이 또 찾아와서 재촉하는 것이었

---

80 모화관(慕華館): 조선시대 중국 사신을 영접했던 객관으로 서대문 밖 북행로에 있었다. 1407년 처음 건립하여 모화루(慕華樓)라고 했다가 1430년 모화관으로 개칭했다. 실제 중국 사신이 이곳에 도착하면 왕세자와 백관이 나와 의례를 행하였다. 1894년 청일전쟁 이후 폐지될 때까지 조선시대 한중 관계를 상징하는 공간이기도 했다. 19세기 말에는 이곳을 서재필 등이 독립협회 사무실로 썼으며, 현재 이곳에 독립문이 세워져 있다.

다. 깜짝 놀라 깬 소년은 급히 집으로 가 괭이를 가지고 돌아와 알려준 몇 번째 과녁 뒤를 팠다. 세 치쯤 팠을 때 과연 은자가 든 궤짝이 나왔다. 열어보니 은자가 가득 들어있고, 무게로 보아 수천 냥은 됨직했다. 소년은 곧바로 은 궤짝을 짊어지고 남산골로 찾아갔다. 역시 이 씨가 사는 집이 있었다. 문밖에는 앵두꽃이 활짝 피어 있었다. 꿈속 신령의 말 그대로였다. 그 집으로 들어가니 담장은 무너지고 벽도 헐려 비바람을 막지도 못하는 형편이었다. 이생이 맞으러 나왔는데 옷은 남루하고 모습도 초췌했다. 소년은 은 궤짝을 내려놓고 꿈을 꾼 일을 들려주며 차용 수표를 써 달라고 청하였다. 이생이 은을 세 보니 과연 3천 냥이 되었다. 저간의 사정을 자세히 듣고 난 이생은 차용 수표를 써서 주면서 가서 묻고는 곧장 돌아오라고 하였다. 소년은 신인의 말대로 수표를 궤짝에 넣어 원래 파냈던 곳에 묻고서 다시 이생의 집으로 돌아왔다. 이생이 소년에게 말했다.

"내가 자네를 위해 생계를 꾸릴 수 있도록 할 테니 자당 어른을 모시고 와서 여기서 같이 지내는 게 좋겠네."

그러고는 은을 팔아서 집을 사고 농장을 마련하였다. 또 따로 집 한 채를 사들이어 소년더러 살게 하였다. 생활비와 가재도구까지 다 대주었으며, 장가까지 보내 가정을 일궈주었다. 이리하여 모자는 안온하게 지낼 수 있었다. 얼마 지나지 않아 이생은 과거에 급제하여 요직을 두루 거쳐 여러 주목(州牧)의 장관을 지냈다. 그때마다 소년을 데리고 가서 관가의 녹봉으로 함께 생활하였다. 몇 년 뒤, 이생은 평양감사가 되어 부임했다가 은고(銀庫)를 점검하게 되었다. 그런데 가장 안쪽의 한 궤짝이 텅텅 비어 아무것도 없고 대신 자기가 써줬던 차용 수표가 있는 게 아닌가. 꺼내 보고는 매우 놀라고 탄복하였다.

"신령께서 나의 곤궁한 형편을 아시고 저 아이에게 지시하여 이 은자를 먼저 빌려주신 거구나. 신령의 도움이 아니었다면 내가 어찌 이 자리까지 올 수 있었으랴?"

마침내 그는 자신이 받은 은자로 빌린 수에 맞게 충당하였으며, 소년
도 더 잘 도와줘 부자가 되게 해주었다고 한다.

재상이 부유한 고을에 추천해서 옛 은혜를 갚음

예전에 유씨(柳氏) 성을 가진 진사가 있었다. 집이 가난해서 아침이면
그날 저녁을 걱정할 판이었다. 더구나 그해는 흉년이라 그야말로 살길이
막막했다. 때는 한창 여름으로 5일 동안 밥을 짓지 못했다. 너무 굶주린
나머지 사랑방에 널브러져 있었다. 안채에서도 적막하니 한동안 아무
소리도 들리지 않았다. 유생은 이상하다 싶어 억지로 일어나 들어가 보
려 했으나 기운을 차릴 수 없었다. 엉금엉금 기어 안채로 들어가니, 아내
가 입에 뭔가를 우물거리다가 남편이 들어오는 걸 보고는 황급히 숨기며
부끄러웠는지 얼굴을 붉혔다.

"당신 무얼 혼자 먹다가 날 보고 숨기오?"

아내가 사실을 말했다.

"먹을 만한 것이었으면 설마 혼자 맛보았겠어요? 아까 어지러워 쓰러
져 있는데 말라 비튼 수박씨가 벽에 붙어 있기에 집어다 씹은 거예요.
아닌 게 아니라 빈 껍질이었어요. 한숨을 쉬던 참에 당신이 들어오는
걸 보고 나도 모르게 얼굴이 달아올랐네요."

그러면서 손에서 수박씨 빈 껍질을 내보였다. 부부는 꺼이꺼이 서럽게
울었다. 얼마나 지났을까 문밖에서 종을 부르는 소리가 들렸다. 아내가,

"저이는 누구기에 문 앞까지 와서 종을 부르는데요? 한번 나가 봐요."

라고 하자, 유생이 엉금엉금 기어나가 보았다. 한 관속이 문 앞에 서 있

다가 그가 나오는 걸 보고 배알한 뒤 여쭈었다.

"여기가 유 진사 댁인지요?"

"그렇다네."

"진사 나리 함자가 아무 자 아무 자이온지요?"

"그래!"

"나리께서 아무 능참봉에 수망(首望)으로 낙점받았사옵니다. 그래서 쇤네가 망통(望筒)⁸¹을 가지고 왔는데 간신히 댁을 찾았사옵니다."

그는 소매 속에서 바로 망통을 꺼내 보여주었다. 정말 자기 이름이 쓰여 있었다. 하지만 평소 전관(銓官)⁸²이 누구인지도 모르는 판인데 지금 이렇게 추천되었다⁸³고 하니 천만뜻밖이었다. 꿈인가 생시인가 싶어 한참 어리둥절해 있다가 말하였다.

"이는 필시 나와 이름이 같은 다른 사람일 게다. 네가 잘못 알고 여기로 찾아온 것이니 다른 데로 가서 자세히 알아보거라. 나는 집이 몹시 가난하여 세상과 완전히 단절돼 있느니라. 성안을 둘러보아도 내 이름을 아는 이가 없을 텐데 어찌 전조(銓曹)에서 추천할 이치가 있겠느냐?"

그러고는 들어가 버렸다. 안에 있던 아내가,

"누가 찾아왔어요?"

라고 묻자, 유생이 사정을 얘기해 주니 깜짝 놀라며 기뻐했다.

"만약 그렇다면 연명할 수도 있겠네요."

"백번 생각해 보아도 그럴 이치가 만무하잖은가. 진사로 첫 벼슬을 하려면 반드시 공직에 있는 분이 언급해 준 다음에야 추천이 될 터인데,

---

81 망통(望筒): 벼슬아치를 발탁할 때 삼망(三望)의 후보자 명단을 기록한 종이로, '망단자(望單子)'라고도 한다. 후보자 추천에는 으레 세 사람을 올리게 돼 있어서 삼망이라 하며, 그중 가장 유력한 후보를 수망(首望)이라 했다.

82 전관(銓官): 조선시대 문무관의 인사와 고과를 담당했던 이조(吏曹)의 당상관이나 병조의 장차관을 말한다. 따로 정관(政官)이라고도 한다.

83 추천되었다: 원문은 '檢擬'로, 인재를 골라 선발하여 벼슬에 추천하는 과정을 일컫는다.

세상에 나를 위해 얘기해 줄 수 있는 사람이 누가 있다고?"

부부는 얘기를 주고받으며 반신반의하고 있었다. 그런데 관속이 다시 와서 종을 불렀다. 유생이 또 나가 보니, 그자의 말이 이랬다.

"쇤네가 이조(吏曹)에 가서 자세히 알아봤는데 나리가 분명하옵니다. 선대의 직함이나 나리께서 진사가 된 연조가 다 증명이 되니 만에 하나 염려할 게 없사옵니다."

유생은 비로소 이 전갈을 믿을 수 있었다.

"내가 벼슬에 제수되었으나 지금 밥을 못 먹은 지 여러 날이어서 일어나 움직일 기력이 없구나. 그러니 어떻게 사은숙배(謝恩肅拜)를 하겠느냐?"

이 말에 관속은 당장 저잣거리로 나가 쌀과 찬거리에 땔감을 사 왔다. 이것으로 먼저 죽을 쑤어서 마셔서 말라비틀어진 속을 달래게 했다. 이어서 한 말 쌀과 한 바리 땔감, 그리고 약간의 찬거리를 사서 가지고 왔다. 유생은 연거푸 죽을 들이켰다. 이제 비로소 눈에 무엇이 보이고 걸어 다닐 만큼 기운이 났다.

"네가 주린 배를 구제해 준 덕에 다행히 살아날 수 있었구나. 한데 머리부터 발끝까지 걸칠 게 하나도 없으니 장차 숙배하러 어떻게 나간단 말이냐?"

유생의 이 말에 관속은 다시 옷전[衣廛]으로 가서 입을 의관을 전부 빌려 왔다. 유생은 또 관속더러 친지 집에 편지를 보내 관복을 빌려 오게 했다. 축하하러 온 사람이 점점 늘어났고, 감격하여 온 하인들도 문에 줄을 섰다. 전날의 텅 비었던 때와 비교해 보면 인심이 판이했다.

유생은 사은숙배를 올리고 나서 벼슬에 나갔다. 부임하자마자 납부해야 할 수만큼 돈과 쌀을 계산하여 경서원(京書員)[84]에 넘겨 바치도록 했

---

84 경서원(京書員): 지방의 유향소(留鄕所)를 관할하기 위해 설치한 경재소(京在所)에 주재하는 구실아치이다. 대개 지방 관아에서 서울에 연락을 취하거나 관련 업무를 담당하였다. 지금 유생은 그동안에 진 빚을 경서원을 토해 갚고 있는 셈이다.

다. 또 쌀 열 말과 땔감 한 바리를 자기 집에 보내도록 했다.

당시 이조판서가 누구였는지 알아보니 바로 이 공(李公) 아무개였다. 자기와는 당색도 다를뿐더러 평소 일면식도 만난 적도 없었다. 그런데 마침 유생의 동창인 친구가 이 이조판서와 절친한 사이였다. 친구는 그가 굶어 죽을 지경이라는 소식을 듣고 힘껏 주선해 주었다. 이조에서는 매우 안타까운 이 사정을 듣고 여러 사람을 물리치고 그를 수망에 올렸던 것이다.

그로부터 몇 년, 유생은 다시 큰 자리에 올라 청현직을 역임하여 마침내 이조판서가 되었다. 마침 그때 간성(杆城)의 수령 자리가 났다. 간성은 풍요로운 고을이라 위로 정승 집안에서부터 아래로 친척에 이르기까지 이 자리를 구하는 이가 몹시 많았다. 이러다 보니 누구를 버리고 택할지 곤란할 지경이었다. 당장 내일 도목(都目)을 내야 해서 판서는 적이 심란하였다. 부인이 그의 안색을 보고 괴이쩍어 까닭을 묻자 사정을 다 얘기해 주었다. 그랬더니 부인이 물었다.

"영감이 처음 능참봉이 됐을 당시 판서였던 분의 집안은 지금 어떻게 됐나요?"

"그때 이판 어른은 이미 작고하셨고, 여러 자제가 조정에 이름이 올랐다네. 그중에는 음직으로 군수에 오를만한 사람도 있다고 하네. 집안은 아주 청빈하다고 하고."

이에 부인이 다시 말했다.

"영감이 만약 그 자제 중에 한 분을 간성의 군수로 발탁하지 않으시면 이야말로 배은망덕이라 할 겁니다. 청탁이 많더라도 절대 주저하지 마시고 꼭 그분을 수망으로 올리세요. 그래야 옛날 벼슬을 얻은 은혜에 보답할 수 있게 되는 것 아니겠어요. 영감께서 수박씨를 씹었던 그날 일을 생각 못 하시려고요?"

판서는 이 말을 듣고 대오각성하였다.

"그렇구려."

다음날, 도목에 이 아무개를 간성군수로 수망하여 낙점이 되었다고
한다.

3-13

장생이 과거를 보러 갔다가 넓은 바다에서 표류함

제주 사람 장한철(張漢喆)[85]은 향공(鄕貢)[86]으로 예조의 회시를 보려고
친구 김생(金生)[87] 및 뱃사공 등 24명[88]과 한 배를 탔다. 넓은 바다에 순풍
을 타고 배는 쏜살같이 지나갔다. 그때 홀연 서쪽 하늘에서 붉은 해가
설핏 구름 사이로 비치더니 한 가닥 안개구름이 물결 사이로 일어나 구
름 그림자와 햇살이 명멸하며 서로 뒤섞였다. 잠시 뒤 오색구름으로 변
하여 하늘 한복판에 띠처럼 떠올랐다. 이 구름 아래로 무슨 물체가 오똑
하니 높게 솟아 있었다. 층층의 높은 누각처럼 흐릿하니 보이는데 멀어

---

85 장한철(張漢喆): 1744~?. 제주 한림 출신으로 호는 녹담(鹿潭), 본관은 해주이다. 1775
년 과거에 급제하여 가주서, 성균학유를 거쳐 상운찰방과 흡곡현령, 대정현감 등을
지냈다. 그는 이에 앞서 1770년 제주에서 향시에 합격하고 그해 12월 25일 대과에
응시하기 위해 상경하던 중 완도 경역에서 표류하여 두 번의 표착 끝에 생환하였다.
그는 생환 직후 자신의 표류 경험을 기록하여 『표해록(漂海錄)』으로 남겼다. 표류
과정에서의 다양한 경험과 제주 문인으로서의 현실이 잘 드러난 이 책은 표해록의
백미라 할 만한데, 실제 당시에도 흥미롭게 독서한 기록이 남아있기도 하다. 이 편은
바로 이 책을 축약하여 만든 이야기이다. 이현기(李玄綺)의 『기리총화(綺里叢話)』에도
「장한철표해록(張漢喆漂海錄)」이란 제목으로 실려 있는바 이 이야기와 대동소이하다.
86 향공(鄕貢): 향시에 합격하여 지방관의 천거를 받은 사람을 말한다. 해당자는 서울에
서 치러지는 진사시에 응시하게 된다. 조선시대에 제주와 의주에서는 따로 승보시(陞
補試)가 치러지기도 하였다.
87 김생(金生): 장한철의 『표해록』에는 '김서일(金瑞一)'로 나온다.
88 24명: 뒤에 가면 동승 인원이 총 29명으로 나온다. 『표해록』에도 29인으로 되어 있는
바 여기 인원수가 착오인 셈이다.

서 분간할 수가 없었다. 한참 지나서 해가 겹구름에 가려지면서 누각의 형체가 수많은 성가퀴 성으로 변하여 은빛 파도 위에 시야 끝까지 펼쳐졌다. 시간이 지나 넓게 흩어지더니 이내 사라져 보이지 않았다. 그것은 신기루(蜃氣樓)였다.

사공이 이 광경을 보고 놀라 말했다.

"이는 폭풍우가 일어날 징조이니 아무래도 마음을 놓아서는 안 되겠소"

이윽고 사나운 바람이 무섭게 일고 거센 비가 퍼부었다. 외딴 배는 파도에 넘실대며 끝없이 표류하기 시작했다. 배에 탄 사람 중에는 혼절하여 인사불성인 자도 있고, 빳빳이 누워 통곡하는 이도 있었다. 밤이 되어 어두워지니 지척을 분간할 수 없었고, 배 바닥은 꽤 물이 스며들고 있었다. 선상에는 비가 동이로 퍼부어 배 안은 벌써 물이 반허리까지 차올랐다. 뱃사람들은 꼼짝없이 죽었다고 생각했다. 하지만 장생은 둘러대는 말로 위로하였다.

"동풍이 몹시 급하니 우리 배가 날듯이 달려 하루면 천 리를 갈 걸세. 내가 지도를 보니, 유구국(琉球國, 즉 오키나와)이 탐라(耽羅)[89] 동쪽에 있는데 해로로는 3천 리 거리라네. 그러니 오늘 밤 필시 유구국에서 밥을 지어 먹을 수 있을 걸세."

이 말에 뱃사람들은 아주 기뻐하며 벌떡 일어나서 순식간에 배에 찬물을 퍼냈다. 사흘 밤낮을 지나서야 비바람이 조금씩 잠잠해졌다. 하지만 보이는 것이라곤 끝 간 데를 알 수 없는 바다와 하늘이 접해 있을 뿐이었다. 이에 김생은 사공들과 함께 장생을 탓하였다.

"자네가 과거 볼 욕심을 괜히 내서 우리 죄 없는 사람들의 목숨을 죄다 결단 내려 하는군. 내 죽은 뒤 자네 혼을 괴롭혀 이 원한을 갚고 말겠네."

---

89 탐라(耽羅): 제주의 옛 이름으로, 고려 중기까지 불리었다가 고려왕조에 본격적으로 편입되면서 제주(濟州)가 되었다. 그러나 조선시대에도 주로 제주인은 자신을 '탐라인'으로 많이 불렀다. 일종의 자기 정체성이라고 할 수 있다.

그래도 장생은 좋은 말로 달래며 억지로라도 밥을 짓게 했다. 이 밥이 잘 됐는지 여부로 길흉을 점치자고 했다. 밥이 과연 잘 되자 일행들은 조금 마음이 누그러졌다. 얼마나 지났을까 엄청난 안개가 사방에 깔리고 배는 바람을 따라 제 맘대로 흘러갔다. 어디에 닿을지 알 수 없었다. 날이 저물녘 갑자기 기이한 새가 울며 날아갔다.

"저건 물새요! 낮에는 바다 위를 떠다니다가 저물면 물가로 돌아가 깃드는 법이오. 지금 날이 저물어 새가 저렇게 돌아가니 멀지 않은 곳에 물가가 있다는 걸 알 수 있지요."

사공의 말에 모두 기뻐 날뛰며 웃고 난리였다. 밤이 깊어지자 안개가 걷히고 맑은 하늘에 바람마저 잦아들었다. 밝은 달은 중천에 떴고 큰 별빛이 바다까지 비췄다. 상서로운 기운이 하늘에 가득 찬 게 아마도 남극노인성(南極老人星)[90]인 것 같았다.

이튿날 동이 트기 전 안개가 다시 끼었다가 정오가 되자 걷혔다. 살펴보니 배는 작은 섬의 북쪽에서 바람을 타고 점점 섬에 접근하고 있었다. 배 안에 있는 사람들은 기뻐 날뛰며 다들 배에서 내려 해안으로 올라갔다. 높다란 곳에서 주위를 살펴보니, 이 섬은 동서로 좁고 남북으로 길어 폭이 대략 4, 50리쯤이었다. 사람은 살고 있지 않았다. 한 가닥 맑은 샘물이 있어 맛을 보니 아주 달고 시원했다. 섬 전체는 잡목들이 우거져 있는데 두충나무와 소나무[91] 측백나무가 많았다. 바위 사이론 서까래 크기의 굵은 대나무도 많았다. 노루와 사슴이 떼를 지어 있고, 까마귀와 까치는 숲 여기저기에 무리 지어 있었다. 섬의 중앙으로 산봉우리 셋이

---

90 남극노인성(南極老人星): 남극 부근에서 뜨는 별이라고 하여 남극성(南極星)이라고도 한다. 예로부터 인간의 수명을 관장하는 별로, 이 별을 보면 장수하게 된다는 믿음이 있었다. 그런데 한반도 육지에서는 잘 볼 수 없고, 제주 한라산 등지에서나 볼 수 있었다. 임제(林悌)의 「남명소승(南溟小乘)」에서도 이 별을 본 걸 특기하고 있다.

91 소나무: 즉 남방 소나무로 한반도 소나무와는 잎이 다르다. 일명 '오키나와송'이라고 하며, 유구와 대만 등 남방 지방에 서식한다.

멋지게 솟았는데 높이가 5, 60길은 돼 보였다. 샘물은 이 중 가운데 봉우리에서 흘러나와 굽이굽이 긴 시내를 이루다가 동쪽 바다로 들어갔다.

갑자기 큼지막한 귤 한 개가 상류에서 떠내려왔다. 이에 일행이 계곡을 따라 1리쯤 올라가 보니, 과연 귤나무 두 그루가 녹음이 우거져 그늘을 이룬 채 그 사이로 붉은 귤이 엇비치고 있었다. 다들 정신없이 따서 먹고 나머지는 싸서 돌아왔다. 구멍을 파서 들쥐를 잡고, 산약(山藥)[92]도 캐고, 땔나무를 해오고 물을 길어왔다. 바닷물을 달여서 소금도 만들었다. 또 바다에 들어가 복어(鰒魚)[93] 200여 개를 따와 초막 아래 쌓아 두었다. 가져온 행랑들을 털어보니 있는 게 볍쌀 한 말과 좁쌀 여섯 말뿐이었다. 29명의 며칠 치 식량에 불과했다. 이에 참마를 잘게 찧고 쌀을 조금 섞어 불을 때 밥을 지어 먹었다. 또 생복(生鰒)을 회로 먹으니 그 맛이 입에 딱 맞았다.

한편 사공을 시켜 대를 베어다가 간짓대를 만들어 거기에 옷깃을 찢어 깃발로 삼아 높은 봉우리 위에 세웠다. 또 땔감을 산꼭대기에 쌓아 불을 피웠다. 여기에 표류한 사람들이 있음을 알려 오가는 배들이 구해주게 하기 위함이었다. 꼬박 4, 5일이 지났을 즈음, 한 사공이 커다란 전복 하나를 캐왔다. 껍데기를 까보니 진주 한 쌍이 나왔다. 광채에 눈이 부셨고, 크기는 제비 알만했다. 일행 중 장사치가 눈독을 들였다.

"그거 내게 주시오. 돌아가면 쉰 냥으로 값을 치르겠소."

사공은 이 장사치와 값을 다투다가 저녁때가 되어서야 100냥으로 낙찰을 보아 증서까지 썼다. 그로부터 얼마 지나지 않아 한 점 돛대 그림자가 동쪽 바다 밖에서부터 다가왔다. 뱃사람들은 모두 섶을 더 쌓고 불을 피워 연기와 불빛이 일게 했다. 또 정상에서 간짓대를 흔들며 사람들이

---

92 산약(山藥): 산약초가 아니라 산에서 나는 마[薯]이다. 참마, 산저(山藷)라고도 한다.
93 복어(鰒魚): 독이 있는 복어가 아니라 전복 따위를 말한다.

한 몸으로 소리를 내어 크게 외쳤다. 해 질 녘이 되자 배는 점점 가까이 다가오고 있었다. 배에 탄 사람들은 머리에 푸른 수건을 두르고 위엔 검은색 옷을 걸쳤으나 아랫도리는 입고 있지 않았다. 바로 왜놈들이었다. 이 배는 섬을 그냥 지나쳐가면서 데면데면 구해줄 의향이 전혀 없었다. 뱃사람들이 소리치며 울부짖자 그 소리가 바다와 하늘에 진동했다. 그러자 갑자기 이 배에서 작은 배를 띄워 섬으로 들어왔다. 건장한 10여 명이 뭍으로 올라왔다. 허리엔 장검을 차고 흉악한 표정과 사나운 기세로 이쪽 사람들에게 달려들어서는 글자를 써서 물었다.

"너희는 어디 사람들이냐?"

장생이 답서를 써 줬다.

"조선인으로 표류하여 여기에 오게 됐소. 바라건대 자비를 베풀어 우리 목숨을 살려주시오. 당신들이 어느 나라 사람인지 모르겠소. 지금은 어디로 가는 길이요?"

저들의 답은 이랬다.

"우린 남해불(南海佛)[94]로 서역(西域)으로 가는 길이다. 너희가 가진 보물을 우리에게 바치면 살려줄 수도 있겠으나 그렇지 않으면 죽을 것이다."

장생은 아무것도 없다고 하였다.

"이 섬에는 원체 귀한 게 나지 않는 데다 표류를 당해 구사일생인 몸이오. 배에 있던 물건들은 벌써 다 바다로 쓸려 들어갔으니 이 몸뚱이 외엔 무슨 외짝이라도 남은 게 있겠소?"

그러자 저들은 무어라고 시끄럽게 떠들어대는데 말소리가 저들 언어

---

94 남해불(南海佛): 지금의 남중국해와 동남아 해상에 출몰하는 해적을 가리킨다. 동아시아 해역의 관음신앙과 관련하여 자신들을 '남쪽 바다의 부처'라는 별명으로 호칭한 사례이다. 이 지역은 17세기 이후 동남아 말라카 해협으로부터 중국의 천주(泉州)·복주(福州) 등과 유구 및 일본의 나가사키를 잇는 해상 무역이 활발하게 이루어지고 있었던바 이 루트를 따라 해적도 많았다고 한다. 지금 이들이 서역(西域)으로 간다는 것도 이 해상 무역로로 동남아 쪽으로 간다는 것이다.

라 도통 알아들을 수가 없었다. 한참 뒤 저들은 칼을 휘두르고 고래고래 소리를 지르며 장생의 옷을 벗기더니 나무 위에 거꾸로 매달았다. 다시 여러 사람을 붙잡아 옷을 다 벗기고 꽁꽁 묶어 매달아 주머니 속을 탈탈 털었다. 거기서 쌍 진주와 생복 등을 빼앗고, 양식과 옷가지만 남겨 두고 뭐라 지껄이더니 작은 배를 타고 떠나버렸다. 그 통에 다들 결박을 풀 수 있었다. 다시 살아난 격이라 누구 할 것 없이 꼭대기로 올라가 깃대를 뽑고 연기 불을 끄려 하였다. 하지만 장생이 만류했다.

"오가는 배들이 다 해적이지는 않을 거네. 남방 사람이 저 왜놈처럼 잔인하지는 않을 터 틀림없이 우리를 구해 줄 자가 있을 거고. 어찌 목이 멘다고 밥을 먹지 않을 수 있겠는가?"

그러자 한 사공도 거들었다.

"저 남쪽 바다 구름과 안개 사이로 아득히 보이는 게 유구국이 틀림없 소. 대략 여기서 칠팔백 리 거리이니, 북풍을 만나 배를 띄우면 세 끼면 갈 수 있을 거요. 여기 앉아 굶어 죽을 순 없지 않소?"

뱃사람들 모두,

"그게 정말 좋겠소!"

라고 하며 이내 산으로 올라가 나무를 베어 돛대와 노를 만들고 갑판을 수리하였다. 그로부터 사흘이 지나지 않았을 즈음 갑자기 서남쪽 먼바다 에 세 척의 큰 선박이 나타났다. 이들 배는 동북 방향으로 가로질러 지나 가는 중이었다. 장생 일행은 곧 깃대를 흔들고 연기를 올리며 쉼 없이 소리를 치면서 살려달라고 울부짖는가 하면 두 손을 모으고 머리를 조아 렸다. 그러자 저 선박에서 다섯 사람이 작은 배를 타고 다가와 섬에 정박 했다. 모두 주홍색 화포(畵布)[95]로 머리를 쌌고, 소매가 좁은 푸른 비단옷

---

95 화포(畵布): 통상 제기(祭器) 등을 덮는 고운 베를 말하는데, 여기서는 화포건(畵布巾) 이라고 하여 고운 베에 문양이 들어간 수건을 가리킨다.

을 입고 있었다. 그중 한 사람은 머리털과 수염을 자르지 않았고 둥근 두건을 쓰고 있었다. 그가 글을 써 물었다.

"너희는 어느 나라 사람들인가?"

장생이 글로 답하였다.

"조선 사람으로 표류하여 여기까지 오게 되었소. 제발 자비를 베풀어 고국으로 돌아갈 수 있게 해 주시오."

두건을 쓴 이가 다시 물었다.

"너희 나라에 중화 사람으로 망명하여 떠도는 이가 몇이나 되는지 알 수 있느냐?"

장생은 이 사람이 명(明)나라 유민이 아닌가 싶어 답을 썼다.

"황조(皇祖)의 유민으로 우리나라에 도망해 온 경우가 과연 많았소. 우리나라에서는 이들을 극진히 대접하고 그 자손들에게 벼슬을 내려주기도 했소. 그 수는 다 헤아릴 수 없을 정도요. 그런데 상공은 지금 어느 나라에 계시오?"

"나는 대명(大明) 사람으로 안남국(安南國, 즉 베트남)으로 이주한 지 오래되었네. 지금은 콩 무역차 일본을 가는 길이오. 당신네가 본국으로 돌아가고 싶으면 우리를 따라 일본으로 가세."

이 제의에 장생은 눈물을 흘리며 답서하였다.

우리도 역시 황명의 적자입니다. 임진란에 왜구가 우리 조선을 침략하여 백성을 어육(魚肉)으로 만들고 도탄에 빠지게 했답니다. 그런 우리를 물불 속에서 건져 내 누울 자리로 되돌려 주었으니 이 어찌 대명의 재조지은(再造之恩)이 아니겠습니까? 아 그런데 이런 애통할 일이 있는지! 갑신년 3월 하늘이 무너지는 변고[96]를 어떻게 말로 표현하

---

96 갑신년 3월 하늘이 무너지는 변고: 갑신년은 1644년으로, 이해 3월 농민반란을 일으

오리까? 우리 동국의 충신과 의사의 마음이야 누군들 한 하늘을 이고 살아가고 싶으리까? 그렇긴 하나 부모가 돌아가심에 효자가 따라 죽을 수 없는 것은 천명이 같지 않고 생사의 길이 다르기 때문이지요. 지금 만 리 파도를 떠돌다가 천행으로 상공을 만나게 되니, 이는 사해의 동포일 뿐 아니라 한 집안의 형제와 다름없군요.

두건을 쓴 이가 이 글을 읽다가 슬퍼 목이 메는 표정이 얼굴에 묻어났다. 그는 붓을 가져다가 방점까지 찍어가며 읽고 찍기를 반복하였다. 다 읽자 정성스레 장생의 손을 잡고 다른 사람들도 함께 데리고 타고 온 작은 배에 올라탔다. 작은 배는 바다로 떠가서 일행은 본선으로 옮겨 탔다. 향차(香茶)와 백주(白酒)를 마시라 하더니 다시 미음과 죽을 내왔다. 이후 장생 등 29인을 두 방에 나누어 들게 했다. 장생이 두건 쓴 이의 이름을 물었더니 임준(林遵)이라고 했다. 장생이 그에게 물었다.

"선상에 머리를 깎지 않고 갓을 쓴 사람과 삭발하고 두건을 쓴 사람이 있는데 왜 서로 다릅니까?"

"명나라 사람으로 망명하여 안남으로 들어온 이가 꽤 많지요. 저기 머리를 자르지 않은 스물한 명은 다 명나라 사람이지요."

임준의 답이었다. 표착했던 작은 섬의 이름을 물었더니, 유구국 권역의 호산도(虎山島)[97]라고 알려주었다. 이제 선박의 규모를 쭉 둘러봤다. 전체가 무슨 큰 저택 같아 방과 선실이 셀 수 없이 많았고, 연이은 난간에 살창이 엇갈려 있고 문과 문짝은 겹겹이었다. 장식 기물이나 생필품,

---

킨 이자성(李自成, 1606~1645)이 북경을 함락시키자 숭정(崇禎) 황제는 자금성 북쪽 경산(景山)에서 목을 매달아 자살하였다. 이 숭정황제의 죽음을 하늘이 무너지는 변고라고 한 것이며, 이는 곧 명나라의 멸망을 의미한다.
97 호산도(虎山島): 미상이다. 현재 류큐 열도의 한 섬에 해당할 텐데 비슷한 명칭의 섬 이름은 발견되지 않는다.

병풍이나 휘장 및 서화까지 정교하고 화려하기 짝이 없었다. 임준이 장생을 안내해서 선박 내부로 들어갔다. 층층 계단을 타고 내려가니 배의 폭이 100보 남짓이고 길이는 그 배나 되었다. 한편엔 파나 채소를 심은 텃밭이 있었고, 닭과 오리들은 사람이 접근해도 놀라 달아나지도 않았다. 다른 한편엔 땔감이 수북이 쌓여 있고 사용하는 여러 기물 등속이 뒤섞여 있었다. 따로 열 섬들이 항아리가 있는데, 위는 둥글고 아래는 각이 졌으며 옆은 구멍 한 개가 뚫려 있었다. 손가락만 한 붉은 칠을 한 나무못으로 이 구멍을 막아 났는데, 못을 뽑으면 물이 솟구치며 쏟아졌다. 임준이 알려주기를,

"이건 수통(水桶)으로 이 통에 채운 물은 아무리 써도 바닥이 나지 않고 더 채워도 넘치는 일이 없소."

라고 하였다. 다시 층계를 통해 내려가니 거기엔 미곡과 비단 등 온갖 것들을 저장해 놓고 있었다. 한쪽을 막아 따로 공간을 구별하여 우리를 만들어 놓았다. 거기에는 많은 염소와 양, 개와 돼지들이 짝을 짓거나 무리 지어 있었다. 한 층을 더 내려가자 바로 선박의 밑바닥이었다. 대개 이 선박의 규모는 모두 4층으로, 제일 위층에는 선원들이 거처하는 선실이 이어져 있었다. 그리고 아래 세 층은 선반 등의 구조가 정연하여 온갖 집기와 가축 등을 보관하거나 기르고 있어서 선실 생활에 어려움이 없었다. 배 맨바닥에는 두 척 거룻배를 보관한바 그중 하나는 아까 타고 온 그 배였다. 이 밑바닥엔 거룻배가 뜰 수 있도록 해수를 담아 났다. 또 판자문을 달아 바다로 통하도록 했는데, 이 문은 반쯤은 물속에 잠겨있고 반은 물 위로 드러나 있어 마음대로 여닫아 거룻배가 이곳으로 드나들었다. 판자문이 열리고 닫힐 때는 바닷물이 배 밑으로 들어왔다가 곧 수통을 통해 쏟아지며 배 밖으로 빠져나갔다. 그 모습이 마치 폭포수가 떨어지는 것 같았다. 이 수통의 길이는 두 길이 남짓이고 둘레는 한 아름이 넘었다. 위는 크고 아래가 가늘어 나팔 모양으로, 가운데가 구멍이

뚫려 있고 외부는 직각이었다. 아래쪽에 한 쌍의 고리가 달려있었다. 그 고리를 잡고 왼쪽으로 돌다가 오른쪽으로 되돌면 단가(短歌)를 읊는 소리가 났다. 그러면 배 밑바닥의 물이 수통을 통해서 쏟아져 나왔다. 이 광경은 그야말로 신기함 그 자체였다.

하지만 저들은 더 자세히 보지는 못하게 하고 층계를 따라 올라왔다. 두 층을 올라가니 이미 배의 선상이었다. 오르고 내리는 길이 같지 않았던 것이다.

이튿날 서남풍이 세차게 불어 파도가 산같이 일었다. 그런데도 저들은 전혀 곤란한 기색 없이 흰 돛을 높이 달았다. 배는 날듯이 내달려 밤새 항해하였다. 안남 사람 중에 방유립(方有立)이라는 이가 있었다. 그가 장생에게 물어왔다.

"당신네 나라 사람으로 향빙도(香傡島)[98]에 흘러 들어와 사는 이가 있는데 알고 있소?"

"아니 처음 들어보오."

그러자 방유립이 들려준 얘기이다.

"전에 내가 표류하여 그 섬에 갔었소. 그 섬은 청려국(靑藜國) 소속으로 섬 안에 조선촌(朝鮮村)이 있었소. 이 마을에 김태곤(金太坤)이라는 사람이 들려주기를, '자기 4대조가 조선 사람으로 청나라 포로가 되어 남경으로 흘러 들어왔다가 명나라 사람을 따라 이 섬으로 피해 살게 되었고, 집을 짓고 아내를 얻어 자손들도 많아졌으며 그곳 사람들도 칭찬이 자자했다.'고 하더이다. 또 '그의 조부는 의술에 정통하여 주변의 인정을 받아 살림살이가 풍족해졌고, 높은 언덕에 단을 쌓고 먼 고국을 그리며 슬피 울곤

---

98 향빙도(香傡島): 미상이다. 다만 방유립의 설명에 의하면, 중국 남방의 해남도(海南島)나 현재의 홍콩 주변의 특정 섬을 가리키는 것으로 보인다. 아마도 지금의 홍콩이나 그 인근이었을 가능성이 높다. 한편 이 섬이 청려국(靑藜國)에 속해 있었다고 하는데, 이 청려국도 사료에 등장하지 않는다. 추후 고찰이 필요하다.

했다.'고 합디다. 그래서 뒷사람들이 이곳을 '망향대(望鄕臺)'라 부른다고 하더군요."

한편 임준은 우리나라의 풍속과 인물 및 의관, 산천과 지방 등에 관해서 물어왔다. 장생은 이에 대해 자세히 들려주었다.

"우리나라는 기자(箕子)가 남긴 교화[99]를 이어받아 유교를 숭상하고 이단을 배척하고 있지요. 나라는 예악(禮樂)과 형정(刑政)으로 다스리고, 인민은 효제(孝弟)와 충신(忠信)을 실행하고 있답니다. 이를 사백 년 동안 함양한 나머지 인재가 넘쳐나고 문장과 도덕을 일삼는 선비도 역사에 이루 다 기재할 수 없을 지경이랍니다. 복식은 은주(殷周)시대의 옛 제도를 적절히 더하고 덜었으며, 대명(大明)의 빛깔과 무늬를 집성하였지요. 산은 만이천봉의 금강산이 있고, 강물은 삼포(三浦)와 오강(五江)[100]이 둘러 있으며, 사방 땅은 몇천 리인지 알 수 없답니다. 귀국의 토속과 의관, 문장 등에 대해서 들어볼 수 있을까요?"

임준 일행은 장생의 글을 쭉 돌려 보고는 무어라고 한참 떠들었으나 끝내 대답은 하지 않았다. 하지만 이때부터 저들이 필담(筆談)할 때 '너희 나라[爾國]'라 하지 않고 꼭 '귀국(貴國)'이라 하였으며, '너희들[爾們]'이라

---

99 기자(箕子)가 남긴 교화: 조선은 대중국에 대한 사대교린의 차원에서 기자조선(箕子朝鮮)의 유업을 이어받은 국가로 표방하였다. 이는 기자가 주(周)나라 무왕(武王)의 신하로서 조선으로 건너와 건국의 주체가 되었기에 그 상징성을 강조한 것이다. 따라서 조선은 독자적인 시조로서의 성격이 강했던 단군(檀君)을 대체하여 중국과의 연결고리를 만들어 놓은 것이다. 단군이 우리의 시조로 다시 부각하는 것은 20세기 초이며, 이는 결과적으로 국권 침탈의 위기 속에서 자국 중심의 사관을 구축한 것이자, 비로소 중국 중심의 체계에서 벗어났음을 반증하는 것이기도 했다.

100 삼포(三浦)와 오강(五江): 중요한 포구 세 곳과 주요 강 다섯 곳을 지칭한다. 일반적으로 삼포는 대외 무역과 관련한 동남 해안 지역의 세 포구로, 부산진에 해당하는 동래의 부산포(釜山浦), 웅천(熊川, 진해 지역)의 제포(薺浦), 울산의 염포(鹽浦)를 말한다. 그러나 여기서는 한반도 전역의 주요 포구 세 곳을 지칭하는 것으로 판단되며 구체적인 지역은 미상이다. 오강도 한강, 대동강, 청천강, 낙동강, 섬진강 등 한반도 전역의 주요 강을 지칭할 텐데 정확하게 확인되지 않는다.

하지 않고 꼭 '상공(相公)'이라 불렀다.

다음날, 큰 산이 동북 편에 나타났다. 바로 한라산이었다. 배와 그리 멀지 않아 보였다. 장생 일행은 너무 기쁜 나머지 목을 놓아 소리쳐 울었다.

"아아! 우리 부모님과 처자식들이 저 봉우리를 올라가 기다릴 텐데."

임준이 글로 우는 까닭을 물어 왔기에 장생이 대답했다.

"우리는 다 탐라(耽羅) 사람이랍니다. 고향이 가까이 있다 보니 이러는 것이고요."

이러자 곧 임준 일행과 저들은 말을 주고받더니 서로 시끄럽게 떠들다가 싸우려는 상황이 벌어졌다. 명나라 사람들이 한쪽으로 둘러섰고, 안남 사람들은 맞은편에 둘러섰다. 저들은 큰 소리로 악다구니를 퍼붓고 성난 눈을 부라리며 임준 일행을 향해 공격할 기세였다. 이에 임준 일행은 얼굴을 누그러뜨리며 풀려는 기색이 역력했다. 이렇게 대치한 상태로 버티다 보니 때는 이미 정오를 넘기고 있었다. 임준이 사태를 설명했다.

"옛날 탐라 왕이 안남국 태자를 죽인 일[101] 때문에 저들이 상공 일행이 탐라 사람이라는 것을 알고 다들 칼을 빼 들어 찌르려고 했던 거요. 우리가 백방으로 달래어 겨우 마음을 돌려놓기는 했으나 그래도 저들은 원수와는 한배에 타고 갈 수 없다고 하오. 아무래도 상공은 여기서 우리와 헤어져야 할 것 같소."

세상에 전해지기로 제주목사가 유구국 태자를 살해했다고 하는데, 그

---

[101] 탐라 왕이 안남국 태자를 죽인 일: 1610~1612년 사이에 일어난 이른바 '유구국 왕세자 살해 사건'을 말한다. 당시 제주목사였던 이기빈(李箕賓)이 상선의 재물을 약탈할 목적으로 표류한 선원 전체를 몰살시킨 사건이다. 광해군 대에 발생한 이 사건이 인조 대에 들어와 여러 이설이 나옴으로써 그 실체가 불분명하게 되었고, 김려(金鑢)의 「유구국세자외전(琉球國世子外傳)」 따위의 후대 기록에도 일정한 차이가 났다. 현재는 당시 안남과 일본(또는 오키나와) 사이를 오가던 상선이 제주도에 표착한 사건이었고, 실제 왕자가 살해된 건 아니었던 것으로 보고 있다. 이 배에는 베트남인과 오키나와인이 모두 타고 있었기에 양국에서 모두 자국인을 죽인 제주를 적대시한 결과였을 것으로 판단된다.

게 유구가 아니고 바로 안남이었던 것이다. 임준은 급히 우리가 탈 배를 내어 장생 등 29명을 태운 다음 눈물을 흘리며 파도 위에서 전송하고 뱃길을 나눠 떠나가 버렸다. 마치 날은 저문데 길을 헤매는 부모 잃은 어린아이인 양 어디로 가야 할지 막막할 뿐이었다. 오후가 되자 바람이 급해졌고 배는 나는 듯 달리며 다시 표류하여 흑산도 쪽 큰 바다로 떠가고 있었다. 이윽고 어두운 구름이 모여들고 사나운 비가 세차게 쏟아졌다. 황혼 무렵에 노어도(鸞魚島)[102] 서북쪽 바다에 이르렀는데, 바로 당초 풍랑을 만나 표류했던 곳이었다. 밤이 깊어 넘실대는 파도는 하늘에 방아질하고 폭풍은 바다를 키질하듯 했다. 사공은 통곡하였다.

"이곳은 가장 험하기 짝이 없는 뱃길이오. 널려 있는 서덜과 암초가 물결 위로 삐죽 솟아 있고 파도가 너무 사나워 바람이 잔 날에도 배가 부서져 침몰하곤 했지요. 지금처럼 성난 바람이 바다를 말아갈 정도고 하늘에 닿을 듯 파도가 치니 까딱없이 여기가 우리가 죽을 곳이네요."

모두 휘항(揮項)[103]으로 머리를 감싸고 노끈으로 허리를 감으면서 통곡하였다. 이는 죽은 뒤에라도 얼굴과 몸이 파도나 암초에 부딪혀 손상되지 않도록 하는 조처였다. 장생도 놀라 넋이 나가서 울고 싶었으나 소리가 나오지 않았다. 부르짖고 피를 토하다 혼절해서 인사불성이 되고 말았다. 혼절한 상태에서 이전에 표류해 죽은 제주인 김진룡(金振龍)과 김만석(金萬石)이 나타나고, 그 밖에 기이한 모습을 한 천태만상의 괴귀(怪鬼)들이 눈앞에 아른거렸다. 또 어떤 미인이 나타났는데, 그녀는 소복을 입고서 음식을 내왔다. 정신을 차려 눈을 떠보니 다 꿈이었다. 그때 사공

---

102 노어도(鸞魚島): 현재 전라남도 완도군 소속 노화도(蘆花島)이다. 바로 아래 좌우로 보길도와 소안도(所安島)가 있으며, 그 동쪽으로 나중에 표착하게 되는 청산도가 있다. 바로 이 노화도와 청산도 사이가 제주와 육지를 오가는 주요 해로였다.

103 휘항(揮項): 통상 '휘양'이라 하며, 머리에서 어깨까지 늘어뜨린 방한모이다. 정수리 부분은 뚫렸고 어깨를 감싸 얼굴만 내놓을 수 있도록 하였다. 서피(鼠皮)나 초피(貂皮)로 제작한 상류층의 휘양도 있었다.

둘이 뱃머리로 기어가 키를 붙잡으려 했다. 그러나 바람에 몸이 날려 물에 떨어져 죽고 말았다. 잠시 뒤 선판이 부서지는 소리가 바다를 뒤흔들었다. 배에 탄 사람들은 이제 실성한 듯 애타게 부르짖었다.

"배가 다 부서졌어!"

그러면서 서로 붙들고 형님 아재를 불러댔다. 함께 배를 탄 사람 중에는 형제지간이나 숙질간이 많았기 때문이다. 김생도 장생을 끌어안고서 통곡하였다.

"이 바다 하늘 아래 외로운 신세, 자네 말고 누구에게 의지하겠나?"

마침내 노끈을 가져다가 장생과 함께 두 몸을 묶었다. 다행히 한참을 기다려도 배가 완전히 부서지지 않았다. 고개를 들어 보니 큰 산이 눈앞에 우뚝 솟아 있었다. 이윽고 배는 이 산에 근접하여 나아갔다 밀리기를 반복하며 기우뚱댔다. 성난 물결은 해안에 부딪쳐 집채만 한 은빛 파도가 공중으로 솟구쳤다. 칠흑 같은 밤 해무가 쌓여 지척도 분간할 수 없는 가운데 사람들이 다투어 뛰어내리는 모습이 어렴풋이 보였다. 저들은 물질에 자신이 있어서 저렇게 뛰어내린 것이지만, 장생은 헤엄칠 줄 전혀 몰랐다. 그래도 엉겁결에 뛰어내렸다. 마침 허리 아래가 서덜 모서리에 걸리고 말았다. 그는 손발을 정신없이 구르며 엉금엉금 50여 보를 기어가 해안가로 나올 수 있었다. 언덕에 기대어 앉았으나 정신을 차릴 수 없었다. 사방을 둘러봐도 주변엔 사람이 없었다. 다만 여럿이 파도 사이로 헤엄을 쳐 나와서는 해안가에 엎어졌다. 이들은 한참 뒤 깨어나 서로 둘러앉더니 바다를 바라보며 곡을 하는 것이었다.

"우리야 자맥질 잘하는 덕에 이렇게 살았지만, 불쌍한 장 서방님은 어찌할 수 없는 지경에 몰리고 말았으니! 이제 무슨 면목으로 고향에 돌아간단 말인가?"

저들은 장생이 이미 죽은 줄 알고 이러는 것이었다. 그때 장생이 큰 소리로 불렀다.

"내가 바로 여기에 있다네!"

그들은 장생을 끌어안고 엉엉 울었다.

"저희야 4, 5리는 자맥질해 갈 수 있기에 숱한 이 죽을 고비 속에서 살아날 수 있었으나 약질인 나리께선 자맥질도 못 하시면서 어떻게 저희보다 먼저 여기에 오르셨는지요?"

장생이 그 과정을 자세히 들려주자, 모두 신기하다며 혀를 찼다. 처음 배를 탔던 사람은 24명이었는데, 지금 해안에 도착한 이는 겨우 10명이었다. 물에 빠져 죽은 이가 14명이라는 것을 알 수 있었다. 때는 캄캄한 밤인데다 바람은 여전히 사나웠다. 배고픔과 추위가 점점 심해졌다. 하는 수 없이 인가를 찾아 석벽을 기어오르고 벼랑을 따라 물고기를 꿴 듯 올라갔다. 그러던 중 장생은 발을 헛디뎌 천 길 아래 깊은 벼랑 아래로 떨어지고 말았다. 한참을 기절해 있다가 겨우 정신을 가다듬고 한 걸음 한 걸음 디뎌 언덕을 올라왔다. 뱃사람들은 이미 멀리 가고 없었다. 그런데 갑자기 한 가닥 들불이 보였다가 안 보였다가 다가오다 멀어졌다 하였다. 그 불을 쫓아 10여 리를 가니 불빛이 붉어졌다가 푸른빛으로 변하면서 순식간에 꺼져버렸다. 주변은 온통 황량한 들판으로 고요하니 아무 인기척도 없었다. 그때 비로소 자신이 도깨비불에 씌었다는 걸 깨달았다. 오도가도 못 하게 된 장생은 둔덕에 기대앉아 있었다. 순간 개 짖는 소리가 들려왔다. 그 소리를 따라 한 마을 입구에 다다랐다. 거기엔 이미 도착한 사공 하나가 섬사람들을 데리고 횃불을 들고서 나와 있었다. 그는 장생을 보고 몹시 반가워하며 함께 마을에 묵고 있는 집으로 돌아가 옷을 말리고 죽을 올렸다. 여기에 도착한 이도 여덟 사람뿐으로, 벼랑에 떨어져 죽은 자도 둘이나 있었다.

모두 그야말로 혼절하다시피 쓰러졌다가 다음 날 아침 비로소 정신이 들어 주변을 알아봤다. 섬사람들에게 여기가 어디냐고 물었더니, 이 섬은 신지도진(薪智島鎭)[104]에 소속되어 있고 북으로 육지와의 거리가 100여

리이며, 서남으로 제주까지는 700리가 되며, 섬의 둘레는 30리가 된다고
했다. 이들이 아침저녁을 제공하여 이틀 사흘 아픈 데를 치료하고, 함께
배를 탔다가 물에 빠져 죽은 16명을 위해 제를 지내주었다. 그리고 성황당
까지 찾아 올라가 잘 귀환할 수 있도록 빌었다. 이 성황당에는 한 노파가
있었다. 장생을 초대하여 행랑에 모시더니 소복 차림의 아름다운 여인을
시켜 밥을 대접하게 했다. 그녀는 풍파 속에 혼절했을 때 음식을 내왔던
그 미인과 닮아 있었다. 황홀한 장생은 매우 신기하다 싶어 묵고 있는
집의 주인에게 그녀에 관해 물어봤다. 그랬더니 조 씨(趙氏)의 딸로, 할멈은
그 모친이고, 올해 나이 스물인데 혼자가 된 지 여러 해가 되었다고 알려주
었다. 장생이 혼절 중 꿈속에서 본 기이한 일을 알려주자 주인이 말했다.

"제게 매월(梅月)이란 여종이 있는데, 연전에 조 씨 집에 팔려 갔답니
다. 얘를 중간에 세워 시켜보면 일이 수월하지 않을까 싶네요."

며칠 뒤 주인이 매월이와 함께 와서 일러주었다.

"아까 매월이가 전해 준 말이, 조 씨 딸이 꿈속 이야기를 듣고 정감이
있는 듯 따로 딱 잘라 거부하는 기색은 없더랍니다. 허락한 셈이지요.
마침 그 어미는 오늘 밤 산에 있는 절에서 재를 올린다고 하니, 손님께서
향을 훔치는 날이 바로 오늘 저녁 아니겠어요."

마침내 매월이에게 이리이리 하라고 시켰다. 이날 밤 장생은 그 집으로
갔다. 창 아래에 한 그루 매화나무가 있고 산달은 이미 기울고 꽃 그림자
가 하늘거리고 있었다. 꽃 아래 우두커니 서 있자니 밤은 점점 깊어가고
주변은 모든 움직임도 멈춰 삽살개만이 손님을 보고 짖어댔다. 매월이
개짓는 소리를 듣고 문을 활짝 열고 나와서는 장생을 끌고 방으로 들어갔

---

104 신지도진(薪智島鎭): 신지도는 완도군 신지면으로, 완도에 인접해 있다. 원래는 지도
(智島)로 불렸으나 나주목의 신안군에도 같은 명칭의 섬이 있어서 나무가 많다는 뜻
에서 '신(薪)' 자를 붙여 지금의 이름이 되었다고 한다. 이곳에 1596년 수군 방어진을
설치하여 주변을 관할하게 했다. 참고로 청산도는 이 섬의 정남향에 있다.

다. 골짜기 달이 창에 걸려 살창과 방안을 훤히 비췄다. 조 씨는 이불을 안고 침상에 누웠다가 깜짝 놀라 일어나 앉아 정색하며 완강히 거부하는 게 절대 받아들이지 않으려는 것 같았다. 하지만 은근히 달래는 말을 듣고는 추파를 넌지시 보내며 말투도 점차 부드러워졌다. 잔뜩 부끄러운 시늉을 하는가 하면 화난 척 억지로 쏘아붙이기도 하였다.

"매월이 이년 나를 팔아먹다니! 죽일 년!"

마침내 같은 이불 속에 들자 마음과 혼이 마구 흔들렸다. 화내며 꾸짖던 소리는 벌써 끊어지고 애틋한 정을 감당하기 어려웠다. 운우(雲雨)의 즐김이 끝나자, 여인은 옷매무새를 고치고 일어나 구름머리를 정돈하였다. 웃는 눈으로 장생을 보고 말했다.

"불쌍한 매월이가 밖에서 떨고 있는데 얼른 불러들이지 않고요?"

이 말에 장생이 매월이를 불러 방으로 들어오라 했다. 들어온 매월이는 그녀를 보고 웃으며,

"어째서 처음엔 죽일 년이라고 욕하다가 지금은 추위에 떤다며 불쌍해한다지요?"

라고 하자, 그녀는 부끄러워하며 답을 하지 못했다. 이윽고 물가 마을에 닭이 울고 동편 하늘이 밝아왔다. 둘은 손을 붙잡고 작별하였다. 목이 메어 말을 잊지 못했다. 그다음 날 사공이 순풍이라 배 뜨기 좋다고 알려와 장생은 배에 올랐다. 이틀이 걸려 강진(康津)에 도착했다. 계속 올라온 끝에 한양에 들어가 과장(科場)에서 기예를 겨루었으나 먹물을 마시고[105] 그 길로 고향으로 돌아왔다. 작년 11월에 배를 탔다가 이듬해 5월에 비로소 귀환한 것이다. 함께 표류했다가 살아온 일곱 명 중 넷은 이미

---

105 먹물을 마시고: 원문은 '飮墨'으로, 과거에 낙방했다는 뜻이다. 이는 육조(六朝)시대 제(齊)나라 고조(高祖)가 글을 못 짓는 자에게 먹물을 먹였다는 고사에서 유래한다. 따로 과거 시험에서 시안(試案)의 격이 떨어지는 자에게는 먹물 한 되를 마시게 했는데, 이를 '음묵수(飮墨水)'라 한다.

죽었고, 한 명은 병석에 누워있었다고 한다. 그 몇 년 뒤 장생은 과거에 급제하여 고성(高城)군수[106]까지 지냈다고 한다.

3-14

한 재상이 축원하는 말을 듣고 옛일을 떠올림

예전에 한 재상이 있었다. 그가 서생일 때 매우 가난했다. 하루는 반시 (泮試)[107]를 보러 가게 되어 시동에게 책 상자[108]를 짊어지게 하고서 앞세우고 갔다. 배오개[109]에 이르러 시동이 길가에서 꽤 길어 보이는 물건 하나를 주워 자신에게 바치는 것이었다. 단단하고 질긴 종이로 열 겹이나 싼 것이었다. 풀어서 보니 바로 용을 새긴 금비녀였다. 만든 솜씨가 기묘하고도 정교하여 값을 매길 수 없을 정도였다.

"이것은 필시 누군가가 잘못하여 떨어뜨렸겠지. 분명 다시 와서 찾을

---

106 고성(高城)군수: 실제 장한철이 고성군수를 지낸 이력은 찾아지지 않는다. 아마도 그가 상운찰방과 흡곡현감을 지냈기에, 고성이 이 지역과 인접한 관계로 이를 착오했거나 원용한 경우가 아닌가 싶다.

107 반시(泮試): 성균관에서 치르는 시험이다. 주로 성균관에 거재(居齋)하는 유생들이 보는 시험을 일컬으며 따로 반과(泮科)라고도 한다.

108 책 상자: 원문은 '白笈'으로, 재질 그대로 간소하게 만든 책 상자를 말한다. 이러한 용례는 정범조(丁範祖, 1723~1801)의 『해좌집(海左集)』 권7에 수록된 「次寄李爾晏」 이라는 시에서 발견된다. "자못 괴이한 일이 많은 때에 고운 소리 널리 퍼져, 미련 없이 책 상자 지고 절로 들어가네[頗怪多時曠玉音, 倏然白笈入雙林]."

109 배오개: 원문은 '梨峴'이다. 현재의 종로4가와 5가 사이에 있던 고개 이름으로 지금의 인의동, 예지동 지역이다. 이곳은 조선시대 주요한 상업 지역으로 종루(鐘樓, 종각) 및 칠패(七牌, 현재 남대문 주변)와 함께 도성의 3대 시장으로 알려져 있다.(박제가의 「漢陽城市全圖歌」에서 "梨峴鐘樓及七牌, 是爲都城三大市. 百工居業人磨肩, 萬貨趨利車連軛"라고 읊었다) 또 이곳은 상인 및 일반 서민들이 많이 모였던 공간으로, 산대놀이가 유행하고 이야기꾼인 강담사들이 활약하는 등 조선 후기 문화 양상이 다채롭게 펼쳐지던 곳 가운데 하나였다.

게다."

그리하여 길가에 그대로 서서 기다렸다. 조금 뒤에 한 여인이 쓰개치마를 몸에 두르고 정신없이 다급한 걸음으로 그 곁으로 다가왔다. 이쪽 저쪽을 연신 샅샅이 훑는 모양이 무언가를 찾는 것 같았다. 서생이 미심쩍어 시동 보고 물어보게 하였다.

"무슨 일로 그렇게 겨를이 없어 하오?"

"방금 금비녀를 잃어버려 이러고 있네."

서생은 다시 시동을 시켜 그 금비녀의 모양새와 길이, 굵기와 어떤 물건으로 싼 것인지에 대해서 자세히 물었다. 그랬더니 그 여인이 낱낱이 대답하는데 하나같이 들어맞지 않는 게 없었다. 이에 서생이 소매춤에서 꺼내어 주자 여인은 깜짝 놀라더니 기뻐서 눈물까지 흘렸다. 이윽고 서생의 관향과 사는 곳을 물었으나 서생은 알려주지 않고 떠나가 버렸다.

그 뒤, 서생은 과거에 급제하여 벼슬에 올라 수십 년 동안 내외의 여러 요직(要職)[110]을 거치면서 한시도 물러난 적이 없었다. 그런 그가 이조판서가 되었을 때, 한번은 임금의 묘궁(廟宮)[111] 행차를 따르다가 한 서리 집에서 잠시 쉬게 되었다. 한데 이 집은 매우 비좁아 바깥채와 안채가 서로 붙어 있어 말소리가 다 들릴 정도였다. 한가롭게 앉아 있던 판서가 느닷없이 안채에서 기도하는 소리를 듣게 되었다. 가만 들어보니 바로 조곤조곤한 부인네의 말이었다. 그 축원하는 내용이 이랬다.

"전에 배오개에서 금비녀를 돌려주신 나리께 신명은 도우시와 공경(公卿)이 되시고 자손도 번성하며 수와 부를 다 누리시기를……."

---

110 요직(要職): 원문은 '華膴'로, 화관무직(華官膴職)의 준말로 높고 녹이 많은 벼슬자리를 뜻한다.
111 묘궁(廟宮): 일반적으로 공자를 모신 사당을 지칭하나 여기서는 종묘나 문묘 또는 일반 왕가의 사당을 지칭하는 것으로 보인다.

순간 판서가 자신이 서생이었을 때의 일을 떠올리고는 주변에 명하여 집주인인 서리를 불러오도록 했다. 서리가 대청 아래에 엎드리자 물었다.

"지금 막 안채에서 기도하고 있는데, 무슨 일이더냐?"

서리는 잔뜩 두려워하며 대답하였다.

"아무것도 모르는 제 아낙이 높으신 나리를 몰라뵙고 외람되이 그 소리를 듣게 하였사옵니다. 황송하고 황송하옵니다!"

"그럴 필요 없느니라. 일에는 필시 그 사정이 있는 법, 만약에 사실대로 고하지 않는다면 그 죄를 용서치 않으리라!"

서리는 머뭇머뭇 달싹이더니 아뢰었다.

"하찮고 자질구레한 일이지만 감히 사실대로 고하지 않을 수 있겠사옵니까? 삼십 년 전이었습니다. 소인의 아내는 상감마마의 친척이 되는 집안[112]과 아주 가까웠습니다. 그 집 부인 마님께서 거금을 소인의 아내에게 주시었습니다. 혼수로 쓸 금비녀를 사 오게 한 것이었지요. 그래서 아내는 금비녀를 사서 오던 중에 어쩌다 잘못하여 길에 떨어뜨리고 말았습니다. 늦게야 이를 깨닫고 되돌아가 찾던 중에 한 서생께서 마침 이 비녀를 주워서 되돌려 주었다고 합니다. 이것으로 소인의 집은 큰 낭패를 면할 수 있었고 오늘이 있게 된 것입니다. 이는 다 그 은혜를 입은 것이지요. 바로 오늘이 그 비녀를 잃어버렸던 날이랍니다. 매년 오늘이 되면 떡과 경단, 술과 과일을 준비해서 신령께 복을 내려달라고 빌기를 지금껏 그만둔 적이 없었습니다."

그러자 판서가 말했다.

"그 비녀를 돌려준 사람이 바로 나이니라! 그날이 언제였는지는 전혀 기억하지 못하고 있었구나. 지금 너의 말을 들으니 그날이 오늘이었음을

---

[112] 상감마마의 친척이 되는 집안: 원문은 '戚畹'으로, 임금의 내척(內戚)과 외척(外戚) 집안을 아울러 이르는 말이다. 대개는 왕가의 외척 세력을 비판하거나 경계하는 맥락에서 많이 사용되었다.

이제야 알게 되었다. 나의 부귀영달이 네 아내의 정성의 소치로 이루어졌음을 어찌 알았겠는가!"

이 말을 들은 서리는 잔뜩 기뻐하며 안으로 들어가 아내에게 알리고 나와서 뵙도록 하였다. 아내가 급히 밖으로 나와서는 연신 절을 하며 놀라움과 기쁨으로 눈물을 쏟았다. 이때부터 판서의 집을 드나들며 마치 친구 사이처럼 지냈다고 한다.

3-15

제 목사가 꿈에 계시하여 그의 묘를 정비함

성주(星州)의 문관인 정석유(鄭錫儒)[113]가 아직 급제하지 않았을 때의 일이다. 본 고을 목사의 동생과 함께 매죽당(梅竹堂)[114]에서 막 공부를 하고 있었다. 이 매죽당 앞에는 따로 지이헌(支頤軒)[115]이 있었다. 어느 날 오경(五更)에 파루를 알리는 북이 울리자, 정석유는 잠에서 깨어 측간에 갔다가 돌아오는 데 달빛이 아주 밝았다. 지이헌에 올라가 서성이며 흥얼거리고 있는데 갑자기 한 가닥 음산한 바람이 얼굴에 불어오자 머리털이 쭈뼛쭈뼛 섰다. 서둘러 돌아오다 중문에 채 이르지 못했을 때, 진붉은

---

113 정석유(鄭錫儒): 1689~1756. 자는 중진(仲珍), 호는 행은(杏隱), 본관은 동래이다. 1737년 늦은 나이인 49세에 과거에 급제하여 봉상시주부 등을 지냈다. 이 이야기의 내용과 관련해서 후대에 편찬된 『행은공연보(杏隱公年譜)』에 나와 있는데, 거기에는 제 목사와 문답한 내용 및 관련 시, 기사 등이 수록되어 있다. 참고로 당시의 성주 목사는 홍응몽(洪應夢), 함께 공부한 아우는 종제 홍응진(洪應辰)이며, 그 시점은 1737년 1월 17일로 되어 있다. 그는 따로 『낙하집(洛下集)』, 『행은유고(杏隱遺稿)』 등을 남겼다.

114 매죽당(梅竹堂): 아마도 성주 관아 안이나 그 주변에 있었던 건물로 판단되나 정확히는 확인되지 않는다. 참고로 성주 출신의 학자 이해종(李海宗, 1599~?)의 호가 매죽당인데, 현재 그가 거처했다고 하는 매죽정(梅竹亭)은 괴산의 사자봉에 있다.

115 지이헌(支頤軒): 과거 성주목 관아의 동편에 있었다고 알려져 있다.

도포에 오사모(烏紗帽)를 쓴 한 관인이 서편 담장의 대숲 사이에서 나왔다. 그의 얼굴을 보니 생기가 넘치고 멋들어진 수염이 서너 자나 되었다.

"자네를 보려고 한 지가 오래이네. 잠시 좀 있게."

정생은 그가 귀신임을 알아채고 손을 모아 읍을 하였다.

"뜻하지 않게 이 깊은 밤에 여기서 관인을 뵙게 되었나이다. 어디에 사신지 감히 여쭙나이다."

그러자 그 사람은 발끈했다.

"동서남북 어디든 정해진 곳이 없거늘 하필 사는 곳을 묻는단 말인가? 내 성명을 알고 싶다면 관명으로 '제목사(諸牧使)[116]'라고 하지. 자네에게 나는 고을 주인이었으니 선생안(先生案)[117]을 살펴보면 알 걸세."

"그러시다면 저를 보시려 한 것은 무슨 일인지요?"

"나는 본래 고성현(固城縣)의 상민이었다네. 임진란이 일어나자 군사를 일으켜 왜적을 토벌했지. 이 공으로 조정에서는 나를 특별히 이 고을의 목사로 제수했다네. 그러나 얼마 지나지 않아 이 몸이 죽어 공명을 크게 떨치지 못했네. 연해(沿海)[118]에서 적의 진영을 작살내고 정진(鼎津)[119]에서 적들과 싸웠는데, 적은 수와 약한 형세로 많고 강한 적들을 제압하여

---

116 제목사(諸牧使): 즉 제말(諸沫, ?~1592). 본관은 칠원(漆原)이며 고성(固城) 출신이다. 임진왜란 때 의병을 일으켜 웅천(熊川)·김해·정암(鼎巖) 등지에서 승전하였으며 뒤에 그 공으로 성주목사에 임명되었으나 다시 성주 전투에서 싸우다 전사하였다. 정조 때에 그에 대한 추증 사업이 이루어져 성주 충렬사(忠烈祠)에 배향되었으며, 임진왜란 때 함께 공을 세운 조카 제홍록(諸弘祿) 등 이 두 사람의 사적을 기록한 『칠원제씨 쌍충록(漆原諸氏雙忠錄)』(1975) 편찬된 바 있다. 참고로 그와 관련된 사적은 『약천집(藥泉集)』, 『성호사설(星湖僿說)』, 『열하일기(熱河日記)』에도 나와 있다.

117 선생안(先生案): 경향의 관청에 비치하는 문적으로 해당 관아의 전임(前任) 관원의 주소·성명·관직·생년월일 등을 기록한 것이다. 따로 '안책(案冊)'이라고도 하며 도선생안(道先生案), 읍선생안이 있다.

118 연해(沿海): 제말의 승전지인 웅천·김해 등지를 지칭하는 것으로 판단된다.

119 정진(鼎津): 의령(宜寧)의 관문인 '정암나루'이다. 이곳은 함안의 접경에 있으며 남강(南江)의 요지 중의 하나이다. 임진왜란 당시 이곳에서 제말 등이 의병을 일으켜 승리했던바 이를 정진승첩(鼎津勝捷)이라 부른다.

목을 베고 진영을 깨부쉈지. 이는 족히 후세에 드러날 일이라네. 그러나 그때의 격문이 사라져 국사(國史)에 전해지지 못했으니 후세의 사람들이 이 사나이 제목사를 다시 알지 못했다네. 이 죽은 자의 혼백은 가없는 원혼이 되어 수백 년이 지나도록 정념이 흩어지지 못해 구름이 끼고 달이 뜨는 저녁이면 이렇게 출몰하는 것이라네. 이 억울함을 누구에게 말한단 말인가! 자네를 보려고 한 것도 이 때문이라네.

하늘이 만약 나에게 목숨을 몇 년이라도 더 빌려주었다면 한 놈의 왜병도 돌아가지 못하게 했을 텐데. 창 하나와 말 한 필로 저 백만 대병과 싸워 장수를 베고 깃발을 뺏는 것은 오직 나만이 할 수 있었지. 그러니 저 정기룡(鄭起龍)[120] 같은 이들이 어찌 나와 견줄 수 있겠는가! 그랬다면 나는 저 정기룡을 비장(裨將) 정도로 보았을 뿐만 아니라 그도 나를 장수로 섬겼을 것이네. 한데 정기룡은 마침내 공훈에 이름을 올려 통제사(統制使)의 지위에 올라 사람들의 칭송을 받았지만 나는 그렇지 못했다네. 운명이 아니겠는가? 무릇 대장부가 오랑캐를 섬멸하여 기린각(麒麟閣)[121]에 자신의 초상을 걸지 못한다면, 그 이름 역사에 전해지지 않고 그 마음이 후세에 드러나지도 않을 것이네. 비록 죽어 백 년, 천 년, 만 년이 가더라도 이 원통함을 씻을 수 있겠는가!"

그러면서 허리춤에서 칼을 빼 들어 보였다.

"이 칼은 내가 군영에 있을 때 쓰던 것이라네. 이것으로 왜의 비장을

---

120 정기룡(鄭起龍): 1562~1622. 초명은 무수(茂壽), 자는 경운(景雲), 호는 매헌(梅軒)이다. 경상남도 곤양 출신으로, 1586년 무과에 급제한 뒤 왕명에 따라 이름을 기룡으로 고쳤다. 이후 신립(申砬), 조경(趙儆) 등의 휘하에서 활약하였으며 곤양 수성장(守城將), 경상우도 수군절도사 등을 역임하였다. 그는 본래 본관이 진주였으나 이런 공으로 곤양 정씨의 시조가 되었다. 그는 끝까지 진중에서 활약하다가 수를 다하고 죽었기 때문에 이야기 중에서 제말이 그와 비교를 한 것이다.

121 기린각(麒麟閣): 한나라 무제(武帝) 때 지어진 전각으로, 이곳에 한나라 공신들의 초상을 걸었던 풍습이 있었다. 이 때문에 후대에 기린각은 나라의 공신을 표창하는 상징이 되었다.

베었었지."

그 검은 길이가 한 자 남짓으로, 칼등에는 희미한 핏자국이 보였고 달빛 아래 번뜩이며 광채가 살아났다. 마침내 길게 탄식하며 울분에 차오르자 핏빛이 이마와 뺨으로 번져서는 점점 붉은 기운이 크게 돌았다. 성긴 수염이 뻣뻣이 서며 제비 꼬리 마냥 갈라졌다. 다시 정생에게 말하였다.

"시를 하나 지었으니 그대는 들어보지 않을 텐가?"

그러면서 이렇게 읊조렸다.

긴 산 구름과 함께 가고
먼 하늘 달과 함께 외롭네.
적막한 성산관(星山館)[122]엔
그윽한 혼 있고 없고

山長雲共去
天逈月同孤
寂寞星山館
幽魂也有無

"'유(幽)' 자는 그윽하고 깊다고 할 때의 의미라네."
라고까지 하였다.

"시의 격조가 높습니다. 감히 청하옵건대 그 뜻이 무엇인지요?"

"잊지 말기를, 잊지 말기를! 마땅히 알아보는 이가 있을 걸세."

이윽고 말하였다.

"나는 이만 떠나겠네."

몇 걸음을 가더니 다시 부탁하였다.

---

122 성산관(星山館): 성주목의 동헌이다.

"잊지 말기를, 잊지 말아!"

그 순간 보이지 않았다. 정생은 정말 기이해하면서 다음 날 선생안을 가져다가 살펴보니 바로, '제말은 계사년(癸巳年, 1593) 정월에 부임하여 그해 4월에 끝나 돌아갔다.'라는 내용이 있었다.

그때, 정승 정익하(鄭益河)[123]는 경상도관찰사로 정생이 제말을 만난 일을 듣게 되었다. 그래서 감영으로 정생을 불러 자세하게 물어 그 실상을 들을 수 있었다. 정생이 덧붙였다.

"제말은 이런 말도 했습니다. '내 묘가 칠원군(漆原君)[124]의 아무 마을에 있는데 지금 자손이 없어 더는 제사를 지내지 못한다네. 묘가 이렇게 황폐해졌는데도 관리를 안 하고 있으니 이 어찌 슬프지 않겠는가?'"

정익하는 기이해하면서 일렀다.

"내가 만약 재임 중이었다면 장계를 올렸을 터이나 지금 이미 파직이 되어 올릴 수가 없게 되었구나. 그래도 마땅히 버려진 무덤을 가꾸어 그의 혼을 위로해야겠구나."

이리하여 마침내 본 고을에 명을 내려 묘역을 다시 정비하고 둘레에 나무를 심었으며 또 묘를 지키게 세 집을 두도록 하였다.

그때가 되기 며칠 전, 성주목사 어사적(魚史迪)[125]이 낮에 잠을 자다가

---

123 정익하(鄭益河): 1688~1758. 자는 자겸(子謙), 호는 회와(晦窩), 본관은 영일이다. 1721년 과거에 급제하여 대사간·형조판서 등을 역임하였다. 여기 이야기처럼 1739년에 경상도 관찰사로 나온 경력이 있다. 이하의 내용에서 현임이 아닌 것처럼 언급되어 있는데 그 이유가 불분명하다. 그런데 정석유의 기록에 의하면 정익하를 임시 관찰사로 언급하고 있는바, 그가 잠시 관찰사로 왔다가 체임된 것이 아닌가 싶다.

124 칠원군(漆原郡): 경상남도 함안지역의 옛 명칭이다. 현재는 함안군 칠원면으로 남아 있다. 일설에는 지대에 검은 흙이 많아 붙여진 지명이라고 한다. 원래 이 지역은 신라 시기에 칠토현(漆吐縣)이었다가 고려 때에 칠원으로 고쳤으며 조선조에 와서 지금의 함안으로 바뀌었다. 실제 제말의 묘소는 현재 창원시 마산합포구 진동면 다구리(多求里)에 있다. 지금의 칠원읍과 진동면은 서로 경계가 붙어있다.

125 어사적(魚史迪): 미상이다. 다만 실록과 승정원일기 등에 '어사적(魚史績)'이란 인물이 1740년에 칠원현감, 1754년 익산군수로 임명된 사실이 보인다. 아마도 이 인물이

홀연 꿈을 꾸게 되었는데 오사모를 쓰고 조복(朝服)을 입은 어떤 이가 찾아와서는 고하였다.

"지금 관찰사께서 내 묘를 정비하려고 하는데 수령께서만 모른단 말이오? 나를 위해 마음을 써 주기 바라오."

그러고 얼마 지나지 않아 감영에서 관문(關文)[126]이 도착했는데 제성주(諸星州)의 분묘를 정비하라는 명이었다. 성주목사도 이 일을 기이해하며 법령대로 묘를 정비하였다고 한다.

3-16

무당에 강신한 권 정읍이 품은 정을 이야기함

순창(淳昌)의 기녀 분영(粉英)은 일흔이 넘은 나이였다. 원래 의녀(醫女)[127]로 있었다가 나이가 들어 자리에서 물러나 고향으로 돌아왔다. 지금 비록 늙었어도 자태와 외모가 여전하고 팽팽했으며 웃음과 말소리가 나긋나긋하였다. 순창의 수령이 노래를 시켜보니, 그 소리가 맑고도 길게 울려 늙은이의 목소리가 아니었다. 수령이 물었다.

"내 듣자 하니 기생이면 필시 평생 잊지 못하는 정인이 있다고 하던데

아닌가 싶다.

126 관문(關文): 조선시대 공문서의 하나로, 주로 동등 이하의 관서에 보내는 문서를 말한다. '관(關)', 또는 '관자(關子)'라고도 한다. 관문은 현재 고문서로 많이 남아 있는데, 주로 지방 감영의 관첩(關牒)으로 전한다. 일례로 『강원감영관첩(江原監營關牒)』에는 상급인 비변사와 의정부에서 강원 감영에 내린 관문이 상당수 수록되어 있다. 참고로 동등 관서 사이에 주고받는 공문서는 '평관(平關)'이라 한다.

127 의녀(醫女): 조선 시대 내의원(內醫院)이나 혜민서(惠民署)에 소속되어 부녀자를 간병하거나 진료하던 여자 의원이다. 이들은 대개 관비 출신이었기 때문에 연산군 때 이후로는 의기(醫妓)로 불리게 되었다. 조선시대 기녀제도에서 보면 기녀는 유흥을 담당하는 것 외에도 다양한 전문적인 분야에 배속된 경우가 많았다.

그렇더냐?"

"그렇지요. 소인도 평생 잊지 못하는 분이 계시지요."

"누구더냐?"

그러자 분영이 이렇게 이야기하는 것이었다.

안국동(安國洞)[128]에 사셨던 정읍(井邑) 현감이신 권익흥(權益興)[129]이
란 분입니다. 권 공께서는 큰 키에 마른 체형으로 술을 무척 좋아하셨
지만, 풍채와 말솜씨가 뭐 그리 사람들을 끌리게 하지는 못했지요. 우
연히 저와 눈이 맞아 돈독한 정을 듬뿍 나누었지요. 잠자리에서 함께
할 적에도 특별히 더 애틋한 것은 없었지만, 유독 두 사람의 마음이
합쳐지는 것이 괴이할 정도로 하나라도 부족한 게 없었지요. 하루라도
보지 못하면 마음은 벌써 뒤숭숭, 아무 낙이 없어졌으니 서로 사랑하
는 그 정을 알 수 있겠지요.

권 공께서 돌아가시게 되자 저는 세상의 기쁨 거리가 단번에 사라져
버려 마음이 아파 살 수 없을 것 같았답니다. 노래하고 춤추는 풍류마당
에 예에 따라 억지로 가긴 했지만 저의 마음은 이미 쓸쓸히 다 타버린
재와 같았지요. 고관 귀족들과 화려한 부자들이 다 저마다 차려입고
여기저기서 저를 찾아 즐거운 자리를 만들려고 백방으로 시도했지만
도무지 여기에는 마음이 없었답니다. 날이 가고 달이 가도 이 마음에
맺히는 분은 오직 권 공 어른뿐이었지요. 달을 봐도 생각이 나고 술을
마주해도 생각이 나 까닭 없는 눈물을 몇 번이나 쏟았는지 모른답니다.

---

128 안국동(安國洞): 현재 종로구 안국동 일대이다. 이곳이 행정 구역상 '안국방(安國坊)'
이었으며, 조선 전기에 예조판서를 지낸 학자 김안국(金安國, 1478~1543)이 이곳에
살았기에 붙여진 이름이라고 전해진다.

129 권익흥(權益興): 1653~?. 자는 기백(起伯), 본관은 안동이다. 1675년 과거에 급제하여
은율현감, 정읍현감 등의 관력이 있다. 참고로 정읍현감은 1688년에 지낸 것으로
나와 있다.

매번 서글픈 생각이 들 때마다 꼭 꿈에 나타나곤 하셨지요.

한번은 서소문(西小門) 밖 이교(圯橋)[130]가에 있는 한 사대부 집에서 초청하여 두세 명의 노래하는 이들과 함께 갔답니다. 주인께서는 계시지 않았고 계집종이 저희를 바깥채로 안내하여 불을 밝히고서 기다리도록 하였답니다. 그때 저는 매우 피곤한 상태였는데 곁에 침구가 있기에 몸을 거기에 누이려고 했지요. 그런데 그때 갑자기 깜깜해졌지요. 곧이어 권 공이 털모자와 해진 옷을 입은 채 큰 신발을 끌면서 문을 열고 들어왔답니다. 저의 등을 쓰다듬으며,

"네가 왔구나!"

라고 하더군요. 저는 안부를 묻고 나니 예전처럼 기쁘고 감격했답니다. 권 공께서는 초상과 발인할 때의 일을 직접 말씀하셨는데 그 이야기가 자못 길었지요. 또 덧붙여,

"네가 나를 한 번도 잊지 않고 있다는 걸 내 잘 안단다. 이 어찌 감동하지 않으랴?"

라고도 하였답니다. 그렇게 슬퍼하고 있었는데 한참 뒤에 시체 썩은 냄새가 엄습하더군요. 그래서 제가,

"공의 몸에서 어찌 이렇게 냄새가 난답니까?"

라고 물었더니,

"죽은 지 오래된 사람인데 어찌 그러지 않겠느냐?"

라고 이야기하더군요. 저간에 나눈 이야기들이 많았지만, 그 말들을 다 기억할 수는 없네요. 한참 뒤에 권 공께서는 갑자기 쫑긋 놀라며,

"쉿, 말하지 말거라!"

라고 하면서 귀를 기울여 듣더니 벌떡 일어나더군요.

---

130 이교(圯橋): 현재 서울 서대문구 합동에 있었던 다리이다. 『한경지략(漢京識略)』에 의하면 소의문 밖에 있고 헌교(憲橋)라고 했다고 한다. 『대동지지(大東地志)』에는 '헌교', 「수선전도(首善全圖)」에는 '헌다리'로 표기되어 있다.

"닭이 우는구나, 나는 가야 한다."

그러면서 양손에 신발을 들고서 한시바삐 뛰어나갔답니다. 저는 치마를 걷고서 뒤따라 곧장 대문으로 나왔지요. 권 공께서는 날듯이 달려가더니 큰길에 다다라서는 벌써 묘연해졌답니다. 잠시 뒤에 공중으로 뛰어올라 학처럼 빙 돌며 날아오르더니 점점 어두워지다가 마침내 보이지 않게 되더군요. 저는 절로 실성하여 통곡하다가 놀라 깼더니 바로 꿈이었답니다. 서러움에 복받쳐 흐느끼다가 일어나 앉았지요. 등불은 이미 꺼지고 함께 왔던 이들도 다 가고 없었답니다. 주인께서도 아직 돌아오지 않아 바람은 성긴 들창 사이로 불어오고 빈방은 적막하니 닭들이 어지럽게 울어대는 소리만이 들릴 뿐이었답니다. 저는 그 자리에 앉아서 날이 샐 때까지 울다가 통곡하며 집으로 돌아왔답니다.

그 뒤에 저는 남문(南門) 안쪽으로 이사를 하였답니다. 그곳 남별궁(南別宮)[131]에서 크게 제사를 모셔 거기 가서 구경하는 여염집 아녀자들이 천을 헤아린다는 소식을 들었지요. 저도 그네들과 같은 복장을 하고서 계집종 하나를 데리고 구경을 갔답니다. 무당은 파초선을 흔들고 방울을 울리며 빙빙 돌다가 몸을 뒤집으며 춤을 추더니 갑자기 그곳에 모인 사람들을 다 헤치고 나와서는 곧장 저에게 다가와 두 손으로 붙잡더군요. 그러면서 눈을 크게 뜨고 험하게 묻지 않겠어요. '너는 분영이 아니더냐?' 저는 너무 놀라 그 연유를 알 수가 없었지요.

한참 뒤에 무당은 이런 말을 하더군요.

"내가 바로 권 정읍이니라. 네가 어찌 이곳에 왔단 말이냐? 내가

---

131 남별궁(南別宮): 현재 중구 소공동에 있었던 별궁이다. 태종의 둘째 딸 경정공주(慶貞公主)가 출가하여 거주하던 곳으로, 소공주댁(小公主宅)으로도 불렸다. 임진란 시기에는 명군(明軍)의 지휘소로 이용되었고, 후대에는 중국 사신을 접견하는 장소로도 사용되어 이때부터 남별궁으로 불렸다. 1897년에는 고종이 황제로 즉위하고 나서 이곳에 원구단(圜丘壇)을 세우기도 했다.

평소에 술을 무척 좋아했던 것은 너도 알 것이니 어째서 나한테 술 한 잔 권하지 않느냐?"

저는 이 일을 주관한 이에게 묻고 나서야 비로소 이 제사가 권 정읍 나리의 동생인 권익륭(權益隆)[132]의 집에서 주관한 것임을 알게 되었답니다. 저는 처음에 여염집 아낙네 차림으로 왔다가 무당이 이처럼 하는 걸 보고는 놀랍고 부끄럽기 짝이 없었지요. 그러나 권 공을 위해서 그랬다는 것을 알고는 그 부끄러운 마음이 눈 녹듯 가시고 슬픈 정애가 구름처럼 일더군요. 다시 앞으로 나아가 이 무당을 붙잡고 한바탕 통곡하니 지켜보던 이들은 누구나 할 것 없이 매우 놀라워했답니다. 이윽고 저는 자리에 있는 계집종을 돌아보고는 몇 꿰미의 동전을 내어 맛이 독하면서도 향기롭고 맑은 홍로주(紅露酒)를 사 오게 하여 깨끗한 그릇에 가득 담았지요. 거기에다 돼지머리를 사서 그 사이에 칼을 꽂고 함께 제기에 올려 가운데 자리에 두었답니다.

무당은 옷을 갈아입고 파초선을 흔들며 다가와서는 울기도 하고 웃기도 하더군요. 묵은 옛일을 술술 하나하나 이야기하는 것이 조금도 차이가 나지 않았답니다. 이야말로 권 공께서 다시 오신 것이나 진배 없었지요. 제가 그분의 말 한마디를 들을 때마다 통곡하니 옆에서 듣던 이들은 코끝이 찡해지며 눈물을 흘렸답니다.

저녁이 되려 하자 제사가 끝나 돌아가는데 저는 마음을 추스를 수 없었고 슬픔이 가슴을 짓눌러 당장 자결하여 세상을 하직할까 싶었지요. 그날 밤 달이 밝아, 저는 달을 보고 앉아서는 가슴을 치며 크게 통곡했지요. 엉엉 곡을 하다 그만두었고 그러다 다시 곡을 했답니다. 두 눈이 다 퉁퉁 부어버렸지요. 다음 날 저녁에 잠을 청하려는데 아직

---

132 권익륭(權益隆): 여기 언급처럼 권익홍의 동생으로 자는 대숙(大叔), 호는 하처산인(何處散人)이다. 음직으로 목사를 지냈으며, 「풍아별곡(風雅別曲)」·「풍아별곡속(風雅別曲續)」 등의 시조를 지은 작가로도 알려져 있다.

잠이 들지 않았을 즈음 바로 권 공께서 나타나셨답니다. 관복 차림 그대로였지요. 문을 열고 들어와 앉으셨는데 저는 권 공이 혼령이 된 줄은 알았지만 기쁜 마음을 가눌 수 없어 터럭만큼의 두려움도 없었답니다. 그래서 함께 베개를 베고 잠자기를 예전에 평소 하던 것처럼 했지요. 이렇게 왕래하기를 몇 해 남짓이었는데 그사이에 신령스럽고 기이하다고 할 만한 일이야 너무 많아 다 거론할 수도 없답니다.

뒤에 저는 세도가 있는 집안에 거두어졌기에 그분은 다시 찾아오지 않았으며 꿈에 나타나는 일도 드물어졌답니다.

3-17

선비가 풍월을 읊어 곤장 맞고 유배를 감

한 궁벽한 시골에 선비가 있었다. 글솜씨는 짧았지만 풍월 읊기를 좋아했다. 고을의 수령이 가뭄이 들어 기우제를 지냈는데 이를 두고 그가 시를 지었다.

원님께서 친히 비 내리기를 비니
고을 사람 다 기뻐하네.
한밤중 창을 밀치고 밝은 달을 보노라.

太守親祈雨
萬民皆喜悅
半夜推窓見明月

이 시를 태수에게 일러바친 자가 있었다. 수령은 관가(官家)를 놀렸다고 하여 붙잡아와 볼기를 쳤다. 그 뒤 다시 시를 지었다.

열일곱 자 시를 지었다가
볼기 열다섯 대를 맞았네.
만언소를 올렸다간 박살이 났겠구나.

作詩十七字
打臀十五度
若作萬言疏撲殺·

수령은 이 시를 지었다는 소식을 듣고 격노하여 감영에 이를 참작하여 보고하였다. 감영에서는 백성이 관장을 능욕했다는 율을 적용하여 멀리 북도(北道)로 유배 보냈다. 그는 외숙[133]과 이별하면서 다시 시를 지었다.

저 멀리 수천 리로 이별하니
언제 다시 뵙는지요?
손 맞잡으니 눈물이 주르르 세 줄기라.

遠別數千里
何時更相見
握手淚潸然三行

외숙이 눈 한쪽이 멀었기 때문이다. 외숙이 이 시를 보더니 버럭 화를 내며 떠나버렸다.

저 선비는 정말이지 이른바 '식자우환(識字憂患)'이라고 하겠다. 처음에 시를 지었다가 관의 곤장을 맞았고, 두 번째 시를 지어서는 감영으로부

---

133 외숙: 원문은 '渭陽'으로 위수(渭水)의 북쪽, 즉 함양(咸陽)을 뜻한다. 『시경』에 이곳에서 외숙을 떠나보낸다는 구절이 있어 곧 외숙을 의미한다. 참고로 『시경』·진풍(秦風)「위양(渭陽)」편의 내용을 제시해둔다. "我送舅氏, 曰至渭陽. 何以贈之, 路車乘黃."

터 유배에 처해 졌으며, 세 번째 시를 지어서는 외숙의 분노를 샀다. 문자에 대해 조심하지 않는 이라면 경계해야 하지 않겠는가!

곤궁한 홀아비가 복된 인연으로 음분산을 얻음

예전에 홀아비 세 사람이 살고 있었다. 이들에게는 딸린 식구가 없는지라 지팡이 짚고 나막신 신고서 함께 산수를 두루 유람하기로 작정하였다. 기이한 절경들을 찾아다니다가 한 궁벽한 곳에 이르게 되었다. 그곳엔 빼어난 절세가인의 외모를 한 말끔한 차림의 세 여자가 시냇가에서 빨래를 하고 있었다. 묻지 않을 수 없었다.

"자네들은 어찌 이런 미모를 가지고 이 깊은 산골에 살고 있는가?"

"우리는 진작 의지할 데 없는 과부가 되어 집을 나와 구름처럼 떠돌다가 지금은 이 산속에서 지내고 있지요."

"그러면 자네 세 사람과 우리 셋이 짝을 맺어 함께 사는 것이 어떤가?"

"그러지요."

이리하여 각자들 손을 맞잡고 집으로 돌아가 함께 베고 누웠다. 홀아비 중 한 사람은 힘이 장사였다. 그런데 운우(雲雨)의 만남이 막 시작되어 두 사람의 욕정이 무르익을 즈음, 갑자기 옥문(玉門) 안에서 무언가가 양물을 단단히 죄는 것이었다. 그 꽉 잡아 조이는 느낌이 아주 강해 양물이 거의 뽑힐 듯해 잠깐도 버틸 수 없었다. 이에 그는 사력을 다해 빼내자 개창자같이 생긴 어떤 것이 귀두에 감긴 채 함께 빠져나왔다. 그것을 돌돌 말아 자리 안에 넣고서 다시 정을 나누니, 이제는 그런 문제가 없었다. 해서 그 여인에게 물었다.

"저 육선(肉線)[134]은 도대체 무엇이냐?"

"저도 모릅니다. 우리 세 사람은 지아비를 따라가서 하룻밤만 보내면 지아비들은 그때마다 죽었답니다. 이렇게 하기를 여섯 번이었으니, 참으로 세상에 없는 박명이지요. 그래서 서로 맹세하기를 다시는 개가하지 않고 깊은 산 속에 함께 살며 세상과 단절하였답니다. 그런데 오늘 뜻하지 않게 당신을 만나게 되었네요. 진정 하늘이 맺어준 배필이니 이제 삼생의 인연을 이을 수 있겠네요. 하지만 저 두 사람은 필시 등불에 날아드는 불나방 신세가 됐으니, 호랑이에게 던져진 고깃덩어리 꼴이라 안타깝네요."

하늘이 밝기를 기다렸다가 두 여자의 집에 찾아가 살펴보니 친구 두 사람이 과연 다 죽어있었다. 이에 간단히 염을 하여 묻어주었다. 그러자 그 두 여자가 함께 장사를 따르겠다고 애원하였다.

"내가 좀 기운이 세긴 하지만 어젯밤에 거의 죽을 뻔하다가 겨우 살아났네. 지금 정신을 수습하기도 어려우니 인삼 몇 냥을 먹으면 속의 기운을 보충할 수 있을 걸세. 서서히 치르도록 하세."

여자들은 각자 나가 인삼을 캐서 모으니 캔 인삼이 광주리에 가득찰 정도로 그 수가 많았다. 그중에서도 크기가 동삼(童蔘)만한 것이 있어서 장사는 이것을 복용하였다. 그리고 며칠 뒤에 한 여자와 동침하였다. 그런데 양물이 빨려 들어가고 육선이 얽혀 나오는 게 이전 날과 똑같았다. 다시 며칠 뒤에 다시 한 여자에게 가서 또 그렇게 하였다. 이리하여 마침내 장사는 이 세 여자와 한집에 살면서 캐어 온 인삼을 팔아 누만금의 재산을 모았다.

이들의 행적을 수상히 여긴 어떤 사람이 관에 고발하여 수령이 장사를 잡아들였다. 그 정황을 캐묻자 장사는 사실대로 고하였다.

---

134 육선(肉線): 원래 육선은 임산부가 태아를 낳으면서 함께 빠져나온 내부 장기를 의미한다. 그런데 여기에서는 창자같이 실처럼 길게 된 물건의 일반 용어로 쓰였다.

"그러면 육선이 지금 다 남아 있느냐?"

"혹시 약용으로 쓸 데가 있을까 하여 모두 말려 두었습니다."

"그건 음분산(陰粉散)이라는 것이다. 천하의 절색에게만 있다고 하지. 일반 사람이 죽을병에 걸리면 백약이 무효하나, 이 육선을 가루로 만들어 조금만 복용해도 반드시 살아날 수 있다고 한다. 고치기 어려운 고질병도 싹 없애서 보통 때와 같은 정신 상태로 만들어주니 환혼석(還魂石)이나 회생단(回生丹)[135]과 다를 게 없단다. 그러니 너는 따로 이것을 쓸데가 없을 것이니라. 남에게는 더없는 보배를 관(官)이랍시고 날로 빼앗을 수는 없는 법, 육선 한 가닥마다 천 꿰미 정도로 가격을 깎아서 세 가닥을 삼천 금으로 교환하여 관으로 들여야겠다."

그 뒤 중국 사람들도 기미를 알아채고 구하려고 수레에 백금을 싣고 와서 사 갔다고 한다.

3-19

호걸 양상군자가 소리 높여 노래를 부름

참판 유심(柳淰)[136]이 딸의 혼인 날짜를 정하고 혼구를 잔뜩 마련해서

---

135 환혼석(還魂石)이나 회생단(回生丹): 환혼석은 죽은 사람의 가슴에 품어주면 떠나간 혼백을 다시 불러온다는 전설 속 신비한 돌이며, 회생단은 의식을 잃고 쓰러진 사람을 회복하게 하는 환약(丸藥)을 일컫는다. 환혼석과 관련하여 『오주연문장전산고(五洲衍文長箋散稿)』의 「만물편(萬物篇)」에 "世所傳燕巢中, 有小石塊, 燕之生卵時, 必銜此石. 故卵易生而孚不㲉, 有人試將其卵, 烹而還置, 燕見卵熟, 旋飛含一物, 置卵旁及下巢, 衆雛喃呢, 人稱還魂石, 或稱返魂石云."이라고 한 내용을 참조할 수 있다.

136 유심(柳淰): 1608~1667. 자는 징보(澄甫), 호는 도계(道溪), 본관은 전주이다. 선조의 딸인 정휘옹주(貞徽翁主)의 아들로, 1627년 소과에 합격하여 예조참판·강화유수·도승지 등을 역임하였다. 1638년 청나라에 서장관으로 다녀온 일이 있으며, 홍문관에도 소속되는 등 일정한 문명(文名)이 있었다. 특히 전주 유씨 가문의 족보인 『임진보(壬辰譜)』를 완성, 간행하고 그 서문을 썼다.

안채의 다락 위에 두었다. 그리고 다락 안에는 큰 술 단지에 맛 좋은 술을 가득 담아 두었다. 어느 날 유 공이 안방에서 잠을 자는데 느닷없이 노랫소리가 귓가에서 맴도는 듯하였다. 자세히 들어보니 다락에서 나는 소리였다. 유 공은 깜짝 놀라 급히 한 계집종을 깨워 촛불을 밝혀 비추게 하고 여러 여종을 불러내더니 다락에 올라가 살펴보게 하였다.

거기에는 한 덩치 큰 사내가 머리를 풀어 헤친 채 벌건 얼굴로 취한 채 혼수 옷 보따리에 드러누워 있었다. 한 손에는 표주박을 들고 한 손으로는 넓적다리를 두드리며 멍하니 사람을 흘겨보며 노래를 부르는 것이었다.

모래사장엔 기러기 내려앉고 강촌엔 해가 저물었네.
고깃배도 돌아오고 갈매기 잠드는데
어디서 한 가닥 피리 소리는 취한 꿈을 깨우는가?[137]

平沙落鴈 江村日暮
漁舟歸 白鷗眠
何處一聲長笛醒醉夢

느린 가락은 쓸쓸해 보이면서도 유량하여 집의 들보를 울릴 만했다. 이 노래가 끝나자 다시 또 부르니, 듣지도 보지도 못한 것이었다. 집안사람들은 다들 경악하여 그를 묶어다가 다락 창 아래로 던져버렸다. 뜰 가운데로 끌고 나왔으나 아무렇지도 않은 듯 술에 취한 채 자빠졌다. 의식이 있으면서도 전혀 대응하지 않았다.

---

137 모래사장엔 기러기 …… 꿈을 깨우는가: 이 노래는 이후백(李後白, 1520~1578)의 「소상팔경가(瀟湘八景歌)」의 일부분과 거의 유사한바 아마도 이 구절을 차용한 것으로 보인다. 해당 부분인 두 번째 구절은 다음과 같다. "平沙에 落雁ᄒ니 江村에 日暮로다. 漁船언 已歸ᄒ고 白鷗 다 줌든 밤에 어듸셔 數聖長笛이 줌든 날을 쌔오ᄂ고."

다음날 이른 아침에 확인해 보니, 그는 멀지 않은 곳에서 사는 평상시
에도 불결하기 짝이 없는 상놈이었다. 유 공이 웃으면서,

"이놈은 도적 중에서도 호걸이구나!"

라고 하며 마침내 풀어주고는 내쫓아버렸다.

3-20

강포한 자에 저항하여 규중의 정렬을 지킴

길정녀(吉貞女)는 평안도 영변(寧邊) 사람이다. 부친은 영변부 향관(鄕
官)으로 그녀는 서녀였다. 하지만 부모를 모두 여의고 숙부 집에 의지해
야 했다. 나이 스물이 되었으나 시집을 가지 못하고 길쌈과 바느질로
스스로 생계를 이어야 했다.

이에 앞서 경기도 인천(仁川) 땅에 신명희(申命熙)란 선비가 있었다. 그
는 소년 시절 한번은 이상한 꿈을 꾸게 되었다. 어떤 노인이 5, 6세가량
의 한 여자아이를 데리고 오는데, 얼굴엔 입이 열한 개나 달려 있어 놀라
자빠질 정도였다. 이 노인은 신생에게 이렇게 말했다.

"이 애가 훗날 자네의 배필이 되어 함께 해로할 것이네."

이윽고 꿈에서 깼다. 참으로 괴상하다 싶었다. 이후 신생은 나이 마흔
이 지나서 상처하고 집안에 음식 장만할 주인이 없어 처량한 신세가 되
었다. 또한 다른 성(姓)의 소실을 들이기로 약속까지 했으나 이것마저도
일이 어긋나 성사되지 못했다. 그러던 중 마침 한 친구가 영변부사로
나가게 되자 신생은 찾아가 그와 함께하게 되었다. 그러던 어느 날 또
꿈을 꾸었는데, 전처럼 노인이 나타나 입이 열한 개 달린 여자를 데리고
왔다. 그녀는 이미 장성한 상태였다.

"이 여자애가 다 컸으니 이제 자네에게 시집을 보냄세."

신생은 점점 괴상하다 싶었다. 마침 내동헌(內東軒, 관청의 안채)에서 아전에게 명하여 고운 베를 구입하라고 하자, 아전이 답하였다.

"읍내에 한 향관 처자가 짠 가는 베가 특품으로 고을 안에서 유명하옵니다. 지금 짜고 있는 걸 곧 완성한다고 하니 기다려 보옵소서."

조만간 이 베를 사들였다. 올의 가늘기가 바리 안에 드는 베[138]로, 섬세하고 촘촘하기가 세상에 보기 드문 것이었다. 본 사람이라면 누구라도 대단하다며 탄복하였다. 신생은 그녀가 서녀라는 사실을 알고는 바로 아내로 삼고 싶은 생각이 들었다. 그래서 이 여자 집과 절친한 읍내 사람과 돈독한 관계를 맺어 거간을 서도록 했다. 그녀의 숙부는 이 소식을 듣고 좋아했다. 신생은 즉시 폐백을 마련하고 필요한 제반을 갖추어 그 집으로 가 혼례를 치렀다. 막상 그녀는 비단 베 짜기 솜씨만 출중한 것이 아니었다. 자태와 용모도 매우 아름다웠으며, 태도 또한 서울 대갓집 규수의 풍모가 흘렀다. 신생은 기대보다 넘치는 그녀를 보고 더없이 기뻐하였다. 그리고 비로소 꿈에 보았던 십일구(十一口)는 다름 아닌 '길(吉)' 자임을 깨닫게 되었다. 이는 애초 하늘이 점지해 준 것, 그 인연에 깊이 감동하여 두 사람의 정의는 더욱 돈독해졌다.

몇 달을 영변에 머문 신생은 고향으로 돌아가면서 길녀에게 머지않아 데려가겠노라고 약조하였다. 그러나 정작 귀향해서는 일에 매이고 치여 이러구러 3년이 지나갔다. 약조한 말을 이행하지 못하고 있었던 것이다. 먼 산과 강으로 막혀 소식마저 끊어지고 말았던 것이다. 길녀의 여러 사촌이나 일가붙이들은 신생은 다시 믿을 자가 못 된다고 하여 몰래 그녀를 다른 사람에게 팔아넘기려는 심산이었다. 하지만 길녀는 몸가짐을 더욱 조신하여 안마당은 물론 문밖을 출입할 때도 꼭 주변을 살피곤 하

---

138 바리 안에 드는 베: 올이 매우 가늘어서 한 필이 한 바리 안에 들어가는 고운 베를 말한다. 이를 '바리안베[鉢內布]'라 해서 최상품으로 쳤다. 특히 삼베는 당시 함경도 지역이 특산이어서 이를 '북포(北布)'라 한다.

였다.

당시 길녀가 사는 마을과 운산(雲山)[139]까지는 고개 하나를 사이에 두고 있었다. 그곳엔 그녀의 당숙이 살고 있었다. 그때 운산의 수령은 젊은 무관으로, 또한 소실을 두고 싶어 고을 사람들을 통해 알아보던 참이었다. 이 당숙은 길녀를 수령에게 바치고자 관아를 들락거리며 긴밀히 일을 꾸며 미리 길일까지 받아 놓았다. 또 수령에게 요청하여 비단 채단 등속을 길녀에게 전해주도록 했다. 혼례 때 입을 의상을 짓도록 하기 위함이었다. 당숙은 마침내 길녀를 직접 찾아와서 다정하게 사는 형편을 묻고는 이런 말을 꺼냈다.

"아들이 장가갈 날이 머지않았구나. 신부 옷을 새로 지어야겠는데 우리 집엔 바느질할 사람이 없단다. 네가 잠시 와서 도와주면 좋겠구나."

이에 길녀의 답변은 이랬다.

"제게 서방이 있는데 지금 감영에 와서 머문다고 하네요. 제가 가고 못 가고는 서방 말을 기다려서 할까 봐요. 숙부 댁이 가깝다지만 그래도 고을이 다르잖아요. 결코 제 맘대로 가진 못하겠어요."

"그럼 신 서방이 허락한다면 괜찮겠느냐?"

"예."

집으로 돌아온 당숙은 신생이 쓴 것이라며 편지를 위조하였다. 일가의 화목을 위해 얼른 가서 도와주라는 내용이었다. 그 당시 판서 조관빈(趙觀彬)[140]이 평양감사로 부임한 때였다. 신생은 감사와 집안 혼사를 맺

---

139 운산(雲山): 평안북도 중앙에 위치한 군으로, 적유령 산맥이 지나는 산악지대이다. 그 남쪽으로 영변군과 접경이었다. 주변의 정주군, 희천군과 함께 북방의 중요 군사지역으로 운산군수는 병마동첨절제사(兵馬同僉節制使)를 겸직했다.

140 조관빈(趙觀彬): 1691~1757. 자는 국보(國甫), 호는 회헌(悔軒), 본관은 양주이다. 1714년 과거에 합격하여 대사간, 대사성을 거쳐 평안도관찰사, 예조·호조·공조·형조의 판서를 두루 역임하였다. 그가 평양감사로 있던 시점은 1742~1744년경으로 확인된다. 당색이 노론으로 18세기 전반 소론과의 갈등 국면에서 제주와 단천(端川) 등으로 유배 가는 등 정치적으로 부침이 적지 않았다. 또한 문형으로 있으면서 당대

은 인연으로 평양 감영에 와서 묵고 있었다. 그럼에도 당숙은 그가 오래 도록 나타나지 않기에 이미 길녀를 버린 줄 알고 이런 계획을 꾸민 것이었다.

길녀는 이 위조된 편지를 받고 마지못해 당숙 집으로 가서 옷감을 재고 잘라 바느질하는 수고를 해야 했다. 그러는 며칠 동안 그녀는 그 집 남정네들과는 말 한마디 섞지 않고 오직 맡은 일에만 열중했다. 하루는 당숙이 수령을 모셔 왔다. 몰래 엿보게 하여 자기 말을 증명해 보이려는 것이었다. 길녀는 수령이 온다는 말을 듣긴 했지만, 그 저의야 어찌 알았겠는가? 날이 저물어서 등불을 켜고 있는데 당숙의 큰아들이 그녀에게 말을 걸었다.

"누이 자네는 노상 벽만 보며 등불 아래에 있기만 하니 뭐 하자는 거지? 여러 날 고생했으니 잠시 쉬면서 나와 이야기나 하자고."

"난 피곤할 줄 모르겠으니 거기 앉아 얘기해요. 나도 귀가 있으니 알아서 들을 테니."

그 아들이 장난치듯 웃으며 다가와 그녀를 에워싸며 돌려 앉히려 하였다. 길녀는 정색하며 화를 냈다.

"아무리 가까운 친지 간이어도 남녀가 유별하거늘 왜 이리 무례하지요?"

이때 운산 수령은 창틈에 눈을 붙이고 있다가 순간 그녀를 보게 되었다. 깜짝 놀라며 희색이 돌았다. 길녀는 화를 참지 못하고 창문을 밀치고 밖으로 나와 툇마루에 앉았다. 이만저만 분통이 터지는 게 아니었다. 그 순간 툇마루 밖에서 웬 사내의 목소리가 들렸다.

"내 처음 보는군! 한양의 미인이라도 저만하기 쉽지 않겠는걸."

길녀는 비로소 그가 수령이라는 걸 알고 마음이 떨리고 기가 막혔다. 그만 쓰러졌다가 한참 만에 겨우 일어났다. 날이 밝자 다 내던지고 당장

문풍을 선도하기도 했다. 저서로 『회헌집(悔軒集)』 20권이 있다.

집으로 돌아가려 했다. 당숙은 결국 사실을 말하고 이렇게 덧붙였다.

"저 신 서방은 집이 가난한데다 나이도 많아 머지않아 땅속에 묻힐 사람이다. 집도 너무 멀어 한 번 가서는 돌아오지 않고 있으니 너를 버린 게 분명하잖니. 너 같은 묘령에 고운 자질이면 마땅히 부잣집에 시집가야 하지 않겠느냐. 지금 우리 고을 원님은 젊고 유명한 무인으로 앞길이만 리이시다. 넌 뭣 하러 가망 없는 사람을 기다리느라 평생을 그르치려 하느냐?"

이렇게 감언이설과 궤변으로 달래기도 하고 겁박을 주기도 했다. 그러나 길녀는 분이 가시기는커녕 복받쳐 기세는 더 사나워졌다. 욕하며 대드는 게 거칠 것 없어 자신이 서녀라는 분수도 망각한 상황이 되었다. 당숙은 다른 계책은 떠오르지 않은 데다 수령에게 죄를 지을까 두려워졌다. 그래서 아들들과 짜고 일제히 달려들어 그녀를 붙잡아 앞에서 끌고 뒤에서 밀어 골방에 가두어 버렸다. 자물쇠를 단단히 채우고 겨우 음식이나 넣어주며 혼례날이 되면 수령더러 겁박해서 들게 할 참이었다. 길녀는 골방 안에서 울부짖고 욕설을 퍼부을 뿐 며칠이 지나도록 아무것도 먹지 않았다. 점점 초췌해졌고 기운이 다해 몸을 가누기도 어려웠다. 둘러보니 이 골방 안에는 생마(生麻)가 많이 쌓여 있었다. 그녀는 생마를 가져다가 가슴에서 다리까지 몸을 칭칭 감았다. 앞으로 닥칠 변고를 대비하기 위한 것이었다. 그러다가 다시 생각을 고쳐먹었다.

"도적놈의 손에 헛되이 죽느니 차라리 직접 죽여야겠다. 함께 죽어 이 원통함을 풀어야지. 그러자면 억지로라도 밥을 먹어서 먼저 기운을 돌워야겠어."

한편 처음 갇힐 때 그녀는 식칼 하나를 주워서 허리춤에 숨겼었다. 이 사실을 아는 자는 없었다. 계획이 이미 정해지자 당숙에게 말했다.

"이제 힘이 다해 죽을 지경이에요. 시키는 대로 따를 테니 오랫동안 주린 배를 채우게 먹을 걸 좀 넉넉히 주세요."

이 말에 당숙은 반신반의했으나 속으론 몹시 기뻤다. 그래서 그저 큰 밥그릇에 좋은 반찬을 담아 틈으로 연신 들여 넣으며 달래고 유인하기를 마다하지 않았다. 이틀을 이렇게 먹게 되자 기운을 차려 씩씩해졌다.

마침 그날 밤이 바로 혼인해야 하는 날이었다. 수령은 찾아와 사랑에 머물고 있었다. 당숙은 이제 골방문을 열고 그녀를 끌어냈다. 길녀는 몸을 방문 안쪽에 붙이고 있다가 문이 열리는 것을 보자마자 식칼을 들고 뛰쳐나와 큰아들부터 사정없이 찔렀다. 그가 외마디 소리를 지르며 쓰러져 엎어지자, 길녀는 고함을 지르고 길길이 날뛰며 남녀노소 가릴 것 없이 닥치는 대로 칼을 휘둘렀다. 좌우로 돌진하고 무너뜨리니 누가 이를 막아서랴? 머리가 깨지고 면상이 찢어져 유혈이 낭자했으나 감히 그 앞을 막아서는 자는 아무도 없었다. 수령은 이 참상을 보고 정신이 나가고 간담이 다 떨어져 문밖으로 나올 겨를도 없었다. 그저 방 안에서 문고리만 꽉 붙잡은 채 어쩔 줄 몰라했다. 길녀는 문지방을 밟고서 손과 발을 동시에 날려 힘껏 창문을 차니 창과 문이 모두 부서졌다. 수령을 대면하자 고래고래 악다구니를 퍼부었다.

"당신은 나라의 큰 은혜를 입어 이 고을을 맡아 다스리게 됐으면 힘을 다해 백성을 살펴 상감께 보답하기를 도모해야 하거늘, 지금 이렇게 우리에게 잔학하게 굴어 여색이나 탐하느라 안달이 나 있다니요. 우리 고을의 흉악한 인간들과 결탁하여 양반의 소실을 겁탈하려 하다니. 이건 개돼지도 안 하는 짓이요, 천지 사이에도 용납지 못할 일이지요. 나는 어차피 네 손아귀에 죽을 목숨이니, 반드시 너를 쳐 죽여 함께 죽을밖에!"

통쾌한 말은 칼날 같았고, 그 열렬한 기운은 서릿발 같았다. 소리쳐 꾸짖는 소리가 사방 고을에 진동하니 구경꾼들이 몰려들어 집을 에워싼 게 백 겹은 되었다. 다들 혀를 차며 탄복하지 않은 이가 없었다. 개중에는 그녀를 위하여 팔을 휘두르는 이도, 눈물을 흘리는 이도 있었다.

이때 당숙과 아들은 숨어서 감히 나오질 못했다. 수령은 방 안에서 그녀 앞에 엎드려 머리를 땅에 박은 채 애걸복걸하였다. 소실의 정열(貞烈)이 이런 줄 몰랐다는 점과 저 도적놈에게 속아 이 지경에 이르렀다는 점을 밝히면서, 당장 저 역적을 죽여 사례하여 조금이라도 용서를 빌겠다고 하였다. 그리고 당장 아전에게 외쳐 당숙을 잡아 오게 하였다. 당숙이 잡혀 오자 격분하여 호통을 치며 몽둥이로 매우 치라 하니 피와 살이 어지러이 널렸다. 수령은 그제야 겨우 문을 빠져나와 냅다 도망쳐 관아로 돌아갔다.

이와 동시에 이웃 사람이 길녀의 집에 벌써 기별하여 당장 찾아와 그녀를 데려갔다. 길녀는 마침내 전후 사정을 모두 적어 심부름꾼을 통해 알렸다. 감사는 소식을 듣고 몹시 놀라며 노여워하였다. 당시 영변 부사는 같은 무인으로, 운산 부사의 부탁에 따라 길녀가 식칼을 휘둘러 사람을 죽였다며 감영에 보고하여 엄중히 다스리기를 청하였다. 감사는 영변 부사에게 관문(關文)을 내려 엄하게 책임을 물었다. 또 계문을 올려 운산 부사는 파직시키고 종신금고형에 처하였다. 그리고 길녀의 당숙 부자를 잡아 와서 형벌을 엄격히 시행한 다음 절해고도(絶海孤島)로 유배를 보냈다. 한편 많은 시종을 대동시켜 길녀를 감영으로 맞아들였다. 칭찬과 격려를 아끼지 않았으며, 후한 상을 내렸음은 물론이다.

신생은 곧 길녀와 한양으로 올라와 애오개[阿峴]에서 살다가 몇 년 뒤 인천 옛집으로 돌아갔다. 길녀는 근실하게 집안 살림을 꾸린 끝에 마침내 부유하게 되었다.

청구야담

권4

청빈한 선비가 아내를 책망하여 이웃 백성을 교화함

옛날에 한 시골의 사내가 있었다. 그는 농사가 생업으로 가을철이면 노적가리가 적지 않았다. 하지만 성질이 아주 불량하여 걸핏하면 남의 물건을 훔치는 버릇¹이 있었다. 이는 사방 이웃이 거의 다 알고 있는 사실이었다. 그런 그의 이웃에 한 양반이 살고 있었다. 그는 독서하는 청빈한 선비였다. 집은 네 벽만 덩그러니 서 있고 끼니를 거르는 건 예사였다. 당시는 중추(仲秋)라 끼니를 해결하기가 평소의 갑절이나 어려웠다. 이른바 살림살이는 헐값으로 마구 팔아 입에 풀칠하는 데 다 들어가 버렸고, 남은 것이라곤 밥솥 하나뿐이었다. 여기에 불을 때본 지도 몇 달이 지난 터였다.

그러던 어느 날, 손버릇이 고약한 사내가 선비의 솥을 훔치려고 밤을 틈타 엿보았다. 그 집에서는 부인이 부엌에서 불을 때 죽을 끓이고 있었다. 좀 시간이 지나 부인은 대접과 중발에 죽을 떴다. 먼저 대접에 담고 나머지는 중발에 긁어모았으나 반도 차지 않았다. 이걸 부뚜막 위에 두고 깨진 바가지로 덮어 두었다. 그리고 나서 대접을 받쳐 들고 나가 선비에게 올렸다. 그때 선비는 배고픔을 참으며 글을 읽고 있다가 생각지도 않게 굶는 아내가 죽을 바치자 깜짝 놀랐다.

"이 죽을 쑬 거리가 어디서 났소?"

그러자 아내의 대답이 이랬다.

"마침 다섯 홉의 쌀을 얻었기에 죽을 끓였어요."

"우리 집에 다섯 홉의 쌀은 옥과 견줄 게 아닌데 어디서 생겼단 말이오?"

---

1 남의 물건을 훔치는 버릇: 원문은 '手荒之病'으로, 손버릇이 나빠 병적으로 남의 물건을 훔치는 걸 말한다.

그러자 아내는 부끄러워 어쩔 줄 모르며 바로 대답을 못 하였다. 선비가 기어코 캐물었다.

"어디서 난 줄 모르고야 내 절대 먹지 않겠소."

아내는 남편이 고집불통이라는 걸 익히 아는지라 어쩔 수 없이 이실직고하였다.

"문 앞 아무개의 논에 올벼가 익어가기에 아까 인적이 끊긴 뒤 가서 직접 이삭을 끊어 왔어요. 한 움큼 덖어 쌀 다섯 홉이 나오기에 이것으로 죽을 쑨 것이고요. 정말 부득이하고 부득이해서 저지른 일이지만 부끄러워 무슨 말을 하겠어요? 훗날 그 사람이 옷감이라도 지어달라고 하면 그때 사정을 말하고 바느질삯을 안 받을까 해요. 그러면 오늘 밤 창피한 이 죄를 조금이라도 갚을 수 있겠지요. 허니 제발 좀 떠 잡수셔요."

이 말에 선비는 발끈하여 큰소리로 나무랐다.

"하늘이 만백성을 태어나게 했을 땐 반드시 각자의 힘으로 먹고살라는 것이었소. 그러니 사농공상은 저마다 자기 직분이 있는 거고. 저 사람의 낱알 하나하나가 다 그의 피땀이거늘, 글 읽는 선비가 주리고 주리지 않은 일에 무슨 상관이 있다고 부인은 불손한 행실을 이처럼 한단 말이오? 한심하기 짝이 없으니 매를 쳐서 이를 징계하지 않을 수 없소. 얼른 가서 회초리를 끊어 오도록 하오."

아내는 감히 이를 거역하지 못하고 시키는 대로 회초리를 꺾어 왔다. 선비는 세 대를 때리고 다시 나무라며 죽사발을 물리면서 갖다 버리라고 하였다. 아내는 이 또한 어길 수 없어 부뚜막 위에 놔두었던 중발까지 안 보이는 곳에 내다 버렸다. 방 안으로 들어온 아내는 목 놓아 울며 눈물을 흘렸다.

그런데 이 아무개의 논은 바로 지금 훔치려고 와서 엿보고 있는 이 사내가 경작한 땅이었다. 이자는 이 정황을 처음부터 다 보게 된 것이다. 선비의 양심적인 처사에 감복하여 저절로 감발되었다. 그리하여 평생

불량했던 습성이 완전히 사라졌다. 그는 즉시 자기 집으로 돌아와 처를 시켜서 수확한 곡식 중에 흰 쌀 몇 되를 내오게 하여 두 그릇의 죽을 쑤게 하였다. 이 죽을 손수 가지고 가서 선비에게 올렸다. 선비는 괴상하다 싶어 어리둥절한 채 물었다.

"이 깊은 밤에 죽을 가져와 주다니 천만뜻밖이네. 이유 없는 죽을 내 어찌 먹겠는가?"

그러면서 한사코 물리며 받지 않았다. 그러자 이자는 급기야 무릎을 꿇고서 아뢰는 것이었다.

"소인이 아까 솥을 훔치려고 들어왔다가 생원 나리께서 이치를 따져 처분하시는 걸 엿보았나이다. 그야말로 광명정대하시더군요. 소인은 바로 감화를 받아 전에 저지른 잘못을 크게 뉘우치고 지금은 맑고 밝은 마음으로 상도를 지키고자 이 죽을 가지고 온 것입니다. 바라건대 저의 진심을 굽어살피시고 예전 못된 사람으로 보지 말아 주세요. 그러면 천만다행이겠습니다. 하물며 그릇에 담아 온 죽은 실로 불결한 것이 아니고 제 손으로 농사지은 쌀로 쑨 것입니다. 소인이 어찌 감히 불결한 음식으로 고죽군(孤竹君)[2] 댁을 더럽히겠습니까?"

그는 무릎으로 기며 머리를 숙인 채 지성으로 들기를 권하였다. 이에 선비는 생각했다.

'저자가 비록 불량한 사람이긴 하나 지금 하는 행동을 보니 마음을 고쳐먹은 게 가상하구나. 이미 깨끗한 양민이 되어 이 가난한 선비에게 쌀죽을 대접하다니. 이는 개과천선한 마음에서 나온 것이리라. 이를 매몰차게 거절하고 받지 않아서 착한 일을 하려는 길을 막는다면 오릉(於

---

2 고죽군(孤竹君): 즉 백이(伯夷)와 숙제(叔齊)를 말한다. 잘 알려져 있듯이 이들은 은나라 말엽 고죽군의 아들로, 주나라 무왕(武王)이 은나라를 정벌하자 주나라의 녹을 받을 수 없다며 수양산(首陽山)에 들어가 고사리를 캐 먹으며 절개를 지켰다. 지금 선비를 이들에게 비유한 것이다.

陵)의 절개[3]와 다름없겠지.'

마침내 선비는 이 죽을 받아 마셨다. 그는 또 나머지 한 그릇을 가지고 안채로 들여보냈다. 이때부터 사내는 마음속으로 느꺼운 데다 감복한 나머지 마침내 아예 선비 집 행랑으로 이사를 하여 문서를 만들지 않고 그 집 종이 되었다. 그는 상전을 받들어 모시고 농사일과 땔감을 마련하는 데 정성을 다 바쳤다. 이리하여 선비의 가세도 차츰 나아졌다고 한다.

4-2

산승이 명관을 만나 소장수를 굴복시킴

생업으로 짚신을 삼는 어떤 산승(山僧)이 재료[4]인 삼[麻]을 사기 위해 동전 두 냥 어치를 가지고 청주 장시(場市)로 가게 되었다. 가는 도중에 생각지도 않게 망태기를 주웠는데 그 안에는 20냥의 돈이 들어있었다. 산승은 장시에 가던 누군가가 잃어버렸겠거니 싶어 이 망태기를 등에 짊어지고 장시로 향했다. 자기가 가져온 삼을 살 두 냥의 돈도 망태기 안에 같이 넣어 둔 채였다. 그는 이 망태기를 잘 아는 밥집에다 맡겨두고서 장시를 두루 돌아다니면서 이 돈을 잃어버린 자를 수소문하여 돌려줄 참이었다.

이윽고 한 소장수가 자기 동료에게 이렇게 말하는 것이었다.

---

3 오릉(於陵)의 절개: 오릉은 중국 산동성 장산현(長山縣) 소속 지명으로, 전국시대 제(齊)나라 때 진중자(陳仲子)가 은거했던 곳으로 유명하다. 진중자는 호가 '오릉자(於陵子)'로, 『맹자』·「등문공(滕文公)」 하편에 청렴한 이의 대표적인 인물로 소개되어 있다. 그가 "3일 동안 먹지 않아 귀가 들리지 않고 눈이 멀었다[三日不食, 耳無聞, 目無見]"고 한바, 이 진중자처럼 자신을 지키느라 굶어 죽는 어리석은 존재가 되어서는 안 되겠다는 다짐인 셈이다.

4 재료: 원문은 '次'인데, 차(次)는 이두로 물건의 감, 재료 등을 뜻한다.

"내가 마흔 냥 본전으로 소 두 마리를 사려 했네. 한 마리는 아무 장시에서 먼저 샀고, 나머지 한 마리는 이곳에서 사려고 했지. 한데 오늘 새벽에 아무 객점에서 깜깜할 때 출발하면서 나머지 스무 냥을 소 등에 올려 두었었네. 지금 장시 입구에 들어서서야 이 돈을 잃어버렸다는 것을 알았네그려. 어디에 떨어졌는지도 모르겠고 장시로 들어오는 사람들도 끝이 없으니, 누가 이 돈을 주웠을지? 또 누구에게 물어본단 말이지?"

그러면서 괴로워하며 이맛살을 찌푸렸다. 산승은 그가 돈 주인이라는 것을 알고 액수를 물어보았더니,

"스무 냥이요."

라고 하였고, 어디에 넣어두었냐고 물었더니,

"새끼로 엮은 망태기요."

라고 하는 것이었다. 산승은 마침내 그와 함께 맡겨둔 밥집으로 가서 곧장 망태기를 꺼내어 소장수에게 건네주었다. 그리고 그중 두 냥을 꺼내면서,

"이 돈은 소승의 삼 값이오. 원전 스무 냥만 돌려드리오."

라고 하였다. 소장수는 돈의 숫자를 일일이 세어보더니 느닷없이 말을 바꾸었다.

"그 동전 두 냥도 내 것이네. 아까는 소 값 스무 냥만 말했고 포 값두 냥은 깜빡 잊고 미처 말하지 않았었네."

라고 하면서 바득바득 우겼다.

"이 돈은 소승의 삼 값이라니까요. 소승이 만약 돈을 탐내는 마음이 있었다면 어째서 스무 냥을 먹지 않고 한갓 두 냥 동전에 욕심을 내겠어요? 초관(哨官) 나리[5]께선 종전에 스무 냥을 잃어버렸다고 하더니 지금

---

5 초관(哨官) 나리: 원래 초관은 병영에서 한 초(哨) 즉, 한 부대를 통솔하는 말직의 무관인데 이 이야기에서는 소장수를 지칭하는 용어로 쓰였다. 정확한 맥락은 알 수 없으나 아마도 이 소장수가 장사치로서 어느 정도 거물이거나 소장수들의 관리자

소승의 삼 값 두 냥 동전을 보고는 갑자기 말을 바꾸어 포 값의 돈을 덧붙이면서 까먹었다고 하니 이게 말이 됩니까? 소승은 원래 흑심이 없어 길에 떨어져 있는 물건을 주워, 찾을 수 없는 지경에 처한 나리께 돌려주었거늘 불량한 꾀를 내어서는 얼토당토않은 소리를 하다니요. 소승의 삼 값을 잠깐 망태기에 넣어둔 걸 가지고 자기의 포 값이 더해진 것이라고 우겨대며 이런 말도 안 되는 억지를 부리시다니요. 온 장시 사람들이 보고 있습니다. 낯이 부끄럽지 않습니까?"

"방금 스무 냥이라고 말한 것은 소 값이 중하다 보니 대략 큰돈의 액수만 들어서 생각 없이 나왔고, 포 값에 대해서는 거기에 덧보태진 적은 액수라서 황급한 중에 아예 까먹었었네. 돈을 세다 보니 비로소 생각이 난 것이지 어찌 천하의 도적놈이 되어 생불 같은 자네에게 소 값을 찾았으면서 다시 안쓰러운 물건을 빼앗아 자기 것이라고 하겠는가? 황망한 중에 까먹었다는 이유로 확실한 내 물건을 잃어버려서야 되겠는가?"

산승과 소장수 양쪽의 말을 지켜보던 사람들은 다 분명치 않아 누구도 가부를 판단해주지 못했다. 마침내 함께 관아로 들어가 판결받기로 했다. 이때 목사는 홍양묵(洪養默)[6] 공이었다. 두 사람은 관에서 대질하여 각자 그 연유를 진술하였다. 홍 목사는 양쪽 의견을 다 듣고 나서 먼저 소장수에게 일렀다.

"네가 잃어버린 것은 분명 스물두 냥이고 산승이 주운 것은 스무 냥뿐이니 네가 잃어버린 스물두 냥은 필시 다른 사람이 주웠을 터, 산승이 주운 것은 너의 것이 아니다. 그러니 너는 너의 돈을 주운 자를 널리

역할로 상정하여 이렇게 부른 것으로 추정된다.

6   홍양묵(洪養默): 1764~?. 자는 백회(白晦), 호는 월암(月嵒), 본관은 남양이다. 삼학사의 한 사람인 홍익한(洪翼漢)의 증손이며, 음직으로 벼슬에 올라 충주목사 등을 지냈다. 이 이야기에서는 청주목사처럼 설정되었으나 실제와는 차이가 있다. 그는 1801년 도정(都正)으로 있으면서 『식례회통(式禮會通)』을 편찬하는 데 관여하였으며, 따로 문집인 『월암만고(月巖漫稿)』가 전한다.

찾아서 돈의 액수가 스물두 냥이 되는지 하나하나 검토한 뒤에야 찾아갈 수 있을 것이야."

다음으로 산승에게 일렀다.

"네가 주운 것은 분명 스무 냥뿐인데 저 소 장수가 잃어버렸다고 하는 돈은 스물두 냥이라고 한다. 그러니 네가 주운 스무 냥은 필시 다른 누군 가가 잃어버린 것일 터, 소장수가 잃어버린 돈은 네가 관여할 게 아니다. 그러니 너도 진짜 돈 주인을 널리 수소문하여 그 액수가 스무 냥뿐인지 를 낱낱이 확인한 뒤에 돌려주든지 하거라."

이렇게 분부하고 내보냈다.

판결이 내려진 후에 두 사람은 함께 장시로 나왔다. 소장수는 머리를 떨군 채 혼이 나간 사람처럼 말이 없었다. 반면 산승은 큰소리를 쳤다.

"관아의 판결이 이러하니 내가 주운 스무 냥은 줄 필요가 없소. 하지 만 산승으로서 돈 주인을 보고도 당사자에게 내주지 않아서야 되겠소. 어찌 남의 부당한 물건을 취하는 석가 제자가 있을 수 있겠소?"

마침내 소장수에게 내어주었다.

"이후로는 심보를 고쳐서 외롭고 힘없는 산승이라고 해서 일을 가지 고 도리를 해치지 마시오!"

장시의 사람들은 누군들 산승의 결백함을 높이 사지 않았으랴? 이른 바 그 승려에 그 목사라 하겠다.

4-3

상전을 협박한 반노가 형벌을 받음

서울 사는 한 양반이 먼 지방으로 추노(推奴)를 가게 되었다. 그는 해당 고을 수령과는 평소 절친한 사이라 동헌에 앉아서 직접 장적(帳籍)[7]을 조사할 수 있었다. 그 결과 자기 노복들이 이곳에서 아주 번성하여 백여 호에 달했으며, 다들 풍족하게 살고 있었다. 양반은 관가의 위엄으로 우두머리뻘 되는 10여 놈을 붙잡아 왔다. 호구(戶口)에 오른[8] 남녀들은 이를 몰수하여 속량전의 대가로 천 냥을 바치게 했다. 그 기한을 열흘로 정했다. 이랬지만 노속들은 조금도 불만을 품거나 원망하는 기색 없이 실정대로 상전에게 아뢰었다.

"주인과 종은 곧 아비와 자식입죠. 소인들은 선대부터 감히 주인을 배반한 게 아니고 흉년이 겹쳐 떠돌다 보니 여기까지 오게 된 것이옵니다. 여기서 아들딸을 낳고 손자 증손까지 보게 되어 지금은 백여 호가 된 것입지요. 특별히 상전댁의 아껴주는 덕을 입어 장사로 이득을 얻고, 농사를 지어 재미를 보아 마침내 넉넉한 생활을 할 수 있게 됐습지요. 하여 소인의 아비와 할아비 때부터 내려온 말을 항상 유념해 왔습죠. 아무 댁 교전비(轎前婢)로서 타향에 흘러 들어와 안팎의 자손들이 지금 이처럼 많아졌으나, 상전댁에 문안드릴 길이 막힌 지가 벌써 여러 해 됐다는 말이 마치 어제 들은 것처럼 귀에 역력하옵죠. 지금 상전 나리께서 이렇게 직접 왕림하셨으니 실로 부모님을 다시 뵌 듯하옵니다. 비록 관가에 바치는 공납이라도 소인들 마음이야 어찌 직접 나리께 바치고 싶지 않겠습니까? 엎드려 비옵건대 소인 집에 납시어 소인들의 바람을 풀게 해주신다면 이보다 더한 황송함이 어디 있겠습니까. 게다가 소인들 사는 곳이 여기서 삼십 리에 불과하니 육족(六足)[9]이 수고하면 반나절도

---

7   장적(帳籍): 원래 인구나 재물 등을 기록한 장부인데, 특히 여기서는 관에서 정리한 호적(戶籍) 정도를 가리킨다.

8   호구(戶口)에 오른: 원문은 '화명(花名)'으로, 호적부에 등록된 인명을 뜻한다. 더 구체적으로는 등록된 호구 중에 호(戶)는 '화호(花戶)'이며, 구(口)는 화명이 된다. 참고로 조선 후기 호적 장부에는 양인뿐만 아니라 노비 가족도 독립된 호구로 구성될 수 있었다.

9   육족(六足): 네 발 달린 말과 두 발 달린 마부, 즉 이동에 필요한 말 한 필 정도를

걸리지 않을 것이옵니다."

상전 양반은 그러겠다고 하고 다음 날 찾아갔다. 늙은 종 수십 명이 중도에 기다리고 있다가 그가 오자 말머리 앞에 줄지어 절을 올렸다. 이어 앞뒤로 에워싸듯 호위하여 곧장 노속의 집으로 향하였다. 안팎의 대문이며 가옥이 모두 크고 화려했으며, 동네 안에는 다른 사람들은 살지 않고 노속들의 일가친척이 한마을을 이루고 있었다. 그들은 양반을 모셔 대청마루에 앉게 한 다음 한껏 차린 다담상(茶啖床)을 내왔다. 남녀 노속들은 일제히 나와 처음으로 상전을 뵈는데 그 수가 무려 3, 4백 명을 헤아렸다. 그중에는 가난하여 속량전을 내지 못해 상전을 따라가서 종일을 하겠다고 한 자도 수십 호에 가까웠다.

이에 상전은 매일 술과 고기로 포식하며 마음을 놓고 여유롭게 놀며 보낸 지 십여 일이 되어 갔다. 그리고 바로 내일이 속전을 납부하기로 정한 날이었다. 그날 밤 사경(四更)쯤 수백 명의 건장한 노속들이 상전이 거처하고 있던 방을 앞뒤 열 겹으로 에워쌌다. 또 장정 수십 명이 방 안으로 들이닥쳐 그를 붙잡고 칼을 뽑아 위협하였다.

"속히 관가에 편지를 쓰시오! 집에 긴급한 사정이 생겨 직접 인사하지 못하고 여기서 곧장 올라간다는 취지로 작성하는 게 좋겠소. 그렇지 않으면 당신 목숨은 이 칼에 떨어지고 말 거요."

개중에는 대략 한문을 알아보는 자가 있어 편지 쓰는 걸 지켜보고 있었기에 양반으로서는 실로 변통할 방편이 없었다. 고육책으로 저들의 말을 따를 수밖에 없었다. 다만 다 쓰고 나서 저들이 알아보지 못하게 연월일 밑에다 '휘흠돈(徽欽頓)'[10]이란 이름자를 적었다. 편지를 봉한 다

뜻한다.

10 휘흠돈(徽欽頓): '돈(頓)'은 편지 끝에 예의로 상대방에게 머리를 조아린다는 의미로 쓰는 용어이다. '휘흠'은 북송(北宋)의 마지막 두 황제 휘종(徽宗)과 흠종(欽宗)을 가리킨다. 이들은 금(金)나라에 포로가 되었다가 끝내 죽임을 당했다. 여기서는 양반이

음 저들에게 넘겨주자, 우두머리는 일당 중 한 명을 보내 득달같이 관아에 바치도록 했다. 수령이 이 편지를 뜯어보다가 연월 아래에 '휘흠돈' 세 글자를 확인하고는 매우 의아한 생각이 들었다. 그는 한참 곰곰이 따져보다가 문득 뭔가 파악한 것이 있었다. 바로 휘흠(徽欽)은 조송(趙宋, 즉 北宋)의 두 황제로 오랑캐 땅에 억류된 적이 있었다. 수령은 양반이 저놈들에게 곤욕을 치르고 있다는 걸 확신하고 지금 온 자를 가두어 칼을 씌우고 교졸을 대거 출동시켜 아무 마을로 급파했다. 그러면서 교졸에게 한편으로는 양반을 모셔 관아로 복귀시키고, 다른 한편으로 노속에 이름이 오른 자들은 노소를 막론하고 죄다 결박해 오라고 지시하였다. 이를 엄히 수행하라로 하면서 내보냈다.

교졸들은 날 듯이 해당 집으로 들이닥쳤다. 과연 양반이 수노(首奴)[11]의 집에 꽁꽁 묶여 있고 한 떼의 장정들이 그 집을 둘러싼 상황이었다. 교졸들은 급히 양반의 결박을 풀고 말에 태워 관아로 호송하였다. 또한 거기에 있던 노속을 모조리 결박하여 관아로 압송하였다. 수령은 이들 중 주모자들의 죄상을 낱낱이 감영에 보고하고 법으로 단죄하였다. 나머지 노속도 경중을 따져 하나하나 엄히 다스렸다.

양반은 관의 말을 얻어 타고 서울로 돌아가게 되었고, 노속들의 재산은 장적에서 모두 몰수하여 양반이 가는 편에 실어 보냈다.

노비들에게 붙잡혀 죽을 위기에 처했다는 것을 암시한다.

11 수노(首奴): 원래 관아에 딸린 관노의 우두머리를 지칭하나, 일반 양반가의 노비 중 우두머리를 가리키기도 한다. 실제 수노는 권한이 적지 않았으며, 일정 정도 지식을 갖춰 문서 작성 등이 가능했다. 조선 후기 고문서에는 양반들이 자신들의 수노를 후대했으며, 자식들에게도 잘 대접하라는 유훈을 남긴 사례들이 보인다.

빈궁한 선비가 철환장수를 만나서 죽음을 면함

호남에 한 생원이 살고 있었다. 그는 조실부모하고 형제나 친척도 없던 터에 중년엔 아내마저 잃게 되었고 자녀도 없었다. 집은 원래부터 가난하여 끼니를 잇기도 어려웠다. 실로 세상 살아갈 형편이 못 되는 궁생원이었다. 걸핏하면 자결해 버리고자 했지만 그 길마저 여의치 않았다.

그런 즈음 마침 사나운 암범 한 마리가 속리산에서 내려와 장성(長城)의 갈재[葛峙]¹²에 몸을 숨긴 채 웅크리고 있었다. 이 호랑이는 백주에도 멋대로 출몰하여 사람을 오이 씹듯 잡아먹었다. 이 때문에 이곳을 지나가는 사람들이 끊어진 지 벌써 한 달 정도가 되었다. 궁생원은 이 소문을 듣고 자신이 죽을 곳을 찾았다며 마침내 갈재 아래로 찾아갔다. 날이 저물기를 기다렸다가 고갯마루로 올라갔다. 고개 높이는 대략 30리 길이었다. 암석이 험준하게 벌여있고 수목이 빽빽이 들어차 있어 그야말로 촉도난(蜀道難)이요 양장험(羊腸險)이라¹³ 할 만했다.

궁생원은 제일 높은 마루에 올라 다리를 뻗고 앉아서 호랑이가 와서 물어가기를 기다렸다. 그런데 느닷없이 한 사내가 산더미 같은 짐을 지고 올라왔다. 고갯마루에 이르러 별안간 생원이 혼자 앉아있는 걸 발견하고는 짐을 길섶에 풀어놓더니 환한 얼굴로 넙죽 절을 올리는 것이었다. 그러면서 정감 가는 표정으로 아뢰었다.

"소인이 지고 온 물건은 바로 철환(鐵丸)¹⁴이라는 것입니다. 산군(山君,

---

12 갈재[葛峙]: 즉 노령(蘆嶺)으로, 권1 제24화 '나주 김가 이야기' 참조.
13 촉도난(蜀道難)이요 양장험(羊腸險)이라: 촉도난은 중국 장안 서쪽 촉(蜀) 땅의 길이 험난해 잔도(棧道)를 통해 넘어갈 수 있는 데서 유래한 용어로, 이백(李白)의 시 「촉도난(蜀道難)」으로 잘 알려져 있다. 한편 양장험(羊腸險)은 양의 창자처럼 길이 꼬불꼬불하고 험난하다는 뜻으로, 역시 험준한 것을 빗댄 용어이다.
14 철환(鐵丸): '철탄(鐵彈)'이라고도 하며 총포에 쓰이는 작은 탄알이다. 그런데 이것을 팔러 다니는 철환장수는 이것만이 아니라 작은 쇠붙이 따위를 파는 행상이었을 것으

즉 호랑이)이 사람 목숨을 해친다기에 이놈을 제거하고자 지금 이 철환을
지고 오는 길입니다. 길이 여기를 통과하는 까닭에 밤을 택해 이렇게
온 것이고요. 그놈 대가리를 부수고 허리를 꺾어 행인들이 해를 당하는
일을 없애고자 하는 것입니다. 지금 보니 생원 나리께서 깊은 밤 홀로
이곳에 앉아 계시니 소인보다 먼저 그런 마음을 둔 게 아닐는지요. 소인
혼자 힘으로도 이 일을 처리하기가 어렵진 않지요. 하물며 생원 나리와
힘을 합친다면야 저것은 말라비틀어진 쥐나 썩은 병아리와 다름없지요.
소인은 이리 이리할 테니 생원 나리께서도 저리 저리 하십시오."

궁생원은 당황하여 바로 대꾸를 못 했다. 철환 장수는 바위 위에 선
한 아름드리나무를 잡아 뽑더니 윗봉우리 꼭대기로 날아올라 휘두르다
내려왔다. 그 소리는 천지를 뒤흔들었다. 궁생원은 속으로 생각하였다.

'저자는 내가 힘깨나 쓰는 줄 알고 함께 처치하자고 하지만, 나야 본래
아무 힘도 없고 고단한 신세인 걸. 실상은 저 호랑이에게 잡아먹히려는
참인데 말이다.'

이 때문에 조금도 두렵거나 겁먹은 기색 없이 태연하게 앉아서 기다
릴 뿐이었다. 잠시 뒤 과연 호랑이 한 마리가 나무 휘두르는 소리에 깜짝
놀라 불끈 성을 내며 몸을 일으켰다. 숲을 뛰어넘고 절벽을 내달아 매인
양 솟구치고 화살인 양 빨랐다. 순식간에 서로 마주 볼 수 있는 거리에
이르렀다. 그런데 이놈은 목이 곧은 짐승이라 급한 비탈길을 내달리다가
큰 나무가 얽힌 사이에 그만 박히고 말았다. 갈비뼈 아래와 궁둥이 윗부
분이 두 나무 사이에 꽉 끼어 더 가지도 물러나지도 못하는 상황이었다.
게다가 새끼를 배서 배가 불룩해 스스로 몸을 빼낼 수도 없었다.

궁생원은 본래 마음먹은 바가 실은 호랑이에게 잡아먹히려는 것이었
기에 두려울 게 뭐가 있으랴? 그는 급기야 서서히 호랑이 앞으로 다가갔

로 짐작된다. 실제 철환은 이런 쇠붙이의 총칭이기도 하다.

다. 머리를 쓰다듬고 수염을 잡으며 마치 아끼는 물건을 다루듯 했다. 그러자 호랑이도 머리를 숙이고 눈을 가늘게 뜬 채 감히 거슬리는 짓을 하지 않고 뭔가 애걸하는 시늉을 했다. 궁생원은 여기저기 어루만지면서 뺨을 갖다 대기도 하고 머리를 아가리에 들이밀어 물어 주기를 바랐다. 이렇게 백방으로 시도해 봤으나 끝내 호랑이는 그를 해치지 않았다. 이에 궁생원은 칡넝쿨을 많이 끊어 동아줄만 한 크기로 끈을 만들어 이를 굴레로 삼아 호랑이의 머리에 씌웠다. 또 정강이 크기만 한 재갈을 입에 물려 나무에 매었다. 그리하여 마침내 호랑이를 들어 두 나무 사이에서 빼내 다른 나무에 옮겨 맸다. 호랑이는 실성하여 넋이 나간 듯 어리어리한 채 반은 죽은 모양새였다. 궁생원은 호랑이 아가리 밑에 앉아있었다.

저 철환장수는 방금 산 위에서 궁생원이 느릿느릿 호랑이를 끌고 가는 것만 보았지 두 나무 사이에서 벌어진 일은 보지 못한 터였다. 그는 서둘러 내려와서 궁생원에게 다시 절을 올리며 말하였다.

"제가 생원 나리께서 범 한 마리쯤은 두려워하지 않는 줄 알았지만, 이렇게 산채로 범 머리에 굴레를 씌우고 아가리에 재갈을 물리기까지 하다니요. 이야말로 옛날 글에도 없고 지금 글에도 없는 일입니다. 소인이 철환 40말을 짊어질 수 있는 거야 나리에게 비하면 삼척동자의 힘에 지나지 않으니, 어찌 두려워하지 않겠습니까?"

마침내 철환장수는 호랑이를 죽여 가죽을 벗겨 철환 보따리 위에 얹고는 궁생원과 함께 고개에서 내려왔다. 주막에 들어가 호랑이 고기를 삶고 술을 내와 밤이 새도록 대작했다. 아침이 되자 술을 따라 작별하였다. 떠나면서 철환장수는 호피를 궁생원에게 바쳤으나 그는 완강히 거절하며 받지 않았다. 이에 철환장수가 전대에서 열 냥 동전을 꺼내주자 궁생원은 마지못해 그 반만 받았다. 헤어짐에 철환장수는 너무 아쉬워 눈물을 쏟을 뻔했다.

궁생원은 엽전 오백 푼을 가지고 다 쓰러져 가는 집으로 돌아왔다.

하지만 점점 쓸쓸하고 초라해져 욕되게 사느니 영광스럽게 죽는 게 낫다 싶었다. 그런데 갈재에서 포악한 호랑이를 잡은 일은 생각할수록 괴이하기 짝이 없었다. 복 없는 놈은 '달걀에도 뼈가 있다[鷄卵有骨].'는 격이니 곤궁한 팔자로 죽기도 정말 어렵다는 생각이 들었다.

그러던 어느 날, 집 안을 뒤지다 우연히 문서 한 장을 발견했다. 대개 이런 내용이었다. 선대에 도망한 여종이 영광(靈光)의 법성도(法聖島)¹⁵에 자리 잡고 살면서 소출이 많아졌고 자손도 번성하여 100여 호에 이르렀다. 궁생원의 2, 3대 전부터 추노하여 속량전을 받을 계획이었으나 저들이 워낙 강성했기에 두려워서 감히 결행하지 못했던 것이다. 이것은 그 노비문서였다. 그는 이제야말로 원 없이 죽을 곳을 얻었다고 생각했다. 다음 날 아침이 되자 이 노비문서를 소매 속에 넣고 혈혈단신으로 호젓이 길을 떠났다. 며칠 만에 법성도에 당도하니, 노비들이 부유하게 살고 있는 게 과연 듣던 대로였다. 궁생원은 곧장 우두머리의 집으로 가서 문서를 내보이고 고함을 내지르며 속전(贖錢) 5천 냥을 내놓으라고 독촉하였다. 성화같이 재촉하며 납부 기한을 3일만 주겠다고 하였다. 그 정신없는 거동과 호령을 벼락 치듯 하는 모습은 그야말로 한 미치광이였다. 저들도 겉으로 고분고분 이에 대응하였다. 하지만 그 속에 무슨 마음을 품고 있는지 누가 알겠는가?

3일째가 되는 날, 궁생원은 방 안에 혼자 앉아있었는데 갑자기 바깥에서 사람들이 시끄럽게 떠드는 소리가 들렸다. 5, 60명의 장정이 각자 몽둥이 하나씩을 들고 그가 거처하는 방을 철통같이 에워싸고 있었다. 사태를 지켜보자니 반란의 형세가 다 드러난 셈이었다. 하지만 이미 죽기를 바라는 일념이 자나 깨나 항상 맴돌고 있었기에 궁생원은 이 변고

---

15 법성도(法聖島): 현재의 영광의 법성포(法聖浦) 일대의 섬을 가리키는 것으로 판단된다. 실제 이 포구도 과거에는 섬이었고, 그 앞바다 쪽으로도 작은 섬들이 있다.

를 애타게 기다릴 뿐이었다. 이윽고 한 사내가 문을 열고 들어서려다 순간 놀라 물러서며 멈칫했다. 그러더니 환한 낯으로 넙죽 절을 올리며 묻는 것이었다.

"생원 나리께서 오시다니요?"

궁생원도 놀라 물었다.

"너는 누구냐?"

"갈재 산마루에서 한밤을 동고동락했었지요. 어느덧 벌써 3년이 지났네요. 생원 나리는 혹여 소인을 못 알아보실 수 있으나 소인이야 어찌 나리 존안을 잊었겠나이까?"

그자는 이리 답하며 집을 포위한 이들을 급히 부르면서 큰 소리로 외쳤다.

"너희들은 어서 목숨을 빌어라! 정말 내 말을 허투루 들었다간 너희들은 필시 씨도 남지 못할 게다."

이내 갈재에서 호랑이를 잡은 일을 처음부터 끝까지 자세히 들려주자, 노비들은 일시에 벌벌 떨었다. 철환장수인 이 사내는 궁생원에게 사정을 낱낱이 고하였다.

"저들은 바다 섬에 사는 교화를 입지 못한 자들로, 강상이 중한 줄 모르고 감히 불측한 음모를 꾸며 백 리 밖에 사는 소인을 끌어들인 것입니다. 소인도 남의 일에 잘못 끼어들어 이런 짓을 저질렀습니다. 당장 칼로 베고도 남을 저들의 죄야 더 따질 게 없거니와 소인의 죄는 더욱 극악하옵니다. 당장 참수해야 할 것입니다. 허나 생원 나리께서 하해 같은 아량으로 어찌 한갓 금수와 다를 바 없는 저것들까지 신경을 쓰시다니요? 5천 냥은 실로 저들이 변통할 도리가 없을 터, 가진 것들을 다 털면 2천 냥은 무난할 겁니다. 소인이 직접 나서서 거둬들여 댁으로 갖다 바치도록 하겠습니다."

그는 그 자리에서 노속들을 독책하여 5일이 지나 2천 냥을 거둬들였다.

이를 10여 필의 튼실한 말에 실어 한시에 출발하도록 했다. 궁생원에게는 별도로 안장을 잘 채운 말을 대령하여 타고 가게 했다. 철환 장수는 짐바리를 운반하는 총책이 되어 채찍을 잡고 뒤를 호위하며 따라가 궁생원 댁에 모두 바쳤다. 그리고 이튿날 재배하고 이별을 아쉬워하며 떠났다.

궁생원은 마침내 2천 냥 돈으로 재취하여 가정을 이루었다. 또 땅을 사서 농사를 지어 졸지에 부잣집이 되었다. 아들 여덟과 딸 셋을 두었으며, 대대로 번성했다고 한다. 지금도 일족이 허풍동(虛風洞)[16]에 살고 있다고 한다.

4-5

호남 선비가 점쟁이의 말을 믿고 여인을 탐함

호남의 선비인 이기경(李基敬)[17]은 과거보는 유생으로 충분한 재주가 있었으나 여러 번 응시해도 번번이 낙방하였다. 기필코 급제하겠다고 전답을 다 팔았다. 이번에는 한 번에 결단을 내고자 이름난 점쟁이를 찾아가 따져보기까지 하였다. 그랬더니 점쟁이는 이렇게 답하였다.

"이번 길에 죽게 될 액운이 있소이다. 그러나 만약 죽지 않는다면 급제할 수 있을 것이오."

이기경이 죽음을 면할 방법을 캐묻자,

---

16 허풍동(虛風洞): 미상이다. 참고로 황해도 개풍군에 허풍동(許豊洞)이 확인되나 이곳은 아니다. 아마도 '빈바람골'로 불리는 호남의 어느 마을이었을 것으로 판단된다.

17 이기경(李基敬): 1713~1787. 자는 백심(伯心), 호는 목산(木山), 본관은 전의이다. 1757년 과거에 급제하여 예조참의, 강원감사, 대사간, 한성우윤 등을 역임하였다. 영조 대에 시파와 벽파 간에 충돌이 일어났을 때 그는 벽파 쪽에 속하여 함경도 이성(利城)으로 유배되었다. 그는 나주 출신으로, 이재(頤齋) 황윤석(黃胤錫, 1729~1791)과 함께 18세기 호남 문단을 형성하였으며, 저서로 『목산고(木山藁)』가 있다.

"가던 중에 소복 입은 여인을 만나거든 반드시 그녀를 취하시오. 그래야 죽음을 면할 게요."

라고 하는 것이었다. 기경은 길을 나서 상경길에 올랐다.

며칠을 갔을 때, 큰 내와 맞닥뜨렸다. 냇가에선 어떤 여인이 빨래를 하고 있었다. 그 옆엔 젊고 아름다운 여자가 소복을 입은 채 서 있었다. 그녀는 앞길을 멀리 주시하고 있다가 누군가가 말을 타고 오는 것을 보고는 이내 몸을 돌려 달아나듯 가버렸다. 이생은 이 광경을 보고는 속으로 이상하다 싶어 말고삐를 늦추어서 뒤따라갔다. 소복 입은 여인이 어떤 집 대문 안으로 들어갔다. 그도 따라 들어갔다. 대문 앞에 말을 매어 두고 대청마루에 올라서는 그 집 주인에게 인사를 하였다. 그 집 주인은 백발의 늙은이였다.

"지금 과거를 보러 가는 길인데, 노잣돈이 바닥나 여관에 묵을 형편이 못되오. 귀댁에서 하룻밤 묵기를 청하오."

노인은 흔쾌히 허락하고 종을 불러 저녁밥을 준비하고 말을 구유에 묶어 먹이도록 하였다. 이리하여 이생은 다행히 그 집에 묵게 되었다. 그런데 집을 빙 둘러보니 안채와 바깥채 사이의 담장이 아주 높았다. 몸에 날개를 달지 않고서는 넘어가기 어려웠다. 아무리 생각해도 좋은 방법이 나오지 않아 밤새도록 잠을 이룰 수 없었다. 어느새 창문에 빛이 밝아 오고 있었다. 그때 우선 병이 났다는 핑계거리를 생각해 냈다. 그래서 해가 이미 떴는데도 출발하지 않는 것이었다. 주인 노인이 지팡이를 짚고 와서는 이생이 꾀병으로 신음하고 있는 것을 보고는 안타까워하며 좋은 말로 위로하였다.

"병 상태가 이러하니 지금 올라가는 것이 어렵겠소. 가더라도 여관은 지내기가 불편하여 병을 조리할 수 없을 거요. 우리 집 형편이 어렵지 않으니 며칠을 더 머물러 조섭하는 게 좋겠소. 조금도 꺼릴 게 없소이다."

이리하여 이생은 다행히 하루 정도를 더 머무르게 되었다. 그러나 그날이 다 가도록 생각에 생각을 거듭해도 계책을 얻을 수 없었다. 해가 저물자마자 안채의 중문은 이미 굳게 닫혀버렸다. 밤에 일어나 두리번거리며 담장 아래를 쭉 살펴보았다. 안채의 마구간의 담장이 판때기로 되어있고 그 아래에 작은 구멍이 나 있었지만 몸체가 들어가기 어려웠다. 결국 엉금엉금 기었다. 목을 쭉 빼고 머리를 들이미니 양쪽이 꽉 낀 상태로 간신히 들어갔다. 그랬더니 서쪽 방 안은 등불이 환하고 여인이 글을 읽는 소리가 낭랑하였다. 동편 방은 등불은 켜져 있었으나 사람 소리가 전혀 없었다. 몰래 창문 아래로 접근하여 손가락 끝에 침을 묻혀서는 구멍을 뚫어 엿보니 벽 아래에 흰 이부자리가 펴있었으나 과연 사람은 없었다.

이곳이 필시 소복 입은 여인의 방일 것이라는 생각에 사뿐히 올라가 몰래 문을 열고 들어가서는 등불을 불어 꺼버리고 방의 한 편에 몰래 엎드렸다. 한참 뒤, 글 읽는 소리가 그치고 그 부인은 동쪽 방으로 건너와서는 문을 열다가 흠칫 물러섰다.

"이 등불이 어째서 저절로 꺼졌지? 등 기름을 많이 넣어 오래도록 밝힐 만한데 왜 아무 이유 없이 꺼져버렸지?"

그러면서 연신,

"괴상하네, 괴상해! 아이종이 제 엄마 제사라고 하여 내보냈었지. 보낸 걸 까맣게 모르고 있었구나."

라 하였다. 이렇게 의심도 들고 무서운 마음도 들면서도 바로 다시 들어가서는 펼쳐진 이불 위에 앉았다. 이윽고 옷을 벗고 이불을 들추고 잠이 들려는 참이었다. 이때 이 씨가 입으로 속삭이듯 작은 소리로,

"제발 부인께서는 나를 살리시오!"

라고 하였다. 의심과 두려움이 교차하던 중에 느닷없이 남자의 말소리를 듣고 부인은 깜짝 놀랐다. 이부자리를 붙들고 앉은 채 역시 낮은 소리로 물었다.

"당신은 누구세요?"

"나는 지금 바깥채에 묵고 있는 손님이요."

"당신은 무슨 마음으로 이 어두운 밤에 깊숙한 방 안으로 몰래 들어왔다지요?"

이에 이 씨는 그때야 사정을 하나 하나 얘기하였다.

"과거를 보러 가는 길에 점쟁이에게 물었더니, 이번 상경길에 소복 입은 여인을 얻으면 기필코 과거에 합격하겠지만 그렇지 못하면 틀림없이 죽는다고 했소. 그래서 나는 과거에 합격하고 싶은 욕심에다 살고자 하는 계책으로 오늘 밤 죽음을 무릅쓰고 여기에 들어왔소. 내가 죽고 사는 건 오직 부인의 한마디에 달려 있고, 부인만이 나를 살릴 수 있소."

그녀는 이 말을 듣고는 말없이 묵묵히 있었다. 한참 뒤에야 긴 한숨을 내며 말하였다.

"제가 어제 마음속이 답답하여 아랫것들의 빨래하는 거라도 볼까 싶어 냇가로 나갔었지요. 그런데 생각지도 않게 손님과 맞닥뜨렸으니 이 또한 천생연분이겠지요. 사람의 죽고 사는 것은 천명에 달린지라, 어찌 쉽게 죽는단 말입니까?"

마침내 동침을 허락하면서 당부하였다.

"제가 밤사이에 황룡이 배 위에 서려 있는 꿈을 꾸었답니다. 이번에 과거에 응시하시면 필시 높이 급제하실 터, 금의환향하는 길에 저를 버리지 마시고 꼭 데려가 주셨으면 합니다."

이생은 그러겠다고 약속하였다. 운우의 정을 다하고 몰래 몸을 빼 나와 한숨 푹 자고 나니 날은 이미 동이 트고 있었다. 주인 노인이 다시 지팡이를 짚고 찾아와서는 조심스럽게 병세를 물었다.

"주인어른의 은혜를 입어 이틀간 잘 조리한 끝에 아픈 기운이 이미 싹 나았습니다. 이제 출발할 수 있겠네요."

마침내 주인 노인에게 하직하고서 상경하여 과거를 보았다. 과연 급제를 하였다.

삼일유가(三日遊街)를 마치고 호남으로 돌아가려고 하는 참이었다. 그때 여인은 자꾸 시아버지에게 여쭈었다.

"이번 과거에 누가 합격했는지요?"

주인 노인이 합격자를 하나하나 짚어 주었는데, 과연 이생이 그 안에 들어있었다. 여인은 몹시 기뻐하며 화려한 옷 한 벌을 새로 지어놓고 큰 잔치 자리를 준비한 다음, 날마다 길가에 사람을 보내 호남 출신의 새 급제자가 내려오는 때를 알아보도록 하였다.

그러던 어느 날, 과연 내려오는 새 급제자 일행을 만났다. 그녀는 사람을 시켜서 집으로 불러들였다. 주인 노인이 먼저 축하의 말을 건넸고, 잠시 뒤 부인이 소복을 벗고서 새로 지은 화려한 옷으로 갈아입었다. 안에서 나와서는 시아버지에게 두 번 절을 올리고 죄를 청하였다.

"이 며느리, 시아버님을 봉양하며 백 년 뒤를 기약하려 했더니 일이 크게 어그러져 이 지경에 이르게 되었습니다."

그러면서 처음 이생을 만난 것과 원래의 약속을 어기고 훼절한 사정 등을 자세하게 아뢰었다. 이내 술 한 잔을 가득 따라 꿇어앉아 올리면서 축수하였다.

"이제 하직하렵니다. 바라건대 시아버님께 이 술잔을 올리니 저 남산(南山)과 같이[18] 수를 누리소서."

마침내 두 번 절을 올리고 물러나 대기하고 있던 가마를 이생과 같이 타고 함께 출발하였다. 새가 날갯짓하듯이[19] 함께 자기 집으로 돌아갔다.

---

18 저 남산(南山)과 같이: 만수무강을 따로 '남산지수(南山之壽)'라고 하는데 이는 『시경
(詩經)』·소아(小雅)의 「녹명(鹿鳴)」 편에서 유래하였다. '만수무강'이라는 용어도 여
기에서 유래했다. 참고로 해당 부분을 적시해둔다. "如月之恒, 如日之升. 如南山之壽,
不騫不崩. 如松柏之茂, 無不爾或承."

19 새가 날갯짓하듯이: 이는 남녀가 결연하여 화락한 모양을 표현한 어구이다. 『시경』·
정풍(鄭風)의 「유녀동거(有女同居)」 장에서 유래하였다. 참고로 해당 부분을 적시해

이생은 그 뒤에 2품의 관직까지 올랐다.

기녀의 충고를 들어 패륜 자식이 과거에 급제함

예전 한 정승이 평양감사가 되었을 때이다. 그에게는 13세 어린 아들
이 있었다. 외모가 빼어난 데다 재주와 기예가 출중해 정승은 그를 애지
중지했다. 감영의 기생 중에 아들과 동갑인 아이가 있었다. 그녀 또한
재색을 겸비하였기에 감사는 아들 관사에 들여보내 글 쓰며 노는 데 이
바지하도록 하였다. 함께 지내며 서로 뜻이 맞았고 해를 넘기자 아끼는
정의가 매우 돈독해졌다. 감사가 임기를 마치고 돌아가게 되자, 이들은
차마 떨어지지 못하고 두 손을 잡은 채 눈물을 뿌리며 헤어져야 했다.

상경한 뒤 부친은 집안에 혼란스러운 일들이 많아 아들이 공부에 집
중하기 어렵게 되자, 책을 보따리에 싸서 산사에 보내 글을 읽게 했다.
아들 수재는 산사에서 두세 달쯤 지내고 있을 때 그녀 생각에 참고 있을
수가 없었다. 그러던 어느 날 그는 홀연 혼자 몸으로 도망쳐 산사를 나와
평안도를 향해 내달려갔다. 평양에 도착하여 기생의 집을 찾아가니, 그
녀는 집에 없었고 어미만 있었다. 그 어미는 처음에 그를 알아보지 못했
다. 수재는 자신이 아무개라고 말하고 그녀가 어디에 있는지 물었다.

"딸애는 지금 사또의 수청을 들고 있다오. 사도께서 특별히 아끼시니
잠깐이라도 밖으로 나오는 게 허락되지 않고 말이우. 먼 데서 찾아오셨
으나 만나볼 수 없으니 이를 어째."

기생 어미의 이 말을 들은 수재는 이만저만 낙담한 것이 아니었다.

둔다. "有女同行, 顏如舜英. 將翱將翔, 佩玉將將. 彼美孟姜, 德音不忘."

"이미 이리 멀리 오셨으니 여기서 며칠 묵었다가 돌아가는 게 낫겠수다."

"천 리 길을 걸어와 얼굴 한 번 보지 못하고 무단시리 아무 이득 없이 돌아간다면 아예 오지 않음만 못하네. 바라건대 자네는 나를 위해 작전을 짜 보게. 그래서 한 번만이라도 얼굴을 볼 수 있다면 내 바람은 그것으로 됐네."

당시는 겨울철이었다. 기생 어미가 한 가지 계책을 냈다.

"눈비가 내리면 감영에선 성안 백성들을 동원시켜 눈을 쓸게 하지요. 그런 때 혹여 촌민들 사이에 섞여 눈을 쓰는 잡역에 참여할 수 있다면 한 번 만나볼 기회가 생기지 않을까요?"

수재는 그렇겠다 싶어 이 말을 따르기로 하고 때를 기다렸다. 한밤 갑자기 큰 눈이 내렸다. 감영 휘하의 백성들은 너나 할 것 없이 눈을 쓸려고 감영 안으로 들어가게 됐다. 수재도 대삿갓을 쓰고 짚으로 꼰 끈으로 허리를 매고서 빗자루 하나를 들고 일행에 뒤섞여 감영 안으로 들어갔다. 그는 애초 눈 쓰는 데는 관심이 없었기에 자주 대삿갓을 치켜든 채 대청마루 쪽만 뚫어지게 쳐다볼 뿐이었다. 그때 수청 드는 기생들이 나와 눈 쓰는 걸 구경하였다. 저들은 느리고 게으른 수재의 행동을 보며 서로 손가락질해 가며 비웃곤 하였다. 다시 수재가 머리를 들어 그쪽을 응시했을 때 순간 그녀가 그 속에 있는 게 아닌가. 그녀도 수재를 순간 봤는지 금세 몸을 돌려 안으로 들어가서는 다시 밖으로 나오지 않았다. 수재는 장탄식을 내뱉으며 돌아와야 했다. 돌아와서는 기생 어미에게 푸념을 늘어놨다.

"나는 살뜰한 정을 잊지 못해 혼자 걸어 여기까지 왔건만 저이는 한 번 얼굴을 마주치고는 뒤돌아서며 회피하였네. 다시 볼 수 없게 됐으니, 어찌 이리도 무정하단 말인가?"

서로 아쉬워하며 탄식하였다. 수재는 몸을 뒤척이며 잠을 이루지 못했다. 쌓인 눈에 달빛이 비쳐 주변이 환하게 밝았고 북풍이 차고 매서웠다. 그때 홀연 노랫소리가 먼발치서 점점 가까이 들려왔다.

눈 개고 구름 흩어져 북풍이 차가운데
초수와 오산 가는 길 험하기도 하지.[20]
雪晴雲散北風寒
楚水吳山道路難

그 소리가 아주 맑고 가늘게 늘어졌다. 점점 묵고 있는 집으로 다가오
더니 문 안으로 들어와 어미를 불렀다.

"아무 서방님이 오셨다 해서 왔소. 지금 어디 계시오?"

이 말에 수재는 문을 밀치고 뛰쳐나왔다. 바로 그 기생이었다. 손을
잡고 안으로 들어가 그간 서로 그리워하던 심정을 토로하고, 멀리서 찾
아온 성의를 고마워했다. 이윽고 그녀가 말했다.

"전 사또를 가까이서 모시는 기생이라 한순간도 곁을 떠날 수 없는
몸이에요. 그러나 서방님이 오신 줄 알고 있는데 어찌 한 번 만나지 않을
수 있겠어요? 하여 돌아가신 아비의 제사를 핑계로 사도께 하룻밤 짬을
애걸하여 올 수 있었지요. 날이 밝으면 다시 들어가야 해요. 우리 두 사
람이 만나는 건 오늘 밤뿐이군요. 뒤에 혹여 다시 찾아오시더라도 재차
얼굴을 마주할 길은 없답니다. 이 어찌 한스러운 일이 아니겠어요? 그러
니 여기서 몰래 도망치는 게 낫겠어요. 그리하여 영영 우비(于飛)의 소
원[21]을 이룬다면 즐겁지 않겠어요?"

---

20 눈 개고 …… 험하기도 하지: 이 가사는 당(唐)나라 현종(玄宗) 때 시인인 고지(賈至)의
  시 「송이시랑부상주(送李侍郎赴常州)」의 1, 2구이다. 참고로 시 전문을 소개하면 다음
  과 같다. "雪晴雲散北風寒, 楚水吳山道路難. 今日送君須盡醉, 明朝相憶路漫漫."
21 우비(于飛)의 소원: 남녀가 함께 화합하는 바람을 뜻한다. 우비는 봉황 한 쌍이 사이좋
  게 날아간다는 의미로, 『시경』·대아 「권아(卷阿)」 편의 "봉황이 함께 날아 그 깃으로
  날갯짓 하네[鳳凰于飛, 翽翽其羽]."에서 유래하였다.

수재도,

"그게 좋겠어! 자네 말이 정말 맞네."

라고 하자, 기생은 상자들을 다 뒤져 금과 은, 패물, 비녀 귀엣고리 등속과 능라, 비단수, 옷가지 따위를 싸서 가볍게 맬 수 있게 만들었다. 그러고는 어미에게 알리지도 않고 급기야 수재와 함께 야반도주를 감행했다. 마침내 은산(殷山)²² 땅으로 가서 작은 집을 사서 살며 장신구를 팔아 생계를 이어갔다. 어느 날 기생은 수재에게 말을 꺼냈다.

"우리가 이곳으로 도망쳐 와서 다행히 소원이야 풀었지만 이런 상태로 영원히 살 수는 없지 않겠어요. 하물며 서방님은 재상 댁의 귀중한 자식으로 이 천한 기생에게 빠져 사랑하는 정을 이기지 못해 부모님을 돌아보지 않고 도망하여 이 땅에 숨었지요. 강상에 지은 죄가 실로 크니 앞으로 어떻게 자립을 할는지요?"

수재는 그녀의 말을 듣고 비로소 두려운 마음이 들어 대오각성하였다.

"그렇다면 어떻게 해야 하지?"

"오직 과거 보는 한 길 밖에요. 그것으로 속죄할 수 있을 거예요. 서방님이 전에 읽지 못한 책은 어떤 것이지요?"

기생은 그 책들을 사 와서 수재에게 읽으라고 권하며, 조금이라도 나태해지면 그때마다 먹을 것을 줄여버렸다. 이렇게 애써 독려하여 밤이건 낮이건 잠시도 쉬지 않았다. 또 다른 책도 두루 구하여 공부하였다. 이렇게 몇 년이 지나자 기생은 수재에게 제의하였다.

"서방님이 판단하시기에 쌓은 학식이 어떠한가요? 이제 과거 공부를 할 수 있을 것 같은데요."

---

22 은산(殷山): 평안남도 중부에 위치한 군으로, 조선시대에는 은산현이었다가 19세기 말 행정개편 때 군이 되었고 이후 순천군(順川郡)에 통합되기도 했다. 그 동쪽으로 성천군, 남쪽으로 강동군, 북쪽으로 북창군과 접해 있다. 참고로 평양에서 이곳까지는 대동강 물길을 거슬러 올라가면 닿는 코스이다.

"하고 싶긴 하나 과문(科文)의 격식도 모르니 어찌하겠소?"

이에 그녀는 고을 안에서 글을 잘하는 이의 시문이나 근래에 지은 과문 따위를 두루 구해 와서 수재더러 모방하여 글을 지어보도록 했다. 수재는 본래 재주가 탁월했던바 다시 몇 년 동안 착실히 읽히자 문장력이 날로 일신하여 지은 편편이 훌륭한 작품 아닌 게 없었다. 이것 중 몇 본을 베끼게 하여 글 잘하는 이에게 시험 삼아 평가를 의뢰했더니 칭찬하며 놀라워 마지않았다. 이에 기생은,

"이제 과거를 보아도 되겠어요!"

라고 하였고, 수재도,

"그래."

라고 응수하였다. 그때 마침 향시[23]가 열려 기생은 여비와 장비를 두둑이 마련하여 수재를 전송하였다. 수재는 마침내 상경하여 여관을 잡았다. 과거 보는 날 벽두에 그는 여러 응시생을 따라 과장으로 들어갔다. 멀찍이서 걸린 과제(科題)를 보고는 종이를 펴고 붓을 들어 망설임 없이 곧장 써서 제출하니, 일천(一天)[24]이었다. 마침 그 아비가 고시관으로 그 자리에 있었고, 그의 글을 장원으로 뽑았다. 임금도 그의 시권을 보고 칭찬을 마다하지 않고 직접 밀봉한 답지를 뜯어보았다. 그의 이름은 알 리 없었으나 부친의 이름을 보니 다름 아닌 고시관의 함자였다. 임금은 고시관을 돌아보며 놀라워했다.

"그대의 아들이 급제를 하였구려!"

그러면서 시권을 앞에 던져주었다. 고시관이 시권을 가져다 펴보니

---

23 향시: 원문은 '대비(大比)'로, 이는 중국 주(周)나라 때부터 3년을 주기로 향리(鄕吏)를 평가하여 어질고 능력 있는 사람을 추천하여 뽑았던 데서 유래한다. 이것이 과거제도가 본격화된 당대(唐代) 이후 향시의 범칭이 되었다. 다만 이어지는 서사가 바로 상경하는 것으로 설정되어 있는바, '대과(大科)'의 의미로 쓴 게 아닌가 싶다.

24 일천(一天): 우리식 한자어로, 과거시험에서 시권을 첫 번째로 제출하는 것을 뜻한다.

아버지 이름이 자신과 같기는 했으나 직함은 '전 평양감사'라고 쓰여 있었다. 다 보고 나더니 주르륵 눈물을 흘리는 것이었다. 임금이 이상하다 싶어 연유를 묻자 고시관은 자세를 바로 하고 엎드려 아뢰었다.

"소신에게 과연 아들이 있었사오나 이미 십 년 전에 죽었을 것이옵니다. 아무리 생각해도 이 응시자가 누구인지 모르겠나이다."

결국 명하여 그를 호명하여 불러올리라고 하였다. 수재가 대궐 안에 나아가 어전에 엎드리자 임금은 친히 하문하였다. 이에 수재는 자초지종을 하나하나 빠짐없이 사실에 어긋남 없이 아뢰었다. 고시관도 그 옆에서 듣다가 이제야 아들이 죽지 않은 줄 알게 됐다. 임금은 매우 기특해하며 특명하여 연회를 내렸다. 그리고 고시관에게 집으로 데려가도록 명하였다. 이에 평안도와 은산 본 고을에 행회(行會)[25]하여 해당 기생에게 떠날 채비를 갖춘 다음 가마에 오르게 하여 서울로 올려보냈다. 수재는 그녀를 소실로 맞아 함께 살았다.

4-7

아내의 성화에 못 이겨 노진재에서 편지를 씀

광주(廣州)에 한 선비가 있었다. 글도 제대로 못 하고 무예도 없는 데다, 지체도 낮고 집도 가난하였다. 직접 농사도 지을 수 없는 형편이라 근근이 아내의 내조로 버텼다. 서울에 얼마간 대대로 맺어진 집안과 친지가 있어서 30년 동안 한양을 출입했다. 그러나 그 자신 인망이나 재주라고는 하나도 취할 게 없다 보니 누구 한 벼슬아치와도 친분을 쌓을

---

25 행회(行會): 조정의 명령이나 지시를 각 관사나 지방의 장관이 하료들에게 알리고 이를 실행하는 것, 또는 그 모임을 말한다.

수 없었다. 아내는 그런 그에게 퍼붙기 바빴다.

"한양을 드나드는 선비라면 착실히 공부하여 과거를 통해 벼슬자리를 얻는 게 반이요, 아니면 힘쓰는 세력가와 결탁하여 의지처라도 삼지요. 하온데 당신 같은 이는 문자도 몰라 벼슬자리는 따질 여지도 없거니와 서른 해를 한양에 발을 붙였으면 정분을 쌓은 이가 있을 법한데 여태껏 안부를 물어오는 편지 한 장 본 적이 없다니. 아무리 생각해도 의아하기 짝이 없네요. 혹 한양에서 주색에 깊이 빠져 있었던 건가요? 아니면 잡기에 빠져 외도라도 한 건가요?"

선비는 조리 있는 아내의 말에 실로 부끄러워 변명거리로라도 대답할 말이 없었다. 한참 우물쭈물하다가 이윽고 거짓말로 대꾸했다.

"내가 허풍 든 사람도 아니거늘 서른 해 동안 한양 출입이 어찌 헛되었겠소? 정말 아무 성씨의 아무개는 어려서부터 사이가 막역하여 내 궁한 형편을 걱정하여 항상 '내 평안도관찰사가 되면 일가의 재산을 자네에게 내줌세.'라고 하였다네. 그이가 재작년에 과거에 급제해 지금 응교(應敎)[26] 자리에 있다네. 내 상경할 때면 꼭 그의 집에 묵으니 조만간 반드시 그가 힘써 줄 것이네."

아내는 이 말을 듣고 나서 매달 보름과 그믐이면 시루떡을 해놓고 아무가 평안도관찰사가 되기를 하늘에 기도하였다. 그러면서 걸핏하면 아무의 승진 여부를 남편에게 물었다. 선비는 그때마다 아직 멀었다며 둘러댔다. 그렇게 6, 7년이 지나갔다. 우연히 아내는 내왕하던 친정 친지를 통해 아무가 평안도관찰사가 됐다는 소식을 듣게 되었다. 선비는 때마침 서울에 올라가 있었다. 아내는 그를 기다리다가 돌아오자 버선발로 뛰어나가 맞았다.

---

26 응교(應敎): 홍문관(弘文館)의 정4품직으로, 홍문관이 학문 연구의 중심이었기에 이 직책은 품계에 비해 명망이 높은 자리였다.

"글쎄 아무 어른이 지금 평안도관찰사가 되셨다는데 왜 가서 만나보지 않고요? 내일이라도 당장 떠나세요."

이 말에 선비는 난처하고 급박하기 이를 데 없어 이내 다시 아내를 속였다.

"부임하느라 신경이 곤두서있을 테니 며칠은 기다려야 할 것이네. 왜 이리 성급하게 구는가?"

아내는 이를 곧이곧대로 믿었다. 다시 석 달이 지나자 아내가 재촉하였다.

"왜 아직 안 가는 거예요?"

"타고 갈 말이 없네."

아내가 삯말을 내주자 이번에는,

"몸에 병이 났네!"

라고 하는 것이었다.

"그럼 사람을 대신 보내요."

"누가 날 위해 천 리 길을 간단 말인가?"

"벌써 아무 이웃에 아무개와 약조하여 노잣돈도 마련해 두었어요."

이렇게 되자 선비는 더욱 골치가 아파졌다. 이젠 편지 쓸 종이가 없다고 둘러대자, 아내는 바로 큰 서지(書紙) 한 장을 내주었다. 선비는 이리저리 핑계를 대며 백방으로 벗어나려고 했지만 어쩔 수가 없었다. 밤새도록 고민한 끝에 마침내 몰상식함을 무릅쓰고 편지 한 통을 썼다. 겉봉에는 '기영절하하집사입납(箕營節下下執事入納) 노진재상후서(露眞齋上候書)'27라 썼다. 그 내용은 이러했다.

---

27 기영절하하집사입납(箕營節下下執事入納) 노진재상후서(露眞齋上候書): '기영절하'는 평양감영 휘하라는 뜻이며, '하집사입납'은 아랫사람을 통해 편지를 올린다는 의미이다. '노진재'는 선비의 당호이며, '상후'는 웃어른께 안부를 여쭌다는 말이다. 다시 말해 이 겉봉의 내용은 평양감영 휘하의 아랫사람을 통해 편지를 올린다는 것과 선비

운운. 소생은 오활하고 해괴한 유생으로, 기구하고 궁핍한 사정에 몰려 구름과 진흙의 현격한 차이를 분별치 못하고 감히 일면식도 없는 대감께 문안을 여쭙습니다. 대감께서 의아하고 혼란스러움이 어떠할지 모르겠나이다. 구구한 사정은 따로 태지(胎紙)[28]에 기재하였사오니 혜량해 주시기를 엎드려 비나이다.

그 별지(別紙)의 내용은 이러했다.

소생은 세상 물정에 어두운 신세인데다 마음가짐도 산만하여 일찍부터 글도 학업도 이루지 못했고, 집안에 내려오는 생업도 없었나이다. 그런데다 별 요긴하지 않은 출입을 자주하여 한양을 들락거리느라 쓴 술에 찬밥을 먹으면서도 이를 구차하다고 개의치 않았사옵니다. 한 해 두 해 이럭저럭 지내다 보니 초췌한 처자식을 사이가 먼 진(秦)나라와 월(越)나라 관계로 돌려버렸고, 약간의 농사일도 울타리 가에 던져놔 버렸나이다. 고을 사람들에게도 천한 존재로 버려졌고 친척지간도 받아들여지지 않나이다. 오직 현숙하고 똑똑한 안사람에게 의지하여 집안 제사를 받들고 자식을 양육하여 어렵사리 모양을 유지하고 있을 뿐 가장이라는 자는 있으나 마나입니다. 이렇게 산 지 지금 30년이 되었사온데, 어느 날 아내가 소생이 다년간 한양을 출입하면서도 교유하는 어른 한 분 없는 것을 두고 매번 탓하는 말을 해왔사옵니다. 비록 아녀자의 말이나 실로 대답할 만한 면이 서지 않았사옵니다. 합하(閤下)께선 선비일 때부터 지체가 높고 집안의 기대가 커 필시 크게 될 분이었기에,

---

인 노진재가 안부를 여쭌다는 뜻이다.

28 태지(胎紙): 우리식 한자어로, 편지 속에 따로 적어놓는 종이, 곧 별지를 말한다. 따로 주련(柱聯)이나 병풍 따위를 배접할 때 끝에 모자라는 부분을 채워서 넣는 종이를 일컫기도 한다.

소생은 합하의 함자를 들어 알고 있었사옵니다. 해서 말을 꾸며 아내 달래기를, '아무 분이 나와 막역한 사이로 재삼 간곡한 약조까지 했네.' 라고 했는가 하면, '그분이 평안도관찰사가 되면 집과 땅 정도는 주시기로 했네……' 따위를 늘어놓았나이다. 이렇게 속인 게 대개 6, 7년 전 일이옵니다. 이는 실로 일시적인 미봉책에서 나온 것인데도 늙은 아내는 진담으로 받아들여 믿어 의심치 않았나이다. 그때부터 지금까지 시루떡을 해놓고 축원하며 목욕재계하고 기도하기를 합하가 평안도관찰사가 되기만을 소원하였사옵니다. 합하께서 등과한 뒤로는 그 정성이 더더욱 근실해졌고 거는 기대는 더 간절해져 아무 대인이 지금 무슨 자리에 있는지 묻기 바빴사옵니다. 소생이 합하 어른과는 실상 반면식의 교분도 없사오나, 전에 한 말이 헛것이 될까 두려워졌습니다. 작년에는 아무 관직에, 금년에는 아무 자리에 있다며 일일이 답하다 보니 정말로 친밀한 사이인 양 돼버렸사옵니다. 그러다 지난번 자기 친척을 통해 대감께서 평안도관찰사로 부임하게 됐다는 소식을 접하고는 아내는 소생더러 직접 찾아가 도움을 청하라고 하지 않겠나이까. 소생의 괴로움이 과연 어떠했겠습니까? 말이 없다고 핑계 대면 삯말을 준비시켜 주고, 병이 났다고 하면 남을 고용하여 보내고자 함은 물론이요 심지어 보낼 편지지가 없다고 해도 큰 간지 한 폭을 내어주옵니다. 사정이 이 지경에 이르니 민망하고 답답함은 배가 되었사옵니다. 정말 이지 중간에 그만두려 해도 전에 한 말들이 허망하다는 게 탄로 날 것이고, 그렇다고 편지를 써 올리자니 대감께 평소 일면식도 없는데 어찌하오리까? 소생은 지금 이런 절박하고 궁지에 몰린, 민망하고 답답한 심정으로 부득이 전후 사정을 다 드러내어 아뢰옵니다. 오직 대감께서는 안쓰럽고 측은히 여기시어 너그러이 용서해 주시기 바라옵니다.

이런 내용의 편지를 다 써서 아내에게 주었다. 편지를 받은 아내는 당장 이웃 사내를 불러 노자를 주면서 바로 떠나보냈다. 그자는 평양에 당도하여 영문(營門)이 활짝 열리자 그 편지를 영에 바쳤다. 감사는 뜯어서 두세 차례나 살피는 것이었다. 앞서 감사는 홍문관 응교에 있을 때부터 초하루와 보름날이면 어떤 집에 가는 꿈을 꾸곤 했다. 그때마다 반가(班家)의 한 부인이 나타났다. 그녀는 목욕재계하고서 맑은 물과 시루떡을 차려 놓고 두 손을 모아 하늘에 축원하기를, '아무 분이 평안도관찰사가 되게 해주소서.'라고 하는 것이었다. 그 아무 분은 바로 자신의 이름자였다. 내심 괴이하기 짝이 없었으나 왜 이런 꿈을 꾸는지 알 수 없었다. 지금 이 편지를 보니 이 꿈의 징조와 정확히 부합하였다. 놀라며 이제야 확실히 깨닫게 되었다. 한편으로 사정이 딱하였고, 다른 한편으론 그 정성에 감동할 만했다. 마침내 그자를 대령하라 하여 가까이 들라 하였다. 사는 형편은 어떠하며, 병을 앓고 있는지 여부와 아이들은 얼마나 자랐는지 따위를 조목조목 하문하여 하나하나 자세히 알아보았다. 마치 예전 죽마고우를 대하는 것 같았다.

그자도 속으로, '아무 생원 나리가 과연 한양에 좋은 벗이 있었구나. 비록 시골구석에서 궁벽하게 살고 있지만 어찌 두려워할 만한 분이 아니신가?'라며 생각하게 되었다. 감사는 그자에게 임시로 묵을 곳을 마련하여 머물도록 하고 한껏 음식을 내주었다. 이틀이 지나자 감사는 그자를 다시 불렀다.

"너의 댁 생원 어른과 나는 과연 총죽지교(蔥竹之交)[29]를 맺은 사이니라. 사정이 그러하다니 마땅히 재물로 도와주어야지. 한데 네 보따리로 넣어 보내기엔 무거울 터 함께 붙여 보내지 못하니 따로 감영에서 실어 보낼 것이니라. 네 생원 어른이 약과(藥果)를 유달리 좋아해 지금 한 짝을

---

29 총죽지교(蔥竹之交): 죽마고우와 같은 뜻으로, 어린 시절 파피리를 불고 대나무말[竹馬]을 타며 놀던 사이라는 의미이다.

가는 길에 보내니 직접 확인해 보거라."

그더러 궤짝 덮개를 열어보게 하였다. 과연 유밀과가 들어 있었다. 확인한 뒤 덮개를 닫고 유지(油紙)로 싸서 노끈으로 묶은 다음, 봉하고 봉인을 찍었다. 감사는 또 심부름해 온 그자에게 부모가 있는지 묻더니 큰 약과 25개를 따로 싸주면서 돌아가면 드리라고 했다. 노자도 넉넉히 챙겨주고 아울러 답서를 써서 넘겨주면서 속히 돌아가라고 하였다. 그자가 돌아올 때가 점점 가까워져 오자, 선비의 아내는 눈이 빠질 정도로 간절한 기대가 이를 데 없었다. 하지만 선비는 허무맹랑한 짓을 했다며 근심 걱정이 이만저만한 것이 아니었다. 급기야 없는 병이 생기고 말았다. 그러던 어느 날 아내가 바삐 와서는 알렸다.

"보낸 아무가 돌아왔네요!"

이 말이 떨어지기 무섭게 그자가 사립문 밖에 들어서고 있었다. 아내는 처마 밖에 나가 섰고, 선비는 방문도 열 엄두를 내지 못하고 문구멍으로 밖을 엿볼 뿐이었다. 그자가 과연 집 안으로 들어 왔는데 등에 웬 봉물(封物)[30]을 지고 있었다. 뭔가 싶어 의심이 들 즈음 어느새 그자는 안뜰로 들어와 절을 올렸다. 아내는 먼저 먼 길 무사히 다녀온 수고를 위로하고 이어서 지고 온 물건이 무엇인지 물었다. 그자는 얼른 답서를 찾아 선비에게 건네주었다. 그 편지 겉봉엔 '노진재집사 회납(露眞齋執事 回納) 기백사장(箕伯謝狀)'이라 쓰여 있었고, 그 안 내용은 이러하였다.

멀리서 좋은 소식을 받들어 펼쳐보니 대면한 듯합니다. 하물며 기체 건승함을 누리고 있다니요! 이 동생은 부임한 지 얼마 되지 않아 공무가 많다 보니 골머리 썩이는 일을 다 말하리까. 산과 강으로 막힌

---

30 봉물(封物): 겉을 봉하여 보내는 물건으로, 주로 지방이나 지방관이 중앙과 고관에게 선사하는 물건 따위를 지칭한다.

천 리 길이라 왕림하기가 어디 쉽겠습니까. 그저 나중을 기약할 밖에요. 그때 한양 집에 가게 되면 참으로 풀어 볼 길고 긴 얘기가 많겠지요. 갖추지 못합니다. 약과 한 짝을 인편에 드립니다.

이 편지에 선비는 없던 생기가 솟아났다. 우뚝하고 어엿한 사대부의 기상으로 창문을 밀치며 일어나 앉아 심부름꾼을 불렀다.

"천 리 먼 길을 다녀오느라 참으로 고생이 많았구나."

"나리께서 걱정해준 덕분에 무사히 다녀왔사온데 어찌 감히 수고를 입에 올리겠나이까? 게다가 사또님께서 관대하게 대해주시고 넉넉하게 베풀어주시어 소인 어미의 약과까지 내려주셨나이다. 생원 나리의 덕택이지요."

그러면서 사또의 분부는 이러했고, 대접은 저러했음을 일장 아뢰었다. 따로 싼 약과는 자기 모친에게 꺼내 드렸다. 이리하여 선비는 양반으로서의 생색이 대단해졌다. 선비는 이윽고 안으로 들어가 궤짝을 열어 약과 한 개를 꺼내 맛보니 이야말로 평생에 처음 먹어 본 맛이었다. 부부는 서로 쳐다보며 이 예사롭지 않은 맛에 감동할 뿐이었다. 두름을 차차 벗겨내자 약과는 위아래 두 켜뿐이었다. 그사이에 다시 중간 두름이 있고, 가 쪽에 손가락 하나가 들어갈 만한 구멍이 보여 그곳을 열어보니 천은(天銀) 한 말이 채워져 있었다. 값을 따져보니 만금이 넘는 것이었다. 선비 부부는 너무도 놀라고 기뻐 저도 모르게 껑충껑충 뛰었다. 선비는 마침내 이 은을 팔아 땅을 샀으며, 결국 광주의 갑부가 되었다고 한다.

나주 여인이 신문고를 울려 남편의 원통함을 품

나주(羅州)에 가난한 선비가 있었다. 부릴만한 종도 없어 직접 농사를 지어 살았다. 그의 아내와 딸도 그저 그래 마을 사람들과 위아래를 따지지 않고 지냈다. 마침 문 앞에 남새밭 몇 이랑이 있어 과년한 딸이 직접 나와서 김을 매고 있었다. 그 이웃에 상민(常民)의 밭도 있었다. 그자도 같은 때에 김을 매다가 은근한 말로 처녀를 욕보이려 하자 처자가 화를 냈다.

"나는 양반이요 너는 상것이거늘, 어찌 감히 나를 범하려 하느냐?"

"너 같은 양반붙이야 우리 집 대청 아래에도 득실득실하거든."

처자는 분을 이기지 못하고 당장 집으로 돌아가서는 간수를 들이키고 죽어버렸다.

그 아비는 상놈이 자기 딸을 능욕하다가 죽였다는 죄목을 만들어, 그 죄상을 꾸며 관가에 고소하였다. 그러자 관에서는 이자를 잡아 와 엄하게 다스린 다음 옥에 가두고 자백[31]을 속히 받아내고자 달에 세 번이나 대질 신문[32]을 하였다. 하지만 그자는 자신이 죄 없이 옥에 갇혔다고 분통해 하며 밤낮으로 눈물을 흘리다가 두 눈이 다 멀 지경이 되었다. 그의 아내가 여기저기 애걸하며 옥바라지하였다. 더 이상 옥바라지할 여유가 없게 되자, 마침내 집안 살림을 모두 팔아 몇 꿰미의 돈을 마련하였다. 남편을 찾아가 이 돈을 주며 당부하였다.

"내가 지금 힘에 부쳐 더 이상 마련할 건 없고 겨우 이 두 꿰미를 가져왔소. 이제 서울로 올라가 신문고를 울리려 하니 그사이에 당신은 이 돈으로 명줄을 이어 절대 죽지 말고 꼭 내가 돌아오기를 기다려 주소."

---

31 자백: 원문은 '侤音'으로 '다짐'의 이두식 표현인데 여기서는 자백으로 번역하였다.
32 대질 신문: 원문은 '同推'로, 원래는 여러 관원이 합동으로 죄인을 심문하는 것을 말한다. 해당 부서가 여러 곳일 경우, 함께 신문하는 절차를 밟았다.

그리하여 마침내 서로 부둥켜안고 통곡하고는 이별하였다. 아내는 여기저기서 빌어먹으며 한양에 다다랐다.

당시 경희궁(慶喜宮)³³이 임시 어소(御所)였다. 그녀는 경희궁 대궐로 찾아가서는 길가 주막에서 허드렛일을 했다. 그녀는 원래 살갑고 성실하여 매사가 주인의 마음에 쏙 들어 주막에서는 그녀를 매우 좋아하였다. 그러던 어느 날 그녀는 주막 노파에게 부탁하였다.

"제가 들으니, 궐 안에는 신문고가 있어서 원통한 일이 있는 사람이면 그것을 칠 수 있다고 하던데 어떻게 해야 한 번 칠 수 있나요?"

"자네는 무슨 원통한 일이 있어서 신문고를 치려는가?"

그러자 그녀는 전말을 자세히 이야기하고서는 구슬피 눈물을 흘리며 마음을 걷잡지 못하였다. 주인 노파는 이를 가엾게 여겨 술을 마시러 오는 궁궐의 군졸에게 이 여자의 원통하고 고단한 사정을 낱낱이 이야기해 주고 한번 신문고를 칠 수 있도록 주선해 달라고 하였다.

마침내 그녀가 궁궐로 들어가 신문고를 쳤다. 궐 안은 깜짝 놀라 요란스레 그녀를 붙잡아 형조(刑曹)로 보내면서 진술서를 작성하여 올리도록 하였다. 형조의 관리들이 이 소식을 접하고 일이 원통하고 사정이 딱해 원정서(原情書)³⁴를 잘 작성하여 상주하였다. 임금이 살펴보고 감탄하고 칭찬해 마지않았다. 즉시 어사를 파견하여 나주에 가서 살피고 처리하도

---

33 경희궁(慶喜宮): 1617년 광해군이 지은 별궁이다. 지금 신문로의 서울역사박물관 인근에 있었다. 본래 '경덕궁(慶德宮)'이었으나 1760년 궁의 이름이 인조의 아버지인 원종(元宗)의 시호와 같다고 하여 경희궁으로 개칭하였다. 인조 즉위 당시 창덕궁이 인조반정과 이괄의 난으로 소실되었기 때문에, 1647년 창덕궁이 복구되기까지 경희궁에서 정사가 이루어졌다. 17세기 이후 주로 창덕궁이 본궁으로 이용되었으나, 경희궁에서 정조의 즉위식이 거행되거나 영조가 승하하는 등 종종 역사적 사건의 무대가 되기도 했다.
34 원정서(原情書): 원통하고 억울한 일을 관에 진정하는 문서인데, 이옥(李鈺)의 「애금공장(愛琴供狀)」, 「필영장사(必英狀辭)」처럼 조선 후기 문학적 양식의 하나로도 차용된 사례가 보인다.

록 하였다. 이에 형조에서는 관문(關文)을 먼저 감영에 보냈기에 이 소식이 먼저 나주에 돌게 되었다. 옥졸이 소식을 듣고는 급히 달려와 옥에 갇힌 그자에게 외쳤다.

"야, 야! 네 처가 상경해서 신문고를 울렸단다. 지금 심리어사(審理御史)[35]가 바로 내려오실 거라고 하는구나."

그는 이 말을 듣고는 크게 소리를 질렀다.

"정말 그런가?"

저도 모르게 벌떡 일어나 앉았는데 두 눈이 다시 떠졌다.

어사가 내려와서는 조서를 하나하나 살펴보고는 이전 판결을 단번에 뒤집었다. 이리하여 그는 무사히 옥을 나올 수 있었다.

4-9

오만방자한 옛 버릇으로 강에서 곰과 싸움

노귀찬(盧貴贊)은 정승 집안의 종으로 죄를 짓고 반노(叛奴)가 되어 도망친 자이다. 그는 여주(驪州)로 숨어들어 배 젓는 사공 일을 하였다. 그러나 원래 오만방자한 무뢰한이라 흉악한 뱃사공이라고 강변 지역에 소문이 나 있었다.

어느 날 귀찬은 배에 장사꾼들을 태우고 한양으로 출발하게 되었다. 배가 강 언덕을 스치며 막 지나가는 즈음, 한 선비가 나타났다. 몸이 왜소하고 비쩍 마른 데다 반백의 머리에 입은 갈옷도 버거워 보였다. 그는 등에 괴나리봇짐을 지고 손에 지팡이 하나를 들고서 강가 언덕에 서서

---

35 심리어사(審理御史): 조선시대에 이 용어가 쓰인 사례는 별로 보이지 않은데, 실록 등에는 영조 때에만 사용되고 있다. 아마도 처결하기 힘든 사안을 재조사하여 판결하거나 지방의 자연재해를 엄찰하기 위해 왕이 직접 파견한 어사로 판단된다.

사공을 소리쳐 불렀다.

"나 좀 실어 늙어빠진 다리를 잠시만이라도 쉬게 해주오!"

얼굴을 들어 보던 귀찬은 턱으로 아래 나루를 가리키는 시늉을 하며,

"저기 강가에 가서 기다리우."

라고 하는 것이었다. 선비는 그의 말대로 배를 놓치지나 않을까 걱정하며 강가를 따라 달음박질을 쳤다. 숨을 헐떡이며 아래 나루에 가 서서 기다렸다. 그런데 귀찬은 배가 나루에 도착했는데도 못 본 척하고 그냥 지나쳐 내려가 버렸다. 선비가 다시 소리쳐 부르자 귀찬은 또 다음 나루를 가리켰다. 선비는 어쩔 수 없이 다시 강가를 따라 달리다 보니 숨이 차올라 죽을 지경이었다. 겨우 지팡이를 짚고 다음 나루에서 대기했으나 귀찬은 이마저도 못 본 척하고 그대로 배를 출발시켜버렸다. 이렇게 세 번을 반복하였으나 귀찬은 끝내 이 선비를 태워줄 의향이 없었다. 선비는 그래도 배를 뒤쫓아 갔다. 가는 배를 흘겨보던 선비는 강둑에서 대략 20보쯤 떨어져 가는 지점을 흘낏 보고는 몸을 약간 웅크리는가 싶더니 휙 하는 소리와 함께 순식간에 뛰어올랐다. 어느샌가 몸은 벌써 배 위에 올라와 있는 것이었다. 배에 탄 사람들이 깜짝 놀란 것은 당연했다.

귀찬도 처음에는 일개 하찮은 선비라고 깔보았다가 그의 저 특출한 면모를 대면하고는 넙죽 엎드려 살려달라고 빌었다. 선비는 아무 답을 하지 않고 배 동편 머리에 가 앉더니 싼 보자기를 풀어 작은 총포 하나를 꺼냈다. 겨우 한 자 남짓 되는 것이었다. 이윽고 안에 장약(裝藥)하고 불을 붙인 다음 다시 앉아 귀찬에게 을렀다.

"너는 저 서편 머리로 가서 앉아 내 얼굴을 보고 무릎을 꿇거라."

귀찬은 감히 한마디도 못 꺼내고 서편 머리로 물러가 꿇어앉아 고개도 들지 못하고 선비를 힐끗힐끗 훔쳐볼 뿐이었다. 선비가 총을 들어 바로 귀찬의 이마를 향해 겨누고서 탄환을 쏠 듯 말 듯 하며 일부러 신중한 척했다. 얼굴이 흙빛이 된 귀찬은 그저 두 손을 위로 모은 채 죽을죄

를 지었다는 말을 계속할 뿐 몸은 감히 미동도 하지 못했다. 선비는 두 눈을 부릅뜨고 한참 동안 물끄러미 바라보다가 별안간 방아쇠를 당겼다. 벌건 대낮에 총성이 울렸고 귀찬은 순간 배 안에 엎어졌다. 동승한 사람들은 깜짝 놀라 귀찬이 이미 죽은 줄 알고 두려움에 떨면서도 누구도 감히 입을 열지 못했다.

선비는 천천히 총포를 거둬들여 보자기에 다시 싸서 넣고는 귀찬에게 다가섰다. 멱살을 잡아 일으켜서는 숨을 쉬는지 살폈다. 귀찬은 한참 만에 깨어났다. 몸은 아무 데도 상처가 나지 않았고 머리만 벗겨져 상투는 온데간데없었다. 이윽고 선비는 귀찬에게 호령하여 배를 대라고 하였다. 배에서 내린 선비는 강둑 높은 곳에 앉아 귀찬더러 배에서 내리라고 하였다. 귀찬이 배에서 내리자 다시 땅에 엎드리라고 하였다. 그가 땅에 엎드리자 이번에는 바지를 벗어 볼기를 내보이라고 했다. 귀찬은 선비의 명대로 고분고분 볼기를 드러내고 다시 엎드렸다. 선비는 지팡이를 손에 들고 귀찬의 볼기를 세 번 내리쳤다. 맞은 곳이 다 달랐는데 그때마다 지팡이가 살 속으로 파고들어 보이지 않을 정도였다. 지팡이를 떼고 난 뒤에야 피가 솟구쳐 흘러 흥건했다. 귀찬은 또 기절했다가 깨어나기를 반복했다. 이윽고 선비는 수염을 추켜세우고 버럭 소리를 지르면서 귀찬을 꾸짖었다.

"너는 공주(公州) 금강(錦江)의 이사공(李沙工) 얘기도 들어보지 못하였느냐? 하루에 한 사람을 일곱 번 건네다 주고 다시 건너와도 하나도 귀찮은 기색을 하지 않았다고 한다. 그분이 강 위의 산을 가리키며 사공에게 '자네가 죽게 되면 저곳에 묘를 쓰게.'라고 알려주었다지. 이 사공이 죽어 그곳에 장사를 지냈더니 자손들이 크게 번성했다고 한다. 지금도 금강 나루를 지나다니는 이들은 그곳을 가리키며 '저게 이사공의 무덤이다.'고 한단다. 지금 내 두 발이 온통 부르트고 갈라진 데다 물집까지 잡혔다가 터져 통증이 이만저만 한 게 아니어서 몇 발자국도 걷기 힘든 상황이었다. 해서 네 배에 태워달라고 부탁한 것이다. 헌데 너는 나를 태워주지 않았다. 태워주고 싶지 않으면 그만이다만 세 번씩이나 다음 댈 곳만 가리키면서 나를 곤경에 빠트리다니! 나를 속이는 짓이 왜 이리 심하더냐? 앞으로 다시는 이런 나쁜 짓을 저지르지 말거라. 오늘 네가 나를 만나 목숨을 건진 건 다행인 줄 알아라. 누가 너 같은 놈을 살려주려 하겠느냐?"

귀찬은 머리를 조아리며 은덕을 입었다며 감사해 마지않았다.

마침 그때 나귀를 타고 지나가는 길손이 있었다. 외모로 보아 준수한 선비 같은데 좀 젊어 보였다. 선비가 귀찬을 치죄하는 걸 보고는 그 앞으로 다가와 읍을 하였다.

"통쾌하오, 통쾌해! 거 아주 상쾌합니다. 저자는 전에도 나를 배에서 욕보인 놈이지요. 이미 배에 탔는데도 다시 내리라 하더니 돛을 걸고 내뺐지요. 저는 걸어 걸어 힘들게 서울에 가느라 하마터면 과거 기일을 놓칠 뻔했답니다. 돌아오는 길에 저놈을 두미포(斗尾浦)[36]에서 다시 만나 일행들과 짜고 저놈을 붙잡아 물속에 처박았답니다. 하온데 저놈은 헤엄을 얼마나 잘 치던지 잠겼다 떴다 하기를 물오리처럼 가볍지 뭡니까. 전혀 두려워하지 않고 물속에 선 채로 팔을 휘두르며 저를 욕보였답니다. 화가 머리끝까지 치밀었으나 어찌해 볼 도리가 없었지요. 지금 선생께서 이리 족치시니 소생의 전에 묵은 수치를 다소나마 풀게 되는군요."

하지만 선비는 아무 대꾸도 하지 않고 훌쩍 용문산(龍門山)[37] 방향으로

---

36 두미포(斗尾浦): 두미협(斗尾峽)에 있는 한강 포구로, 하남시 소재 검단산 일대이다. 과거 남한강과 북한강이 만나는 두물머리에서 송파나루 사이에 위치한 포구로, 한양의 입구 역할을 했다. 두물머리에서 한양을 뱃길로 오가던 다산 정약용(丁若鏞)도 이 두미협을 지나면서 큰 배들이 장사진을 치고 있는 모습을 「소천에서 배를 타고 한양에 당도하다[自苕川乘舟抵漢陽]」(『다산시문집』권1)는 시에 남긴바 있다.

37 용문산(龍門山): 경기도 양평군 용문면과 옥천면에 걸쳐있는 산으로, 원래는 '미지산(彌智山)'으로 불렸는데 조선 태조가 용문산으로 바꿨다고 한다. 산 어귀에는 649년에 창건된 용문사(龍門寺)가 자리하고 있다. 지금 선비는 여주에서 남한강을 경유해 한

떠나갔다. 그 걸음이 나는 듯했다.

귀찬은 들것에 실려 집으로 돌아가서 거의 한 해 남짓이나 치료한 끝에 비로소 다시 움직일 수 있었다. 머리털도 쭈뼛쭈뼛 점차 자라났다. 그러나 볼기에 맞은 흔적은 붉고 푸르스름한 색으로 뱀 세 마리가 꼬듯 가로질러 있었다. 이때부터 귀찬은 뱃일을 그만두고 느릿느릿 나다니며 재미를 못 붙이고 울적하게 지냈다. 그 뒤 원래 일하던 재상 댁으로부터 거역한 죄를 용서받아 다시 예전처럼 한양을 오가게 되었다. 그러던 어느 날 밤 한번은 종로 길을 걷다가 푸줏간에 들러 술이 잔뜩 취했다. 밖으로 나오다가 나졸에게 붙잡히게 됐다. 그는 나졸을 발로 차서 가슴에 상처를 입히고 말았다. 그러자 주변의 나졸들이 일제히 달려들어 꽁꽁 묶은 다음 포도대장에게 보고하였다. 대장은 귀찬을 끌고 안으로 들이라 하여 노발대발했다.

"통금을 어기고 밤에 쏘다닌 것만도 용서치 못할 죄이거늘 나졸을 차서 다치게 하다니, 얼마나 큰 죄인 줄 아느냐? 필시 죽일 놈이구나!"

치도곤을 내리려다가 볼기에 나 있는 큰 흉터 세 곳을 보게 되었다. 그런데 이 대장은 원래 뱀을 몹시 싫어하는 사람이어서 그 비슷한 것도 보려 하지 않았다. 그래서 종사관(從事官)에게 맡겨 알아서 처리하라고 해버렸다. 이런 이유로 좀 느슨하게 처분하는 바람에 귀찬은 몸을 빼다시 여주로 돌아올 수 있었다. 그 뒤 3년간 감히 외부 출입은 꿈도 못 꿨다.

어느 날 그가 여강(驪江) 상류 이곳저곳을 돌아다니게 되었다. 이 상류에는 깎아지른 절벽이 우뚝 솟아 강과 맞닿아 있는데 백암(白巖)[38]이라

양 쪽으로 가는 배를 탔다가 지금의 양평읍 나루 정도에서 내려 동북 방향의 용문산 쪽으로 간 것이다.

38 백암(白巖): 조선시대 여주 관아가 있었던 곳(현재 청심루(淸心樓)가 남아 있음)에서 가까운 남한강 가에 있었던 높은 벼랑이다. 지금 강 북편의 신륵사 맞은 편 상류에

하였다. 한 나무꾼이 달려와서는 귀찬에게 외쳤다.

"저 벼랑 꼭대기에 시방 큰 곰 한 마리가 자고 있소. 아주 체구가 비대한 게 잡으면 백 명이 포식하고도 남겠소."

이 말을 들은 귀찬은 급히 배를 저어 벼랑 아래 대고 상앗대를 들고 곧바로 벼랑을 타고 올라갔다. 곰이 잠에 빠져 있는 틈을 타 있는 힘껏 내리쳤다. 깜짝 놀란 곰이 몸뚱이를 일으키더니 큰 돌멩이를 움켜쥐고 아래로 굴렸다. 그러면서 주둥이를 잔뜩 벌려 우렁찬 소리를 내지르며 귀찬을 향해 돌진했다. 귀찬이 도망치자 곰이 뒤쫓아 왔다. 급히 배를 저어 중류로 나와 머리를 돌려 보니, 이 곰이 어느샌가 고물에 있는 게 아닌가. 귀찬은 다시 상앗대를 들어서 내리쳤으나 곰은 상앗대를 빼앗아 잡고 부러뜨린 다음 도로 던지는 것이었다. 귀찬이 또 다른 상앗대로 쳤으나 이번에도 빼앗기고 말았다. 배 안에 있는 기물을 모두 던지고 나니 더 쓸 게 없어졌다. 귀찬은 이제 맨주먹으로 맞서야 했다. 곰이 뱃전을 움켜쥐자 배가 금방이라도 뒤집히려 했다. 귀찬은 다급해져서 일단 피하려고 하였다. 그래서 헤엄을 잘 치는 걸 믿고 몸을 날려 물속으로 뛰어들었다. 그러자 곰도 물속으로 들어갔다.

이날 강가 위아래로 구경하는 사람들이 구름같이 몰려들었다. 사람과 곰이 물속으로 들어간 뒤 주변이 조용해지면서 온데간데없었다. 이윽고 배가 있던 곳에서 2리쯤 떨어진 물결이 소용돌이치는 게 마치 용이 싸우는 것 같았다. 잠시 뒤 귀찬이 떠올랐는데 시신이었다. 곰은 얕은 곳으로 나와 섰지만 아무도 가까이 가지 못했다. 곰은 어슬렁어슬렁 지평현(砥平縣)[39] 쪽으로 사라져갔다. 뒤에 들으니 추읍산(趨揖山)[40] 속에서 곰 한 마리

해당한다. 19세기 전반에 제작된 광여도(廣輿圖)의 〈여주목(驪州牧)〉에 백암이 표기되어 있으며, 그 옆으로 마암(馬岩)이라는 지명도 나와 있다.

39 지평현(砥平縣): 현재 양평군(楊平郡)의 동편 일대로 현재도 지평면이 남아 있다. 여주와는 남한강을 사이에 두고 있다. 따라서 지평은 북변에 해당한다. 잘 알려져 있듯이

가 포수의 총에 맞아 죽었는데 바로 이 곰이었다고 한다.

숲속에 누워있는 소를 보고 명당자리를 정함

예전에 호서(湖西)의 한 선비가 있었다. 그는 부모님의 산소를 이장하기 위해 여러 해에 걸쳐 계획하였다. 박상의(朴尙義)[41]라는 이가 당대의 이름난 지관이라는 것을 듣고 겸손한 어투와 많은 폐물로 자기 집으로 맞아들였다. 별채에 모시고 이바지를 듬뿍하여 산해진미를 원하는 대로 차려주었다. 또 희귀하고 얻기 어려운 물건들도 지극정성으로 구해다가 그의 요구에 부응하였다. 또 그의 한마디 말이나 한 가지 일에도 거스르는 적이 없었으니, 연(燕)나라 태자 단(丹)이 형가(荊軻)를 받드는 것[42]과 진배없었다. 이렇게 정성에 정성을 쌓기를 삼 년 내내 하루처럼 조금도 느슨함이 없었다.

현재의 양평은 과거 양근(楊根)과 지평 두 지명을 합쳐 붙여진 지명이다.

40 추읍산(趨揖山): 현 양평 시내와 용문면 사이에 있는 산으로 남한강 북편에 위치하고 있다. 그 동편으로 현재 지평면이 있다. 이 산 정상에 오르면 양평군 내 일곱 개 읍이 한눈에 내려다보인다 해서 '칠읍산(七邑山)'으로도 불렀다고 한다.

41 박상의(朴尙義): 1538~1621. 자는 의보(宜甫), 호는 백우당(栢友堂), 본관은 밀양이다. 고금의 역학과 상수학(象數學)에 정통했던 당대의 유명한 풍수가였다. 임진왜란을 예언한 일이 있어 월사 이정귀(李廷龜)의 추천으로 봉훈랑(奉訓郎)에 발탁된 뒤, 관상감 겸 교수·절충장군 등을 지냈다. 전라남도 장성 출신으로, 그곳 수산사(水山祠)에 배향되었다.

42 연(燕)나라 태자 단(丹)이 형가(荊軻)를 받드는 것: 『사기』·「자객열전」 중 '형가'조에 나오는 내용이다. 연나라 태자였던 단이 강성해진 진나라의 정(政, 즉 진시황)을 죽이기 위해 자객인 형가를 초치하여 극진히 대접한 일화가 있다. 형가는 결국 정을 죽이는 데 실패하고 죽었으나 그가 정을 죽이기 위해 역수(逆水)를 떠나는 장면, 즉 친구인 고점리(高漸離)가 축을 켜고 형가가 「역수가(逆水歌)」를 부르는 장면은 문학적으로도 빼어나 후대에 회자되었다.

때는 한겨울, 박가가 주인에게 입을 열었다.

"지금 묏자리를 구하러 가면 되겠소."

주인은 몹시 기뻐하며 말과 안장을 준비하고 넉넉하게 채비를 차려서 함께 말을 타고 길을 나섰다. 길이 노성(魯城)의 경천(敬天)[43]에 다다랐을 때 말을 놔두고 걸어서 산으로 들어갔다. 반을 채 못 갔을 때 박가는 복통을 호소하고 더 이상 갈 수 없다며 이러는 것이었다.

"이 병은 생미나리나 말의 생간을 먹어야 나을 수 있겠소."

"그렇다면 집으로 돌아가서 치료해 봅시다."

"백마의 간이 더 특효약이라고 하오. 지금 주인장이 타고 있는 말이 바로 백마로군요. 잡아 죽여서 간을 꺼내주지 않으려오?"

주인이 이 말을 듣고 불같은 화가 폭발하여 더 이상 참을 수가 없었다. 급기야 마부와 시종들을 불러 박가를 잡아 꿇리게 하고서 그 죄를 따졌다.

"내가 부모님 산소를 이장하고자 하는데 네놈이 묏자리 보는 안목이 꽤 높다는 걸 듣고 집 안으로 불러들인 것이다. 여러 해 동안 일을 받들며 네 말이면 즉시 따라주어 조금도 어기지 않았다. 옳지 않은 처사나 속에 거슬리는 일을 여러 번 보았다만 부모님을 위한 대사라서 열심히 정성을 다하지 않을 수 없었다. 그래서 내 뜻을 굽히고 참으면서 지금까지 삼 년을 지내왔다. 이만하면 나의 성의가 지극하지 않았느냐? 그런데도 지금 묏자리를 보러 가는 길에 느닷없이 복통을 호소하다니! 너의 흉악한 짓거리에 그야말로 치가 떨리는구나.

말의 생간과 생미나리를 운운하는 지경은 더더욱 해괴하고 통분할 일

---

43 노성(魯城)의 경천(敬天): 노성은 지금 충남 논산시의 옛 지명으로, 원래 이곳은 이산(尼山)이라 하였다. 이렇게 이산, 노산(魯山) 등으로 불리다가 조선 초에 이성현(尼城縣)으로 정착되었고, 정조 초기에 노성현(魯城縣)으로 개편되었다. 이 이야기의 배경은 16~17세기에 해당되는데 후대에 정리되면서 노성이란 지명을 사용한 것으로 보인다. 경천은 현재의 충청남도 공주시 계룡면에 있었던 지역으로, 노성과 공주의 접경지역에 과거 경천역(敬天驛)이 있었다. 원래 이 지역은 노성현에 속해 있었다.

이지만 그래도 내가 거역하지 않고 집으로 돌아가자고 했으니 내 마음을 미루어 볼 수 있지 않느냐? 저 말을 죽이는 게 어려운 일은 아니나, 이것도 집으로 돌아간 후에야 잡을 수 있을 것 아니냐. 그런데도 너는 꼭 여기서 때려잡고자 하니 그럼 네가 잡겠느냐? 아니면 내가 직접 잡으랴? 이렇게 재주를 믿고 교만을 떠는 놈은 한번 호되게 처벌하여 다시는 이런 버릇을 멋대로 하지 못하게 해야겠구나."

그러더니 마침내 박가의 옷을 찢어 벗긴 다음 알몸인 상태로 단단히 묶어 소나무 아래에 매달아 놓고 종들을 데리고 산을 내려가 버렸다.

노성의 거사인 윤창세(尹昌世)[44]가 우연히 산길을 가다가 갑자기 멀리서 사람의 말소리 같은 소리를 듣게 되었다. 그 소리를 따라 다가가니 나무 사이에서 '사람 살려'라는 소리가 점점 분명하게 들려왔다. 급히 가서 살펴보니 과연 어떤 자가 몸에 실오라기 하나 걸치지 않은 채 나뭇가지에 매달려 있었다. 온몸이 얼어붙어 거의 죽기 직전이었다. 윤 거사는 깜짝 놀라고 안쓰러워 묶인 것을 풀어주고 자신이 입고 있던 옷을 벗어서 입혀주었다. 그러고서 손으로 부축해서 산에서 내려와 자기 집으로 돌아왔다. 방의 온돌을 따뜻하게 덥히고 이부자리를 두툼하게 깐 다음 따뜻한 물을 마시게 하고 미음을 먹이자 비로소 다시 기운이 돌아왔다.

이야기해 보니 그가 박상의라는 것을 알게 되었다. 윤 거사도 마침 부모의 묘를 이장하려고 여기저기 묏자리를 찾던 중이었다. 박가는 다시 살려준 은혜에 감격하여 윤 거사에게 말했다.

"묏자리를 얻고자 하시는 겁니까?"

---

44 윤창세(尹昌世): 1543~1593. 자는 흥백(興伯), 본관은 파평이다. 논산 지역 파평 윤씨 집안의 중시조이다. 그는 임진왜란이 일어나자 지역 향병을 모집하여 의병 활동을 하다가 진중에서 죽었다. 뒤에 이조참판에 추증되었다. 아들 5형제를 두었는데, 윤수(尹燧)·윤황(尹煌)·윤전(尹烇)·윤흡(尹熻)·윤희(尹熺)로 이들 중 윤수와 윤황, 윤전은 과거에 급제하였고 이들의 슬하에서 많은 고관들을 배출하였다. 참고로 17세기 후반 예송논쟁으로 유명한 윤선거(尹宣擧)는 윤황의 아들이다.

"불감청이언정 고소원이오!"

"그러시면 저만 따라오시지요."

이리하여 함께 아무 산속으로 들어가서는 그 산을 가리키며 말하였다.

"이 안에 명당자리가 있어서 아무개에게 점지해 주려던 참이었습니다. 여기에 이장하면 마땅히 크게 복을 받을 것입니다."

그러면서 묏자리는 따로 알려주지 않은 채 곧장 인사를 나누고 떠나버렸다. 윤 거사는 명당을 얻기는 했지만 쓸 묏자리가 정확히 어느 곳인지 알 수가 없어 여러 번 지사를 불러서 이 산골짜기를 여러 번 오르내렸으나 끝내 묏자리를 확정할 수 없었다.

그러던 어느 날, 윤 거사는 지사 여럿을 데리고 소를 타고서 이 산으로 가서 다시 묏자리를 정하려고 하였다. 그러나 지사들이 저마다 이야기가 달라 시비가 여기저기로 갈려 아무래도 논의가 정해지지 않았다.

이러는 즈음 타고 온 소가 온데간데없어 사방으로 흩어져 한참을 찾은 끝에 어느 나무 사이에 누워있는 것을 발견하게 되었다. 소는 끌어당겨도 일어나지 않고 때려도 움직이지 않은 채 발굽을 움키고 주둥이를 처박아대며 이곳을 가리키는 듯하였다. 윤 거사는 비로소 깨닫고 소에게 고하였다.

"네가 누워있는 곳이 바로 이 산의 정혈이란 말이냐? 과연 이곳이 정혈이라면 내 마땅히 여기에 묏자리를 정할 테니 너는 빨리 일어나 움직여라!"

소가 마치 알아들었다는 듯이 바로 일어났다. 윤 거사가 지사들의 의견을 물리치고 이 소가 누웠던 곳에 묏자리를 정하여 부모의 산소를 이장하였다. 여기가 바로 노성의 유봉산(酉峯山)⁴⁵이다. 그 후에 윤 거사의

---

45 유봉산(酉峯山): 논산시 노성면 병사리(丙舍里)에 있는 산으로, 닭의 모양을 했다고 하여 유봉이라고 일컫는다. 이곳에 윤창세와 그의 아들 윤황(尹煌)의 묘소 등이 있다.

다섯 아들이 연이어 과거에 급제하였으니 바로 팔송(八松)[46]의 형제들이다. 이후에 자손이 번성하여 벼슬길에 오른 자가 많았으며 공경대신도 대마다 끊김이 없었다. 이리하여 노성의 갑족이 되었을 뿐만 아니라 나라 안의 대족이 되었으니 이와 짝할 집안도 드물었다고 한다.

윤창세는 일찍이 여름날이면 산길이나 들길을 막론하고 뜨거운 더위 속에서 헐떡거리는 소를 보면 반드시 나무 그늘 안으로 끌고 와 매어주었다. 이처럼 끝까지 소를 보살펴준 은혜에 대한 보답이 이와 같았다고 한다.

4-11

늙은 학구가 남의 배를 빌려 아들을 낳음

예전에 서울에 한 선비가 살고 있었다. 볼 일이 있어 영남 지역에 내려갔다가 태백산(太白山)[47] 속으로 들어가 길을 잃고 말았다. 주막을 찾지도 못했는데 날은 점점 어두워져 결국 한 촌가에 투숙하게 되었다. 그런데 그 집은 안팎이 모두 기와를 얹혀 서울의 대갓집과 다르지 않았다. 주인을 만나 하룻밤 묵어가기를 청했다. 주인은 태도와 외양이 퍽 의젓하고 수염과 머리가 반백이었다. 흔쾌히 묵어가라고 하면서 저녁밥을 대접했다. 그러면서 물었다.

"올해 나이가 몇이며, 자녀는 두셨소?"

---

46 팔송(八松): 즉 윤황(尹煌, 1571~1639). 자는 덕요(德耀)이며, 팔송은 그의 호이다. 우계(牛溪) 성혼(成渾)의 사위이며 윤선거의 부친이기도 하다. 1579년 과거에 급제하여 안변부사와 대사간 등을 역임하였다. 호란 시기에 척화파로 활약하였으며, 당대의 시사를 다룬 글로 『팔송봉사(八松封事)』가 있다.

47 태백산(太白山): 여기도 역시 소백산을 가리킨다. 이에 대해서는 권2 제25화 '임경업과 녹림객 이야기' 참조.

선비가 대답하였다.

"아직 서른이 안 됐으나 자식은 거의 열 명이 됩니다. 한번 밤일을 치르면 그때마다 아이가 생겼답니다. 평소 가진 게 없고 어려운 처지인데 자식들만 방 안을 꽉 채우니 외려 걱정투성이네요."

이 말을 들은 주인은 부러워하는 기색이 역력했다. 이내 한탄하는 투로,

"어떤 사람이기에 이런 복을 누린단 말이오?"

라고 하는 것이었다. 선비는 헛웃음을 쳤다.

"우환 중에서도 큰 우환이거늘 이걸 두고 어찌 복을 누린다고 합니까?"

그러자 주인의 말이 이랬다.

"내 나이 육순이 넘었으나 아직 낳아 키우는 자식이 없다오. 비록 쌓인 곡식이 만 섬이라도 세상 무슨 즐거움이 있겠소? 내게 만약 자식 하나만 있다면 아침에 밥 저녁에 죽으로 때우더라도 여한이 없겠소. 지금 댁의 말을 듣고 어찌 부러운 마음이 안 생기겠소?"

이튿날 선비가 인사를 하고 떠나려 하자 주인이 붙잡아 닭을 삶고 개를 잡아 한껏 먹도록 했다. 밤이 되자 주인은 주변을 다 물리치고 선비를 데리고 협실로 들어가 조용히 말을 꺼냈다.

"내 간곡한 마음으로 청할 일이 있소. 나는 부잣집에서 태어나고 자라 백발로 늙은 지금에도 곤궁함이 뭔지 모르오. 허니 더 바랄 게 뭐가 있겠소만 다만 자식 운이 이리 기박하여 평생 자식 하나를 키워 보지 못했소. 후사를 잇기 위해 널리 손을 써 첩과 부실도 많이 두었었고, 기도 의식이나 의원에게 약을 쓰는 일까지 지극정성을 쏟았소. 한데 평소 자식을 잘 낳던 여자도 임신을 못 하지 뭐요. 늘그막에 점점 죽을 날이 닥치고 있지만 처량하고 외로운 신세가 되고 말았소. 지금도 집에는 세 명의 첩을 두고 있고 그 애들이 다 스무 살 전후인데도 역시 좋은 소식이 없구려. 비록 남의 자식이라도 한 번만 아버지 소리를 들을 수 있다면 죽어도 눈을 감을 수 있겠소. 손님께서 한 번 합방만 하면 바로 회임을 할 수

있다는 말을 듣고 이런 바람이 생겼소. 손님의 복력을 빌려 잉태를 대신하는 방법을 썼으면 싶은데 의향이 어떻소?"

선비는 깜짝 놀라며 거절하기 바빴다.

"이 무슨 말씀이십니까? 남녀지별(男女之別)은 예로 잘못되지 않도록 막는 게 가장 중요합니다. 남편 있는 여자와 간통하는 것은 법으로도 엄히 금하지요. 그러니 일생 서로 모르는 사이에도 감히 그런 마음을 품어서는 안 되거늘, 하물며 며칠간 주객의 정의를 나눈 사이에 어찌 이런 말씀을 입에 올리십니까? 객주집의 상것의 아내라도 그래서는 안 되는데 하물며 양반의 별실이라니요!"

그래도 주인은 말을 이었다.

"저들은 천것들이오. 또 내가 먼저 얘기를 꺼냈으니 조금도 꺼릴 것 없지 않소. 밤이 이렇게 깊고 인적도 없으니 나중에 자식을 낳아도 누가 사실을 알겠소? 내 말은 가슴속에서 우러나왔으니 추호도 꾸미거나 속이는 일은 없을 거요. 바라건대 이 늙은이의 신세를 불쌍히 여겨 당장 억지로라도 따라주시오. 자식 없는 궁박한 늙은이가 자식을 얻었다는 기쁜 소식을 듣게 해준다면, 살아생전 이 은혜 어찌 다 갚겠소? 손님은 적선하는 일이고 나에겐 무궁한 은혜가 되는 일이오. 양편 다 좋기로 이보다 더한 건 없을 거요. 어째서 이리 고사하는 것이오?"

선비는 한참을 생각해 보았다.

'저 양반이 저렇게 간청했으니 내가 몰래 간통한 것과는 다르지. 게다가 진정을 토로했으니 달리 염려할 건 없겠군. 비록 겉 인사로 두세 번 거절했으나 남녀 사이의 정욕이야 누구라도 없겠는가?'

이렇게 생각한 그는,

"도리로 따지자면 만만불가하오나 주인어른의 청이 이토록 간절하고 경건하시니 명하는 대로 따르지요. 하지만 제 마음은 불안하기 짝이 없습니다."

라고 하였다. 주인은 이 말을 듣고 나자 몹시 기뻐하며 두 손 모아 연신 고마워하였다.

"이제 손님의 덕택으로 아버지 소리를 듣게 되었구려."

마침내 첩들에게 자초지종을 얘기하였다. 그리하여 사흘 밤을 세 첩실이 번갈아 선비와 잠자리를 같이 했다. 첩실들도 꼭 아들을 낳을 수 있겠다고 확신하고 선비의 이름자와 사는 곳을 여쭈어 마음속에 새겨두었다. 선비는 사흘을 더 묵은 다음 고별하였다. 주인이 선물을 많이 챙겨주었으나 짐이 무겁다며 다 고사하고 그길로 산속에서 나와 서울 집으로 돌아갔다.

선비는 자식들이 많았던 관계로 생계를 이어가기가 어렵기 그지없었다. 거기에 며느리들과 손자들까지 합치면 식구가 30명을 넘고도 남았다. 집은 띠로 얽은 몇 칸짜리라 무릎 하나 펴지 못할 지경이었다. 그러다 보니 삼순구식(三旬九食)과 십년일관(十年一冠)[48]도 변통하기 어려웠다. 어쩔 수 없이 아들들을 분가시켜 처가살이시키고 자기 부부와 큰아들 내외만 함께 살았다. 이렇게 어언 20년이 흘렀다.

어느 날, 한가롭게 앉아 무료하던 참인데 문득 묘령의 젊은이 세 명이 준마를 타고 가뿐한 걸음으로 나란히 오는 것이었다. 이들은 섬돌을 밟고 마루로 올라서더니 선비에게 넙죽 절을 올렸다. 입은 복식도 화려하고 행동거지도 단정하고 우아하였다. 이를 본 선비는 황망히 답배를 하고 연유를 물었다.

"객들은 어디서 왔소? 전에 한 번도 만난 적이 없는 듯한데 말이요."

---

48 삼순구식(三旬九食)과 십년일관(十年一冠): 형편이 구차하기 이를 데 없는 지경을 일컫는 성어이다. 삼순구식은 한 달에 아홉 끼니밖에 먹지 못한다는 뜻으로, 공자의 손자였던 자사(子思)가 위(衛)나라 있을 때 곤궁하게 지내던 일화에서 유래하였다. 십년일관은 10년 동안 갓 한 벌로 버틴다는 뜻으로, 특히 양반의 어려운 형편을 상징한다.

세 젊은이가 사정을 아뢰었다.

"저희는 다름 아닌 생원 어른의 아들이옵니다. 어른께서는 아무 해 아무 곳에서 이러이러한 일을 기억 못 하시는지요? 저희는 모두 그날 밤 회임으로 생긴 자식들입니다. 다 같은 달 출생으로 날짜만 약간의 선후가 있을 뿐입니다. 올해 모두 열아홉 살입니다. 소싯적에는 노인장의 아들인 줄로만 알았다가 열 살 남짓이 되었을 때 모친께서 사정을 자세히 말씀해주어 비로소 어른의 자식이라는 사실을 알게 되었습니다. 하지만 어른께서 어디에 사는지 모르는 데다 십 년 넘게 길러주신 은혜도 지극히 크고 소중하였기에 차마 하루아침에 저버릴 수 없었습니다. 해서 노인장이 별세할 때까지 기다렸다가 친부께 돌아가 모시려고 마음 먹었답니다. 어느덧 열다섯 살이 되어 한날에 장가를 들어 노인장의 집에서 신부례(新婦禮)를 치렀습니다. 그리고 재작년 2월에 노인께선 81세로 병 없이 돌아가셨습니다. 정성껏 초빈에 염(殮)을 한 다음, 길지를 택하여 상례에 따라 묘를 썼습니다. 삼년복(三年服)을 입어 길러주신 은혜에 보답코자 했고요. 근자에 대상(大祥)과 담제(禫祭)[49]까지 마쳤기에 모친께서 기억하는 바를 참고하여 세 형제가 함께 말을 타고 상경한 것입니다. 이제야 이렇게 와서 뵈옵네요."

선비는 휘둥그레지며 이제야 그때의 일이 확실히 떠올랐다. 이들의 안색을 뜯어보니 과연 다 자기를 빼닮아 있었다. 마침내 저들이 찾아온 걸 아내와 아들 및 며느리들에게 알리고 다들 와서 인사를 나누라고 하였다. 그리고 다시 물었다.

"너희 어미는 금년에 연세가 얼마이고 모두 무탈하더냐?"

세 아들이 각각 대답하고,

---

49 담제(禫祭): 3년째 기일에 대상(大祥)을 지낸 뒤 약 3개월 뒤에 치르는 제사로, 상주가 평상으로 돌아감을 고하는 의식의 절차이다. 이 담제가 끝나야 비로소 집안사람들에게 음주와 육식 등이 허용되었다. '담사(禫祀)'라고도 한다.

"대충 보아도 아버님 집안 형편이 정말 말이 아니군요."
라고 하였다. 마침 행랑에 가져온 것이 있어서 집안 종을 시켜 행랑을 풀어 돈 몇 냥을 꺼내라고 하였다. 그 돈으로 쌀과 땔나무를 사 오게 한 다음 조석거리를 장만하도록 하였다. 그날 밤 세 아들이 조용히 아뢰었다.

"아버님은 춘추가 이미 많으시고 서방님 역시 진작 학업을 폐하였으니 벼슬살이는 기대할 수 없을 듯합니다. 거기에 송곳 하나 꽂을 땅도 없어 가을걷이는 자루가 텅 비었겠네요. 빈손에 빈 땅으로 어떻게 살아가겠습니까? 낙향하시어 여생을 저희와 함께 보내느니만 못하니 어떠신지요?"

"나 역시 낙향할 생각도 있다만 그곳엔 농토도 묵을 집도 없는데 어쩌겠느냐?"

"아무 고을 노인장은 수만 냥의 부자였습니다. 돌아가시고 나니 다른 친족도 없어 전 재산은 저희 차지가 되었고요. 집을 팔고 온 식구들이 내려가면 아무 근심 없이 넉넉하게 지낼 수 있을 겁니다."

"그렇다면 뭘 꺼리겠느냐?"
라고 하며 선비는 몹시 기뻐하였다. 드디어 말과 교자를 세내어 날을 잡아 낙향 길에 올랐다. 아들 집에 당도하여 세 첩실과 세 며느리를 만났다. 선비는 큰 집에 들어가 살게 되었고, 세 아들은 각자 모친을 모시고 이웃한 집에 나누어 거처하였다. 며칠이 지난 뒤 선비는 제수를 마련하여 죽은 부용의 묘를 찾아 곡하였다. 처가살이하던 원래 아들들도 차례차례 내려오게 하여 분재(分財)하여 같이 살았다. 이리하여 앞뒤 좌우로 딸린 집이 수십 호가 되었다. 선비는 세 첩실의 집을 돌아가며 들러 옛 인연을 이어갔으며, 그야말로 호의호식하며 여생을 보냈다. 부용에 대한 제사도 세 아들이 살아있을 때까지는 거르는 일이 없었다고 한다.

시골 출신 선달이 남의 목숨을 대신해 죽음

판서 신여철(申汝哲)[50]은 기사환국(1689)이 일어난 뒤 남인(南人)이 권력을 쥐는 바람에 대장 자리에서 해임되어 집에 물러나 있었다. 그러다가 갑술년(1694)[51]이 되어 임금(즉 숙종)이 후회하는 기색을 내비치며 왕비(즉, 인현왕후)를 복위시키려는 기미가 있었다. 신공은 이보다 며칠 앞서 먼저 이 기미를 알아차리고 해임된 장군 자리를 다시 차고 정국을 바꾸려고 하였다. 그러자 남인들도 은밀히 이런 낌새를 알아채고 여러 경로로 정탐하였다. 미리 활을 잘 쏘는 두세 명과 짜고서 화살에 독약을 바른 채 길목에서 기다리고 있다가 쏘아 죽일 참이었다.

한편, 신공의 동네에 한 무사가 있었다. 그는 시골에서 올라와 집이 몹시 가난하여 식구들의 얼굴이 다 누렇게 떠 있을 정도였다. 그래서 그는 밤낮을 가리지 않고 매번 신공을 찾아오곤 했다. 신공도 살림살이가 그리 넉넉하지는 않았으나 그가 올 때마다 술과 밥을 내어주고 간혹 양식을 주어 도와주기도 했다. 이 무사도 서인 쪽이어서 여러 해 동안 움츠려있으면서 말단 관리도 지내본 적이 없었다. 어느 날 신공이 이 무사를 집으로 불러들여 제안하였다.

"오늘 마침 무료하여 시간 보내기가 따분하기 짝이 없으니 바둑이나 둬 볼 텐가? 바둑은 잡기인지라 내기가 없으면 맛이 나지 않지! 내가 지면 자네에게 천금을 주겠네. 하지만 자네가 진다면 반드시 내가 하는

---

[50] 신여철(申汝哲): 1634~1701. 자는 계명(季明), 호는 지족당(知足堂), 본관은 평산이다. 현종 초기 무과 출신으로 숙종 대에 병권의 요직을 역임하였으며 남인과 노론 사이에 일어났던 환국의 시기에 부침을 거듭하였다. 1680년 경신대출척(庚申大黜陟) 때는 총융사(摠戎使)로 활약하였으며, 1689년 기사환국 때는 형조판서 겸 훈련대장으로 있다가 파직당했다. 그러다 1694년 갑술옥사 때 다시 훈련대장으로 복직하고 판의금부사로서 서인 정권이 재집권하는 데 큰 역할을 하였다.

[51] 갑술년(甲戌年): 즉 갑술옥사. 1694년 그동안 기사환국으로 물러났던 서인이 인현왕후 복위 문제를 계기로 다시 정권을 장악한 사건이다.

말을 좇아서 실행해야 할 것이야."

무사가 그러겠다고 하여 한 판을 두게 되었는데 신공이 지고 말았다. 그날 밤, 당장 천금을 무사의 집에 보냈다. 무사는 한때의 농담이라고 여겼는데 이처럼 내기 돈을 흔쾌히 내놓을 줄을 생각지도 못한 터라 몹시 놀라면서도 의아했다.

다음 날 다시 무사를 불러서는 또 바둑판을 꺼내놓는 것이었다.

"어제 한 판을 지고는 그렇게 분하고 아쉬울 수가 없었지! 오늘 다시 내기 한 판을 두어 어제의 치욕을 씻어야겠네."

마침내 대국하여 이번에는 무사가 지고 말았다.

"오늘은 소인이 졌습니다. 내기 약속이야 당연히 지켜야지요. 다만 나리께서 소인에게 요구할 게 무엇일지 모르겠습니다. 지금 분부를 내려주십시오."

"내 바로 분부할테니 우선 우리 집에 머물며 저녁밥을 먹고 내 거처에서 함께 자세."

무사는 이 명을 감히 어길 수 없어 마침내 그 집에 묵게 되었다. 한밤중이 지나가는 중에 신공은 밀지로 대장 자리에 제수되었고 새벽이 되자 대궐에 나아가 대장의 부절을 받을 참이었다. 이에 갑옷과 투구 두 벌을 꺼내 한 벌은 무사에게 주고서 입으라고 하였다. 신공도 온몸에 투구와 갑옷을 걸치고 하인들에게 명하여 속히 안장을 얹은 말 두 필을 준비하여 대기하도록 했다. 무사는 신공의 명령이라 억지로 따르지 않을 수 없었으나 그런데도 의심스럽고 이상한 것투성이라 도대체 예측할 수 없었다. 당황스럽기 짝이 없어 물었다.

"나리께서 소인과 이 야심한 밤에 갑옷과 투구를 걸치고서 장차 무엇을 하시려는 겁니까? 또 말을 준비하여 어디로 가시려는지요? 의아심과 당혹감을 이기지 못해 이렇게 감히 여쭈옵니다."

"장차 가려는 곳이 있네. 자네는 뭣 하러 그걸 알려고 하는가? 다만 내 말만 따르면 응당 알게 될 게야."

급기야 새벽 파루 종이 울리는 시간이 되자, 아침밥을 배불리 먹고 자기 집에 있던 평소 타던 말을 끌고 나왔다. 이 말은 무사더러 타라 하고 신공은 다른 말로 바꿔 탔다. 그리고 무사를 앞세우고 신공은 뒤로 빠져서 앞뒤로 나는 듯 말을 달려 대궐로 향했다.

관상감재[52]를 지날 즈음, 신공이 오늘 새벽에 이 길을 통해서 지나간 다는 소식을 탐지한 남인들은 미리 활을 잘 쏘는 자들을 매복시켜 활시 위를 당긴 채 대기하도록 했다. 무사가 온몸에 갑옷과 투구를 걸치고 앞뒤로 호위받으며 지나가는 걸 보고는 신공이라고 간주하여 마침내 화 살을 쏘았다. 활시위 소리가 나자마자 무사는 화살에 맞아 쓰러졌다. 신 공은 그 틈을 타서 급히 말을 달려 그곳을 지나쳐갔다. 흉당(凶黨)[53]이 비로소 그가 진짜 신공임을 알게 되었다. 비록 박랑(博浪)에서 때려 맞히 지 못함[54]을 통탄해했으나, 마릉(馬陵)에서 일제히 쏘아 죽인 일[55]에 미치 지 못했으니 어쩔 수 없게 되었다.

---

52 관상감재: 지금의 종로구 계동(桂洞)에 있었던 고개로, 운현궁과 창덕궁 사이에 위치 해 있었다. 이곳에 조선의 천문지리를 관장했던 관상감(觀象監)이 있었기 때문에 붙 여진 이름이다.

53 흉당(凶黨): 여기서는 남인들을 지칭한다. 이 작품에서 남인들을 지칭할 때 '오인(午 人)', '군남(群南)', '오당(午黨)' 등 다양한 용어를 쓰고 있는바, 이 이야기의 시선이 노론 쪽에 걸쳐있음을 실감케 한다.

54 박랑(博浪)에서 때려 맞히지 못함: 진한(秦漢) 시기의 한나라 창업의 공신인 장량(張 良, 즉 장자방)이 창해역사(滄海力士)와 함께 박랑에서 진시황을 쳐 죽이려 했으나 실패한 일을 말한다. 박랑은 즉, 박랑사(博浪沙)로 지금 하남성 무양현(武陽縣) 일대의 지명이다. 이 고사는 『사기』・「유후세가(留侯世家)」에 보인다.

55 마릉(馬陵)에서 일제히 쏘아 죽인 일: 전국시대 제나라의 손빈(孫臏)이 위나라 방연 (龐涓)의 부대를 마릉에서 격퇴한 고사로, 『사기』・「손자오기열전(孫子吳起列傳)」에 보인다. 손빈과 방연은 동문수학하던 친구였으나 뒤에 각자 두 나라로 갈리어 싸우게 되었다. 손빈이 마릉에서 매복하고 있다가 방연의 군사들에게 활을 쏘아 섬멸시켰고 방연은 그곳에서 자결하였다. 참고로 마릉은 지금 하북성 대명현 일대로, 『춘추』에도 진(晉)나라 경공(景公)이 제후들과 맹약했던 곳으로 나온다.

이리하여 마침내 신공은 화를 면하고 대궐에 들어가 장군의 부절을 받았다. 나라의 병권이 마침내 신공에게 다시 돌아와 남인들을 모두 축출하고 서인을 등용시켰다. 또 관과 수의를 마련하여 죽은 무사의 장례를 후하게 치러 주었다. 그의 집안 식구들도 자주 보살펴주었고, 그의 아들의 경우 삼년상을 마치기를 기다렸다가 봉급이 높은 군관 자리에 앉혀 평생토록 지낼 수 있게 해주었다고 한다.

4-13

늙은 과부가 은항아리를 캐내 가업을 이룸

옛날 여항의 한 과부가 있었다. 그녀는 젊은 나이에 남편을 잃고 막 젖 먹는 두 아들만을 두었다. 살림살이는 빈궁하기 짝이 없어 아침저녁 끼니도 제대로 잇지 못했다. 집이 육각현(六角峴)[56] 아래였고 뒤꼍에 채소를 가꿀 만한 땅이 조금 있었다. 하루는 이곳에 나물이나 심어 사는 밑천으로 삼을까 하여 땅을 갈아 두둑을 만들 참이었다. 호미질을 할 즈음 쨍그랑하며 소리가 났다. 네모반듯한 돌 하나가 나왔는데, 크기는 합(盒)[57] 덮개만 하고 모양도 비슷했다. 과부는 가래와 삽으로 주변 흙을 쳐내고 이 돌을 들어냈다. 그랬더니 그 아래에 큼지막한 단지가 있었고, 안에는 은화가 가득 들어 있었다. 과부는 급히 덮개돌로 덮고 다시 파낸 흙으로 주변을 채워 발로 밟아 평평하게 해두었다. 또한 집안사람 아무

---

56 육각현(六角峴): 즉 육각재로, 종로구 필운동 인왕산 기슭에 있던 고개 이름이다. 이곳에 대갓집이 있었는데 담의 둘레가 길고 여섯 모가 난 데서 유래하였다. 이 지역엔 전통적으로 서리층이 많이 거주한 것으로 알려져 있다. 그 옆이 조선 후기 시사(詩社)가 활발했던 필운대(弼雲臺)이다.

57 합(盒): 물건을 담는 그릇으로 둥글고 넓적하였다. 몸체와 같은 크기의 덮개가 있으며, 종류에 따라 은합(銀盒), 대합 등 종류가 다양했다.

에게도 말하지 않아 이 사실을 아는 이가 없었다.

한편 그녀는 집은 비록 찢어지게 가난했으나 두 아들을 지극정성으로 가르쳤다. 이 때문에 두 아들은 차례로 뜻한 바를 닦아 도리를 알고 사리에도 밝았다. 그리하여 어느덧 아전 집안의 뛰어난 자제가 되었다. 그리고 마침내 각자 정승 집안의 겸인이 되었다. 사람됨이 매사에 영리하고 글씨와 문장에 능숙한 데다 마음 씀씀이가 한결같이 섬세하면서도 깨끗하여 정승들도 그들을 총애하였다. 얼마 지나지 않아 형은 선혜청 서리(書吏)로, 아우는 호조의 서리[58]로 옮겨가게 되었다. 집안 형편은 점점 풍족해졌으며, 과부였던 모친은 늘그막에도 무병장수하며 봉양을 잘 받아 호강을 누렸다. 손자도 7, 8명을 두었는데, 이들도 장성하여 겸인이 되기도 하고 시전 상인이 되기도 했다.

그러던 어느 날, 모친은 자손들과 며느리를 죄다 모이라고 하더니 후원의 은이 묻힌 곳으로 함께 갔다. 흙을 파내게 하고는 직접 단지 덮개를 들어 안을 내보였다. 모인 자식들은 모두 깜짝 놀라 여쭸다.

"여기에 은이 묻혀 있는 걸 어찌 아셨어요?"

이에 모친은 그간의 사정을 들려주었다.

"이 어미가 30년 전에 여기에 채소밭을 만들까 해서 손수 땅을 고르고 호미질을 하던 차에 이 돌이 나오지 뭐냐. 그래서 흙을 걷어내고 뚜껑을 열어 보니 글쎄 은이 동이 안에 가득 차 있더구나. 그땐 생계가 이만저만 어려운 게 아니어서 단지를 파내 은을 팔면 바로 부자가 될 줄 알겠더구나. 하지만 너희들이 아직 강보에 싸인 아이로 이것저것 따질 수 있을 만큼 자라지 못해 앞으로 어떻게 될지 알 수 없는 게 마음에 걸리더구나.

---

58 호조의 서리: 서리는 경아전(京衙前), 즉 중앙 관아의 이속으로 각 관청에서 기록을 담당하거나 문서, 전곡의 출납 등을 담당했다. 의정부나 중추원 등의 상급 부서에서 이 업무를 담당했던 이를 '녹사(錄事)'로 구분하여 부르기도 했다. 선혜청과 호조의 서리를 지냈다는 것은 특히 그 역할이 막중했다는 것을 알 수 있다.

그런 너희들이 부유한 집안 형편에만 익숙해지면 세상살이에 어려운 일이 있는 줄은 알지 못하고 호의호식하며 춥고 배고픔도 모를 게 아니겠느냐. 사치 부리는 습관만 늘고 교만한 성품만 기르게 된다면 스승을 따라 공부하는 일에 전심전력하려 했겠느냐? 주색에 빠지고 오입 잡기만 일삼을 건 그야말로 빤한 일이었느니라. 그랬기에 보고도 못 본 척하고 그대로 묻어 두었던 것이란다. 너희들에게 춥고 배고픔은 정말 걱정거리이고 재물은 아껴야 한다는 걸 알게함이었지. 잡기에 마음을 둘 겨를이 없고 주색에 빠질 엄두도 내지 않고 오직 글공부에 열중하게 하기 위함이었단다. 이 모두 생계를 위한 일에 부지런히 힘쓰도록 하기 위한 조처이기도 했단다. 지금 너희가 다행히 뜻한바 학업을 성취하여 장성한 나이에 직업도 가져 집안 형편이 어느 정도 여유가 생겼고 심지도 굳어져 있구나. 이 은을 파내어 쓰더라도 물 쓰듯 함부로 낭비할 염려가 없고, 밖으로 쏘다니며 방탕하게 놀아날 걱정은 없을 듯싶구나. 그래서 이제야 너희에게 알려주는 것이니 저 돈을 산매(散賣)[59]하여 일용에 쓰기로 하자꾸나.”

그 뒤로 차차 은을 내다 팔아 수만 냥의 돈을 쥐어 마침내 거부가 되었다. 노부인은 선한 일 하기를 좋아하여 굶주린 사람에겐 먹여주고, 추위에 떠는 사람에겐 옷을 입혀주었다. 또 가난하여 혼례나 장례를 치르지 못하는 친척이 있으면 다 넉넉하게 도와주었다. 그리고 겨울철이면 언제나 버선 수십 켤레를 지어서 가마를 타고 밖으로 나가 버선을 신지 못하는 거지들을 보면 꼭 내주곤 하였다. 대개 추위의 고통 중에 가장 견디기 어려운 게 발이 어는 것이었기 때문이다. 이뿐 아니라 가깝게 지내는 빈궁하게 사는 집들을 두루 찾아다니며 급한 사정을 도와주었고,

---

59 산매(散賣): 우리식 한자어로 물건을 낱개로 팔거나 조금씩 떼어 매매하는 일을 뜻한다. 소매(小賣)와 통하기도 하나 여기서는 은을 사정에 따라 조금씩 판다는 의미이다.

이엉을 얹지 못한 초가집이면 이게 하고 무너지고 기운 기와집이면 수리
하게 하고 그 비용을 다 지급해 주었다.

노부인은 팔순을 넘겨 병 없이 세상을 떠났다. 두 아들은 다 칠순이
넘어 이서직에서 물러났다. 관직이 동지(同知)에 이르렀으며, 3대 추증(追
贈)[60]을 받았다. 그 뒤로도 대대로 자손이 번성하였다. 무과에 올라 주부
(主簿)와 찰방(察訪) 등을 역임한 자도 있었으며, 군문(軍門)에서 오래도록
근무하여 첨사(僉使)와 만호(萬戶)를 지낸 자도 있었다고 한다.

4-14

어진 모친의 도움으로 아들이 의병을 일으킴

병사(兵使) 김견신(金見臣)[61]은 원래 의주(義州)의 장교였다. 그의 모친이
아직 머리를 올리지 않은 나이에 같은 마을의 아무개와 혼인하기로 하여
납채를 받게 되었다. 그런데 얼마 지나지 않아 남편 될 사람이 병으로
죽고 말았다. 김견신의 모친은 비록 혼례를 치르지는 않았으나 이미 폐
백을 받았기에 다른 데로 시집갈 수 없다고 하여 부음을 받자마자 곧장
발상하러 갔다. 그러고서는 시부모님을 그야말로 지극정성으로 모셨다.

3~4년이 흘러 친정 부모를 뵙기 위하여 귀녕(歸寧) 차 고향 마을에
들르게 되었다. 그곳의 부자인 김 아무개는 수십만의 재산을 가진 거부

---

60 3대 추증(追贈): 추증은 죽은 뒤에 직을 받는 것으로, 대개 당사자가 추증되면 당사자
    의 부친, 조부, 증조까지 명목상의 벼슬을 내려줬다.
61 김견신(金見臣): 1781~1839. 그의 생애는 많이 알려져 있지 않으나, 여기 이야기처럼
    의주 출신으로 1811년 홍경래의 난 때에 의병을 일으켜 반란군과 싸운 것으로 유명하
    다. 그는 이때의 공으로 충청도와 함경도의 병사 등을 역임하였다. 1839년에 서울에
    서 죽어, 고향으로 운구를 하는데 조정에서 그 운구를 도왔다는 기록이 『헌종실록』에
    보인다.

였다. 마침 홀아비 신세인지라 이 여자가 절개가 곧고 현명하다는 말을 듣고 후처로 맞이하고 싶었다. 그래서 이 여자의 부친을 찾아가 만금을 대가로 하여 사위로 삼아줄 것을 청하였다. 평소 가난한 처지였던 여자의 부친은 만금이라는 이야기를 듣고 군침이 돌았으나 딸아이의 높은 절개를 생각하고는 도저히 이야기를 꺼낼 수가 없었다. 그래서 결국엔 이 제의를 사양하였다.

"폐백이 참으로 많소만 저렇게 딸아이가 애써 절개를 지키니 그 뜻을 꺾을 수가 없소."

김 아무개가 누차 간청했으나 끝내 허락해 주지 않았다. 김 아무개는 결국 인사를 하고 떠나갔다. 여자의 집은 원래 가난한 터라 안채와 바깥채가 그다지 떨어져 있지 않기에 이 여자가 안방에 있으면서 몰래 둘의 대화를 듣게 되었다. 손님이 떠나기를 기다렸다가 아버지를 불러서 여쭈었다.

"아까 오신 손님이 무슨 말을 하던가요?"

"별다른 이야기가 아니란다."

그래도 여자가 누차 다그쳐 묻자 부친은 이내 입을 열었다.

"이러저러한 이야기를 했지만 너에게 전해줄 수는 없구나."

여자가 간곡하게 다시 묻자,

"만금으로 너를 데려다가 아내로 삼고 싶단다."

라고 알려주었다.

"아버님이 어렵게 사시는 것이 소녀의 마음에는 항상 안타깝고 짠했지요. 그렇지만 따로 도울 길도 없었답니다. 그런데 지금 만금이라 하면 정말로 큰 재산이에요. 이 돈을 얻게 된다면 아버님께서는 평생 호강하며 사실 수 있을 거예요. 이 어찌 소녀의 간절한 바람이 아니겠어요? 게다가 우리 같은 천한 것들에게 어찌 수절이라는 말이 있을 수 있겠어요? 하물며 단지 납채만 했을 뿐 합근례를 한 적도 없고, 그래서 죽은 사람의 얼굴도 알지 못하거늘 이렇게 절개를 지키며 죽는 건 의미가 없답니다. 바라건대 아버님께서는 그 사람을 속히 다시 돌아오게 해서 허락하시기 바랍니다."

이 말을 들은 부친은 바로 바깥채로 나가 급히 사람을 불러 뒤쫓아가게 해서 김 아무개가 되돌아오기를 청하였다. 그리고 딸의 말대로 혼사를 허락하였다. 김 아무개는 몹시 기뻐하며 당장에 만금을 실어 왔고 길일을 정해 혼례를 치르고 부부가 되었다. 이 김 아무개가 바로 김견신의 부친이다.

김 아무개의 집으로 들어간 여자는 일가친척을 모시고 종들을 거느리는데 사랑과 위엄을 함께 보였다. 손님을 접대하고 집안 살림을 꾸리는데도 가지런하고 질서가 있었다. 이리하여 집안의 법도가 더욱 바로 섰으며 재산도 점점 부유해졌다. 얼마 있지 않아 아들을 낳았으니, 바로 김견신이었다.

견신이 점차 장성하자 정도(正道)로 그를 가르쳤으며 의주의 장교를 수행케 하였다. 이때는 신미년(辛未年, 1811) 겨울로 가산(嘉山)의 적도 홍경래(洪景來)가 난을 일으킨 상황이었다. 31세였던 견신은 그때 당시 맡은 일이 없어서 집 안에 한가롭게 머물고 있었다. 그러자 모친이 그를 불러서 훈계하였다.

"지금 나라에 역적들이 판을 쳐 도내에 변란이 일어났거늘 너는 장부의 몸으로 어찌 수수방관하고 있느냐? 상책으로는 군병들을 불러 모아 의(義)를 내세워 적당을 토벌해야 할 것이요, 중책으로는 군문의 지휘관으로 나아가 감영의 영을 따라야 할 것이요, 하책이라도 군의 대오에 편입하여 힘을 합쳐 공을 이루어야 하느니라. 그런데도 남의 일인 양 이렇게 집 안에 편히 앉아있단 말이냐?"

"네, 어머님의 명을 따르겠나이다."

이리하여 마침내 집의 재물을 내어 여러 백성을 불러 모아 군복을 제작하고 무기를 만들어서 의병 수천 명을 거느리고 순무어사(巡撫御使)[62]가 주재하는 감영으로 나아갔다. 정주성(定州城)[63] 밖에 진을 치고서 정의를 기치로 적을 토벌하여 베고 사로잡은 적이 많았다. 적병들이 감히 서쪽으로 진군하지 못하고 정주로 쫓겨 들어가게 된 데는 견신의 공이 매우 컸다.

정주성이 함락되던 날, 견신은 곧장 적의 소굴로 쳐들어가 적도에 물든 악한 기운을 다 쓸어버렸다. 관찰사가 그의 공을 상주하자 나라에서 그를 가상하다고 크게 표창하고 내금위장(內禁衛將)과 선전관 등의 관직을 제수하였다. 곧이어 충청병사(忠淸兵使)로 제수했다가 다시 별군직(別軍職)[64]을 제수하였다. 뒤에 다시 개천(价川) 수령으로 제수되었는데, 개천은 바로 의주의 관내 고을이다. 그리하여 금의환향하였다. 판여(板輿)[65]로 모친을 모시고 관의 녹봉으로 봉양하니 도내의 많은 사람이 추앙해 마지 않았다고 한다.

---

62 순무어사(巡撫御使): 조선시대에 나라가 비상상황일 때 임명했던 어사이다. 주로 지방에 소요가 일어났을 때 임명하여 군무와 함께 민심을 수습하는 일을 담당하였다.

63 정주성(定州城): 평안북도 정주군의 읍성이다. 의주로 가는 관문에 해당되어 군사적으로 중요했으며 특히 홍경래가 난을 일으켰을 때의 주둔지로 잘 알려져 있다.

64 별군직(別軍職): 임금을 호위하는 친위조직이다. 병자호란 때 심양으로 끌려가던 봉림대군(鳳林大君)을 시위했던 군관들이 그 시초이며, 호란 이후 임금을 호위하는 자리로 격상시켰다. 그래서 별군이라고 한 것이다.

65 판여(板輿): 주로 노인을 모실 때 사용하는 들것이다. 이것은 나중에 부모를 맞이하여 봉양함을 의미하게 되었다. 진(晉)나라 반악(潘岳)의 「한거부(閑居賦)」에 "모친을 판여에 모시고 가벼운 수레에 태워드린 다음, 멀게는 경기 지방을 유람하고 가까이는 집안 뜨락을 소요한다[太夫人乃御板輿, 升輕軒, 遠覽王畿, 近周家園]."라는 구절이 있다.

치성으로 새벽마다 불상에 기도한 끝에 과제를 얻음

예전에 이씨 성을 가진 한 선비가 있었다. 그는 명경과를 공부하여 식년과 초시에 합격하였다. 이듬해 봄에 회시가 있어 회강(會講) 공부를 하고자 친구 두셋과 약조하고 책을 끼고서 북한산의 중흥사(中興寺)[66]로 갔다. 그곳의 조용하고 후미진 방 하나를 골라 깨끗이 청소하고 거처하였다. 전심전력으로 읽고 외우려는 계획이었다.

이가는 매번 꼭두새벽이면 머리를 빗고 몸을 씻은 다음, 불당으로 가서 불상을 향해 향을 피우고 거듭 절하고서 아무도 모르게 빌었다. 친구들은 그때마다 조롱하고 비웃었으나 이가는 들은 체도 않고 지극정성이었다. 바람이 매섭고 눈보라가 휘몰아쳐도, 날이 어둡고 비가 흩뿌리는 새벽에도 한 번도 그만둔 적이 없었다. 그러자 친구 하나가 그를 속여보고 싶었다. 그래서 이가보다 먼저 불당으로 간 다음 불상 뒤에 몸을 숨기고선 그가 오기를 기다렸다. 조금 뒤 이가가 과연 불당으로 들어와 향을 피우고 기도를 드렸다. 그 축문은 대개 이러했다.

"제 평생의 소원은 과거에 합격하는 것이옵니다. 삼가 지극한 정성으로 조용히 기도드리기를 조금도 게을리하지 않았사옵니다. 엎드려 빌건대 신령한 부처님께서는 자비의 마음을 내리시고 몰래 보시의 힘을 베푸셔서 내년 봄 과거에 붙게 해 주시옵소서. 그러려면 칠대문(七大文)[67]을 미리 알려주시어 오로지 그것만 외우고 익히도록 해 주옵소서……."

이 친구가 부처의 말인 것처럼 속였다.

---

66 중흥사(中興寺): '중흥사(重興寺)'의 오류이다. 북한산 노적봉(露積峰) 아래에 있었던 절로 현재는 그 터만 남아 있다. 창건 시기는 미상이나 1713년 북한산성을 축성한 뒤, 이곳에 도총섭(都摠攝)을 두어 승군의 지휘소로 삼게 되어 군사적 요충지로 기능하였다. 이곳은 풍광도 뛰어나 조선 후기 서울 주변 지역의 유람 공간으로도 유명하였다. 관련 기록으로 이옥(李鈺)의 「중흥유기(重興遊記)」 등이 있다.

67 칠대문(七大文): 권1 제26화 '여성제 이야기' 참조.

"너의 정성을 보니 조금도 해이함이 없이 한결같구나. 이처럼 가상하다니! 내년 봄 회시에 꼭 나올 강장(講章)을 내 먼저 알려주겠노라. 『주역』의 아무 괘, 『서경』의 아무 편, 『시경』의 아무 장, 『논어』의 아무 장, 『맹자』의 아무 장, 『중용』의 아무 장, 『대학』의 아무 장이 반드시 나올 거다. 그러니 너는 이 부분만 전력하여 외운다면, 순통(純通)[68]에 걱정이 없을 것이니라."

이가는 엎드려서 공손히 말씀을 들었다. 다 듣고 난 뒤에 다시 두 번 절을 올리고 감사해하였다.

"부처님께서 신령함을 내리시어 이런 가르침을 주시니 그 은혜가 하늘과 같사옵니다……."

이때부터 이가는 다른 편장은 읽지 않고 오로지 알려준 칠대문만 송독하여 밤낮으로 익히고 외웠다. 그러느라 잠자고 먹는 것도 잊은 채, 소주(小註)까지 다 거침없이 외워 버렸다. 이 친구는 처음엔 속여서 장난칠 뜻으로 이렇게 부처에게 비는 행동을 했으나 뜻하지 않게 이가가 진짜 부처의 가르침인 줄 알고 저처럼 맹신하게 되자 자기 때문에 낭패를 당하리라는 염려가 됐다. 그 속임수에 놀아난 모습과 어리석은 행동이 한편으로는 가소로웠으나 또 한편으로는 걱정도 되었다. 그래서 그 친구가 그를 설득했다.

"부처님이 일곱 개 편장을 가르쳐주었다고 하나, 영험 여부는 참으로 알 수 없는 것이라네. 그런데도 자네는 부처의 말만 믿고 알려준 칠대문만 외우고 있다니! 만약 내년 봄 회시에서 강할 편장이 혹여 다른 데서 나온다면 이만한 낭패가 또 어디 있겠는가? 자네는 어째서 이 불경(不經)한 것[69]을 맹신함이 이런 심한 지경에 이르렀단 말인가?"

---

68 순통(純通): 권1 제26화 '여성제 이야기' 참조.
69 불경(不經)한 것: 원래 유가에서 도가나 불가를 허망한 대상이라고 하여 부정하는 의미인데, 여기서는 그런 의미이기도 하지만 아직 증험되지 않았다는 뉘앙스로도

"아닐세. 정성스러운 마음이 쌓이다 보면 천지신명도 감동하므로 이렇게 미리 알려주는 기적이 있는 것이네. 어찌 신령한 이치가 없겠는가? 그대는 잔말 말고 다만 내년 봄 일이나 지켜보게."

친구는 안타깝고 절박한 나머지 실토하여 알려주었다.

"자네가 비는 일은 미치지 않았다면 어리석은 것일세. 해서 내가 잠시 장난치고 조롱할 심사로 불상 뒤에 몸을 숨겼다가 부처님 말씀을 빌려서 그 칠대문을 뽑아 알려준 것일세. 그것은 부처가 알려준 게 아니라 내가 알려주었단 말일세. 그런데 예기치 않게 자네는 이 말을 철석같이 믿고 무슨 말을 해도 돌이키기 어려우니, 이렇게 답답하기가 한이 없고 미혹함이 심하단 말인가? 내 참으로 후회막급일세. 자네는 제발 칠서(七書)를 통독하여 회시의 강에서 낭패를 보는 일이 없도록 하게. 그래야 맞고도 옳지!"

그런데 이가는 막무가내였다.

"그렇지 않다네. 나의 이 일편 정성은 천지가 함께 비추고 신명이 함께 밝히는지라 천지신명께서 미리 알려준 것이라네. 그것이 바로 회시에서 강할 때 출제되는 편장을 먼저 강습하게 한 거고. 하지만 면전에 대고 자세히 일러줄 수 없었기에 자네를 시켜 대신 전하게 한 게 아니겠는가. 이는 시동(尸童)이 신의 말을 전하고 축관이 축문을 외는 의미와 같다네. 이 이치로 따져보면, 자네가 비록 장난으로 벌인 짓이라 하지만 그것은 자네가 스스로 한 게 아닐세. 실상 하늘이 시키고 신령이 명한 것이니, 그대의 말은 곧 천신의 말이라네. 비록 조롱하는 말과 비웃음이 사방에서 쏟아져 나오더라도 그것을 듣고 되돌릴 일은 만에 하나도 없을 걸세."

이로부터 그는 문을 걸어 잠그고 손님을 받지 않은 채 혼자 한 방에 앉아 입으로 읽으며 마음속으로 외우는 게 바로 저 칠대문뿐이었다.

쓰인 듯하다.

이듬해 봄 회시가 있게 되자, 이가는 과장에 들어가 강석(講席)에 앉았다. 잠시 뒤 강지(講紙)가 장막 안에서 나오기에 급히 강할 편장을 펼쳐봤다. 칠대문이 쓰여 있었는데 바로 작년 겨울에 외웠던 편장들이었다. 이가는 너무 기뻐 어쩔 줄 몰라 하며 더 숙고하지 않은 채 당장 큰소리로 자신 있게 읽었다. 음 풀이에서부터 소주에 이르기까지 한 글자도 틀리지 않았다. 한 번 읽기 시작하여 기가 다할 때까지 외워갔다. 마치 가벼운 수레가 익숙한 길을 달리듯, 준마가 내리막길을 내달리듯 하였다. 7명의 시관들이 크게 칭찬하면서 서로 박자를 맞춰주느라 선추(扇墜)가 모두 떨어지기까지 하였다. 이에 저마다 '통(通)'이라는 찌를 뽑아 들어, 7개 모두 순통으로 등제하였다. 명경과가 설치된 이래로 처음 있는 일이었다고 한다.

4-16

은덕을 기려 밥 먹을 때마다 민 감사 나리를 부름

어의인 안효남(安孝男)[70]은 일찍부터 공경대부들과 함께 트고 지내 이름이 나 있었다. 효종이 병환에 들 때면 자주 약을 올렸는데, 그때마다 효험이 있어 특명으로 첨지에 제수되었다. 늙어서는 황해도 재령(載寧)으로 내려가 90살에 죽어 장례를 치렀다.

그로부터 10년 뒤 신해년 대기근[71] 때, 여양군(驪陽君) 민(閔) 상공[72]은

---

70 안효남(安孝男): 1572~1661?. 본관은 순흥이다. 1606년 잡과에 급제하여 인조, 효종 연간에 어의를 지냈다. 사료에 의하면 인조 시기에 공경대부들을 치료한 사례들이 나오나, 여기처럼 효종의 병을 고쳤다는 기록은 보이지 않는다. 한편 이재(李縡)의 『도암집(陶菴集)』에 그의 묘표인 「태의안군묘표(太醫安君墓表)」가 있다. 그 내용 또한 이 이야기와 비슷하다.
71 신해년 대기근: 신해년은 1671년으로 그해에 있었던 대기근을 말한다. 이미 그 전해

해서(海西)의 관찰사로 있었다. 안효남은 일찍이 여양군 집안에서 수고가 많았던 터였다. 어느 날 밤 여양군의 꿈에 느닷없이 안효남이 찾아왔다. 그가 이미 죽었는지를 몰라 평소와 다름없이 기뻐하며 그간 만나지 못한 회포를 풀었다. 안효남이 먼저 이런 부탁을 하였다.

"올해 큰 물난리로 온 집안의 식구들이 장차 죽어 골짜기를 메울 판입니다. 대감마님께서 특별히 불쌍한 마음으로 구하여 살려주시옵소서!"

여양군은 불쌍한 마음이 들어 그러겠노라 하였다. 그러면서 물었다.

"자네의 식구들은 지금 어디에 있는가?"

"소인의 손자는 이름이 세원(世遠)으로, 지금 재령(載寧)의 유동(柳洞)[73]에 살고 있습니다."

이런 대화가 채 끝나지 않았을 때, 하품을 하고 몸을 펴며 깨어났다. 바로 한바탕 꿈이었다. 매우 기이하여 시종을 불러 촛불을 밝히게 하고 몸을 일으켜 이불 속에 앉아서 '재령유동안세원(載寧柳洞安世遠)'이라는 일곱 자를 써서 표시해 두었다.

그다음 날 본군에 관문을 내었다.

"아무개의 손자 모가 아무 마을에 살고 있으니, 즉시 찾아내어 보내도록 하라."

인 경신년(1670)에도 대기근이 있었던바, 이 두 해는 17세기에 전 지구적으로 발생했던 이른바 소빙기의 기상이변으로 인한 대표적인 사례로 꼽힌다.

72 민 상공: 즉 민유중(閔維重, 1630~1687). 자는 지숙(持叔), 호는 둔촌(屯村), 본관은 여흥이다. 1651년 과거에 급제하여 대사헌, 형조판서, 병조판서, 평안도관찰사 등을 역임하였다. 신해년 대기근 때 그는 이 이야기처럼 평안도관찰사로 있었다. 그 후 경신대출척(1680) 때 서인 정권이 들어섰고, 이듬해 국구(國舅)가 되자 여양부원군(驪陽府院君)에 봉해졌다. 그의 형인 민시중(閔蓍重), 민정중(閔鼎重) 등도 서인계의 중추적 인물들이었다.

73 재령(載寧)의 유동(柳洞): 재령은 황해도 해주 북쪽에 위치한 군으로, 그 주변으로 봉산탈춤의 고장인 봉산군 등이 있다. 유동은 유등(柳等)이 아닌가 싶은데, 군의 남쪽에 위치한 지역으로 과거 유등방(柳等坊)이라고 불렸다. 이 유등방에는 지역 군인이 주둔하고 있었다.

재령의 수령이 이 관문을 보고, 세원이 죄를 지어 붙잡아오라는 줄 알고 당장 나졸을 풀어 금세 감영으로 압송하였다.

　　그를 본 여양군은 웃으면서 앞으로 오도록 하였다. 차근차근 물어보니 하나하나가 꿈에서 얘기했던 것과 딱 맞아떨어져 조금도 차이가 없었다. 마침내 안효남이 꿈에서 고한 일을 말하고, 바로 50석의 쌀에 해당하는 증서를 내어주었다. 나머지 잡다한 물건들도 이에 상당하였다. 그때 진휼의 일로 감영에 와있던 각 고을의 수령들도 이 일을 듣고 모두 기이하다며 그 의를 흠모하였다. 그래서 각자 따로 제공한 바가 있었으니 그 수도 적지 않았다. 여양군은 이리하여 이 물건들을 모두 그의 집에 옮겨 두라고 명을 내렸다. 세원과 그의 온 가족들은 이로써 생활을 온전히 영위할 수 있었다. 또 그 나머지로 밭을 마련하여 조상의 제사를 받들게 되었다. 이때부터 안효남의 집안은 노소 가릴 것 없이 밥을 먹을 때마다 반드시 먼저 제사를 올리고, 다시 손을 모아 축원하기를,

　　"이것은 누가 주신 것이지?"

라고 하면 일제히,

　　"민 감사 나리, 민 감사 나리!"

라고 한 뒤에야 비로소 밥을 먹었다. 이것이 마침내 가법이 되어 그들의 손자 증손자 대에 이르러서도 마찬가지였다. 간혹 남들이 이것에 대해 물었다.

　　"무슨 이유로 그렇게 하는가?"

　　그러면 대답이 이랬다.

　　"조상대부터 이렇게 했기에 감히 폐하지 못했을 뿐, 실제로 무슨 이유인지는 모른답니다."

　　민 감사의 성명을 물어도 그가 누구인지는 모른다고 하였다.

양반 아이가 볏단 더미에 거꾸로 처박힘

아무 군 어느 고을에 한 양반집 아이가 있었다. 그는 집안의 형편이 아주 기운데다 부모마저 다 잃어 외롭고 고단한 신세였다. 그나마 문자를 조금 알아 매번 고을 이방의 집에 의탁하여 그곳의 문서 정리를 도우면서 겨우겨우 입에 풀칠하는 처지였다. 고을 안에는 내 하나가 있고 그 건너편 냇가에 민가가 외따로 있었다. 이 집에는 장성했으나 아직 혼처가 정해지지 않은 딸이 있었다.

어느 날 그녀의 부모는 친척의 혼례를 보기 위해 함께 집을 나섰다. 딸만이 집에서 빨래하고 있었다. 양반집 아이는 그녀를 전부터 익히 보아온 터라 마음에 품고 있었다. 그런 그녀가 혼자 있는 걸 엿보고는 몰래 그 집으로 가서 뒤에서 그녀의 허리를 끌어안았다. 그러자 그녀가 말하였다.

"난 도련님의 마음을 알고 있지요. 상것의 짝이 아니고 양반의 배필이 된다면 이 어찌 영화가 아니겠어요? 지금 이렇게 무례할 필요가 없답니다. 난 이미 마음으로 허락했어요. 부모님이 돌아오시면 의논하여 혼인할 날을 정해 예로써 혼례를 치를 터이니, 돌아가서 우선 기다리세요."

양반 아이는 말이 맞다고 여겨 결국 수긍하고 돌아갔다. 부모가 돌아오자 그녀는 이 사정을 부모에게 고하고 길일을 택해 혼례를 치르고자 했다. 그런데 외가 쪽 먼 촌수의 아무개가 그녀의 외모를 좋아하여 여러 번 결혼하자고 요구해 왔었다. 하지만 그녀의 집에서는 끝내 받아들이지 않고 있었다. 이 와중에 지금 그녀가 양반 아이와 혼인하기로 약조했다는 소식을 듣게 된 것이다.

하루는 아무개가 이 양반 아이를 꾀어 잡아다가 손과 발을 묶고 버선으로 입을 틀어막아서는 볏단을 쌓아둔 더미 속에 거꾸로 처박아버렸다. 그 뒤 어느 날 양반 아이가 보이지 않자, 그녀는 이방의 집으로 가 물었으나 역시 그곳에도 없었다. 너무 의심쩍고 걱정된 나머지 당장 외가 쪽 그자의 집으로 쫓아갔다.

"아무 도련님을 당신네 집 어디에 숨겨두었소? 속히 내놓으시오!"

그 집에서는 그런 일이 없다고 큰소리치면서 오히려 그녀에게 욕지거리해대며 몰아세웠다. 그녀는 들은 체도 하지 않고 그 집 안팎을 샅샅이 뒤졌다. 그래도 보이지 않자 뒷마당으로 들어가서 쌓여있는 볏단 더미를 헤집었다. 그랬더니 양반 아이가 과연 처박혀 있는 것이었다. 얼굴은 죽은 송장 같고 목구멍에서는 소리가 거의 끊어질 듯하였다. 급히 안아 꺼내서는 우선 입을 틀어막았던 버선을 빼내고 다음으로 묶인 손발을 풀어주었다. 이윽고 직접 등에 업고 돌아와서 자기 집에 편히 눕혔다. 그리고 모친더러 보살펴주라고 부탁하고 자신은 곧장 관아로 달려갔다. 이 사건의 전말을 상세하게 고하자 관가에서는 크게 칭찬하였다. 이어 나졸을 내어 그놈을 잡아 오게 해서는 형을 엄하게 집행하고 먼 데로 내쳤다. 그리고 혼수를 넉넉히 마련해주고 양반 아이가 다시 기운을 차리기를 기다려 혼인을 치르게 해주었다.

4-18

시골 무변이 스스로 통제사를 따라감

용인(龍仁)에 한 무변이 있었다. 그는 품은 뜻이 높고 확 트였으며 술수도 많은 사람이었다. 하루는 막 발령받은 통제사가 불일간에 사조(辭朝)[74]한다는 얘기를 듣게 되었다. 무변은 종립(騣笠)과 호수(虎鬚), 동개[筒箇]며

---

74 사조(辭朝): 새로 임명된 관리가 부임하기 전에 임금에게 하직 인사를 올리는 일로, 지방관의 경우 이 의례에서 부신(符信)을 직접 하사받기도 했다.

칼·채찍 따위[75]를 구비하고 준마 한 필도 매입하였다. 통제사 일행이 지나가는 앞길에서 기다리고 있다가 통제사가 도착하자, 무변은 군복에 전대며 동개를 찬 채 길 왼편으로 나와 일행을 맞았다. 지나가던 통제사가 그를 돌아보고 물었다.

"저자는 누구이냐?"

이에 무변이 몸을 굽히고서 앞으로 나와 아뢰었다.

"사또께서 통영(統營)으로 부임하신다는 소식을 들었사온데 소인이 모시고 따라가기를 원하옵니다. 해서 감히 이렇게 와서 뵈옵습니다."

통제사가 그를 살펴보니 용모가 헌걸찬 데다 말소리도 크고 우렁찼다. 차림새와 끄는 말도 화려한 게 빛이 날 정도였다. 이를 본 통제사는 껄껄 웃으며 수행을 허락하였다. 이미 수행하는 비장들이 무려 수십 명으로, 그들 중에는 무변에게 눈총을 주며 비웃지 않는 자가 없었다. 하지만 그는 조금도 꺼리는 기색 없이 매일 매일 수행하였다. 또 여러 비장과 함께 아침저녁으로 통제사에게 문안을 드렸다.

통제사가 통영 수영(水營)에 도착한 뒤 이튿날 조회를 마치자, 수영의 구실아치가 군관의 좌목판(座目板)[76]을 올렸다. 통제사는 비장들을 둘러보며 차례로 물었다.

"그대는 누구의 청으로 여기에 왔는가?"

"소인은 아무 대감의 청으로 왔습니다요."

그다음 비장에게 물었더니,

---

75 종립(驄笠)과 호수(虎鬚), 동개[筒箇]며 칼·채찍 따위: 모두 무사가 몸에 차거나 지녔던 도구들이다. 종립은 '종모(鬃帽)'라고도 하며, 기병이 쓰던 모자로 둥근 통 모양에 양쪽에 깃을 붙였다. 호수는 융복을 입을 때 쓰는 주립(朱笠)의 네 귀에 꽂은 흰 깃 장식으로, 범의 수염처럼 생겨 붙여진 이름이다. 또 동개는 활과 화살을 꽂아 넣어 등에 맬 수 있도록 가죽으로 만든 제구이다.

76 좌목판(座目板): 관원의 명단을 적은 판이나 문서를 말한다. 해당 관아나 부처 자리의 차례를 적은 목록을 좌목이라 한다.

"소인은 아무 대감 댁에서 왔습니다요."

라고 하는 것이었다. 이렇게 차례로 다 물어보고 나서 마지막 차례가 이 무변이었다.

"자네는 어떻게 해서 오게 되었는가?"

"소인은 바로 용인을 지나시던 길에 자청해서 뵙고 수행하여 온 자이옵니다."

통제사는 알았다며 머리를 끄덕였다. 이어 청한 쪽의 긴밀하고 느슨한 정도에 따라 좋은 육방(六房)[77] 자리와 그렇지 못한 자리에 배치하고 나자, 맨 마지막에 열악한 자리 하나가 남게 되었다. 그래서 우선 이 자리를 무변에게 내주었다. 그런데 얼마 지나지 않아 서울에서 내려온 비장들은 혹은 자리가 턱없다고 자청하여 떠나고 혹은 총애를 다투다 사직하기도 하여 궐석이 생기게 되었다. 그때마다 그 빈자리를 무변에게 넘겨주어 앉혔다. 여러 달에 걸쳐 이런저런 일을 맡겨 어떻게 하는지를 하나하나 살펴보니, 식견이 통달한 데다 일 처리도 부지런하고 유능했다. 인품이나 재능이 서울서 수행해 온 부류와는 비교가 안 되었다. 이에 통제사는 그를 더욱 신뢰하여 일을 맡겼고 좋은 자리나 중요 임무는 대부분 그더러 대신하게 했다. 가까운 비장들이 교대로 아뢰고 여러 번 간청했으나, 통제사는 끄떡도 하지 않고 더욱 가까이 두고 신임하였다. 이제 통제영의 제반 업무는 모두 그가 독점하게 되었다.

그런데 통제사의 임기가 다 되어 갈 즈음, 무변이 돌연 한밤중에 인사도 올리지 않고 달아나버렸다. 그러자 비장들이 일제히 들어와서 통제사를 뵈었다.

"사또께서 소인들을 믿지 않으시고 저 근본도 모르는 중도에 따라온

---

77 육방(六房): 승정원과 각 지방 관아에 두었던 이방·호방·예방·병방·형방·공방을 말한다. 여기에 소속된 관원을 '육방관속'이라 한다.

자를 편애하여 수영의 돈과 재물을 다 그자의 손에 쥐어 주시다니요. 지금 한밤중에 몰래 도주했다니 세상에 어찌 이런 허망하고 황당한 일이 있답니까?"

이렇게 탓하며 비웃는 소리가 좌우에서 연이어 일어났다. 통제사는 비장들을 시켜 각 창고에 남아 있는 게 있는지 점검해 보라고 했더니 모두 텅텅 비어있었다. 통제사는 망연자실한 채 천정을 바라보며 긴 한숨을 쉴 뿐이었다.

이윽고 통제사는 임기가 다 차 교체되어 돌아왔다. 그때가 경신년 (1680) 즈음으로, 조정은 환국(換局)[78]으로 남인(南人)들이 모두 실각하여 철퇴를 맞았다. 이 통제사도 남인이어서 연줄이 모두 끊어져 벼슬길이 꽉 막히고 말았다. 배척되어 떨어져 나간 지 몇 년 만에 살림살이가 형편 없이 초라해졌다. 어쩔 수 없이 문안 집을 처분하여 남대문 밖 이문동(里門洞)[79]으로 나와 살아야 했다. 전에 따르던 비장 중에는 한 명도 찾아와 뵙는 자가 없었다. 아침저녁을 자주 거르게 되자 걱정과 울분이 쌓일 뿐이었다. 그는 날마다 앞 들창을 열어 놓고 큰길을 내려다보곤 했다.

그러던 어느 날, 어떤 사람이 준마를 타고 짐 싣는 복마(卜馬)에 한 바리를 싣고서 따르는 자 5, 6명을 거느린 채 남대문으로 해서 성안으로 향하는 걸 목격하게 되었다. 잠시 뒤 곧장 이문동 골목으로 들어와서는 자기 집 대문 안으로 서슴없이 들이닥쳤다. 안장에서 미끄러지듯 말에서

---

78 환국(換局): 즉 1680년에 일어난 경신대출척(庚申大黜陟)이다. 이 환국으로 당시 정권을 잡고 있던 남인이 몰락하고 서인이 득세하게 되었다. 서인 김석주(金錫胄) 등의 사주를 받은 정원로(鄭元老)가 남인 허견(許堅)이 인평대군의 아들인 복선군(福善君), 복창군(福昌君), 복평군(福平君) 형제와 역모를 꾀하였다고 고변하여 일어났다. 주지하듯이 8년 뒤 다시 서인이 정계에서 축출되고 남인이 복귀하는 기사환국(1689)과 함께 숙종 시기 대표적인 사건이다.

79 이문동(里門洞): 남대문 밖에 남산(南山) 방향으로 있었던 지명으로, 남관왕묘 근처에 있었다. 옛날 쌍리문(雙里門)이 있어 유래한 이름이라 한다. 조선시대에 성 밖으로 이문동이라는 동네가 많았는데, 지금은 동대문 밖 이문동만 동명으로 남아 있다.

내리더니 토방을 밟고 툇마루로 올라왔다. 이어 방으로 들어오더니 통제사에게 절을 하는 것이었다. 절을 하고 얼굴을 들자 통제사도 답배(答拜)를 하고 자리에 앉으라고 했다. 찾아온 이가 먼저 물었다.

"사또님은 소인을 모르시겠습니까?"

통제사는 놀란 표정으로 답했다.

"어 정말 모르겠소."

"사또께선 몇 해 전 통제사로 부임하는 길에 중도에서 나와 뵙고 따라간 자를 기억하지 못하시다니요? 소인이 바로 그자입니다."

통제사는 그제야 비로소 확실히 알아봤다. 하지만 수영의 재물을 전부 빼돌리고 아무 말이 없이 도주한 죄를 따질 여유도 없었다. 이렇게 궁박한 상황에 찾아와 준 것만도 반가웠던 것이다. 그러다가 난데없이 물었다.

"자네는 그간 어디에 있었으며, 지금 무슨 일로 찾아왔는가?"

이에 무변이 저간의 사정을 얘기했다.

"사또님과 팔면부지(八面不知)인 소인이 자천해서 뒤를 따라 통영까지 왔었지요. 그때 사방에서 여럿이 헐뜯고 비웃는 소리가 이어졌어도 사또께서는 그 비방을 하나도 듣지 않으시고 소인을 특별히 아껴 믿고 맡겨 주셨지요. 소인이 우악스럽긴 해도 돈어(豚魚)[80]는 아니거늘 어찌 감동하지 않았겠습니까? 다만 시세를 살펴보니 사또께서 머지않아 곤경에 빠질 것 같았지요. 그때 받으신 약간의 녹봉으로 귀가하신 뒤에 몇 년이나 버티실까 싶었지요. 해서 소인이 사또님을 위해 따로 한 계책을 준비하여 은덕에 보답하고자 했답니다. 이를 사또께 먼저 아뢰었다면 사또께서는 필시 허락하지 않으셨을 겁니다. 때문에 소인은 속이고 저버리는 것이 분명 죄가 되는 줄 알면서도 이를 살필 겨를도 없었답니다. 그래서

---

80 돈어(豚魚): 돼지와 물고기로, 짐승과 어류처럼 지각없는 미천한 존재를 뜻한다.

몰래 수영의 재물을 날라 모처로 가서 한 구역을 잡아 별서를 만들고 생계를 꾸릴 모든 여건을 갖추었지요. 지금은 다 정돈된 상황입니다. 이제 감히 찾아뵙고 사또께 청하오니 그 집으로 가서 여생을 사셨으면 합니다. 사또께서 한번 생각해 보세요. 지금 이런 시국에 벼슬길은 꽉 막혔고 곤궁함은 갈수록 심해질 터인데 어찌 답답하게 여기서 계속 사시겠습니까? 바라건대 사또께선 깊이 헤아려 주시기 바랍니다."

통제사는 듣고 나서 반나절을 심사숙고해 본 결과 그의 말이 다 의미가 있다고 느껴졌다. 그래서 마침내 그렇게 하겠다고 하였다. 이에 무변은 데리고 온 노복들을 시켜서 밥상 두 상을 정결하게 차려 한 상은 사또에게 올리고 다른 한 상은 안채로 들여보냈다. 그리고 3일 동안 그곳에 머물며 세간을 모두 정리하였다. 이윽고 교자를 준비하여 마침내 부인까지 모시고 모두 길을 나섰다. 무변을 따라 출발한 지 며칠 만에 일행은 어느 산골 안으로 접어들었다. 산비탈을 넘어서자 큰 고개가 눈앞을 가로막았다. 통제사는 속으론 의아하고 두려운 마음이 들었으나 이곳까지 이른 마당에 어찌해 볼 도리도 없었다. 무변이 앞서 고갯마루에 올라가 말에 내리자 통제사도 뒤따라 말에서 내렸다. 사방 산들을 둘러보니, 그 아래로 평탄하고 널따란 들이 펼쳐져 있고 사이엔 기와집이 즐비하였으며, 벼가 들 가득 넘실대고 있었다. 무변이 한쪽을 가리키며 말했다.

"저곳은 사또께서 사실 집입니다."

그리고 또 그 곁을 가리키며,

"저기는 소인이 사는 집입니다. 저 들판의 전답은 저기서 아무까지는 사또 댁에서 수확할 것이고, 거기서 아무까지는 소인이 거둬들일 것이지요."

라고 하는 것이었다. 통제사는 그곳을 보고 나서는 마음과 눈이 황홀해지면서 비로소 얼굴이 확 펴지며 웃음기가 돌았다. 이윽고 고개를 내려와 안내한 집으로 들어갔다. 방마다 정결하고 깔끔하였으며 배치도 절묘하였다. 안으로 들어가자 안채도 마찬가지였다. 그 앞으로는 곳간이 늘어서 있는데 다 자물쇠가 채워져 있었다. 무변은 수노(首奴)를 불러 분부하였다.

"네 상전 나리께서 오늘 여기 오셨느니라. 너희들은 한 명씩 나와 예를 올리도록 하여라."

이 영에 건장한 사내종 수십 명이 일제히 뵙고 절을 하였다. 또 여종들도 불러 그렇게 하도록 하였다. 이어 각 곳간의 자물쇠를 열라고 하고 통제사를 모시고 차례로 곳간을 보여주며,

"이곳은 아무 곳간이며, 저곳은 아무 곳간입니다."

라며 알려주었다. 그 안에는 쌀과 곡식, 건초 따위가 가득 차 있었다. 다시 안채로 들어가니, 거기에는 장롱이며 솥 따위 큰 집기에서부터 작게는 여러 일용품에 이르기까지 죄다 갖춰져 있었다. 통제사는 기쁘기 한량이 없었다. 무변이 이번에는 자기가 사는 집을 구경하러 가자고 하였다. 그 집은 규모는 다소 작았지만 정결하고 깔끔하기는 차이가 없었다. 이때부터 밤낮으로 서로 오가며 장기를 두거나 함께 농사일을 구경하기도 하면서 격 없이 우정을 나누었다.

그러던 어느 날 무변이 먼저,

"사또께서 여기서 이렇게 사시는 게 한참 되었는데 지금 '사또', '소인'이라 한들 뭔 소용이 있겠습니까? 청컨대 평교(平交)하심이 어떨지요?"

통제사도 기다렸다는 듯이 좋다고 했다. 둘은 그곳에서 여유롭게 지내면서 노년을 마쳤다.

통인이 관장의 뺨을 때려 쫓아냄

호남에 한 수령이 있었다. 그는 내리는 영이 너무 엄한 데다 독촉이 심했으며 형벌도 가혹했다. 그러니 사람들은 모두 벌벌 떨며 하루살이도 장담할 수 없었다. 가슴을 죄듯 숨을 죽이고 발을 포갠 채 서 있는 지경이었다. 그러던 어느 날, 수리(首吏)가 이속을 모아놓고 대책을 의논했다.

"우리 관아의 정사는 어그러져 있고 형벌이 잔혹하니 관아 일을 하루만 봐도 그때마다 해를 당하게 되오. 이렇게 몇 년이 지나면 비단 우리도 장차 남아날 수 없을 뿐만 아니라 우리 고을의 촌가도 죄다 흩어져 사라질 판이오. 이러고서 어떻게 고을을 다스리겠소? 허니 원님을 쫓아낼 계책을 안 세울 수 있겠소?"

이에 좌중의 한 이속이 제의하였다.

"이리이리 하면 어떻겠습니까?"

모인 이들이 모두 아주 좋아하였다.

"그 계획이 아주 절묘하군!"

드디어 왁자지껄 서로 약속하고 흩어졌다.

어느 날 수령이 아침에 일어나 관리들의 업무보고를 받고 난 뒤 마침 다른 공무가 없어 혼자 앉아 책을 보았다. 한 어린 통인(通引)[81]이 부지불식간에 그 앞으로 다가와 손바닥으로 수령의 뺨을 갈기는 것이었다. 노발대발한 수령이 다른 통인을 불러 그자의 머리채를 잡아 끌어내라며 호통을 쳤다. 그러나 다른 통인들은 멀뚱히 서로 바라볼 뿐 아무도 그 영을 따르려는 자가 없었다. 다시 급창(及唱)과 사령(使令)[82]들을 불렀으나

---

81 통인(通引): 조선시대 지방 관아의 관장에 딸리어 잔심부름을 하던 이속으로, '토인'이라고도 했다. 이 외에도 이런 이속을 '방자', '지인(知印)'으로도 불렀다.

82 급창(及唱)과 사령(使令): 모두 수령 밑에서 심부름하던 하인붙이이다. 급창은 관아에서 수령의 부름에 따라 심부름하던 이로, 대개 수령의 명령을 간접으로 받아 큰 소리

저들도 모두 응하지 않고 입을 가리고 웃으면서 말했다.

"사또 나리께서 실성하셨군요! 아무렴 통인 녀석이 손으로 나리의 뺨을 때릴 리가 있으려고요?"

이 수령은 원래 조급한 성미인지라 거듭 분노가 속에서 복받쳐 올랐다. 창문을 밀치고 책상을 걷어차며 고함을 지르는 등 야단법석이었다. 그야말로 거동이 해괴하였고 말은 제멋대로였다. 이에 통인들이 달려가 책실(册室)에게 아뢰었다.

"사또 나리께서 갑자기 병환이 나셨는지 안정을 못 하시고 미쳐 헛소리를 질러대고 계십니다. 시방 보기에 대단하다고 합니다."

자제들과 다른 책객이 황급히 동헌으로 올라갔다. 수령은 잠깐 새 일어섰다 앉았다 하며 손으로 궤안을 내리치기도 하고, 발로 창호를 차기도 하는 등 행동거지가 미쳐 날뛰는 게 이상하기 짝이 없었다. 책방(册房) 사람들이 오는 것을 보고 수령은 통인이 자기 뺨을 때리고, 관속들이 영을 거역한 일을 말했다. 하지만 화가 치민 상황이라 말에 조리가 없었다. 그런데다 마음에 큰불이 났는지 눈과 눈동자가 벌겋게 달아올랐으며 전신이 땀으로 적셔졌고 입에는 가득 거품을 물고 있었다. 책실들이 그 모습을 보니 미친병이 발작했다는 걸 의심할 여지가 없었다. 게다가 통인이 뺨을 때렸다는 말도 직접 눈으로 본 것도 아니고, 상식적으로 따져 봐도 이런 일은 일어날 수 없을 성싶었다. 책실은 조용히 가까이에 다가가 아뢰었다.

"아버님, 편히 앉으시고 고정하시지요. 통인 것들이 아무리 몰지각하고 인사를 모른다 해도 아무렴 뺨을 때릴 이치야 있겠사옵니까? 아무래도 병환이 나신 듯하옵니다."

로 전달하는 일을 맡아 보았기에 이렇게 불리었다. 사령은 각 관아에서 심부름하는 자를 통칭하는 용어로, 조례(皂隸)나 나장(羅將) 등의 별칭이기도 했다.

수령 아버지는 이 말에 다시 치미는 분노를 이기지 못하고 욕설을 마구 퍼부었다.

"네 이놈! 너는 내 자식이 아니다. 너희들도 통인 놈들과 한통속이렷다? 썩 물러가고 다시는 내 앞에 나타나지도 말아라."

책실 아들은 안 되겠다 싶어 고을 의원을 오라 하여 맥을 짚고 약을 써 볼 참이었다. 그러나 수령은 딱 거부했다.

"내가 무슨 병이 났다고 약을 쓰려느냐?"

그러면서 의원을 나무라며 약을 물리치고는 종일토록 길길이 날뛰었다. 책실조차 병이 난 것으로 인정하는 판에 누가 다시 수령의 말을 귀담아들어 주겠는가? 오늘도 이러하고 내일도 그러하여 잠자는 것도 잊어버리고 먹는 것도 그만둬 진짜 미친병이 들고 말았다. 이리하여 관내 관민들은 모르는 이가 없게 되었다. 감사는 이 소식을 듣고 즉시 장계를 올려 파직시켜버렸다. 수령은 어쩔 수 없이 짐을 챙겨 상경길에 올라야 했다. 귀로에 감영에 들러 감사를 알현했더니 감사가 물었다.

"듣자 하니 조심해서 조절할 일이 있다고 하던데 지금은 어떠하오?"

수령은,

"저는 진짜 병이 난 게 아니올시다."

라며 아무 일의 전말을 끄집어내 얘기하려고 하였으나 감사는 순간 손사래를 치며 말을 막았다.

"그 병이 재발했군! 속히 일어나 떠나는 게 좋겠소."

수령은 하던 말을 다 못하고 하직하고 물러났다. 자기 집으로 돌아와 가만 그때의 일을 생각하면 분하고 한스러운 마음을 누를 수 없었다. 어쩌다가 겨우 발설하려 하면 그때마다 가족들도 옛날 병이 도졌다고 하여 곧장 의원을 불러 약을 처방하려 하였다. 그러니 끝내 이 일을 입에 올릴 수도 없었다. 그가 늘그막에 이르렀을 때 이런 생각이 들었다. '지금은 나이도 늙고 세월이 많이 흘러 이미 옛날 일이 됐군. 이제는 다시 이 얘길 꺼내더라도 옛날처럼 병이 도진 것으로 치부할까?' 이에 자식들을 불러 모와 얘기했다.

"아무 해 아무 고을을 다스렸을 때 통인 놈이 내 뺨을 때린 사건이 있었다. 너희들은 지금도 이게 내가 미친병에 걸려 그런 것으로 알고 있느냐?"

자식들이 이 말에 깜짝 놀라며 서로 쳐다보았다.

"아버님의 그 증세가 오랫동안 재발하지 않았는데 오늘 이리 갑자기 도지시다니. 이를 장차 어쩐다지?"

그러면서 초조하고 걱정하는 기색이 역력했다. 수령은 끝내 이 일을 다시 꺼내지 못하고 그저 한바탕 크게 웃고는 그만두었다. 그는 임종 때까지도 분이 가시지 않았으나 끝내 그 심정을 풀지 못했다고 한다.

4-20

궁한 무변이 서운하게 한 정승의 가슴팍에 걸터앉음

예전에 한 무변이 있었다. 그는 가까운 친척은 따로 없었고, 한 정승의 집안은 드나들고 있었다. 몇 년 동안 이 집에서 하루도 빠지지 않고 부지런히 일하다 보니 한 자리를 도맡게 되었다. 정승은 이조와 병조의 판서를 연달아 지냈고, 그의 세 아들도 모두 과거에 급제하여 첫째는 승지가 되었고, 둘째는 홍문관(弘文館)에서, 그리고 셋째는 예문관(藝文館)에서 현직으로 있었다. 그런데도 이 무변은 운이 영 따라주지 않아 한 번도 저들의 힘을 얻지 못하였다. 충분히 받을만한 자리도 권세가에서 달라는 요청 때문에 막혀버렸는가 하면, 그 집안 누대로 친분이 있는 이들에게 뺏기기까지 하였다. 이러다 보니 낮은 지위마저도 물망에 오르지 못했다. 그래도 무변은 감히 원망하는 마음을 갖지 않고 오히려 더 찾아가

뵈며, 자신을 마치 맹상군(孟嘗君)의 지기(知己)[83]인양 부지런을 떨었다.

그러던 중 정승은 느닷없이 중풍에 걸려 몇 달이 지나도 더 심해져 일어날 수 없게 되었다. 무변이 찾아와서는 그의 집에 머물며 온 마음을 다해 병수발을 들었다. 달이 지나고 또 달이 넘도록 한 번도 흐트러진 적이 없었다. 탕약을 달이고 옷을 갈아입히는 일도 모두 직접 확인하여 받들었다. 많은 문객이나 겸종들이 있었지만, 정승은 나머지 것들은 죄다 이 무변만큼 영리하고 민첩하지 못하다고 간주하여 잠시도 자기 곁을 떠나지 못하게 했다. 그러니 밤에도 옷을 입은 채 잠깐잠깐 눈을 붙일 뿐이었다. 대소변을 누고 눕고 앉는 것까지도 반드시 무변이 직접 부축하였다. 조금도 꺼리는 마음과 힘들어하는 기색이 없었다. 그런데도 정승의 증세는 점점 나빠져, 말도 어눌해져 곁에 있는 사람이 잘 알아들을 수 없었다. 여기에 이런저런 합병증까지 생겼다. 온 집 안이 술렁거리며 경황이 없었다.

연일 밤을 지새우던 중 어느 밤이었다. 세 아들은 피곤함을 이기지 못해 각자 돌아가 쉬고 겸종과 하인들도 모두 곤하여 잠에 떨어졌다. 방 안에는 이 무변 한 사람만이 남아 있었다. 지키고 앉아있던 그는 조용히 자신의 신세를 생각하니 처량하기 그지없었다. 그는 이 정승과는 가깝기로는 자식이나 조카도 아니며, 천하기로는 종이 아닌데도 그의 문하를 출입한 지 근 10년이 되었다. 아직껏 한 번도 그의 은덕을 입은 적이 없었음에도 열 달 동안 병수발을 하느라 갖은 수고를 다 바쳤다. 효자나

---

83 맹상군(孟嘗君)의 지기(知己): 즉, 맹상군의 식객을 말한다. 맹상군은 전국시대 제(齊)나라 출신으로, 사군자(四君子) 중 한 사람이었다. 이 사군자는 당대에 떠도는 식객들을 잘 대접하여 신의가 있는 현자로 일컬어졌는데, 특히 맹상군의 식객 중에는 그가 곤경에 처할 때마다 자기들의 능력을 발휘하여 구해준 일화들이 많다. 대표적으로 식객 중에 좀도둑이나 잡기를 하는 자들도 있어서, 호백구(狐白裘)를 훔치고 닭 우는 소리를 잘 내어 맹상군을 위기에서 구해주었던바, '계명구도(鷄鳴狗盜)'의 이야기가 전한다. 『사기』·「맹상군열전(孟嘗君列傳)」에 나온다.

어진 손자도 이보다 더하진 못했을 것이다. 세상에 어찌 이처럼 안타깝고 가소로운 일이 있단 말인가?

또 이런 생각도 드는 것이었다. 이제 정승의 병세가 더없이 위중한만큼, 실로 경각을 다툴 일이라 다시 훗날을 기약할 만한 여지가 없어졌다. 이렇게 따지고 보니 분하고 한스러운 마음이 생겨났다. 몇 마디 긴한숨을 내쉬었다. 그리고 마침내 그는 정승의 가슴팍에 걸터앉아서 차고있던 칼을 뽑아 들었다. 이 칼로 목을 겨누면서 따졌다.

"나와 당신 집안 사이에는 무슨 전생의 업보가 있다고 이렇게 여러해 동안 부지런히 일해도 한 푼의 덕을 받지도 못했단 말이오? 지금 당신이 여러 달 동안 병을 앓아, 나는 또 온 정성을 다하여 그 수발을 들었소. 이른바 당신의 자식이라는 승지니 한림이니 하는 자들 가운데 지극정성으로 보살핀 자가 있었소? 그런데도 이 정성에 고마워하는 마음과불편해하는 기색이 전혀 없으니, 저런 놈들이 빨리 죽지 않고서야!"

그러면서 칼을 집에 넣고서는 물러나 방 한구석에 앉았다. 정승은 입으로는 말을 할 수 없었으나 정신만은 그대로여서 그가 한 짓을 보고 또그의 말을 듣고는 너무나 분통해 했다. 그렇다고 어찌할 수도 없었다.잠시 뒤 자식들이 올라와 문안을 드렸다. 정승은 방금 상황을 막 겪은지라병중에 분노가 더해져서 숨소리가 거칠어졌다. 승지가 무변에게 물었다.

"아버님의 병세가 이전에 비해서 숨소리도 거친 기미가 보이네. 무슨조섭을 잘못한 거라도 있어서 그런가?"

"따로 조섭을 잘못한 것은 없으시고, 아까 소변을 한 번 누시고 난뒤 주무시는가 싶었지요. 그런데 갑자기 몇 번 가래가 끓으며 깨시더니깨신 후에는 이런 숨소리를 내시네요."

정승이 이 말을 들으니 터무니없는 잠꼬대 같은 소리라 더욱더 화가치밀었다. 그래서 말을 하려고 했으나 소리를 낼 수 없었다. 정말이지어쩔 수 없는 상황이었다. 그래서 손으로 자기 가슴을 가리키기도 하며 무변을 지목하기도 하면서 분명히 뭔가 말하려는 기색이었다. 정승은 아까 무변이 한 짓거리를 표현한 것이었지만, 이를 본 주변 사람들이 어찌 이 심중의 일을 알 수 있었겠는가? 외려 저 무변의 그동안의 공로를 잠시도 잊을 수 없으니 훗날 선처해 주기를 미리 부탁하는 것이라고 간주하고 일제히 대답하였다.

"아버님께서 직접 말씀하지 않으셔도 저 사람의 은덕은 몸을 나누고 살을 떼어줘도 무어 아까울 것이 있겠습니까? 그러니 삼가 힘을 다해 도와서 성취할 수 있도록 하겠사옵니다."

정승은 이 말을 듣고는 연거푸 손을 휘저으며 다시 자기 가슴을 가리키고 무변을 지목하기를 수없이 하였다. 하지만 자식들이 어찌 그의 본뜻을 알겠는가? 그냥 병중이라 헛손질하는 것이라고 덮어버렸다. 그다음 날 정승은 끝내 일어나지 못하였다. 장례를 치른 뒤, 세 아들들은 서로서로 도와서 사람을 만날 때면 부탁하였다. 그해 겨울 도목정사(都目政事)에서 무변은 선전관으로 제수되었다. 그리고 이어서 품계가 계속 올라 여러 주군의 수령을 맡았으며, 관직이 절도사에 이르렀다고 한다.

4-21

흉악한 중이 평양감사에게 옛이야기를 하다 붙잡힘

판서 황인검(黃仁儉)[84]이 평안감사가 되었을 때 도내 어느 군에 살인

---

84 황인검(黃仁儉): 1711~1765. 자는 경득(敬得), 본관은 창원이다. 송시열의 학문을 계승한 남당(南塘) 한원진(韓元震, 1682~1751)의 문인이다. 1747년 과거에 급제한 후 동부승지, 대사간, 한성부판윤, 평안감사, 형조·병조판서 등을 역임하였다. 당대 그는 청백리로 알려졌는데, 「졸기」에 따르면 "성품이 염약(廉約)하여 여러 차례 웅번(雄藩)을 맡으면서 가난한 선비처럼 자신을 지켰다."고 한다. 영조 또한 그의 죽음을 애석히 여겨 치제문(致祭文)과 함께 정효(貞孝)의 시호를 내렸다. 참고로 그가 평안감사로

사건이 일어났다. 하지만 범인을 잡지 못한 지 여러 해가 지난 상황이었다. 이 사건은 대강 이랬다. 이 고을의 양반집 여자가 혼사를 치른 지 오래지 않아 그 지아비가 병으로 죽고 말았다. 아내는 시신을 땅에 묻은 뒤 무덤 곁에 초막을 짓고 홀로 분묘를 지키며 새벽녘이나 밤에 울고 곡할 땐 언제나 이만저만 애달파하지 않았다. 아침저녁으로 제물(祭物)을 바칠 때도 반드시 정성을 극진히 하였다. 이 묘와 집까지의 거리가 멀지 않은 터 노상에서 보는 자마다 슬퍼하지 않은 이가 없었다. 그러던 어느 날, 그녀는 누군지 모르는 어떤 사람에게 찔려 죽게 되었다. 해당 고을에서 듣고 곧장 와서 검시해 보니, 칼을 쓴 흔적이 분명했다. 그러나 흉악범을 잡지 못해 누가 한 짓인지 알 수 없었다.

황 판서는 소싯적 산사에서 공부하며 한 중과 더불어 친밀히 어울렸었다. 산에서 내려온 뒤에도 중은 자주 입성하며 얼굴을 뵈었는데 들어오면 반드시 며칠을 묵으며 얘기꽃을 피웠다. 서백(西伯)[85]이 되었을 때도 그 중은 어김없이 찾아와 인사 올렸다. 황 판서는 그를 책방에 머물게 하고는 틈이 날 때마다 밤낮을 가리지 않고 으레 함께 이야기하고 웃으며 보냈다. 한편 황 판서는 매번 억울한 옥사가 있을 때면 단안을 얻지 못할까 염려하였다. 해서 '구름처럼 떠돌며 노니는 중이라 필경 풍문으로 떠도는 일을 알고 있을 거다.'라고 생각했다. 하루는 나긋이 중을 보고 물었다.

"어떤 고을에 이러이러한 의심나는 옥사가 있었다네. 범인이 달아나 버려 수년간 잡아들이려 해도 아직껏 붙잡지 못하였네. 자네는 출가한 사람이니 저잣거리에 나도는 말들을 혹시 얻어들은 바가 있는가?"

중은 비록 들어본 바가 없다며 답했지만, 낯빛을 세심히 뜯어보니 자

<hr />

임명된 것은 1763년의 일이고, 1765년에 형조판서에 올랐다.

85 서백(西伯): 평안도관찰사에 대한 별칭이다. 따로 동백(東伯)은 강원도관찰사를 지칭한다.

못 수상한 구석이 있었다. 밤이 깊어진 후 좌우를 물리고 중의 손을 잡고 무릎을 맞댄 채 물었다.

"너와 나의 사귐은 소싯적부터 지금에 이르기까지 이어졌다. 수십 년간의 우정은 심히 끈끈하고 정과 의리를 나누었으며 간과 쓸개까지 서로 훤한 사이인데 자네가 내게 어찌 터럭만큼이라도 서로 숨길 게 있겠느냐? 모름지기 보고 들은 게 있다면 하나하나 상세히 일러 보게. 밤이 깊어 사람들도 조용히 쉬고 있고 주변에도 듣는 이도 없지 않은가. 말이 자네 입에서 나오면 곧장 내 귀로 들어올 뿐이거늘 어찌 누설될 이치가 있겠는가?"

여러모로 구슬려 말하자 중은 평소의 우정과 우의를 생각하고, 또 오늘 밤 정겨운 이야기도 들었으니 발설해도 해가 될 것 같지 않았다. 마침내 그 실상을 모두 실토하며 말하였다.

"소승이 진실로 몇 해 전 오가던 길에 한번 슬쩍 보고는 돌연 불같은 욕정이 솟구치더군요. 혼자인 데다 가녀린 여자라 업신여기고 밤을 틈타 뛰어들어 강제로 욕을 보이려 했지요. 한데 이 여자가 죽을힘으로 뿌리치며 막더군요. 소승은 그녀가 순순히 따르지 않은 것에 부아가 치밀어 결국 계도(戒刀)[86]를 뽑아 찔러 죽이고 그 자리에서 도망쳐 달아났습니다."

이 말을 마치자마자 황 판서는 곧장 큰 소리로 주위를 불러 '이 중놈을 끌어내라.' 하였다. 그리고 죄상을 들추어 열거하고는 몽둥이로 때려죽였다. 죽은 열부의 다년간의 원한을 씻어준 것이다. 이를 두고 당시 논자들은 혹은 '어려운 일이야'라고도 하고, 혹은 '너무 박정하군'이라고도 하였다.

---

[86] 계도(戒刀): 승려들이 지니고 다니는 칼로 승구(僧具)나 삼의(三衣, 비구가 입는 세 가사)를 베거나 자르는 데 사용한다.

전라감사가 검시하여 원혼의 한을 씻어 줌

전에 아무 대감이 전라감사로 있을 때였다. 어느 날 그곳 수령과 선화당(宣化堂)[87]에서 밤중에 담소를 나누었다. 밤이 깊어진 뒤, 수령은 물러가고 감사도 바로 주변을 '물러가라' 하고는 막 잠자리에 들 참이었다. 그런데 느닷없이 여인의 곡소리가 들려왔다. 그 소리는 매우 슬프고 절절하였다. 이 곡소리가 멀리서부터 가까워지더니 삼문(三門)[88] 안으로 들어와서는 마침내 멈추었다. 그리고는 인기척이 나는 듯 하더니 하나하나 섬돌을 딛고, 대청마루로 올라와 문을 열고 들어오는 것이었다. 고개를 들어 살펴보니 머리를 올리지 않은 여자아이였다. 누런 저고리에 붉은 치마를 입었으며 자태도 남달랐다. 감사가 해괴하다 싶어 물었다.

"너는 사람이냐, 귀신이냐? 무슨 일로 왔느냐?"

여자아이가 대답하였다.

"소인은 바로 본관 이방의 딸이랍니다. 저희 집안 형편은 어느정도 넉넉한 편이었지요. 어머니가 돌아가시자 아버지께서는 후처를 얻어서 사내아이를 낳았지요. 또 계모의 동생이 저희 집 재물을 탐하여 싹 털어볼 심산이었지요. 하지만 소녀가 집에 있고 소인의 아버지도 저를 몹시 사랑하셨기 때문에 저들은 그 계획을 실행하지 못했지요. 그러다가 지난 달에 소인의 아버지가 관가의 분부로 외지에 출타하게 되었답니다. 가셔서 돌아올 때까지를 따져보면 대엿새는 되었지요. 그 사이 계모가 자기 동생과 함께 작당하여 소녀더러 밖에 나가 다듬이질을 하라고 시켜놓고

---

87 선화당(宣化堂): 조선시대 각 감영에서 관찰사가 정무를 보던 정청(政廳)이다. 대개 감영뿐만 아니라 지방 관아의 동헌도 이렇게 불렀다.

88 삼문(三門): 우리식 한자어로, 대궐이나 관아의 정문과 동협문(東夾門), 서협문(西俠門) 등 세 곳의 출입문을 말한다. 따라서 여기서는 곡소리가 삼문에서 다 들렸고, 관아 안으로 들어온 상황임을 뜻한다.

몰래 뒤를 따라와 목침으로 저의 머리를 내리쳤어요. 소녀는 그 자리에 서 고꾸라져 머리가 깨진 채 죽었답니다. 이 옷으로 염을 하여 관 속에 넣어 십 리 떨어진 관로(官路)의 옆에 묻었습니다. 아직 흙이 마르지도 않았지요. 소녀의 아버지가 일을 마치고 돌아와 저를 찾았지만 보이지 않자 계모에게 물었지요. 계모는 '당신이 떠난 며칠 뒤에 갑자기 애가 급한 흉복통을 앓더니 하루를 채 넘기지 못하고 죽었지 뭐예요.'라고 대 답하였답니다. 소인의 아버지께서는 정황은 알지 못한 채, 한바탕 통곡 할 뿐이었습니다. 사또님께 애걸하오니 소녀의 이 억울함을 풀어 주십사 이렇게 우러러 아뢰옵니다."

감사가 그녀 부친의 성명을 묻고 다시 계모와 그 동생의 이름까지도 물었다. 그리고 답하였다.

"내 마땅히 너를 위해 원한을 풀어 주겠노라."

그녀는 두 번 절을 올리고 물러났다. 이제는 곡소리도 들리지 않았고 인기척도 들리지 않았다. 마침내 촛불을 밝히고 일어나 앉아서 통인을 보내 수령을 급히 관아로 들도록 하였다.

그때 수령은 관아에서 감사를 모시고 한담을 나누다가 밤이 깊어서야 한껏 먹고 취하여 이제 막 돌아온 상태였다. 옷을 벗고 잠자리에 들어 막 정신이 몽롱해지는 즈음, 갑자기 감영에서 감사의 분부라며 급히 들라 는 명을 듣고는 깜짝 놀라 일어났다.

"뭔 일인가! 잠깐 사이에 무슨 큰일이 생겼기에 이리 급히 부르신단 말인가?"

허겁지겁 옷을 챙겨 입고 정신없이 관아에 들었다. 감사는 촛불을 밝힌 채 앉아서 기다리고 있었다. 들어가 뵙고 무슨 급한 일인지를 여쭈었다.

"시급히 관을 열어 검시할 일이 있으니, 당장 관의 십 리 밖에 있는 길가로 가서 날이 새기를 기다렸다가 검시를 해 오게."

그러면서 작은 쪽지를 던져 보였다. 수령이 보니 바로 이름들이 적힌 쪽지였다. 수령은 즉시 관아로 돌아와서 건장한 포졸을 풀어 쪽지에 적힌 이름대로 불시에 들이닥쳐 모두 포박하였다. 단단히 긴 칼을 씌워 관아 십 리 길가의 새로 쓴 무덤으로 끌고 갔다. 그곳 봉분을 파내고 관을 쪼개 검시하기 위해 시신을 평지에 꺼내 놓았다. 차례차례 검시해 보니 바로 이 시신은 15, 6세 된 여자로, 얼굴빛이 살아 있는 것 같았다. 앞 얼굴에 아무 상처도 없어서 시체를 뒤집어 뒷면을 봤다. 그랬더니 두개골이 깨져 있었고 피와 골수가 아직 마르지 않은 상태였다.

마침내 시장(屍帳)[89]을 갖추어 고하였다. 간단하게 염한 저고리와 치마를 보니, 어젯밤에 보았던 것과 같은 것이었다. 급기야 이방과 계모의 동생을 잡아들여 각각 엄하게 심문하였다. 계모의 남매는 감히 대응하지 못하고 조목조목 다 승복하였다. 이리하여 이들을 모두 때려죽이고, 이방은 집안을 다스리지 못한 죄를 물어 유배를 보냈다. 감영 지역의 백성들은 모두 그의 신명함을 칭송하였다.

4-23

곤륜 최창대가 급제하고도 여자와의 언약을 어김

부제학(副提學) 최창대(崔昌大)[90]는 문장을 일찍이 성취하여 재주와 명망이 세상에 자자했을 뿐만 아니라 용모도 출중하여 풍채가 사람들을

---

89 시장(屍帳): 시신을 검안한 증명서이다. 여기에는 시신의 모양을 그린 시형도(屍型圖)와 손상 정도나 시신의 상태를 적은 격목(格目) 등의 내용으로 되어 있다.

90 최창대(崔昌大): 1669~1720, 자는 효백(孝伯), 호는 곤륜(昆侖), 본관은 전주이다. 영의정을 지낸 최명길(崔鳴吉)의 증손이며, 최석정(崔錫鼎)의 아들이다. 1694년 과거에 급제하여 대사성, 이조참의, 부제학 등을 역임하였다. 함경도와 전라도의 암행어사로 나가 지역의 폐단을 바로잡은 치적이 있다. 특히 문장에 뛰어나 당대 박세채(朴世采), 김창협(金昌協) 등과 비교되었으며, 제자백가와 경서에도 밝아 당시 사림의 추앙을 받기도 했다. 저서로 『곤륜집(昆侖集)』이 전한다.

압도했다. 그런 그가 과거에 급제하기 전의 일이다. 계절이 늦봄으로 바뀌는 때 알성시(謁聖試)[91]를 보인다는 왕명이 나왔다. 한편 최 부학은 일이 있어서 나귀를 타고 외출하였다가 아무 방(坊)을 지나가게 되었다. 난데없이 누군지 모르는 사람이 종종걸음으로 다가왔다. 나귀 앞에 이르더니 머리를 숙이고 넙죽 절을 하는 것이었다.

"댁은 뉘시오? 나는 누군지 모르겠소."

라고 묻자, 그가 대답하였다.

"소인은 다름 아닌 지전(紙廛)[92] 거리 상인으로 이름은 아무라 하옵니다. 아직 한 번도 문안을 드린 적은 없사오나 적이 간곡하게 아뢸 일이 있나이다. 조용하지 않으면 사정을 다 여쭈지 못하는 일이옵니다. 소인의 집이 바로 저 집이오니 황송하기 짝이 없사오나 감히 행차께 청하옵니다. 잠시 제집으로 들어가 쉬었다 가시지요."

최 부학은 그의 말이 기이하다 싶어 그대로 나귀에서 내려 사랑방으로 들어갔다. 방 안은 산뜻하고 깨끗했으며, 벽엔 글씨와 그림이 가득했다. 자리에 앉자 지전 상인은 몸을 굽힌 채 다가와 아뢰었다.

"소인에겐 여식 하나가 있사옵니다. 이제 막 열여섯 살로 외모도 그런대로 밉상은 아니고 약간의 재주와 학식도 갖추었답니다. 제 여식이 평소 젊은 명사의 부실(副室)이 되고 싶었기에 아직껏 혼처를 정하지 못하고 있답니다. 하온데 어젯밤 여식이 꿈을 꾸었는데 정초지(正草紙)[93] 한

---

91 알성시(謁聖試): 임금이 문묘에 참배[謁聖]하고 나서 성균관 유생들을 대상으로 치르는 비정규 과거 시험이다. 이런 비정규 시험으로 따로 증광시(增廣試)와 별시(別試)가 있었다. 이 시험은 상피제가 없어서 시관의 아들이나 친척들도 응시할 수 있었기에 부정이 저질러지기도 하여 뒤에 과거제도 폐단의 하나가 되었다.

92 지전(紙廛): 지물전이라 하며 종이 등속을 파는 점포이다. 이 지전 거리는 육의전 거리의 하나로, 현재 종각에서 광통교로 이어지는 즈음에 '지포(紙布)' 거리가 있었으며, 이 일대를 지묵동(紙墨洞)이라고 불렀다.

93 정초지(正草紙): 즉 시지(試紙)이다. 작성한 답안을 마지막으로 정서했다는 의미로 붙여진 것으로, 최종 제출지에 해당한다. 일반적인 과거 답안지를 통칭하기도 한다.

장이 졸지에 날아올라 황룡으로 변하더니 하늘 속으로 솟구쳐 가더랍니다. 꿈에서 깬 뒤 기이하다 싶어 꿈속에서 본 용으로 변한 시지를 수소문하여 사서는 열 겹으로 싸서 두었지요. 제 딴엔 이번 과거에 이 정초지로 과거를 보는 이는 필시 장원급제를 할 것이라고 하며, 스스로 그분을 선택하여 시지를 주고 그분의 소실이 되겠다고 하지 않겠습니까. 소인의 집이 마침 큰길 옆에 있기에 여식은 아침 일찍부터 행랑 한 칸을 깨끗하게 치우고 바깥 창에 발을 드리우고서 온종일 나와 앉아서 오고 가는 사람을 관찰하고 있었답니다. 때마침 서방님 행차가 지나가는 걸 보고는 급히 소인을 불러 행차를 모셔 오라고 조르지 뭡니까. 해서 이렇게 당돌하게 들어오시라고 청한 것입니다.”

잠시 뒤 큰상이 나왔다. 차린 음식은 저마다 보기에도 좋고 호사스러웠다. 그리고 딸아이를 나오라고 하여 뵙게 하였다. 그녀는 꽃 같은 얼굴에 달 같은 자태가 그야말로 경성지색(傾城之色)이었다. 눈과 눈썹이 맑고 수려하였으며, 행동거지도 단아한 게 일반 여염집의 천한 여자들과는 비교가 안 되었다. 지전 상인은 다시 무릎을 꿇고 정초지 한 장을 바쳤다.

“이게 바로 소인 여식이 용꿈을 꾼 그 종이입니다. 과것날이 이제 머지않았으니 서방님께서 이 종이에 답안을 써서 올리면 필시 장원 자리를 차지하고 말고요. 창방(唱榜)하는 날이 되면 제 여식을 비천하다고 혐의하지 마시고 가마꾼을 대동하여 데려가 주십시오. 그래서 영원토록 기추(箕帚)를 받들게 한다면 여식의 평생소원이 이루어지는 것이옵니다. 천만 간절히 축원하나이다.”

최 부학은 이미 그녀의 출중한 미모에 반한 데다가 비상한 꿈의 징조까지 좋아 결국 몇 번이고 그러겠다고 하며 굳은 약속을 하고서 떠났다.

과것날이 되자, 부학은 정초지를 들고 과장으로 들어갔다. 답안 내용을 구상한 다음 붓을 휘갈겨 순식간에 다 써서 제출했다. 과연 장원 자리를 차지했다. 어전에서 그의 이름이 불리고 어사화(御賜花)를 꽂고 풍악

이 울렸다. 부친 의정공(議政公)⁹⁴이 뒤에서 절을 올리고 나오자, 선악(仙樂)⁹⁵이 하늘에 울려 퍼지고 영예로움은 세상에 빛났다. 자기 집에 당도하니 귀한 수레들이 대문을 메웠으며 하례하는 손님들도 마루에 꽉 찼다. 노래하는 가수와 춤추는 무희들은 앞뒤로 늘어섰고, 진수성찬은 좌우로 잔뜩 벌여 있었다. 악기가 이 잔치를 돕고 배우들이 갖은 기예를 뽐내니 담을 두른 구경꾼이 뜰과 길거리에도 장사진을 이뤘다.

그러는 사이 해가 저물어 어둑어둑해지자 빈객들은 점차 흩어졌다. 부학은 전에 간곡하게 맺은 언약을 마음에 잊지는 않았으나 아무래도 젊은 사람의 일 처리란 게 주의가 치밀하지 못했다. 그러다 보니 이 사실을 부친께 감히 고하지 못했다. 게다가 정신없고 요란한 와중이라 아랫사람으로서 그런저런 일까지 다 주선할 수도 없었다. 바야흐로 망설이며 한탄만 하던 즈음 대문 밖에서 난데없는 통곡 소리가 들려왔다. 그 소리가 몹시 애처로웠다. 어떤 사람이 보이는가 싶더니 가슴을 치며 목 놓아 울면서 곧장 대문 안으로 달려들어 왔다. 하인들이 백방으로 막아 쫓아내려 했지만, 그자는 더욱더 큰소리로 통곡하는가 하면 소리를 지르기도 하였다. 너무나 원통한 일이 있어서 선달(先達)⁹⁶께 아뢰고자 한다며 죽기

---

94 의정공(議政公): 즉 최석정(崔錫鼎, 1646~1715). 자는 여시(汝時)·여화(汝和), 호는 존와(存窩)·명곡(明谷)이다. 1671년 과거에 급제하여 이조판서, 우의정, 영의정 등을 역임하였다. 그가 영의정을 지냈기 때문에 의정공이라 한 것이다. 특히 그는 숙종 시기 당쟁의 와중에서 치우치지 않고 객관적인 입장을 고수하여 화를 줄이는 데 힘썼다. 한편으로 붕당의 폐단을 비판하기도 했다. 학술적으로는 『야승(野乘)』을 집대성하려고 찬수청을 설치하는 등 심혈을 기울였으며, 저서로 『예기유편(禮記類篇)』과 『명곡집(明谷集)』이 전한다.

95 선악(仙樂): 원래는 선계의 음악을 뜻하나 궁중에서의 화려한 풍악잡이를 미화한 표현이기도 하다.

96 선달(先達): 조선시대 문무과에 급제하고 아직 벼슬에 나아가지 않은 사람을 지칭한다. 원래는 후진의 반대인 선진(先進)을 의미하였으며, 특히 고려시대에는 예부시(禮部試)에 급제한 선배를 일컬었다. 그런데 조선시대 후기에 접어들면 주로 무과 출신 중에 평생을 벼슬을 얻지 못하는 경우가 많았기에 이런 실직이 없는 이들을 부르는 용어로 많이 쓰이게 됐다.

살기로 뚫고 들어오는 것이었다. 부친 의정공이 그의 말을 듣고 해괴하기 짝이 없다 싶어 사람을 시켜 그만 곡하고 앞으로 들라 하여 물었다.

"너는 무슨 원통한 일이 있기에 이런 집안의 경사스러운 날에 이처럼 있어서 안 될 해괴한 짓을 한단 말이냐?"

그자는 눈물을 흘리며 절을 올리더니 소리를 삼키며 대답하였다.

"소인은 지전 거리 상것으로 성은 뭐요 이름은 아무라 하옵니다."

그러면서 자기 딸이 용꿈을 꾼 일과 최 부학과 언약한 일까지 자초지종을 자세하게 아뢰고 이어지는 얘기는 이랬다.

"소인의 여식이 과것날이 되자 아침부터 밥도 먹지 않고 방이 났다는 소식만을 기다리며 계속 서방님의 등과 여부를 알아보려고 했사옵니다. 해서 소인이 길에서 들리는 소식을 연이어 수소문해 보니 귀댁의 서방님이 과연 장원급제한 게 의심할 여지없이 확실했사옵니다. 이에 여식에게 희소식을 전했더니, 애는 하늘에 오를 듯 기뻐하며 이제는 교자로 데려간다는 기별이 오기만 기다렸사옵니다. 하오나 보고 또 보고 날이 저물어가는 데도 소식은 없었사옵니다. 딸애는 앉았다 누웠다 안절부절못하며 얼이 빠져 미쳐 돌아가더니 아무 말 없이 수차 긴 한숨만 내쉬었습니다. 소인이 차마 그 모습을 볼 수 없어 백방으로 달랬습니다. '창방하는 날엔 으레 주변이 분주하고 요란하단다. 문에 치이는 하객들을 응대하기도 엄청 번거로울 거다. 그러니 좀 급하지 않은 일은 따질 여유가 없겠지. 저 서방님이 잠시 망각하는 거야 정말이지 이상한 일이 아니란다. 혹 잊지 않았다고 해도 바쁜 와중에 이것까지 챙길 여유가 없는 것도 괴이할 게 아니란다. 애비가 그 댁에 가서 경하를 드리고 그 길에 동정을 살피고 와도 늦지 않을 게다.' 그런데도 아이는 '아니에요. 언약을 마음속에 간직하고 있었다면 어떻게 분주하다고 잊어버릴 수 있겠어요? 또 애정이 깊으면 아무리 총망한 중이라도 교자를 보내 데려가는 거야 분부 한 번이면 될 일이니 어찌 그럴 겨를도 없겠어요? 서방님 심중에 이미 소녀가 없는 거예요. 그러니까 아직껏 소식이 없는 거지요. 저쪽이 이미 나를 잊어 데려갈 의향이 없는데 우리가 먼저 알아보는 건 부끄럽지 않겠어요? 우리가 찾아가서 알아봤다는 걸로 인해 저쪽에서 마지못해 데려가겠다고 하면 이게 무슨 재미있는 일이겠어요? 백년해로하며 함께 기뻐할 수 있는 건 정의가 도타워야 하는 거지요. 하물며 꽃다운 맹세가 채 식기도 전에 이처럼 변심하니 다시 훗날을 어찌 기약하겠어요? 제 마음은 이미 결정되었으니 더는 말씀 마세요.' 그러더니 방 안으로 들어가서 스스로 목을 매 자결하고 말았나이다. 소인 분하고 슬픈 마음 가슴에 복받치고 애달프고 원통한 마음 하늘에 사무칩니다. 감히 이렇게 달려와 아뢰오니……."

의정공은 이 얘기를 듣고 놀라지 않을 수 없었다. 측은하기 짝이 없어 한동안 말을 하지 못했다. 이어 아들을 불러 꾸짖었다.

"이게 얼마나 큰일인데 너는 저 아이와 언약해 놓고도 이리 배신을 한단 말이냐. 세상에 어찌 너같이 풍류도 없고 신의도 없는 놈이 있단 말이냐? 박정하기 짝이 없어 더없는 원한을 쌓았구나! 처음 나는 내심 네가 원대한 인간이 될 것으로 기대했었다. 그런데 이 일을 보니 더 이상 볼 게 없구나. 무슨 일을 처리하겠으며 무슨 벼슬을 맡아 하겠느냐?"

못내 혀를 끌끌 차더니 다시 지시하였다.

"당장 제수를 부족하지 않게 마련하고 제문 한 통을 지어서 네 죄를 하나하나 나열하고 후회막급의 뜻을 실어, 영전 앞에 가서 곡을 하도록 해라. 또 장례의 절차를 네가 직접 치러 서운함이 없도록 해야 할 것이니라. 그래야 언약을 어긴 죄를 조금이라도 덜고 눈을 감지 못한 한을 위로할 수 있을 게야. 그렇게 해야 하는 것이다. 그렇게 해야 해!"

의정공은 또 널과 수의(壽衣) 등 장례 물품을 충분히 마련해 주어 후한 장사를 치르게 해 주었다. 그 뒤 최 부학은 벼슬이 부제학에 이르렀으나 일찍 죽었다.

오산 차천로가 흥에 겨워 그림 병풍에 시를 지음

월사(月沙) 이(李) 상공[97]이 명나라에 입조할 때에 종사관은 한 시대를 풍미하던 이들로 선발하였다. 오산(五山) 차천로(車天輅)[98]는 문장으로 참여했으며, 석봉(石峯) 한호(韓濩)[99]는 명필로 함께하였다. 일행이 심양(瀋陽)에 이르렀을 때 이런 소식을 듣게 되었다. 한 부자가 만금을 들여 채색 병풍 하나를 만들고자 하였다. 먼저 채색 비단을 입히자 아롱져 빛났고 금빛과 푸른빛의 도료가 찬란했다. 이내 세상의 유명한 화가를 불러들여 붉고 푸른 두 그루 복숭아나무를 그리고, 그 사이엔 앵무새 한 쌍도 그려 넣었다. 이제 세상의 명문장과 명필가를 찾아서 화제(畫題)를 쓰려는 참이었다. 그러나 아직 적당한 사람을 구하지 못한 중이었다. 그러다가 세상에 명필로 이름을 날리는 두 선비가 촉(蜀) 땅에 있다는 소식을 듣고, 폐물을 넉넉히 준비하여 찾아가 요청하였다. 물론 두 선비는 아직 찾아

---

97 월사(月沙) 이(李) 상공: 즉 이정귀(李廷龜, 1564~1635). 이정귀는 세 번(1604, 1616, 1619)에 걸쳐 중국에 사신으로 다녀왔다. 그런데 여기 이야기처럼 오산 차천로와 석봉 한호를 종사관으로 동행한 적은 없다. 다만 1601년에 명나라 사신을 영접할 때 이정귀가 영접사였는데, 그때 차천로는 제술관(製述官)으로, 한호는 사자관(寫字官)으로 대동하였다. 이 자리에는 이들뿐만 아니라 동악(東岳) 이안눌(李安訥), 남창(南窓) 김현성(金玄成), 석주(石洲) 권필(權韠) 등도 참여하여 이 참여 인원들을 '일대지선(一代之選)'이라고 일컬었다.

98 오산(五山) 차천로(車天輅): 1556~1615. 자는 복원(復元), 오산은 그의 호이다. 1583년 과거에 급제하여 봉상시첨정 등을 역임했으나 주로 한직이었다. 대신 시문에 뛰어나 부친인 차식(車軾), 동생 운로(雲輅)와 함께 '삼소(三蘇)'로 일컬어졌다. 또 따로 그의 시와 한호의 글씨, 그리고 최립(崔岦)의 문장을 합쳐 '송도삼절(松都三絶)'로 불리었다. 저서로 『오산집(五山集)』과 『오산설림(五山說林)』이 있다.

99 석봉(石峯) 한호(韓濩): 1543~1605. 자는 경홍(景洪), 석봉은 그의 호이다. 주지하듯이 글씨에 뛰어나, 안평대군(安平大君), 김구(金絿), 양사언과 함께 조선 4대 명필로 꼽힌다. 특히 당시 사자관(寫字官)으로서 국가 전적과 외교 문서를 도맡아 작성하였다. 뒤에 그 공으로 흡곡현령(歙谷縣令) 및 가평군수 등을 역임하였다. 지금도 일반적으로 알려진 천자문의 서체가 그의 글씨로, 이를 석봉 천자문이라 한다. 그의 비문으로 「서화담경덕비(徐花潭敬德碑)」 등이 있다.

온 것은 아니었다. 그래서 병풍은 아직 집에 있었기에 구경하겠다고 하는 사람이 있으면 언제든 보여주었다.

차천로와 한호는 이 소식을 듣고는 시상(詩想)이 도도해지고 붓끝의 흥이 솟아 가만히 있을 수가 없었다. 그리하여 찾아가 보게 해달라고 하였다. 그림이 그려진 천과 꾸미는 비단은 일찍이 볼 수 없었던 재료였고 그림도 핍진하였다. 이것을 보자 또한 흥을 이길 수 없어 오산은 석봉에게 이런 제안을 하였다.

"내가 화제를 읊을 터이니 당신은 붓을 놀려 쓰시오. 이른바 촉 땅의 문필가라도 나와 당신보다 반드시 나으리란 법도 없소."

이리하여 마침내 사람이 없는 틈을 보아 석봉은 먹을 갈아 붓을 적시고, 오산은 목소리를 가다듬고 읊어 칠언절구 한 수를 병풍 위에 썼다.

> 똑같은 복숭아꽃이나 색은 같지 않으니
> 봄바람에 물어봐도 그 뜻을 모르네.
> 다행히 그 사이에 말할 줄 아는 새가 있어
> 진분홍이 연분홍에 비친다고 알려주네.[100]
>
> 一樣桃花色不同
> 難將此意問東風
> 其間幸有能言鳥
> 爲報深紅映淺紅

---

[100] 똑같은 복숭아꽃이나 …… 비친다고 알려주네: 이 시의 출처는 불분명하다. 차천로의 문집에는 보이지 않거니와, 짐작건대 그 이전부터 전승되고 있었던 듯하다. 일설에는 성삼문(成三問)이 지은 것이라고도 알려져 있으며, 따로 「한양가(漢陽歌)」에는 정도전이 지은 것으로 나와 있기도 하다. 그 구절을 간략하게 제시하면 다음과 같다. "정삼봉의 거동보소 / 화제를 지어낼 제 (중략) 화제를 살펴보니 / 글씨에 하였으되 / 일수개화(一樹開花) 색부동(色不同)하니 / 난장차의(難將此意) 문동풍(問東風)을 / 기간앵무(其間鸚鵡) 능언조(能言鳥)가 / 설도심홍(說道深紅) 영천홍(映淺紅)을."

석봉은 단번에 휘갈겨 쓰고 나서는 곧장 수레를 몰아 연경으로 떠나 갔다.

잠시 뒤 주인이 와서는 붓으로 끄적거려 놓은 것을 보고는 버럭 화를 내었다.

"내가 만금을 아끼지 않고 이 병풍을 치장하여 세상에서 제일가는 시 문과 필적을 구해서 대대로 전할 가보로 삼을 양이었거늘! 그림은 다행 히 얻었고 이제 시와 필묵은 촉 땅의 선비가 오기를 기다리는 참이었는 데, 어떤 조선 놈이기에 담이 커서 내가 없는 틈을 타서 감히 나의 보배 를 이처럼 더럽혔단 말인가!"

그러면서 혀를 차며 한탄하고 씩씩대며 욕을 해댔다. 이윽고 촉 땅의 두 선비가 와서 병풍을 살펴보니 남이 이미 먼저 손을 댄 상태였다. 그것 을 자세히 한참 보고 나더니 벌떡 일어나 대청마루에서 내려와 공손히 재배하고는 감탄하였다.

"이야말로 천하의 문장과 명필이오! 우리야 그 품격이 저만 못하니 감히 당할 수 없소."

그러더니 붓을 내던지고 물러나 버렸다. 주인은 비로소 이것이 진짜 명필이며 명문장이라는 걸 알고는 몹시 기뻐하였다. 시를 써준 값을 넉넉 히 준비하여 사신 일행이 돌아오기를 기다렸다. 이후 오산과 석봉 두 사람을 맞아들여 예를 다하여 감사해하고 폐백을 많이 챙겨주었다. 이때 부터 오산과 석봉의 이름이 중국에 날리고 천하에 짝할만한 자가 없었다 고 한다.

무과 응시자가 능숙한 말솜씨로 시관을 굴복시킴

한 과거 응시자가 무과의 강(講)에 응시하게 되었다. 마침 백이(伯夷)·숙제 (叔齊)의 「채미가(采薇歌)」[101]가 출제로 나왔다.

"고사리라는 것은 그 줄기만을 먹는 것이다. 고사리를 먹는 자라면 누군들 그 줄기를 꺾어서 따오지 않겠는가마는, 백이·숙제만은 그 뿌리를 캤으니 그 의가 어디에 있는 것이냐?"

그러자 그가 대답하였다.

"선생께서는 정말 모르고 물으시는 것입니까? 아니면 아시고도 시험하느라 묻는 것입니까? 고사리의 줄기를 먹는다고 함은 예나 지금이나 같은데, 어찌 백이·숙제만 그것을 몰랐겠습니까? 주나라 사람들이 고사리를 먹을 땐 줄기를 먹는 게 마땅하고, 백이·숙제가 고사리를 먹을 땐 줄기를 먹는 건 마땅하지 않고 뿌리를 먹는 것이 마땅하지요. 주나라의 하늘에서 내린 비와 이슬이 줄기를 흠뻑 적셨으니 백이·숙제가 주나라의 곡식을 먹지 않는다는 의리로 어찌 그 줄기를 흔쾌히 먹을 수 있었겠습니까? 이 때문에 주나라 줄기는 버리고 은나라의 뿌리를 캐낸 것입니다. 그리하여 마침내 은나라 선비가 은나라 노래를 부름으로써 은나라의 절개로 생을 마친 것입니다. 모르겠습니다만 선생께서는 백이 같은 절개로 고사리를 끊어 줄기를 먹는 게 옳은 것이라 봅니까, 옳지 못하다고 봅니까?"

시관이 물었던 것은 '채(采)'라는 한 글자로 이 무인을 놀려 그의 말문이 막히는지 여부를 보려는 것이었을 뿐이고, 별다른 의심의 단서가

---

101 「채미가(采薇歌)」: 백이와 숙제가 죽기 전에 불렀다는 노래이다. 주지하듯이 고죽국의 왕자였던 백이와 숙제는 무왕이 주나라를 건국하자 절개를 지켜 수양산에 들어가 고사리만 캐 먹다가 죽어, 훗날 절의의 상징이 되었다. 이 노래는 『사기』·「백이열전」에 전한다. 원문은 다음과 같다. "登彼西山兮, 采其薇矣. 以暴易暴兮, 不知其非矣. 神農虞夏忽焉沒兮, 我安適歸矣. 于嗟徂兮, 命之衰矣."

있어서 그런 건 아니었다. 그런데 이치가 환하게 통하는 답변이 자신도 미처 생각하지 못했던 부분에서 튀어나오자 깜짝 놀랐다. 그래서 다시 물었다.

"그럼 백이가 굶어 죽은 날을 간지로 계산해보면 어느 날에 해당하는가?"

"경오(庚午)일입니다."

"어디에 근거한 것이냐?"

"『법화경(法華經)』에 '보통 사람이 아무것도 먹지 않아서 죽게 되는 경우, 남자는 7일이고 여자는 9일이다.'[102]라고 하였습니다. 상나라의 주(紂)임금이 죽은 것은 갑자(甲子)일이었으니 백이·숙제는 이 갑자일로부터 음식을 전폐했을 것입니다. 그러니 갑(甲)·을(乙)·병(丙)·정(丁)·무(戊)·기(己)·경(庚)이니 칠 일째인 경오일이 됩니다. 바로 『법화경』에서 남자는 7일이 한계라고 언급했으니, 이것으로 알 수 있습니다."

시관은 몹시 기특해하며 그의 무예의 고하를 따지지 않고 강의의 제일로 뽑아 장원이 되게 하였다.

4-26

홀아비 양반이 농지거리로 이웃의 과부를 차지함

옛날 한 시골 양반이 있었다. 그는 중년에 상처했으나 집이 가난한 터라 재취를 할 수 없었다. 그런데 그와 문을 마주한 집에 민가의 과부가 살고 있었다. 친척이나 자식도 없었으나 집안 살림은 그래도 조금은 풍

---

102 보통 사람이 …… 여자는 9일이다: 이 부분의 원문은 "凡人之不食而斃者, 男則七日, 女九日."인데, 이 구절이 『법화경』에는 보이지 않는다. 일반적으로 여성이 주림에 더 오래 참고 견딘다는 속설을 이렇게 표현한 것인데, 정확한 출전이 있는지는 확인되지 않는다.

족한 편이었다. 시골 양반은 그녀를 후실로 맞이할 마음이 있어 여러 길로 중매를 넣었다. 하지만 그녀는 자신의 나이가 이미 많이 든 데다 가산도 어렵지 않았기에 다시 시집갈 뜻이 없었다. 그래서 백방으로 구슬려도 끝내 들으려고 하지 않았다.

그러던 어느 날, 이 양반은 평소 아주 친한 이웃에 사는 권농(勸農)[103]을 불러서 말했다.

"내가 저 과부를 얻어 별실로 삼고자 하는데 저이가 끝내 말을 듣지 않으니 어찌할 방법이 없네. 이제 자네에게 한 계책을 말할 테니, 자네는 여차여차해야 하네."

권농이 알겠노라고 하고 돌아갔다.

그때는 농사철이었다. 이른 새벽부터 권농이 과붓집으로 와서 문을 두드렸다.

"내가 오늘은 모내기하려는 참이니 자네 소를 꼭 빌렸으면 하네."

과부는 원래 재력이 풍족하여 남의 힘을 빌리지 않은 터, 모든 집 안의 물건들을 일절 남에게 빌려주지 않았다. 그래서 온 마을 사람들이 그녀를 아니꼬워하지 않은 적이 없었다. 그런 그녀가 권농의 말을 듣고는,

"오늘 저도 모내기해야 해서 소를 빌려드릴 수가 없네요."

라고 하였다. 권농은 불문곡직하고 대뜸 외양간으로 들어가서 소를 끌고 나가버렸다. 그녀는 분을 참지 못하고 고쟁이와 겉옷을 입을 겨를도 없이 맨발로 나와 뒤쫓아 갔다. 이 양반은 그녀가 문을 나가는 것을 엿보고 있다가 맨몸으로 곧장 그녀의 집으로 들어가 과부의 이불을 덮고 누웠

---

103 권농(勸農): 즉 권농관이다. 조선시대 농촌의 농업을 관장하는 지방직이다. 지방 수령이 각 고을의 한량(閑良) 중에 청렴하고 재주 있는 자를 뽑아 농사에 관한 제반 일을 관장하게 하였다. 그런데 이 직책은 농촌사회의 조세 수취와 직결되어 있어서 주로 향반들이 맡아오다가 조선 후기에 들어와서는 부유한 양인들이 이를 담당하게 되었던바, 여기의 권농이 이에 해당한다.

다. 과부가 쫓아와 권농을 잡고는 소를 빼앗아 돌아오면서 수없이 욕을 해댔다. 권농은 일부러 다시 뒤쫓아 와서는 계속 간곡하게 좀 빌려달라고 하였으나 그녀는 줄곧 욕을 해댈 뿐이었다. 이러는 중에 해는 점차 기울고 있었다. 주변 이웃에선 이들의 다투고 싸우는 소리를 듣고서 죄다 나와 구경하느라 과부의 집 앞으로 물밀듯이 몰려들었다. 이웃들은 권농의 편 아닌 이가 없었기에 다들 권농을 위해 한마디씩을 거들었다. 그녀는 여전히 악다구니를 퍼붓느라 뜰 안이 온통 시끄러웠다.

한편 양반은 맨몸으로 능청스럽게 덮고 있던 이부자리에서 일어나 앉더니 어깻죽지를 드러내고 침관(寢冠)을 삐딱하게 쓴 채, 창문을 밀고 버럭 소리를 질렀다.

"어떤 괴상한 놈이기에 감히 이곳에 와서 시끄럽게 떠드느냐?"

권농이 올려보니 바로 이웃에 사는 아무개 생원이었다. 당장 그의 앞으로 달려가 절을 올리고 아뢰었다.

"소인은 참으로 생원 나리께서 이 집에 오셔서 주무시는 줄을 알지 못했나이다."

구경하던 사람들이 너나 할 것 없이 서로 돌아봤다. 패악질에 놀라워하는 자도 있고, 조롱하며 비웃는 자도 있었다. 일제히 흩어지면서 또 암암리에 수군거렸다.

"저 여자가 수절한다는 핑계를 대면서도 몰래 저 양반과 놀아난 게 글쎄 이미 오래됐나 봐."

과부도 전혀 뜻밖의 일이라 한편으로는 이 상황에 경악해하며 또 한편으로는 연신 욕을 해댔다. 하지만 훼절의 치욕은 어떤 말로도 해명할 수 없었다. 양반은 아무렇지도 않은 듯 일어나서는 다시 의관을 정제하고 천천히 돌아가는 것이었다. 과부는 억울하고 분통이 터진 나머지 관아에 소장을 올렸다. 관에서 양반을 잡아들여 그 전말을 캐물었다. 그런데 양자의 말이 이쪽은 정말이라고 하고 저쪽은 어찌 된 영문인지 모르겠다고 하여 진위를 가릴 수가 없었다. 그래서 이웃 사람들을 불러 실상을 확인해봤더니 똑같이 한 가지 얘기였다. 그러니 더 이상 의심할 만한 것이 없어 마침내 분부를 내렸다.

"이러쿵저러쿵 따지지 말라. 과부가 개가하는 게 이상한 일도 아니거니와 저자는 양반붙이이니 첩이 된들 무슨 거리낌이 있겠느냐? 홀아비와 과부 둘 다 짝을 얻는 것이므로 이 또한 좋은 일이라. 다시는 관아에 하소연하지 말고 그와 함께 살도록 하거라."

이 분부에 그녀는 더는 억울하다는 말 한마디 못 하였다. 관아 문을 나서자마자 양반을 흘겨보며 쏘아붙였다.

"이런 상황이 되었으니 이제 어쩔 수 없이 같이 살게 됐네요. 생원님의 심보는 천하의 큰 패거리 도적놈이라 하겠어요."

4-27

박문수가 시골 선비를 속여서 과거에 오름

영성군(靈城君) 박문수(朴文秀)[104] 형제는 글과 글씨가 다 부족했으나 요행으로 감시해액(監試解額)[105]에 나란히 들게 되었다. 이에 형은 다음을

---

104 박문수(朴文秀): 1691~1756. 자는 성보(成甫), 호는 기은(耆隱), 본관은 고령이다. 1723년 과거에 급제하였는데, 여기 이야기처럼 증광시에 합격하였다. 이후 대사성, 경상도와 함경도 관찰사, 어영대장 등을 역임하였다. 1727년 이인좌(李麟佐)의 난이 일어나자 여기 이야기처럼 오명항(吳命恒)의 종사관으로 출전 공을 세워 영성군(靈城君)에 봉해졌다. 그는 소론에 속했으며, 영조 시기 실제적인 탕평책을 구현하는 데 앞장섰다. 특히 네 번에 걸쳐 어사로 파견된 행적과 함경도진휼사로 나갔을 때 기민을 구제한 일 등이 소재가 되어 일명 '암행어사 박문수' 설화가 많이 유전되었다. 이 책에도 이 이야기 외에도 권6 제20화, 권7 제7화, 권9 제3화 등에도 그가 등장한다. 영조대에 각종 편찬 사업에 참여하여 『탁지정례(度支定例)』, 『국혼정례(國婚定例)』 등을 간행하기도 하였다. 유묵으로 「오명항토적송공비(吳命恒討賊頌功碑)」(안성 소재)가 남아 있다. 참고로 그의 형의 존재는 미상이다.

걱정하였다.

"우리 형제가 글도 글씨도 다 변변찮은 데다 과거 치를 도구도 장만하지 못했으니, 매문매필(買文買筆)을 기대하기는 어렵구나. 회시가 가까워졌는데 어떻게 과거를 본단 말이냐?"

그러자 영성은,

"과장(科場) 안의 문필이 다 우리 형제를 위한 것일 테니 당일 정권(呈券)이야 뭔 걱정이 있으려고요?"

라고 하였다. 그는 매일 밤을 드나들며 성안을 샅샅이 뒤져 아무 고을의 아무 선비가 거벽(巨擘)이고 아무 고장의 아무 유생이 서수(書手)인지를 캐서 알아냈다. 저들은 모두 초시에 떨어져 사칭하고 과장에 들어오는 자들이었다. 한편 응시자들은 샛길을 통하거나 딴 길을 이용해 거벽과 서수를 만나 일면식이라도 가지려 하였다.

과젓날이 되자, 영성 형제는 각자 시지(試紙) 한 장씩을 들고 제일 먼저 입장하여 길가에 자리를 잡았다. 거기서 사칭하고 들어오는 자를 보면, 그때마다 일어나서는 하는 말이 이랬다.

"나라 법을 어기고 남으로 속이어 들어오다니 미안하지 않소?"

이렇게 네 차례나 거듭하자, 응시자와 사칭해 들어온 자들은 얼굴이 붉게 달아올랐다. 끝에 가면 어떤 일이 벌어질까 두려운 나머지 관이나 자기 고장에 고발하지 말아 달라며 애걸하였다. 그러자 영성은,

"그럼 우리 형제의 시권을 지어주고 써 주면 무사하지 않을까 싶소."

라고 하면서 요구하였다.

"이분은 우리 형님의 거벽을 맡고, 저분은 우리 형님의 서수가 되시오."

이렇게 각각 배정해도 당사자인 거벽과 서수는 한 마디 항변도 하지

---

105 감시해액(監試解額): 감시는 사마시, 또는 생원진사시라 하여 생원과 진사를 뽑는 예비 시험으로 소과에 해당한다. 다시 말해 향시나 소과에 급제한 인원이나 그 총수를 말한다. 즉 생원진사과 합격 인원에 들었다는 의미이다.

못하였다. 각자 시지를 펼쳐 놓고 거벽이 부르면 서수가 받아 적었다. 순식간에 써냈는데 글은 더 고칠 게 없었고, 글씨도 흠잡을 데가 없었다. 이리하여 마침내 영성 형제는 회시의 방(榜)에 나란히 붙었다.

그 뒤 증광시(增廣試)가 있었다. 영성은 다시 초시엔 붙었으나 회시는 볼 일이 더욱 난감해졌다. 그즈음 충청도의 한 선비가 책문(策文)[106]의 접장(接長)으로서 향시를 하고 상경해서 여관에 묵고 있다는 소식을 접하게 되었다. 영성은 그를 찾아가 말을 걸었다.

"회시에 나서려면 공부가 대략이나마 정리가 되어야 하는 게 당연한데, 저는 서로 이끌고 도움이 될 만한 동접이 없어 고민입니다. 듣자니 노형께서 책문을 잘 짓기로 이름이 높다고 하더이다. 바라건대 몇 편을 함께 지어 이를 다듬고 익히도록 해 주셨으면 합니다."

이에 선비는 그러자고 했다. 영성이 비록 제술(製述)은 서툴렀지만 원래 기억하고 외는 재주는 타고났기에 한번 눈에 들어오면 다 외웠다. 이에 평소 함께하던 친한 사람에게 책제(策題, 책문의 제목) 하나를 부탁하여 이를 남들 몰래 마음속에 기억해두었다. 이튿날 다시 선비를 찾아갔다.

"회시 보는 날이 점점 다가오고 있으니 오늘부터 짓는 일을 시작해 봅시다. 시험 삼아 책제 하나를 내 보시오."

"내가 책문은 대강 읽을 줄 아네만 책제는 아무래도 경화(京華)의 안목이 나을 듯하오. 당신이 내 보는 게 어떻겠소?"

이렇게 재삼 미루며 번거롭게 하자, 영성은 어쩔 수 없다는 듯 여러 책을 뒤적이며 생각을 짜내는 모양으로 반나절을 읊조리다가 마침내 쓰라고 소리쳤다. 책제를 다 쓰고는,

"오늘은 이미 날이 저물었으니 내일부터 짓는 게 어떻겠소?"

---

106 책문(策文): 책문(策問)의 글이다. 책문은 과거 시험의 하나로, 정사(政事)와 경의(經義) 등을 문제로 내면 이에 답을 쓰는 방식이다. 이런 인재 선발 전통은 과거제도가 본격화되기 전인 중국 한(漢)나라 때부터 있었다.

라고 말하고는 헤어졌다. 영성은 또 친한 사람에게 요구하여 중두(中頭)[107] 이상을 써 달라고 해서 역시 속으로 외워두었다. 다음 날 다시 찾아간 영성은 그와 책문을 지었다. 잠깐 구상하느라 시간을 쓰더니 곧 써냈다. 이렇게 4, 5일이 이어졌다. 처음에는 서울 소년이라고 얕잡아 보았던 시골 선비였다. 그런데 영성이 낸 제목과 지은 작품을 보니, 문장이 화려하고 단어의 구사도 막힘이 없어 그야말로 웅문거필(雄文巨筆)이었다. 자신도 모르게 망양지탄(望洋之歎)[108]을 금할 수 없었다. 영성이 하루는 책제를 내고 구상을 하는 즈음, 한 벙거지를 쓴 하인이 숨을 헐떡이며 달려와 물었다.

"박 서방님이 어디 계신지요?"

영성이 내다보니 다름 아닌 자기 집 하인이었다. 그는 급한 숨을 몰아쉬며 다급히 아뢰는 것이었다.

"안방마님이 갑자기 가슴과 배에 통증을 앓아 실로 한시를 보전키 어려운 상황이랍니다. 서방님, 어서 속히 가셔야 합니다."

영성은 시골 선비에게,

"아내의 저 증세는 본래 앓던 것이라서 한 번 발병하면 꼭 십여 일은 옴짝달싹 못 하고 괴로워한답니다. 급히 가서 의원을 불러 약을 써야 하고요. 일단 가서 상황을 지켜보고 곧 다시 와서 지을까 보오……."
라고 하고는 떠났다. 사실 이는 둘러댄 말이었다. 10여 일이 지나자 영성은 다시 그를 찾아왔다.

---

107 중두(中頭): 책문의 구성상에 있어서 한 부분이자 문체의 한 가지로 중간에 논지를 한 번 바꿔 다른 말을 서술하는 격식이다. 참고로 책문은 허두(虛頭)로부터 중두, 축조(逐條), 설폐(說弊), 구폐(求弊), 편종(篇終)으로 나뉘어 글의 구성 단계가 있었다.

108 망양지탄(望洋之歎): 다른 사람의 뛰어남을 보고 자신의 보잘 것 없음을 한탄한다는 뜻으로, '망양이탄(望洋而歎)'이라고도 한다. 이는 『장자』·「추수(秋水)」 편에서 황하의 신 하백(河伯)이 북해(北海)에 이르러 바다를 바라보며 자신의 견문이 좁았음을 탄식했다는 고사에서 유래하였다.

"아내의 우환이 지금은 좀 차도가 있으나 아직 마음을 놓을 만하진 않군요. 하지만 회시 볼 날도 여유가 없는데 다시 함께 지을 여지가 없구려. 이보다 더 아쉽고 안타까울 게 있겠소. 회시일에 과장 밖에서 만나 자리나 함께했으면 싶은데 어떻소?"

선비도 그를 이미 고수로 우러르던 터라 한 자리에 같이 앉으면 필시 이익이 있을 것으로 여기고 흔쾌히 응낙했다. 시험 당일, 영성은 공석(空石)[109] 하나와 정초지(正草紙) 한 장을 가지고 과장 문밖에 자리를 잡았다. 그러나 그는 시골 선비가 온 것을 눈으로 보고도 못 본 척하며 얼굴을 돌려 다른 사람과 얘기하는 둥 아예 만나 얘기할 생각이 없었다. 선비는 그가 이렇게 하는 모습을 보고 탄식하였다.

"서울 사대부는 정말 믿을 만한 존재가 못 되는군! 그렇게 단단히 약조해놓고 과장에 와선 저렇게 속여 안면을 바꾸다니. 자신의 과거 시험에 손해를 볼까 싶어 저러는 것일까?"

그는 결국 직접 그의 곁으로 다가가 먼저 말을 붙여 보았다.

"사람이 찾아온 걸 보고도 외면을 하다니 이게 뭐요? 같은 자리에 앉아 도와주기로 이미 약조해 놓고도 이처럼 쌀쌀맞게 도외시하는 뜻이 역력하니 도대체 왜 그러시오?"

영성은 내심으로는 이 선비가 같이 입장하지 않을까 하는 게 유일한 걱정이었다. 그래서 겉으로는 마지못해 외면하지 않았다는 표정을 애써 지어 보였다. 이렇게 하여 마침내 둘은 같이 입장하여 한자리에 앉았다. 이윽고 책제가 걸리고 각자 초고를 쓰기 시작했다. 반이 지나지 않아 영성이 선비에게 물었다.

"지은 게 어느 정도요?"

"중두(中頭)까지 지었소."

---

[109] 공석(空石): 곡식을 담는 비어있는 거적때기로, 야외용 돗자리로 활용하기 위한 것이다.

그러면서 지은 걸 내보였다.

"잘못된 게 있으면 자세히 가르쳐 주시구려."

영성은 자신의 초고는 방석 밑에 접어놓고 글자마다 먹으로 칠해 남들이 알아보지 못하게 해 놓았다. 그리고 선비의 초고를 대략 살피더니 반쯤 보고나서 그걸 말아서 들고 일어섰다.

"소변이 급해서 그러니 잠깐 기다리시구려. 내가 초한 것은 방석 아래에 있으니 꺼내 보시고."

그렇게 몸을 일으키더니 급히 소변보러 가는 듯이 하다가 친한 사람이 쳐 놓은 일산 아래 휘장 속으로 숨어 들어갔다. 거기서 선비에게 훔친 초고 시지를 직접 펼쳐놓고 베꼈다. 대개 증광시의 정초지는 어지럽게 썼기 때문에 글씨가 괴상하고 졸렬하여 거칠게 보이더라도 구애될 게 없었다. 또 축조(逐條)[110] 이하는 남이 지은 것을 베껴 그대로 제출해도 높은 등급에 오를 수 있었다.

영성은 무신난 때(1728) 종사관으로서 무공을 세워 영성군(靈城君)의 봉을 받았고, 벼슬도 판서에 이르렀다. 평생 권모술수가 많았고 해학에도 뛰어났다. 또 암행어사의 임무를 잘 수행하여 지금까지 그 이름이 유전되고 있다고 한다.

4-28

사명을 받들어 이 상서가 봄을 다툼

판서 이익보(李益輔)[111]는 아무개 대감과 동갑으로 같은 동네에 살았다.

---

110 축조(逐條): 앞의 중두 다음의 단계이자 책문 구성의 세 번째 단계로, 조목마다 서술하는 것을 말한다.
111 이익보(李益輔): 1708~1767. 자는 사겸(士謙), 본관은 연안이다. 1739년 과거에 급제

어려서부터 글공부를 같이하였고 커서도 과거 공부를 함께 하였다. 생원에 오르고 급제한 것도 같은 해였고, 한림(翰林)과 옥당(玉堂)도 같이 피선되었다. 문벌이나 사람 됨됨이, 그리고 문장과 신망까지도 남들이 그 고하를 따지기 어려웠다.

이 판서와 아무개 벗이 함께 옥당에서 숙직하던 때였다. 서로 자신이 더 낫다고 다투며 못하다는 걸 인정하려 하지 않았다. 결국 이렇게 약속하였다.

"우리가 어려서부터 어른이 된 지금까지 동등하지 않은 게 하나도 없으니 우열을 가릴 수가 없군. 듣자 하니 남원(南原)의 명기 아무가 나라 안에서 최고라지. 이 기생을 먼저 차지하는 자가 제일이라 하세……."

그런 뒤 얼마 지나지 않아 아무 벗이 전라좌도의 경시관(京試官)[112]이 되었다. 이는 다른 사람이 유고가 생긴 바람에 대신하게 된 것이었다. 향시일이 촉박한 터라 내일 바로 조정에 아뢰고 출발해야 했다. 향시가 열리는 곳은 바로 남원이었다. 판서는 마침 숙직하던 중에 이 소식을 듣고 깜짝 놀라며 한탄스러워했다. 당장 그 자리에서 날아가고 싶었지만 어찌할 수가 없었다. 심히 개탄스러워하던 차에 이런 생각이 들었다. '이제 형세 상 이 친구에게 한 발 뒤처지게 되었으니 이를 장차 어쩐다?' 혀를 차며 분통한 나머지 밤새 잠을 이루지 못했다. 날이 밝자 그 친구는 시관이 되어 하직하면서 여러 숙직하던 숙소를 들렀다. 의기양양하여 압도하는 분위기가 역력했다. 거기에다 큰 소리로 과시하기까지 했다.

하여 대사간, 충청도관찰사, 대사헌을 거쳐 1756년 이후 병조와 이조판서를 역임하였다. 재임 기간에 함경도 백성들의 편익을 위해 제정했던 상정제(詳定制)의 폐단을 바로잡는 등 치적이 있었다.

112 경시관(京試官): 조선 후기 중앙에서 각 지방의 군현에서 실시하던 향시에 파견한 감시관이다. 원래 감시관은 서울에서는 사헌부감찰이, 지방에서는 각 도의 도사(都事)가 맡았으나, 과장이 하나 이상 설치되던 큰 도에는 따로 경시관이 파견되었다. 즉 충청도·전라도·경상도의 좌도와 평안도·함경도의 남도 과장을 이 경시관이 관장하였다.

"지금부터는 내가 자네를 이겼네 그려."

이 판서는 억지로 큰 소리로 맞받아쳤지만, 저절로 머리가 숙여지고 기가 죽어 자신도 모르게 위축되는 것은 어쩔 수 없었다. 그런데 얼마 지나지 않아 갑자기 입직하고 있는 옥당의 이모(李某)는 입시하라는 어명이 내렸다. 판서가 헐레벌떡 내달려가 명에 응하니, 임금으로부터 봉서(封書) 1통과 유척(鍮尺)[113]·마패(馬牌) 등이 내려졌다. 판서는 필시 호남의 어사 자리일 것이라고 짐작하고 몹시 기뻐하며 즉각 남대문 밖으로 나가서 봉한 서신을 뜯어보았다. 과연 호남좌도 암행어사가 틀림이 없었다. 그런데 출발하는 날짜를 계산해보니 이 친구가 앞서 아무 날이면 남원에 당도하는 것이었다. 이틀거리를 하루에 달려가야만 친구보다 먼저 남원에 들어갈 수 있었다.

그래서 시종배와 비장(裨將)에게 분부할 겨를도 없이 급히 집에 알리고 먼저 약간의 노자만 가지고서 반당(伴倘)[114] 한 명과 하인 하나만 대동하고서 도보로 출발하였다. 집에는 시종이나 비장 및 공적 노자와 의복 등속은 뒤따라 남원으로 보내 달라고 하고 일정을 당겨 정신없이 내려갔던 것이다. 그리하여 아무 날 점심때쯤 남원 읍내에 당도할 수 있었다. 그는 도착하자마자 경시관의 동정을 수소문했더니, 그날 아침에 막 도착해 관아에 들어왔다고 하였다. 서둘러 염탐을 하여 두세 건의 사건을 잡아내 곧장 객사로 출두하였다. 이때 위로 부사(府使)나 시관에서부터 아래로 읍내와 마을의 이속이나 주민들까지 어사가 먼저 왔다는 소식을

---

113 유척(鍮尺): 놋쇠로 만든 자로 지방관이나 암행어사가 검시(檢屍) 등 중요한 일을 처리할 때 사용하였다. 현재 국립고궁박물관에 실물이 있는데, 사각으로 전체 길이는 1척이며, 푼 단위의 눈금이 새겨져 있다.

114 반당(伴倘): 관원이 데리고 가는 인원으로, '반인(伴人)', '반종(伴從)' 등으로도 불리었다. 원래 종친이나 공신, 당상관들에게 그 특권을 보장하고 신변 안전을 위해 붙여주는 호위병인데, 지방관으로 내려가는 관원에게도 붙여주는 경우가 있었다. 조선 후기에는 해당 인원이 계속 늘어 이를 줄이자는 논의가 있을 정도로 논란이 있었다.

듣지 못했다. 그런 중에 졸지에 출두하자, 다들 혼비백산하여 온 고을이 발칵 뒤집혔다. 어사는 이방과 좌수 및 각 창고지기 아전[倉色]들을 잡아들여서 대강대강 치죄하였다. 그 뒤 본 읍에서 수청기생 몇 명을 선발하여 들이라고 하였다. 그런데 그 명단을 보니 국색인 기녀의 이름은 없었다. 마침내 호장(戶長)을 잡아들여 다그쳤다.

"남원은 바로 국중의 색향(色鄕)이고, 어사는 명을 받은 신하로는 제일이니라. 한데 지금 들여보낸 수청기생이 전혀 꼴이 아니구나. 어서어서 다시 선발하여 집어넣어라."

어사또의 이 분부를 누가 감히 거역할 것인가? 이에 기녀들을 교체해서 들여보냈으나 역시 거기에도 그녀의 이름은 없었다. 어사는 노발대발하여 호장과 수노(首奴), 행수기녀를 죄다 잡아들여 일갈하였다.

"내 너희 고을에 유명한 아무 기생이 있는 줄 알고 두 번이나 수청드는 애들을 바꾸라고 했으나 아직도 오지 않았다. 너희 고을 일 처리가 이렇게 느려 터지고 소홀하다니! 아무 기생을 속히 들여보내 인사를 하라 하여라."

그런데 호장 등이 이리 아뢰었다.

"아무 기생은 경시관 사또께서 이미 수청으로 정하시고 잠시도 곁을 떠나지 못하게 하옵니다. 해서 그 아이로 정해들이지 못하옵니다……"

어사는 더욱더 화가 치밀어 따로 삼우장(三隅杖)[115]을 차리라고 명하였다. 이어 호장과 수노 등을 형틀에 묶으라 하고 벼락같이 호령하였다.

"네놈들이 그 기생을 어디에 숨겨두고 경시관 수청을 든다고 둘러대고 끝내 들이지 않는단 말이냐? 만만 해괴하고 무엄하기 짝이 없구나. 만약에 즉각 대령하지 않으면 네놈들은 이 형틀에서 맞아 죽을 것이니라."

마침내 매를 잘 치는 사령을 뽑아서 열 대 이내에 때려죽이라고 하였

---

115 삼우장(三隅杖): 세모나게 모서리가 진 곤장으로, 주로 대역 죄인을 다스릴 때 썼다.

다. 그 위세가 늠름하고 호령이 서리 같아 온 고을이 벌벌 떨 정도였다. 호장과 수노, 행수 기생의 가족과 집안은 물론 삼반관속(三班官屬)[116]까지 모두 경시관의 숙소로 달려가 눈물을 흘리며 호소하였다.

"세 사람의 목숨이 지금 경각에 달려 있사옵니다. 엎드려 바라옵건대 경시관 사또께옵서 특별히 불쌍히 여기시어 목숨을 건지는 은덕을 베풀어 주옵소서. 잠시만 아무 기생을 내주시면 삼가 어사또께 뵈옵게 하여 죽을죄를 면할 수 있사옵니다. 어사또님의 위세가 조금 진정되기를 기다렸다가 저물녘이면 저 애를 다시 데려와서 수청을 들게 하겠나이다. 제발 잠시나마 내주시어 죽게 될 세 사람의 목숨을 보전케 해 주옵소서. 천만 빌고 비나이다!"

경시관은 차마 죄 없이 죽게 될 판인 저들을 두고 볼 수 없었다. 또 만약 이 기녀를 내주지 않았다가 어사가 정말 저들을 때려죽이면 자기 때문이라는 혐의가 없을 수 없다는 생각이 들었다. 그렇다면 원한을 품게 되지 않겠는가. 게다가 저 어사란 자가 누구인지도 모르는데 기녀하나 때문에 평생 혐의가 씌워진다면 이 또한 불미스러운 일이었다. 경시관은 어쩔 수 없이 기녀를 내어주면서 일렀다.

"내 특별히 너희들이 죽게 된다는 생각에 잠시 이 아이를 내주는 것이니라. 어사를 뵙고 나면 그 즉시 데려와야 하느니라."

저들은 하늘에 외치고 땅을 구르며 기뻐하면서 백배사례하였다.

"하늘 같은 높은 은덕으로 골골한 잔명을 보존케 되었사옵니다. 한번 뵙게 하고 나면 어찌 감히 데려오지 않겠습니까?"

마침내 이 기녀를 데리고 와서 어사께 인사를 올리게 했다. 어사는

---

116 삼반관속(三班官屬): 지방 관아에 딸린 아전, 장교, 관노와 사령 등을 통틀어 일컫는다. 원래 삼반(三班)은 과거 중국의 제도로, 지방 관아에서 범인을 잡는 장반(壯班), 곤장을 치는 조반(皀班), 탐문 등을 하는 쾌반(快班)을 일컬었다. 이것이 우리 쪽으로 넘어와서 위와 같이 변화한 것이다.

뛸 듯이 좋아하며 그녀를 보니 과연 절세의 미인이었다. 곧 가두었던
이속들을 방면하고 주변 사람들을 모두 물리치고 대청 안을 큰 병풍으로
둘러쳤다. 그리고 기녀를 그 안으로 데리고 들어가 질펀하니 희롱하였
다. 운우(雲雨)의 즐거움을 다하고 나자, 매는 가마를 들여오라 하여 기녀
를 뒤따르게 하고서 곧장 경시관이 머무는 곳으로 향했다. 그는 부채로
얼굴을 가리고서 곧바로 대청마루로 올라갔다. 가마에서 내리면서 친구
의 자(字)를 불렀다.

"지금 과연 어떠한가? 내가 결국 확실히 이겼겠지!"

경시관은 어사가 출두했다는 말을 들었으나 사실은 그가 누구인지는
모르고 있었다. 이 판서는 자신이 남원으로 내려올 때 옥당에서 입직하
고 있었기 때문이다. 그러니 이날의 출두는 더욱 예상할 수 없었던 일이
었다. 지금 의외의 상황에 봉착하자 한껏 놀란 거야 당연했다. 게다가
기녀를 먼저 차지하고도 이제 한발 뒤지게 되었으니 이만저만 분통이
터지는 게 아니었다. 얼굴은 흙빛이 되어 거의 기절할 정도였다. 사실은
임금도 이 판서와 아무 친구가 사로 약조한 일을 듣고, 경시관이 하직하
는 날에 이 판서를 특별히 암행어사로 파견하여 쟁춘(爭春)해 보게 했던
것이다.

청구야담

권5

염 의사가 금강산에서 신통한 승려를 만남

염시도(廉時道)[1]는 아전으로 한양의 수진방(壽進坊)[2]에서 살았다. 본래 성격이 신실하고 청렴하였다. 그가 상국(相國) 허적(許積)[3]의 겸종(傔從)이 되었을 때 상국의 총애가 남달랐다. 하루는 허 상국이 시도에게 일렀다.

"내일 새벽에 사환 갈 데가 있으니 일찍 와야 하느니라!"

그런데 그날 밤 시도는 어울리는 자들과 술 마시고 노름하느라 늦잠이 너무 깊이 드는 바람에 날이 이미 샜는지도 몰랐다. 시도는 허겁지겁 일어나 내달려 갔다. 제용감(濟用監)[4]이 있는 치현(鴟峴)[5]을 지나는데 길가

---

1 염시도(廉時道): 17세기 후반 남인가의 겸인이었던 인물이다. 그의 생력은 미상이나, 여기 이야기처럼 남인의 영수였던 허적의 겸인으로, 그의 이야기는 조선 후기 여항인의 새로운 면모를 보여주는 사례로 여러 작품집에 실려 전한다. 한편 여항전기집인 이경민(李慶民)의 『희조일사(熙朝軼事)』에는 그가 허적의 친척으로 나와 있다. 그의 이름이 따로 '염시탁(廉時度)'으로도 알려져 있어 「염시탁전」·「염시도전」 같은 소설화된 작품도 있다.
2 수진방(壽進坊): 조선시대 한성부 중앙의 여덟 방리(坊里) 중 하나로, 현재의 종로구 수송동과 청진동 일대에 해당한다. 정도전이 한성부를 정비하면서 이 지역에 살면 장수한다는 의미에서 붙여졌다고 한다. 『어우야담(於于野談)』에 정도전이 실제 여기서 살았다는 이야기도 전한다.
3 허적(許積): 1610~1680. 자는 여차(汝車), 호는 묵재(默齋)·휴옹(休翁), 본관은 양천이다. 1637년 과거에 급제하여 육조의 판서와 우의정, 좌의정, 영의정 등을 역임하였다. 그는 특히 이른바 예송논쟁이라는 당쟁의 과정에서 남인의 영수로 부침을 거듭하였다. 1659년 대비의 복상문제(服喪問題)를 둘러싸고 일어난 1차 예송에서 송시열 등의 서인계와 대결하다가 남인의 몰락을 가져왔고, 그 후 1674년에 또다시 대비의 복상문제로 2차 논쟁이 일어났는데 이번에는 서인을 몰아내고 남인이 득세하게 되었다. 그때 그는 온건파인 탁남(濁南)의 영수가 되어 강경파인 청남(淸南)의 허목(許穆) 등을 축출하고 권력을 잡기도 했다. 그러다 1680년 경신대출척 때 서인 정권에 의해 윤휴(尹鑴) 등과 함께 사사되었다. 『허상국주의(許相國奏議)』라는 글이 남아 있다.
4 제용감(濟用監): 조선시대 왕실의 의복이나 식품 등을 관장한 관서이다. 그 위치가 현재 광화문에서 수진방으로 오는 사이에 있었다. 지금 종로구 중학동에 그 터가 남아 있다.
5 치현(鴟峴): 미상이나 염시도가 수진방에서 출발하여 제용감을 지나 주인인 허적이 사는 사직동으로 가는 길인바, 그 사이에 있었던 조그만 언덕이었을 것이라 짐작된다. 필운대(弼雲臺)에서 내려온 지맥이 사직동까지 걸쳐있으니 이 지역 일대가 아닌가

빈터에 고목 한 그루가 서 있었다. 그 나무 아래 우거진 풀숲에 밖으로 드러나 있는 푸른 보자기가 보였다. 다가가 보니 단단히 묶여 있었다. 들어보니 상당히 무거웠다. 시도는 이 보자기를 허리춤에 차고서 사동(社洞)의 허 상국 집으로 달음질하여 늦게 온 죄를 빌었다. 허 상국이 말했다.

"이미 먼저 온 다른 아전을 시켰느니라. 네가 무슨 죄가 있다고."

시도는 대청마루 아래로 물러가 묶여 있는 보자기를 풀어보았다. 거기에는 은(銀) 213냥이 속보자기에 싸여 있었다. 시도는 혼자 중얼거렸다.

"이건 아주 많은 돈이로군. 주인이 이것을 잃어버리고 속이 얼마나 타들어 가고 정신이 없을까? 내가 이를 덮어놓고 모른채 할 수 있으랴! 게다가 출처도 없는 횡재는 우리 같은 입장에서 상서롭지 못한 일이야. 집에 가져갈 수도 없으니 상공께 바치는 것만 못하지."

그리하여 마침내 이 은을 가지고 허 상국께 가서 주운 사연을 아뢰고 받아주기를 청하였다.

"네가 얻은 걸 왜 나에게 주며, 또 네가 차지하지 않은 걸 내가 어째서 내 것으로 하랴?"

시도는 부끄러워하며 물러났다. 그런데 잠시 뒤에 허 상국이 불렀다.

"며칠 전에 내 듣자 하니 병판 댁의 말이 은 이백 냥의 값이 나간다고 하는데 광성부원군(光城府院君)[6] 댁에서 사려고 한다더구나. 이 은이 그

싶다.

6 광성부원군(光城府院君): 즉 김만기(金萬基, 1633~1687). 자는 영숙(永淑), 호는 서석(瑞石)·정관재(靜觀齋), 본관은 광산이다. 사계(沙溪) 김장생(金長生)의 증손이며, 서포 김만중의 형이다. 송시열의 문인으로, 1653년 과거에 급제하여 총융사, 대제학 등을 지냈다. 특히 1674년 숙종이 즉위하자 딸이 인경왕후가 됨으로써 국구(國舅)가 되었다. 이로써 이 시기 노론의 대표적인 집안이 되는 계기가 되었다. 뒤에 광성부원군으로 봉해졌다. 여기 광성부원군과 아래의 청성부원군은 모두 노론의 핵심적인 인물들로 허적과는 정적 관계인데, 이 이야기에서는 오히려 매우 가까운 사이로 설정되어 있다. 이것이 의도적인지 아니면 아직 완전한 정적이 되기 이전을 소재로 한

값이 아닐까? 네가 가서 한번 물어보거라."

병판은 바로 청성부원군(淸城府院君) 김 공(金公)[7]이다. 시도는 그 분부에 따라 다음날 찾아가 뵙고 물었다.

"귀댁에서 혹시 잃어버린 물건이 있으신지요?"

그러자 김 공이,

"없네."

라고 하더니 갑자기 대청마루 아래의 젊은 사내종을 불렀다.

"아무 놈이 말을 데리고 간 지 이틀이 넘었는데 아직 돌아왔다는 보고가 없구나. 어찌 된 일이더냐?"

"안 그래도 아무개가 죽을죄를 지었다고 하면서 감히 나와 뵙지를 못하고 있습니다요."

이 말에 김 공이 버럭 화를 냈다.

"이 무슨 말이더냐? 속히 잡아들여라!"

사내종이 한 종을 붙잡아 뜰 앞에 꿇리었다. 이 종은 연신 머리를 조아리면서 아뢰었다.

"소인의 죄는 만 번 죽어도 벗기 어렵나이다."

김 공이 그 이유를 캐묻자 대답이 이러했다.

"소인이 재동(齋洞)[8]의 광성부원군 댁에 가서 말 값을 받았사오나 어느

것인지는 불분명하나 여기 염시도 이야기를 통해서 숙종 시기 정쟁 흥미롭게 추적하고 있는 셈이다.

7 청성부원군(淸城府院君) 김 공(金公): 즉 김석주(金錫胄, 1634~1684). 자는 사백(斯百), 호는 식암(息庵), 본관은 청풍이다. 대동법을 시행하고 『유원총보(類苑叢寶)』를 남긴 김육(金堉)의 손자로, 1662년 과거에 급제하여 이조판서 등을 지냈다. 노론의 대표적인 인물로 1680년 경신대출척 때 남인을 정권에서 몰아내는데 진력했다. 그해 허견(許堅)의 모반을 고발한 공로로 청성부원군에 봉해졌다. 저서에 『식암집(息庵集)』과 『해동사부(海東辭賦)』가 있다.

8 재동(齋洞): 지금의 종로구 재동이다. 원래 명칭은 잿골[灰洞]이라 불렸는데, 이를 재동이라는 한자명으로 바꾼 것이다. 계유정난 때 수양대군이 단종을 보필하던 신하들을 이곳에서 참살하여 피비린내가 진동하였는데, 마을 사람들이 재로 이를 덮었다는

순간 잃어버리고 말았사옵니다."

김 공은 노발대발하였다.

"종놈의 속임이 여기까지 왔구나. 네가 이렇게 농간을 부려 다 숨기고
와서는 나를 속이다니!"

급히 큰 곤장을 대령하라 하였고 당장이라도 때려죽일 참이었다. 시
도는 잠시 형을 멈추시라고 청하면서 은을 잃어버린 사정을 실토해보게
끔 하였다. 김 공은 그제야 마음을 추스리고 일을 다시 캐물었다. 그랬더
니 종의 진술이 이랬다.

"처음 말을 끌고 광성부원군 댁에 도착했을 때, 상공께서는 집안 소인
에게 명하여 말을 타고 빙빙 돌아보시더니, 다시 갑자기 내달려 가 보라
고 하였사옵니다. 그러더니 '과연 준마로다.'라고 하시고, 또 말이 살찌
고 윤기가 흐르는 것을 치하하면서, '이 말은 네가 기른 것이냐?'고 여쭈
었사옵니다. '그렇습니다.'라고 아뢰었더니, 상공께서 감탄하였습니다.
'한 집안의 종으로 이처럼 충직하고 독실한 자가 있다니 참으로 가상하
구나!' 그러시면서 소인을 앞으로 오라고 부르셨습니다. '너는 술을 마실
줄 아느냐?' 하시기에 소인이 그렇다고 했더니 상공께서 큰 사발에 향기
롭고 진한 홍로주를 내오라 명하시어 연거푸 석 잔을 주셨습니다. 그리
고 말 값을 계산하여 은 이백 냥을 주셨고 거기에 열세 냥을 더 주시면
서, '이 돈은 네가 말을 잘 기른 상이니라.'라고 하였사옵니다.

소인이 절을 올리고 문을 나서니 날은 이미 어두워져 있었나이다. 그
런데 몹시 취한 나머지 제대로 걸을 수가 없어 얼마 가지 못해 길가에
엎어져 눕고 말았습죠. 그곳이 어디인지도 알 수 없었고요. 한밤이 되어
갈 때 조금 깼고, 갑자기 새벽 종소리를 듣고서야 억지로 일어나 돌아왔
나이다. 하지만 은을 담은 보자기를 어디에 떨어뜨렸는지 알 수 없었습

데서 유래하였다.

니다. 소인이 이런 죄를 저질렀으니 마땅히 죽을 수밖에 없음을 아는지라 그래서 머뭇거리며 감히 뵙지 못한 것이옵니다."

시도는 그때 비로소 은을 주워 찾아뵌 이유를 아뢰고 즉시 그 은을 돌려주었다. 싼 보자기와 은전의 숫자가 과연 잃어버린 거와 같았다. 김 공은 매우 탄복하고 기특해하였다.

"너는 요새 사람이 아니로구나! 하지만 이것은 이미 잃어버린 물건이니 지금 그 반을 나누어 너에게 상으로 주겠노라. 너는 사양하지 말거라."

시도는 웃으면서 사양하였다.

"소인이 재물을 탐하는 마음이 있었다면 알아서 챙기고 발설하지 않았겠지요. 그렇다면 그 누가 이 사실을 알겠사옵니까? 하지만 이렇게 가지지 않은 것은 혹여 제 마음을 더럽힐까 싶어서이니 무슨 상을 염두에 두었겠습니까?"

이 말에 뜨끔해진 김 공은 얼굴빛을 고치며 더는 은을 상으로 주겠다는 말은 하지 않았다. 거듭 감탄해 마지않으며 술을 내오라 하여 치하하고 종의 죄도 흔쾌히 용서해 주었다.

시도가 인사를 드리고 나오는데 한 어린 여자아이가 뒤를 따라오며 급히 불러 세웠다.

"아전 나리, 잠시만요!"

시도가 뒤를 돌아보며 왜 그러느냐고 물었다.

"좀 전에 은을 잃어버렸던 이는 저의 오라비랍니다. 저는 오라비에게 의지하여 살고 있습지요. 오라비가 지금 나리 덕분에 살게 되었으니 이 은혜를 어떻게 갚아야 할지요? 제가 안채에 들어가 아뢰었더니 부인 마님께서 너무나도 탄복하시어 술과 안주를 내려주셨습니다. 그래서 잠시 계시라고 하는 겁니다."

그러면서 곧장 행랑채에 자리를 펴고 금세 들어가 큰 상을 받들어 나왔다. 상에는 진수성찬과 맛 좋은 술까지 차려져 있었다. 시도는 배불리 먹고 취하여 돌아왔다.

경신년(1860)[9]에 허적은 죄로 사사되었다. 시도는 허적이 사사되는 현장으로 치고 들어와 사약 그릇을 붙잡고는 이를 나누어 마시려고 하였다. 그러자 도사(都事)가 그를 질질 끌고 나와 밖으로 내쫓았다. 허 상국이 죽고 나자 시도는 미처 날뛰며 울부짖었다. 이제 더 이상 세상에 살 뜻이 없어 집을 버리고 산수 간을 멋대로 돌아다니게 되었다.

마침 친척 형이 강릉 땅에 있어서 찾아갔다. 하지만 그는 이미 승려가 되어 간 곳을 알 수 없었다. 그래서 풍악산(楓嶽山, 즉 금강산)을 유람하게 되었는데, 표훈사(表訓寺)[10]에 들렀을 때 그곳 승려들에게 물었다.

"내가 불교에 귀의하려 하는데 기필코 고승을 스승으로 삼고자 하오. 어느 분이 좋겠소?"

그러자 다들,

"묘길상(妙吉祥)[11] 뒤에 있는 암자에서 수도하고 계신 분이 바로 생불(生佛)이요."

라고 하는 것이었다. 시도가 그곳을 찾아가 보니 과연 한 승려가 가부좌를 한 채 입정해 있었다. 시도가 그의 앞에 엎드려 성심으로 복종하고 섬기겠다는 뜻을 낱낱이 아뢰고 또 머리를 깎고 중이 되기를 청하였다. 그 말과 의지가 간절했음에도 불구하고 승려는 듣지도 보지도 않는 것이었다. 시도는 엎드린 채 일어나지 않았고 날은 이미 저물어 가는데 갑자기,

"시렁 위에 쌀이 있으니 밥이나 해 먹던지."

라고 하는 것이었다. 일어나서 보니 정말 쌀이 있어서 그 말대로 밥을

---

9 경신년(1860): 즉 경신대출척(庚申大黜陟)으로, 이 사건으로 남인이 실각하게 된다.

10 표훈사(表訓寺): 금강산 내금강에 있는 사찰로, 670년 표훈대덕(表訓大德) 등이 창건했다고 알려져 있다. 유점사(楡岾寺), 장안사(長安寺), 신계사(神溪寺) 등과 함께 금강산의 대표적인 사찰이다.

11 묘길상(妙吉祥): 금강산 만폭동 절벽에 새겨져 있는 아미타여래좌상이다. 불상의 높이가 15미터에 이르는 등 그 규모가 크고, 빼어난 예술적 경지를 자랑하는 마애불이다.

해 먹었다. 한밤이 되어서 다시 그 앞에 엎드렸고 아침이 밝아왔다. 승려는 다시 밥을 먹으라고 하였다.

이렇게 하기를 대엿새가 되었으나 승려는 끝내 입을 열지 않았다. 그래서 시도도 의지가 조금 느슨해져 암자를 나와 거닐었다. 그런데 암자 뒤편에 두세 칸짜리 띠집이 보였다. 그 안으로 들어갔더니 열여섯 살 정도 되는 한 여자아이만이 있었다. 그녀는 몹시 예뻤다. 시도는 불쑥 일어난 욕정을 금치 못하고 순간 다가가 그녀를 껴안으며 범하려고 하였다. 그러자 여자아이가 옷섶 사이로 품고 있던 작은 칼을 꺼내서는 자결하려고 했다. 시도는 깜짝 놀라고 두려운 마음이 들어 짐짓 그만두고 그녀의 내력을 물었다. 그랬더니 그녀의 대답이 이러했다.

"저는 본래 이곳 마을의 동구 밖 여자랍니다. 오라비가 이 산으로 출가하여 암자의 스님을 모시고 있지요. 모친께서는 암자의 스님이 신인(神人)이라 하여 저의 운명을 여쭈었더니 사오 년 안에 큰 액을 당할 것이라고 했답니다. 하지만 세상살이를 끊어버리고 이 암자의 산방으로 와서 살면 이 액을 면할 수 있고 좋은 인연까지 있다고 했습니다. 모친께서 그 말씀을 믿고 이곳에 띠집을 엮어서 저만 데리고 함께 머물며 몇 년을 살기로 했지요. 지금 모친께서는 잠시 원래 살던 마을에 돌아가 계시는데 이 와중에 느닷없이 남에게 위협을 받아 자결할 상황에 놓였군요. 이 어찌 크나큰 재액이 아니겠습니까? 이미 부모의 명도 없이 저질러진 일이라 비록 죽을지언정 어찌 오명을 뒤집어쓰겠습니까마는 이게 우연은 아닌 듯합니다. 신령한 스님의 좋은 인연이 있을 거라는 언급도 필시 이것을 두고 말한 건가 봅니다. 남녀가 이미 한 번 맞대었으니 다시 어찌 다른 사람에게 가겠습니까? 마땅히 맹세코 따르겠나이다. 다만 모친이 돌아오시기를 기다려 혼인이 성사되었음을 명백히 밝히는 게 좋지 않겠습니까?"

시도는 그녀의 말이 기이하여 말을 그대로 따라 작별하고 암자로 돌아왔다. 그러나 그 승려는 여전히 말이 없었다. 그날 밤 시도는 온통 그녀를 그리워하는 생각에 다시 불도를 들으려는 의지가 없어졌다. 그러니 다음 날 아침 그녀 모친의 허락하는 말만을 기다리는 것밖에 다른 수가 없었다.

다음 날 아침, 잠에서 깨었을 때 승려가 갑자기 일어서더니 호되게 꾸짖었다.

"어떤 해괴한 물건이기에 나를 이처럼 흔드느냐. 죽이고야 말 일이로다!"

육환장을 들고 휘둘러 치려 하니 낭패한 시도는 줄달음을 쳤다. 암자 밖에서 한참을 우두커니 서 있는데, 스님이 다시 불러들여 앞에 두고 따뜻한 말로 위로하였다.

"네 상을 보니 출가할 사람은 못 된다. 그리고 암자 뒤에 사는 처자는 결국 너의 부인이 될 것이다. 다만 여기서 곧장 떠나 조금도 주저하지 말거라. 조금 놀랄 일이 있겠지만 네 복록이 이로부터 생길 것이니라."

그러면서 '이성득전작교가연(以姓得全鵲橋佳緣, 성씨 때문에 오작교의 아름다운 인연을 이루게 됨)'이라는 여덟 글자를 써서 주었다. 시도는 눈물을 흘리며 하직하고 나왔다.

표훈사에 이르러 자리에 앉았다. 미처 그 자리가 따뜻해지기도 전에 느닷없이 기포군(譏捕軍)이 들이닥쳤다. 그의 머리에 자루를 씌워 간단히 묶어서는 수레에 태워 득달같이 내달렸다. 며칠 만에 서울에 도착해서는 삼목(三木)[12]을 채워 옥에 가두었다. 대개 그때 허적의 옥사에 연루된 사람이 많아서 허적과 가까이 지낸 자나 그의 겸종들이 뒤에 붙잡히게 되었다. 시도도 여기에 긴밀하게 연루되었다는 옥사의 공초 때문이었다.

의금부에서 국문하게 되자 청성부원군과 옥사를 집전하는 여러 재상

---

[12] 삼목(三木): 죄인에게 씌웠던 세 가지 형구이다. 즉 목에 씌우는 칼, 손을 묶는 수갑, 발에 채우는 차꼬를 말한다.

이 줄지어 앉았고 나졸들이 시도를 끌고 들어왔다. 그때는 심문받으러 온 자들이 많아서 청성부원군은 이 가운데 시도가 있다는 걸 알지 못하고 한 차례 대질 신문을 한 뒤에 옥에 가두었다. 그때 마침 청성부원군의 찬비(饌婢)가 바로 전에 은을 잃어버렸던 종의 누이였다. 그녀는 시도가 귀신 몰골을 한 채 칼에 씌워져 있는 것을 보고는 깜짝 놀라 돌아가 부인 마님에게 고하였다. 부인은 시도가 너무 불쌍하여 청성부원군에게 편지를 보내 잘 살펴보라고 하였다. 청성부원군은 그제서야 그가 있다는 걸 알고 당장 명을 내려 시도를 압송해 들이도록 하였다. 대략을 따져보니 혐의가 없자 이에,

"이 자는 본래 의로운 사람이다. 마음과 행실을 내가 깊이 잘 알고 있느니라. 어찌 역적의 모의에 참여했겠느냐?"

라고 하면서 바로 명을 내려 풀어 주라고 하였다. 시도가 막 문을 나서는데 돈을 잃어버렸던 종이 새로 지은 고운 옷을 가지고서 벌써 기다리고 있었다. 마침내 함께 그의 집으로 가서는 마음에 들도록 극진히 대접하고 노자와 말 한 필을 내어주며 행상으로 생업을 할 수 있도록 해주었다.

그러던 즈음, 허적의 생질인 신후재(申厚載)[13]가 상주목사가 되었다는 소식을 듣게 되었다. 시도는 그를 찾아가 뵙기로 하였다. 그때는 마침 칠월칠석으로 이른바 견우와 직녀가 서로 만나느라 까막까치가 다리를 만든다는 날이었다. 이미 상주 권역으로 들어섰을 때 날이 저물었다. 말이 느닷없이 내달려 후미진 길을 따라 한 촌가로 들어가는 것이었다. 시도는 뒤에 떨어졌다가 그 말을 뒤쫓아 들어갔더니 말은 이미 마구간 안에 매여 있었다. 한 여자가 보였는데 앞마당에서 실을 잣고 있다가

---

13 신후재(申厚載): 1636~1699. 자는 덕부(德夫), 호는 규정(葵亭)·서암(恕庵), 본관은 평산이다. 1660년 과거에 급제하여 강원도관찰사, 도승지, 한성판윤 등을 역임하였다. 남인으로 1689년 기사환국 때 활약했다가 1694년 갑술옥사로 여주에 유배되었다. 그 뒤 은퇴하여 충주에서 은퇴하여 학문에 전념했다. 저서에 『규정집(葵亭集)』이 있다.

몸을 피해 들어가 버렸다. 시도가 묶인 말을 풀려고 하자 한 노파가 안에 서 나왔다.

"뭐 하러 굳이 풀려고 하시오? 말이 알아서 돌아온 것을."

시도가 멍하니 그 의미를 깨닫지 못하고 인사를 하며 여쭈었다.

"일찍이 뵌 적이 없는지라 안주인께서 이르시는 뜻을 모르겠네요. 말 이 알아서 돌아왔다고 하는 건 또 무슨 뜻입니까?"

노파가 시도를 맞아 자리에 앉혔다.

"내가 차차 말하리다."

그때 갑자기 창문 안에서 흐느끼는 소리가 들려왔다. 노파는,

"왜 우느냐? 너무 좋아서 그러느냐?"

라고 물었다. 시도는 더욱 의구심이 들었다. 급히 그 이유를 캐묻자 노파 가 운을 떼었다.

"손님께서는 아무 해에 금강산의 작은 암자 뒤편에서 한 처자를 만난 일이 있지요?"

"그렇소."

"그 아이가 내 딸이요. 지금 울고 있는 애가 그 애이고. 그때 암자의 스님은 어디서 오셨는지 아시오? 바로 강릉에 살던 그대의 족형이라오. 그분은 평소 신통한 고승으로 꿰뚫어 보는 안목이 끝이 없고, 사람의 장래를 헤아림에 털끝만치도 차이가 없지요. 일찍이 내 딸을 가리키며 나에게 말씀하셨소.

'이 애는 내 사촌 동생 염 아무개와 인연이 있다네. 다만 지금 이후로 몇 년 안에 큰 액이 있을 터, 만약 나에게 와서 의지한다면 그 액을 면할 수 있고 혼인도 저절로 이루어질 것이네. 그러나 당장 함께 살지는 못하 고 영남의 상주 땅에서 아무 해 아무 달 아무 날이 되어서야 함께 살 수 있을 걸세.'

나는 그래서 딸애를 데리고 스님께 가서 액을 면하고자 한 것이었소.

그대가 과연 그곳을 찾아왔으나 내 마침 나가 있어서 만나지를 못한 거고. 그 뒤 스님은 암자를 버리고 다른 곳으로 떠나셨는데 어디로 갔는지는 알 수 없었소. 내 아들이 이곳 상주의 사찰에 와서 거처하고 있기에 나도 뒤따라와서 여기에 있게 된 것이라오. 이날이 되자 그대가 반드시 오리라는 걸 믿어 의심치 않았다오."

그러더니 딸아이를 불러서 나오라고 하였다. 과연 금강산에서 보았던 처자였다. 얼굴과 자태가 더욱 성숙하고 아름다워 시도는 절로 애잔함을 느꼈다. 그녀도 슬픔과 기쁨이 교차하는 듯 눈물을 뿌릴 뿐이었다. 시도에게 권하여 저녁밥을 올리니 진수성찬으로 모두 미리 준비해둔 것이었다. 그날 밤 마침내 혼인을 하였다. 스님이 말한 여덟 글자의 부적이 다 들어맞았다. 시도는 며칠을 머물다가 상주목사를 찾아뵙고 이 일의 전말을 말해주었다. 상주목사는 대단히 기이해하며 많은 선물을 내려주었다. 이때 시도의 전처는 죽은 지 이미 오래되었고, 그의 집은 친척에게 대신 지켜달라고 부탁한 상황이었다. 마침내 시도는 아내 및 그녀의 모친과 함께 서울로 돌아가 옛집에서 다시 살았다.

그의 이름은 고관들 사이에 널리 퍼졌고, 청성부원군의 보살핌도 매우 지극하여 집안이 자못 풍족해졌다. 모두 그를 '염의사(廉義士)'라 불렀다. 그의 처와 함께 복과 수를 다 누려 80여 세를 살고 죽었다. 자손들이 지금껏 안국동(安國洞)에 살고 있다.

5-2

관찰사 오윤겸이 영랑호에서 설생을 만남

광해군 때 설생(薛生)[14]이라는 이가 청파리(靑坡里)[15]에 살고 있었다. 그는 글짓기를 꽤 잘하였으며 기개와 절개가 높았다. 그러나 과거를 볼

때마다 운수가 기박하여 뜻대로 되지 않았다. 일찍부터 추탄(楸灘) 오윤
겸(吳允謙)¹⁶ 공과는 아주 가까운 사이였다. 계축년(1613) 폐모(廢母)의 변
이 일어나자 분개한 설생이 공에게 말하였다.

"인륜과 나라의 기강이 무너지고 말았네. 어찌 벼슬살이하겠는가? 나
와 함께 멀리 노닐지 않겠는가?"

추탄공은 부모가 계셔 멀리 갈 수 없다고 사양하였다. 그 후 공이 달이
지나 다시 들렀더니 설생은 이미 떠나버렸고 어디로 갔는지 알 수 없었
다. 반정이 있고 난 뒤 갑술년(1634)에, 공은 관동의 관찰사가 되어 간성
(杆城)¹⁷ 지역을 순시차 들렀다. 영랑호(永郎湖)에 배를 띄웠을 때 갑자기
물결이 일렁이고 안개 낀 아득한 사이로 배를 저어 오는 이가 있었다.
가까이 가서 보니 바로 설생이었다. 공은 깜짝 놀라 배 안으로 맞아들였
다. 마치 하늘에서 떨어진 것인 마냥 반갑기 그지없었다. 그래서 어디에
사느냐고 물었더니, 대답이 이랬다.

"내 거처는 양양 관내의 동남쪽으로 육칠십 리쯤에 있는데, '회룡굴(回
龍窟)'¹⁸이라는 곳이네. 아주 깊고 후미져 인적이라곤 거의 없다네. 다만

---

14 설생(薛生): 그에 관한 이야기는 다른 문헌에도 전재되어 있는데, 오도일(吳道一)의
「설생전」, 신돈복(辛敦復)의 『학산한언(鶴山閑言)』, 그리고 유만주(俞萬柱)의 「기설생
모사(記薛生某事)」가 대표적이다. 특히 「설생전」의 작가 오도일은 여기에 등장하는
오윤겸의 손자이다.

15 청파리(靑坡里): 현재의 서울특별시 용산구 청파동으로 교통의 요지로 남대문을 거쳐
도성으로 들어오는 길목이기도 했다. 또한 「최척전」, 「운영전」 등의 배경으로도 나온
다. 『청파극담(靑坡劇談)』의 저자 이륙(李陸)이 이곳에 산 것으로 알려져 있다.

16 추탄(楸灘) 오윤겸(吳允謙): 1559~1636. 자는 여익(汝益), 추탄은 그의 호, 본관은 해
주이다. 성혼(成渾)의 문인으로, 1597년 과거에 급제하여 강원도관찰사, 형조판서,
영의정 등을 역임하였다. 다만 여기 강원도관찰사가 되어 설생을 만났다는 시기는
실제 관력과는 일치하지 않는다. 1613년 계축옥사 때 폐모론에 반대하여 탄핵받았으
며, 1623년 인조반정 때는 노서(老西)의 영수가 되었다. 저서로 『추탄집(楸灘集)』과
『해사조천일록(海槎朝天日錄)』 등이 있다.

17 간성(杆城): 현재의 강원도 고성군 간성읍이다. 조선시대에는 간성군으로, 금강산을
향하는 문인들이 유람에 앞서 이곳의 영랑호와 청간정에서 흥취를 돋우었다.

여기서 그리 멀지 않아 채 반나절 안에도 갔다 올 수 있다네. 함께 가지 않겠는가?"

이리하여 공은 그의 뒤를 따라 해거름에 그 산자락에 다다랐다. 이어 승려들의 가마를 타고서 골짜기로 들어섰다. 구불구불 몇 리를 가자, 깎아지른 우뚝 솟은 절벽이 나타났다. 기이하고 웅장한 형세에 눈이 어지러울 정도였다. 가운데가 갈라진 듯 성문이 있었고, 그 옆으로는 맑은 물이 돌문 옆으로 쏟아졌다. 바로 회룡굴이었다. 돌길은 갈라진 벼랑에서부터 시작하여 오른쪽으로 꺾이면서 오르게 되어 있었다. 구불구불한 데다 가팔라서 칡넝쿨을 끌어당기고 나무를 더위잡아 타고 올라가자 비로소 굴이 나왔다. 이어 몸을 매단 듯 굽혀서 들어가야 했다. 그러나 들어가고 보니 그곳은 별천지였다. 땅은 매우 넓고 평평했으며 토지와 밭은 비옥하여 사는 사람들도 많았다. 뽕나무와 삼나무가 동산을 메웠으며 배나무와 대추나무가 숲을 이루고 있었다. 설생의 거처는 바로 굴 안의 한가운데였다. 극히 화려하면서도 고즈넉했다. 그는 공을 인도하여 대청으로 오르게 해서는 산해진미를 올려 대접했다. 기이한 과일은 향기롭고 달콤한 게 매우 특이했으며, 인삼정과는 크기가 사람 팔뚝만 했다.

설생이 공을 데리고 나와 주변을 돌아보았다. 우거진 봉우리와 돌샘들의 기괴하면서도 아름다운 장관은 이루 형상할 수 없을 정도였다. 공은 마치 방호산(方壺山, 즉 방장산)에 들어온 듯 황홀하여 자신의 벼슬자리가 보잘것없음을 절로 깨달았다. 이에 공은 물었다.

"산수의 맑고 유려함이야 진실로 은자가 의당 살아야 할 곳이지만,

---

18 회룡굴(回龍窟): 정확한 위치는 미상이나 현재 강원도 양양군 강현면 회룡리(回龍里)가 있는바, 이 지역에 있던 회룡굴에서 명칭이 유래 되었을 가능성이 크다. 실제 양양군 회룡리의 위치는 영랑호의 남서쪽 10여 킬로미터 거리인 만큼 이 작품에서 언급하고 있는 방위와 엇비슷하다. 이곳은 설악산의 지맥이 흐르는 산자락에 자리 잡고 있다.

집안 꾸려가기가 넉넉지 않을 터 이 산속에서 어떻게 마련하고 있는가?"

그러자 설생이 씩 웃었다.

"내가 오래전부터 노닐만한 곳으로 왕래한 지역은 이곳만이 아니라 네. 세상을 등진 이래로 마음껏 유람하느라 하루도 한가한 적이 없었다 네. 서쪽으로는 속리산에 들어가 봤고 북쪽으로는 묘향산까지 닿았고 남쪽으로는 가야산과 지리산의 승경을 뒤졌다네. 무릇 동방의 산천으로 특별히 뛰어나다고 알려진 곳이면 발길이 거의 다 미쳤다네. 그러다가 마음에 드는 곳을 보면 바로 무성한 풀을 베어내고 집을 지었으며 황무 지를 개간하여 경작했다네. 일 년 혹은 삼 년을 살다가 그곳의 흥이 다하 면 문득 다른 곳으로 옮기곤 했지. 이 때문에 나의 거처 가운데 기이한 산이나 빼어난 물길, 번듯하고 너른 전답과 별장이 이곳보다 열 배나 나은 데가 많다네. 다만 세상 사람들이 이를 알지 못하고 있을 뿐이지."

공이 설생을 따르는 무리를 보니 모두가 훤칠하고 아름다우며 대부분 악기를 잘 다루었다. 누구냐고 물었더니 모두 설생의 첩과 자식들이었 다. 가무를 하는 십여 명의 여인들도 저마다 맵시 있고 예뻤다. 공은 더 욱 기이해하였다. 설생의 이런 득의함을 보고 세상에 얽매여 있는 자신 을 돌아보게 되었다. 이에 흐느끼듯 눈물을 흘리며 시를 지어주었다. 머 무른 지 이틀이 지나서야 떠나가면서 설생과 약조를 하였다.

"뒤에 꼭 한양으로 나를 찾아오시게!"

그로부터 3년 뒤, 설생이 과연 한양에 와서 공을 찾았다. 그때 공은 마침 병조판서로 있었기에 그를 추천하여 벼슬을 주려고 하였다. 그러나 설생은 이를 부끄럽게 여겨 인사도 없이 떠나버렸다. 공이 휴가를 얻어 관동으로[19] 넘어가 회룡굴로 설생을 찾아갔으나, 그곳은 이미 비어있었 다. 설생은 어디로 갔는지 알 수 없었고 그를 아는 자도 없었다. 공은

---

19 관동으로: 원문은 '嶺'인바, 회룡굴의 위치로 추측건대 대개 한계령으로 짐작된다.

그의 기묘한 자취에 크게 탄복하며 슬픈 마음으로 되돌아갔다.

무덤 곁 여막의 효자가 샘과 범을 감동시킴

성종조 때이다. 호남의 흥덕현(興德縣) 화룡리(化龍里)²⁰에 오준(吳浚)²¹
이라는 이가 있었다. 그는 양반 집안 출신이었다. 살아생전 부모를 섬김
에 효를 다하였고, 부모가 돌아가시자 영취산(靈鷲山)²²에 장례를 지내고
묘 곁에 여막을 짓고 살았다. 그는 날마다 흰죽 한 사발만 먹으면서 슬피
곡하고 눈물을 흘렸다. 이 곡소리를 들은 자들도 눈물을 떨굴 정도였다.
제사를 올릴 때는 항상 현주(玄酒)²³를 놓았는데 샘이 산골짜기 안에 있
었다. 이 샘물이 아주 맑고도 달았으나 집²⁴에서 5리나 떨어져 있었다.
오군(吳君)은 꼭 직접 가서 병에다 떠오기를 비바람이 치거나 덥고 추울
때도 조금도 게을리하지 않았다.

그러던 어느 날 저녁, 산속에서 소리가 나는데 꼭 우레가 치듯 산이

---

20 흥덕현(興德縣) 화룡리(化龍里): 흥덕현은 현재 전라북도 고창군 흥덕면 일대이며, 화
   룡리는 그 접경의 신림면 외화리에 있는 화룡마을을 가리킨다.

21 오준(吳浚): 1444~1494. 호는 감천(感泉), 본관은 동복이다. 동지중추부사를 지낸 오
   팽년(吳彭年)의 아들로 조선 전기 효자로 이름이 났다. 참고로 1494년에 조정에서
   그의 효행을 기려 정려를 내리고 호역(戶役)을 면제해주는 등 은전을 베풀었던바,
   여기 이야기는 이 시기 그의 행적을 엮은 것이다.

22 영취산(靈鷲山): 고창과 장성 사이에 걸쳐 있는 산으로 문수산, 축령산 등으로 불리기
   도 한다. 현재 오팽년과 오준의 묘소가 이 산 근처에 있다.

23 현주(玄酒): 제사 때 술 대신으로 쓰는 물을 말한다. 무술이라고도 하며 술이 없을
   때 대신 사용하였다. 그 유래를 보면 『예기(禮記)』의 「예운(禮運)」 편에 "故玄酒在室,
   醴醆在戶."라는 언급이 있는데, 그 소에 "玄酒, 謂水也. 以其色黑, 謂之玄. 而太古無酒,
   此水當酒所用, 故謂之玄酒."라 밝히고 있다.

24 집: 의미상으로는 묘 곁의 여막이어야 된다.

온통 뒤흔들렸다. 아침에 일어나 가서 살펴보니 샘물이 여막 옆에서 솟아나는 것이었다. 맑고 깨끗하며 달고 시원한 게 저 산골짜기 샘물과 똑같았다. 그래서 산골짜기 샘을 찾아가 봤더니 이미 다 말라 있었다. 오군은 마침내 샘물을 떠서 현주로 사용하게 되었다. 저 멀리 뜨러 가는 고생을 면할 수 있었던 것이다. 마을 사람들이 이것을 '효감천(孝感泉)'[25]이라고 이름 붙였다.

여막이 있는 깊은 산속은 범과 승냥이들이 우글거리고 도적떼들의 소굴이라 집안사람들은 매우 걱정하였다. 소상(小祥)을 지내고 난 어느 날, 갑자기 큰 범 한 마리가 나타나 여막 앞에 웅크리고 앉는 것이었다. 오군이 경계하며 말하였다.

"네가 나를 해치려는 거냐? 나는 이미 피할 수도 없는 몸, 네 마음대로 하거라. 다만 나는 죄가 없단다."

그러자 범은 바로 꼬리를 흔들며 대가리를 숙이고서 엎드려 마치 경의를 표하듯 꿇어앉았다.

"이미 해치지 않을 거면 또 왜 가지 않고 있느냐?"

이 말에 범은 바로 문밖으로 나가서는 엎드린 채 떠나가지 않는 것이었다. 이것이 일상이 되어 어루만지고 장난치는 지경에 이르게 되었다. 마치 집 안에서 기르는 개나 돼지와 같았다. 그러는 한편 매월 초하루나 보름이면 이 범은 반드시 큰 사슴이나 멧돼지를 잡아서 여막 앞에 갖다 놓았다. 이것으로 제수에 이바지했다. 일 년 동안 한 번도 거른 적이 없었다. 이리하여 산속의 맹수나 도적떼는 아예 자취를 감추어 버리고 말았다. 오군이 삼년상을 마친 후 집에 돌아가게 되자 그때 범도 비로소 떠나갔다.

---

25 효감천(孝感泉): 전라북도 고창군 신림면 외화리에 있는 샘물로, 현재 전라북도 기념물로 지정되어 있다.

오군의 나머지 효성으로 인한 기이한 일들이 매우 많았으나, 샘물과 범 일이 그중 특히 가장 잘 드러난 사례이다. 그때 관찰사가 이 일을 조정에 상주하여 성종은 특별히 정려하도록 명하고 속백(束帛)²⁶을 하사하였다. 오군은 나이 65세에 죽어 사복정(司僕正)에 추증되었으며, 마을 사람들은 향현사(鄕賢祠)²⁷를 세워 그를 제향하였다.

5-4

부친의 목숨을 살리려는 정성이 천신을 감동시킴

이종희(李宗禧)는 전의(全義)²⁸ 사람이다. 9세 때 온 집안이 병에 걸리게 되어 그의 부모와 종들이 한시에 앓아누웠고 종희만 병을 앓지 않았다. 그의 부친 광국(光國)²⁹은 앓은 지 이미 오래되었다. 열이 내리지 않아 혼수상태가 이틀이나 이어지다 보니 온몸이 차가워졌다. 그러나 돌볼 사람이 없어 종희는 혼자 어쩔 줄 몰라 했다. 할 수 없이 병든 계집종을 차서 일어나라 하여 급히 미음을 끓이게 한 다음, 칼로 약지를 베어 그 피를 사발에 받았다. 사발 가득 붉게 되자, 젓가락으로 부친의 입을 열고

---

26 속백(束帛): 비단 묶음으로, 통상 검은 비단 여섯 필과 붉은 비단 네 필을 하나의 단위로 하였다.

27 향현사(鄕賢祠): 지방에서 효열을 실천한 인물을 위패로 모시고 제사 지내는 사당을 말한다. 참고로 오준의 사당은 '창효사(彰孝祠)'라 하며, 효감천 옆에 있고 지금도 제를 올리고 있다고 한다.

28 전의(全義): 현재 세종시 전의면 일대로, 과거에는 이곳이 충남 연기군에 속했다. 고려 시대에 전의현이었는데, 고려의 개국공신 이도(李棹)가 이곳을 하사받아 이때부터 전의 이씨가 시작되었다고 한다.

29 광국(光國): 미상이다. 다만 안정복(安鼎福)의 『순암집(順菴集)』(권25)·「처사정군행 장(處士鄭君行狀)」에 "그[鄭坮]의 장남 진의는 전의 이광국의 딸에게 장가들었다."라 는 언급이 있는 것으로 보아, 전의 이광국이 바로 그인 것으로 판단된다.

미음과 피를 휘저어 연신 흘려 넣었다. 반 사발쯤을 넣었을 때 숨이 야트막하게 콧구멍으로 나오기 시작하였다. 종희는 놀랍고 기뻐서 마침내 한 사발을 다 흘려 넣자 부친이 이에 깨어났다.

그다음 날 오후에 부친이 다시 전처럼 혼절하였다. 종희는 울부짖으며 하늘에 기도하고 궤 위에 여러 손가락을 올려놓고 마구잡이로 찔러대자 피가 막 쏟아졌다. 앓고 있던 한 계집종이 이를 보고는 놀라 소리치며 종희를 부축하면서 말렸다. 하지만 뿌리치고 당장 물러나라 하면서 집안 사람들이 동요하지 않게 했다. 피를 죽에 섞어서는 다시 한 사발을 부친께 올렸다. 올리는 중에 느닷없이 공중에서 외치는 소리가 들려왔다.

"종희야! 너의 정성이 하늘을 감동시켜 저승에서 네 아비를 살려주기로 이미 허락했노라. 너는 이제 마음을 놓고 비통해하지 말거라."

집 안의 여기저기 앓아누워 있던 자들이 다 이 소리를 듣고는,

"장단(長湍)의 생원님 소리다!"

라고 하였다. 장단의 생원이란 바로 종희의 외조부 윤겸(尹謙)[30]을 말한다. 그는 이미 죽은 지 오래된 상태였다. 이리하여 부친은 소생하였고 금세 열은 내려갔다. 저물녘이 되자 완전히 회복하였다. 그리고 그 모친도 이어서 병이 나았다. 이런 종희의 일을 누구 하나 칭찬하지 않은 이가 없었다. 마을 사람들은 마침내 고을 관아에 장계를 올렸다. 원님이 이 일을 매우 기특하게 여겨 그의 효행을 감영에 하나하나 고하였다. 관찰사 이성룡(李聖龍)[31]이 복호(復戶)[32]를 내리고 다시 조정에 아뢰어 정려각

---

30 윤겸(尹謙): 역시 미상이다. 아마 그가 장단현(長湍縣)에 살고 있었던 생원으로 언급된 것으로 보아 출사는 하지 못했던 것으로 판단된다.

31 이성룡(李聖龍): 1672~1748. 자는 자우(子雨), 호는 기헌(杞軒), 본관은 경주이다. 1714년 과거에 급제하여 전라·황해감사, 공조판서 등을 역임하였다. 특히 1729년에 충청감사로 있었는데, 아마도 이종희의 이야기가 이 시점에 나온 게 아닌가 싶다.

32 복호(復戶): 조선시대에 호역(戶役)을 면제해주던 일을 말한다. 주로 충신, 효자, 열부 등에게 이런 혜택을 내려주었다.

(旌閭閣)을 세웠다.

5-5

돈이 든 항아리를 두 부인이 서로 양보함

부솔(副率) 김재해(金載海)[33]는 학문으로 이름이 난 사람이다. 그가 일찍이 5, 60냥을 지불하고 집 한 채를 샀는데, 원래 이 집 주인은 과부였다. 김재해가 그 집으로 이사를 들어가고 보니 담장이 무너져 내린 상태였다. 다시 쌓으려고 사람을 시켜 터를 파헤쳤다. 그런데 거기서 생각지도 못한 큰 항아리가 나왔다. 그 안엔 2백 냥의 돈이 들어있었다. 과부가 이 집의 전 주인이었기에 그는 아내더러 편지를 써서 사정을 알리고 돈을 되돌려주도록 하였다. 과부가 크게 감동하고 또 특이하다 싶어 몸소 그의 아내를 찾아가 말했다.

"이것은 비록 저의 옛집에서 나온 것이지만 실은 아주 오래전에 묻혀진 물건이지요. 제가 어찌 이를 숨기고 제 것이라 하겠습니까? 청컨대 귀댁과 반씩 나누는 게 어떨지요?"

그러자 그의 아내가 받지 않았다.

"제가 만약 반으로 나눌 마음이 있었다면 당장 다 가져버렸지 무엇하러 본 주인에게 되돌려 주겠어요? 저도 이것이 부인의 물건이 아닌 줄 알고 있어요. 하지만 저는 남편이 있어서 충분히 집을 꾸릴 수 있지

---

33 김재해(金載海): 1658?~1720?. 자는 숙함(叔涵)이다. 박세채(朴世采)의 문인이며 당대의 문장가 김창협(金昌協)과 교유하였다. 1713년 경종이 세자로 있을 때 익위사(翊衛司)의 부솔을 지냈는데, 뒤에 정치적 알력 속에서 탄핵받아 세마로 강등되기도 하였다. 저서로 필사본인 『쌍호초고(雙湖草稿)』가 남아 있다. 참고로 부솔은 조선시대 세자익위사에 속한 정7품 관직이다. 참고로 세자익위사는 사어(司禦), 익찬(翊贊), 위솔(衛率), 부솔, 시직(侍直), 세마(洗馬) 등으로 편제되어 있었다.

요. 그러니 이 물건이 없어도 집안 살림을 유지할 수 있답니다. 부인께선 따로 집안을 유지할 분이 안 계시어 집안일을 처리하기가 곤란하실테니 부디 거절하지 마세요."

이렇게 한사코 사양하며 받지 않았다. 과부는 감히 더 언급하지 못하고 돈을 가지고 돌아왔다. 김 공의 지극하고도 깊은 덕에 감동하여 종신토록 잊지 못했다고 한다.

5-6

산삼을 캐던 두 심마니가 함께 목숨을 잃음

민가의 김(金) 아무개는 영평(永平, 즉 포천)에 살면서 산삼을 캐는 심마니였다. 하루는 동료 두 사람과 함께 백운산(白雲山)[34] 가장 깊은 골짜기로 들어갔다. 높은 곳에서 내려다보니 아래쪽이 암벽이었으며, 사면이 깎아지른 듯 서 있는 것이 됫박 같았다. 그 안에 보기 좋은 산삼이 무더기 채 보였다. 그야말로 마당삼이었다. 세 사람은 너무 놀랍고 기뻐서 어쩔 줄 몰랐다. 그런데 그곳으로 바로 갈 수 있는 길이 따로 없었다. 급기야 풀을 엮어 망태기를 만들어 칡넝쿨을 새끼 삼아 묶은 다음, 김가를 그 안에 들어가 앉게 해서 망태기째 내려보냈다. 김가는 마음껏 산삼을 캐서 십여남은 묶음이 되면 망태기 안에 넣었다. 위의 두 사람은 그럴 때마다 망태기를 위로 끌어 올렸다. 캔 걸 다 끌어 올리게 되자, 위의 두 사람은 그 산삼을 서로 나누어 가지고는 망태기를 버리고서 사라져 버렸다.

---

34 백운산(白雲山): 포천 영평에 있는 산이다. 조선시대 박순(朴淳) 등이 은거한 것으로 유명하여, 이곳에 건물을 짓고 지은 「배견와(拜鵑窩)」, 「이양정기(二養亭記)」 등이 전한다. 지금은 유원지로 백운계곡이 유명하다.

김가는 다시 나갈 수 없게 되었다. 사방을 돌아봐도 백 길이나 되는 깎아지른 절벽뿐이었다. 날개를 달지 않고서는 나갈 수가 없었다. 게다가 먹을 것도 없어서 남은 산삼을 캐서 먹는 게 전부였다. 개중에는 굵기가 팔뚝만 한 것도 있었다. 그런데 익힌 음식을 먹지 않은 지 6, 7일이 되는데도 기운은 전혀 빠지지 않고 충만했다. 밤이면 암벽 아래에서 잠을 잤다. 아무리 생각하고 따져보아도 밖으로 빠져나갈 뾰족한 수가 없었다.

그러던 어느 날, 암벽 위쪽을 바라보니 숲의 나무가 갈리고 쓰러지면서 비바람이 치는 듯한 소리가 들려왔다. 잠시 후 엄청난 크기의 구렁이 한 마리가 나타났다. 대가리는 큰 항아리만 하고 두 눈깔은 횃불 같았다. 꿈틀거리며 아래로 와서는 곧장 김가가 누워있는 곳으로 다가왔다. 김가는 이제 필시 죽었다 싶었다. 그런데 이 구렁이는 그의 앞을 비껴 지나서는 바로 저번에 망태를 매달아 내렸던 절벽으로 향했다. 길이는 열 길 남짓이나 되었다. 그것이 꼬리를 김가 앞에 늘어뜨린 채 계속 흔드는 것이었다. 그제야 김가는 이런 생각이 들었다.

'이 구렁이가 사람을 보고도 물기는커녕 이렇게 꼬리를 흔들고 있다니. 혹시 나를 구해주려는 마음이 있는 것이 아닌가?'

마침내 매고 있던 허리띠를 풀어 구렁이의 꼬리에 단단히 묶은 다음, 엎드려 걸친 채 그 끝을 바짝 붙잡았다. 구렁이가 한 번 꼬리를 치자 어느 순간 김가의 몸은 절벽 위에 올라 있었다. 구렁이는 숲으로 들어가더니 간 곳을 알 수 없었다. 김가는 이 구렁이가 영물인 줄 알게 되었다. 급기야 전에 왔던 길을 찾아 산에서 내려오니, 두 사람이 다 큰 나무 아래 걸터앉아 있는 것이었다. 김가가 멀리서 물었다.

"네놈들이 왜 아직도 여기에 있느냐?"

그런데 아무도 대답이 없었다. 가까이 다가가서 살펴보니 그자들은 이미 죽은 지 오랜 된 상태였다. 저들이 가져갔던 산삼은 하나도 없어진 것이 없었다. 김가는 어찌 된 영문인지 알 수 없어 서둘러 산에서 내려와 두 사람의 집에 알렸다.

"내가 두 사람과 함께 산삼을 캐서 돌아오는데 그만 토하고 지린 채 다 죽어버렸소. 독물을 잘못 먹고 그런 게 아니겠소? 캐온 산삼은 똑같이 나눠야겠지만 내가 어찌 차마 내 것이라고 가지겠소?"

그러면서 자기 것을 다 두 집안에 나누어 주어 장례 비용으로 충당하게 하고는 하나도 갖지 않았다. 또한 이 일에 대해서는 입 다물고 발설하지 않았다. 두 집안에서는 평소 이 사람을 믿었던 터라 의심하지 않고 시신을 가져다가 장례를 잘 치렀다.

그 뒤 김가는 나이가 아흔이 넘었는데도 젊은 사람처럼 건장해졌고, 연이어 아들 다섯을 낳았다. 아들들은 모두 곡식을 차곡차곡 쌓아 부유해졌으며 손자와 증손자도 번창하여 마을의 으뜸이 되었다. 김가의 집은 본래 이담석(李聃錫)[35] 집안의 종이었다가 모두 속량하여 양민이 되었다. 김가는 아무 병 없이 백 세 가까이 살다가 죽었다. 죽을 때 비로소 이 일을 자식들에게 얘기해주었다.

"사람의 삶과 죽음 그리고 부귀에는 천신이 굽어살피는 법이다. 너희들은 절대 나쁜 마음을 먹어 저 두 사람처럼 신의 노여움을 사서는 안 되느니라."

역관 홍순언이 의롭게 천금을 내어줌

역관(譯官) 홍순언(洪純彦)[36]이 만력(萬曆) 병술(1586)·정해(1587) 연간

---

35 이담석(李聃錫): 1682~?. 자는 여로(汝老), 본관은 전주이다. 1710년 무과에 급제하여 낙안군수, 명천부사, 장흥부사 등을 역임하였다. 이 외의 그의 생력은 자세하지 않다.

36 홍순언(洪純彦): 1530~1598. 자는 사준(仕俊), 호는 동고(東皐), 본관은 남양이다. 선

성절사(聖節使)[37]의 사행을 따라가게 되었다. 황성에 들어갔을 때 막 문을 연 청루(靑樓) 하나가 있었다. 문 위 걸린 현판에 '은 천 냥이 아니면 멋대로 들어올 수 없다[非銀千兩, 不許擅入].'라고 쓰여 있었다. 비싼 가격 때문에 그곳 중국의 탕아들이라도 감히 출입할 엄두를 내는 자가 없었다. 홍순언이 이를 듣고는 생각하였다.

'부르는 가격이 이처럼 비싸니 저 안에 있는 여자는 필시 천하일색이겠군. 과연 성을 무너뜨리고 나라를 망하게 할 미모라면 천 냥 은이라도 무어 아까울 게 있을까?'

이리하여 일단 그 문으로 들어가 그곳 여자에 대해서 이것저것 물어 확인해보았다. 그랬더니 그냥 화류계 창가의 계집이 아니라 바로 아무 시랑(侍郞)의 딸이었다. 아무 시랑이 수만금의 공전을 포흠(逋欠)하여 칼을 쓴 채 금옥(錦獄)[38]에 갇혀 극형에 처해 질 참이었다. 공전을 환수하느라 가산을 다 탕진하였고 친척에게까지 징수했지만 아직도 삼천 금이나 부족하였다. 이제 목숨으로 갚는 것 외에는 다른 방도가 없는 상황이었

조 시기 한어역관으로 당시의 정치적 난제였던 종계변무(宗系辨誣)와 임진왜란 때 활약하였다. 특히 종계변무에 힘쓴 공로로 당성군(唐城君)에 봉해졌으며, 우림위장(羽林衛將)을 지내기도 하였다. 실제로 여기 이야기처럼 임진왜란 때 명나라 지원을 끌어내는 데 공헌했으며, 이여송이 출병했을 당시 통역을 맡기도 하였다. 그에 관한 일화가 여러 야담집에 실려 전하는가 하면, 따로 소설 「이장백전(李長白傳)」은 그의 이야기를 작화한 사례이다.

37 성절사(聖節使): 명나라와 청나라의 황제나 황후의 생일을 축하하기 위해 보내던 조선 사절단이다. 청나라 때는 '성단사(聖旦使)'라 했다. 주지하듯이 조선이 중국에 사신을 간 경우는 여러 가지였는데, 성절사는 정례 사행으로 정조사(正朝使), 동지사(冬至使)와 함께 삼절사(三節使)라 했다. 이 성절사행은 매년 10월 말이나 12월 초에 떠나서 그해가 다 가기 전에 북경에 도착하여 40일에서 60일을 머물다가 이듬해 2월경에 귀국하는 것이 통례였다.

38 금옥(錦獄): 궁궐의 감옥, 혹은 감옥을 미화한 표현으로 보인다. 참고로 왕세정(王世貞)의 『엄주사료(弇州史料)』에 다음과 같은 기록이 보인다. "謫金吾衛指揮同知華某, 與振從子指揮山爭, 狎妓, 下錦獄, 杖之百, 髠其頭而漆之, 枷號三月, 謫充大同衛軍."(후집, 권31)

다. 시랑에게는 아들은 없었고 단지 이 딸 하나만 있었다. 그녀는 용모와 재주가 또래에서 월등하였다. 슬프고 원통함을 견디지 못한 그녀는 몸을 팔아 돈을 만들어서 남은 돈을 다 납부해 부친의 목숨을 구할 계책을 삼았다. 그러다 보니 부득이 이런 일을 하게 된 것이라고 하였다.

홍순언은 사연을 접하고 보니 그녀의 사정이 짠하고 안타까웠다. 그래서 도저히 그녀를 직접 만날 수가 없어 곧장 문을 나갔다. 그는 사행 온 사람들이 가진 은을 낱낱이 걷어, 그 필요한 양을 채워 청루에 실어 보냈다. 그리곤 바로 사행을 따라 중국을 나왔다. 여자는 몸을 더럽히지도 않고 거저 천금을 얻은 셈이다. 공전을 다 납부하고 죽을 뻔한 부친의 목숨을 구할 수 있었다. 은덕에 감격함이 하늘보다 높고 바다보다 깊어 마음속에 단단히 새겨두고 잠시도 잊은 적이 없었다. 이윽고 청루를 닫고 본가로 돌아왔다. 뒤에 상서 석성(石星)[39]의 계취(繼娶)가 된 그녀는 따로 비단을 짰다. 한 필을 짤 때마다 '보은(報恩)'이라는 두 글자를 수놓았다. 그래서 매번 행인(行人)[40]의 편에 삼가 잘 부탁하여 홍순언에게 보냈다. 이 일을 해마다 그만둔 적이 없었다.

임진년 왜구가 조선을 침략하게 되자, 선조는 의주로 파천해서는 사신을 통해 중국에 지원을 요청했었다. 그때 홍순언도 사신의 일행으로 가게 되었다. 당시 석성은 병부상서로, 홍순언의 높은 의기를 부인에게서 익히 들었던 터요, 또한 부인도 그가 중국으로 들어왔다는 소식을 듣고 석 상서에게 간절히 빌어 지원을 주선해 줄 것을 요청하였다. 이리하여 석 상서는 위로는 황제에게 아뢰고 아래로는 조정 신료들에게 부탁

---

39 석성(石星): 1538~1599. 자는 공신(拱宸), 호는 동천(東泉)이다. 그는 관료 시절 신료들의 방자함을 논박했다가 평민으로 떨어지기도 했으며, 임진왜란 시기에 다시 병부상서에 오르는 등 관력의 부침이 심했다. 여기 이야기처럼 명나라의 조선 지원이 이루어지는 데 큰 역할을 하였다.

40 행인(行人): 다른 나라에 파견되는 관리이다. 일반적으로 사신을 지칭하기도 한다. 여기서는 명나라에서 조선에 파견된 사신 일행을 이렇게 표현한 것이다.

하여 특별히 제독 이여송(李如松)[41]을 파견, 장군 30여 명과 기마 수만 기를 거느리고서 도와주도록 하였다. 또 식량과 은을 내려 난리를 헤쳐 나갈 기반으로 삼게 했다.

이로써 마침내 왜구의 난리를 쓸어내고 궐내를 다시 깨끗이 정비한 다음, 임금의 수레가 서울로 돌아올 수 있었다. 참으로 신종황제가 작은 나라를 품어주고 변방을 다시 세워주는 은혜의 덕이 이만저만한 것이 아니었다. 여기에 석 상서의 부인도 힘을 보탠 게 적지 않았다고 한다.

5-8

권 진사가 복 받은 인연으로 두 첩을 얻음

예전 안동에 권(權) 진사가 있었다. 그는 어린 나이에 성균관 유생이 되었으나 집안 형편이 매우 빈궁한 데다 아내마저 잃고 말았다. 그런 터라 자식이 없을뿐더러 부릴 종마저 남아 있지 않았다. 자신이 직접 종들의 일까지 겸하느라 제힘으로 버티기 어려울 정도였다.

그 이웃에 상것 과부가 살았다. 그녀는 외모가 꽤 아름답고 집안 살림 도 풍족한 편이었다. 젊은 나이에 남편을 잃고서 다른 남자에게 시집가 지 않으리라 다짐하고 정결하게 자기 몸을 지켰다. 그래서 마을의 무뢰 한들도 감히 마음을 먹지 못했다. 권 진사는 이웃에 살고 있던 터라 그녀 의 사정을 익히 알고서 여러 번 중매쟁이를 보내 상황을 탐문케 했다.

---

41 이여송(李如松): 1549~1598. 명나라 장수로 자는 자무(子茂), 호는 앙성(仰城)이다. 임진왜란이 일어나자 방해어왜총병관으로 명나라의 2차 원병을 이끌고 들어와, 여기 이야기처럼 1593년에 평양성에서 왜군을 격퇴시켰다. 그러나 벽제관에서 왜군에 패 하여 개성으로 퇴각한 뒤로는 특별한 활약을 하지 않다가 철군하였다. 참고로 그는 원래 조선인의 후손으로 알려져 있으며, 그와 임진왜란에 관련된 이야기가 다수 전해 진다. 이 책에도 그와 관련한 이야기가 이어진다.

하지만 그녀는 듣고도 못 들은 척 외면하였기에 딱히 어찌해 볼 도리가 없었다.

그러던 어느 날, 권 진사는 뜰을 거닐고 있었다. 마침 과부가 그 앞을 지나가다가 느닷없이 안부를 묻는 것이었다.

"요새 진사 나리께선 평안하신지요? 한마을에 살면서도 한 번도 서로 오간 적이 없군요. 지금 마침 조용하니 오늘 저녁밥은 저희 집에 오셔서 드시면 좋겠네요……."

권 진사는 항상 마음에 두고 있던 바이나 아직껏 성사되지 못하던 중에 지금 과부의 말은 천만뜻밖이었다. 이것이야말로 '동몽구아(童蒙求我)'[42]이니, 어찌 기쁘고 다행한 일이 아닌가? 권 진사는 연신 알겠다고 하고서 해가 기울기를 기다렸다가 직접 그녀의 집으로 찾아갔다. 과부는 반가운 낯빛으로 맞이하여 윗자리로 모시고는 저녁밥을 대접하였다. 그리고서 함께 앉아 담소를 나누던 중, 과부가 느닷없이 이런 제안을 하였다.

"진사 나리, 상투를 푸시고 머리를 땋은 다음 소첩의 옷과 바꿔 입고 한번 재미 삼아 놀아봄이 어떠신지요?"

권 진사는 저의를 알 수 없었으나 그렇다고 거부할 수도 없었다. 그저 그녀의 말대로 옷을 바꿔 입을 뿐이었다. 그러자 과부는 그의 손을 끌고서 방으로 들어가 이불 안에 누우라고 하면서,

"진사 나리, 먼저 잠자리에 드시지요. 저는 탈이 나서 용변을 본 뒤에 들어오겠나이다."

라고 하더니, 그 길로 밖으로 나가서는 한참이 되어도 돌아오지 않는 것이었다. 권 진사는 잔뜩 괴이쩍고 의심이 들밖에. 이리저리 뒤척이며 편히 잠들지도 못했다. 그러던 중 삼경쯤 별안간 창밖에서 시끄럽게 떠

---

42 동몽구아(童蒙求我): 『주역』의 '몽괘(蒙卦)' 괘사에서 유래한 용어로, 그 의미는 내가 갈구하지 않았는데도 상대방[童蒙]이 직접 찾아온 격이라는 뜻이다.

드는 소리가 들렸다. 곧 여러 사내들이 일제히 들이닥쳐서는 이불 채 말아서 단단히 묶어 짊어지고 거리로 나가는 것이었다. 수십 리쯤을 가서 한 대문에 들어서더니 깨끗한 한 칸 방으로 들어가서 짊어진 걸 내려놓고 묶은 걸 풀어주었다. 권 진사는 이는 분명 무뢰한이 과부를 겁탈하려는 계획이라는 생각이 들었다. 그래서 일단 다음이 어찌 될지 보고자 하여 찍소리도 내지 않고 저들이 하는 대로 내버려 두었다. 조용히 동정을 살펴보니, 이곳은 바로 이 고을 이방의 집이었다.

얼마 뒤 이방이 들어와서는 쌀죽을 권하며 놀란 마음을 진정시키고자 하였다. 권 진사는 이불을 꽉 뒤집어쓴 채 얼굴을 드러내지 않았다. 이방이 권하는 쌀죽도 한사코 거절하며 먹지 않았다.

"오늘 밤은 필시 너무 놀라 진정할 수 없겠지. 걷잡을 수 없이 심란할 터이니 우선 마음을 편안히 하여 잠을 자 두어라."

이방의 말이었다. 이 이방에게는 나이는 찼으나 아직 시집가지 않은 딸이 하나 있었다. 그녀더러 이 방에 함께 묵으면서 놀란 속을 달래주고, 일이 이렇게 된 사정을 일러주도록 했다. 권 진사는 이미 오래전부터 홀아비였다. 이 깊은 밤 고요한 시간에 머리도 올리지 않은 처녀를 만나 한 방에 묵게 되었으니 어떻게 아무 일 없이 그냥 넘어갈 수 있겠는가? 처녀는 이불을 가지고 방에 들어와서는 베개를 나란히 하고 함께 누웠다. 간간이 좋은 말로 달래면서 이불을 들추고 얼굴을 마주하고서 권 진사의 몸을 어루만져 주었다. 그러자 권 진사가 그녀를 끌어당겨 한 이불 안에 두고서는 가슴을 만지며 입을 맞추는 등 극히 수상한 짓거리를 하였다. 처녀는 더없이 해괴망측했으나, 이미 과부가 겁에 질려 온 것으로 알고 있었기에 딴 의심이야 있었겠는가? 그의 환심을 얻는 데 몰두하느라 같이 받아주며 놀았다. 그러다가 뜻하지 않게 두 다리가 서로 바짝 붙었고, 질펀하게 합궁을 하고 말았다. 처녀는 너무 당황스럽고 겁에 질렸으나 연약한 몸으로 어떻게 강한 권 진사의 기세를 당해내겠는가? 감히 아무 소리도 못 내고 고개를 떨군 채 시키는 대로 따라야 했다. 이리하여 한바탕 운우지정이 이루어지고 말았다.

처녀는 날이 밝기도 전에 당장 밖으로 뛰쳐나갔다. 수치스러움에 죽고 싶었다. 그렇다고 부모님께 이 일을 설명할 도리도 없었다. 권 진사는 해가 뜨기를 기다렸다가 이불을 걷고 일어나 앉아서는 앞 창문을 밀쳐 열었다. 이방을 오라고 해서는 큰 소리로 나무랐다.

"네가 네 딸을 내게 들여 첩으로 삼고자 했으면 조용히 사정을 아뢰어 나에게 여부를 들어야 하지 않느냐. 어찌 감히 깊은 밤 몰래 양반을 겁박하여 네 딸더러 동침하게 했단 말이냐? 이것이 무슨 도리이며 또 무슨 일이란 말인가? 내가 만약 이 사실을 관에 고하면 네 죄가 장차 어느 지경까지 갈 것 같으냐?"

애초에 과부를 겁박해온 줄로만 알았던 이방이 양반붙이를 잘못 묶어 왔다는 걸 생각이나 했으랴! 그 분부만 듣고도 벌써 겁에 질린 이방이 머리를 들어 쳐다보니 바로 평소 친한 권 진사 나리였다. 생각지도 않은 일이 터지고 보니 이방은 망연자실하여 어찌할 줄 몰랐다. 과부를 겁박해온 일과 양반을 잘못 붙들어온 이 두 가지 죄가 동시에 드러나면 만번 죽어도 가벼운 것 아닌가. 바짝 땅에 엎드린 채 벌벌 떨며 아뢰었다. 죽을 때가 다 돼 이런 용서 받지 못할 죄를 저질렀으니 죽고 사는 것을 삼가 처분대로 따르겠다며 애걸복걸해 마지않았다. 권 진사는 본인의 옷을 찾아 입고는 말했다.

"네 죄상을 따지자면 죽어도 속죄키 어려우리라. 하지만 이미 네 딸과 하룻밤의 인연을 맺었으니 인정을 생각지 않을 수 없지. 내 십분 참작하여 특별히 보류하기로 하마. 그러나 네가 경영한 농사의 수확물은 반드시 반을 나누어 딸에게 줄 것이며, 또한 가마와 말을 준비하여 오늘부로 네 딸을 내 집에 보내야만 좋을게다. 그래야 하고말고!"

이 말을 들은 이방은 죽다가 살아난 기분이라 천만 기쁘고 다행스러워 머리를 조아리고 감사해하며 오직 명대로 따르겠노라 하였다. 권 진사는 아침밥을 먹고 난 뒤 느릿느릿 본가로 돌아왔다. 이웃의 과부도 찾아와 만나게 되었다. 그녀의 말이 이랬다.

"제가 남편을 잃고 난 뒤부터 다시는 시집가지 않겠다고 다짐했지요. 그 마음이 굳고 굳어 만 마디 말로도 회유하기가 어려웠지요. 하온데 일전에 본부의 이방이 아무 날 밤에 저를 보쌈해 가려고 한다는 소문이 돌았답니다. 이 소식을 듣고 매우 놀랍고 두려웠으나 제 신세가 고단하고 약한지라 이 상황에 부닥치게 된다면 죽는 것밖에는 다른 방도가 없었지요. 하지만 사람 목숨은 지극히 귀한 법, 어찌 부질없이 죽겠어요? 또 포악스러운 자에게 욕을 당하기보다는 차라리 이웃 양반님께 절개를 뺏기는 것이 낫겠다는 생각이 들었지요. 게다가 진사 나리께서 저에게 마음을 두고 있다는 걸 익히 알았지요. 해서 저희 집으로 꾀어 옷을 맞바꿔 입어 여자의 외양으로 가장했던 것이랍니다. 그 덕에 저는 몸을 피해 다행히 그날 밤의 횡액을 면할 수 있었고, 진사 나리께서도 한때의 횡액을 겪었지만 이로써 인연을 맺어 한 처녀를 얻게 되었으니 어찌 다행이 아니겠습니까? 하지만 저는 수절하는 과부로서 아무런 이유도 없이 이웃의 양반님 손을 잡았을 뿐만 아니라 집으로 들여 옷까지 바꿔 입게 했으니, 이는 평소의 지키던 절개를 무너뜨려 여지가 없게 되었습니다. 그러니 이제 진사 나리와 함께 한 곳에서 살아야겠습니다……."

이윽고 이방은 자기 딸을 차려 보냈다. 고단한 홀아비 신세였던 권 진사가 하루아침에 두 첩을 얻게 되니, 그 기쁨은 참으로 기대 이상이었다. 두 첩을 거느리는 상황임에도 이웃집 과부가 집안이 어렵지 않은 데다 이방이 분재한 재산도 매우 풍족하였기에 졸지에 부자 집안 주인이 되었다. 이리하여 평생을 편안하게 누렸으며 자손들도 번성하였다고 한다.

가난해도 꿋꿋하게 십 년 동안 주역을 읽음

선비 이(李) 아무개는 남산(南山) 아래에 살고 있었다. 가난한 가운데도 흔들리지 않고 글 읽기를 좋아했다. 그러면서 아내에게 이렇게 말하였다.

"십 년 동안 『주역(周易)』을 읽고 싶은데 자네는 내게 나물에 거친 밥을 대주겠소?"

아내가 그렇게 하겠다고 하자, 이생은 마침내 문을 닫고 방으로 들어가더니 방문을 단단히 걸어 잠갔다. 창문에 밥그릇 하나 정도 들어올 수 있는 구멍을 뚫어 아침저녁 밥이 제공되도록 했다. 쉼 없이 『주역』을 읽어 밤낮으로 멈추지 않았다. 7년이 지난 즈음 창틈으로 밖을 엿보니, 한 대머리 중이 창밖에 쓰러져 있었다. 선비는 놀라고 괴상하다 싶어 문을 열고 나가 보니 그는 다름 아닌 아내였다.

"이게 무슨 일이오?"

아내의 대답이 이랬다.

"밥을 못 먹은 지 이미 닷새에요. 7년을 당신 먹을 걸 대느라 머리털 하나 남지 않았고요. 이젠 사세가 막다른 데[43] 이르렀으니 어찌하겠어요?"

이생은 탄식이 절로 나왔다. 문을 박차고 나와 곧바로 국부(國富)인 홍동지(洪同知)의 집을 찾아갔다.

"당신이 나와 평소 아는 사이는 아니지만 내게 쓸 데가 있으니 3만 냥을 빌려줄 수 있겠소?"

이렇게 부탁하자 홍동지는 그를 한참 뚫어지게 쳐다보다가 그러겠다고 하면서 물었다.

---

43 막다른 데: 원문은 '弩末'로, 쇠뇌의 끝인데 이는 힘을 쓸 수 없는 상황으로 기력이 다함을 의미한다. 따로 '강노지말(彊弩之末)'이라고도 한다.

"백여 바리나 되는 이 돈을 어디에 쓸 데가 있다고 하는 거요?"

하지만 이생은,

"오늘 중에 우리 집으로 실어 보내만 주시오."

하고는 집으로 돌아갔다. 얼마 지나지 않아 수레와 말에 이 돈을 싣고 오는데 저물녘이 되기 전에 모두 도착했다. 이에 이생은 아내에게 말하였다.

"여기 돈이 생겼소. 난 다시 『주역』을 읽어 십 년 기한을 채우고자 하니, 당신은 이 돈을 불려 조석을 이을 수 있겠소?"

"그거야 뭐가 어렵겠어요?"

이에 이생은 다시 방으로 들어와 전처럼 책 읊기를 계속하였다. 한편 아내는 물건을 흔할 때 사서 귀할 때 팔고, 아울러 재산을 불려 3년 사이에 늘어난 돈이 수만 냥이 되었다. 이생은 『주역』을 다 읽고 나자 비로소 책을 덮고 나왔다. 빌린 돈에 불린 것까지 실어서 홍동지 집으로 가서 모두 내놓았다.

"내 돈은 3만이 넘지 않았소. 그 외엔 받을 수 없소."

홍동지가 더 안 받으려 하자,

"내가 당신 돈으로 불려 이렇게 되었으니 이 불린 돈도 당신 돈이오. 내가 왜 이걸 갖겠소?"

라고 하였다. 그래도 홍동지는 고사하였다.

"이건 빌려준 거지 빚을 놓은 게 아니오. 뭔 이자를 따진다고?"

그러면서 본전 3만 냥만 받았다. 이생은 어쩔 수 없이 불린 돈을 가지고 집으로 돌아왔다.

그는 아내와 함께 살던 집을 정리하고 관동(關東)의 깊은 산속으로 들어갔다. 그곳에 넓은 터를 닦아 우뚝한 집을 새로 짓고 딸린 사랑채도 주변에 널찍이 배치했다. 그곳 주민들을 들어와 살게 하니 어엿한 큰 촌락을 이루게 됐다. 잡초와 쭉정이를 벤 황무지를 개간하니 그야말로 옥토가 되었다. 여기서 해마다 수천 석을 수확하였다. 먹고 입는 게 풍족해져서 일생을 편안히 지낼 수 있었다. 임진왜란으로 뭇 백성들은 도탄에 빠지고 죽음을 면치 못했으나, 이생의 마을만은 병화를 입지 않아 산속 무릉도원이었다고 한다.

5-10

한때 붙어산 걸 가지고 농지거리를 잘함

새원(璽院)[44]의 직장(直長)[45] 이종순(李鍾淳)[46]이 당직인 도사(都事) 한용수(韓用鏽)[47]와 상의원(尚衣院)의 숙직실에서 만나게 되었다. 그때 직장 최홍대(崔弘岱)[48]도 입직하고 있었는데, 제조(提調)의 분부라 하며 기녀에게 20대의 볼기를 치려는 참이었다. 이종순이 극력 만류하자 최홍대가 이렇게 말했다.

"예전에 청천(靑泉) 신유한(申維翰)[49]이 연일(延日) 현감으로 있을 때, 감

---

44 새원(璽院): 옥새 등을 관장하는 부서인바, 주로 상서원(尚瑞院)이 이를 담당하였다.
45 직장(直長): 각 중앙부서에서 실무를 담당하던 종7품의 관직이다. 다음의 '도사(都事)'는 중앙부서 및 지방관아에서 사무를 담당하던 종5품의 관직이다. 대개 각 부서별로 종5품직의 도사 1~6인, 종7품의 직장 1~2인이 배치되었다. 이어 등장하는 '제조(提調)'는 일종의 임시직으로 당상관 이상의 관원이 없는 관아에 겸직으로 배속되어 각 관아를 통솔하던 중앙 관직이다. 대개 종1품 또는 정·종2품으로 각 사(司)·원(院)에 1~4인이 배치되었다.
46 이종순(李鍾淳): 1767~?. 자는 희백(希伯), 본관은 전주이다. 1809년 진사시에 합격한 뒤 음관으로 지방의 군수 등을 역임하였다. 그 외의 관력은 미상이다.
47 한용수(韓用鏽): 1779~?. 자는 성보(星甫), 본관은 청주이다. 1816년 생원시에 합격한 뒤 지방 현감 등을 역임하였다. 그 외의 관력은 자세하지 않다.
48 최홍대(崔弘岱): 1765~?. 자는 성종(聖宗), 본관은 전주이다. 1795년 과거에 급제하여 당진현감 등을 지냈다. 그 외의 생력은 미상이다.
49 신유한(申維翰): 1681~1752. 자는 주백(周伯), 청천(靑泉)은 그의 호, 본관은 영해이다. 서출로 1713년 과거에 급제하여 봉상시첨정을 지내다가, 뛰어난 시문으로 발탁되

영의 관찰사를 찾아뵌 일이 있었네. 그때 한 기녀가 마침 죄를 지어 관찰사께서 매를 때리려고 하였지. 청천이 때리지 말라고 극구 청하자, 관찰사께선 '죄를 용서할 수 없느니라.'고 했다지. 청천은 '저 기녀는 지보(至寶)를 갖고 있는데 사또께서는 차마 때리시려고요? 옛말에 '기화가거(奇貨可居)'[50]라고 했으니, 저는 그 안에 머물고자 합니다.'라고 했다네. 그러자 그 옆에 있던 한 기녀가 씩 웃으면서, '나리께서 이곳에 머물고자 하신다면 사당(祠堂)[51]은 어느 곳에 지어야 할는지요?'라고 했다는군. 이 말에 청천은 '괴이하다, 네 말이! 한때나 붙어살 것이거늘 어찌 사당을 짓는단 말이냐……'라 하였으니, 그렇다면 자네의 뜻도 청천과 같은 것인가?"

이종순이 한용수를 돌아보았다.

"자네가 만류해보게!"

"자네도 막지 못하면서 나더러 만류하란 말인가?"

"그거야 나는 원래 이곳 사람[原居人]이고, 자네는 잠시 붙어사는 사람[寓居人]이니까."【한용수는 원주(原州)에 살면서 서울에서 벼슬살이하고 있기 때문에 이렇게 말한 것이다.-원주】

좌중은 포복절도하였다.

어 1719년에 제술관으로서 일본에 다녀왔다. 이때 남긴 기록물인 『해유록(海游錄)』은 일본사행록의 대표적인 작품이다. 특히 그의 문장이 뛰어나 많은 사람에게 '문장화국지사(文章華國之士)'로 회자되기도 하였다.

50 기화가거(奇貨可居): 『사기』(권85)·「여불위열전(呂不偉列傳)」에 나오는 말이다. 즉 "子楚, 秦諸庶孽孫, 質於諸侯, 車乘進用不饒, 居處困, 不得意. 呂不韋賈邯鄲, 見而憐之, 曰: '此奇貨可居.'"로, 요지인즉, 여불위가 나중에 진(秦)의 장양왕(將襄王)이 되는 자초(子楚)를 보고 '기화(奇貨)'라고 간주하여 후하게 대접하였다는 것이다. 뒤에 자기 아이를 밴 첩을 자초에게 넘겨주어 태어난 아들이 바로 진시황인데, 이로부터 기화가거는 대개 '사둘 만한 진기한 물건'이라는 뜻으로 쓰이게 됐다. 여기서는 앞의 '지보(至寶)'와 통하는 말로 기녀를 잠시 차지할 만하다는 의미로 사용하였다.

51 사당(祠堂): 원래 집안의 신주를 모시는 상징적인 장소인바, 여기서는 '본가(本家)' 정도의 의미로 쓰였다. 또한 뒤에 나오는 '원거(原居)'의 의미와도 상통한다.

문유채가 출가하여 벽곡하는 수련을 함

문유채(文有采)[52]는 상주(尙州) 사람이다. 효성이 지극하여 일찍이 부친 상을 당했을 때 3년간 시묘살이를 하느라 한 번도 자기 집에 들른 적이 없었다. 삼년상이 끝나고 비로소 집으로 돌아왔다. 그런데 그의 아내 황 씨(黃氏)가 부정한 짓을 저질러 딸아이를 낳은 상태였다. 문생이 아내를 쫓아내자 황씨는 도망가 숨어버렸다. 그런데 황 씨의 친족들은 문생이 그녀를 죽인 것으로 의심하여 관에 고소하였다. 하지만 그 실상을 밝혀 낼 수 없어서 7년 동안 옥에 갇혀 있어야 했다. 그러다가 상서 조정만(趙 正萬)[53]이 상주목사가 되었을 때, 문생의 원통한 사연을 듣고 조사하여 황씨를 체포, 장살하였다.

마침내 문생은 풀려나 그 길로 출가하여 산사에 부쳐 살면서 벽곡(辟穀)[54] 수련을 하였다. 10여 일 동안은 아무것도 먹지 않다가 한 번 먹으면 곧잘 대여섯 되를 해치웠다. 걷는 게 나는 듯하여 하루에 4백 리를 갈 수 있었다. 겨울이건 여름이건 홑옷 단벌이었으나 추위나 더위를 타지 않았고, 항상 나막신을 신은 채 떠돌아다녔다. 그러나 옥 같은 외모에 불그레한 얼굴로 거동과 태도가 단아하여 보는 사람마다 그를 좋아하였다.

경술년(1730) 겨울에 문생은 해주(海州)의 신광사(神光寺)[55]에 나타났다.

---

52 문유채(文有采): 영조 때의 인물로 조선 후기의 도가이다. 참고로 유재건(劉在建)의 『이향견문록(里鄕見聞錄)』도 그의 사적이 전하는데, 여기 이야기와 대동소이하다. 아 마도 『이향견문록』이 여기 이야기를 전재한 것으로 판단된다.

53 조정만(趙正萬): 1656~1739. 자는 정이(定而), 호는 오재(寤齋), 본관은 임천이다. 1681년 과거에 급제하고 호조참판, 공조판서, 형조판서 등을 역임하였다. 실록에 의 하면, 1722년 즈음에 상주목사를 지낸 것으로 나와 있다. 송시열의 문인으로 김창협 (金昌協)과 막역했으며, 인현왕후의 폐위 문제로 정치적 부침을 겪기도 하였다. 글씨 에 뛰어났으며, 저서로 『오재집(寤齋集)』이 있다.

54 벽곡(辟穀): 도가 수련법의 하나로 오곡(五穀)을 섭취하지 않고 몸을 가볍게 하는 내 단술의 하나이다.

그때는 큰 눈이 내리고 있었다. 그는 홑옷 한 벌만 입고 있었는데도 조금도 추운 기색이 없었다. 그곳 승려들은 모두 놀라워했다. 공양을 내와도 사양하고 먹지 않았다. 밤에 잠을 자게 되었을 때 승려들이 따뜻한 곳으로 오라고 끌어당겨도 이 또한 거절하고 찬 곳에 홀로 앉아서는 새벽이 되도록 잠을 자지 않았다. 그때는 눈비가 그치지 않아 사흘을 머물렀으나 그동안 먹지도 자지도 않았다. 승려들은 그가 이인(異人)인 줄 알아보고 일제히 청하였다.

"이곳 절이 비록 형편이 어렵기는 하지만 한때의 손님을 봉양할 거리도 없겠습니까? 생원께서는 사흘 동안 머무시면서 드시질 않으니 빈도들이 무슨 죄라도 지었는지요? 알려주시길 바랍니다."

그러자 문생이 씩 웃었다.

"나도 많이 먹을 수 있다오. 나를 꼭 먹이고자 한다면 각자 한 줌씩 쌀을 내어 밥을 지어오시게."

수십 명이나 되는 승려들이 각자 약간씩 쌀을 각출하니 한 말 정도가 되었다. 이것으로 밥을 지어 올리자, 문생은 손을 씻은 다음 그 밥을 한 덩어리로 만들어 바로 들이삼켜 버렸다. 이어서 끓인 장(醬)을 들이켜 잠깐 사이에 다 해치워 버렸다. 승려들은 놀라며 해괴하다고 하지 않는 이가 없었다. 문생이 다 먹고 떠나려 하자 수좌승(首座僧)이 발 빠른 승려 한 명을 붙여 그 뒤를 쫓게 하였다. 문생은 석담서원(石潭書院)[56]에 도착해서는 참배하고 심원록(尋院錄, 즉 방명록)에 자기 이름을 썼다. 비로소 그

55 신광사(神光寺): 지금 황해도 해주시 신광리 북숭산(北嵩山)에 있었던 사찰이다. 『삼국유사(三國遺事)』에는 이곳에 중국에서 가져온 오백나한상(五百羅漢像)을 모셨다는 기록이 남아 있다.

56 석담서원(石潭書院): 곧 소현서원(紹賢書院). 1586년 황해도 해주 석담리의 석담구곡에 세워진 서원이다. 석담리는 율곡 이이가 후진을 양성하던 곳이다. 처음에 이이를 비롯해 주자 및 조광조, 이황 등을 모셨는데 1610년 '소현'이란 사액을 받아 성혼, 김장생, 송시열을 추가로 배향하였다.

가 문유채임이 드러난 것이다. 문생의 걸음걸이가 어느 순간 갑자기 빨라져 뒤를 쫓던 승려가 더 이상 추적하지 못하고 돌아오게 되었다.

문생은 평상시에 늘 패랭이를 쓰고 갈포 옷을 입고 나막신을 신었음에도 가는 건 마치 나는 듯했다. 그는 성품이 매우 조용해 시끄러운 걸 싫어하여 궁벽한 곳에 있는 빈 암자가 아니면 거처하지 않았다. 가을에서 겨울로 바뀔 무렵이었다. 단번에 산의 꼭대기에 있는 버려진 암자로 올라갔다. 눈이 쌓여 길이 막힌 나머지 전연 소식을 알 수 없게 되었다. 승려들이 다들, '문 처사는 필시 얼어 죽었겠다.'라고 하였다. 이듬해 봄이 돌아와 눈이 녹자 당장 그곳으로 찾아가 보았더니, 문생은 홑 베적삼만 입은 채 낙엽을 두툼하게 깔고서 고적하니 꼿꼿하게 앉아 있었다. 얼굴빛도 화사하고 윤기가 나는 게 전혀 얼거나 주린 기색이 아니었다. 홀로 외로운 암자에 앉아서 염송하는데, 그 소리가 쇠나 돌처럼 쟁쟁했다. 그러다가도 혹여 누군가 들을라치면 당장 그쳐 버렸다. 어떤 경(經) 스승이 그와 경의(經義)를 논란하고자 했지만,

"나는 다만 독경을 할 뿐 그 요체는 모른다오."

라고만 하면서 끝내 이야기를 나누지 않았다. 그러니 그의 깊이를 헤아릴 수 없었다.

백화암(白華菴)[57]에서 마하연(摩訶衍)으로 거처를 옮긴 뒤 얼마 있지 않아 세상을 떠 배고개[拜岾][58]에 호장(蒿葬)[59]을 하였다. 그로부터 몇 해가 지나서도 반장(返葬)해 주는 사람은 없었다고 한다.

김백련(金百鍊)[60]이 그를 두고 이렇게 말했다.

---

57 백화암(白華菴): 금강산 중 내금강에 있었던 암자이다. 내금강 초입으로 정양사 아래에 있었다. 참고로 마하연(摩訶衍)은 그 아래 만폭동을 거쳐서 올라가는 길에 있는 암자이다.

58 배고개[拜岾]: 곧 배재(拜岾). 금강산 내금강 정양사 앞에 있는 고개로, 고려 태조가 이곳에서 담무갈(曇無竭)의 광채를 보고 절을 올렸다고 하여 그 이름이 유래하였다.

59 호장(蒿葬): 객지에서 죽었을 때 짚이나 돌 따위를 이용하여 임시로 치르는 장례이다.

풍악산(楓嶽山) 승려의 전언이다. 문생이 하루는 혼자 한 방에 들어가서는 여러 중을 가까이 오지 못하게 하고 혼자 거처하였다. 그날 야밤이 되자 갑자기 집 벽이 흔들리며 갈라지는 소리가 났다. 마치 천둥소리 같았다. 그러더니 방 안이 마치 대낮 햇빛이 온 방에 쏟아지는 듯 환히 밝아졌다. 승려들이 모두 놀라 들어가 보니, 문생의 눈은 이미 멀어 있었다. 대개 시해(尸解)한 것이다.

이른바 '큰 휴식처'[61]라 했으니, 과연 그 말대로 된 것이다. 한편 을묘년(1735) 서행(西行) 길[62]에 그도 갔다가 곧장 돌아온 일이 있었다. 금선대(金仙臺)[63]는 한무외(韓無畏)[64]가 곽치허(郭致虛)[65]를 만났던 곳이니, 문생은 아마도 『전도록(傳道錄)』[66]을 본 것이 아닐까? 그가 읽었던 당판(唐板)은

---

60 김백련(金百鍊): 1707~1795. 호는 초가(草家)·경쉬(景淬), 본관은 순천이다. 승평부원군 김류(金瑬)의 5세손으로 과천현감과 교하군수 등을 지냈다. 하지만 은둔에 뜻을 품고 안산으로 낙향하여 평생을 한사(寒士)로 지냈다. 점술이나 풍수에도 능했다고 한다. 유집으로 『초가선생유고초(草家先生遺稿抄)』가 전한다.

61 큰 휴식처: 원문은 '大休歇處'로, 불가에서 열반할 때나 도가에서 시해(尸解)할 때 그 장소를 지칭하는 말이다.

62 서행(西行) 길: 불분명하나 논자인 김백련의 서도 길에 문유채가 동행했다는 뜻으로 읽힌다.

63 금선대(金仙臺): 평안도 묘향산 중턱에 있는 암자이다. 서산대사가 수도하던 곳으로 유명하다. 여기서 금선대를 언급한 이유는 이 서행 길에 문유채가 묘향산에 들렀다 갔다는 의미로 활용된 듯하다. 즉 전대의 도사인 한무외와 곽치허의 행적을 뒤따라간 자취로 이해되는 것이다.

64 한무외(韓無畏): 1517~1610. 호는 용현진인(舂玄眞人) 또는 득양자(得陽子), 고향은 청주이다. 조선 중기의 대표적인 도사이다. 관기(官妓)와 관련된 일로 살인을 하여 영변 지역으로 숨어 들어갔다가 그곳에서 곽치허를 만나 도가의 비방을 얻어 득도하였다. 그가 지었다고 하는 『해동전도록(海東傳道錄)』은 우리나라의 대표적인 도가서이다.

65 곽치허(郭致虛): 생몰년 미상. 조선 중기의 도가로 윤군평(尹君平)에게서 도를 전수받은 것으로 알려져 있다. 참고로 윤군평은 전우치와 함께 도술을 잘 부리는 것으로 유명했던바, 곽치허도 대개 환술가 계통으로 분류된다.

66 『전도록(傳道錄)』: 곧 『해동전도록(海東傳道錄)』. 도가의 계보를 밝힌 책으로 인조 때

『동화편(東華篇)』[67]임을 알 수 있겠다. 내가[68] 『팽조경(彭祖經)』[69]을 보니, 거기에 득도한 청정선생(靑精先生)은 하루에 5백 리를 다니고 한 해 동안 먹지 않을 수도 있으며, 하루에 아홉 끼를 먹을 수도 있었다고 한다. 명나라 초에 장삼봉(張三丰)[70]은 하루에 천 리를 갔고 몇 개월간 벽곡할 수 있었다. 또 하루 동안 몇 말의 곡식을 먹을 수도 있었으며, 한겨울에도 눈 가운데 누워있었다. 이런 사례는 모두 복기(服氣)[71]로 가능한 것이었으니 금단내련(金丹內鍊)[72]과는 그 길이 전혀 다르다. 그러니 문생의 수련은 이 복기의 도가 아니었을까? 이런 시해를 할 때면 으레 집의 벽이 갈라지는 소리가 나는 법이다.

한무외가 저술한 것으로 알려져 있다. 실제 이 책에는 한무외가 묘향산 금선대에서 곽치허를 만나 비방을 전수받았다는 내용이 나온다.

67 『동화편(東華篇)』: 즉 『황정경(黃庭經)』이다. '동화옥편(東華玉篇)'이라고도 불린다. 도가에서는 당대(唐代) 이후 연단 사상과 결합한 내단 사상이 강화되었는데, '동화'는 내단의 비조로 일컬어졌기에 도가 경전인 『황정경』이 이런 이칭을 갖게 된 것으로 보인다. 주로 벽곡이나 복기(服氣)를 통한 수련을 하는 유파이다.

68 내가: 이 책의 찬자가 아니고, 『학산한언』의 찬자 신돈복(辛敦復)일 것이다. 이 이야기는 『학산한언』 제33화를 거의 그대로 전재했기 때문이다.

69 『팽조경(彭祖經)』: 삼황오제 때 장수로 유명한 팽조(彭祖)의 사적을 중심으로 기록한 책이다. 이 책의 성립에 대한 논의가 다양하나 대개 한나라 때 정리된 것으로 보고 있다. 지금 이 책이 바로 그 책인지는 불분명하다. 다만 도가서로 이러한 유형이 후대에도 계속 나왔을 것으로 짐작된다.

70 장삼봉(張三丰): 원말 명초의 도사이다. 중국 호북성 무당산(武當山)에서 수련하여 무당산파의 비조가 되었다. 특히 그는 도가의 수련법 중 하나인 태극권(太極拳)을 창안한 것으로 알려져 있다.

71 복기(服氣): 도가의 수련법으로 호흡을 통해 인체의 순환을 단련하는 것이다. 이른바 단전호흡 등이 여기에 해당한다.

72 금단내련(金丹內鍊): 원문에는 '內鍊金丹'으로 되어 있는데, 도가의 수련법의 하나로 금단 즉, 단약을 제조, 복용하여 수련하는 비법이다. 그런데 일반적으로 이 '금단법'은 도가 수련에서 외단에 해당하는 것으로 인정되어 내단인 벽곡 등과는 구별된다. 여기서 금단도 내련(내단)으로 표기하고 있는 것은 착오가 아닐까 싶다. 혹은 '금단' 자체를 도가의 수련을 일컫는 용어로 본다면 본문의 '내련금단'은 곧 '내단'을 의미하는데, 이 역시 의미상 '외단'의 오기가 아닌가 한다.

채생의 아들이 발분하여 학문에 힘씀

영광(靈光)에 채(蔡)씨 성의 한 선비가 있었다. 그는 과거 공부를 꽤 부지런히 했으나 끝내 이룬 것이 없었다. 늦게나마 자식 하나를 얻었으나 다시는 글을 가르치지 않았다. 오직 장성해서 집안의 대를 잇기만을 바랐다. 그런데 이 자식이 다 장성하기도 전에 그는 죽고 말았다. 그래도 그의 집은 제법 잘 살아 글공부하지 않고도 대대로 내려온 가산을 지킬 수 있었다.

그 뒤 어느 날, 마을의 이정(里正)[73]이 찾아와 도첩(都牒)[74]을 보이면서 거기에 적힌 뜻을 알려달라고 청하였다. 채생이 이 도첩을 받아서 한참을 살펴보더니 도로 내던지며 모르겠다고 하는 것이었다. 그러자 이정이 혀를 끌끌 찼다.

"명색이 선비라고 하면서 글자 하나도 모른단 말이오? 선비라는 게 이 정도라면 개나 염소와 무엇이 다르오!"

채생은 부끄럽기도 하고 화난 마음을 주체할 수 없었으나 그렇다고 뭐라 소리도 낼 수 없었다.

그때 그는 나이가 마흔이었다. 이웃에 아이들을 가르치는 훈장이 있어서 당장 『사략(史略)』[75] 첫째 권을 옆에 끼고 가서 배우기를 청하였다.

"당신 나이가 어찌 아이들처럼 처음 배울 때란 말이오?"

---

73 이정(里正): 마을의 사무를 맡아보던 자로 '이임(里任)'이라고도 한다. 대개 5호(戶)를 1통(統)으로 하고 5통마다 이정 한 명을 두었다.

74 도첩(都牒): 아마도 '도첩(度牒)'을 말하는 것으로 보인다. 이 도첩은 잘 알려져 있듯이 조선시대 승려에게 발급하는 증명서로, '도패(度牌)'라고도 했다. 그런데 이정이 왜 이 도첩을 가지고 왔는지, 이 증명서에 어떤 내용이 들어있었는지는 미상이다.

75 『사략(史略)』: 송나라 말기 증선지(曾先之)가 편찬한 『고금역대십팔사략(古今歷代十八史略)』으로, 통상 『십팔사략』이라 한다. 그때까지의 18종의 사서를 간추려 초학자의 길라잡이용으로 편찬한 것이다. 원래 이 책은 2권이었으나, 명나라 초에 진은(陳殷)이 총 7권으로 재편하였다.

라고 훈장이 묻자,

"내 나이가 비록 늦긴 하지만 글자라도 알 수 있다면 좋겠소. 그러니 자넨 나를 가르쳐주기만 하오."

라며 부탁하였다. 어쩔 수 없이 훈장은 '천황씨(天皇氏)'의 한 줄[76]을 가지고 글자와 의미를 가르치게 되었다. 그러나 채생은 한 번 읽고 나면 바로 까먹어 버렸고, 다시 가르쳐줘도 또다시 까먹어버렸다.

"이거 도저히 못 가르치겠소!"

라며 훈장이 거절하자, 채생은 일어나 절을 올리며 한사코 청하였다. 그래서 다시 가르치니 채생은 온종일 끙끙대다가 겨우 새벽이 되어서야 돌아갔다. 3일이 지나서야 그가 왔는데 훈장이,

"왜 이리 늦었소?"

라고 물었다.

"줄줄 읽지 못할까 걱정이 되어서요."

"몇 번이나 읽었소?"

"녹두 석 되로 그 횟수를 헤아렸을 뿐이오."

이리하여 천황씨 부분을 다 왼 다음 다시 '지황씨(地皇氏)', '인황씨(人皇氏)' 부분[77]을 가르치자 읽는 것이 썩 매끄러웠다. 다음날은 바로 왔는데, 녹두의 수가 반 되로 줄어들어 있었다.

이때부터 일취월장하였다. 대개 지극한 정성의 발로로 글구멍[文竅]이 저절로 열렸기 때문이다. 첫째 권의 반을 읽어갈 즈음 문리가 크게 트이게 되었다. 일곱 번째 권까지 다 읽고 나서는 다시 『통감(通鑑)』[78] 전질을

---

76 '천황씨(天皇氏)'의 한 줄: 이 부분은 『사략』의 첫머리에 나오는 내용으로, 해당 부분은 다음과 같다. "以木德王, 歲起攝提, 無爲而化, 兄弟十二人, 各一萬八千歲."

77 '지황씨(地皇氏)', '인황씨(人皇氏)' 부분: '천황씨'에 이어지는 내용으로 그 분량은 대동소이하다.

78 『통감(通鑑)』: 즉 『소미통감(少微通鑑)』. 송나라 학자 소미(少微) 강지(江贄)가 사마광(司馬光)의 『자치통감(資治通鑑)』(294권)을 요약한 사서이다. 조선조에 들어와 이 또

읽었다. 이를 또박또박 줄줄 외고 났을 때는 사서와 삼경에 두루 통하였다. 이렇게 7년을 읽어 사서의(四書疑)[79]로 진사가 되었고, 다시 5년을 읽은 끝에 명경과로 과거 급제까지 하였다. 그때 그의 나이 52세였다.

등제한 지 얼마 안 되어 고을 수령으로 부임하게 되었다. 과거의 그 이정을 찾아갔더니, 그는 이미 죽고 자식이 남아 있었다. 그 자식을 불러서 말하였다.

"네 아비에게 욕을 먹지 않았더라면 내가 어찌 이 자리에 왔겠는가? 이 은혜 실로 크도다!"

마침내 그를 임소로 데리고 와서 몇 개월을 함께 지내면서 대접을 더없이 후하게 해주었다. 그가 돌아가게 되었을 때는 선물을 몇 바리나 실어주었다.

5-13
시골로 물러난 지돈령 정공이 복을 누림

양파(陽坡) 정태화(鄭太和)[80] 공의 부친 지돈령공(知敦寧公)[81]이 늙어 수원

___

한 초학자의 역사 교재로 많이 활용되었다. 흔히 『통감절요(通鑑節要)』라고 하는 것이 이 책이다.

79 사서의(四書疑): 사서의 의의(疑義)를 논한 과체이다. 과문(科文)에는 시(詩)·부(賦)·표(表)·책(策)·의(疑)·의(義) 등 여섯 체가 있는바, 그중의 하나인 것이다.

80 정태화(鄭太和): 1602~1673. 자는 유춘(囿春), 호는 양파(陽坡), 본관은 동래이다. 1628년 과거에 급제하여 주요 요직을 거쳐 영의정을 여섯 번이나 역임하였다. 또한 동생 치화(致和)와 만화(萬和)도 경상의 자리를 함께하여 삼형제의 관력이 여기 이야기처럼 대단하였다. 특히 그는 병자호란 때 공을 세웠으며, 청나라와의 외교에도 뛰어나 이를 소재로 한 이야기들이 많이 전해진다. 또 한편 송시열과 비교되어 이를 다룬 일화들도 적지 않다. 저서로 『양파유고(陽坡遺稿)』가 있다.

81 지돈령공(知敦寧公): 즉 정태화의 부친인 정광성(鄭廣成, 1576~1654). 자는 수백(壽伯), 호는 제곡(濟谷)이다. 1603년 과거에 급제하여 형조참의, 경기도관찰사, 형조판

(水原)의 상부촌(桑阜村)[82]으로 낙향하게 되었다. 양파공은 맏아들이었으나 자신은 정승으로 나라의 안위를 짊어진 지 수십 년째라, 장자 참의공(參議公) 재대(載垈)[83]가 대신하여 조부를 모시면서 때에 맞게 봉양하였다.

지돈령공은 성품이 검소해서 덮는 무명 솜이불이 오래되어 몹시 해진 상태였다. 한번은 참의공에게 이르기를,

"내가 죽고 나면 염(斂)에 쓰는 이불은 꼭 이것으로 하여라."

라고 하였다. 또 앉아 있는 이부자리가 닳으면 한 귀퉁이로 자리를 옮기고서 계집종에게 뜯어진 곳을 깁도록 했다.

그는 자제를 가르치는 데도 매우 엄격하였다. 둘째 아들인 좌의정 정치화(鄭致和)[84]가 일찍이 평안도관찰사가 되어 찾아와 하직했을 때였다. 때는 마침 가을걷이가 한창이었다. 지돈령공은 이렇게 분부하였다.

"네 형님은 자식이 있어 대신하지만 너는 자식이 없으니 직접 가서 가을걷이를 봐주도록 하여라."

의정공은 감히 못 한다고 할 수 없어 밭둑 위에 일산을 펼친 채 하루 종일 앉아서 부지런히 추수 관리를 했다. 이 일은 지금도 미담으로 알려져 있다.

지돈령공은 복록이 모두 이루어져 맏아들은 영의정이 되고, 둘째 아

서 등을 역임하였다. 1649년에 지돈령부사가 되었던 바, 여기서 지돈령공이라 한 것이다.

82 수원(水原)의 상부촌(桑阜村): '쌍부촌(雙阜村)'이 맞다. 아마도 '쌍'을 '상'으로 잘못 표기한 듯하다. 현재 화성시 우정읍에 쌍부산이 있으며, 이 일대로 조선시대에는 쌍부현이었다. 이곳은 동래 정씨 별서가 있었으며, 정태화를 비롯 이정귀(李廷龜), 김상로(金尙魯, 1702~1766) 세 사람의 정승이 나왔기에 '삼괴(三槐)'라는 지명도 생겨났다.

83 참의공(參議公) 재대(載垈): 정재대(鄭載垈, 1628~1709)로, 여기 언급대로 정태화의 맏아들이다. 자는 원진(元鎭)이며, 1659년 음서로 벼슬을 시작하여 내외직을 역임하고 1708년 공조참의를 지냈다. 조부 정광성을 모신 일화는 따로 확인되지 않는다.

84 정치화(鄭致和): 1609~1677. 자는 성능(聖能), 호는 기주(棋洲)이다. 1628년 과거에 급제하여 동부승지, 평안도관찰사를 역임하고 1650년에 경기도관찰사가 되었다. 이후 우의정, 좌의정 등도 역임하였다.

들은 경기감사가 되었다. 그리고 그때 셋째 아들 참판공(參判公) 만화(萬和)[85]가 막 과거에 합격하여 양파공이 신은(新恩) 급제한 동생을 데리고 수원으로 부친을 찾아뵙게 되었다. 영의정이 거동하면 감사가 의당 수행해야 하는바, 이번 조지(朝紙)에는 이렇게 쓰여 있었다. '영의정께서 부친을 뵈러 가느라 수원 땅으로 거동하니 경기감사 정 아무개는 영의정을 수행하러 나오도록 함.' 이렇게 형제 세 사람이 한 시기에 어사화를 꽂게 된 것이다.

우리나라 풍속에 과거의 경사가 있을 때 비록 관직이 높은 자라도 선진(先進)[86]이 있으면 문득 그의 부름에 따라 나오고 물러나기를 해야 하는 법이다. 그때 지돈령공은 슬하의 경사를 만났지만 아무 움직임이 없었기에 다른 이들도 감히 영의정더러 나오라고 외칠 수가 없었다. 그러자 집안의 측실로 지혜로운 한 부인이 나섰다.

"지금은 비록 영의정이시지만 어찌 부름에 나오고 물러감을 하지 않을 수 있겠습니까? 아무도 부르는 자가 없다면 제가 대신 부르겠나이다."

그러면서 큰 소리로 '영의정은 신은래(新恩來)에 나오시오.'라며 외치자, 양파공이 마침내 머리를 조아린 채 종종걸음으로 나왔다. 이 영광스러운 자리의 장관은 더 없이 성대하였다. 그 뒤 백 년에 가깝도록 재상의 자리를 이어받았고 자손들도 번성하였으며 벼슬자리가 이어졌다. 이 모두 지돈령공의 근후하고 근검한 가법을 대대로 지킨 덕이었다.

---

85 만화(萬和): 1614~1669. 자는 일운(一運), 호는 익암(益菴)이다. 1652년 과거에 급제하여 대사간, 경상도관찰사, 예조참판 등을 역임하였다. 예조참판을 지냈기 때문에 참판공이라 한 것이다.

86 선진(先進): 가장 먼저 과거에 합격하거나 벼슬에 진출한 사람을 일컫는 말이다. 여기서는 지돈령공을 지칭하며, 관직이 높은 이는 아들인 정태화를 가리킨다.

주촌 신만이 목소리만 듣고도 죽을 때를 알아맞힘

신만(申曼)[87]은 자가 만천(曼倩)으로, 자유분방하여 얽매이지 않는 성격 이었다. 의술에 뛰어나 사람을 한 번 보고도 그의 생사를 판단할 수 있었 다. 한번은 새해 첫날에 고모에게 새해 인사차 들렀다. 이 고모는 바로 부제학 이지항(李之恒)[88]의 부인이었다. 마침 이씨 집안의 친척으로 세배 를 온 자가 있었다. 부인은 문을 열어 둔 채 앉아 있었고, 손님은 대청마 루에 앉아 있었다. 신만은 방 안에 비스듬히 누워있다가 그 손님이 고모 에게 수작하는 소리를 듣고는 방 안에서 버럭 소리를 질렀다.

"대청에 계시는 손님이 뉘신지 모르겠으나 이번 사월이면 죽겠는걸!"

새해 첫날부터 재수 없는 말에 민망해진 고모는 바로 신만을 꾸짖었다.

"저 애가 미쳤군!"

그러면서 손님을 달랬다. 손님도 신만의 이름자를 알던 터라 쓴웃음 을 지을 뿐이었다.

"저이가 바로 신 생원인가 보군?"

라고 하더니 가겠다고 하며 나가버렸다.

부제학의 손자인 유수(留守) 이진수(李震壽)[89] 공은 그때 겨우 열 살이었

---

87 신만(申曼): 1620~1669. 호는 주촌(舟村), 본관은 평산이다. 신흠(申欽)의 동생인 소선 (笑仙) 신감(申鑑, 1570~1631)의 증손이며 송시열의 문인이다. 어린 시절에 계곡 장유 와 교유가 깊었으며 출사에 연연하지 않고 의학을 궁구하였다. 그래서 주촌, 지금의 회덕(懷德) 진잠(鎭岑, 현 대전광역시 유성구 용계동 일대)으로 내려가 벽촌의 빈민들 을 치료하였으며, 그의 의술을 모아 의서『주촌신방(舟村新方)』을 남기기도 하였다.

88 이지항(李之恒): 1605~1654. 자는 월여(月如), 본관은 전주이다. 1633년 과거에 급제 한 뒤 승지, 대사간 등을 거쳐 1651년 홍문관 부제학이 되었다. 그러나 이듬해 김자점 (金自點)의 옥사로 귀양을 가기도 했다. 참고로 여기 등장하는 그의 부인은 앞에 나온 신감의 딸이다.

89 이진수(李震壽): 1648~1716. 자는 춘장(春長)이다. 여기 언급대로 이지항의 손자로, 1693년 과거에 급제하여 대사간, 전라도관찰사 등을 역임하고 개성유수로 있다가 임지에서 죽었다. 따라서 여기서 유수라 함은 개성유수를 지냈기 때문이다.

는데, 이렇게 묻는 것이었다.

"방금 숙부님의 말씀은 정말 놀랍군요. 어찌 약을 써서 살리지 않는단 말입니까?"

그 말에 신만이 웃으면서,

"요놈이 기특하구나, 사람을 살리려 하다니! 가서 『동의보감(東醫寶鑑)』을 가져오너라."

라고 하였다. 그런데 마침 집에는 이 책이 없었다. 이 공은 아직 나이가 어려 다른 데서 빌려올 수도 없었다. 그러다 보니 그냥 내버려 둘 밖에, 더는 그를 구제할 수 없었다.

그해 4월에 그는 과연 죽고 말았다. 그 뒤 이 공이 신만에게 이유를 여쭈자 이렇게 대답하였다.

"그자는 산증(疝症)90을 앓고 있었단다. 그때 이미 목소리에 드러나더구나. 날짜를 따져보니 사월 즈음이 되겠더라. 산기가 위로 치솟아 머리에까지 이르면 반드시 죽게 되는 것이다. 그래서 그렇게 말했던 것이고."

이 일을 두고 이 공이 일찍이,

"그 사람은 우연히 신의(神醫)를 만났는데도 자신이 살길을 묻지 않았으니 죽는 것이 마땅하구나."

라고 말했다.

---

90 산증(疝症): 대개 세 가지 유형으로 나뉘는바, 하나는 배 속의 장기가 노출되는 병, 둘째는 외생식기가 붓거나 헐면서 생기는 병증, 셋째는 대소변을 누지 못해 생기는 증상이다. 이 가운데 대개 두 번째와 세 번째에 관련된 증상으로 보인다.

음사를 헐자 사악한 귀신이 목숨을 구걸함

조령(鳥嶺)의 고갯마루에는 여러 사당이 모여 있어, 자못 신령하고 기이한 자취가 있곤 했다. 전후로 영남의 관찰사가 된 이들은 이곳을 지나칠 때면 반드시 가마에서 내려 두 손을 땅에 대고 절하였다. 그리고 돈을 갹출하여 신들에게 굿을 하였다. 그렇지 않으면 연이어 뜻하지 않은 화를 당하곤 했다.

가까운 옛날 한 관찰사가 있었다. 그는 과단성 있고 확고한 성품이라 일찍이 화복으로 두려워한 적이 없었다. 그가 부임할 때 이들 사당 아래를 지나가게 되어 수행관리들이 번갈아 참배하며 옛날에 있었던 일들을 아뢰는 것이었다. 관찰사는 다 요망하고 허탄한 짓이라며 물리치고는 한달음으로 지나가 버렸다. 그런데 일행이 채 우명지(牛鳴地)[91]도 못 가서 과연 돌개바람이 불고 갑작스레 비가 쏟아져 타고 가던 수레로 퍼부었다. 주변이 크게 두려워하였다. 관찰사는 마종(馬從)에게 명하여 이 사당을 불태우게 하였다. 이를 거역한 자는 죽이겠노라 하니, 다들 마지못해 불을 질렀다. 단장한 기둥과 아로새긴 기와들이 다 함께 횃불에 의해 금세 식은 재로 변하고 말았다.

이윽고 말을 재촉하여 서둘러 길을 나서 달려 문희관(聞喜館)[92]에 묵게 되었다. 그런데 꿈에 한 노인이 나타나서 윽박질렀다.

"나는 조령의 신으로 빈산의 사당에 올리는 제삿밥을 쭉 먹어왔느니라. 그대는 예도 차리지 않은데다 내 거처를 불태우다니! 내 응당 그대의

---

91 우명지(牛鳴地): 5리 이내의 거리를 말한다. 원래 불가 용어로 큰 소의 우는 소리가 들리는 범위 내의 땅을 지칭한다. 이 거리를 2리로 보는 견해도 있다. 대개 가까운 거리를 뜻하는 용어로 쓰인다.

92 문희관(聞喜館): 문경(聞慶)에 있었던 역관이다. 문희는 문경의 옛 이름이며, 이 역관이 정확히 어디에 있었는지는 미상이다. 다만 이 이야기의 내용으로 보아 문경새재를 넘어온 어디쯤으로 판단된다.

큰아들을 죽여 이 원한을 갚고 말 테다."

관찰사가 맞받아 꾸짖었다.

"소귀신이나 뱀귀신 따위가 음사(淫祠)를 점거하고 있다니! 나는 명을 받들어 지역을 순찰하는 몸이라 요괴를 제거하여 해를 없애 내 직분을 다했을 뿐이다. 너는 감히 당돌하게 요사한 말로 사람들을 미혹시키면서도, 놀라고 두려워하기를 바라 이렇게 하소연한단 말이냐?"

그러자 귀신은 화를 내며 사라졌다. 얼마나 지났을까, 주변 시종들이 자고 있던 관찰사를 흔들어 깨웠다.

"큰 도련님께서 행로에 지친 나머지 병이 들었사온데 지금 갑자기 위독해지셨습니다."

관찰사가 가서 살펴보니 이미 구할 수 없는 상황이었다. 곡을 한 뒤 초빈(草殯)을 하고서 본영으로 들어갔다. 그런데 그날 밤 귀신이 또 꿈에 나타났다.

"그대가 이전의 잘못을 뉘우쳐 나의 심령(心靈)을 편하게 해주지 않는다면, 그대의 둘째 아들도 명을 다하고 말 것이다."

그래도 관찰사는 의연하게 미동도 하지 않은 채 이전처럼 꾸짖으며 내쫓았다. 그런 그가 아직 잠에서 깨어나지 않았을 때다. 집안사람들이 또 '둘째 도련님께서 갑자기 돌아가셨습니다.'라고 아뢰는 것이었다. 관찰사는 다시 애통해하며 상을 치러주었다.

얼마 안 있어 귀신이 또다시 찾아왔다.

"한 번 따고 또 따내니[93] 그대의 자식들은 이제 점점 남아나기 어렵겠

---

93 한 번 따고 또 따내니: 원문은 '一摘再摘'으로, 그 의미가 나뭇잎이나 오이 따위를 하나씩 따낸다는 것이다. 여기서는 첫째 아들과 둘째 아들을 차례로 죽였다는 의미이다. 이 용례는 당나라 측천무후의 아들 장회태자(章懷太子) 이현(李賢)이 지은 「황대과사(黃臺瓜辭)」에서 유래한 것으로, 측천무후가 자신이 천자가 되기 위해 자식 및 주변 인물들을 하나씩 제거했던 사실을 빗댄 시이다.(『樂府詩集·雜歌謠辭』, "種瓜黃臺下, 瓜熟子離離. 一摘使瓜好, 再摘令瓜稀. 三摘尙云可, 四摘抱蔓歸.")

군! 이번에는 셋째마저도 죽임을 당할 판이고. 그러나 이 일이 너무 가혹하고 매서운 일이라 특별히 와서 먼저 알려주는 것이다. 그러니 속히 나의 사당을 조성하여 이 화를 면하도록 하라!"

관찰사는 그래도 전혀 흔들려 뜻을 굽히지 않고 말소리와 기세가 점점 맹렬해졌다. 귀신은 갖은 방법으로 협박하면서 속이고 현혹하는 말을 해댔다. 관찰사는 더 화를 내며 직접 칼로 처단하려고까지 하였다. 그제야 귀신은 물러나 뜰에 엎드렸다.

"소인은 이제 돌아가 의지할 데가 영영 없어졌습니다! 소인이 사람의 화복을 마음대로 할 수 있지는 못하고, 다만 사람들의 화복을 미리 헤아려 알 수 있을 뿐이지요. 그래서 귀댁의 옥 같은 두 아드님은 요절할 운명이었던 터라 귀부에서도 찾아왔기에 소인이 그 천명의 공을 탐하여 저의 위엄인 양 보인 것이지요. 지금 셋째 아드님 같은 경우는 벼슬이 삼공의 지위[94]에 오를 터, 어찌 감히 범할 수 있겠습니까? 이번에 이 허황된 말로 두려움을 조장한 것은 이 계책이 마지막 수단[95]이었기 때문입니다. 하온데 대인께서는 정도를 지키시며 회유되지 않으시니 이 방법으로 속이기 어렵군요. 이로써 후사를 잇게 되었습니다. 이제 대인께 영영 작별을 고합니다."

관찰사가 말했다.

"네가 오래도록 거친 사당에 살면서 천겁의 시간을 다 보내왔거늘 내 어찌 한순간에 헐어버리려고 했겠는가? 그러나 너에게 심히 화를 냈던 것은 요망한 술수로 사람을 제압하려 했기 때문이다. 지금 네가 스스로 그 요망한 짓거리를 진술하니 외려 불쌍한 마음이 드는구나. 내 마땅히

---

94 삼공의 지위: 원문은 '十鑪鑄貨'인데 흔히 十鑪鑄錢으로 쓰인다. 한 번에 열 개의 화로에서 주조한 돈이란 뜻으로, 이는 통상 많은 재물을 가진 지위를 지칭한다.

95 마지막 수단: 원문은 '孤注'로, 노름에서 모든 돈을 가지고 마지막에 다 거는 것을 가리킨다.

너의 집을 다시 지어 하나의 물건도 잃지 않게 해줄 테다. 그래도 만약 또다시 사람들에게 해악을 끼치면서 이전의 죄악을 고치지 않는다면 당장 헐고 부수어서 다시는 관용을 베풀지 않을 것이니라!"

이 말에 귀신은 감격하여 눈물을 흘리면서 떠나갔다. 관찰사는 다시 그 귀신의 사당을 세우고 꿈에 나타난 모습대로 본떠 상을 만들어 주었다. 이때부터 귀신의 화는 없어졌다. 관찰사의 셋째 아들은 수명과 지위가 모두 대단했으니, 귀신의 말과 딱 맞아떨어졌다고 한다.

5-16

의로운 개가 관아에서 짖어 주인의 원통함을 풀어줌

영남의 하동(河東) 땅에 수절하는 한 과부가 있었다. 그녀는 달랑 어린 딸과 계집종 아이 하나와 함께 살았다. 그러던 어느 날 밤, 이웃에 사는 꼭두쇠[96]가 담장을 넘어 잠자는 안방으로 들어와 강제로 겁탈하려고 했다. 과부가 죽기로 맞서며 저항하자 꼭두쇠는 단칼로 그녀를 찔러 죽였다. 이윽고 그녀의 딸과 계집종마저 죽이고서는 도망을 쳐버렸다. 이 집에는 다른 사람이 없는 데다 밖에 사람들도 아는 자가 없었다. 세 구의 시신이 방 안에 있을 뿐 너무도 원통한 이 사실을 드러낼 길이 없었다.

그 뒤 관문 밖에 개 한 마리가 갑자기 나타나 왔다 갔다 어슬렁거렸다. 문지기가 내쫓자 잠깐 도망치는 듯하더니 다시 돌아와서는 도대체 도망갈 낌새가 없었다. 이렇게 하기를 누차, 관가에서는 이 개가 하는 짓이 괴이하다고 판단, 어떻게 하는지를 놔둬 보도록 했다. 그랬더니 개는 곧

---

96 꼭두쇠: 원문은 '某甲'으로, 즉 모가비이다. 조선시대 사당패나 소리패 따위의 우두머리를 지칭하는 용어이다.

장 관문 안으로 들어와 동헌 앞에 이르더니 머리를 들어 짖어대는데 뭔가를 하소연하는 것 같았다.

관가에서 군교(軍校)에게 명하여 이 개를 따라가 살펴보도록 하였다. 개는 곧장 관문을 나서서는 한참 만에 한 작은 집에 이르렀다. 그 집 방문은 굳게 잠겨 있었고 전혀 사람 소리도 들리지 않았다. 개는 군교의 옷을 물고는 방문 쪽으로 가는 것이었다. 군교가 의아하여 그 방문을 열고 살펴보니, 방 안에는 시신 세 구가 있었고 이부자리는 온통 피로 물들어 있었다. 군교는 깜짝 놀라 관가로 돌아가 사정을 아뢰었다. 관에서는 검시하고자 하여 부리나케 말을 달려가서 그 이웃집 옆에 임시막사를 차렸다. 그런데 마침 이웃집은 꼭두쇠의 집이었던 것이다.

꼭두쇠는 관가가 자기 집 앞에 차려진 것을 보고, 기겁하여 뒷걸음치며 내빼려는데 그 개가 앞으로 달려오더니 그를 물어버렸다. 관가에서는 이를 보고 수상하다 싶어,

"이자가 네 원수이더냐?"

라고 묻자, 개는 고개를 끄덕였다. 이리하여 관가에서 마침내 꼭두쇠를 잡아다가 엄히 칼을 씌우고 심문하였다. 그는 장 한 대를 때리기도 전에 낱낱을 실토하였다. 관에서는 감영에 이 사실을 보고하고 곤장을 쳐 죽였다. 그리고 세 시신을 잘 갖추어 묻어주었다. 그랬더니 이 개는 묘 곁으로 달려가서 한바탕 울부짖더니 고꾸라져 죽고 말았다. 마을 사람들이 이들의 묘 앞에 죽은 개를 묻어주고 비석을 세워 '의구총(義狗塚)'이라고 하였다.

옛날에 선산(善山)의 의로운 개가 그 주인을 따라 밭에 나가게 되었다. 주인은 저물녘에서야 술에 취해 돌아와 밭 가운데 엎어져 누워버렸다. 마침 들불이 나서 조만간 주인이 누워있는 곳까지 번질 참이었다. 개는 냇물에 꼬리를 담갔다가 누워있는 주변을 적셔 불길이 꺼질 수 있도록 하였다. 이렇게 온 힘을 다하고 나서 그 자리에서 죽고 말았다. 주인은

술에 깨어나서야 이 사실을 알게 되었다. 이곳에는 지금도 의구총[97]이 남아 있다.

아! 선산의 개가 죽게 된 주인을 구하고 자신이 죽는 것을 아랑곳하지 않았으니, 참으로 주인에게 보답한 의를 얻었다 하겠다. 하동 개의 경우는 애초 관가에 원통함을 하소연한데다 끝에는 다시 원수에게 분함을 풀었다. 원수를 보복함으로써 주인의 죽음을 보상받게 했다. 누가 금수가 이처럼 하는 걸 보고도 무지하다고 하랴? 선산의 개에 비교해보면 역시 나은 줄 알겠다. 영남이 비록 걸출한 사대부의 고장[98]이지만 의로운 개도 이렇게 많다니!

5-17

평안도 관찰사가 말을 달려 기녀를 올려보냄

양녕대군(讓寧大君)[99]은 세종의 형님이다. 대군이 일찍이 관서 지방을 마음껏 유람해보겠다고 고하자, 세종은 헤어지는 마당에 여색을 조심하

---

97 의구총: 현재 경상북도 구미시 해평면 낙산리에 소재한 개 무덤이다. 이 의구 이야기는 언제 때의 일인지 미상이나, 1665년 선산부사였던 안응창(安應昌)이 이 의구를 입전한 「의구전(義狗傳)」을 남긴 바 있어 그 이전이었음을 알 수 있다.

98 사대부의 고장: 원문은 '士夫之冀北'으로, 여기서 기북은 '기주(冀州)의 북쪽'을 가리킨다. 이곳은 준마를 양산하는 지역으로 알려져, 나중에 걸출한 인물이 나는 고장 정도의 의미로 사용되었다. 한유(韓愈)의 「송온처사부하양군서(送溫處士赴河陽軍序)」에 "伯樂一過冀北之野, 而馬群遂空(…)東都固士大夫之冀北也."라는 구절에서 사례를 볼 수 있다.

99 양녕대군(讓寧大君): 이제(李禔, 1394~1462). 자는 후백(厚伯), 시호는 강정(剛靖)이다. 태종(太宗)의 장자이며 세종의 형님이다. 10세 때 세자로 책봉되었으나, 여러 가지 문제를 일으켜 폐세자가 되었다. 그 뒤 풍류객으로 생활하였던바 이와 같은 이야기가 후대에 많이 만들어졌다. 실제로 중추(中樞) 곽선(郭璇)의 첩 어리(於里)와 사통한 사실이 있었다. 특히 이 이야기는 따로 「정향전(丁香傳)」이라는 작품으로 남아 있기도 하다.

라고 당부하였다. 대군은 알았다고만 하면서 인사를 나누고 떠났다. 임금은 평안도 관찰사에게 명을 내려 대군이 만약 가까이하는 기녀가 있게 되면 그 기녀를 파발로 올리라고 하였다. 임금의 엄한 칙령을 받든 대군은 여러 고을을 거치면서도 일체 방기(房妓)를 물리쳤다. 관찰사와 수령들은 이미 임금의 명을 받들었던바, 아름다운 기녀들을 모집하여 그녀들더러 백방으로 대군을 유혹하도록 하였다.

그러던 중 대군이 정주(定州)에 이르게 되었다. 그곳의 한 기녀가 소복을 입은 채 소리 내어 곡을 하고 있었다. 대군은 그녀를 보고 좋아하며 사람을 시켜 몰래 뒤뜰 지름길을 통해 불러왔다. 이 일은 귀신도 모를 것이라 여기며 밤에 곁에 두었다. 이때 율시 한 편을 주었는데 그 시의 내용은 이러하다.

밝은 달도 수놓은 베개 마루를 엿보지 못하거늘
밤바람은 무슨 일로 비단 휘장을 말아 올리는지?
明月不須窺繡枕
夜風何事捲羅幃

이 시는 은밀하면서도 깊이 숨은 뜻을 표출한 것이었다.

다음날 관찰사는 그녀를 말에 태워 서울로 달려 보냈다. 임금은 그녀더러 밤낮으로 대군의 시를 익혀 노래로 부를 수 있게 하였다. 대군이 돌아오자 임금은 고생했다며 맞이하고는 물었다.

"헤어질 때 여색을 멀리하라는 말을 잘 기억하고 있소?"

"소신이 삼가 성은의 가르침을 받았거늘 어찌 감히 잊을 수 있겠습니까? 감히 가까이하지 않았나이다."

"우리 형님께서 화려한 장막이 널려진 속에서도 깊이 경계하고 돌아오셨으니, 이거야말로 가상하고 기쁜 일이지요. 그래서 한 어여쁜 여인을 구해서 지금 대기시켜 두었지요."

그러면서 궁궐 안에 잔치를 열고 이 기녀더러 지난번의 시를 노래하여 분위기를 돋게 하였다. 대군은 밤에 가까이했을 뿐인지라 그녀의 얼굴을 알지 못했다. 하지만 시를 노래하는 것을 듣고는 섬돌 아래로 내려와 땅에 엎드려서 죄를 청하였다. 그러자 임금도 섬돌로 내려와 대군의 손을 꽉 잡고 웃었다. 마침내 이 기녀를 대군에게 보내게 되었다.

기녀가 대군의 아들을 낳았는데 그 어미의 관향을 알 수 없어서 봉호를 '고정정(考定正)[100]'이라 하였다. 지금 이영하(李泠夏)[101]가 그 후손이다. 고정정은 성격이 몹시 드세어 사온 고기나 생선이 마음에 들지 않으면 비록 이미 끓이고 익힌 상태라도 곧바로 물리곤 하였다. 그래서 속칭 강요하는 거래를 '고정정 교역'이라고까지 했다. 참의 이영하가 일찍이 부인과 바둑을 두다가 억지로 물러달라고 한 일이 있었다.

"당신이야말로 고정정이시군요! 왜 매번 물린단 말입니까?"
라는 부인의 말에 이영하가 화를 냈다.

"바둑 하나 가지고서 남의 조상을 욕하다니?"

이런 까닭으로 이영하가 등제할 때 '늙은 아내가 바둑판을 밀치다[老妻推枰]'라는 것으로 희제(戲題)를 삼았다 한다.

---

100 고정정(考定正): 즉 이겸(李謙). 사서에는 '고정정(古丁正)'으로 되어 있다. 양녕대군의 서출 중 맏아들이다. 고정정이라는 봉호는 이본의 경우 '고정부정(古正副正)'으로도 나오는데, 어떤 것이 정확한 것인지는 불확실하다. 참고로 정(正)은 세자나 대군 등의 적장손에게 내려주던 작호이다.
101 이영하(李泠夏): 아마 조선 후기 양녕대군의 후손 중에 한 사람일 텐데 미상이다.

청주목사가 꾀를 내어 도둑을 잡음

이지광(李趾光)[102]은 잘 다스리는 걸로 이름이 알려졌다. 특히 송사를 처리하는 것이 귀신같았다. 그가 청주목사로 부임했을 때의 일이다. 한 중이 소장을 올렸다.

모는 아무 곳에 거처하는 승으로 종이를 팔아 생계를 잇고 있습니다. 오늘 장시(場市)가 섰기에 백지 한 뭉치를 짊어지고 와서 곁에서 쉬느라 잠깐 풀어 내려놓았답니다. 그런데 잠시 뒤 돌아보니 백지 뭉치는 벌써 온데간데없었답니다. 사방을 샅샅이 뒤져보았으나 끝내 찾을 수 없었습니다. 이제 이 생업을 잃었으니 집으로 돌아갈 희망이 아예 없어지고 말았습니다. 엎드려 바라옵건대 잃어버린 것을 찾아주시어 이 별 볼 일 없는 목숨이나마 잇게 해주시옵기를……

이 목사는 이 소장을 접하고서 말했다.

"네가 잘 간수하지 못해서 저 시글시글한 사람들 속에서 잃어버린 것이 아니더냐? 비록 찾아서 주려고 해도 어디에서 묻는단 말이냐? 여기서 소란을 피우지 말고 당장 물러가거라."

얼마 뒤 이 목사는 공무로 십 리 길을 출타했다가 막 저물녘이 되어 관아로 돌아오게 되었다. 오던 길에 길가에 있는 장승을 보고 손으로 가리키는 것이었다.

---

102 이지광(李趾光): 영정조 때의 인물이다. 자세한 생력은 미상이나 『정조실록』에 의하면, 양녕대군의 봉사손이었다 한다. 또한 여기 이야기처럼 청주목사를 지낸 관력은 확인할 수 없으나, 『영조실록』 1768년 11월 12일 조에 의하면 공주판관이었을 때 환곡(還穀) 문제로 이 지역 백성들에게 혜택을 준 사실이 나와 있고, 영조도 이 사실을 치하한 일이 있었다.

"저것은 어떤 물건이기에 관이 드나드는 앞에서 감히 저렇게 거만하고 뻣뻣하게 서 있단 말인가?"

시종이 아뢰었다.

"이것은 사람이 아니옵고 바로 장승이옵니다."

"저것이 비록 장승이기는 하나 저렇게도 오만방자하다니. 잡아 와 관아 밖에 묶어두고 내일 아침을 기다리도록 하여라. 또한 밤사이 도망갈 염려가 없지 않으니 삼반(三班)의 관속[103]들은 관문에서 대기하는 자를 빼고는 모두 이 장승을 잘 지키고 있어야 할 것이야."

관속들은 일제히 한 소리로 '네' 하며 대답은 했으나, 다들 누구 하나 할 것 없이 몰래 비웃으며 아무도 지키는 자가 없었다. 이 목사는 분명 이리할 줄 미리 계산하고 한밤중이 되자 영리한 통인(通引) 한 명을 시켜서 몰래 장승을 다른 곳에 옮겨두도록 했다.

다음 날, 일찍부터 관아 문을 열고 나졸들에게 호령하여 묶어둔 장승을 안으로 가져오도록 하였다. 나졸들이 그곳에 달려가 보니 주염장군(朱髥將軍)[104]은 이미 오유선생(烏有先生)[105]이 되어 있었다. 그제야 의심도 들고 겁이 나기도 하여 근처를 샅샅이 뒤졌다. 관에서의 호령이 성화보다 급한지라 나졸들은 어쩔 수 없이 잃어버린 연유를 아뢰고 대죄하였다. 이 목사는 일부러 화가 난 표정으로 영을 내렸다.

---

103 삼반(三班)의 관속: 지방 관아의 관리로 향리(鄕吏)와 군교(軍校), 그리고 관노(官奴)를 일컬어 삼반이라 한다.

104 주염장군(朱髥將軍): 장승의 별칭이다. 일반적으로 장승은 나무에 붉은 칠을 하기 때문에 붉은 수염을 한 장군이라고 표현한 것이다. 장승에 써놓은 '천하대장군(天下大將軍)'과 같은 맥락이다.

105 오유선생(烏有先生): 존재하지 않은 주체를 미적으로 표현한 용어이다. '오유(烏有)'는 '어찌 있으랴?'라는 뜻으로 '자허(子虛)'라는 의미와 함께 실재하지 않은 인물을 표현할 때 쓰였다. 이 용어는 『사기』·「사마상여전(司馬相如傳)」에서 유래하는바, 사마상여가 지은 「자허부(子虛賦)」에 자허와 오유선생이 등장한다. 이 이후 문학적인 소재와 표현으로 자주 쓰이게 되었다. 여기서는 장승이 없어졌다는 의미이다.

"관속이 되어 관의 영을 따르지 않고 직무에 충실하지 않아 결국 장승을 잃고 말았으니 벌을 내리지 않을 수 없구나. 이방아전(吏房衙前) 이하로 벌지(罰紙) 한 묶음씩을 가져와 즉각 대령하도록 하여라. 만약 내지 않는 자가 있다면 마땅히 곤장 스무 대로 대신할 것이다."

이에 삼반의 하인들이 모두 벌지를 내놓아 잠깐 사이 관아 뜰에 종이가 쌓였다. 곧 어제 소장을 냈던 중을 불러오라 하였다. 그가 오자 그더러 잃어버린 종이를 이 가운데에서 추려내라고 하였다. 중의 종이는 원래 자기 제품이라는 표식이 있었기에 직접 추려내니 그 수가 한 뭉치를 채웠다. 이 목사가,

"이제 네 종이를 다 찾았으니 속히 물러갈 것이요, 이 이후로는 조심히 잘 지켜 이런 하찮은 일을 만들지 말도록 하여라."

라고 이르자, 이 중은 연신 절을 올리며 감사해하며 떠나갔다.

한편 이 목사가 종이 묶음이 어떻게 오게 된 것인지를 조사해보니, 바로 장시가 서는 그 주변에 살고 있던 어떤 무뢰한이 훔친 것이었다. 그자가 자기 집에 가져다 두었는데, 마침 목사가 벌지를 납부하라는 독촉을 하던 때라 종잇값이 아주 많이 치솟아 마침내 다 팔아 버렸던 것이다. 이에 그 무뢰한을 잡아들여 죄를 묻고 그 판 종잇값을 빼앗아 이 종이를 사 온 관속들에게 나누어 주었다. 남은 종이 다발도 납부한 여러 관속더러 각자의 것을 가지고 가라고 하였다. 이리하여 온 고을의 구실아치와 백성들은 그의 귀신같은 사건 처리에 감복하였다.

5-19

혼수를 구걸하기 위해 박 도령이 표문을 올림 【부편 : 결관표】

홍주(洪州)[106] 고을에 옛날 박(朴) 도령이라는 자가 있었다. 일찍 부모를

여의고 집안 형편마저도 몸뚱이 하나뿐인 격이라 여러 해 동안 품팔이로 살았다. 나이가 서른이 넘었지만 아직까지 장가를 가지 못했다. 마침 혼처가 하나 났다. 하지만 워낙 가진 게 없는 맨몸이라 푼돈조차 마련하기 어려웠다. 그는 하는 수 없이 사륙문 한 편을 지어 원님에게 바쳤다. 그 내용은 이러하다.

　　할아버지, 아버지 대부터 본래 가난했거니와 이제 서른이 넘어 장가를 든다는 것도 부끄럽습니다. 혼사가 정해지면 부조를 하는 것이 예사이니, 감히 바라건대 조금이나마 헤아려 주시기 바랍니다. 아랫사람의 사정을 통촉하여 특별히 높은 은덕을 받고자 합니다. 엎드려 생각건대 저는 인사에 많이 어둡고 가문도 퍽 좋지 못합니다. 뱃속이 투미하나[107] 열다섯 줄 반절음(反切音)[108]은 조금 알고, 두 주먹에 성화가 치밀어도 애초 한두 푼이라도 변통할 줄도 모릅니다. 지금까지 혼처가 마땅치 않았던 것은 아내 될 여자가 살이 많이 낀 이유가 아니랍니다. 안 약정(約正)[109]과 김 풍헌(風憲)은 모두 딸들을 시집보내는 걸 원치 않고, 허 좌수(座首)와 권 별감(別監)도 저를 사위로 삼을 뜻이 없답니다. 머리에 상투를 올린 지 이미 오래되어 남들은 상처(喪妻)했나 의심할 정도이고, 다리 사이의 두 짝[110]도 일찍 성숙한지라 누군들 자

106　홍주(洪州): 지금의 충청남도 홍성이다. 조선시대 홍주목으로, 서해안의 교통요지 중 하나이다. 1914년 이곳 홍주와 결성(結城)을 합쳐 지금의 홍성이 되었다.

107　투미하나: 원문은 '土迷'로. 우리말 '투미하다' 또는 '티미하다'의 이두식 표현이다.

108　반절음(反切音): 통상 성부(聲部)와 운부(韻部)로 나누어 한자의 음가를 표기하는 방식을 말한다. 여기서는 '한자의 음을 조금 읽을 줄은 알지만' 정도의 뜻으로 쓰였다.

109　약정(約正): 조선시대 향약 조직의 임원으로 주로 향촌 사회의 교화를 담당했다. 풍헌(風憲)은 면 단위의 행정적 실무직으로 권농관으로 불리기도 한다. 이어 나오는 좌수(座首)와 별감(別監)은 일종의 지방자치 기구였던 향청(鄕廳, 즉 留鄕所)에 속한 직책들이다. 좌수는 향청의 우두머리, 별감은 좌수를 보좌하는 직책이었다.

110　두 짝: 남자의 성기로 불알을 말한다.

식 없음을 원통하다 하지 않겠습니까? 과붓집 외동딸 사위는 평소 저
의 소원이었으나 어그러져 시기를 놓쳤고, 대가 댁의 어린 계집종 남
편은 먼 시골을 오가야 하니 이도 틀렸습니다. 이러지도 못하고 저러
지도 못하며 매번 올해 내년 하며 헛되게 지내고 말았습니다. 여러
사람의 모임 가운데에 있다 보면 술을 마시지 않아도 얼굴이 달아오르
고, 홀로 빈방 속에 누우면 구들은 데워졌는데도 마음은 썰렁합니다.
일찍이 강보 속의 갓난아이에 지나지 않았으니 송나라 신종(神宗)의
천생의 인연[111]은 어디에 있으며, 아직껏 옷자락 아래의 진미를 알지
못하니 양(梁)나라 처사의 인생이 가련할 뿐[112]입니다. 마음속이 흉악
해질 때면 어찌 권부인(拳夫人)의 희롱[113]이 없겠으며, 아이들을 만나
서는 노도령(老都令)이라는 놀림을 당해내기도 어렵습니다. 범과 사랑
이는 새벽의 신세가 참으로 궁하고, 쥐 떼는 저물녘에 숨어 있다가
느닷없이 튀어나오는 법입니다. 복자하(卜子夏)와 단목사(段木賜)는 목
(木)·복(卜)의 성씨가 비록 저와 같으나 양산군(陽山郡)과 화음주(華陰
州)[114]는 음과 양으로 관향이 다르옵니다. 막 열여섯 살이 된 저 아가씨

---

111 송나라 신종(神宗)의 천생의 인연: 신종(1048~1085)은 북송의 제6대 황제로 급진개
혁가였던 왕안석(王安石)을 등용하여 강력한 개혁정책을 추진했다. 여기의 고사와
관련해서는 미상이다.

112 양(梁)나라 처사의 인생이 가련할 뿐: 양나라 처사는 육조시대 비서랑을 지낸 하윤(何
胤, 446~531)을 가리킨다. 그는 주로 관직보다도 처사적 삶을 살았는데, 유가의 경전
뿐만 아니라 불경에도 정통하였다. 특히 불교를 신봉하여 일생 아내를 두지 않고
여색을 멀리한 것으로 알려져 있다. 그래서 '옷자락 아래의 진미', 즉 성교를 알지
못한다고 표현한 것이다.

113 권부인(拳夫人)의 희롱: 권부인이란 손 모양을 의인화한 표현으로, 수음(手淫), 즉 자
위를 에둘러 표현한 말이다. 원래 한나라 무제의 후궁 구익부인(鉤弋夫人)이 태어날
때부터 주먹을 쥐고 있어 '권부인'이라 일컬어졌다.

114 양산군(陽山郡)과 화음주(華陰州): 상징적인 지역명이다. 즉 양산군은 남성을, 화음주
는 여성을 상징한다. 여기 복자하는 즉 자하이며 단목사는 즉 자공(子貢)으로, 공자
문하의 십철(十哲)들이다. 자료에 의하면, 이 두 사람은 위(衛)나라 출신들이며, 구체
적인 관향은 알려지지 않았다. 여기서는 박 도령의 박(朴) 씨와 음양의 조화 문제를

는 분명 아직껏 남자를 경험하지 않았을 터이고, 이 마흔 가까운 노신랑은 정녕 아내가 없다고 하겠습니다. 사주단자를 물리지 않으니 남이 끼어들어 말을 섞지 않은 것을 못내 기뻐하며, 삼당(三堂)¹¹⁵이 꼭 맞아떨어지니 이것이야말로 하늘이 맺어준 배필이 아니겠습니까? 다만 지금은 불알 두 쪽 외에는 아무것도 없으니, 이는 실로 온 마을 안에서 아는 것입니다. 여주(驪州)의 사촌 형님은 과연 혼자 혼수를 마련할 형편이 못 되며, 가평(加平)의 집안 어른은 매번 중년에 혼인은 절실하다며 부추깁니다. 저쪽은 이미 뼈만 앙상한 양반이라 혈육의 덕을 입기 어렵고, 이쪽도 망해가는 도깨비[獨脚] 신세라 술과 잔을 마련할 수도 없습니다. 빌려 입는다면야 입겠지만 도포는 고사하고, 예는 폐할 수 없거늘 납폐는 또 어찌한단 말입니까? 몇 년을 이 일념으로 힘써 왔으나 지금은 온갖 일이 근심일 뿐입니다. 선배들에게 술과 찬 빚은 앞으로 감당할 길이 없고, 신혼 때 먹을 소금이며 장을 마련할 걱정은 이미 겪어 본 일도 아닙니다. 푼돈도 아직 손에 들어온 것이 없으니 사모관대 빌릴 낼 수 없어 난감하거니와, 한 자 베옷도 애초 몸에 걸친 적이 없는지라 저고리와 바지 하나도 준비하지 못할까 더욱 답답합니다. 장님이 보쌈하여 혼인한 것을 두고 소문이 자자하니 이것으로 지평(砥平) 관원의 이름이 크게 났고, 무녀가 간통했다며 희롱하며 혀를 차니 이것은 횡성(橫城) 원님은 연애사입니다. 앞에는 소부(召父)가 있고 뒤에는 두모(杜母)가 있어¹¹⁶ 관가에서 자식 돌보듯 한

이렇게 설정한 것으로 판단된다.

115 삼당(三堂): 삼당의 의미는 불분명하나 택일법에서 말하는 '주당(周堂)'을 지칭하는 것이 아닌가 한다. 주당은 혼인이나 이사, 장례 등에서 꺼리는 귀신을 뜻하는데, 혼인의 주당은 부(夫, 신랑), 고(姑, 시어머니), 당(堂, 봉당), 옹(翁, 시아버지), 제(第, 처마 밑), 조(竈, 아궁이), 부(婦, 신부), 주(廚, 부엌) 등이 있다. 이 가운데 당, 제, 조 등이 혼례와 무관하여 길일로 취급된다. 큰 달이냐 작은 달이냐에 따라 그 드는 날짜가 달라지는데, 큰 달의 경우 당(堂)은 세 번째 순서(3, 11, 19, 27일)이기에 '삼당'으로 불리기도 한다.

사례가 많고, 안에는 원녀(怨女)가 없고 밖으로는 광부(曠夫)가 없도록[117] 조정에서의 신칙한 일이 한두 번이 아니랍니다. 배삭조(排朔條)[118]에 기재한 것을 제외하고도 필시 네다섯 말의 여분이 있을 것이며, 제번포(除番布)[119]로 쌓아둔 것 가운데도 어찌 예닐곱 되는 면포는 가져다 쓸 수 없겠습니까? 노(魯)나라 애공(哀公)의 절교[120]는 오래되었으나 이 또한 자세히 살펴주시고, 맹상군(孟嘗君)의 출처[121]는 더욱 어려울 터나 그래도 다다익선이길 엎드려 빕니다. 옛날 성현께서 어찌 저를 속이겠습니까? 백성들은 여색을 좋아하듯 함께하는 것[122]을 기뻐합니다. 후생은 장차 어디로 가야 합니까? 칠사(七事)[123]엔 호구가 필시

---

116 앞에는 소부(召父)가 있고 뒤에는 두모(杜母)가 있어: 소부와 두모는 모두 한나라 때 선정을 폈던 인물들이다. 소부는 소신신(召信臣)으로 전한 선제(宣帝) 때 남양(南陽) 태수로서 선정을 펼쳤고, 두모는 후한대의 두시(杜詩)로 역시 남양태수로 부임하여 선정을 폈다. 이 둘은 남양 사람들이 아버지와 어머니처럼 받아들였기에 이런 별칭이 붙여진 것이다.

117 안에는 원녀(怨女)가 없고 밖으로는 광부(曠夫)가 없도록: 통상 원녀는 결혼하지 못한 여성을, 광부는 홀아비를 가리킨다. 이 용어는 『맹자』·「양혜왕」 편에서 맹자가 제나라 선왕(宣王)에게 '여민동락(與民同樂)'의 문제를 제기하면서 나온 것으로 원문은 이러하다. "當是時也, 內無怨女, 外無曠夫, 王如好色, 與百姓同之, 於王何有?"

118 배삭조(排朔條): 달마다 얼마씩 나누어 일정 기간에 걸쳐 내는 조목이다.

119 제번포(除番布): 즉 번포(番布). 부역을 대신하여 거두는 세포(稅布)를 뜻한다.

120 노(魯)나라 애공(哀公)의 절교: 공자의 제자인 자장(子張)이 애공을 찾아갔으나 며칠이 지나도 자신을 예우하지 않자 현자를 알아주지 않는다며 떠나간 일이 있는데, 이것을 절교로 표현한 것 같다. 자세한 사항은 미상이다. 취지는 자신을 멀리하지 말아 달라는 것이다.

121 맹상군(孟嘗君)의 출처: 전국시대 맹상군의 본명은 전문(田文)으로, 평원군(平原君)·신릉군(信陵君)·춘신군(春申君)과 함께 '사공자(四公子)'로 불린다. 특히 귀천과 재주를 가리지 않고 인재를 후하게 대우하여 3천여 명의 식객을 거느린 것으로 유명하다. 사마천도 그의 이런 성품에 주목하여 열전을 남긴 바 있다.

122 여색을 좋아하듯 함께하는 것: 『맹자』·「양혜왕하」에서 제선왕(齊宣王)이 자신은 여색을 좋아하는 병통이 있다고 하자 맹자가, "왕께서 색을 좋아하시거든 백성들과 함께한다면 왕에게 무슨 문제가 있겠습니까?[王如好色, 與百姓同之, 於王何有?]"라고 한 구절을 염두에 둔 표현이다.

123 칠사(七事): 조선시대 수령을 평가하는 기준으로, 농사, 호구(戶口), 학교, 군정(軍政),

늘기를 권장합니다. 5월 이전에 폐백을 올릴 수 있게 해주시면 어찌
감히 백배한 뒤에 전안(奠雁)하지 않겠습니까? 양기가 부족하여 남의
사람이 되는 게 부끄러우나 원님의 음덕은 잊을 수 없을 것입니다.
바라건대 온 힘을 다해 갚아 나가겠습니다. 운운.

수령이 이 글을 보고 나니 그 사정이 딱할 뿐만 아니라 변려문이 정교
하고 뛰어났다. 매우 가상하여 특별히 답장을 쓰고 돈꿰미와 쌀가마를
내려주어 혼수를 돕게 하였다. 이리하여 그는 아내를 얻어 살게 되었다
고 한다.

걸관표(乞官表)를 덧붙임

이정제(李廷濟)[124]의 아들 창원(昌元)[125]은 마흔 줄로 형편이 어려운 선
비였다. 과거 합격의 방에 이름을 걸어본 적도 없거니와, 주변에 줄 댈
곳도 없어 한 번도 처음 벼슬길에 드는 물망에 오른 적도 없었다. 그때
병조판서는 마침 그와 한 동네 출신이었다. 도목정사(都目政事)에서 사산
감역관(四山監役官)[126] 두 자리가 났다. 창원은 만에 하나 운을 바라는 마

부역, 송사, 치안 등의 일곱 가지 사항의 여부를 판단하였다. 자신이 이 마을에서
혼인한다면 호구가 늘어나므로 도움이 될 것이란 의미이다.
124 이정제(李廷濟): 1670~1737. 자는 중협(仲協), 호는 죽호(竹湖), 본관은 부평이다.
1700년 과거에 급제하여 충주목사, 경기도관찰사, 형조판서, 호조판서 등을 역임하였
다. 소론으로서 남인과 노론의 극심한 정치적 대립 속에서도 청렴하고 강직한 성품으
로 주요 요직을 맡았으며, 한때 노론을 탄핵했다가 파직당하기도 하였다.
125 창원(昌元): 정확한 그의 행력은 미상이다. 다만 『사마방목』에 의하면, 1694년생으로
여기 이야기처럼 마흔이 넘은 1735년에 생원시에 합격하였다고 나와 있다. 여기서
같은 동네라는 것은 그가 한양에서 살았던바, 한양의 아무 동네였을 것으로 판단된다.
126 사산감역관(四山監役官): 도성 주위 사방의 산의 성첩(城堞)과 임목(林木)을 관리하는
관직이다. 이를 지역마다 분담하여 한 방위마다 한 명씩 총 4명을 두었다. 참고로
사산은 백악산, 목멱산(남산), 인왕산, 타락산(낙산)이다.

음이 일어 드디어 장편의 변려문 한 편을 지어서 올렸다. 병조판서는 그와는 일면식도 없었지만, 그와 같은 동네인 탓에 가난하고 어려운 처지를 익히 들었기에 마음에 걸려 하던 터였다. 표문을 보니 어조가 제법 익살스러웠고 대구가 정교하였다. 이리하여 마침내 도목정사에서 그는 여러 대상을 물리치고 가장 우선순위로 추천되어,[127] 첫 벼슬[128]을 하게 되었다고 한다. 그 표문의 내용은 이러하다.

글은 게꽁지인 양 짧으나 현달하고픈 마음 간절합니다. 견항(犬項)[129]의 빈자리를 소생이 채울 수 있기를 바랍니다. 오직 대감마님께서 가엾고 불쌍히 여기신다면 이는 소생의 명이자 복입니다. 엎드려 생각건대 소생은 야트막한 산 끊어진 언덕의 남은 줄기처럼 볼품없는 집안으로, 젓갈 냄새나고 좀벌레 같은 잔약한 후손입니다. 육품 벼슬의 선징(先徵)[130]은 늘 북경에서 매달고 온 인끈[131]을 어루만지고, 한집에 사는 현숙한 아내는 언제나 남문에 높이 걸린 솟을대문을 자랑합니다. 봄날 강철(强鐵)이 지나간 기박한 운수[132]로 말미암아 어느덧 가을

---

127 가장 우선순위로 추천되어: 원문은 '首擬'로, 관원을 임명할 때의 절차 중 하나이다. 통상 세 명의 후보자를 추천하게 되는데 이것을 '의망(擬望)'이라고 하며, 그 첫 번째 후보자가 수의로 따로 수망(首望)이라고도 한다. 그다음을 부망(副望), 마지막 세 번째 후보자를 말망(末望)이라고 한다. 뒤에 자신을 부망이나 말망으로는 올리지 말아 달라는 내용이 나온다.

128 첫 벼슬: 원문은 '筮仕'로, 벼슬을 하게 되었을 때 점을 치는 것이다. 전통적으로 처음 벼슬을 하게 되었을 때 점을 쳤기에, 첫 벼슬의 의미가 되는 것이다. 『좌전』 민공(閔公) 원년조에 "畢萬筮仕於晉."이라는 용례가 보인다.

129 견항(犬項): 한강의 광나루 부근 물목을 일컫는 이름으로, 사산감역 자리 중의 하나였다.

130 선징(先徵): 미상. 문맥으로 보아 특정한 인물명이거나, 집안 어른 가운데 먼저 벼슬길에 든 누군가를 지칭하는 것일 수도 있다. 그가 아마 북경에 사신으로 다녀왔던 모양이다.

131 인끈: 원문은 '鼻'인데, 인끈(印紐)의 뜻이 있어 이와 같이 번역하였다.

132 봄날 강철(强鐵)이 지나간 기박한 운수: 강철은 지나가는 곳이면 모두 바짝 마르게

명태 마냥 나이가 차고 말았습니다. 소생의 사람됨이야 발끈하며 맑은 일이라면 뭐든지 감당할 수 있다고 자부하지만, 명운이 기구하여 아직껏 첫 벼슬자리 하나 얻지 못했습니다. 윤 운중(雲中)의 관대도 한 번 차보았으나 박 수복(守僕)[133]이 엿보는 게 부끄럽고, 능참봉(陵參奉)[134]의 운수도 미루어 짐작해보았으나 오 판수(判守)의 확실한 말도 실현되지 않았습니다. 남들은 다 녹을 먹는데 책을 내다 팔아야 하는 유학(幼學)의 신세 애잔하고, 자식이 장가를 드는데 애비인 저를 높여 불러 '생원'이라 하니 비통합니다. 대과와 소과를 다 동학들에게 양보하고 저만 홀로 풍년의 거지꼴이 되었습니다. 집안을 이을 계책은 오직 후사에 달려 있으니 사람들은 혹 이름난 절의 고불(古佛)이 될 것[135]이라고 합니다. 한림원[136]은 깊고 깊어 윤경(尹慶) 같은 한림(翰林)[137]이 되기는 이생에서는 이미 글렀거니와, 옥호(玉壺)[138]는 맑고 시원하여 화서

한다는 상상의 동물이다. 이것이 물을 지나가면 물이 마르고 초목 지대를 지나가면 초목이 다 말라버린다고 한다. 이수광은 "강철이 지난 곳은 가을이라도 봄이 된다[强鐵去處, 雖秋如春]."는 속담을 소개하였는데(『지봉유설(芝峯類說)』 권16, 「언어부(言語部)」), 이는 즉 가을걷이 때 강철이 지나가서 아직 싹이 나지 않은 봄과 같이 되어버렸다는 의미이다. 이어 그는 이 동물이 『산해경』 권5, 「동산경(東山經)」에 나오는 '비(蜚)'와 동류라고 한 바 있다.

133 수복(守僕): 종묘서(宗廟署)나 향실(香室)을 관장하던 교서관을 비롯해, 각 단(壇)·능(陵)·궁(宮) 등에 소속되어 정비를 담당하던 잡직이다. 이런 직에 종사하는 이들을 구실아치라고 하는데, 창원의 신세는 이런 잡직에 있는 사람들에게도 부끄러운 상황이라는 것이다.

134 능참봉(陵參奉): 왕릉관리직으로 종9품 직책이었다. 양반직으로 주로 연륜이 있는 이들이 맡았기에 품계에 비해 나름 모양새가 나는 자리였다.

135 이름난 절의 고불(古佛)이 될 것: 자식 덕에 대접받고 살게 된다는 의미이다. 유명한 사찰에는 공양을 많이 올리므로 이를 흠향하는 부처와 같이 될 것이라는 뜻이다. '고불(古佛)'은 따로 아버지를 지칭하는 용어이기도 하다.

136 한림원: 원문은 '木天'으로, 웅장하고 높은 건물을 일컫는 표현이다. 보통 한림원이나 비서각(秘書閣) 등의 별칭으로 쓰였다.

137 윤경(尹慶) 같은 한림(翰林): 한림은 조선시대 예문관의 봉교(奉敎)·대교(待敎)·검열(檢閱) 등을 두루 이르는 별칭으로, 주로 검열을 지칭할 때 쓰인다. 참고로 예문관 검열은 정9품직이다. 윤경은 미상이다.

(華瑞) 같은 별제(別提)[139]는 모습만 봐도 부러워집니다. 다만 조정에 참여할 운수가 없는 까닭으로 매번 벼슬길이 더디기만 하여 한스럽습니다. 장인은 앞말을 흐리시고 숙부님도 모르는 체하니 제 팔을 연결할 길이 없으며, 형님은 맨날 술에 취하고 동생은 병을 자주 앓으니 누가 힘을 써 주겠습니까? 집에는 판서 어른이 계시나 말직으로 녹을 받아본 적도 없고, 저희 대에 현달한 형제도 없으니 백부(伯父)께서 양자를 들임[140]이 외려 부러울 뿐입니다. 관묘(關廟)[141]에서 점을 쳐 보니 한두 해 안에 퍽 길조가 들어 곧 일이 이루어질 것이라 했고, 동네의 벗이 제 상을 보고는 서른 줄이면 운수가 조금 트일 거라며 그때마다 얘기해주었습니다. 다행히 병조의 상공께서는 소생과 같은 동네의 어른이십니다. 아비와 자식뻘로는 윗집 어른과 이(李)씨 대감이시며, 형제뻘로는 참봉공과 정랑 자리에 있는 분입니다. 저분들 문하에 출입할 때는 항상 혈육의 은혜로 우러러보았거니와, 지금 병조판서로 계시니 이제 이름자를 바꿀 소원을 이룰 수 있을까 싶습니다. 항상 가슴속에 덕을 베풀어주시기를 바라오니 풍산(豊山)의 수령처럼 벼슬길에 드는 게 언제일 것이며, 몇 년간 걸핏하면 허탕을 치고 있으니 채호주(蔡湖州)[142]가 벼슬에 제수된 것처럼 되리라고 전적으로 믿습니다. 공좌부

---

138 옥호(玉壺): 원래 신선세계에서 술에 대한 미칭이다. 따로 '어원(御苑)'이라는 의미로도 사용되는데, 여기서는 한성부의 장원서(掌苑署) 따위의 부서를 지칭하는 것으로 판단된다.

139 별제(別提): 여러 중앙 관서의 실무를 담당했던 6품직이다. 이를 맡았던 화서(華瑞)는 누구의 자일 텐데 불분명하다. 참고로 1720년에 율과에 합격한 변흥규(卞興圭, 1698~?)의 자도 화서이며, 별제를 지낸 경력이 보인다.

140 백부(伯父)께서 양자를 들임: 여기서 백부는 창원의 부친 이정제의 사촌 형인 이정진(李廷晉)이다. 그가 아들이 없어 창원의 형인 이형원(李亨元)이 그의 양자로 들어갔다.

141 관묘(關廟): 즉 관왕묘. 임진왜란 시기에 관왕의 음우를 입어 전란을 극복했다고 하여 도성 두 곳에 그의 묘를 건립했다. 하나는 남대문 옆에 세워 '남관왕묘'(남묘)라 했으며, 또 하나는 동대문 밖에 세워 '동관왕묘'(동묘)라 했다. 지금은 동묘만 남아 있다.

142 채호주(蔡湖州): 여기 풍산(豊山)의 수령이나 채호주는 미상이다. 다만 인조대에 예조

(公座簿)[143]에 달수가 이미 차서 가감역(假監役)[144]이 자리를 옮길 것이란 소문이 무성한데, 노론·소론은 생각과 논의가 통하지 않는 법, 이 조판서께선 당색이 다르니 어찌하겠습니까. 이번 사산감역의 두 자리만은 소생에게 천 년에 한 번 올까 하는 기회입니다. 이런 좋은 기회를 만났으니 어찌 노처녀가 남자에게 달려들 듯[145] 하는 행동을 마다하겠습니까? 진사(進賜, 즉 나리)로 불리기만 한다면 생서방(生書房, 즉 생짜 서방)으로 일생을 마치는 신세를 면할 수 있겠습니다. 안사람은 하인 다루듯이 성내고 꾸짖으니 이는 바로 과거 때마다 낙방했기 때문이요, 머물러 있을 곳 없는 이 신세는 실로 남들이 다 관직을 얻은 데 연유합니다. 백금(伯禽)이 마조(馬曹)를 떠나자마자 부모를 봉양할 추두(蒭豆)는 텅 비어버렸고,[146] 중우(仲羽)가 어수(魚綬)를 풀고 떠났으니 곳집 여종에게 줄 서직(黍稷)은 누가 가져다준답니까?[147] 이런 절박한 사정으로 감히 관리를 추천하는 자리에 아뢰는 것입니다. 이른바 평소의 하찮은 정분으로 다만 끌어 주십사하는 것이고, 일가의 윗대 항렬까지

판서를 등을 역임한 채유후(蔡裕後, 1599~1660)의 호가 호주(湖州)이다. 그럼에도 동일인은 아닌 것으로 판단되거니와, 아마도 당시 누군가가 풍산 수령이 되고, 채 아무개가 벼슬에 나간 사례가 있었지 않았나 싶다.

143 공좌부(公座簿): 벼슬아치의 근무 상황을 기록한 장부로, 관원의 근태(勤怠)를 평가하는 기준이 되기도 하였다.

144 가감역(假監役): 선공감(繕工監)에서 토목과 영선(營繕)을 맡아보던 종 9품의 임시 관직이다.

145 노처녀가 남자에게 달려들 듯: 원문의 '囓嗅'는 깨물고 냄새를 맡는다는 뜻인데, 노처녀가 남자를 보고 하는 행동으로 보아 이렇게 번역하였다.

146 백금(伯禽)이 …… 텅 비어버렸고: 백금은 서주(西周) 노나라의 국군을 지칭하기는 하나 미상이다. '마조(馬曹)'는 말을 관장하는 부서나 관원을 지칭하며 흔히 미관말직을 뜻한다. '추두(蒭豆)'는 말에게 먹이는 꼴과 콩깍지인데 여기서는 부모를 봉양할 곡식 정도로 봐야 한다. 백금이란 이가 미관말직을 그만두고 나면 부모를 봉양할 곡식마저 떨어지게 된다는 의미이다.

147 중우(仲羽)가 …… 가져다준답니까: 중우(仲羽) 역시 미상이다. '어수(魚綬)'는 관원의 인끈이며, '서직(黍稷)'은 곡식으로 여기서는 여종에게 줄 급료에 해당한다. 중우란 이가 관리를 그만두고 나면 집안의 하인에게 줄 곡식도 마련할 수 없게 된다는 의미이다.

따질 필요는 없겠습니다. 바라는 바가 이러하나 공명까지 바랄 수는 없습니다. 이 딱하고 가련한 사정을 두고 누군가는 몰염치하다고 하지 않을는지요? 오사모와 흑각대(黑角帶)라면 김화숙(金和叔)이 전에 찼다가 지금은 놀고 있고, 홍단령(紅團領)과 청창의(靑氅衣)[148]는 아저씨가 미리 준비한 지 오래입니다. 행여 도목정사가 있는 날에 특별히 벼슬 임명의 은혜를 입는다면, 정청(政廳)[149]의 사령이 계집종을 부르는 소리에 몇 꿰미 돈이야 뭐라 아끼겠으며, 산지기 군사가 문안한다고 아뢰면 한 병 술이야 뭐가 어렵겠습니까? 공도(公道)를 바야흐로 널리 펼쳐 먼 시골의 무사들도 모두 관직에 오르고, 벗 사귐이 평소 돈독하였으니 친구의 어린 자식을 어찌 잊고 버려두겠습니까? 이에 감히 중언부언하오니, 부망(副望)이나 말망(末望)으로는 추천하진 말아주시기 바랍니다. 과연 벼슬자리를 구해 그 자리에 오르게 된다면 감히 은혜를 알고도 은혜에 보답하지 않을 수 있겠습니까? 맡은 바 임무로 산림 순찰은 어찌 한성부의 명령을 기다릴 것이며, 망극한 은택이니 소나무 단속은 연희궁(延禧宮)[150]에서 엄히 금하는 사례를 따르겠습니다.

---

148 홍단령(紅團領)과 청창의(靑氅衣): 앞의 오사모(烏紗帽), 흑각대(黑角帶)와 함께 모두 관원이 착용하고 입는 복장으로, 이 중 단령은 옷깃을 둥글게 한 옷으로 원래 북방 민족이 입던 것으로, 고려 말 중국을 통해 전래되었다고 한다. 창의(氅衣)는 벼슬아치가 평소에 입는 웃옷으로 소매가 넓고 뒷솔기가 갈라져 있는 게 특징이다. 그 모양이 학을 닮았다고 하여 '학창의(鶴氅衣)'로 많이 불린다.

149 정청(政廳): 인사행정을 담당하는 전관(銓官)이 정사를 보는 청사로, 이조와 병조 등에 두었다.

150 연희궁(延禧宮): 조선 초 왕실의 액운을 막기 위해 지은 이궁(離宮)의 하나로, 오늘날 연희동의 근방에 있었다 하나 정확한 궁터는 알려지지 않았다. 세종이 중건하여 국립 양잠소격인 잠실도회(蠶室都會)를 설치한 바 있고, 세조 역시 이곳을 '서잠실(西蠶室)'이라 하기도 하였다. 연산군이 이곳을 연회장으로 꾸미고 놀았는데, 이로부터 '연희궁 까마귀 골수박 파먹듯 한다'라는 속담이 나오기도 했다. 『영조실록』에 따르면 이곳에 사도세자의 생모인 영빈 이씨(暎嬪李氏)의 묘인 수경원(綏慶園)을 조성했다고 한다. 아마도 연희궁에서 소나무를 관리하며 엄격하게 단속하였던 사례가 있는 듯한데 미상이다.

정 사과가 옛 동료에게 희문을 올림

사과(司果)[151] 정현석(鄭顯奭)[152]은 이전에 참봉 직함 자리에 있었다. 계
축년(1853)에 도감(都監)[153]의 감조관(監造官)이 되었는데 그 노고로 6품직
에 올랐으나 허사과(虛司果)로 부직되었다. 이후 병진년(1856)에 이르도
록 아직 다른 벼슬자리를 얻지 못했으며, 당시 동료 서너 명도 일체 자리
가 막혀 있었다. 이에 정 사과는 '옛 동료들에게 올리는 배해문(俳諧文)'이
라는 글 한 편을 지었다. 이 글은 사륙변려문으로 어구가 익살스런 배우
(俳優)의 말과 비슷했다. 비록 옛 동료에게 주는 글이라고 말했지만 실은
자신의 불평한 심사를 토로한 것이었다. 그 내용은 다음과 같다.

벼슬을 내려줌에 대궐의 신선 자리[154]를 기다리듯 하는 이런 망상은
할 것이 못 되지만, 급제가 간혹 공도를 벗어나기도 하니 요행을 바라
게 되지요. 영달할 길을 아예 끊을 필요야 있겠소? 그러니 곧장 고향으
로 돌아갈 길을 찾지는 마시오.

---

151 사과(司果): 정6품의 무관직이다. 오위(五衛)에 딸린 관직으로 고려시대에는 낭장(郎
將)이었다. 주로 현직에 있지 않은 문무관 중에서 선발하였다. 그가 허사과(虛司果)가
되었다고 한바, 이는 사과의 직명을 받되 녹봉은 받지 않은 경우이다.

152 정현석(鄭顯奭): 1817~1899. 자는 보여(保汝), 호는 박원(璞園), 본관은 초계이다. 1844
년 진사시에 합격한 이후 음직으로 후릉참봉, 고원군수(高原郡守), 진주목사, 황해도관
찰사 등을 지냈다. 특히 진주목사로 있을 때 그곳의 의기사(義妓祠)를 중건하고 교방
(敎坊)을 설치하였으며, 교방에서의 노래와 춤을 정리한 『교방가요(敎坊歌謠)』(1872)
를 편찬하였다. 여기 사례처럼 그는 1846년 후릉참봉이 된 사실이 확인되나 1850년대
의 행적은 잘 드러나 있지 않다.

153 도감(都監): 나라의 특별한 일처리를 위해 임시로 설립한 관서다. 뒤의 내용처럼 계축
년 즉, 1853년에 상존호도감(上尊號都監)이 설치되었던바, 정현석은 이때 감조관인
부사용(副司勇)으로 근무한 사실이 확인된다. 그러므로 여기서의 도감은 바로 상존호
도감을 지칭한다.

154 대궐의 신선 자리: 청요직을 말한다. 당나라 때 상서성(尙書省)의 여러 부서를 '선조
(仙曹)'라 한 것에서 비롯된 말이다.

생각건대 존형은 진즉 상사(上舍)에 올라 새로 남행(南行)[155]으로 진출했지요. 책표(策表)와 시부(詩賦)에서는 의의(義疑)[156]의 매문(每文)[157]에 실로 재주가 있었으나, 절제(節製)와 도기(到記)[158]에서는 정시나 알성시 할 것 없이 매해 허탕을 치고 말았지요. 겨우 회양목 호패[159]를 얻었으나 아직 홍당지(紅唐紙)[160]에 이름 올리는 것은 여태껏 더디기만 하네요. 참봉은 애초 구하던 자리가 아니기에 느닷없이 자다가 병을 얻은 격[161]이고, 벼슬살이의 재미는 도무지 보지 못했으니 꿈속에서 낭군을 만나 기쁨을 맛본 것[162]과 진배없지요. 근년에는 상존호도감(上尊號都監)[163]에 부사용(副司勇)[164] 진사로 참여했지요. 옥책(玉策)과 금보

---

155 남행(南行): 즉, 음직(蔭職). 과거를 치르지 않고 조상의 덕택으로 벼슬을 하게 되는 경우를 말한다. 문반과 무반이 동쪽과 서쪽에 위치하지만 음관의 경우 남쪽에 위치한다고 하여 붙여진 명칭이다. 이런 이들이 처음 벼슬길에 나아가는 것을 '남행초사(南行初仕)'라 한다.

156 의의(義疑): 과문의 여섯 가지 형식 중에 하나인 의(義)와 의(疑)이다. 앞에서 관련 내용이 나온 바 있다.

157 매문(每文): 주로 과거에서 일컫는 말로 다양한 형식의 글들을 통칭하는 용어이다. 그 대상으로 시(詩)·부(賦)·표(表)·책(策)·전기(傳記) 등이 해당한다.

158 절제(節製)와 도기(到記): 절제는 성균관에서 특별한 절기마다 보이던 시험이며, 도기는 원래 성균관 유생들의 출석부이다. 이 출석부에 정한 출석 일수가 차면 과거를 볼 수 있게 해주었는데, 이를 도기과(到記科)라 한다.

159 회양목 호패: 호패는 원래 성인이 된 남자가 차는 신분증인데, 조선 후기에는 소과에 급제하여 성균관에서 수학하는 생원과 진사들이 지녔던 패찰을 특정하기도 하였다. 이것을 황양목, 즉 회양목으로 만들었다. 1677년에 편찬된 『호패사목(號牌事目)』에 의하면 호패의 재질은 2품 이상이면 상아로 만든 아패(牙牌), 3품 이하이면 뿔로 만든 각패(角牌), 생원이나 진사이면 회양목으로 만든 황양목패(黃楊木牌)를 사용하도록 규정하고 있다.

160 홍당지(紅唐紙): 대과에 급제하면 하사받는 교지로 붉은색 종이에 썼다. 이를 홍패(紅牌)라 하며, 소과에 급제하면 내려주는 백패(白牌)와 구분하였다. 권2 제13화 '안동 권 아무개 이야기'에도 나온다.

161 자다가 병을 얻은 격: 갑자기 얻은 병이란 뜻으로 느닷없이 큰 화를 당한 경우에 쓰는 속담이다.

162 꿈속에서 낭군을 만나 기쁨을 맛본 것: '꿈속에서 서방 맞은 격'이란 속담이 있는바, 현실에서의 기쁨을 누리지 못한 상황을 빗댄 것이다.

(金寶)[165]를 만드느라 일방(一房)[166]에서 감조관을 맡았고, 사모(紗帽)를 쓰고 목화(木靴)[167]를 신고서 사역원(司譯院)에서 석 달간 부지런히 근무했지요. 이에 별단(別單)[168]에 이름이 기입되어 갑자기 6품직에 오르는 전교를 받게 되었지요. 이제 주부·좌랑·묘령(廟令)·능령(陵令)[169]은 동방삭이 밤을 깎는 것[170]보다 앞설 만하고, 현감·군수·부사·목사는 차례대로 차첨지(車僉知)가 오이를 따듯[171] 할 줄 알았지요. 그런데 이렇게 허사과에 몸이 빠져 한 말 녹미로 배를 채울 가망마저 없어지다니요! 전에 연달아 세 곳의 관직 자리에 있을 수 있었던 것은 영의정 어른의 선심에 힘입은 바나, 지금 한 자리도 거론되지 않는 것은 모두 잡직(雜織) 벼슬아치들의 발이 빨랐기 때문이지요. 낭청(郎廳) 자리는

---

163 상존호도감(上尊號都監): 즉, 상호도감(上號都監). 조선시대 임금이나 왕비 등의 시호(諡號)를 올리기 위해 설치한 임시 관청이다.

164 부사용(副司勇): 오위(五衛)에 배속된 종9품 무관직이다.

165 옥책(玉策)과 금보(金寶): 옥책은 제왕·후비의 존호를 지어 올릴 때 그 덕을 기리는 글을 새기는 간책을 말하고, 금보는 선왕이나 선비의 추상존호(追上尊號)를 새긴 도장을 이른다.

166 일방(一房): 도감의 실무부서로, 도감이 설치되면 일방·이방(二房)·삼방(三房) 등으로 나누어 배치하였다. 한 방의 관리자를 감조관이라 하였다.

167 목화(木靴): 관원들이 사모와 각띠를 할 때 신는 신으로, 검은 사슴 가죽으로 목을 길게 만들었다. 모양은 장화 같으나 재질이 나무여서 걷기가 매우 불편했다고 한다.

168 별단(別單): 임금께 올리는 문서 중 따로 참조하도록 첨부한 찌이다.

169 주부·좌랑·묘령(廟令)·능령(陵令): 주부는 종6품, 좌랑은 정6품, 묘령과 능령은 정5품으로 주로 출륙(出六)을 했을 때 얻는 직책이다.

170 동방삭이 밤을 깎는 것: '동방삭이 밤 깎아 먹듯'이라는 속담에서 나온 말이다. 동방삭이 급하고 귀찮으면 밤을 반만 깎아 먹었다는 데서, 조급하여 일을 반쯤 하다 마는 것을 이르는 말이다. 여기서는 열거된 직책을 빨리 넘어가게 되었을 것이란 취지로 활용하였다.

171 차첨지(車僉知)가 오이를 따듯: '차첨지가 오이를 따 먹는 격'이라는 말로, 정만조(鄭萬朝, 1858~1936)의 『은파유필(恩波遺筆)』 등의 기록에 강강술래류의 유흥놀이로 소개되어 있다. 이 가운데 '여러 처녀들이 허리를 잡고 연이어 서 있으면 한 여자가 앞에 나아가 꼬리를 잡으려고 쫓는데 여러 처녀들이 피하여 달아나다 잡히면 떨어진다. 이 놀이를 오이 따기 놀이라 하는바, 옛날 오이를 잘 따는 차첨지(車僉知)가 있어 이 말과 놀이에서 유래되었다.'라고 나와 있다.

일정한 격식에 구애받지 않도록 해도 나중 난 뿔이 더 우뚝함[172]만을 보게 되고, 계사(計仕)[173]엔 이전 직함을 허용하지 말라 해도 바깥에 판 우물을 혼자 길어 먹는[174] 걸 내버려 둬야 했지요. 구차하게 도목정사를 내면서도 복직을 차별하니 아전(亞銓)과 삼전(三銓)은 사고기 차지하는 짓[175]을 번번이 하네요. 음직을 바라다가 턱이 빠질 상황이니 몇 년 손을 써도 여의치 않네요. 아! 게도 그물도 다 잃고[176] 탄식하며, 한참을 쇠불알 떨어지기를 기다리나[177] 기약이 없네요. 관리의 규범은 언제나 고쳐지려는지? 기다리는 사람은 배꼽에서 소나무가 자랄 지경[178]이네요. 벼슬길은 도처가 모두 벽이라 그만두어야지 이러다간 머리는 파뿌리가 되겠네요. 뭇사람의 벼슬 요구를 막기 어려우니 눈 찌를 막대기[179]를 가지고 있지 않은 이가 없고, 아무리 생각해도 방도가 없으니 중이 어찌 제 손으로 머리를 깎겠습니까?[180] 일찍부터 개미가

---

172 나중 난 뿔이 더 우뚝함: 후배가 자신보다 앞서는 상황을 묘사한 속담이다.

173 계사(計仕): 조선시대 관리에 대한 고과(考課) 방법의 하나로, 출근한 날짜 수를 계산하여 인사에 반영하였다.

174 바깥에 판 우물을 혼자 길어 먹는: '같이 우물 파고 혼자 먹는다'라는 속담과 닿는 의미로, 욕심이 많은 사람을 이르거나 여럿이 함께 노력하여 이룬 일의 성과를 혼자 독차지하는 것을 이르는 말이다.

175 아전(亞銓)과 삼전(三銓)은 사고기 차지하는 짓: 아전은 이조와 병조의 참판이고, 삼전은 이조의 참의, 병조의 참의와 참지(參知)를 말한다. 사고기는 관청의 허가 없이 몰래 잡은 쇠고기를 말하는 것으로, 여러 사람이 차지해야 할 물건을 혼자 차지함을 비유한다. 인사를 담당하는 관리들이 사리사욕을 채우느라 벼슬을 공정하게 주지 않았다는 의미이다.

176 게도 그물도 다 잃고: '게도 구럭(망태기)도 다 잃었다'는 속담으로 게 잡으러 갔다가 구럭까지 잃었다는 뜻이니, 아무 소득 없이 도리어 손해를 봄을 이르는 말이다.

177 쇠불알 떨어지기를 기다리나: '쇠불알 떨어질 때를 기다린다'는 속담이다. 되지도 않을 일을 기다린다는 뜻으로 노력 없이 결과만 기다린다는 말이다.

178 배꼽에서 소나무가 자랄 지경: '배꼽에 노송나무 나거든'이라는 속담으로 사람이 죽은 뒤 무덤 위에 소나무가 나서 늙게 되기까지는 아주 오랜 세월이 필요하다는 뜻이다.

179 눈 찌를 막대기: 남의 급소를 찔러 해치려는 행위를 말한다.

180 중이 어찌 제 손으로 머리를 깎겠습니까: 잘 알려진 '중도 제 머리는 못 깎는다'는

탑을 쌓는 공덕[181]과 같이 하였는데도 닭 쫓다 울타리만 바라보는[182]는 탄식을 면치 못하네요. 벗들이 조롱하고 놀리니 콧구멍 둘 있는 걸 다행이라 치지만, 종들의 원망과 한숨에는 절로 눈에 쌍심지가 돋아지네요. 낮은 음관 자리마저 막힌 것이나 다름없으니 어찌 양철(梁鐵)의 한 평 땅[183]을 쓸 수 있겠어요? 좋은 계책으론 단공(檀公)[184]만 한 게 없지만, 본디 당전(唐錢) 한 푼도 없으니 비록 달리는 소의 꼬리에 붙었다[185] 할지라도 사향노루가 자기 배꼽을 뜯는 후회[186]가 없을 수 있겠어요? 가을 달과 봄바람도 대수롭지 않음은 금강산도 식후경이기 때문이며, 녹수와 청산으로 돌아가려 하니 한양성이 마치 꿈속에 있는 것 같네요. 누각에 올랐는데 사다리를 치워버린 격[187]이며, 두 절의 개가 위의 절에도 아래 절에도 미치지 못하는 격[188]이네요. 굿을 볼

속담을 원용하였다.

181 개미가 탑을 쌓는 공덕: '개미가 금탑 모으듯 한다', '개미는 작아도 탑을 쌓는다' 같은 속담을 원용한 것이다.

182 닭 쫓다 울타리만 바라보는: '닭 쫓던 개 울타리 넘겨본다', '닭 쫓던 개 지붕 쳐다본다' 같은 속담을 원용한 것이다.

183 양철(梁鐵)의 한 평 땅: 양철은 양철평(梁鐵坪)이란 지명으로, 현재 서울 은평구 녹번동 일대의 평지로 주변의 고개를 양철현(梁鐵峴)이라 하였다. 아마 자신의 땅을 한 뙈기라도 바쳐 뇌물로 써 볼 요량이라는 의미일 텐데, 작자 정현석이 이곳에 땅을 소유하고 있었는지는 확인되지 않는다.

184 단공(檀公): 남조(南朝) 송나라 때의 장수인 단도제(檀道濟)이다. 그는 전략으로 삼십육책(三十六策)을 만들었는데 이 계책의 마지막을 삼십육계(三十六計)라 하여 달아나는 것이 최상책임을 언급하였다. 그래서 '삼십육계 줄행랑'이라는 말이 생겨났다.

185 달리는 소의 꼬리에 붙었다: '쇠파리가 소꼬리에 달라붙어 천 리를 간다', '말꼬리에 파리가 천 리 간다' 같은 속담을 원용하였다.

186 사향노루가 자기 배꼽을 뜯는 후회: 즉, 서제막급(噬臍莫及). 후회해도 소용없다는 의미로 사향노루는 배꼽에서 향기가 나는데 이것이 바로 사향이다. 사냥꾼에게 잡히는 것이 배꼽에서 나는 향내 때문이라고 하여 배꼽을 물어뜯었다는 고사에서 유래한다.

187 누각에 올랐는데 사다리를 치워버린 격: 사자성어 '상루거제(上樓去梯)'에서 가져온 표현이다. 이는 상옥추제(上屋抽梯)란 용어와 같은 뜻으로, 이 또한 삼십육계의 하나이다. 옴짝달싹할 수 없는 처지를 빗대었다.

188 두 절의 …… 못하는 격: '두절개'라는 속담의 의미로 두 절로 얻어먹으러 다니던

때는 계면떡[189]이 나오기를 기다리나 후장의 떡이 클지 작을지 누가 알겠소?[190] 소는 하늘이 무너져도 나올 수 있으니[191] 기다릴 수 있다지만, 물고기는 물에서 헤엄치기를 좋아하니 이것을 버리고 어디로 간단 말입니까? 오직 바라는 바는 정사년(1857) 춘삼월에 특별히 갑과 제1등으로 뽑히는 것이지요. 그러면 문 앞의 기쁜 소식에 똥배 나온 아랫것들은 놀라 자빠지고, 길거리에서 신래(新來) 부름에 초헌다리 한 선배가 뛰어오르겠지요.[192] 육조의 판서 자리와 양관(兩館)[193]의 제학(提學) 자리는 아침 아니면 저녁으로 기대할 수 있으며, 사도(四都)[194]의 유수와 팔도의 감사 자리도 지푸라기 줍듯 할 겁니다. 평교자와 파초선으로 의정부의 대문을 열어젖히며, 사발 가득 낙장(酪漿)으로 영수각(靈壽閣)[195]에 나와 삼가 절을 올리기도 하겠지요. 이에 옛 동료의 좋은 마음으로 늙은 광대의 덕담[196]을 바치니, 두 눈을 수고롭게 하시

개가 윗 절에서도 아랫 절에서도 얻어먹지 못했다는 뜻이다.

189 계면떡: 굿이 끝난 뒤 무당이 구경꾼들에게 나누어주는 떡이다. 무당을 인도하는 귀신을 '계면'이라 하며, 쌀이나 돈을 얻기 위해 돌아다니는 것을 '계면돈다'라고 한다. 따로 무당이 하는 굿 중에 계면굿이 있기도 하다.

190 후장의 떡이 클지 작을지 누가 알겠소: '후장(즉 다음 장) 떡이 클지 작을지 누가 아나'라는 속담으로, 앞날의 일은 헤아리기가 어렵다는 말이다.

191 소는 하늘이 무너져도 나올 수 있으니: '하늘이 무너져 내릴 때도 소는 구멍을 통해 나온다'는 우리말이 있는바, '하늘이 무너져도 솟아날 구멍이 있다'는 속담과 통한다.

192 길거리에서 …… 뛰어오르겠지요: 과거급제자의 일종의 신고식 과정을 묘사한 부분이다. 대개 선배 관원이 새 급제자의 이름을 부르면 이에 응하여 답하며 나아갔다 물러났다 하기를 반복한다. 여기 선배는 거만한 자세로 초헌다리를 한 채 분위기를 돋우는 장면이 아닌가 싶다.

193 양관(兩館): 즉 홍문관과 예문관을 말한다.

194 사도(四都): 조선시대 한양 밖 사방의 주요 지역을 지칭한다. 즉 동쪽의 광주, 서쪽의 강화, 남쪽의 수원, 북북의 개성이 이에 해당한다.

195 영수각(靈壽閣): 기로소(耆老所) 안에 있는 어첩을 보관하던 누각이다. 영수궁(靈壽宮)으로도 불렀다. '낙장(酪漿)'은 기로소에서 제공하는 소나 말 등의 젖 같은 것으로, 좋은 음료를 미칭한다. 기로소에 들어 이 잔을 들며 임금의 은혜에 감격해할 것이란 취지이다.

마시고 한 웃음거리로 붙이는 게 무슨 문제겠소?

이때 중군(中軍) 홍선(洪墡)[197]이 고향집에 칩거해 있다가 이 글을 보고 '답배해(答俳諧)'라고 제목을 삼아 또 한 편을 지었다. 그 내용은 이러하다.

무(武)로 오면 무로 하고 문(文)으로 오면 문으로 대응하면 되지[198] 어찌 감히 자신에게 온 것을 반대하겠으며,[199] 벼슬은 더디면 더디고 빠르면 빠르니 그저 비웃음과 욕지거리에 맡겨 둘 밖이라.[200] 말은 또 한 거듭 아름다워야 하고 글은 마땅히 풀어서 지어야 할 것이오. 생각 건대, 그대는 혈혈단신 맨몸뚱이로 머리 허연 음관인가 보오. 별로 볼 일 없는 관직과 한가한 직책도 시렁 아래에서 쉽게 얻는 수저[201]와는

---

196 늙은 광대의 덕담: '광대덕담'이라는 속담이 있는바, 실속 없이 수다스럽게 늘어놓는 듣기 좋은 말이라는 의미이다. 여기서도 자신이 장황하게 늘어놓은 말을 겸사로 표현한 것이다.

197 홍선(洪墡): 1821~?. 자는 원빈(元賓), 본관은 남양이다. 그의 행력은 자세하지 않으나 1846년 진사에 합격한 이후 1861년 운봉현감을 지낸 기록이 보인다. 그 이후에 이 이야기의 언급처럼 중군직을 역임했으리라 짐작된다. 중군(中軍)은 조선시대 각 군영의 대장으로 종2품직이었다. 각 군영의 수장은 병사(兵使)였으며 그다음의 직책이었다. 그래서 '아장(亞將)'이라고도 한다.

198 무(武)로 오면 …… 대응하면 되지: '武來武對, 文來文對'라는 용례가 있는바, 이를 차용한 것이다. 어떤 관직도 가리지 않고 하겠다는 의미이다.

199 자신에게 온 것을 반대하겠으며: 원문은 '反乎爾'로, 이는 『맹자』·「양혜왕」 하편의 "너에게서 나온 것은 너에게로 되돌아간다[出乎爾者, 反乎爾者]."에서 따온 것이다. 자신에게 되돌아가기에 이를 반대해서는 안 된다는 의미이다.

200 벼슬은 더디면 …… 둘 밖이라: 이는 『맹자』·「공손추」 상편의 "벼슬할 만하면 벼슬하고 그만둘 만하면 그만두며, 그 나라에 오래 있을 만하면 오래 있고 속히 떠나야 한다면 속히 떠나는 것이다[可以仕則仕, 可以止則止, 可以久則久, 可以速則速]."이란 구절을 차용한 것이다.

201 시렁 아래에서 쉽게 얻는 수저: '살강 밑에서 숟가락 얻었다'는 속담을 원용한 것이다. 즉 부엌에서 숟가락을 얻었다는 말로, 원래는 남이 빠뜨린 물건을 얻어서 횡재했다고 좋아하다 주인이 나타나서 소용없이 되었다는 의미인데, 여기서는 쉽게 얻은 물건 정도로 이해하면 될 듯하다.

다르고, 큰 고을의 목사가 되기는 하늘에 올라 방망이를 거는[202] 것처럼 어려운 법이오. 가만히 생각하니 참봉 벼슬자리가 지루하기는 하지만 6품 자리로 다시 부름을 받기란 더욱 어려워 보인다네. 홑이불은 손가락으로 셈하느라 자주 해질 지경인데 애초 소원은 제용감의 봉사(奉事)나 상서원(尙瑞院)의 직장(直長)이었고,[203] 허리에 만 꿰미를 두를 생각을 할 때면 차례차례 강서현령(江西縣令)과 청도군수(淸道郡守)[204]를 지내리라 했을 것이오. 말똥을 우물에 던져 넣으니[205] 백정의 버들가지[206]에 부끄러우며, 하얗게 센 머리털만 성성하니 농부의 밀짚을 한탄할 밖에.[207] 감조관의 일을 잘 처리하여 다행히 그 노고로 더 높은 직책에 서용되었다네. 하지만 부사과는 공명첩으로만 남았으니 납속당상(納粟堂上)[208]과 진배없고, 다섯 말 작은 녹봉[209]마저 죄다 잃었으

---

202 하늘에 올라 방망이를 거는: '하늘에 방망이 달다'는 속담을 활용하였다. 불가능한 상황을 묘사할 때 쓰인다.

203 제용감의 …… 직장(直長)이었고: 제용감과 상서원은 왕실에 필요한 옷감이나 국왕의 옥새 등을 관리하는 부서이며, 봉사(奉事) 자리는 8품직이고 직장 자리는 7품직이었다.

204 강서현령(江西縣令)과 청도군수(淸道郡守): 모두 지방직이나 현령은 종5품, 군수는 종4품으로 품직이 높았다. 여기서 부정적인 의미에서 돈을 많이 모을 수 있다 하여 '만 꿰미'란 언급을 한 것으로 보인다.

205 말똥을 우물에 던져 넣으니: '우물에 말똥 쓸어 넣듯 한다'는 속담이 있는데, 이는 가망 없는 일에 밑천을 한정 없이 넣는다는 의미이다.

206 백정의 버들가지: '백정이 버들잎 물고 죽는다'는 속담으로 버들고리 만드는 백정은 정작 자신은 이 버들고리를 가지지 못한다는 의미이다.

207 농부의 밀짚을 한탄할 밖에: 밀짚을 뒤집어 쓴 농부의 신세를 면치 못한다는 의미로 판단된다.

208 납속당상(納粟堂上): 정식으로 출사하지 않고 돈이나 곡식을 나라에 바치고 당상관직에 오른 사람을 일컫는다. 참고로 납속은 평민이 일정한 세금을 바치고 양반의 직첩을 얻는 것을 말하고, '속량(贖良)'은 천민이 몸값을 치르고 양민이 되는 것을 말한다. 모두 조선 후기 신분 변동과 관련하여 상징적인 용어이다.

209 다섯 말 작은 녹봉: 원문은 '五斗米'로, 주로 지방 관리의 많지 않은 녹봉을 일컫는다. 진(晉)나라 도잠(陶潛)이 팽택(彭澤) 현령이 되었다가 그 자리를 버리고 고향으로 돌아가면서 유명한 「귀거래사(歸去來辭)」를 남겼는데, 거기서 자신의 녹봉을 오두미(五斗米)라고 한 데서 유래한다.

니 도리어 무록대부(無祿大夫)²¹⁰ 신세가 되었구려. 얻고 잃음이 어찌 복인 줄 알겠소? 잉어가 뛴다고 해서 미꾸라지도 뛸²¹¹ 필요는 없지 않소. 앞과 뒤를 어찌 다 따질 수 있겠소? 결국 말이 가니 소도 가는²¹² 걸 볼 뿐이오. 이제 공정한 정목(政目)이 나올 때를 기다려 고달픈 몸이 벼슬길에 나아갈 날을 애써 기약해 보길. 어찌 운수의 좋고 나쁨을 논하겠소? 백 년의 남가몽(南柯夢)²¹³에서 깨어남을 탄식하게 되오. 어긋나고 막힌 벼슬길에 쓴웃음을 짓자니 만 가지 상념은 석양 바람에 날아가 버렸소. 명예와 이끗 다투는 마당을 복사꽃 살구꽃인 양 보시게! 일찍이 관모 내던진 사람²¹⁴을 보지 못했소? 사돈댁 잔치에 배 놔라 감 놔라 하니²¹⁵ 결국 누가 치마폭 넓은 손님²¹⁶일지? 어찌 내가 그대보다 그대를 잘 안다고 이를 꾀하겠소? 다만 그대가 잘하기를 바라기에 이 글을 보여주는 것이오. 이 발원은 진실로 자비심에서 나온 것이니 이제야 나무아미타불의 공덕을 알겠고, 이 덕담은 혹 놀리거나 치켜세우는 듯하지만 동방삭의 배우 짓²¹⁷보다 훨씬 나을 거요. 본디

---

210 무록대부(無祿大夫): 국가에서 관직만 주고 녹봉을 지급하지 않는 관리를 무록관이라 하는 바 이를 달리 표현한 용어이다.

211 잉어가 뛴다고 해서 미꾸라지도 뛸: '잉어가 뛰니까 망둥이도 뛴다'는 속담을 원용하였다.

212 말이 가니 소도 가는: '말 가는 데 소 간다'는 속담으로, 말이 가는 길이라면 소도 갈 수 있다, 즉 다른 사람이 할 수 있는 일이면 자신도 할 수 있을 것이라는 의미이다.

213 남가몽(南柯夢): 즉 남가일몽. 당나라 전기소설 「남가태수전(南柯太守傳)」에 순우분(淳于棼)의 고사로, 덧없는 인생을 비유한다. 여기서는 관직에 대한 열망이 이런 인생의 꿈과 같은 것이라는 취지이다.

214 관모 내던진 사람: 관직을 내던지고 고향으로 돌아간 도잠(陶潛)을 가리킨다. 도잠은 그의 시 「칠월야행강릉도중작(七月夜行江陵途中作)」에서 '관모 던지고 옛터로 돌아가리니, 벼슬자리에 매인 신세 좋지 않구나[投冠旋舊墟, 不爲好爵縈].'라고 읊었다.

215 배 놔라 감 놔라 하니: '남 제사상에 감 놔라 배 놔라 한다'는 속담을 원용하였다.

216 치마폭 넓은 손님: '치마폭이 넓다'는 속담이 있는데, 이는 자기와 상관도 없는 남의 일에 지나치게 참견한다는 뜻이다.

217 동방삭의 배우 짓: 동방삭의 골계(滑稽)를 말한다. 『사기』·「골계열전(滑稽列傳)」에

한 번의 배부름도 운수에 달려 있거늘 하필 산탈이니 집탈이니[218] 할 것 있겠소? 비록 열 번 살고 아홉 번 죽은 지경에 이르렀어도 천방지축 날뛰기는 어려우니, 이는 참으로 동병상련의 정인지라 그야말로 울고 싶은 사람 뺨 때린 격 아니겠소. 돌부처가 머리를 끄덕여 주기[219]만을 바라며 우선은 미래를 관망해 볼 것이오, 오직 금인(金人)이 입을 닫았음[220]을 생각하여 이미 지나간 일은 따지지 마시오. 젊었을 때는 앞으로 걸어가는 걸로 자신하여 안탑(雁塔)에 이름을 새기리라[221] 기약했으나, 지금은 복직도 오히려 어려우니 사슴 가죽에 가로 왈(曰)자[222]와 같아졌소. 그대는 앞의 말이 농지거리일 뿐이라고 말하지 마오. 나는 정말 원래부터 그런 상황이었소. 이는 대개 먼저 병든 자가 의원[223]이고 표문을 짓는 이가 재사(才士)인 법이오. 하나를 들으면 열을 아니

의하면, 동방삭은 해학이 뛰어나 배우들의 입을 빌어 한나라 무제(武帝)에게 진언을 하곤 하였다. 이런 골계는 풍간(諷諫)의 성격을 가지고 있었다.

218 산탈이니 집탈이니: 산탈은 묏자리가 좋지 못한 탓으로 후손들이 화를 입는 것이며, 집탈은 집터의 문제로 집안사람들이 화를 당하는 경우를 말한다.

219 돌부처가 머리를 끄덕여 주기: '완석점두(頑石點頭)'라는 사자성어에서 나온 말로, 아무 정이 없는 돌도 감격하여 머리를 숙인다는 뜻이다. 감화가 깊음을 비유한다.

220 금인(金人)이 입을 닫았음: 금인은 부처를 가리키기도 하나, 여기서는 말을 삼가는 사람이란 뜻이다. 『공자가어(孔子家語)』에 '금인함구(金人緘口)'라는 구절이 나오는데, 공자가 주(周)나라에 갔을 때 후직(后稷)의 사당에 들어갔는데 오른쪽 계단 앞에 서 있는 금인의 입에 끈이 세 번 둘러 있고, 등에는 '옛날의 신언인(愼言人)이다'라고 쓰여 있었다.

221 안탑(雁塔)에 이름을 새기리라: 과거에 합격한다는 뜻이다. 안탑은 당나라 때 현장법사를 기리기 위해 자은사(慈恩寺)라는 절에 세워진 탑이다. 과거제도가 본격화되었던 당나라 때는 급제를 하면 이 탑에 이름을 새겨 넣는 풍속이 있었다. 이를 '안탑제명(雁塔題名)'이라 한다. 한편 합격자들은 자신의 이름을 이 탑에 써넣고 그 앞을 흐르는 곡강(曲江)에서 연회를 열곤 하였는데, 이를 '곡강연회(曲江宴會)'라 한다.

222 사슴 가죽에 가로 왈(曰)자: 이 또한 속담으로, 원래 사람이 주관 없이 남의 말을 좇는 상황을 비유한다. 사슴가죽에 가로 왈(曰)자를 써두었다가 그 가죽을 잡아당기면 일(日) 자 모양이 되기도 한 데에서 유래하였다.

223 먼저 병든 자가 의원: '선병자(先病者) 의(醫)'라는 속담으로, 병을 알아본 사람이 그 병을 잘 알기에 치료도 할 수 있다는 의미이다.

왼손으로 방울을 든 것[224]과 무엇이 다르겠소? 일마다 다 증거가 되고 참고가 되니 사관이 붓으로 기록하는 것과 같다오. 마침내 인자한 마음의 발현으로 기댈만한 담장이나 벽이 없음을 안타까워하니, 감히 평생 잊지 않을 수 있겠소? 거듭거듭 사례하오. 춘당대(春塘臺)[225]에서 공정하게 치를 시험이 닥쳤으니 삼가 장원급제하기를 축원하오. 그리 되면 조정은 인물을 얻어 아름다워지고 전통 있는 대족 집안은 더욱 귀해질 것이오.

5-21

병에는 연운이 있다며 좋은 처방을 내림

동현(銅峴)[226]에 한 약방이 있었다. 하루는 어떤 학구(學究)가 해진 옷에 짚신을 신고 꼭 향원(鄕愿)[227] 같은 모습을 하고서 불쑥 이 약방으로 들어왔다. 점포의 구석에 앉아서 말 한마디도 없이 해가 넘어가도록 나가지 않는 것이었다. 약방 주인이 이상하여 물었다.

"어디 사는 손님이신지, 무슨 일로 오셨소?"

---

224 왼손으로 방울을 든 것: 정확한 의미는 미상이다. 다만 무당이 굿을 할 때 왼손에 방울을 들고 신령을 부르는 일과 관련된 것으로 보면, 무당의 신기를 부리듯 하게 된다는 의미 정도로 보인다.

225 춘당대(春塘臺): 창덕궁에 있는 누대로, 규장각이 있었던 비원(祕苑)과 창경궁 사이에 있었다. 왕실의 경사가 있을 때 이곳에서 비정규 과거시험을 치렀다. 특히 말타기와 활쏘기 등의 무과 시험도 보았다.

226 동현(銅峴): 즉 구리개. 지금의 서울시 중구 을지로에 위치한 고개로, 진흙으로 되어 있어서 멀리서 보면 햇빛을 받은 구리가 반짝이는 것 같다고 해서 이렇게 불렸다.

227 향원(鄕愿): 원래 지방의 향리나 토호 등을 부정적인 의미로 부르는 말인데, 여기서는 볼품없는 지방 출신이라는 의미로 쓰였다. 참고로 향원은 『맹자』·「진심장구(盡心章句)」의 "뜻을 굽혀 세상세 아첨하는 자를 바로 향원이라 한다.[閹然媚於世也者, 是鄕愿也.]"라는 구절에서 보인다.

"나는 여기서 한 손님을 만나기로 약속했소. 그래서 지금 바야흐로 오기만을 기다리고 있는데 당신 가게에 이렇게 죽치게 되어 마음이 편치 않소."

"그럼 불안해 할 게 뭐 있겠소?"

밥 먹을 때가 되어 주인이 함께 먹자고 해도 그는 고사하였다. 바로 문밖으로 달려 나가더니 주머닛돈으로 시장의 가게에서 밥을 사 먹고는 다시 돌아와 이전처럼 물끄러미 앉아 있을 뿐이었다. 이렇게 며칠이 지났으나 기다린다는 손님은 끝내 나타나질 않았다. 주인은 매우 이상하게 여겼지만 그래도 내쫓지는 못하였다.

그러던 중 한 상것이 와서는,

"처가 아이를 낳다가 느닷없이 고꾸라져서는 인사불성입니다. 좋은 약을 지어 위급한 처를 구해주세요."

라고 하였다. 그러자 주인이 말했다.

"너희 것들이 무식해서 약을 파는 사람이 의술에 능통하다고 여겨서 이렇게 와서 사정을 하는구나. 하지만 나는 의원이 아닐세! 어떻게 증세에 따라 약을 조제할 줄 알겠는가? 가서 의원을 찾아 물어서 약방문을 가져온다면 지어주겠네."

"원체 의원님이 사는 집이나 거리도 모릅니다. 제발 한 재만 지어서 사람을 살려주세요."

옆에 있던 학구가 중얼거리며 끼어들었다.

"곽향정기산(藿香正氣散)[228] 세 첩을 쓰면 당장 나을 텐데."

이 말에 주인이 웃었다.

"그건 체증을 없애고 답답함을 푸는 처방이잖소. 산병(産病)에 투약하

---

[228] 곽향정기산(藿香正氣散): 복통 및 한증 등을 치료하는 일종의 복합치료제이다. 곽향, 즉 방아풀을 주재료 하여 자소엽, 백출, 생강, 진피 등을 첨가하여 약으로 달였다. 현재도 곽향정기산은 한의학계에서 여전히 활용되고 있다.

면 그건 바로 물과 불의 관계와 같다오. 당신은 다만 입에 익은 대로 떠드는 거요."

그래도 학구는 앞의 말을 고집하였고 상것도,

"상황이 급하다니까요! 이 처방대로라도 제발 좀 지어주세요."

라고 하면서 값을 묻고 돈을 내던졌다. 주인도 어쩔 수 없이 근을 달아 내주었다.

저녁때가 되자 또 한 상것이 찾아와 뵙고자 하였다.

"소인은 아무개와 이웃에 살고 있사옵니다. 아무개의 아내가 출산하다가 거의 죽을 지경이었는데 다행히 이 약방에서 좋은 약을 얻어 다시 살아날 수 있었습니다. 그러니 여기에 필시 좋은 의원님이 계실 터라 이렇게 와서 뵙고자 합니다. 소인의 아들이 이제 막 세 살인데 두창(痘瘡)을 앓아 지금 위독한 상황입니다. 잘 처방해서 이 아이를 살려주세요!"

그러자 학구가,

"역시 곽향정기산 세 첩을 복용해야지."

라고 하였다.

주인은 손사래를 쳤다.

"상것들은 늘 약을 복용하는 건 아니기에 건장한 자라면 혹여 이 약으로 효험을 볼 수도 있겠지. 허나 포대기 속의 아이에게는 결코 이 약을 먹게 해서는 안 되지. 더구나 그 증세가 천양지차일텐데 말이오!"

그래도 상것이 굳이 청하자, 주인은 또 조제해 주었다. 얼마 있지 않아 상것이 찾아와 알리기를 과연 당장 효과를 보았다고 하는 것이었다. 이때부터 소문을 들은 자들이 몰려왔는데 학구는 그때마다 곽향정기산으로 처방해 주었고 다 잘 나았다. 이제 북채와 북이 들어맞는 것보다 빨랐다. 이러구러 몇 개월이 다 되도록 학구는 떠나지 않았고 기다린다는 손님도 찾아오지 않았다.

그러던 중 어느 날, 한 재상의 아들이 실한 나귀를 타고서 문에 들어섰다. 약방 주인은 툇마루를 내려와 맞으며 주변을 청소하느라 여념이 없었고, 온 집안 식구들도 앞뒤로 분주하였다. 학구만은 나무상자 위에 앉아서는 털끝 하나 움직이지 않는 것이었다. 재상의 아들이 말을 하였다.

"부친께서 병환이 오래도록 낫지 않아 벌써 몇 개월이 지났네. 갖은 약을 다 써 봐도 효과가 없었으며 원기가 점점 떨어지고 있네. 어제 영남의 한 유의(儒醫)를 오라 하여 원기를 도울 약을 처방하라고 했더니, '묵은 뿌리나 썩은 풀[229]로는 기력을 얻기 어려우니 직접 약방에 가셔서 새로 캐고 뜯은 약재를 따로 골라 약제법에 의거하여 잘 지으시면 효과를 바랄 수 있을 것입니다'라고 하였다네. 그래서 이렇게 직접 찾아왔으니 주인장은 좋은 품질의 약재를 아주 잘 골라 처방에 따라 약을 지어주시게."

그러더니 그는 낮은 소리로 다시 물었다.

"저기 궤짝 위에 앉아 있는 자는 누구요?"

주인은,

"요사이에 기이한 일이 있었습죠!"

라고 하면서 마침내 앞의 상황을 이야기해주었다. 그러자 재상의 아들이 옷깃을 가지런히 하고서는 그의 앞으로 다가가 부친의 증세와 상태를 일일이 알리고 좋은 처방을 내려달라고 하였다. 학구는 전혀 낯빛을 고치지 않고서 다만,

"곽향정기산이 최고 좋지요!"

라고만 하였다. 재상의 아들은 속으로 비웃으며 일어나더니 조제한 약을 가지고 돌아갔다. 이윽고 겸종들을 시켜 약을 달이게 하면서 다시 부친을 뵙고 학구가 한 말을 전해드리면서 한바탕 웃었다. 그러자 재상이 말했다.

---

229 묵은 뿌리나 썩은 풀: 원문은 '陳根腐草'로, 오래 묵은 한약재를 의미한다.

"그 약이 전혀 안 맞는 처방이 아닐 수도 있으니 시험 삼아 복용해 보는 게 어떻겠느냐?"

하지만 아들과 집안의 일하는 자들 모두 번갈아 진언하였다.

"쇠한 기운이 쌓여 계신데, 어찌 기를 흩어지게 하는 약을 복용하신단 말입니까? 감히 절대로 명을 따르지 못하겠나이다."

재상은 아무 말이 없었다. 이미 약을 달여서 올리자,

"먹은 게 아직 내려가지도 않았으니 우선 방 안에 두거라."

라고 하였다. 밤이 되자 재상은 몰래 이 달인 약을 엎어 버리고 겸종을 시켜 조용히 곽향정기산 세 첩을 지어 한 데 섞어서는 큰 약탕기에 함께 넣어 달였다. 이를 세 번에 나누어 마셨다. 다음날 아침 일어나 앉아보니, 정신은 맑고 기운은 되살아나 병의 뿌리가 다 사라진 뒤였다. 아들이 기체가 평안하신지 여쭈자 재상은,

"내 묵은 병이 이 몸에서 싹 사라졌구나."

라고 하는 것이었다.

"유의야말로 참으로 진화(秦和)와 편작(扁鵲)[230]이로군요."

"아니다. 저 구리개 약방의 노학구가 어디서 왔는지는 모르겠지만 진짜 신의지!"

이에 먼저 올린 약을 엎어 버리고 곽향정기산을 달여 복용한 일을 얘기해 주고서 다시 아들에게 일렀다.

"몇 달 동안 앓아온 병이 하루아침에 얼음 녹듯 가셨으니 이보다 큰 은혜가 있겠느냐? 너는 꼭 직접 가서 그분을 모셔 와야 하느니라."

아들은 이 영을 따라 학구를 찾아가서는 감사의 뜻을 극진히 전하고, 자기 집으로 함께 가자고 청하였다. 그러나 학구는 옷을 떨치며 일어났다.

---

230 진화(秦和)와 편작(扁鵲): 모두 전설적인 명의이다. 진화는 춘추시대의 명의로 본명은 의화(醫和)이며, 편작은 전국시대 명의로 본명은 진월인(秦越人)이다. 통상 고전적 명의를 일컬을 때는 이 편작과 함께 한나라 때의 화타(華佗)를 꼽는다.

"내가 성안으로 잘못 들어와서 이렇게 모욕스런 말을 듣다니! 내 어찌 막객(幕客)[231]이 되랴?"

마침내 뒤도 돌아보지 않고 떠나버렸다. 재상의 아들은 벙벙한 채 물러나 집으로 돌아왔다. 사연을 아뢰니 재상은 그가 강직하고 얽매임이 없는 선비라며 더욱 감탄하였다.

얼마 뒤 임금의 기체가 평안치 않더니 점점 병이 깊어졌다. 뛰어난 어의마저도 병의 예후를 가늠하지 못해 온 조정은 애를 태우며 경황이 없었다. 그때 재상은 약원(藥院)[232]의 제조(提調)를 겸임하고 있었는데 마침 학구의 일을 떠올랐다. 그래서 어전으로 들어가 진맥하면서 그 일을 하나하나 아뢰었다. 그러자 임금은,

"그 처방이 얼마나 도움이 되겠는가마는 해될 것도 없겠지."

라고 하면서 명을 내려 정기산을 달여 어전으로 올리도록 하였다. 그리하여 다음날 바로 차도가 있었다. 임금은 더욱 감탄하고 신기해하며 그를 물색하여 찾게 하였는데 끝내 종적을 알 수 없었다.

식자는 말한다.

그는 이인이로다! 대개 의서에는, 연운(年運)[233]은 순환하는 법이라 한 순간에는 모든 병이 저마다 달라 보이지만 그 뿌리는 모두 연운에 말미암은 것이라고 한다. 그러니 정말로 연운을 알아서 그에 맞는 처방대로 약을 먹게 되면, 비록 합당한 증세가 아니더라도 효험이 없지 않다. 요즈

---

231 막객(幕客): 보통 주인을 정하고 그 집을 드나들며 일시적으로 주종관계를 맺는 사람을 말한다. 여기서 학구는 재상이 초청하자 이에 얽매이지 않겠다는 의미에서 이렇게 말한 것이다.

232 약원(藥院): 즉 조선시대 궁중의 의약을 담당하던 내의원(內醫院)의 별칭이다. 이 약원의 관원으로는 도제조(都提調)·제조(提調)·부제조(副提調) 1명씩을 두었는데, 제조는 2품직 관원이었다.

233 연운(年運): 한의학에서 질병을 치료할 때에 해당 연도의 기후변화나 질병의 양상에 따라 환자를 진단하는 것을 말한다. 이 연운에 따라 기운의 온량(溫涼)을 판단하고, 이에 처방을 한다.

음에 의원을 업으로 삼는 자들은 이 이치를 전혀 모르고 단지 증세에 따라 약을 투여할 뿐이다. 이는 말단만을 치료한 채 그 근본을 내팽개치니 것이니, 이 때문에 맹랑하게 사람을 죽이게 된다. 저 학구는 필시 임금이 병을 앓게 될 터인데 이 처방이 아니면 구할 방도가 없게 되리라는 걸 미리 알았기에, 앞의 저들을 빌려 임금에게까지 이를 수 있게 했던 것이다.

5-22
가인을 잃고 박복함을 자주 탄식함

이업복(李業福)은 겸인(兼人)이다. 아잇적부터 언문으로 된 소설류를 잘 읽었다. 그 소리가 노래하는 것 같기도 하고, 원망하는 듯 웃는 듯 슬픈 듯하였다. 때론 한껏 분방하여 호걸의 면모를 짓기도 하고, 또 때론 여리고 고와 어여쁜 여자의 자태가 살아나기도 했다. 대개 책에서 다룬 경지에 따라 재능을 연출하는 것이었다. 그러다 보니 당시에 권세 있고 부유한 이들이면 다 그를 불러 소설책을 읽으라 하여 들곤 했다.

어떤 서리(胥吏) 부부가 그의 재주에 유독 심취하여 업복을 젖먹이 기르듯 보살피며 일가인 양 터놓고 지냈다. 한편 이 서리에겐 아직 시집을 가지 않은 딸이 하나 있었다. 남달리 예쁘고 단아하여 화려하기 꽃과 같고 온화하기는 옥과 같았다. 업복은 그녀에게 온 마음이 뺏겨 멍하니 뒤흔들려 걷잡지 못했다. 볼 때마다 추파를 보냈으나 그녀는 그때마다 정색하며 일절 반응하지 않았다.

그러던 어느 날, 서리 내외는 명절을 맞아 가족들을 데리고 성묘를 갔다. 딸은 홀로 남아 규방에서 자느라 문고리에 걸쇠를 단단히 채웠다. 업복이 담을 넘어가서 몰래 누워있는 방으로 들어갔더니 그녀는 깊은 잠에 빠져 있었다. 업복은 그 곁에 누워 그녀의 허리를 끌어안았다. 깜짝 놀란 그녀가 벌떡 일어나 외쳤다.

"당신 누구세요?"

"아무라네."

그녀는 화를 내며 놋쇠 등잔걸이로 때리면서 나무랐다.

"너는 우리 부모님의 곡진한 은정을 망각하고 이처럼 개돼지 같은 행동을 하려 하느냐?"

그럼에도 업복은 몸을 내밀어 얻어맞으면서도,

"낭자가 주는 벌은 엿처럼 달콤하지!"

라고 하는 것이었다. 그녀는 더 화가 나서 사정없이 두들기는 바람에 입 주변에 상처를 내고 말았다. 그래도 업복은 그저 부드러운 소리와 온화한 낯빛으로 달래고 달랬다. 그녀는 본성이 겁이 많고 연약한 데다 자비심까지 생겼다. 그래서 몸을 침상에 맡긴 채,

"이제 네 마음대로 해."

라고 하였다. 그러자 업복은 맘껏 그녀를 농락하여 갖은 추태를 다 부렸다. 이윽고 그녀가 옷매무새를 고치고 일어났다.

"이제 바라던 바를 충분히 풀었을 테니 더 있지 말고 빨리 나가!"

업복은 머뭇거리다 어쩔 수 없이 나갔다.

이튿날 아침, 식구들이 모두 돌아왔다. 업복이 그녀의 모친에게 안부를 여쭈러 왔다. 그녀가 그 곁을 모시고 있는데, 옥 같던 얼굴이 참담하고 이마엔 수심이 감돌았다. 마치 한 가지 고운 꽃이 아침 찬비를 맞은 듯 모습이 애처로웠다. 업복은 그 자리에서 물러났다. 하지만 더욱더 그녀를 잊을 수 없었다. 급기야 연애편지 한 장을 써서 틈을 보아 몰래 그녀에게 보냈다. 내용인즉슨 동원에서 만나자는 것이었다. 과연 그녀는 때맞춰 그곳으로 왔다. 그런데 뭔가에 홀린 듯 혼잣말을 하며 정신을 차리지 못하였다.

"낭자의 행동이 왜 이리 이상하오?"

이렇게 업복이 묻자 그녀의 답이 더 이상했다.

"방금 서왕모(西王母)[234]가 사자를 보내 전갈하기를, '네가 남의 꾐과 협박을 당해 크게 더럽혀지고 말았구나. 몸이 이미 망가졌으니 원한의 빚이 실로 많게 되었단다. 명하노니 이제 선계로 돌아오고 속세와는 인연을 영원히 끊거라.'라고 하시네. 그러니 사자를 따라가려 해."

업복은 실소를 터트렸다.

"사자가 어디 있다고?"

여자는 자기 옆을 가리켰다.

"여기에 사자가 있잖아."

그러면서 허공을 향해서 웃다가 말하기를 쉬지 않았다. 곧 자기가 끼고 있던 옥가락지를 빼 누군가에게 주는 시늉을 했다. 이어서 남의 신을 벗겨서 자기 발에 끼는 것 같았다. 그렇게 감정과 행태가 수상하기 짝이 없었으나 주변은 고요할 뿐 한 사람도 보이지 않았다.

"낭자! 누구와 그렇게 사이좋게 수작하는 거요?"

업복이 물었으나 여자는 웃을 뿐이었다.

"요지(瑤池)의 사자라니까."

겁이 잔뜩 난 업복은 뛰쳐나왔다. 여자는 그 뒤로도 종일 혼잣말을 하는데 모두 서왕모 사자 얘기였다. 하루는 새벽에 일어나더니 홀연 사라져 종적을 알 수 없었다. 부모는 업복이 때문에 이 화가 생긴 줄은 눈치채지 못하고 딸을 찾아봤으나 끝내 찾을 수 없었다. 업복은 일찍이 '그 여자가 운수가 기박하여 그렇게 된 것이다.'라고 했다고 한다.

---

234 서왕모(西王母): 선계인 요지(瑤池)에 주재한다는 여신이다. 서왕모 신화는 매우 오랜 전통을 가지고 있는데, 처음 자료라고 할 수 있는 『산해경(山海經)』에는 '사람 모습에 표범의 꼬리와 호랑이 이를 가졌으며 노래를 잘하는 것'으로 묘사되어 있다. 한대(漢代)부터 동방삭(東方朔)과 함께 선계를 표상하였으며, 그 사자를 '청조(靑鳥)'라 하였다.

평생 의지했던 여협이 목숨을 버림

참판 이광덕(李匡德)[235]은 호가 관양(冠陽)으로, 명을 받들어 북관(北關, 함경도)으로 순찰하게 되었다. 그는 신분과 행적을 숨긴 채 갖은 수고를 마다하지 않고 수령들의 잘잘못과 풍속의 좋고 나쁨을 모두 점검하였다. 함흥에 이르게 되자, 자신을 드러내서 일을 처리하고자 몇 사람만 대동한 채 저물녘에 성안으로 들어갔다. 그런데 그곳 백성들이 '암행어사가 오늘 도착했다는군!'이라고 떠들어대면서 바삐 움직이고 있었다. 이를 본 이 공은 의혹이 가시지 않았다.

"온 도내를 두루 다녔어도 나를 알아보는 자가 없었거늘, 지금 저렇게 시끄럽게 떠들고 있으니 혹시 수행원 중에 발설한 자가 있어서인가?"

이에 다시 성 밖으로 나와서는 여러 수행원을 낱낱이 추궁하였으나 아무런 단서를 잡을 수 없었다. 며칠이 지나 다시 성안으로 들어가서는 비로소 출두하여 공무를 집행하였다. 그러고서 구실아치에게 캐물었다.

"너희들은 며칠 전 내가 온 걸 어떻게 알았느냐?"

"온 성에 파다하게 전해졌사오나 이 소식이 누구 입에서 먼저 나온 줄은 모르옵니다."

이 공은 이 말을 낸 자를 찾아서 보고하라고 영을 내렸다. 구실아치가 물러나서 끝까지 탐문한 끝에 실은 이제 일곱 살 난 어린 기녀 가련(可

---

[235] 이광덕(李匡德): 1690~1748. 자는 성뢰(聖賴), 본관은 전주이다. 1722년 과거에 급제하여 대제학, 예조참판, 전라도관찰사 등을 역임하였다. 여기 이야기처럼 함경도 암행어사를 지냈다는 관력은 따로 확인되지 않는다. 또한 그는 1741년 위시사건(僞詩事件)으로 정주로 유배된 사실은 있으나, 여기처럼 함흥 지역으로 유배된 것과도 차이가 난다. 그는 노론과 소론의 대립이 격렬한 시기에 소론계로 부침을 겪었다. 저서로 『관양집(冠陽集)』이 있다. 참고로 그가 동료 권상일(權相一)의 『청대집(淸臺集)』에 이광덕이 함흥에서 가련을 만나 시를 지은 내용이 있다. 다음과 같다. "李學士匡德, 昔年補外甲山, 行到咸興, 有老妓歌出師表, 聞而作詩曰: '咸關女俠滿頭絲, 醉後高歌兩出師. 唱到鞠躬盡瘁語, 逐臣哀淚兩行垂.' 諷誦句語, 有無限感歎之意."

憐)²³⁶이 제일 먼저 알렸음을 알 수 있었다. 구실아치가 관아로 들어와 이 상황을 갖추어 아뢰자, 이 공은 가련이를 가까이 대령시키라고 하였다.

"너는 이제 막 품을 벗어난 아이거늘 어찌 어사인 줄 알아본 것이냐?"

"소녀의 집은 길머리에 있사온데 저번 날 창문을 열고 밖을 엿보게 되었답니다. 거지 두 사람이 길가에 함께 앉아 있었지요. 그 중 거지 하나는 옷과 신발이 비록 때 타고 해졌지만 두 손은 몹시 희고 고왔답니다. 그래서 소녀는 '추위에 굶주리며 빌어먹는 부류라면 마땅히 굳은살이 새까맣게 박혀 있어야 하는데 어찌 저와 같을까?'라면서 절로 의아심이 들었답니다. 이렇게 궁금해하고 있을 때 이 거지가 옷을 벗어 이를 잡고 나서 바로 다시 입으려고 했지요. 그때 옆에 있던 거지가 그 옷을 잡아 입히면서 매우 공손하게 예의를 차리지 않겠어요. 꼭 귀한 분의 겸종과 같았습니다. 그제야 소녀는 이 거지가 어사임을 확신하고 집안사람들에게 전말을 전하였습니다. 이에 순식간에 떠들썩하니 전해져 성안이 온통 분주하게 들썩이는 지경이 된 것이고요……."

이 공은 영특한 이 애가 몹시도 기특하여 매우 아끼고 어여뻐하였다. 마치고 돌아가게 되자 증별시 한 편을 주었다. 기녀 아이도 이 공의 글재주와 도량에 감복하여 의탁할 생각을 하게 되었다. 그래서 시집갈 나이가 되었음에도 여전히 자신을 지키고 오직 이 공의 말을 기다리며 맹세코 남을 허락하지 않았다. 하지만 이 공은 그녀의 이런 마음을 알지 못했던 것이다.

그러다가 이 공이 일에 연루되어 함흥(咸興)으로 유배를 와서 한 구실

---

236 가련(可憐): 1671~1759?. 조선 후기 함흥의 기녀로 유명하다. 현재 그와 관련된 이야기나 작품은 권섭의 「서증가련(書贈可憐)」, 박영원의 「가련첩발(可憐帖跋)」, 이참현의 「가련첩(可憐帖)」, 이옥의 「북관기야곡론(北關妓夜哭論)」, 채제공의 「함흥노기가련(咸興老妓可憐)」, 이건창의 「가련전(可憐傳)」 등이 있다. 대상 인물이나 그녀의 행적 등이 대단히 복잡하여 시기와 성격이 뒤섞여 있다. 아마도 그녀가 뛰어난 가기로 인식되어 후대에 다양한 문학적 변주가 있었던 것이다.

아치의 집에 묵게 되었다. 기녀는 직접 찾아뵙고 곁에서 모시면서 잠시도 떠나지 않았다. 이 공도 그녀의 정성 어린 마음에 깊이 감동하였다. 그러나 자신은 죄를 지은 몸이라 여색을 가까이할 수 없다고 판단하여 4, 5년을 함께했으면서도 일찍이 한 번도 둘 사이가 흐트러지거나 문란해진 적이 없었다. 그녀는 이 공의 이러한 훌륭한 태도에 더욱 감복하여 흠모하고 신뢰하는 마음이 더욱 깊어졌다. 그래서 공이 다른 데로 가라고도 하였으나 한사코 듣지 않았다.

한편 그녀는 강개한 데다 높은 뜻이 있어서 제갈공명의 전·후 「출사표(出師表)」 2편을 외기 좋아하였다. 매번 맑은 밤 밝은 달이 뜰 때면 이 「출사표」를 공을 위해 부르곤 하였다. 그럴 때면 그 소리가 맑고도 또랑또랑하여 백학이 하늘에서 우는듯하여 눈물이 절로 흘러 가슴을 적셨다. 이 공도 따라서 절구(絕句) 한 편을 읊었다.

함관의 여협은 머리 온통 세도록[237]
나를 위해 출사표 두 편을 소리 높여 부른다네.
그 소리 삼고했던 초려에 이르면
귀양 온 신하 만 줄기 눈물 흐르누나.[238]

咸關女俠滿頭絲
爲我高歌兩出師
唱到草廬三顧地
逐臣清淚萬行垂

---

237 머리 온통 세도록: 원문은 '滿頭絲'로, 머리가 온통 하얗게 센다는 뜻으로, 일반적으로 늙은 모습을 상징하나, 여기서는 가련이 정성을 다 쏟았다는 정도로 이해된다.

238 함관의 여협은 …… 눈물 흐르누나: 이 시는 이광덕의 문집 『관양집』 권1에 「제증함흥노기시축(題贈咸興老妓詩軸)」이라는 제목으로 실려 있다. 같은 제하에 오언시가 따로 있어 소개해둔다. "代北佳人出, 燕南駿馬多. 馬當有骨買, 人今老奈何."

그 후 어느 날, 이 공은 해배의 은전을 입어 곧 돌아가게 되었다. 이때 비로소 남녀의 정을 맺었다. 공은 그녀를 이렇게 달래었다.

"나는 며칠 있으면 떠나게 된다. 너와 함께 가고 싶지만 해배의 명령만을 받았을 뿐이니 너를 수레에 태우고 갈 수가 없구나. 고향으로 돌아간 뒤에 기필코 힘을 써서 너를 집으로 데려올 테니, 조금 늦어진다고 서운해 말거라."

그녀는 기쁜 낯빛을 하며 결연하게 그러겠다며 받아들였다. 하지만 이 공은 돌아간 지 얼마 되지 않아 병으로 세상을 뜨고 말았다. 이 부음을 들은 기녀는 제를 올리고 한참을 통곡하더니 자결하여 죽고 말았다. 집안사람들은 그녀를 길가에 묻어주었다. 뒤에 박문수가 북관에 어사로 나왔다가 그녀의 묘 아래를 지나게 되었다. 그는 묘비에 '함관 여협 가련의 비[咸關女俠可憐之碑]'라고 새겨 주었다고 한다.

5-24
지혜로운 여종이 남편감을 알아보고 선택함

옛날 한 의정부 정승[239]이 있었다. 그는 모친을 모시고자 하는 생각이 컸으나 공무가 번다하고 개인 업무도 바빠 종일 사람들과 모여 있다 보니 가까이서 항시 모실 겨를이 없었다. 집엔 여종 하나를 두었는데 이제 막 15세가 된 아이였다. 얼굴과 자태도 예쁘고 고우면서도 성품도 총명하고 슬기로웠다. 이 여종이 노마님의 뜻을 잘 받들어 음식이나 의복을

---

239 의정부 정승: 원문은 '참정(參政)'인데 이렇게 번역하였다. 참정은 여러 가지 뜻으로 쓰였는데, 의정부 벼슬아치를 말하기도 하며 고려 때 중서문하성의 종2품직인 참지정사(參知政事)의 준말이기도 하다. 한편 정사에 참여한 인원 전체를 가리키기도 한다.

제때 잘 따라 모셨다. 좌정과 잠자리 등 평상의 생활도 잘 살펴 이바지하였다. 모친은 그 덕에 편안히 지낼 수 있었고, 정승도 이 때문에 노모를 기쁘게 할 수 있었다. 집안사람들도 이에 수고를 덜게 되어 여종을 아끼고 보살피며 신뢰가 이만저만 아니었다. 상도 셀 수 없이 많이 줬다.

여종은 줄행랑[長廊] 안에 따로 방 하나를 마련하여 서화와 세간을 아주 가지런하고 깔끔하게 정돈해 놓고 약간 짬이 나면 쉬는 장소로 쓰고 있었다. 한편 장안의 부호 자제로 청루(靑樓)를 드나드는 자들이 이 여종을 천금을 주고라도 차지하려고 다투었다. 이 아이를 통해 정승 어른의 눈에 들기 위함이었다. 하지만 여종은 사방의 구애를 애써 거절하고 굳은 마음으로 스스로 이렇게 맹세하였다.

'천하에 마음이 가는 사람이 아닐바엔 차라리 독수공방하며 늙는 것이 더 나을 거야.'

그러던 어느 날, 여종이 노마님의 부탁을 받아 심부름으로 정승 일가댁에 문안을 드리러 갔다. 돌아오는 길에 그만 갑작스레 소나기를 만나게 됐다. 정신없이 집으로 돌아왔더니, 쑥대머리에다 때 낀 얼굴의 거지 하나가 대문 머리에서 비를 피하고 있었다. 여종은 단번에 그가 보통내기가 아닌 줄 알아봤다. 그를 끌고 자기 행랑방으로 들어가 이르기를,

"우선 여기 좀 계시오."

라고 하고는 밖으로 나오면서 빗장을 채워놓고 내달려 안채로 들어갔다. 이 거지는 짧은 시간 동안 온갖 생각이 다 들었으나 영문을 알 수 없었다. 우선 그이가 하는 대로 맡겨 두고 다음을 어떻게 하는지 두고 볼 참이었다. 얼마 뒤 여종은 나와서 방으로 다시 들어왔다. 거지를 유심히 뜯어보며 기뻐하는 모습이 역력했다. 그녀는 우선 땔감 한 속을 사다가 물을 데우고 목간통을 마련, 거지더러 온몸을 씻게 하였다. 그리고 저녁밥을 차려왔다. 진수성찬이 빈창자의 걸신을 내쳤고, 채색 그릇과 주홍 반상은 바다 위에 뜬 해시(海市)인 양 눈을 어지럽게 했다. 날이 이미

어두워져 거리에는 인정 종이 요란하게 울렸다. 둘은 마침내 비단 이불 보와 수놓은 휘장 속에 같이 누워 춘몽(春夢)으로 이어지니 난새와 봉황이 서로 얽힌 격이었다.

여명이 밝아오자 여종은 거지에게 상투를 틀고 갓을 쓰도록 했다. 또 고운 옷을 입히니 몸에 잘 맞았다. 이제 과연 외모와 거동이 훤칠하고 기상이 크고 당당하여 다시는 전날의 수척하고 초라한 모습은 찾아볼 수 없었다. 그녀는 그에게 다시 타일렀다.

"당신은 이제 노마님과 참정 어른을 뵈어야 해요. 묻는 말씀이 있거든 꼭 이리이리 대답하세요."

거지는 만만 그리하겠다고 하고 그 즉시 참정 어른을 배알했다.

"저 애가 전부터 자기 짝을 직접 고르겠다고 하더니 오늘 졸지에 인연을 맺었구나. 필시 뜻에 맞는 사람을 만난 게야."

라며 정승은 거지더러 가까이 오라고 하여 물었다.

"너는 하는 일이 무엇이더냐?"

"소인은 약간의 돈과 물건을 가지고 남을 시켜 팔도를 돌며 재산을 불리고 있사옵니다. 흔하고 귀함이 바뀔 때마다 때에 맞춰 이득을 보옵니다."

정승은 대단히 기뻐하며 믿음이 깊어졌다.

이때부터 좋은 옷에 맛난 음식을 얻어먹으면서 아무 일도 하지 않았다. 한번은 여종이 물었다.

"사람이 세상을 살아가는 데 각자 힘쓸 일이 있다지요. 그런데 당신은 일없이 배불리 먹기만 하니 앞으로 어떻게 살아가려고요?"

"살 방도를 찾아보려면 은자 열 말[斗]은 있어야 가능하오."

이에 여종은,

"그럼 내가 당신을 위해서 마련해 보지요."

라고 하고는 안채로 들어갔다. 짬을 보아 노마님께 간청하니 노부인은 이를 정승에게 전갈해주었다. 정승은 격앙되어 쾌히 허락하고 은자를 내주었다. 거지는 이 은자 백 냥을 가지고 도성 저자에서 아직 완전히 헤지지 않은 헌 옷가지를 모두 사들였다. 이를 너른 길가에 쌓아두고 평소 함께 구걸하러 다녔던 남녀 거지들을 죄다 불러 모아 아무도 빠짐없이 다 입혀주었다. 또 경강(京江) 교외[240]의 거지들도 불러 모아 마찬가지로 해주었다. 그다음으로 원근의 고을을 찾아 떠돌며 유리걸식하는 무리에게도 빠짐없이 큰 자비를 베푸느라 심력을 쏟았다. 이렇게 말에 싣고 담꾼에게 지게 하여 팔도를 돌며 옷가지를 다 소진하고 이제 남은 것이라곤 말 한 필과 몇 벌의 옷뿐이었다.

이에 그는 천 보따리를 만들어 싣고 말 등에 의지하여 길을 떠났다. 때는 추석으로 갠 달이 막 떠오르고 옅은 안개가 들에 깔려 있었다. 평탄한 들녘에 길이 뻗어 있고 사방 어디에도 지나는 길손은 없었다. 그는 채찍을 휘둘러 갈 길을 재촉하며 잘 데를 찾아 하루 묵으려 했다. 그러다가 큰 다리를 만났다. 그런데 다리 밑에서 빨래하는 소리와 함께 와자지껄 여러 사람이 떠드는 소리도 들렸다. 깊은 밤인 데다 이 넓은 들판에서 이런 소리가 나니 도깨비[木客]가 아닌가 싶었다. 그는 말에서 내려 다리 난간에 기대어 아래를 찬찬히 내려다봤다. 그랬더니 한 영감과 할멈이 옷을 벗고 몸을 노출한 채 입고 있던 옷을 빨고 있었다. 사람이 내려다보는 걸 보고 깜짝 놀라 맨몸인 것이 부끄러웠는지 손을 휘저으며 어디로든 피하려고 하는데 마땅히 숨을 데가 없었다. 그는 이내 두 사람을 불러 다리 위로 올라오라고 하여 남은 몇 벌 옷을 다 털어 입으라고 했다. 영감과 할멈은 소리 내 연신 고맙다며 굽실굽실하면서 자기 집으로 모시겠다고 간청하였다. 그래서 그 집으로 가서 묵게 되었다.

---

240 경강(京江) 교외: 원문은 '강교(江郊)'인데 이렇게 번역했다. 경강은 한강 가운데 송파의 뚝섬에서부터 양화나루에 이르는 권역을 특정하는 용어로 물류가 집산하는 지역이다. 도성 밖 이 일대에 걸식하는 걸인들이 많았음을 알 수 있다.

이 집은 서까래 두셋을 올린 달팽이 집으로 간신히 비바람이나 막을 정도였다. 그는 말을 밖에 매어 두고 방으로 들어와 앉았다. 영감과 할멈이 분주하게 준비하여 거친 밥 쓴 나물로 저녁을 올렸다. 그는 배불리 먹고 나서 잠을 자려고 침구를 청하자, 영감과 할멈은 서까래 사이에서 바가지 쪽 하나를 꺼내 왔다.

"이걸 베면 됩지요."

이들 말에 따라 이걸 베고 누웠다. 어둡고 조용한 속에서 손으로 바가지를 만져보니 쇠붙이나 돌은 아니고 흙이나 나무와도 다른 것이었다. 조심해서 살짝 문질러 봐도 그것이 무엇인지 알 수 없었다. 그때 갑자기 누군가를 막 부르는 소리가 울타리 밖에서 시끄럽게 들려왔다. 그 소리가 매우 위엄이 있고 큰 게, 귀인이 문 앞에 이른 것 같았다. 잠시 뒤 병졸 하나가 명을 받고 들어와 이 바가지를 빼앗으려 하였다.

"이건 내가 베는 거라 절대 아무에게나 줄 수 없소!"

그가 거절하자 병졸 두셋이 잇달아 들어와 강제로 탈취하려 했다. 그래도 그는 한사코 내주지 않았다. 조금 뒤 귀인이 직접 들어와서 따져 물었다.

"너는 어떻게 저 기물의 용처를 안다고 이처럼 소중해하느냐?"

"이미 나의 수중에 들어온 것이라 의리상 남에게 내줄 수 없는 거요. 그러나 실은 어디에 쓰는지는 모르오."

이에 귀인이 말하였다.

"저건 재물을 불리는 진정한 보물이니라. 금가루나 은 부스러기를 그 안에 넣고 흔들면 순식간에 거기에 가득 찰 것이다. 너는 꼭 삼 년을 기한으로 잡아 그때가 되면 동작(銅雀)나루에다 던져버려 다른 사람이 엿보아 알게 해서는 안 될 게야. 삼가 조심하여 소홀한 실수가 있어서는 안 되느니라."

그는 너무 기뻐 쾌재를 불렀는데, 다름 아닌 잠깐 꾼 꿈이었다. 때는 하늘빛이 새벽을 향하고 있었다. 영감과 할멈은 벌써 일어나 있었다.

"이 바가지를 내 말과 바꾸고 싶소."

이 말에 영감은 펄쩍 뛰며 거절했다.

"한 푼도 안 되는 이걸 가지고 좋은 말을 내놓으시다니요!"

그래도 그는 자신이 입고 있던 옷을 벗어 벽에 걸어두고 말은 문설주에 매 놓고는 영감의 누더기를 내놓으라고 하여 그걸 걸쳤다. 또 거적하나로 그 바가지를 싸서 등에 짊어지고 길을 나섰다. 가는 길에서 빌어먹다 보니 다시 이전의 거지 모습 그대로였다. 천 리 길을 어렵사리 헤치고 여러 날 만에 도성으로 들어와 그길로 정승 집으로 찾아갔다. 집 앞에이르러 갑자기 속마음과 입에서 이런 말이 절로 나왔다.

"이 대문을 나서던 날 수만 은자를 가지고 있었는데, 집에 돌아온 이밤 남은 건 해진 옷뿐이군. 남의 이목을 살까 걱정이야. 횃불이 밝혀지고인정 종이 울리기 전까지 기다렸다가 조용해지면 들어가는 게 좋겠어."

그리하여 주막에 몸을 숨겼다가 밤이 이슥해지기를 잠시 기다렸다.이윽고 그는 조심조심 집으로 들어갔다. 행랑의 문은 반쯤 가려 있고방 지게문은 굳게 닫혀 있었다. 그는 어두컴컴하고 으슥한 곳에서 몸을숨긴 채 숨을 죽이고 기다렸다. 얼마 뒤 여종이 안채에서 나와 빗장을뽑고 방으로 들어가며 말했다.

"오늘도 거리엔 인정 종이 여지없이 울리네! 내가 이 두 눈깔로 사람의 됨됨이를 알아보지 못하고 이런 서제막급(噬臍莫及)한 지경이 되었으니 이를 장차 어쩐다지?"

그는 '크음' 하고 옅은 기침 소리를 내 자신이 와 있다는 걸 알렸다.여종은 놀라 물었다.

"누구요?"

"날세."

"도대체 어디를 갔다가 이제 나타나는 거예요?"

"방문이나 열고 등불을 켜 보오."

그는 짊어진 것을 들고 방으로 들어갔다. 촛불 아래 마주 대하고 보니, 삐쩍 마르고 때 낀 얼굴에 헤진 누더기를 걸치고 있는 게 아닌가. 처음 거지였을 때 비해서도 곱절은 처량하였다. 여종은 울음을 삼키며 방문을 열고 나가서 늦은 밥을 차려 와 배불리 먹이고 함께 묵었다. 그날 밤 새벽종이 울리자마자 여종은 그를 발로 차서 깨웠다. 은자를 다 잃은 죄를 벗어날 심산으로 챙기기 쉬운 패물만 잘 싸서 몰래 도망치려는 것이었다. 하지만 그는 눈을 부라리며 버럭 소리를 질렀다.

"내 차라리 먼저 사실대로 말하고 죗값을 치를지언정 어찌 몰래 도망쳐서 화를 더 키우겠는가?"

그녀도 성을 냈다.

"당신은 처 하나도 건사하지 못하는 주제에 어찌 자신 때문에 남까지 곤경에 빠뜨려 날마다 매를 맞고 꾸지람을 듣게 하면서 뭐라고 사내대장부 말이나 하는지?"

그래도 그는 물러서지 않았다.

"자네가 그리 사리에 어두운 생각을 고집한다면 내가 먼저 대감께 아뢰고 스스로 새사람이 되는 길을 찾아보겠소."

여종은 다시 어찌해 볼 도리가 없었다. 온몸에 한이 서리고 분한 마음이 일어 방을 나가서는 안채로 들어가 버렸다. 이에 그는 바가지를 꺼내 놓고 아내의 상자 속에서 조각 은을 얻어 그 속에 집어넣었다. 속으로 천지신명께 축원하며 힘껏 바가지를 흔들었다. 주둥이를 열어 안을 살펴보니 흰 눈 인양 문은(紋銀)[241]이 그 안에 가득 차 있었다. 그것을 방구석 가장 움푹한 곳에 쏟아붓고, 바가지를 다시 흔들고 또 흔들어 그때마다

---

[241] 문은(紋銀): 표면이 주름 무늬가 있는 은으로, 최상품은 말굽 모양과 비슷하다 해서 '마제은(馬蹄銀)'이라고 한다. 청대(淸代) 중국에서는 일종의 표준 은으로 통용되었다. 조선 후기 은 중에 상품이었다.

만들어진 은을 쏟고 또 쏟았다. 이렇게 잠깐 사이에 쌓인 은이 방 안 높이와 같아졌다. 이에 그는 비로소 넓은 보자기로 막아 가려두고 편히 베개를 베고 잠이 들었다.

한참 뒤 아내가 안채에서 나와 방으로 들어오니 난데없이 무슨 물건이 방구석에 꽉 채워 있는 게 아닌가. 너무 괴상하다 싶어 가리개를 들춰보니 하얀 은이 조각조각 언덕처럼 쌓여있었다. 도대체 몇천 말이 되는지 알 수 없었다. 처음에는 놀라 벙어리인 양 말이 막히고 눈은 휘둥그레졌다가 이윽고 겨우 정신을 차리고서 물었다.

"이게 다 어디서 온 거며 또 왜 이리 많아요?"

그는 씩 웃었다.

"소소한 아녀자가 대장부의 일을 어찌 안다고?"

그러면서 둘은 웃으며 서로 투정을 부리다가 그대로 새벽이 오기를 기다렸다. 아침이 되자 새 옷으로 갈아입고 정승 나리께 문안을 여쭈려 뵈었다. 정승은 애초 집안에 가지고 있던 재산을 다 털어 거지에게 맡겼던 터다. 그런데 이 거지가 한 번 나간 뒤 영영 그림자도 비치지 않았기에 의아한 생각이 이만저만 든 게 아니었다. 그러다가 갑자기 어젯밤에 겸인붙이 하나가 낭패 본 꼴로 그가 돌아온 걸 보고 정승에게 이 사실을 아뢰었다. 정승은 놀라 넋이 빠진 채 밤새 편히 자지도 못했다. 그런 그를 만나 보니 휘황찬란한 옷을 잔뜩 차려입고 종종걸음으로 다가와 절을 하지 않은가. 정승은 긴가민가하던 중이라 급히 물었다.

"장사는 다 끝냈더냐?"

"예 대감 댁의 보살핌을 크게 입어 아주 넉넉한 이득을 보았사옵니다. 청컨대 스무 말의 은자를 바쳐 본전에 이자까지 다 마련하였사옵니다."

그러자 정승이 말했다.

"내 어찌 이자까지 받겠느냐? 본전만 갚고 다시 나를 욕보이지 말거라."

"소인은 죽어도 이자를 갚지 않을 수 없사옵니다."

그는 그러면서 방구석에 쌓인 은자를 마당으로 실어 날랐다. 마당은 마치 섣달에 눈이 수북이 쌓인 것 같았다. 못해도 3, 40말은 되었다. 정승은 본래 이곳 보는 걸 좋아하던 터라 기뻐하며 다 받았다. 여종도 열 말을 노마님께 바쳐 작은 정성을 표하였다. 또 따로 수십 말을 여러 부인께 나누어 드렸다. 나머지 겸인배나 하인들도 다 수십 냥씩[242] 챙길 수 있었다. 온 집안사람들은 그에게 탄복하여 부럽다며 떠들썩한 소리가 그치질 않았다.

한편 정승은 간밤에 그가 남루한 꼴로 돌아왔다는 겸인의 보고가 분명 그를 함정에 빠뜨리기 위한 모함으로 받아들여 급히 노모에게 아뢰었다.

"저 겸인이 여종 아이를 몹시 시기하여 이런 얼토당토않은 짓을 했나 봅니다. 비단 저고리와 바지 입은 모습을 두고 누더기를 걸쳤다며 속이고, 전대에 가득한 황금을 두고 낭패를 보고 돌아왔다고 꾸몄지 뭡니까. 그놈 심보를 따져보면 실로 좋은 놈은 못됩니다."

이렇게 보고하고 겸인을 버럭 하며 나무랐다. 겸인은 줄곧 억울하다고 하소연했지만 소용이 없었다. 곧 내쫓으라는 영이 내렸다.

부자가 된 그는 이때부터 날마다 달마다 더 부유해졌다. 여종은 속량하여 평민이 되었으며, 둘은 백 년 향락을 누리게 되었다. 자손도 번성하여 벼슬에 오르기도 했다. 그리고 과연 3년 뒤 바가지는 동작나루에서 제를 올리고 강에 던져버렸다고 한다.

---

242 수십 냥씩: 원문은 '수일(數鎰)'이다. '일(鎰)'은 무게의 단위로 돈의 경우 20냥, 또는 24냥을 특정하기도 한다.

이후종이 힘써 효도와 의리를 실천함

이후종(李後種)은 청주의 수군(水軍)이었다. 그는 믿음과 의리로 마을에서 이름이 높았다. 한 사족이 그가 천한 부역에 매여 있다는 사실을 알고서 수군절도사에게 편지를 보내 면역시켜주고자 하였다. 후종은 이 소식을 듣고 어느 날 찾아와 그 사족을 뵈었다.

"나리께서 수사또께 간청하여 저의 군역을 면해주시려 한다는 소식을 들었사옵니다. 과연 그러신지요?"

"그렇다네."

"아니 되옵니다! 제가 이것 때문에 찾아뵙고 말리려고 온 것입니다. 나리께서는 그러지 마십시오. 나라의 군역에 있어서 저처럼 장년의 건장한 사람이 빠지려는 궁리만 한다면 군액을 어떻게 충당하겠습니까? 하물며 저는 일개 양민이라 역을 지지 않을 수 없사옵니다."

이렇게 면해줄 필요가 없다며 힘써 만류하였다. 그는 나이 예순이 되도록 나라의 역을 지는 걸 게을리하지 않았다.

한편 그의 부친의 동생으로 거사(居士)[243]였던 분이 늙도록 처자식이 없었다. 후종은 숙부인 그를 자기 집에 모셔서 부지런히 잘 봉양하였다. 숙부가 오래도록 병을 앓아 대소변을 가리지 못하였다. 후종은 매번 측간 가는 것을 부축하는가 하면 속옷가지를 시냇가에서 직접 빨았다. 지나가던 마을 사람이 이 광경을 보고서,

"어째서 아내더러 빨라고 하지 않고 직접 빠는 게요?"

라고 묻자, 후종의 대답이 이랬다.

---

243 거사(居士): 대개 산림에 은거하는 선비, 출가하지 않은 승려, 사당패의 무리 등 그 의미가 여러 가지인데, 여기서는 조선 후기에 출가하지 않은 채 승려로서 행세하던 부류들을 지칭한다. 이들은 대체로 호적도 없고 부역이나 조세 등의 의무도 없었던 유랑민의 처지였다.

"내 아내는 남남으로 뜻을 합친 사람이기에 아무래도 골육의 정이 없지 않겠소. 혹 속으로 더러워하면서도 억지로 해야 한다면 이는 성심으로 봉양하는 뜻이 아니지 않겠소. 그래서 직접 내가 하는 것일 뿐이오."

한번은 그의 부친이 남에게 보리 열 말을 꾸어 주었다. 추수 때가 되어 그 값을 따져보니, 그해는 보리가 귀하고 쌀이 흔해져서 쌀 스물다섯 말이 되었다. 빌린 자가 형편이 어려워 다 갚을 수 없자 우선 스무 말만 가져와서 갚았다. 후종이 밖에서 돌아와서는 이 소식을 듣고 깜짝 놀랐다.

"원래 보리는 안 좋고 쌀이 좋은 법이니, 지금 쌀 열 말만 받아도 이미 충분합니다. 그런데 보리 열 말을 가지고 쌀 스물다섯 말을 받는다니 이 무슨 말씀이신지요?"

그러면서 부친에게 간곡하게 쌀 열 말만 받자고 하였다. 빌린 자가,

"다섯 말만 덜어줘도 괜찮소."

라고 하였지만 후종이 자기 고집을 꺾지 않았다. 부친은 결국 이에 따라 열 말만 받게 되었다.

젊었을 때 그는 갓장이를 하여 부친은 그것을 저자에 내다 팔았다. 그런데 어느 날 느닷없이 갓 짜는 일을 그만두어 버렸다. 걱정하던 부친이 이웃에 사는 사족에게 하소연하였다.

"갓을 만들던 제 자식이 공연히 손을 놓아버렸습니다. 청컨대 타일러 주시옵소서."

사족이 그를 불러 캐묻자 대답이 이랬다.

"소인이 갓을 만들면 소인의 아비가 그 갓을 저자에서 팔았사옵니다. 물건을 사고팔다 보면 제값을 받으려는 게 인지상정이지요. 값을 다투다 보면 혹 강포한 자에게 욕을 당할 수도 있는데, 이렇게 되면 제 손으로 아비가 욕을 보게 하는 것이랍니다. 다른 직업으로 아비를 봉양할 만한 게 없었다면 어찌 감히 그만두었겠습니까? 지금은 농사일에 힘써서 봉

양하고 있기에 그 일을 그만두었을 뿐입니다."

일찍이 저물녘에[244] 부지런히 도랑을 막아서 물을 모아 모내기를 하였다. 그런데 그날 밤 마을 사람이 그 물길을 터서 자기 모에 물을 댔다. 부친이 분노하여 마구 욕을 퍼붓자, 후종이 힘껏 말렸다.

"자기 모에 물을 대려는 거야 인지상정이랍니다. 저 사람의 못자리가 우리 논 위에 있었더라면 트려고 해도 됐겠습니까? 하물며 지금 이미 터진 이후에는 다시 위로 끌어올릴 수 없으니 저 사람을 욕해서 무엇 하겠어요?"

5-26

덕원령이 바둑 대결로 이름을 떨침

덕원령(德原令)[245]은 바둑을 잘 두어 국수(國手)로 이름을 날렸다. 어느 날 어떤 사람이 찾아와 뜰에 말을 매는 것이었다. 덕원령이 누구냐고 묻자 이렇게 대답하였다.

"저는 시골에서 상번(上番)하러 온 군사입니다. 평소 바둑을 무척 좋아했는데 어르신이 국수라는 소식을 들었지요. 해서 대국을 한번 했으면 해서요."

---

244 저물녘에: 이 부분이 가뭄 때로 번역될 공산도 크다. 현재 저본과 이본 등에는 '暯' 자로 되어 있어서 이렇게 번역했으나, 이 글자를 '暵'으로 보면 '暵菫'이라 하여 '가뭄 때'를 의미하게 되기 때문이다. 또 다른 이본인 『청구야설』에는 '旱'으로도 나와 있으며, 국역본에도 이 부분을 가뭄이라고 풀고 있다.

245 덕원령(德原令): 선조 때의 종실로 알려져 있으나 실명은 미상이다. 참고로 김도수(金道洙, 1699~1733)의 『춘주유고(春洲遺稿)』에 그를 입전한 「기자전(棋者傳)」이 있어 그 면모를 짐작할 수 있다. 그의 바둑 실력은 익히 알려져 후대에 바둑의 명수를 일컬을 때 대표적으로 거론되었으며, 홍세태(洪世泰)의 『유하집(柳下集)』이나 조선 후기 인물담 등에 많이 수록되어 전한다.

덕원령은 흔쾌히 허락하고 그와 마주 앉았다. 그가 다시 불현듯 이런 제안을 하였다.

"대국에는 내기가 없을 수 없지요. 어르신께서 지면 제 번량(番粮)[246]을 책임져 주시고, 제가 지게 되면 평소 말 없이는 못 살 정도입니다만 저기 묶어둔 좋은 말을 바치지요."

덕원령은 이번에도 흔쾌히 그러자며 대국을 했다. 그런데 그가 한 집을 졌다. 다시 또 한 판을 두었는데, 또다시 한 집 차로 지고 말았다. 이리하여 그가 마침내 묶어둔 말을 바쳤다. 그러자 덕원령은 씩 웃었다.

"내가 장난쳤을 뿐이네. 어찌 자네의 말을 받겠는가?"

"어르신께서는 저를 식언하는 사람으로 보십니까?"

그러면서 말을 남겨둔 채 인사하고 떠나버렸다. 덕원령은 어쩔 수 없이 이 말을 집에 두고 길렀다. 두 달이 지나서 그가 다시 찾아왔다.

"하번(下番)이 되어 돌아가는 길인데 다시 한번 대국을 할 수 있겠는지요?"

그러면서 다시 내기해서 이기면 말을 돌려달라고 하였다. 덕원령이 받아들여 바둑을 두었으나 연거푸 몇 번이나 져서 도저히 상대가 안 될 정도였다. 덕원령은 깜짝 놀랐다.

"너는 내가 대적할 수준이 아니구나!"

말을 내어주면서 물었다.

"처음 대국했을 때 어째서 졌느냐?"

이번에는 그가 씩 웃었다.

"저는 워낙 말을 좋아합니다. 그런데 번을 서러 서울에 있게 되니, 저 말이 필시 야윌 텐데 부탁할 만한 곳도 따로 없었지요. 그래서 감히 잔재

---

246 번량(番粮): 원래 입번(入番)한 군사에게 주는 식량을 말하는데, 여기서는 입번하는 동안의 먹을거리라는 의미로 쓰였다. 참고로 입번할 수 없는 경우 베나 쌀 등을 납부하여 이를 면제받은 예도 있었다.

주로 어르신을 속인 것일 뿐입니다."

이 말에 덕원령은 당한 걸 분해하였다.

또 어떤 중이 문을 두드렸다.

"빈도도 이 기예를 조금 알고 있으니 대국을 해 볼 수 있겠는지요?"

덕원령은 흔쾌히 받아들여 마주 앉아 바둑을 두었다. 중이 가볍게 돌을 여기저기 놓다가 순간 돌 하나를 두자, 덕원령은 그 수를 이해할 수 없었다. 집중한 채 수를 찾느라 한참이 지나자 중은 두던 손을 거두고서 청하였다.

"저는 가는 길이 매우 바빠서 오래 있을 수 없나이다."

그래도 덕원령은 골몰한 채 묵묵히 생각하느라 멍하니 취한 듯 여전히 답이 없었다. 중은 인사를 올리고 떠나버렸다. 오랜 뒤에야 번뜩 무릎을 쳤다.

"어디에 사는 중이기에 이렇게 삼십팔 수247를 본단 말인가?"

라고 하면서 바둑판을 탁 치며 고개를 들어 보니 이 중은 이미 떠나고 없었다. 주변에 어디 갔느냐고 물었더니,

"아까 그 중이 여러 번 가겠다고 하였으나 어르신께서 답이 없기에 벌써 떠난 지 오래됐습지요. 가면서 문지방에 글을 써놓고 갔습니다요."

라고 대답하였다. 덕원령은 그 글을 찾아보았다. 글에는 '이런 바둑을 바둑이라 할 수 있지.'라고 적혀있었다.

덕원령의 아들이 청나라 오랑캐에게 포로로 붙잡힌 일이 있었다. 마침 능원대군(綾原大君)248이 사신으로 연경(燕京)에 가게 되었다. 서교(西

---

247 삼십팔 수: 바둑돌이 38개까지 둔 상태에서 이미 승부가 결정 났다는 의미이다. 바둑 대결에서 가장 짧고 최고 수준에서 결정 나는 기보이다.

248 능원대군(綾原大君): 1592~1656. 이름은 이보(李俌), 호는 담은당(湛恩堂)이다. 선조의 손자이며 인조의 아우로 능원군(綾原君)에 봉해졌으며, 1632년 대군(大君)이 되었다. 호란 시기에 척화를 주장한 배청주의자였다.

郊)²⁴⁹에서 전별연을 하는데 거기에 덕원령이 참석하였다. 능원대군은 유찬홍(庾贊弘)²⁵⁰에게 덕원령과 대국을 하도록 했다.

"찬홍이 매번 덕원령과 대적해 보지 못한 걸 안타깝고 아쉬워하였지. 오늘 찬홍이 지면 재물을 내어 덕원령의 아들을 속환시켜야 할 것이요, 덕원령이 지면 앞으로는 접바둑을 접고 맞바둑을 두도록 할 것이야."

그러자 유찬홍도 매우 반기며 받아들였다. 대개 덕원령은 여러 조정에 걸쳐 국수로 이미 연로한 상태였다. 반면 유찬홍은 젊은 나이로 바둑을 잘 두어 충분히 맞겨루어볼 만하다고 자부했다. 덕원령은 끝내 접바둑을 물리려 하지 않았으며 매번 대국 때마다 찬홍이 지고 말았다. 찬홍은 이를 억울해하며 받아들이지 못했다. 그가 역관으로 재물이 풍족했기 때문에 능원대군이 이렇게 제의를 했던 것이며 찬홍도 자청했던 바다. 덕원령은 마침내 대야에 물을 받아 눈을 씻고 꼿꼿한 자세로 맨 자리에 앉았다. 평소에는 한 급수만 내렸지만, 이날은 덕원령이 바둑돌 네 개를 접어주었고, 유찬홍도 이를 따랐다. 몇 번을 두었으나 연이어 세 번이나 덕원령이 이겼다. 유찬홍은 결국 그의 아들을 속환시켜 주었다. 그 뒤로 덕원령은 눈이 멀어 바둑을 그만두었다고 한다.

---

249 서교(西郊): 서대문 밖이라는 의미로, 여기서는 지금의 홍제동 일대를 가리킨다. 과거 중국으로 떠나는 사신의 일행들을 이곳에서 전별하였다.

250 유찬홍(庾贊弘): 즉 유찬홍(庾纘洪, 1628~1697). 자는 술부(述夫), 호는 춘곡(春谷), 본관은 무송(茂松)이다. 중인 출신으로 역관을 지냈으며, 이 시기 바둑의 고수로 알려져 있다. 한편, 같은 중인이었던 임준원(林俊元), 홍세태(洪世泰) 등과 시사를 결성했는데 이것이 중인 시사의 시작이라 할 수 있는 '낙사시사(洛社詩社)'이다. 홍세태는 그를 입전하여 「유술부전(庾述夫傳)」을 남겼다.

택풍당이 승려를 만나 주역의 이치를 이야기함

택당(澤堂) 이식(李植)²⁵¹은 젊어서 병치레를 많이 해 과거 공부를 그만두고 오로지 몸조리하는 데 전력해야 했다. 그의 집이 지평(砥平)의 백아곡(白鴉谷)²⁵²에 있었는데 이곳은 용문산(龍門山)과 가까웠다. 한번은 『주역』 책을 들고 용문산의 내매사(乃邁寺)²⁵³로 들어가 골똘히 연구하느라 걸핏하면 한밤중이 되곤 하였다. 이 절의 한 중²⁵⁴은 땔나무를 하며 밥을 얻어먹었다. 바리 하나와 해진 가사 신세라 다른 중들은 어울려 주지도 않았다. 밤이면 공이 구등(篝燈)²⁵⁵을 밝혀 책을 읽을 때면 다른 중들은 다 곯아떨어졌지만, 이 중만은 남은 등불 빛을 빌어 짚신을 짜며 잠을 자지 않았다. 어느 날 공이 매우 고심하며 생각을 더듬느라 새벽녘이 되었다. 그런데 이 중이 혼잣말로 중얼거리는 것이었다.

---

251 이식(李植): 1584~1647. 자는 여고(汝固), 호는 택당(澤堂), 본관은 덕수이다. 1610년 과거에 급제하여 선전관, 예조판서, 대제학 등을 역임하였다. 목릉성세의 문풍을 선도하여 이 시기 한문사대가인 월(月)·상(象)·계(谿)·택(澤)의 한 사람이다. 젊어서 병치레가 많았다는 언급이 있는바, 실제로 어렸을 때 발이 뒤틀리는 병에 걸려 과거 공부를 한때 포기하기도 했다. 그래서 자호를 택구거사(澤癯居士)라 하기도 하였다. 참고로 택풍당(澤風堂)은 그의 당호로, 여기 언급한 지평의 백아곡에 있다. 그의 문집에 따로 「택풍당지(澤風堂志)」가 있는데, 거기에 의하면 1619년에 지어졌다.

252 지평(砥平)의 백아곡(白鴉谷): 현재 경기도 양평군 양동면 쌍학리 일대이다. 지평은 과거 독립된 지평현이었으나, 양근현과 함께 양평에 통합되었다. 이곳에 택풍당과 그의 묘소가 있다.

253 내매사(乃邁寺): 미상이다. 참고로 같은 화소인 『학산한언』 제27화에는 이 부분 원문이 '乃邁守'로 되어 있는데, 이 경우 사찰명이 아니라 '이에 본분을 굳게 지키며' 정도의 의미가 된다. 그런데 이어지는 부분에 승려가 나오는 것으로 보아 우선 이대로 가기로 한다.

254 한 중: 참고로 『택당집』(권9)의 「증종영상인서(贈鍾英上人序)」에 의하면, 택당이 산사에 있을 때 종영상인(鍾英上人)과 교유한 사정이 나온다. 따라서 이 승려를 이 이야기에 비정한 것으로 판단된다.

255 구등(篝燈): 대 덮개를 한 등잔으로, 바람이나 빛을 조절하기 위해 대로 등잔의 덮개를 한 것이다.

"젊은 서생께서 부족한 정신으로 억지로 오묘한 이치를 궁리하고자 하다니. 몸과 마음을 허비할 뿐이거늘 어째서 과거 공부로 돌리지 않을까?"

공이 슬쩍 이 말을 듣게 되었다. 다음날 이 중을 데리고 구석진 곳으로 가 밤에 들은 걸 따졌다. 그러면서,

"스님께선 필시 주역의 이치를 깊이 알고 계실 테니 배우기를 청하오." 라고 요청하였다.

"가난하여 구걸이나 하는 품팔이 중이옵니다. 무슨 아는 게 있다고요. 다만 생원께서 각고의 노력으로 공부하는 걸 보니, 몸을 상할까 염려되었기에 얘기했을 뿐입니다. 문자도 평소 잘 알지 못하거늘 하물며 주역이라니요?"

"그렇다면 왜 오묘한 이치를 언급한 것이오? 스님은 끝까지 나를 숨기지 마시고 가르쳐 주시오."

그러면서 간청하며 우기기를 그만두지 않자,

"그러면 선비님은 『주역』의 의심나는 곳에 찌를 붙여 두시고, 조용한 곳에서 저를 기다리세요." 라고 하였다. 공은 매우 기뻐하며 의심되고 모르는 곳마다 찌를 하나하나 붙여 놨다. 그리고 중과 숲속 풀이 우거진 곳에서 보기로 약조하였다. 이리하여 다른 중들이 잠든 사이마다 차근차근 질문을 하였다. 그러면 그 의심나는 곳의 오묘한 이치를 하나하나 분석해주었는데, 보통 사람들의 생각을 뛰어넘는 것이었다. 공의 가슴 속이 구름을 제치고 하늘이 보이는 양 환하게 뚫렸다. 이 공부를 다 마치자 공은 스승의 예로써 중을 대하였다. 중들 속에 있을 때는 전혀 서로 알지 못하는 것처럼 하였다. 공이 산에서 내려오게 되자 중은 산문까지 나와 전송하였다. 그러면서 내년 정월에 서울로 공을 찾아뵙겠다고 약속하였다. 그때가 되자 중은 과연 찾아왔다. 공은 안채로 맞이하여 3일을 함께 묵었다. 중은 공을 위해 운명을 따져 평생의 삶을 정해주면서 이런 말을 하였다.

"병자년의 병화가 곧 크게 닥칠 것이니 반드시 영춘(永春)²⁵⁶으로 피신하여야 화를 면할 겁니다. 아무 해에는 다시 나리를 평안도에서 만나게 될 것이니, 잘 기억해 두십시오."

마침내 이별하고 떠났다. 그 뒤 병자호란이 일어나자 공은 자당을 모시고 피신하여 영춘으로 들어가 난을 무사히 넘길 수 있었다.

공은 재상의 지위에 올라 어명을 받들어 평안도에 가게 되었다. 묘향산을 유람하게 되어 중들이 가마를 들었다. 그들 무리 앞의 한 사람이 바로 이 중이었다. 건강한 얼굴은 용문산에 있을 때와 똑같았다. 공은 몹시 기뻐하며 절에 들어와 방 하나를 깨끗이 치우고 이 중을 맞이하였다. 손을 꽉 잡고 매우 즐거워하면서 따로 소찬을 마련하게 하여 대접하였다. 함께 3일을 지내면서 격의 없이 허심탄회하게 위로는 나랏일부터 아래 일로는 집안 대소사까지 하나도 남김없이 자세히 얘기를 나누었다. 그러면서 공은 세상 이치를 듣기도 하였다. 여기서 이별하고는 다시는 이 중을 만날 수 없었다.

5-28

이 진사가 병을 앓다가 오묘한 도를 터득함

진사 이광호(李光浩)²⁵⁷는 여러 해 동안 고질병을 앓고 있었다. 의술로

---

256 영춘(永春): 현재 충청북도 단양군 영춘면이다. 예로부터 단양 지역은 병화나 난리 등을 피하여 숨어살 곳으로 비정되는 지역 중 하나였다. 권6 제4화 '십승지 이야기'에도 충청도의 비지(秘地)로 나온다.

257 이광호(李光浩): 17세기 후반의 인물로 알려져 있으나, 그의 생력은 미상이다. 그에 관련한 이야기는 『학산한언』에도 나오는데, 이야기의 내용은 동일하나 이광호가 임방(任埅)의 고모부라는 점과 임방의 아들 임승원(任昇元)이 이 이야기를 전언한 점이 추가되어 있다. 참고로 『인조실록』과 『계해정사록(癸亥靖社錄)』에 '이광호(李光澔)'라는 인물이 등장. 도인이라고 자칭하며 요망한 말을 했다고 하여 극형을 받은 내용

병을 치료해보려고 많은 방서(方書)를 뒤적이다가 오묘한 도를 터득하게 되었다. 그러다 보니 그에게는 기이한 일이 많았다.

한번은 물을 마시고는 대야 하나를 대청마루 위에 두었다. 그러고는 눕기도 하고 구르기도 하기를 몇 차례 하더니 높은 곳을 짚고서 몸을 거꾸로 하여 물을 토해내 오장육부를 씻어냈다. 또 한번은 멀리 유람 간다고 하더니 죽었다가 며칠 만에 살아나기도 하였다. 어느 날 집안사람들에게 이렇게 말하였다.

"내 지금 멀리 출타하여 한 달 남짓 있다가 돌아올게야. 벗에게 내 몸을 대신 지키라고 부탁할 터이니 그를 꼭 잘 대접하거라."

말을 마치자 기운이 바로 끊어졌다. 그러다가 한 식경이 됐을 무렵 다시 살아나 몸을 일으켜 세워서는 일어나 앉아 자식에게 말을 건넸다.

"자네는 필시 나를 알지 못할 거네. 나는 자네 부친과는 마음 벗이라네. 자네 부친은 마침 먼 곳으로 가서 나더러 몸을 지키라고 했으니 의아해하지 말게나. 나는 영남 사람이라네."

이런 그의 말과 행동거지는 이광호가 아니었다. 이광호의 아내와 자식들은 그를 매우 극진히 모셨으나 감히 안방으로 들이지는 못했다. 이렇게 한 달 남짓이 되던 어느 날, 그는 느닷없이 바닥에 엎어졌다. 이미 눈을 뜨고 일어나 앉았을 때는 말씨와 행동거지가 바로 이광호였다. 처자식은 비록 기쁘기는 했으나 늘 있던 일이어서 그리 이상해하지는 않았다.

하지만 그는 위험하고도 망령된 말을 많이 하여 효종 대에 일에 연루되어 사형이 선고되었다. 그런데 사형이 집행될 때 그만 피가 나오지 않고 젖과 같은 흰 기름만이 나왔다. 이광호의 동서인 권(權) 아무개가 남당(南堂) 산촌(山村)²⁵⁸【즉 경강(京江)이다】에 살고 있었다. 이날 신시(申時,

---

이 나와 있다. 관련성이 커 보인다. 한편 이규경(李圭景)은 『오주연문장전산고(五洲衍文長箋散稿)』에서 그를 우리나라 선도(仙道)의 계보로 적시한바 있다.

258 남당(南堂) 산촌(山村): 미상인데 원주에 '경강'이라고 한바, 서울의 뚝섬 일대에서

오후 3~5시)에 이광호가 그의 집에 찾아왔다. 마침 주인은 없고 아이들만 있었다. 이광호는 붓을 가져다가 벽에 있는 장자(障子)[259] 위에 다음과 같이 썼다.

평생 충과 효를 다했거늘
오늘 이런 재앙을 만나다니.
죽은 뒤 혼백은 하늘로 오르리니
구천의 해와 달은 장구하리.

平生杖忠孝
今日有斯殃
死後昇精魄
神霄日月長

다 쓰고 나서 번뜩 일어나 문을 나섰다. 몇 걸음을 떼자 다시 보이지 않았다. 권 아무개의 집사람들은 깜짝 놀랐다. 그리고 이윽고 부고가 전해졌다고 한다.

이에 앞서 이광호에겐 「천불도(千佛圖)」 한 폭이 있었다. 그러나 이 그림이 얼마나 기묘한 필치의 작품인지는 모르고 있었다. 한 승려가 예사롭지 않은 기운을 보고 찾아와서는 그의 서화를 보게 해달라고 요청하였다. 「천불도」를 보게 되자 무릎을 꿇고 절을 하고 두 손으로 받들었다.

"이 그림은 천하에 둘도 없는 보물입니다. 바라건대 나리께선 이 그림을 시주하십시오. 그러면 후한 보답을 받게 될 것입니다."

이 말에 이광호가 즉시 내주면서 왜 이 그림이 둘도 없는 보물인지를

양화나루까지 이르는 한강 주변의 어느 마을이었을 것으로 판단된다.

259 장자(障子): 즉 '장자(帳子)'라고 하며, 경축이나 조문을 위하여 비단이나 삼베 따위에 글자를 쓸 수 있도록 한 걸개이다.

물었다. 그랬더니 승려가 물을 가져다가 화폭 위에 뿌리고서 햇볕에 쬐자 흡사 개미만 한 천불(千佛)의 면목이 모두 살아 움직이는 것 같았다. 이어 승려는 바랑 속에서 약을 찾아서는 한 움큼 건네주면서 일렀다.

"이 약은 신효한 약입니다. 매일 아침 찬물에다 세 알씩 갈아 복용하세요. 다 복용하고 나면 오래 살 수 있을 뿐만 아니라 복록도 성대해질 것입니다. 하지만 세 알을 넘게 복용하면 필시 큰 해가 있을 생길테니 조심하기를 바랍니다."

이 약은 크기가 삼씨만 한데 더 검었다. 이광호는 평소 숙병이 있었던 터라 알려준 수대로 세 번 복용하자, 묵었던 병이 싹 가셨다. 검고 노랗게 떴던 얼굴에 화사한 윤기가 돌았으며 몸도 가벼우면서 건강해졌다. 이광호는 너무 기뻐한 나머지 복용하고 남은 여남은 알을 승려가 조심하라고 알려준 것도 어느새 깜빡 잊고 다 갈아 먹어버리고 말았다. 그 뒤에 이 승려가 다시 와서는 크게 안타까워하였다.

"제가 조심하라고 한 당부를 듣지 않았으니 해를 면할 수 없겠군!"

이리하여 이광호는 죽고 말았다. 남쪽에서 오던 한 친구가 그를 직산(稷山)의 길가에서 만나게 되었다. 베옷에 관단마(款段馬)로 형색이 처참하였다. 둘러앉아서는[260] 옛날에 늘 그랬던 것처럼 정답게 얘기를 나누던 중 친구가 어디로 가느냐고 물었더니 딴말로 둘러대었다. 이 친구가 서울에 도착하여 들었더니, 이광호가 죽은 날이 바로 자신이 직산에서 악수하며 만났던 그날 저녁이었다.

---

260 둘러앉아서는: 원문은 '班荊而坐'인데, 여기서의 반형은 가시나무를 함께 나눈다는 뜻으로 친구를 길에서 만나 둘러앉아 옛정을 나눈다는 의미이다.

오산 차천로가 병풍 너머로 시 백운을 부름

차천로(車天輅)[261]는 글솜씨가 호한 장대하고 시도 기발하면서도 빼어났다. 정교함과 거침이 뒤섞여 있긴 했으나, 당장에 만 마디를 쏟아내는 데 거침없고 막힘이 없었다. 이는 누구도 당해낼 수 없는 재주였다. 선조 말엽에 중국 사신 주지번(朱之蕃)[262]이 조선에 왔다.[263] 그는 강남(江南)의 재사로, 고상하면서도 풍류가 있었다. 그가 가는 곳마다 지은 그 시문이 굉장하여 사람들 사이에 회자되곤 하였다. 조정에서는 영접하는 신료를 엄선하였다. 그래서 월사(月沙) 이정귀(李廷龜)를 접반사(接伴使)로, 동악(東岳) 이안눌(李安訥)을 연위사(延慰使)로 임명하였고, 그 이하 수행원들도 다 명문 집안의 대가들이었다. 들어오는 길마다 시를 수창하며 평양에 당도하였다.

주지번은 저녁 무렵이 되자 우리 쪽 수행원에게 '기도회고(箕都懷古)'[264]라는 오언율시 백운(百韻)을 내려주면서, 다음 날 새벽 날이 밝기 전까지 지어 올리라 하였다. 월사는 크게 걱정하여 사람들을 모아놓고 의논했는데, 다들 얘기가 이랬다.

"지금 때는 밤이 짧기에 한 사람이 해낼 수 있는 일이 아닙니다. 만약

---

261 차천로(車天輅): 권4 제24화 '오산 차천로 이야기' 참조.

262 주지번(朱之蕃): 1558~1623. 자는 원개(元介), 호는 난우(蘭嵎). 1595년 과거에 급제하여 이부시랑(吏部侍郎) 등을 지냈다. 시서화에 뛰어난 인물로 알려져 있으며, 특히 조선 사행에서 조선 문인과 수창한 사례가 많아서 『황화집(皇華集)』등에 그의 시가 많이 남아 있다. 저서로는 『봉사고(奉使稿)』가 있다. 이 책은 1606년 조선에 사행을 와서 문인들과 수창한 시들로, 제1책은 『봉사조선고(奉使朝鮮稿)』, 『동방화음(東方和音)』 등으로 구성되어 있다.

263 선조 말엽에 …… 조선에 왔다: 『선조실록』에 의거하면 주지번이 조선에 사행을 온 것은 1606년인데, 이때는 유근(柳根)이 원접사(遠接使)로, 이호민(李好閔)이 관반(館伴)으로 참여한 것으로 되어 있다. 이에 앞서 1601년에 고천준(顧天峻)이 조선에 사행을 왔던 때에 이정귀가 접반사로, 이안눌을 종사관으로 참여시킨 사실이 있다.

264 기도회고(箕都懷古): 기도, 즉 기자의 도읍지인 평양을 회고하는 시를 말한다.

에 운을 나누어 지은 다음 합쳐서 한 편을 만든다면 그나마 가능하지 않겠습니까?"

그러자 월사는,

"사람마다 글을 짓는 식이 같지 않은데, 이것을 모아 합치기만 한다면 어찌 문리가 이루어지겠소? 한 사람에게 완전히 맡기는 것만 못하지. 복원(復元, 차천로의 자)이라야 이 일을 맡을 수 있을 거요."

라고 하면서 마침내 그에게 맡겼다. 이에 천로가 제의하였다.

"이 일은 좋은 술 한 동이, 큰 병풍 하나, 겸하여 경홍(景洪) 한호(韓濩)[265]가 붓을 잡지 않으면 불가한 일입니다."

월사는 요구한 것들을 다 갖추도록 명하여 큰 병풍 하나를 대청 안에 치게 하였다. 그러자 천로는 수십 잔의 술을 들이키고 병풍 안으로 들어갔다. 한호는 병풍 밖에서 열 장짜리 이어진 큰 화전(華牋)을 펼치고서 붓을 적신 다음 쓸 준비를 하였다. 천로는 병풍 안에서 쇠로 된 서진을 가지고 연이어 서안을 탁탁 두드리며 읊조리더니 큰 소리로 외쳤다.

"경홍은 쓰시오!"

빼어난 구절과 힘찬 어휘가 연달아 쏟아져 나오니 한호는 그 소리가 날 때마다 곧장 써내려갔다. 갈수록 부르짖는 소리가 커서 주변에 울려 퍼졌다. 손짓과 발짓으로 날뛰며 맨몸에 수염과 머리털만이 병풍 밖으로 들락거리는 게 날렵한 수리나 놀란 원숭이도 비할 게 못 되었다. 입에서 나오는 소리는 물이 용솟음치고 바람이 이는 듯하였다. 한호의 빠른 필체로도 미칠 겨를이 없었다. 이리하여 밤이 반도 지나지 않아 오언율시 백 운이 벌써 완성되었다. 이제 천로는 큰 외마디 소리를 질러대더니 취하여 병풍에 엎어졌다. 그 모습은 한 건장한 맨몸뚱이었다. 여러 관료

---

265 경홍(景洪) 한호(韓濩): 권4 제24화 '오산 차천로 이야기' 참조. 다음 제30화에도 자세하다.

가 그의 시를 가져다가 머리를 맞대고서 한 번 훑고는 놀라워하며 통쾌하다고 하지 않은 이가 없었다.

닭이 울기도 전에 통역사를 불러 이 시를 바치자, 주지번은 당장 일어나 촛불을 밝히고서 읽었다. 반도 채 읽지 않아 그가 쥐고 있던 부채는 두드리느라 다 부서질 정도였다. 읊어대는 소리가 낭랑하게 밖으로까지 들렸다. 다음날 이른 아침 접빈하는 신료들을 마주하고서 입이 닳도록 감탄하고 칭찬하였다.

5-30

한석봉이 흥에 겨워 비단 걸개에 먹물을 흩뿌림

한호(韓濩)가 조천사(朝天使)를 따라 연경(燕京)에 간 적이 있었다. 그때 한 각로(閣老)[266]가 검은 비단[烏緞]으로 걸개 하나를 만들어 화려한 회당에 걸어두었다. 여기에 글을 잘 쓸 수 있는 천하의 명필들을 모집하여 후한 상을 주겠다고 하였다. 한호도 여기에 참여하게 되었다. 걸개는 휘황찬란하여 번쩍번쩍하였다. 서수필(鼠鬚筆)[267]은 이미 풀어서 유리 사발의 금색 안료에 푹 적셔둔 상태였다. 명필들 수십 명이 모였으나 서로 바라만 볼 뿐 선뜻 나서지 못하고 있었다. 그러자 한호는 붓흥이 걷잡을 수 없이 솟구쳤다. 이윽고 나아가 그 붓을 들어 금빛 안료에 놀리더니 어느 순간 붓을 쳐들어 뿌리자 걸개 가득 흩뿌려졌다. 구경하던 사람들

---

266 각로(閣老): 중국에서 각 시대마다 문서와 문예에 관련된 가장 높은 직책을 뜻하는 경칭이다. 주로 당나라 때는 중서성(中書省), 문하성(門下省)의 고급관료, 송대에는 재상의 다른 호칭이었으며, 명청대는 주로 한림학사를 지칭하였다.

267 서수필(鼠鬚筆): 쥐의 수염으로 만든 것으로, 매우 귀한 고급 붓 중의 하나이다. 일찍이 왕희지가 즐겨 썼던 붓으로 알려져 있으며, 그의 「난정서(蘭亭序)」도 이 붓으로 썼다고 한다.

은 깜짝 놀라고 주인은 잔뜩 화를 냈다.

"걱정하지 마시오! 나도 동방의 명필이라고 불리고 있소."

그러면서 한호는 붓을 잡고 일어나서는 빠르고 거침없이 휘갈기니, 해서와 초서가 뒤섞인 채 의취가 지극하기 그지 없었다. 방울로 뿌려졌던 금빛 안료들도 모두 이 점과 필획 사이에 위치하여 한 방울도 버리거나 놓친 것이 없었다. 그 신묘하고 기발함은 뭐라 명명하고 형언할 수 없을 정도였다. 회당에 가득 모여서 구경하던 이들은 소리를 내지르며 찬탄하지 않은 이가 없었다. 주인도 그제야 몹시 기뻐하며 잔치를 열어 한호를 대접하고 후한 선물을 주었다. 이때부터 한호의 이름이 중국에 크게 알려졌다.

우리나라 사람들은 그를 두고 이렇게들 일컬었다.

"안평대군(安平大君)²⁶⁸의 글씨는 아홉 가지 모양새를 가진 봉황²⁶⁹과 같아 늘 구름 하늘의 꿈이 있고, 한호의 글씨는 천 년 묵은 늙은 여우와 같아 조화의 자취를 훔칠 수 있다네."

선조(宣祖)는 한호의 글씨를 너무 좋아한 나머지, 한번은 명을 내려 글씨를 써서 들이게 하고는 상을 많이 주고 진수성찬도 자주 내렸다. 마침내 그는 동방 제일의 명필이 되었다.

---

268 안평대군(安平大君): 본명은 이용(李瑢, 1418~1453)으로, 자는 청지(淸之), 호는 비해당(匪懈堂)·매죽헌(梅竹軒) 등이며, 세종의 셋째 아들이다. 계유정난이 일어나기 전 그는 황보인(皇甫仁), 김종서(金宗瑞) 등과 함께 형인 수양대군과 맞섰으나, 실패하여 강화도 교동에서 사사되었다. 그는 시서화에 두루 뛰어나 조선 초 문예 방면에 선도적인 인물이었다. 특히 그의 글씨가 유명하여 안견의 「몽유도원도」 발문과 기타 금석문 등이 남아 있다. 또한 그는 왕자로서 정권을 부정했다는 죄목으로 18세기 중반까지 금기시되는 인물 중 하나였다. 「운영전」은 그를 미묘한 인물로 등장시켜 파란을 일으키기도 하였다.

269 아홉 가지 모양새를 가진 봉황: 원문은 '九苞鳳雛'인데, 여기서 구포는 봉황의 모양새나 변화가 아홉 가지가 있다는 의미이다. 『초학기(初學記)』에는 부리, 마음, 귀, 혀, 색깔, 벼슬, 발톱, 울음소리, 배 등의 아홉 가지를 언급하고 있다.

산골의 백성이 남의 축문을 잘못 읽음

어떤 죽은 재상의 아들이 길을 나섰다가 궁벽한 산골에 다다랐다. 날은 저물었는데 객사는 멀리 떨어져 있어, 한 농장에 투숙해야 했다. 농장 안에서는 바야흐로 개를 때려잡고 돼지를 잡아 한 솥 가득 삶고 있었다. 재상의 아들이 이유를 따져 묻자 바로 그날 밤은 농장 주인의 첫 기제사라는 것이었다. 밤새도록 시끄럽게 떠들어대 잠깐이라도 눈을 붙이기 힘들었다. 새벽닭이 울 때가 되자 소리 지르고 대답하는 소리가 밤중보다 백 배로 커졌다. 제사상에 제수를 올리느라 제기 놓는 소리에 귀가 따가웠다. 그리고 축문을 읽는데, 거기에 '계유(癸酉) 5월 20일'로 시작하는 것이었다. 재상의 아들은 누워서 듣다가 속으로 웃었다.

"오늘은 갑술(甲戌)년 5월 16일이거늘, 어째서 지난해 5월로 축문을 썼지?"

영 의아하던 즈음에 다시 '효자 아무개는……'라는 소리가 들렸다. 그런데 이 아무개가 공교롭게도 자신의 이름과 똑같은 것이었다. 다시 이어지는 소리를 들으니 이랬다.

> 현고(顯考) 대광보국숭록대부(大匡輔國崇祿大夫) 의정부(議政府) 영의정(領議政) 겸 영경연(領經筵) 춘추관(春秋館) 홍문관(弘文館) 예문관(藝文館) 관상감사(觀象監事) 세자사(世子師)로 시호 아무 공 부군(府君)에게 감히 밝혀 고하노니…….

재상의 아들이 깜짝 놀라 일어나서는 혼잣말을 하였다.

"그렇다면 지금 농장의 주인은 죽은 영의정의 영식이란 말인가? 어떻게 여기까지 몰락하여 떠돈 것이지? 그런데 직함과 시호가 나의 선친과 똑같으니 이 또한 기이한 일이로구나."

또 '현비(顯妣) 정경부인(貞敬夫人) 아무 관향(貫鄕) 아무 씨는……'라고 읊는 소리가 들렸다. 이 역시 자신의 돌아가신 모친의 관향과 성씨와 조금도 차이가 없었다. 비로소 큰 의문이 생겨 제사가 마치기를 기다렸다가 급히 농장 주인을 불렀다.

"자네 선친께서는 일찍이 어느 관직을 지냈는가?"

이 말에 주인은 몸 둘 바를 몰라 했다.

"무슨 관직을 지냈다니요. 평생토록 금위군(禁衛軍)[270]도 벗어나지 못하는 걸 매번 한스러워했을 뿐인걸요."

그래서 또 물었다.

"자네 이름이 어떻게 되는가?"

"아무개랍니다."

과연 자신과 같은 이름이 아니었다. 그래서 또 물었다.

"그렇다면 자네 모친께서는 성씨가 어떻게 되는가?"

"소인의 모친은 어려서 부모님을 잃은 탓에 성씨를 알지 못합니다."

다시 물었다.

"그럼 자네는 글자를 아는가?"

"언문만 깨쳤을 뿐입니다."

"이번 자네의 축사는 누가 대신 지어준 것인가?"

그랬더니 대답이 이랬다.

"소인은 평소 축문 쓰는 법도 알지 못합니다. 그런데 어제 나리를 모시는 사람[271]이 저희 집에서 제사를 모시는 걸 알고서 '축문이 있소?'라

---

270 금위군(禁衛軍): 즉 금군(禁軍)과 위병(衛兵)이다. 임금을 호위하고 궁궐을 경비하던 친위부대로, 여기서는 말단의 군직을 가리킨다.

271 나리를 모시는 사람: 원문은 '貴星'으로, 귀댁의 종이란 의미이다. 당나라 때 한유(韓愈)의 종 이름이 '성(星)'이었기 때문에 이것이 후대에 하인이라는 의미의 일반명사가 되었다.

고 묻지 않겠습니까? 그래서 '없소.'라고 했더니, 하인은 야유를 퍼부으며 깔보며 웃기를, '축문 없이 제사를 지내는 것은 제사를 지내지 않는 거와 진배없지.'라고 하더이다. 그래서 소인은 몇 사발의 탁주를 내어와 축문 쓰는 법을 가르쳐 달라고 청했지요. 그러자 저 하인이 흰 종이 한 장을 달라고 하더니 거기에 언문으로 쓰고서 소인더러 몇 번이고 읽으라고 하는 것이었습니다. 읽어보니 그리 풀어 읽기가 어렵지 않았지요. 너무 기쁜 나머지 온 동네 사람들과 이 축문 종이를 귀하게 잘 보관해서 차후로 집집마다 돌려가며 읽자고 약조했답니다. 오늘 새벽에 소인이 먼저 시험해 봤을 뿐이고요."

재상의 아들이 경악을 금치 못하고 일의 이치를 따져서 알려준 다음, 당장 축문 종이를 불태우고서는 자기 하인을 크게 꾸짖었다. 하인은,

"소인이 상전댁 기일 때마다 축문을 익히 듣다 보니 외울 정도가 되었사옵니다. 소인 생각에 세간의 축문은 다 이런 거다 싶었고요. 결국 이런 일이 생기고 말았사옵니다."

라고 하는 것이었다. 재상의 아들은 마음이 영 편치 못했으나 어찌할 도리가 없었다. 그가 다시 생각해보니, 아까 읽었던 축문의 날짜와 간지는 바로 작년 부친의 기일이었다. 이를 두고 누군가가 말하였다.

"농장 주인은 개와 돼지를 잡아서 제사를 올리면서 축문을 읽을 때 다른 사람의 조상신을 잘못 불렀다. 재상 아들로 말하자면 부친의 제사를 타향의 남의 집에서 올려 신령을 모독하는 지경에 이르게 되었다. 주인과 손님이 매일반으로 낭패를 보았으니 더더욱 한바탕 웃음거리가 되고 말았구나."

어느 재상이 매화의 발을 좋아하며 움켜쥠

예전에 한 재상이 있었다. 그의 부인은 성품이 엄한 데다 법도를 따졌기에 재상은 매우 꺼려하였다. 그러면서 항상 부인에게 혹여 모욕당할까 전전긍긍하였다. 그의 집에는 한 계집종이 있었는데, 이름을 '매화(梅花)'라고 하였다. 젊은 데다 예쁘기까지 하였다. 재상은 매번 그녀를 꾀어보고 싶었으나 부인 곁에 있었기에 기회를 잡지 못하였다. 그래서 간혹 은근한 추파만 보낼 수밖에 없었다. 그럴 때마다 계집종은 영 쌀쌀맞게 대했다. 대개 부인의 강직하고 바른 성품이 두려웠기 때문이다.

그러던 어느 날이었다. 재상은 안채에 앉아 있었고 부인은 대청에서 살림살이를 챙기고 있었다. 이 계집종이 부인의 영으로 방 안으로 들어가 다시 다락의 창고로 올라갔다. 다리 하나를 다락문 밖으로 내 걸쳐 놓고 있었다. 재상이 그녀의 발을 훑어보니 하얗기가 엉긴 서리 같고 작기는 초승달 같았다. 여리고 어여쁜 모습에 주체할 수 없던 재상은 급기야 손으로 그 발을 움켜잡고 말았다. 계집종이 깜짝 놀라서 소리를 지르자, 부인은 정색하고서 그의 앞으로 다가왔다.

"나이도 많으시고 지위도 높은 양반이 어째서 자중하지 않으신지."

그러자 재상은 이렇게 말을 둘러댔다.

"내가 자네 다리인 줄 잘못 알고 이런 짓을 하고 말았소."

당시 사람들은 이 일을 두고 이런 말들을 하였다.

그리워하던 한 밤에 매화가 피어
【매화는 여종의 이름이고, 족(足)의 속명이 '발(發)'이다.】
어느 순간 창 앞에 어리니 그대인가 했지.
【부인의 발로 알았기에 이렇게 말한 것이다.】

相思一夜梅花發
忽到窓前疑是君·

5-33
아잇적의 약속으로 첨사 자리를 얻음

백사(白沙) 이 공(李公)[272]이 어느 날 한가롭게 앉아 있는데, 맹인 함순명(咸順命)[273]이 찾아와 뵈었다.

"무슨 일로 비를 맞으면서 왔는가?"

"긴한 일이 아니라면 이렇게 병든 몸으로 어찌 비를 뚫고 왔겠습니까?"

그러자 이 공이 말했다.

"자네 청은 우선 두고 내 청을 먼저 들어주는 게 어떻겠는가?"

판서 박서(朴遾)[274]가 그때 어린 나이로 백사에게 글을 배우고 있다가 마침 그 자리에 같이 있었다. 이 공은 그를 가리키며 순명에게 물었다.

---

272 이 공(李公): 즉 이항복(李恒福, 1556~1618). 자는 자상(子常), 백사는 그의 호이며 이외에도 필운(弼雲)·동강(東岡) 등의 호가 있다. 1575년 과거에 급제하여 홍문관, 예문관의 대제학을 거쳐 병조·이조판서 등을 역임하였다. 선조 대의 대표적인 정치가이자 문장가이며, 임진왜란 등의 전란을 통과하는데 있어서 빠지지 않고 거론되는 인물 중 한 사람이다. 또 이 시기 한문사대가인 월상계택과 함께 목릉성세의 대표적인 저술가로 꼽힌다. 뒤에 오성부원군(鰲城府院君)에 봉해져 '오성대감'으로 불렸다. 저서로『백사집(白沙集)』이 있다.

273 함순명(咸順命): 이 시기 활동했던 맹인 점쟁이나 생력은 알 수 없다. 참고로 이규경(李圭景)의 「명통시변증설(明通寺辨證說)」(『오주연문장전산고』 경사편5)에 의하면, 홍계관(洪繼寬), 유은태(劉殷泰) 등과 함께 맹인 점술가의 대표적인 인물로 기록되어 있다. 그 내용은 다음과 같다. "入國朝, 盲卜以洪繼寬·劉殷泰·咸順命·陜川盲人, 爲卜盲之祖."

274 박서(朴遾): 1602~1653. 자는 상지(尙之), 호는 현계(玄溪), 본관은 밀양이다. 1630년 과거에 급제하여 평안도관찰사, 대사헌, 도승지를 거쳐 공조·예조·병조판서 등을 역임하였다. 효종 대에 요직에 있으면서 대내외적으로 활약하였다.

"이 아이의 관운이 어떤가?"

순명은,

"예."

하면서 한참을 하나하나 추리해 보더니 입을 열었다.

"이 도련님은 병조판서까지 될 수 있겠습니다."

백사는 감탄하였다.

"자네의 운을 세는 재주가 정확하군. 이 아이는 원래부터 관직에 오를 만하지."

순명이 박서에게 아뢰었다.

"갑오 연간에 도련님은 대사마(大司馬, 즉 병조판서)가 될 것 같습니다."

이때 백사의 서자인 기남(箕男)[275]이 박서와 함께 공부하고 있었다. 그래서 기남은,

"자네가 만약 병조판서가 되면 나에게 병사(兵使) 자리를 주었으면 하네."

라고 제의하자, 박서는 씩 웃으며 그러겠다고 하였다.

그 뒤 갑오년[276]에 과연 박서는 판서 자리에 낙점이 되어 병조판서가 되었다. 기남이 그를 찾아가 만났으나 한마디 말도 꺼내지 않는 것이었다. 당시 박 공의 측실 소생인 어린아이가 곁에 있었다. 기남이 그 아이를 끌어내더니 묶어놓고 두들겨 패는 것이었다. 그러더니 담장 밖으로 질질 끌어내 버렸다. 박 공이 깜짝 놀라며 왜 그러느냐며 묻자, 대답이 이랬다.

---

275 기남(箕男): 1598~1680. 자는 정숙(靜叔)이다. 1630년에 진사가 된 이후 정경세(鄭經世)의 추천으로 처음 벼슬에 올랐고, 백령첨사 외에 이산군수, 신천군수, 서흥부사 등 외직을 역임하였다. 여기 이야기처럼 그는 서자 출신이었기 때문에 한직에 머무를 수밖에 없었으나 청렴한 모습을 잃지 않았다고 한다.

276 갑오년: 이해는 1654년인데 사실과 차이가 있다. 실제로 박서는 1651년 신묘년에 병조판서에 올랐다가 1653년 병조판서로 재직하던 중에 사망하였다. 그리고 이기남이 백령첨사에 제수된 해는 1651년이므로, 사실 관계에 의하면 이해는 1651년 신묘년이 되어야 한다.

"나는 오성군(鰲城君, 즉 이항복)의 첩자식으로 병판인 자네와 소싯적에 묶은 약속을 했었지. 물론 그것을 염두에 두지는 않았었지. 하물며 이런 예법에 따르자면 병판 자네의 첩자식은 산들 뭘 할 수 있겠는가? 죽여버려도 애석할 게 없지."

그러자 박 공은 응했다.

"내 비록 아잇적에 자네와 약속은 했네만, 나라에서 벼슬을 임명하는 격식은 매우 엄격한지라 어찌 감히 서얼 출신에게 병사 자리를 줄 수 있겠는가?"

"그렇다면 자네는 마땅히 상소하여 아잇적 약속을 이유로 판서에 제수하는 영에 응할 수 없다고 해야지!"

이에 박 공이 웃었다.

"내 자네의 뜻을 알겠네. 근자에 백령첨사(白翎僉使)²⁷⁷ 자리가 비었으니, 자네는 필시 거기에 마음을 두고 있는 것이로군."

기남은 아쉬운 표정으로,

"병사 자리로 약속했다가 첨사 자리나 얻게 되는군. 참으로 성에 차지는 않지만 그렇다고 다시 어쩌겠는가?"
라고 하였다.

이리하여 마침내 백령첨사에 제수되었다.

---

277 백령첨사(白翎僉使): 백령은 지금의 백령도로, 조선시대 황해도 장연군에 속해 있었다. 지리적으로 서해상에 위치하여 군사, 경제적으로 중요한 지역이어서 이곳에 첨절제사(즉 첨사)를 두었다. 공교롭게도 이 지역은 지금고 남북한 관계에서 지정학적으로 중요한 지역이다.

매번 과거 때마다 꿈을 꾸어 장원이 됨

낙정(樂靜) 조공(趙公)[278]이 장원급제를 하였을 때다. 함께 급제한 사람들이 창방(唱榜)하기 전에 으레 장원을 찾아오게 되어 있었다. 동반 중에 수염과 머리가 반백이 된 자가 찾아와서 자리에 앉았다. 그가 얼굴을 들어 조 공을 한참 쳐다보더니 웃는 것이었다.

"기가 막히는군, 기가 막혀! 내가 장원을 길러내고서야 과거에 합격하게 되었으니 어찌 안 늙고 배기랴?"

"무슨 말씀이오?"

조 공이 묻자, 그는 이렇게 말하는 것이었다.

"나는 호남사람으로 과장에서 늙은 몸이라오. 젊었을 적부터 서울에 올라와 과거에 응시하기를 몇 번인지 헤아릴 수도 없다오. 매번 과거 보러 올라오느라 진위현(振威縣) 갈원(葛院)[279]에 이르게 될 때면, 꿈에서 한 아이가 나타났소. 그러면 꼭 낙방을 했다오. 그때부터 과거 보러 오는 족족 꿈을 꾸었고, 그 아이는 꿈속에서 점점 자라더이다. 꿈을 꿀 때마다 아이의 얼굴이 익숙한 데다 어린아이가 장난치며 웃고 해서 흐뭇한 마음이 없지 않았소. 하지만 꿈을 깨고 나면 이번에도 낙방할 걸 알았기에 속으로는 너무 미워 묵는 곳을 옮기기로 하였소. 그래서 갈원에서 묵지 않고 갈원과 몇십 리 떨어진 곳에 묵었지만 그래도 여전히 이 아이의 꿈을 꾸게 됐지 뭐요. 그래서 가는 길을 바꾸어 안성을 경유하여 서울로

---

278 조공(趙公): 즉 조석윤(趙錫胤, 1606~1655). 자는 윤지(胤之), 낙정은 그의 호, 본관은 배천이다. 1628년 과거에 급제하여 이조참의, 대사성 등을 역임했다. 계곡(谿谷) 장유(張維, 1587~1638)에게 수학하였고, 문한이 뛰어나 문형을 지내기까지 했다. 저서로 『낙정집(樂靜集)』이 있다.

279 진위현(振威縣) 갈원(葛院): 지금의 경기도 평택시 칠원동 일대이다. 이곳은 과거 진위현에 속했으며, 삼남으로 가는 길목이었기에 역원(驛院)이 발달하였다. 여기 이야기처럼 과거 상인들과 과거 응시자들이 꼭 거치는 지역 중의 하나였다.

올라갔소. 그런데 그때도 갈원과 마주하고 있는 지역을 지나갈 때면 어김없이 그 꿈을 꾸게 되었소. 도무지 어떻게 할 수 없어서 다시 원래의 큰길로 올라왔더니 이 아이는 장성하여 약관이 되어 있었소. 자주 본 익숙한 얼굴이라 친근하게 느껴지더이다. 이번 걸음에도 역시 그 꿈을 꾸었기에 필시 낙방할 것이라고 이미 짐작했었소. 그럼에도 이렇게 갑자기 합격하고 보니 당최 이유를 모르겠더이다. 오늘 비로소 장원을 뵙고 보니 그 이유를 알겠소. 그대 영락없이 꿈속의 얼굴과 같군. 이야말로 정말이지 기이한 일이 아니오. 과거의 합격 여부는 하늘에 달린 게 아니겠소?"

5-35

열여섯 낭자와 꽃다운 인연을 맺음

영조 말엽에 채생(蔡生)이란 이가 있었다. 그는 집안 형편이 어려워 숭례문(崇禮門) 밖 만리현(萬里峴)[280]에서 남의 집에 세 들어 살았다. 달팽이 집은 부서지고 무너져 내린 상태였고, 끼니를 거르는 것도 예사였다. 그의 부친은 성품이 화평하고 점잖은 데다 근실하고 소박하였다. 조용히 자기 분수를 지키는 사람으로, 추위와 배고픔 때문에 그 지조를 바꾸지 않았다.

오직 아들만은 엄하게 가르쳐서 가통을 잇고자 하였다. 그런 터라 아들의 옳지 못한 점을 보기라도 하면 아끼고 사랑한답시고 포용해 준 적이 없었다. 그때마다 발가벗겨 망태 속에 집어넣고 대들보에 높이 달아

---

280 만리현(萬里峴): '만리재'라 하며 현재 서울 중구 만리동 일대이다. 서대문 쪽에서 공덕동으로 넘어가는 고개로, 세종 때의 학자이자 청백리였던 최만리(崔萬里, ?~1445)가 살았던 데서 지명이 유래하였다고 한다.

맨 뒤 몽둥이로 사정없이 두들겨 팼다.

"우리 집안의 흥망²⁸¹은 오로지 네 한 몸에 달렸느니라. 엄하게 벌하지 않으면 어찌 네 허물이 고쳐지길 바라겠느냐?"

이후 18세가 된 채생은 우수현(禹水峴)²⁸²의 목학구(睦學究) 집으로 장가를 들었다. 하지만 부친은 혼롓날에도 일과(日課) 글을 읽도록 하였다. 심지어 신부를 맞아온 뒤에는 동침하는 일도 날짜를 정해 허락해 줄 정도였다. 하루는 부친이 채생을 불러 일렀다.

"한식이 나흘밖에 남지 않았으니 의당 묘제를 직접 가서 올려야 할 것이니라. 그러한데 네가 성인이 된 뒤로 아직 성묘를 가지 못했구나. 이는 인정상이나 도리로 봐도 다 타당하지 않으니라. 허니 내일 새벽에 떠나 사흘 길을 바삐 가야 한다. 내달리듯 하여 백여 리를 가면 때에 맞춰 선산에 도착할 수 있을 게다. 묘제를 드릴 때는 모름지기 정성 '성(誠)'자로 무릎 꿇고 절하며 나아가고 물러섬에 혹여 소홀함이 없어야 하니라. 오가는 길에 여인네나 상여 나가는 걸 보게 되면 반드시 회피하며 보지도 말거라. 모쪼록 마음을 비우고 정갈하게 하는 데 힘쓰도록 하여라."

채생은 거듭거듭 분부대로 따르겠다고 하였다. 이튿날 새벽바람에 일어나 길을 나섰다. 부친은 문밖까지 나와 다시 당부하였다.

"먼 길 절대 허송하지 말고 경서를 암송하도록 하거라. 다니는 길엔 반드시 먹는 걸 조절하여 병에 걸리는 일이 없도록 하고. 매사 조심하고

---

281 흥망: 원문은 '剝復'이다. 두 글자 모두 『주역』의 괘 이름으로, '박(剝)'은 음(陰)이 커져서 양(陽)이 사라져 가는 모양이며, '복(復)'은 양이 커져가는 모양이다. 치란이나 흥망, 성쇠(盛衰)와 소장(消長)을 뜻한다.

282 우수현(禹水峴): 현재 서울역 일대인 용산구 동자동에서 남산 아래 후암동으로 넘어가는 고개 이름이다. 다만 원래는 '우수현(牛首峴)'이라 했으며, 이는 이 근방에 우수 선생(牛首先生)이란 학자가 살았던 데서 붙여진 명칭이었다. 동음어인 '우수(禹水)'라고 쓰인 사례는 잘 보이지 않는데, 아마 당시에는 이렇게 썼던 모양이다.

힘써야 하느니라."

채생은 말마다 '예예' 하고 집을 나섰다. 남대문을 지나 십자가(十字街)로 돌아들었다. 그는 갈옷에 미투리를 신은지라 행색이 초라했다. 그때 갑자기 사납고 험악해 보이는 건장한 하인배 대여섯이 황금 재갈에 비단 언치를 올린 준마를 끌고서 길옆에서 그에게 절을 하는 것이었다. 채생은 이 상황에 얼굴을 붉히며 당황하여 부리나케 달려 지나가려 했다. 하지만 저들이 그의 주위를 빙 둘러 둥글게 에워쌌다.

"소인네 영감님께옵서 서방님을 잘 모셔 오라십니다. 어서 말에 타십시오."

채생은 이상하고 난데없어 버벅대며 말했다.

"자네들은 어느 댁의 하인인가? 나야 어디에도 이렇다 할 친척이 없거늘 누가 나를 부른다고? 어서 비키게!"

그러나 하인들은 더 이상 말을 걸지 않고 일제히 밀어붙여 그를 끌어 잡아다가 말안장에 태우더니 고삐를 잡고 채찍을 휘둘렀다. 말은 나는 용처럼 빨랐다. 채생은 휘둥그레진 눈으로 입만 벌린 채 마음을 진정할 수 없었다. 애타게 소리치며 서글프게 부르짖었다.

"내 부모님은 다 연로하시고 형제도 없다시피 한 몸일세. 자네들 제발 내 처지를 불쌍히 여겨 이 실낱같은 목숨 살려주시게!"

하인들은 이 말을 들은 척도 않고 말을 모는 데 열중할 뿐이었다. 얼마 뒤 어느 집 대문으로 달려 들어갔다. 수많은 작은 문들을 쭉 지나 들어가니 그 안에 널따란 저택이 들어서 있었다. 규모가 크고 시원스레 했으며, 도리며 서까래까지 그림을 아로새기고 색칠한 것이었다. 노복들은 채생을 좌우에서 나란히 모시고 대청마루로 오르게 했다. 마루에는 한 노옹이 앉아 있었다. 머리엔 검은 깁의 절풍건(折風巾)[283]을 썼는데 갓끈은 명

---

[283] 절풍건(折風巾): '절풍관(折風冠)'이라고도 하며, 일반 선비가 평소에 쓰는 갓으로 두

주 낱알로 장식한 것이었다. 양 귀밑으론 한 쌍의 금관자(金貫子)가 달려 있었다. 화려한 꽃문양이 들어간 푸른 비단 창의(氅衣, 학창의)를 입었으며, 허리에는 붉은 실로 꼰 허리띠²⁸⁴를 차고 있었다. 침향목(沈香木)으로 만든 의자에 편히 앉아 있는데, 그 옆에는 화사한 장식과 아름다운 옷을 입은 대여섯 시녀들이 줄지어 있었다.

채생은 황망하여 절을 하고 무릎을 꿇었다. 그러자 주인어른은 그를 일으켜 세우고 처음 인사를 나누었다. 이어서 이름자와 집안 내력, 그리고 나이를 물었다. 채생은 하나하나 물을 때마다 바로 대답하였다. 이에 주인은 미간 사이에 기쁜 빛이 돌며 말했다.

"그렇다면 나도 운수가 기박하진 않겠군."

채생은 처음부터 지금까지 바보처럼 멍한 상태였다. 이게 지금 무슨 상황인지 따져보고 싶어도 따질 수 없었고, 누구에게 물어보고 싶어도 그럴 수 없었다. 그저 얼굴이 온통 붉게 달아올라 공수한 채 모시고 앉아 있을 뿐이었다. 주인 노인이 사정을 얘기하기 시작했다.

"우리 집안은 대대로 역관을 업으로 해 왔네. 나는 옥관자와 비단옷을 입은²⁸⁵ 지위에 올랐고, 집에는 은화(銀貨)가 가득하니 어찌 스스로 만족하지 않겠나? 그러나 내 신세 기박하여 외동딸 하나밖에 두지 못했다네. 거기에 남의 폐백²⁸⁶을 받은 뒤 합근례를 치르기도 전에 사위 될 사람이

개의 새깃을 꽂은 게 특징이다. 원래는 고구려 때 소가(小加), 즉 부족장인 대가(大加)의 아래 벼슬아치가 쓰던 관에서 유래하였다.

284 붉은 실로 꼰 허리띠: 원문은 '紅條兒帶'로, 여기서 조아(條兒)는 '조아(條兒)'라고도 하며, 실을 가늘게 꼬아 만든 끈을 말한다.

285 옥관자와 비단옷을 입은: 원문은 '金緋'인데 이렇게 번역하였다. 일반적으로 비단옷과 옥관자는 당상관의 관복을 지칭한다.

286 폐백: 원문은 '儷皮'이다. 한 쌍의 사슴 가죽이란 뜻으로, 『사기』·「상황기(三皇紀)」에 "처음 혼례를 제정하고 한 쌍의 사슴 가죽으로 예를 삼았다[始制嫁娶, 以儷皮爲禮]."라고 하여 삼황(三皇) 시기에 처음 혼례가 제정될 때 예물이었음을 알 수 있다. 후대에 통상 빙문(聘問)이나 정혼 때 쓰이는 예물을 지칭한다.

느닷없이 요절해 버렸다네. 아까운 청춘에 빈방을 지키고 있으니 사정이 더없이 가련하다네. 그럼에도 예법을 지키느라, 또 이목에도 구애가 되기에 다른 데로 재가를 보내려 해도 여의치 못했네. 어느덧 삼 년이 흘렀네. 간밤에 딸애가 문득 슬피 외치며 애처롭게 흐느끼는데 소리소리 한을 머금었고 마디마디 간장을 애지 않은가. 길 가는 사람이라도 가슴 아파할 터에 하물며 하나밖에 없는 혈육으로 오로지 이 애뿐인 나는 어떻겠는가? 하루를 참고 보자면 문득 하루의 근심이 이니, 한 백 년 참고 지켜보다 보면 내 평생 낙을 잃어버릴 걸세. 흠 많은 인생살이 역마처럼 빨리 지나간다네. 제아무리 악기와 노래로 귀를 맑게 하고 비단과 화려한 수로 눈을 호사시키며, 기름진 음식으로 입을 기쁘게 하더라도 더 많은 낙을 누리지 못함이 한스러운 법이라네. 내가 무슨 고통이라고 홀로 눈물 흘리는 게 일과이고 슬퍼하며 원망하는 게 집안일이 되고 말았는지? 사정이 이렇게 궁하고 급박하게 되었으나 낼 계책은 따로 없었네. 그래서 하인을 시켜 새벽에 큰길에서 기다리고 있다가 뛰어나든 어리석든 귀하고 천한 이를 따지지 말고 필시 처음 만나는 젊은 장부면 무조건 힘을 써서라도 맞이해 오게 했네. 좋은 인연을 맺어주려고 한 것이지. 뜻하지 않게 자네와 내 딸과는 진작 월하노인(月下老人)이 맺어준 인연이 있었던지 만남이 참으로 절묘하네. 제발 혼자된 저 애를 불쌍히 여겨 건즐(巾櫛)²⁸⁷을 받들 수 있게 해 주기 바라고 바라네."

채생은 눈만 더 휘둥그레진 채 이 제의에 감히 뭐라 하지 못했다. 주인은 다시,

"봄밤은 아쉽게도 짧아 계인(鷄人)²⁸⁸이 벌써 새벽을 알리고 있네. 바라

---

287 건즐(巾櫛): 수건과 빗으로, 과거 남자가 세면을 할 때 필요한 도구이다. '건즐지시(巾櫛之侍)'라 하여 옆에서 수건과 빗을 가지고 모신다는 것은 여자가 결혼하여 남편을 받드는 가장 기본적인 사항으로 받아들여졌다.

288 계인(鷄人): 궁중이나 도성 안에서 물시계를 관리하며 시간을 알리는 사람이다. 원래

건대 자네와 날이 밝기 전에 화촉을 밝혔으면 하네."

라고 하면서 그의 손을 잡고 일어섰다. 주인은 행각(行閣)[289]으로 데리고 들어가 안으로 돌아드니 한 자락 화원(花園)이 나타났다. 둘레가 수백 보이고 사방은 회칠한 담장이 둘려 있었다. 담장 안은 거의 전체를 연못으로 꾸몄고, 못가엔 겨우 두셋을 태울 만한 작은 배가 매여 있었다. 이에 이 배를 함께 타고 연못을 가로지르는데 연꽃이 쭝긋 솟아 있어 지척을 분간할 수 없었다. 한참 기이한 향이 풍기는 속을 거슬러 가다 보니 오똑한 작은 언덕이 나타났다. 무늬 있는 돌로 축대를 쌓고 가운데로는 층계를 만들어 위로 올라갈 수 있게 하였다.

채생은 배에서 내려 섬돌을 밟고 올라갔다. 다 오르니 열두 난간으로 된 건물이 보였다. 안에는 화려한 화문석에 훤하게 비치는 주렴이 드리워져 있었다. 주인은 채생을 입구에 있으라고 하고 안으로 들어갔다. 그는 그 자리에 선 채 주변을 슬쩍 돌아봤다. 기이한 풀과 돌은 물론 이름 난 꽃과 화려한 색의 새들이 마치 바다에 왔다가 신기루를 구경하는 것 같아 황홀하여 하나하나 형용할 수 없었다.

얼마나 지났을까 심부름하는 두 명이 채생을 모시고 앞을 인도하였다. 그들 뒤를 따라 들어가니 홍원(紅院)[290] 하나가 자리하고 있었다. 푸른 비단 창 안으로 은촛대에 촛불이 휘황하고 향불 연기가 가느다랗게 피어오르고 있는 가운데 열여섯 낭자가 보였다. 그야말로 꽃 같은 얼굴에

주(周)나라 때의 벼슬 이름으로, 닭을 공급하고 제사 때 시각을 알리는 일을 맡아보았다고 한다. 여기서는 닭이 울면 새벽이 온 것처럼 새벽 파루 종이 울렸음을 이렇게 표현한 것이다.

289 행각(行閣): 궁궐이나 대갓집의 본채 앞이나 좌우로 늘어선 행랑채를 뜻한다. 일반 사랑채와는 구분하여 '상방(箱房)' 또는 '월랑(月廊)'이라고도 한다.

290 홍원(紅院): '홍루(紅樓)'라고도 하며 일반적으로는 붉은 칠을 한 아름답고 화려한 누각 따위를 지칭한다. 또 부귀한 집의 여자가 거처하는 방을 일컫기도 한다. 여기서는 후자에 해당한다.

달 같은 자태로, 곱게 화장하고 반짝이는 옷을 입고서 창 안에서 새가 깃을 드리운 듯 서 있었다. 하지만 어두운 속에 어리비쳐 살짝만 엿볼 수밖에 없었다.

채생은 머뭇머뭇 그쪽으로 다가갔다. 낭자도 걸음을 어여삐 떼며 움직이는가 싶더니 다소곳이 창밖으로 나와 그에게 읍을 하고 모시고 들어가 다시 두 번 절을 올렸다. 채생도 머리 숙여 답배를 했다. 이들은 양탄자 방석에 마주 앉았다. 시비가 찬을 내왔는데 진미가 한 상인 데다 음식을 담은 진귀한 그릇이 가득했다. 채생은 낯설고 부끄러워 선뜻 젓가락을 들지 못했다. 그러자 주인이 말했다.

"어린 딸아이와 부유함은 내가 원래부터 가지고 있는 바네. 다만 자네에게 믿고 부탁할 것은 서로의 은정에 사이가 벌어지지 않고 탓하고 시기하는 일이 없었으면 하네. 허면 백년토록 화목할 수 있을 걸세. 잘 챙겨보시게."

채생은 여전히 확답을 하지 못했다. 이윽고 주인은 몸을 일으키더니 밖으로 나갔다. 일하는 한 할멈이 칠보로 장식한 침상 위에 두 개의 비단 이부자리를 깔고 채생을 청하여 휘장 안으로 들게 했다. 그는 마지못해 들어갔다. 할멈은 다시 아씨를 부축해서 그와 같이 앉게 하더니 이내 유소장(流蘇帳)[291]을 내리고 무늬 있는 무소뿔[文犀]로 눌러 고정시켰다. 채생은 누가 끌어당기는 듯 모순에 빠져 마음을 걷잡지 못했다. 다시 완랑(阮郎)의 천태고사(天台故事)[292]로 자신을 이해해 보기도 하고, 유의(柳毅)의 동정고사(洞庭故事)[293]로 자신을 견주어 보기도 했다. 마침내 그는

---

291 유소장(流蘇帳): 술이 달린 비단 장막이다. '유소(流蘇)'는 깃발이나 교자, 장막 등에 다는 오색의 깃털이나 실로 만든 술이다. 화려한 휘장을 일컫는다.

292 완랑(阮郎)의 천태고사(天台故事): 완랑은 후한(後漢) 때 인물 완조(阮肇)이다. 그가 유신(劉晨)이라는 벗과 함께 천태산(天台山)에 약초를 캐러 들어갔다가 두 명의 선녀를 만나 인연을 맺고 돌아왔더니 자손이 이미 7대가 지나있었다고 한다. 후대에 대표적인 신선체험담으로 알려져 있다.

촛불을 불어 끄고 잠자리에 들었다. 애틋한 정이 둘 사이에 무르녹았다.

해가 떠 한낮이 가까워서야 잠자리에서 일어났다. 적삼과 허리띠는 하나도 남아 있지 않았다. 괴상하여 놀라움을 감추지 못한 채생이 낭자에게 따졌다. 그러자 낭자는 대답하였다.

"몸에 맞게 다시 지으려고 말씀 못 드리고 가져간 모양이에요."

말이 끝나자마자 할멈이 문양이 새겨진 옷상자를 가지고 들어왔다.

"새 옷이 다 지어졌으니 서방님 갈아입으시어요."

채생이 올린 옷을 보니 반짝반짝 빛나는 비단옷이었다. 자기 몸에도 잘 맞아 싱글벙글 좋아하며 입었다. 아침을 먹고 나자 주인이 들어와서 간밤에 잘 지냈냐며 물어왔다. 그는 머뭇거리다가 겨우 대답했다.

"어르신께서 한미한 출신의 소생을 천하다 하지 않으시고 은정이 이토록 정중하시니 오래도록 동상(東床)을 지켜 미욱하나마 정성을 표하고 싶습니다. 다만 묘제가 닥쳤기에 갈 길이 멉니다. 일각이라도 지체했다 간 기일에 맞추지 못합니다. 감히 여기서 인사드리오니 헤아려주시옵기를 비나이다."

이에 주인이 물었다.

"선산이 여기서 몇 리나 되는가?"

"백 리 남짓입니다."

"지친 걸음으로 헤치고 가려면 사흘은 걸리겠지만 준마로 내달리면 반나절 일정에 지나지 않을 걸세. 이틀이라도 더 묵었다 가게. 내 바람을 저버리지 말고."

---

293 유의(柳毅)의 동정고사(洞庭故事): 유의는 당나라 현종(玄宗) 때의 유생으로, 나이를 먹어도 늙지 않은 신선적인 인물로 알려져 있다. 그가 나중에 동정호(洞庭湖)에 들어가 자취를 감추었기에 동정군(洞庭君)의 사위가 됐다는 전설이 생겨났다. 당대 전기인 「유의전(柳毅傳)」은 바로 이런 그의 사적을 토대로 하여 지어진 작품이다. 작품에서 유의는 동정호의 용녀와 결연하는 것으로 나온다.

"가친의 훈계가 매우 엄하십니다. 제가 만약 여기서 미적이다가 끝에 가서 살찐 말을 타고 상쾌한 옷을 입고서 의기양양하여 내달려 돌아가면 금세 일이 탄로 나고 말 것입니다. 어르신께선 재삼 헤아려 주십시오."

"내 계산이 이미 분명해졌네. 편히 지내고 그리 깊이 염려하지 말게."

실은 채생도 차마 낭자를 두고 떠나고 싶지 않았던 터에 주인의 말을 듣고는 다행이라고 여기고 있었다. 이내 주인은 채생을 데리고 산속과 물가의 정자, 솔숲 등성이와 대밭을 다니며 눈을 호강시키고 회포를 풀어주었다. 간 곳마다 고즈넉한 절경이었다. 거기서 주인이 물었다.

"나는 성은 김이고 벼슬은 지추(知樞)[294]를 지냈네. 세상 사람들이 내 재산을 과장해서 나라 안에서 최고라고 하는 바람에 부족한 이름이 원근에 퍼졌다네. 자네도 혹시 내 이름을 들어보았는가?"

"네. 거리의 하인들이나 밭 가는 농부들까지도 다 존함을 알고 있는데 하물며 저같이 귀에 우레가 내리치듯 익히 들은 바에야 모를 리 있겠습니까."

그에 주인은 당부하였다.

"나는 대를 이을 자식이 없던 관계로 원림(園林)에서의 좋은 경치를 죽을 때까지 완상하는 것으로 여생의 울적함을 풀어내려 했네. 여기 정원과 뜨락이며 정자나 누대가 실로 분에 넘치게 많네. 세상 사람들에게 발설하여 큰 죄를 짓는 일이 없도록 조심하게."

채생은 '예예' 하며 그러겠다고 하였다. 그렇게 이틀이 지났다. 그는 새벽에 일어나서 길을 나섰다. 수레와 말이 다 준비되었고 말몰이 등

---

294 지추(知樞): 즉 동지중추부사(同知中樞府事). 왕명의 출납이나 군사와 숙위 등을 관장했던 중추원의 정2품직으로, 주로 판서급 원로대신들이 임명되었다. 이로 볼 때 앞에서 주인이 자신을 당상관으로 소개했던바 판서 이상을 지낸 것임을 확인할 수 있다. 참고로 중추원의 원로대신이 임명되는 중추부사로 영중추부사, 판중추부사, 첨지중추부사 등이 있었는데, 이는 대개 관력의 위계에 따라 구분되었다.

하인들이 뒤따랐다. 해가 아직 기울기 전에 벌써 선산 아래 5리 지경에 당도했다. 채생은 거기서 전에 입었던 옷으로 바꿔 입고 조신하게 묘역으로 들어갔다.

이튿날 아침 묘제를 지내고 오던 길을 되돌아 수십 무(武)²⁹⁵를 채 가지 않았을 즈음 타고 왔던 수레와 말이 길가에서 대기하고 있었다. 채생은 다시 비단옷으로 갈아입고 말을 달려서 김 지추의 집으로 돌아왔다. 인사를 드리고 바로 자기 집으로 돌아가려 하자 지추가 말렸다.

"춘부장께선 자네가 걸어올 줄로 알지 말을 타고 올 줄 알겠는가. 백리 먼 일정을 하루 만에 돌아가면 우리 일들이 새 나가서 꾸며대도 방도가 없을 걸세. 허니 다시 이틀을 묵고 난 뒤 돌아가 뵙느니만 못하네."

이리하여 채생은 신방에서 달콤하게 보냈고, 둘 사이에는 새록새록 정이 무르녹았다. 때가 되어 이별하게 되자 눈물이 흘러 얼굴을 적셨다. 낭자가 뒤에 만날 날을 묻자, 채생의 답이 이랬다.

"부친의 가르침이 엄격하시어 밖을 나가면 반드시 가는 곳을 아뢰어야 하오. 혹시 봄가을로 묘제를 지낼 때 나더러 대신 다녀오라고 하시면 삼가 이번처럼 들를 수 있을 거요. 그렇지 않으면 해가 가고 세월이 흘러도 어려울 거요. 낭자는 그야말로 과부가 된 거나 다름없구려."

말과 눈물이 뒤섞여 봉별난리(鳳別鸞離)²⁹⁶ 그 자체였다.

아직 어리고 마음도 깨치지 못한 채생은 전부터 큰 소원이 있었다. 바로 부싯돌 넣는 작은 주머니를 갖고 싶었다. 하지만 집안 형편이 어려워 갖지 못하고 있었다. 그런데 김 지추 집에서 이걸 주었는데, 자수도

---

295 무(武): 거리 또는 길이의 단위로 3척(尺)에 해당한다. 이를 걸음으로 치면 반걸음 정도가 된다.

296 봉별난리(鳳別鸞離): 봉황과 난새가 서로 이별하여 그리워하는 상황을 뜻한다. 원래 봉(鳳)과 난(鸞)은 같은 종으로 붉은 색이 많은 것을 봉황이라고 하고, 푸른색이 많은 것을 난새라고 구분하였다고 한다. 따라서 짝을 이룬 새가 서로 떨어져 있음을 남녀의 이별로 표상한 것이다.

화려하고 재봉도 정교한 것이었다. 그는 이걸 진기한 보물인 양 아끼며 잘 간직하여 잠시도 놓아두지 않고 있었다. 이에 낭자가 말했다.

"이 주머니를 큰 보따리 안에 숨겨두면 남들이 알아채기 어려울 거예요. 옷은 올 때 입은 걸로 갈아입더라도 이 물건 하나쯤 가지고 있는 거야 큰 문제 있겠어요?"

채생은 그녀의 말대로 삼베 보따리에 집어넣고 집으로 돌아갔다. 다녀왔다고 아뢰자 부친은 급히 선영은 괜찮더냐며 묻고, 이어 묘제를 정성껏 모셨는지 여부도 물었다. 채생이 아주 자세하게 말씀드리자 부친은 곧바로 다시 글을 읽으라고 하였다. 채생은 비록 입으로는 웅얼거리며 책을 읽었으나 마음은 항상 김 지추의 집에 가 있었다.

하루는 부친이 그더러 내실에 들어가 자라고 훈계를 하는 것이었다. 그는 밤중에 아내 방으로 들어갔다. 방은 창살은 부서지고 천정은 물이 새 찬바람에 뼈가 시릴 지경이었다. 부들자리와 삼베 이불엔 이와 빈대가 득실거렸다. 아내는 가시나무 비녀를 꽂고 몽당치마를 입고 있었다. 때 낀 얼굴에 비쩍 마른 몸으로 일어나 그를 맞았다. 채생은 아무래도 뜻에 맞는 게 없어 한마디도 건네지 않았다. 오로지 김 지추 댁의 신방과 그때 즐겼던 것만 생각하고 그리워할 뿐이었다. 전에 놀던 일은 꿈만 같고 뒷날 해후는 기약할 수 없었다. 그저 조용히 원미지(元微之)의 '큰 바다를 지나고 나면 다시 물이 될 수 없고, 무산(巫山)이 아니고는 다시 그 구름 아니라네[曾經滄海難爲水, 除却巫山不是雲]'[297]라는 구절을 욀밖에. 이 시구가 자신의 신세와 잘 맞아떨어진다는 생각에 짧은 한숨과 긴 탄

---

[297] 원미지(元微之)의 …… 구름 아니라네: 원미지는 당대 중기 때 시인이자 고문가였던 원진(元稹, 779~831)으로 미지는 그의 자이다. 백거이(白居易)와 함께 고문 운동을 주도하여 함께 병칭되었으며, 대표적인 당대 전기소설인 「앵앵전(鶯鶯傳)」을 남겼다. 위 시는 「이사(離思)」로 오수(五首)인데 그 마지막 수 1, 2구이다. 작가가 죽은 부인을 그리워하여 지었다고 전해진다. 참고로 다섯 번째 수 전문은 다음과 같다. "曾經滄海難爲水, 除却巫山不是雲. 取次花叢嬾回顧, 半緣修道半緣君."

식을 이어가며 엎치락뒤치락 잠을 이루지 못했다.

새벽종이 울리고 나서야 겨우 눈을 붙여 해가 높이 뜨도록 깨지 못했다. 아내는 날이 밝아오자마자 먼저 일어나 혼자 이런 생각이 들었다.

'평소엔 남편과 금실이 너무 좋아 서로를 돌봐주는 정이 항상 돈독했었는데, 선산을 다녀온 뒤로 갑자기 이렇게 줄곧 냉담하다지. 필시 정을 뒀다가 헤어진 사람이 생긴 거야. 그래서 옛날 좋았던 우리 사이가 갈라진 거고.'

이런 이유로 채생의 외모와 얼굴빛 입은 적삼 등을 하나하나 살펴보았으나 특별히 드러나는 점은 없었다. 그러다가 우연히 그가 차고 있던 보따리에 눈이 갔다. 떠나기 전에는 텅 비어 있었던 주머니가 지금은 갑자기 뭔가 꽉 차 있었다. 의심이 점차 구름처럼 몰려왔다. 이에 몰래 주머니 속을 뒤져보니 과연 조그만 비단 주머니 하나가 나왔고, 그 안에 부시와 부싯돌이 들어 있었다. 또 바둑알 모양의 은화도 있었다. 화가 잔뜩 난 아내는 이것들을 침상 위에 벌여놓았다. 잠에서 깬 그가 이걸 보고 부끄러워하기를 기다릴 참이었다.

얼마 지나지 않아 부친이 버럭 역정을 내며 들어왔다.

"이런 개돼지 같은 이라고, 아직도 잠에 빠져 있다니! 이래서 어느 겨를에 글 한 자라도 읽겠느냐?"

이렇게 방문을 열면서 야단을 쳤다. 채생은 소스라치게 놀라 벌떡 일어나서 옷을 챙겨 입었다. 부친은 방 안을 둘러보던 중 침상 위의 놓여있는 작은 주머니가 눈에 번쩍 띄었다. 너무 해괴망측하고 비통한 나머지 채생을 발가벗겨 망태 속에 집어넣고 들보에 매달아 있는 힘껏 두들겨 팼다. 아픔을 견딜 수 없었던 채생은 그간의 사정을 낱낱이 실토하고 말았다. 부친은 한층 더 격노하여 길길이 뛰며[298] 그 자리에서 편지를

---

298 길길이 뛰며: 원문은 '三百曲踊'으로, 화가 나서 벌쩍벌쩍 날뛴다는 뜻이다. 『좌전(左

써서 이웃집의 일꾼 하나를 빌려 김 영감을 불러오도록 했다.

김 영감은 원래부터 권세가 있는 데다 부유하여, 정권을 잡고 있는 재상이나 학사대부들도 앉아서 곧잘 오라 가라 할 수 있는 존재가 아니었다. 하물며 일개 학구가 일꾼 하나를 보내서 제 맘대로 불러오라 마라 할 것인가! 하지만 과부가 된 딸을 부탁하는 처지라 능욕을 감수해야 했다. 그는 즉시 말을 타고 달려와 채생의 부친을 뵈었다. 부친은 고함을 지르며 따져 물었다.

"당신은 예법과 상도를 어그러뜨리고 딸의 음탕한 짓을 들어주었으니 스스로도 불미스런 일을 만들었을 뿐만 아니라 내 아들까지 그르쳤으니 이게 뭐란 말이오?"

김 영감이 대꾸하였다.

"사위를 구하는 수레가 공교롭게도 영식(令息)[299]을 만난 거요. 피차 원하지 않은 만남이나 이미 어쩔 수 없게 되었소. 이제라도 물이 흐르듯 구름이 떠가듯 맡겨두고 양가는 마음 편히 먹고 서로 간섭하지 않으면 그만이오. 하필 남의 허물을 들추어서 이렇게 큰 소리로 드러내는 게 맞겠소?"

이에 부친은 더 이상 대응하지 못했다. 김 영감은 곧 인사를 하고 떠나면서 당부하였다.

"이제부턴 강의 물고기가 서로 잊고 지내듯이 삼가 조심하여 다그치는 일이 없도록 합시다."

傳」·희공(僖公) 28년 3월조의 "距躍三百, 曲踊三百"에서 유래하였다. 여기서 '거약(距躍)'은 수직으로 뛰어오르는 것이고, '곡용(曲踊)'은 횡으로 내닫는 것이다. '삼백(三百)'은 한 번 뛰어오르거나 널뛸 때의 거리를 말한다. 즉 '백(百)'은 '맥(陌)'의 의미로 밭 세 고랑 정도에 해당한다.

299 영식(令息): 원문은 '阿戎'으로, 남의 아들을 높이거나 미화하여 부르는 표현이다. 육조시대 진(晉)나라 때의 왕융(王戎)이 어렸을 때부터 총명하기로 유명하여 이 용어가 생겨났다. 따로 사촌 동생을 지칭하기도 한다.

그러고는 흔적 없이 가버렸다.

　한 해가 흘렀다. 김 영감이 비를 맞으며 채생의 집을 찾아왔다.

　"전에 굳게 약속했으면서 오늘 뭣 하러 이렇게 찾아왔소?"

　채 노인이 이렇게 묻자,

　"마침 교외의 들에 나갔다가 갑자기 세찬 비를 만났지 뭐요. 근처에 따로 아는 친지가 없어 감히 귀댁에 들어온 것이오. 잠깐 폭우를 피했다 가려 하니 모쪼록 혜량해 주시오."

라고 답하였다. 이제야 채 노인은 낯빛이 풀리며 반겼다.

　"나도 긴 비에 혼자라 울적한 마음을 풀 길이 없던 참인데 사돈어른을 만났으니 한담이나 나눕시다."

　김 영감은 매우 공손하게 예의를 차렸고 얘기가 끊이지 않고 이어졌다. 그야말로 고치에서 가는 실이 뽑혀 나오듯 하였다. 얘기마다 퍽 조리도 있었다. 그러나 사돈 간의 일에 대해서는 아무것도 입에 올리지 않았다. 채생의 부친은 평생 교유하는 대상이 촌학구나 선비에 지나지 않았고, 종일 한다는 얘기가 판에 박힌 듯 그저 누가 더 궁하고 어려운가를 따지는 게 전부였다. 그러다가 김 영감의 박식한 언변과 시원시원한 풍채에다 호감을 사는 웃음과 상대방을 맞춰주는 아양까지 받고 보니 너무 기뻐 그에게 심취하고 말았다. 김 영감은 그런 그의 호감을 지긋이 감지하고 바로 하인을 불렀다.

　"내가 비를 피해 달려오느라 배가 고프구나. 행장에서 먹을 것을 꺼내오거라."

　그러자 하인은 성찬을 차려 왔다. 김 영감은 술잔에 술을 가득 따르더니 공손한 자세로 채 노인에게 이 잔을 올렸다. 채 노인은 위가 열리고 입에선 침이 돌며 당장이라도 벌컥 들이키고 싶었으나 아닌 척 사양했다.

　"술잔을 서로 권하는 것은 평소 모르는 사이에도 그러는 법이거늘, 하물며 우리야 사돈을 맺은 지 오래이지 않습니까. 얼굴을 튼 지도 이미 한참이니 어찌 같이 앉은 자리에서 혼자 들 수 있겠소?"

채 노인은 더 이상 말문이 막혀서 잔을 받아마셨다. 단번에 술잔을 비우자 향긋한 술기운[300]에 가슴 속의 응어리가 다 씻겨나가고, 푸성귀나 먹어 꽉 막혔던 창자가 산해진미로 확 트였다. 취한 눈은 홍조가 되고 묵은 회포는 흩어져 상쾌하기 그지없었다. 실컷 즐기고 김 영감이 돌아가게 되자,

"사돈어른은 좋은 술벗이구려. 꼭 자주 왕림해 주시오."

라며 채 노인이 부탁까지 했다.

"오늘은 하늘에서 비가 한번 내려준 덕으로 다행히 술잔을 마주할 수 있었소. 나는 공무와 개인 사정으로 종일토록 분주하니 어찌 다시 몸을 빼 들를 수 있겠소?"

어쩔 수 없어 채 노인은 김 영감을 전송하러 문머리까지 나왔다가 취한 상태로 방으로 들어갔다. 대소간 가족들을 모아놓고 김 영감의 장점을 한껏 늘어놓더니 금세 곯아떨어졌다. 다음 날 아침 깨고 난 채 노인은 어제 김 영감에게 넘어간 게 몹시 후회스러웠으나 이미 돌이킬 수 없는 상황이었다.

한편 김 영감은 몰래 집안 하인을 시켜 채생 집의 동정을 살펴보게 했다. 그러던 어느 날 하인이 돌아와 아뢰었다.

"채 서방님 댁이 닷새나 밥 짓는 연기가 나지 않더니 안팎의 식구들이 쓰러져 누웠사옵니다. 참으로 처참한 정경이옵니다."

이 보고를 받은 김 영감은 바로 채생에게 편지를 써서 붙이고 그편에

---

[300] 향긋한 술기운: 원문은 '靑州從事'인데 이렇게 번역하였다. 원래 이 용어는 맛 좋은 술을 지칭한다. 『세설신어(世說新語)』·「술해(術解)」 편에서 좋은 술을 '청주종사'라 하고 맛없는 술을 '평원독우(平原督郵)'라 한 데서 유래하였다. 청주는 제군(齊郡) 평원은 격현(鬲縣) 소속으로 각각 '제(臍)'와 '격(膈)', 즉 배꼽과 흉격을 상징한다. 그래서 "좋은 술은 배꼽 아래로 내려가고[好酒下臍]", "거친 술은 흉격에서 막힌다[惡酒凝膈]"고 보았다. 한편 종사는 미관인 반면 독우는 지방 고위직에 해당한다.

돈 수천도 보내주었다. 이걸 받은 채생 집안 식구들은 기뻐 동동 구르며 바삐 밥을 지어 먹었다. 다만 채 노인에게 사실대로 아뢰지 말고 누구에게 빌렸다며 핑계를 대도록 했다. 노인에게도 진지를 올리자 급한 대로 허기진 배를 채우느라 어디서 났는지 따져 물을 겨를도 없었다. 이렇게 하루 이틀 다시 먹을 걱정이 없게 되자 채 노인은 비로소 이상하다 싶어 채생에게 캐물었다. 채생이 그간 사정을 있는 대로 갖추어 아뢰자, 채 노인은 노발대발했다.

"차라리 구덩이에 떨어져 굶어 죽을지언정 어찌 차마 명분 없는 물건을 앉아서 받아먹는단 말이냐? 이번 일은 이미 지나갔으니 토해내기도 어렵거니와 갚을 길도 막막하게 되었구나. 이후로는 절대로 내 훈계를 저버려서는 안 되느니라!"

채생은 '예예' 하며 따르겠다고 하였다. 그러나 어느덧 돈은 벌써 바닥이 나고 전처럼 굶주리게 되었다. 채 노인은 본래 성격이 허술하고 졸렬해서 생계를 돌볼 요량이 없었다. 채생과 모친이 이쪽을 당겨 저쪽을 보충하고 아랫돌 빼다가 윗돌 괴는 식으로 겨우겨우 한 해를 넘어갔다. 형세가 막다른 데 이른지라 빚은 산같이 쌓여갔다. 죽음이 코앞에 닥친 것이다.

김 영감은 다시 이런 사정을 탐지하고 또 열 섬의 쌀과 돈[301] 100냥을 마련하여 채생을 위해 보내주었다. 채생 입장에서 어찌 차마 부모가 돌아가는 걸 보고만 있을 것인가? 심장이 타면 폐도 상하고, 작은 단지가 비면 큰 단지가 수치스러운 법[302]이라 똥장군을 짊어지든 날품팔이든 뭔

---

301 쌀과 돈: 원문은 각각 '長腰'와 '鵝眼'이다. 장요는 옛날 쌀의 품종 가운데 하나로 낱알이 길고 가늘어 '전자(箭子)'라고도 한다. 따로 배불리 먹어 허리가 늘어난다는 의미도 갖고 있다. 한대(漢代)에는 '장요쟁(長腰鎗)'이라고 부르기도 했다. 소식(蘇軾)의 「별황주시(別黃州詩)」에 "長腰尚載撐腸米, 潤領先裁蓋瘻衣."라고 하였다. 아안은 아안전(鵝眼錢)이라고 하여 옛날 규격에 맞지 않은 조악한 동전 따위를 일컬었다.

302 작은 단지가 비면 큰 단지가 수치스러운 법: 원문은 '병경뇌치(缾罄罍恥)'로 병(缾)과

일인들 사양할까? 하물며 좋은 뜻으로 돕자고 보내준 것을 마다하랴.
그는 넙죽 받아 집안의 먹거리를 풍족하게 마련하였다. 부친은 바야흐로
주리고 병들어 정신이 혼미한 터라 음식을 탐하기에 바빴다. 채생이 연
일 매끄럽고 찰진 음식을 지어 올리자 며칠 만에 회복이 되었다. 그런데
그러고도 계속 달고 맛난 것으로 조섭을 돕자 부친이 물었다.

"이것들을 누가 마련해 준 것이더냐?"

채생은 또 사실대로 아뢨다. 그랬더니 이번에는 채 노인이 씩 웃는
것이었다.

"김 영감께선 어찌 수시로 이렇게 도와준단 말이냐? 앞으로는 절대
받지 말아야 한다. 다시 받으면 매를 칠 것이니라."

채생은 다시 말씀대로 하겠다고 다짐했다. 부친 채 노인은 편히 누워
배불리 먹으며 쌀이나 땔감 걱정[303] 없이 지낸 지 또 5, 6개월이 지나갔
다. 남아 있던 것들이 다 소비되자 근심이 이전보다 열 배는 더 했다.
이러구러 고통에 신음하며 다시 허한 날과 달이 지나가고 있었다. 채
노인은 상을 치르고 났지만, 텅 빈 상황이라 제수도 마련할 수 없었다.
사정이 딱하기 그지없었다. 방구석에 앉자 백방으로 애를 태우고 있는
데, 느닷없이 하인 하나가 돈 200꿰미를 가져와 채생에게 바치는 걸 보
았다. 다름 아닌 김 영감 집에서 보낸 것이었다. 채생은 부친의 훈계를
따라야 해서 거절하려 했다. 하지만 채 노인이 나섰다.

"저쪽에서 급한 사람을 돕는 기풍을 따라 우리에게 제수를 돕는 것이
니 인정상 의리상 전부 다 물리쳐서는 안 되느니라. 반은 받고 반은 돌려

뇌(罍)는 각각 작은 술단지와 큰 술단지를 말한다. 즉 작은 술병이 비면 큰 단지가
부끄러운 것이라고 하여 부자가 가난한 사람을 구제하지 않음을 풍자한다. 여기서는
채생의 입장에서 부모의 곤궁함을 가만두고 볼 수 없다는 취지이다.

303 쌀이나 땔감 걱정: 원문은 '桂玉'이다. 이는 계신옥립(桂薪玉粒)의 준말로 쌀은 옥처럼
땔나무는 계수나무처럼 귀하고 비싸다는 뜻이다. 따로 계옥지지(桂玉之地)라 하여
쌀과 땔감이 비싼 지역으로 도읍지나 수도를 지칭하기도 한다.

주는 게 맞는 처사이니라."

채생은 부친의 말씀대로 따랐다. 이튿날 김 영감은 성대한 상을 차려 채생에게 보냈다. 그는 또 거절하려고 했으나 이번에도 채 노인이 나섰다.

"이왕 익혀 온 것들인데 저버리고 돌려보내서야 쓰겠느냐. 이번에는 맛을 보고 뒤로는 일체 받지 말거라."

그리하여 보내온 상에 둘러앉아 한껏 포식했다. 그 향과 맛이 우러나와 온 식구가 실컷 먹었다. 입에서는 우레와 같이 고맙다는 말이 터져 나왔다. 김 영감이 은근히 채 노인에게 술잔을 권하자, 이젠 전혀 거절하지 않고 받아 마셔 곧장 취해 고주망태가 되었다. 결국 서로 격의 없는 친구 사이가 된 것이다. 또 채생을 불러 일렀다.

"너는 김 영감 댁 규수와 본래 초(楚) 땅과 월(越) 땅처럼 먼 사이였지만, 어느 순간 진진(秦晉)의 인연³⁰⁴을 맺게 되었다. 어찌 천생연분이 아니겠느냐? 허니 네가 끝내 소원하게 내버려 두어 남의 평생을 망쳐서는 안 되느니라. 오늘 밤이 매우 길하니 가서 하룻밤 자고 오너라. 거기서 눌러있지는 말고 말이다."

채생은 너무 기뻐 연신 그러겠다고 하였다. 김 영감은 두 번 절하며 소리 내어 감사의 뜻을 표하고 서둘러 채생을 말에 태워 자기 집으로 보냈다. 자신은 혹여라도 채 노인이 두 마음을 갖게 되지나 않을까 걱정하여 짐짓 그대로 눌러앉아 있다가 해가 다 저물녘에야 돌아갔다.

다음 날 아침 채생이 집으로 돌아왔다. 채 노인은 어제 나누었던 말을 까맣게 잊어먹고 괴이쩍어 물었다.

"너는 뭔 일로 이른 아침부터 의관을 차리고 있느냐?"

---

304 진진(秦晉)의 인연: 두 집안이 혼인 관계를 맺는 것을 말한다. 중국 춘추시대에 진(秦) 나라와 진(晉)나라가 대대로 혼인을 맺어 친밀한 관계를 유지한 데서 유래하였다. 반면 앞의 '초월지요(楚越之遙)'는 초 땅과 월 땅이 서로 거리가 멀다는 것이 아니라 오월동주(吳越同舟)처럼 인접해 있으나 사이나 친밀감이 멀다는 의미이다.

채생이 또 사실대로 대답했다. 그러자 채 노인은 이제야 깨닫고 뉘우쳤다. 부끄러워 얼굴이 달아오를 정도였다. 아들을 책망하며 나무랄 수도 없었다. 그리고 이때부터 채생에게 모든 일을 맡기고 그가 하자는 대로 따르며 조금도 각을 드러내지 않았다. 먹고 입는 것과 제사 따위는 모두 김 영감에게 도움을 받았다. 김 영감도 매일 매일 술을 싣고 찾아와 속마음을 터놓고 얘기를 나눴다. 사실 채 노인은 소싯적부터 가난에 찌들어 머리털과 수염이 다 흰 상태였다. 그런데 이렇게 호의호식하는 데다 매일 술로 심신을 펴다 보니 퍽 유유자적하게 됐다. 지난날 고생했던 때를 떠올리니 몸에서 전율이 일었다.

하루는 김 영감이 조용히 말을 꺼냈다.

"귀댁 자제가 우리 집을 내왕하다 보니 점점 남의 이목을 받게 되는구려. 하니 이제 관계를 끊었으면 하오."

채 노인은 깜짝 놀랐다.

"그러면 내가 우리 자부를 몰래 내 집으로 데려와 안에 두어 남들이 이 애의 종적을 모르게 하면 되지 않소."

"영식은 아직 젊은 포의로 위로는 부모를 모시고 있고 아래로는 부인을 두고 있으니 집안에 첩실을 두는 거야 안 되는 일 아니오잖소."

그러자 채 노인은 급해졌다.

"여하튼 묘책을 강구해서 맹한 우리를 가르쳐주시오."

"나라면 귀댁 곁에 따로 집 한 채를 지어 아침저녁으로 드나들게 하고 싶소만. 사돈 생각은 어떠시오?"

"그렇다면야 집 규모가 클 필요도 없고 부리는 종들도 많을 거 없고, 곳집도 채울 필요가 있겠소. 원래 빈한했던 우리 집에서 그걸 지킬 수도 있고."

김 영감도,

"좋소!"

하고 이내 집으로 돌아갔다. 목재 등을 구비하여 확 트인 기와집을 올리자, 곧 이 일대에서 가장 좋은 집이 되었다. 이는 채 노인의 뜻과는 판이한 것이었다. 그러나 채 노인도 어찌할 도리가 없어 종종 혀를 차던 중에 김 영감을 탓하기도 하였다. 그러자 김 영감은 이렇게 말했다.

"집은 자손을 기르는 곳이오. 가만 보니 족하는 옥을 안고 구슬을 품은305 분으로 세상에 쓰이지 못했소. 허니 그 보답은 자식과 며느리가 받아야 하오. 그러니 어찌 집채를 높고 크게 하지 않을 수 있겠소?"

이 말에 채 노인은 몹시 기뻐하며 더 이상 탓하지 않았다. 집이 다 지어져 상량을 하고 나자, 김 영감은 어두운 밤을 틈타 딸을 채생 집으로 보냈다. 시부모와 채생의 아내를 예로써 뵙고 그 길로 새집에 거처하게 되었다. 3일마다 작은 잔치를, 5일마다 큰 잔치를 열어 시부모님을 즐겁게 하고 안팎의 하인들에게도 두루 환심을 샀다. 그러던 중 채생이 모친에게 아뢰었다.

"아버지 어머니께서 일평생 고생만 하시다가 두 분 모두 노년306에 임박하셨습니다. 하온데 어리석은 소자는 나이도 어리고 학업을 폐하여 벼슬자리307를 기약하기 어렵습니다. 지금 한 가닥이나마 봉양할 도리는 오직 새로 지은 집으로 옮기시어 편히 호사를 누리는 것뿐입니다. 제 소원을 들어주세요."

---

305 옥을 안고 구슬을 품은: 원문은 '抱玉懷珠'로, 주옥을 품에 안거나 손에 쥔 상태를 말하는바, 이는 경륜이 많고 학식이 뛰어난 사람을 지칭한다. '포옥악주(抱玉握珠)'로 도 쓰인다.

306 노년: 원문은 '桑榆'로 뽕나무와 느릅나무이다. 저녁 해가 뽕나무와 느릅나무에 걸려 있다는 뜻에서 해가 지는 때를 가리켜 해가 뜨는 때를 일컫는 부상(扶桑)과 상대어이 기도 하다. 달리 인생의 늘그막을 상징하기도 한다.

307 벼슬자리: 원문은 '奉檄'이다. 이는 '봉격색희(奉檄色喜)'의 준말로, 후한(後漢) 때의 모의(毛義)의 효행에서 유래했다. 그는 집이 가난하여 부모를 봉양하기 어려웠는데 효행으로 널리 알려져 수령 자리에 천거되었다. 부모를 기쁘게 하였다며 좋아했으나 부모가 다 돌아가시자 벼슬을 그만두었다고 한다.

하지만 모친은 주저했다.

"내가 새집으로 옮기면 김 영감님 댁에서 우리를 뭐라 하겠느냐?"

"아니에요. 이건 영감님과 첩실의 뜻이에요. 저는 그저 그 뜻을 전달하는 것뿐이에요."

그러자 모친은 그러고 싶은 생각이 커져 채 노인에게 이 사실을 자세히 얘기했다. 그랬더니 채 노인은 불편해했다.

"자네가 이젠 심기가 나약하고 우매해졌나 보구려. 이런 쓸데없는 말을 하다니."

부인도 화를 냈다.

"내가 당신을 따라 살면서 고생고생 헤쳐 나가느라[308] 단 하루도 마음을 놓은 적이 없었어요. 지금은 다행히 잘 먹고 잘 입게 되어 마음 놓고 편히 살 수 있게 됐네요. 이거야 다 새 며느리 덕이 참으로 큰 것이지요. 이제 또 지극정성으로 우리를 모시고 남은 생애를 누리라고 하고 있는데, 무슨 흠이 된다고 그 뜻을 따르지 않겠어요?"

"그럼 자네는 알아서 새집으로 가게. 나는 이 움막 같은 집을 지킬 테니!"

이리하여 모친은 날을 받아서 이사를 했다. 채 노인은 가끔 새집을 찾아갔다. 그때마다 수십 명의 청지기와 하인들이 문머리에 나와 영접해서는 좌우에서 모시고 별당으로 직행하였다. 원래 이 별당은 채생의 부친을 위해 널찍하게 설계하여 왕래하기 편하도록 지은 것이었다. 그래서 안으로 들어서면 책과 그림이 시렁에 가득하고 뜰과 섬돌에는 화초가 잘 가꿔져 있었다. 앞마당에는 사령들이 항시 대기하여 응대가 물 흐르듯 하였다. 노마님을 모시는 것도 이와 같았다. 채 노인은 그곳에서 오랫

---

308 고생고생 헤쳐 나가느라: 원문은 '劍水刀山'인데 이렇게 번역하였다. 일반적으로는 '검수도산(劍樹刀山)'이라고 하여 칼처럼 솟은 나무나 산을 뜻한다. 매우 위험하거나 어려운 상황을 빗댈 때 많이 쓰인다.

동안 앉거나 눕거나 하며 차마 떠나지 못하곤 하였다. 마지못해 어쩔 수 없이 자기 집으로 돌아가 보면, 무너져가는 두세 칸짜리가 여전히 쓸쓸할 뿐이었다. 순간 이런 생각이 들었다.

'여생이 이제 얼마 남지 않았구나. 불과 손가락 한 번 튕길 동안이거늘 하필 여기서 이렇게 사서 고생할 필요야 있겠나?'

그는 급히 아들을 불렀다.

"나 혼자 빈 집에 살면서 너희에게 식사를 나르라 하는 건 외려 폐가 되는구나. 게다가 집안이 나뉘어 사는 것도 늘그막에 더욱 어려운 일이다. 나도 새집으로 가서 살면 우리가 단란하게 지낼 수 있겠구나. 네 생각은 어떠하냐?"

채생은 너무너무 좋다고 하였다. 채 노인은 그날로 거처를 새집으로 옮겼다. 안채에서도 다른 의견이 없었다. 한편 김 영감은 부곽전(負郭田)[309] 10무(畝)를 문서로 만들어 채생에게 내주었다. 이리하여 집안 걱정이 없어진 채생은 과거 공부에 매진하여 얼마 지나지 않아 등제하였고, 업적과 명예를 세상에 날렸다고 한다.

5-36

작은 모임에서 사륙체의 시구를 지음

예전에 어느 관찰사가 있었다. 그는 관영의 영장(營將), 중군(中軍), 통판(通判), 책객(冊客), 심약(審藥), 검률(檢律)[310] 그리고 맏이인 승선(承宣),

---

309 부곽전(負郭田): 도성이나 성곽 근처의 양질의 토지를 말한다. 여기서는 한양 근방의 소출이 많이 나는 땅을 지칭한다. 무(畝)는 지적 단위로 시대마다 달라 사방 100보, 또는 240보를 1무라 하였다. 우리식으로 현재의 30평 정도에 해당한다. 따라서 10무면 300평 남짓이 된다.

둘째인 거자(舉子)와 한가한 날 연회를 열게 되었다. 이 자리에서 관찰사가 제의하였다.

"좋은 시편을 짓지 않는다면 어찌 자기 뜻을 말하겠는가? 다만 이 자리의 자네들이 저마다 시를 잘 짓는다고는 할 수 없지. 그러니 사륙체로 한 구씩 입에서 나오는 대로 짓는다면, 그것도 꽤 좋을 듯하구나."

이에 좌중이,

"좋습니다."

라고 하였다. 관찰사가 먼저 읊었다.

복사꽃 천 송이 버드나무 만 가지
한 해의 봄빛이라네.

桃千朶柳萬條
一年春光

영장이,

"소관은 무장이라서 실로 꽃가지를 다투고 잎사귀를 맞추는[311] 재주가 없사옵니다. 바라건대 백량대(柏梁臺)[312]의 칠언시를 본받아 각자 자기의

---

310 영장(營將), 중군(中軍), 통판(通判), 책객(册客), 심약(審藥), 검률(檢律): 모두 지방 관영에 소속된 관직이다. 영장은 지방 진영의 장관으로 군무를 총괄하는 정3품직 관원이며, 중군은 관찰사 등을 보좌하여 실무를 총괄하는 정3품직 관원이다. 통판은 판관이라고도 하며 지방 관영의 행정실무를 맡은 종5품직이다. 그리고 심약은 지방의 약재를 감독하여 조정에 진상하는 일을 담당한 종9품직이며, 검률은 지방 관아에서 법 집행의 실무를 담당한 종9품직이다.

311 꽃가지를 다투고 잎사귀를 맞추는: 원문은 '鬪花儷葉'으로, 꽃 겨루기를 하듯 시문을 지어 겨루는 것을 표현한 말이다.

312 백량대(柏梁臺): 즉 백량체(柏梁體). 백량대는 한나라 무제(武帝)가 장안에 세웠던 누대로 잣나무로 들보를 올렸기에 이렇게 붙여졌다. 이곳에서 무제는 여러 신하를 모아 놓고 칠언시를 짓게 하였는데, 이를 일러 백량체라고 한다. 이런 집단적 시 창작의 전통은 여기서부터 시작되었다고 보는 견해가 많다.

직무를 드러냈으면 합니다."

라고 하자, 관찰사가 그러라고 하였다. 영장이 읊었다.

곤장 열 대 주리 두 번

도적을 잡고 법이 서네.

棍十箇刑二次

治盜活法

다음으로 맏이 승선이 읊었다.

정삼품 종이품

뜻을 받들어 기대에 부응하리.[313]

正三品從二品

承旨閣望

둘째 아들 거자가 읊었다.

시는 삼상 부는 이하[314]

방이 나올 때마다 초시라네.[315]

詩三上賦二下

每榜初試

---

313 뜻을 받들어 기대에 부응하리: 이 구절은 중의적이어서 '승지직의 자리가 비었으니 이를 바란다'는 의미도 내포하고 있다.

314 시는 삼상 부는 이하: 여기서 삼상과 이하는 복시(覆試)의 채점 기준들이다. 즉 '상·중·하/이상·이중·이하/삼상·삼중·삼하'의 아홉 등급으로 나누었던바, 삼상은 7등급, 이하는 6등급에 해당한다.

315 방이 나올 때마다 초시라네: 거자가 과거를 볼 때마다 초시에는 합격하나 복시에는 매번 떨어졌다는 의미이다.

중군이 읊었다.

　돈 열 꿰미 쌀 다섯 섬
　관의 봉급³¹⁶은 너무도 박하다네.

　錢十貫米五石
　官況至薄

통판이 읊었다.

　재해가 백 결 환곡은 천석
　세곡 독촉에 바빠 죽겠네.

　災百結還千石
　催科劇務

책객이 읊었다.

　쌀 한 말 고기 열 근
　하기(下記)³¹⁷를 쓰고 다듬네.

　米一斗肉拾斤
　下記筆削

검률이 읊었다.

---

316 관의 봉급: 원문은 '官況'으로, 봉급이라는 의미이다. 당상관의 경우 대개 알려진 것으로는 분기당 쌀 다섯 섬, 콩 세 섬 정도가 지급되었다고 한다.

317 하기(下記): 문서의 한 종류로, 원래의 의미는 본 문서 아래에 특기할 사항을 적은 글인데 여기서는 지방의 공문서를 범칭하는 것으로 판단된다.

장 백 대 유배 삼 년
공의(功議)[318]에 따라 감한다네.

杖一百徒三年
功議各減

심약이 읊었다.

생강 세 쪽 대추 두 개
때를 가리지 않고 복용하네.

薑三片棗二枚
不拘時服

서로 크게 웃으며 읊다 보니 한 축(軸)이 되었다. 옆에 있던 한 기녀가
나섰다.
"첩만 시를 짓지 않고 술과 고기로 배만 불리고 있으니, 바라건대 한
구를 지어 올리겠나이다."
자리에 있던 사람들이 모두 가상하다며 칭찬하였다. 이에 기녀가 읊었다.

밤 세 판 낮 두 번
긴 시간에도 물리지 않네.

夜三板晝二次
長時不厭

다들 포복절도하며 즐거운 자리를 한껏 다 하고 끝냈다.

---

318 공의(功議): 공적을 따지거나 관련 사안을 논의하여 형벌을 감해주는 제도이다. 공감
(功減)과 의감(議減)으로 나누어진다. 따로 공의는 공신이나 그 자손의 범죄를 감해주
는 제도를 일컫기도 한다.

찾아보기

옮긴이 소개

정환국

성균관대학교에서 박사학위를 받았으며, 현재 동국대학교 국어국문문예창작학부 교수로 있다. 고전서사를 중심으로 주변 문학을 함께 고민하고 있으며, 저역서로『초기소설사의 형성과정과 그 저변』, 『역주 유양잡조』 등이 있다. 최근 간행된『한국 정본 야담전집』(10권)의 책임교열을 맡았다.

곽미라

동국대학교에서 박사학위를 받았으며, 현재 동국대학교 불교학술원 전임연구원으로 있다. 한문학과 불교문학에 관심을 두고 연구하고 있으며, 저역서로『삼검루수필』(공역) 등과 논문으로「100章本『述夢瑣言』의 서지적 고찰」, 「16세기 필기『摭言』의 성격과 기록 양상」 등이 있다.

김미진

동국대학교에서 박사과정을 수료하였으며, 조선시대 야담문학을 연구하고 있다. 논문으로「18세기 야담의 평술(評述) 연구」가 있다.

남궁윤

동국대학교에서 박사학위를 받았으며, 현재 동국대학교 불교학술원 전문연구원으로 있다. 고전산문을 연구하고 있으며, 논문으로「『청구야담』의 한글 번역 양상과 의미」, 「낙선재본『어우야담』의 번역 오류와 의미」, 「계보를 획득한 야담들과 그 서사적 특징」 등이 있다.

양승목

동국대학교에서 박사학위를 받았으며, 현재 동국대학교 한국문학연구소 전임연구원으로 있다. 한문학을 연구하고 있으며, 저역서로『반계유고』(공역), 『디지털로 읽고 데이터로 쓰다: 디지털 한국어문학의 모색』(공저) 등이 있고, 논문으로「야담의 데이터, 야담으로부터의 데이터: 한국 야담 데이터 모델의 구상」, 「죽음을 앞둔 마음의 나체: 기몽문학의 한 양태와 독법」 등이 있다.

오경양

동국대학교에서 박사과정을 수료하였으며, 현재 중국 길림성 길림철도직업기술대학교에서 한국어 강사로 있다. 고전소설과 한중 비교문학을 연구하고 있으며, 논문으로「재중 한인 디아스포라 김자순의 행적과 유교 인식 고찰」 등이 있다.

이주영

동국대학교에서 박사학위를 받았으며, 현재 동국대학교 국어국문문예창작학부 강사로 있다. 고전산문을 연구하고 있으며, 논문으로 「『묵호고(默好稿)』 소재 '애귀(愛鬼) 이야기' 연구」, 「한문단편의 '겸인(傔人)' 소재와 그 의미」 등이 있다.

정난영

동국대학교에서 박사학위를 받았으며 현재 동국대학교와 경기대학교에서 강사로 재직하고 있다. 한문산문을 연구하고 있으며, 논문으로 「조선후기 인물기사 연구」, 「조선후기 표류소재 기사 연구」, 「조선후기 기사시 연구: 사건사고를 배경으로 한 작품을 중심으로」 등이 있다.

정성인

동국대학교에서 박사과정을 수료하였으며, 현재 동국대학교 국제처 글로벌인재팀 강사로 있다. 초기 서사 및 한문 서사 전반에 관심을 가지고 있으며, 저역서로 『불설아미타경소』(공역)가 있고, 논문으로 「야담에서 정치적 시각을 구현하는 양상」 등이 있다.

최진경

동국대학교에서 박사과정을 수료하였으며, 현재 동국대학교 불교학술원에서 일반연구원으로 있다. 한문학을 연구하고 있으며, 논문으로 「15세기 관료 문인의 '한양' 이미지: 「한도십영(漢都十詠)」 및 그 차운시 분석을 중심으로」, 「조선시대 사헌부 계회의 문학적 재현 양상과 그 의미」 등이 있다.

최진영

동국대학교에서 박사과정을 수료하였으며, 현재 광운대학교 국어국문학과 강사로 있다. 불교문학을 연구하고 있으며, 논문으로 「청허 휴정의 기문 연구」, 「경암 응윤의 기문 연구」 등이 있다.

한길로

동국대학교에서 박사학위를 받았으며, 현재 길림대학교 한국(조선)어학과 부교수로 있다. 근대 한문학을 연구하고 있으며, 논문으로 「근대 한·중 문인의 필담에 나타난 '중화민국과 유도(儒道)' 인식의 일면」, 「1910년대 지방 유림의 중국 이주 과정과 귀향의 동인 고찰」 등이 있다.

홍진영

동국대학교에서 박사과정을 수료하였으며, 동국대학교 불교학술원 일반연구원으로 있다. 고전소설을 연구하고 있으며, 논문으로 「『신단공안』을 통해 본 여성범죄에 대한 서사적 형상화」, 「종교가사에 나타난 선악의 표상」 등이 있다.

한국야담 번역총서 01

청구야담 上

2023년 6월 15일 초판 1쇄 펴냄

옮긴이 정환국 외
펴낸이 김흥국
펴낸곳 보고사

책임편집 이경민
표지디자인 김규범

등록 1990년 12월 13일 제6-0429호
주소 경기도 파주시 회동길 337-15 보고사
전화 031-955-9797(대표)
팩스 02-922-6990
메일 bogosabooks@naver.com
http://www.bogosabooks.co.kr

ISBN 979-11-6587-510-7 94810
      979-11-6587-496-4 (set)
ⓒ 정환국 외, 2023

정가 33,000원